魔道祖師

目次

―用語―

◆修真界《しゅうしんかい》
―古代中国で、仙人となることを目的とする修行者たちの世界。

◆仙術《せんじゅつ》
―仙人の行う術。また、仙人となる目的で行う術。

◆修士《しゅうし》
―仙術を修行する人。

◆道士《どうし》
―道教の修行者。

◆玄門《げんもん》
―仙門や道教など、正統派の術を研究し修行する世家・門派全体の総称。

◆仙門《せんもん》
―主に仙術を修行する世家、門派の通称。

◆世家《せいか》
―血族を中心として構成される一門。「地名＋姓」で呼称されることが多い。

◆仙府《せんふ》
―各世家の本拠地。

◆宗主《そうしゅ》
―世家の長。

◆公子《こうし》
―世家、名家の子息への敬称。

―人物名―

古代中国では、個人の名前には「姓・名・字」の三つがあり、その他に「号」も呼び名として使われる。

◆姓《せい》
―家族・一族に受け継がれる固有の名前。

◆名《めい》
―本名。家族や目上の人、親しい相手以外が呼ぶのは失礼に当たる。

◆字《あざな》
―成人する際につける通称で、「姓＋字」で呼ぶのが一般的。

◆号《ごう》
―身分や功績、世間からの評判などを表す称号。

―登場人物―

魏無羨《ウェイウーシエン》 (名)魏嬰《ウェイイン》 (号)夷陵老祖《いりょうろうそ》

前世では人々が恐れる「大悪党」となり討伐されたが、意に反して現世に蘇る。自由奔放でいたずら好きな性格で、少年時代から藍忘機にはちょっかいばかりかけていた。彼の死を取り巻く事情には、何か大きな秘密があるようで——？

藍忘機《ランワンジー》 (名)藍湛《ランジャン》 (号)含光君《がんこうくん》

姑蘇藍氏。誰もがうらやむ文武両道の美男子だが、真面目すぎるほどに真面目で無口な孤高の存在。前世の魏無羨とは衝突も多かったが、再会後はなぜか行動を共にする。彼には、13年間ずっと胸に抱き続けた強い想いがあり——。

雲夢江氏《うんぼうジャンし》

—仙府：蓮花塢《れんかう》

◆[字]江晩吟《ジャンワンイン》／[名]江澄《ジャンチョン》
[号]三毒聖手《さんどくせいしゅ》
—現宗主。魏無羨と兄弟のように育った弟弟子。

◆江厭離《ジャンイエンリー》
—江澄の姉。

◆江楓眠《ジャンフォンミエン》
—前宗主。江澄・江厭離の父。

◆虞紫鳶《ユーズーユエン》
—江澄・江厭離の母。

姑蘇藍氏《こそランし》

—仙府：雲深不知処《うんしんふちしょ》

◆[字]藍曦臣《ランシーチェン》／[名]藍渙《ランホワン》
[号]沢蕪君《たくぶくん》
—現宗主。藍忘機の兄。義兄弟の契りを結んだ聶明玦・金光瑶とともに「三尊」と呼ばれる。

◆藍啓仁《ランチーレン》
—藍忘機・藍曦臣の叔父。

◆藍思追《ランスージュイ》
—藍家の弟子。

◆藍景儀《ランジンイー》
—藍家の弟子。

蘭陵金氏《らんりょうジンし》

—仙府：金鱗台《きんりんだい》

◆[字]金光瑶《ジングアンヤオ》
[号]斂芳尊《れんほうそん》
—現宗主。仙門百家を束ねる「仙督《せんとく》」でもある。

◆金凌《ジンリン》
—金家の弟子。江澄・金光瑶の甥。

◆金光善《ジングアンシャン》
—前宗主。

◆金子軒《ジンズーシュエン》
—金光善の嫡男。

清河聶氏《せいかニエし》

—仙府：不浄世《ふじょうせい》

◆聶懐桑《ニエホワイサン》

—現宗主。魏無羨や藍忘機とは机を並べた仲。

◆聶明玦《ニエミンジュエ》

[号]赤鋒尊《せきほうそん》

—前宗主。聶懐桑の兄。

岐山温氏《きざんウエンし》

—仙府：不夜天城《ふやてんじょう》

◆[字]温瓊林《ウエンチョンリン》 [名]温寧《ウエンニン》

—魏無羨の第一の手下。「鬼将軍」と呼ばれ恐れられる最強の存在。

—他—

◆莫玄羽《モーシュエンユー》

—献舎によって魏無羨を蘇らせた。

◆蔵色散人《ぞうしきさんじん》

—魏無羨の母。

◆抱山散人《ほうざんさんじん》

—蔵色散人の師。

◆薛洋《シュエヤン》

—蘭陵金氏の客卿であったごろつき。

◆暁星塵《シャオシンチェン》

—抱山散人の弟子で、盲目の道士。

◆宋嵐《ソンラン》

—道士。暁星塵の知己。

装画
千二百

魔道祖師 2

第八章　草木

〈三〉

暁星塵《シャオシンチェン》がパチンと指を鳴らす音は、やけにはっきりと響き、地面に組み敷かれている宋嵐《ソンラン》の耳にも届いた。

すると、まるで突然耳元で何かが爆発したかのように、宋嵐《ソンラン》は自分をきつく押さえつけていた四体の陰力士《いんりきし》を一気に撥《は》ね飛ばした！

ぱっと跳び上がった彼は、再び長剣と払子《ほっす》を手に取ると、その両方で素早く斬ったり刺したりと畳《たた》みかけ、あっという間に四体の陰力士を色とりどりの紙屑に変えてしまう。それから長剣の刃を魏無羨《ウェイウーシェン》の首元にひたりと当て、世家公子《せいかこうし》たちに向けて威嚇《いかく》するように払子を構えた。

この狭い店内で、一瞬で形勢が逆転してしまった。金凌《ジンリン》が手を剣の柄《つか》に置くのが目の端に映り、魏無《ウェイウー》羨《シェン》は慌てて彼を制止した。

「やめろ。状況をこれ以上悪くするな。たとえここにいる全員でかかったところで……剣術では、宋嵐《ソンラン》には勝てやしない」

魏無羨《ウェイウーシェン》の今の体は霊力が低い上に、剣も持っていない。しかも、敵か味方か、何か魂胆があるのかも不明な暁星塵《シャオシンチェン》がすぐそばにいるのだ。

「大人同士で話をするから、子供たちは外に出てってね」

ふいに暁星塵《シャオシンチェン》がそう言って、宋嵐《ソンラン》に手で合図を送る。宋嵐《ソンラン》は無言で命令に従い、世家公子たちを店の外へ追い出し始めた。それを見て、魏無羨《ウェイウーシェン》も少年たちを促《うなが》す。

「お前らがここにいても助けにならないから、一旦外に出な。外の屍毒《しどく》の粉は、たぶんもう地面に沈んでいるはずだから大丈夫だ。とはいえ、粉塵《ふんじん》がまた舞い上がらないように走ったり動き回ったりはするなよ。呼吸も落ち着いてゆっくりするんだぞ」

金凌《ジンリン》は、「ここにいても助けにならない」という言い草に正直納得がいかなかった。このまま何もできずただ従うのは悔しいが、同時に自分たちは凶屍《きょうし》との戦いを手助けするには力不足だとわかってもいるため、苛立《いらだ》ちながらも率先して外に出た。

部屋をあとにする間際、何かを言おうとして藍思《ランスー》追《ジュイ》がためらっていると、魏無羨《ウェイウーシエン》が声をかけてきた。

「思追《スージュイ》、お前は一番いろいろとわきまえてるからな、あいつらのことは任せた。できるか？」

藍思追《ランスージュイ》が頷《うなず》くと、「怖がらなくていいから」と魏《ウェイ》無羨《ウーシエン》が安心させるようにつけ加える。

「怖くありません」

「本当か？」

「本当です」と言ってから、藍思追《ランスージュイ》は笑って続けた。

「先輩は、本当に含光君《がんこうくん》と似ていますね」

「似てる？　俺たちのどこが似てるんだ？」

その言葉を聞いて、魏無羨《ウェイウーシエン》は面食らった。自分たちは明らかに天と地ほども差のある二人なのに、と。

藍思追《ランスージュイ》はただ笑うだけで何も言わず、残りの少年たちを連れて外に出ていきながら、心の中で密《ひそ》かに答えた。

（上手く説明できませんけど……なぜか、すごく似ています。二人の先輩のどちらかさえいれば、何も心配しなくていいし、何も怖くなくなる）

世家公子たちが全員店から出ていって二人だけになると、暁星塵《シャオシンチェン》はどこからか赤い丹薬《たんやく》を取り出し、ごくりと飲み込んでから呟《つぶや》いた。

「感動的な光景だね」

その顔からは、赤黒い血色がたちまち引いていく。

「屍毒《しどく》の解毒剤か？」

「そう。お前のあのまずいお粥《かゆ》なんかよりよっぽど効くぞ？　それに、甘いよ」

「お前の芝居は本当に完璧だ。最初に外で彷屍《ほうし》たちと奮戦して力尽きたところから、さっき金凌《ジンリン》を庇《かば》って気を失ったところまで、全部俺たちを騙すための演技だったのか？」

暁星塵《シャオシンチェン》は指を一本顔の前に立て、小さく横に振った。

「お前らじゃなくて、お前に向けて演じたんだ。夷《い》陵老祖《りょうろうそ》のご高名はかねがね承《うけたまわ》ってはいたけど、百聞は一見に如《し》かず、だな」

魏無羨《ウェイウーシエン》はその言葉に一切の反応を見せず、顔色一つ変えなかった。

「お前、まだ誰にも自分の正体を教えていないんだろう？　だから、俺も秘密がバレないように、ガキどもを外に出してやったんだ。二人きりで話せるようにな。どうだ。気が利《き》くだろう？」

自慢げに言う暁星塵《シャオシンチェン》に、魏無羨《ウェイウーシエン》は尋ねた。

「義城《ぎじょう》の彷屍は全部お前が操っていたのか？」

「もちろんだ。お前らがぞろぞろと入ってきて、舌笛が聞こえた瞬間から、ちょっと怪しいと思っていたんだ。だから俺が直接その正体を確かめに来たってわけ。やっぱりなと思ったよ。点睛召将《てんせいしょうしょう》みたいな低級の術でもあれほどの威力を発揮できる奴なんて、開祖だけだろうからね」

彷屍を操っていたのが暁星塵《シャオシンチェン》だったのなら、彼も魏無羨《ウェイウーシエン》と同じように鬼道《きどう》を修練してきた身だということだ。今さら素知らぬ顔でこの場をやり過ごそうとしたところで、正体を誤魔化すことはできないだろう。

「子供たちを人質にして、いったい俺に何をさせるつもりだ？」

暁星塵《シャオシンチェン》は笑って答えた。

「先輩に一つ手伝ってほしいことがあってね。なに、大したことじゃないよ。お前なら簡単だ」

（俺の母親の弟弟子《でし》が俺のことを先輩って呼ぶなんて、あべこべじゃないか）

そんなことを考えながら、魏無羨《ウェイウーシエン》が心の中でにやにや笑っていると、暁星塵《シャオシンチェン》は懐から鎖霊嚢《されいのう》を一つ取り出して、卓の上に置いた。

「これだ」

魏無羨《ウェイウーシエン》は手を伸ばすと、脈を測るかのように、その鎖霊嚢の表面に手のひらを重ねた。

「……これは誰の魂だ？　ここまで粉々に砕けてしまったら、たとえ魂をくっつけられる糊《のり》があったとしても治すことなんて不可能だよ。もはや風前の灯《ともしび》も同然だ」

「簡単に修復できるものなら、わざわざお前に頼む必要もないだろう？」

暁星塵《シャオシンチェン》の言葉を聞いて、魏無羨《ウェイウーシエン》は鎖霊嚢から手を引っ込めた。

「つまり、俺にこの魂を修復しろと？　悪いけど、この中に入っている魂魄《こんぱく》はあまりにも少なすぎる。それに、この人は生前、相当ひどい苦痛と悲しみの中で自害した可能性が高い。きっと、二度とこの世に戻りたくないと願って絶命したんだろう。魂魄自身が生きたいと望まないなら、もう手の施《ほどこ》しようがない。それに俺の考えが間違っていなければ、このわずかに残った魂魄も、誰かに無理やりくっつけられたものだ。ひとたび鎖霊嚢から出たら最後、たちまち消滅するだろう。お前もよくわかっているはずだ」

「さぁ、俺にはわかんないよ。とにかく、なんとしてでも手伝ってもらうから。ねぇ先輩、忘れないでよ。連れのガキどもはまだ外にいて、お前の助けを待っているんだってことを」

暁星塵《シャオシンチェン》の口調は非常に独特だった。声音は親しげで懐《なつ》こく聞こえるものの、発する言葉には理不尽な凶悪さが漂っている。今は兄弟のように親密に先輩などと呼んでいても、次の瞬間にはいきなり豹変《ひょうへん》して背後から刺してきそうだ。

しかし、魏無羨《ウェイウーシエン》は事もなげに笑った。

「お前こそ百聞は一見に如かず、だな。――薛洋《シュエヤン》、ごろつきのお前がなんで道士のふりなんかしてるんだ？」

しばし動きを止めてから、「暁星塵《シャオシンチェン》」は手を上げ、目元に巻いていた包帯を外す。

すると、何重もの包帯の下から、星のように輝く生き生きとした両目が現れた。

その目には傷一つない。

彼は若々しく人好きのする顔立ちだった。凛々《りり》しいその顔は、笑うと八重歯がちらりと覗き、愛嬌があって幼く見える。それが彼の目の奥に潜む凶暴さと残虐な荒々しさを覆い隠していた。

薛洋《シュエヤン》は包帯を無造作に捨て、「あーあ、バレちゃったか」と正体をあっさりと認めた。

「痛みに怯《おび》えるふりをして人の優しさにつけ込んで、目を調べさせないように包帯に触れることをためらわせ……わざと霜華《シャンホワ》をちらりと見せて、自分は雲遊道人だと口を滑らせる。その上敢えて屍毒にあたり、人の同情心まで利用するなんてな。清らかで凛《りん》とした正義の人を見事に演じたもんだ。もしお前が必要以上に鬼道についてあれこれ詳しくなければ、俺はあのままお前が暁星塵《シャオシンチェン》だと信じて疑わなかったよ」

問霊《もんれい》の時、最後の二つの問いに対する宋嵐《ソンラン》の答えは、一つは「暁星塵《シャオシンチェン》」、そしてもう一つは「後ろにいる人」だった。

もし「後ろにいる人」が暁星塵《シャオシンチェン》であれば、わざわざ違う表現を使う理由はない。

つまり、「暁星塵《シャオシンチェン》」と「後ろにいる人」は、同一人物ではないということだ。宋嵐《ソンラン》は彼らに、この男は危険だと気づかせたかったのだろう。だが、そのまま「薛洋《シュエヤン》」だと答えても彼らはその名前を知らないかもしれず、あのように答えるしか方法がなかったのだ。

「あいつは評判が良くて、俺の方は最悪だからな。楽に人の信頼を得るには、当然、あいつのふりをした方がいいだろう？」

薛洋《シュエヤン》はへらへらと笑って言いのける。

「見事な演技だった」

「いえいえ。俺にはすごく有名な友達が一人いるんだけど、あの見事な演技には到底敵《かな》わないよ。さて、無駄話はここまでだ。魏《ウェイ》先輩、この件は絶対手伝ってもらうからな」

「宋嵐《ソンラン》と温寧《ウェンニン》を操っていた黒い釘《くぎ》はお前が作ったんだろう？　それに、半欠けの陰虎符《いんこふ》まで復元できるなら、魂魄の修復に俺の助けなんて必要ないはずだ」

「それは違う。鬼道の開祖はお前だ。俺が陰虎符の残り半分を復元できたのは、お前が作った陰虎符があったからこそだ。一から作るなんてできるわけがない。俺よりお前の方がずっとすごいんだから、俺にできなかったことでも、お前なら絶対にできる」

魏無羨《ウェイウーシエン》にはその言い分がまったく理解できなかった。なぜ魏無羨《ウェイウーシエン》を知らない人たちは皆、本人に代わって勝手に訳のわからない自信を抱いているのだろう。彼は指でそっと顎《あご》を撫でつつ、お世辞を言って褒め合っている場合ではないだろうと思いながらも、「まあ、そう謙遜《けんそん》するなよ」と答えた。

「謙遜じゃなくて事実だよ。俺ははったりをかますのは嫌いなんだ。俺が一族郎党皆殺しにすると言ったら、必ず皆殺しだ。飼い犬まで一匹残らずな」

薛洋《シュエヤン》の物騒な言葉に、魏無羨《ウェイウーシエン》はふと思い当たることがあった。

「例えば、櫟陽《れきよう》常氏《チャン》か？」

薛洋《シュエヤン》が答える前に、店の扉がいきなり打ち開かれ、黒い人影が飛び込んできた。

魏無羨《ウェイウーシエン》と薛洋《シュエヤン》は同時に後ろに下がって、卓から離れる。その時、薛洋《シュエヤン》は例の鎖霊嚢を素早く掴み取った。黒い人影は宋嵐《ソンラン》で、彼は片手で軽く卓に触れると、くるりと宙で一回転して衝撃を受け流し、卓の上に降り立つ。瞬時にぱっと顔を上げて扉の方を見た彼の頬《ほお》には、数本の黒い血管が伸びていた。

宋嵐《ソンラン》の視線の先にいたのは温寧《ウェンニン》だった。彼は白い霧の混ざった黒い風を纏《まと》い、体中に巻きつけられた鉄鎖《てっさ》を引きずりながら、重々しい足取りでゆっくりと部屋の中に入ってくる。

先ほど天井から現れた宋嵐《ソンラン》を制止しようと竹笛で最初の旋律を吹いた時、魏無羨《ウェイウーシエン》は温寧《ウェンニン》を召喚する指令も出していたのだ。

彼は温寧《ウェンニン》に新たな指示を与えた。

「戦いは外でやれ、ここを壊すんじゃないぞ。それから、ちゃんと生きている人たちを守って、彷屍を近づかせるな」

温寧《ウェンニン》が右手を上げると鉄鎖が飛んでいき、それを宋嵐《ソンラン》は払子で迎え撃つ。二つがぶつかり、絡まり合った。温寧《ウェンニン》はその鉄鎖を引っ張って後ろに下がると、宋嵐《ソンラン》も払子を引かず、そのまま外まで引きずり出される。

世家公子たちはというと、既に近くにある別の店の中に隠れ、首を伸ばして二人の様子に釘づけになっていた。彼らが繰り出す払子、鉄鎖、長剣が激しくぶつかり、もつれ合って音を立てる度、火花が飛び散る。この二体の凶屍の戦いは実に苛烈《かれつ》なものだった。繰り出される技はどれも容赦なく、互いの攻撃はすべて命中しているのに、二人とも倒れることはない。彼らは凶屍だからこそ、ここまでなりふり構わず力の限り戦えるのだ。もし二人が生きている人間だったとしたら、とっくに腕か脚がもげ、脳みそが飛び散っていただろう！

「どっちが勝つと思う？」

　二人の戦いを眺めながら尋ねてきた薛洋《シュエヤン》に、魏無羨《ウェイウーシエン》はすぐさま答えた。

「考えるまでもないだろう？　絶対温寧《ウェンニン》が勝つ」

「あんなに刺顱釘《しろてい》を打ったのに、あいつ全然言うことを聞かなかったんだよな。まあ、物のくせにあまりにも主《あるじ》に一途なのも困るけど」

「温寧《ウェンニン》は物にはならない」

魏無羨《ウェイウーシエン》が淡々と返すと、薛洋《シュエヤン》は「ハハッ」と笑う。

「その言葉、別の意味にも取れるって気づいてるか？」

「取れる」まで言ったところで、彼はいきなり剣を抜くと、そのまま話しながら魏無羨《ウェイウーシエン》を突き刺そうとしてきた。

「お前はいつもそうやって話の途中で不意打ちをかけるのか？」

　素早く身をかわした魏無羨《ウェイウーシエン》が問うと、薛洋《シュエヤン》は不思議そうな顔で答えた。

「もちろんだ、俺はごろつきだからな。知ってるだろう？　別にお前を殺すつもりはない。ただ、大人しく俺についてきて、ゆっくりとさっきの魂魄を修復してもらいたいだけだよ」

「俺の手には負えないと言ったはずだ」

「そんなに急いで断らないでよ。たとえお前一人じゃ方法が思いつかなくても、俺たち二人で考えればなんとかなるかもしれないじゃないか」

　薛洋《シュエヤン》はまた話の途中でいきなり剣を振りかぶった。

魏無羨《ウェイウーシエン》は床一面に散らばる、元は紙人形だった紙屑の上で、それを瞬時に避ける。

（このごろつき、腕は確かだな）

薛洋《シュエヤン》の剣はどんどん速く、狙う場所も次第に容赦がなくなり、避けるのが難しくなっていく。

「お前、俺のこの霊力が低い体をいじめてるんだな？」

「そうだね！」

魏無羨《ウェイウーシエン》が思わず口走ると、薛洋《シュエヤン》は笑顔ですんなりそれを認めた。

　ようやく自分よりも恥知らずな者に出会えて、魏《ウェイ》無羨《ウーシエン》はニッと笑った。

「君子の恨みを買ってでも、ごろつきからは決して恨みを買うな――これって絶対お前みたいな奴のことだよな。さ、俺の出番はここまで。お前の相手は他にいる」

「誰？　まさか含光君のことか？」

　薛洋《シュエヤン》はにやりと笑って「三百以上の彷屍に奴を包囲させたんだ、今頃きっと……」と言いかけた。だが、最後まで言い終わらないうちに、白衣の人影が上空から店内へと舞い降りて、避塵《ビチェン》の冷たく澄みきった青い光が彼の顔めがけて襲いかかった。

　藍忘機《ランワンジー》の体はまるで氷のように凍《い》てついた厳しい気迫に覆われていて、庇うように魏無羨《ウェイウーシエン》の前に立った。薛洋《シュエヤン》も霜華《シャンホワ》を飛ばして避塵《ビチェン》の一撃を防ぐ。二つの名剣は真っ向からぶつかり合い、それぞれ所有者のもとへと戻る。

「さすが、最高の頃合いに登場だな？」

「うん」

　魏無羨《ウェイウーシエン》の言葉に頷きながら、藍忘機《ランワンジー》は薛洋《シュエヤン》と交戦を続けた。先ほどは魏無羨《ウェイウーシエン》が薛洋《シュエヤン》に追われてひたすら攻撃をかわすばかりだったが、今度は薛洋《シュエヤン》が藍《ラン》忘機《ワンジー》に追い詰められて防戦一方だ。

　形勢が芳《かんば》しくないと見ると、薛洋《シュエヤン》は目をくるくる動かしてニッと口の端を上げた。それから突然右手に持っていた霜華《シャンホワ》を放り上げて左手で受け取り、右手を袖《そで》の中に突っ込むと、微《かす》かにその袖を一回振った。魏無羨《ウェイウーシエン》は、彼が乾坤袖《けんこんそで》から何か毒の粉や隠し武器でも投げてくるのではないかと警戒したが、そこからはもう一本の長剣が出てきて、間髪《かんはつ》を容《い》れずに二刀流で攻め始めた。

薛洋《シュエヤン》が袖から取り出した長剣の刃は、振り回す度に何やらうっすらと陰鬱《いんうつ》な黒い気を発していて、霜《シャン》華《ホワ》の清らかに輝く銀色の光とは著しく対照的な不気味さを醸《かも》し出している。双剣で攻撃する薛洋《シュエヤン》は、左右の手を流れるように巧みに操り、たちまち盛り返してきた。

「降災《ジャンザイ》？」

ふいに藍忘機《ランワンジー》が呟くと、それを聞きつけた薛洋《シュエヤン》が微笑《ほほえ》んだ。

「あれ？　含光君、まさかこの剣を知ってるのか？　それは光栄だな」

「降災《ジャンザイ》」こそが薛洋《シュエヤン》本人の剣だ。その名の通り血と殺戮《さつりく》をもたらす、主と同じく不吉な剣だ。

「その名前、実にお前に相応《ふさわ》しいな」

思わず口を挟んだ魏無羨《ウェイウーシエン》を、藍忘機《ランワンジー》が制止する。

「下がりなさい。手出しは無用だ」

魏無羨《ウェイウーシエン》は素直にその言葉を聞き入れて引き下がった。店の入り口付近まできたところで外を見てみると、ちょうど温寧《ウェンニン》が無表情で宋嵐《ソンラン》の首を絞め上げ、壁に向けて投げつけて人型の大きな穴を作ったところだった。宋嵐《ソンラン》も同じく無表情で逆手に温寧《ウェンニン》の手首を掴み、彼を後ろに一回転させ地面に叩きつけた。二体の凶屍は無表情のまま「パンパン」「ドンドン」と大きな音を立てて戦っている。

どちらにも痛覚がなく傷を恐れないため、肉塊になるまでバラバラに斬り刻まない限り、腕や脚をもがれてもそのまま戦い続けられる。

「そっちにも俺は必要ないみたいだな……」

魏無羨《ウェイウーシエン》はぽつりと独り言をこぼした。

その時、向かい側にある真っ暗な店の中から、藍《ラン》景儀《ジンイー》がこちらに向かって一生懸命に手を振っているのが見えた。

（ハハッ、あっちなら絶対に俺が必要だ）

魏無羨《ウェイウーシエン》が嬉々として店の中に入った次の瞬間、避《ビ》塵《チェン》の剣芒《けんぼう》が勢いを増した。その攻撃で一瞬薛洋《シュエヤン》が手を滑らせ、霜華《シャンホワ》が彼の手から離れると、藍忘機《ランワンジー》はそれに乗じてその剣を掴み取った。霜華《シャンホワ》が敵の手に渡るや否や、降災《ジャンザイ》はすぐさま猛烈な勢いで藍忘機《ランワンジー》が霜華《シャンホワ》を握る左腕に斬りかかる。その一撃が空振りに終わると、冷たい炎のような怒りが薛洋《シュエヤン》の目の奥をよぎり、「それを返せ」と唸《うな》るような声で要求した。

「貴様はこの剣に相応しくない」

はっきりと言った藍忘機《ランワンジー》に、薛洋《シュエヤン》はせせら笑いを浮かべる。

一方、世家公子たちのもとに向かった魏無羨《ウェイウーシエン》は、店に入るなり少年たちに囲まれた。

「全員無事か？」

「はい！」

「言われた通りに息を抑えました」

「よろしい。もし俺の言うことを聞かない奴がいたら、またもち米のお粥を食べさせるからな」

魏無羨《ウェイウーシエン》がそう言うと、既にその味を思い知らされた数名の少年たちは皆吐きそうな顔になった。

その時、四方八方から足音が聞こえてきて、長い通りの両側では大量の人影が揺れ動き始めた。

藍忘機《ランワンジー》にもその音は聞こえていて、彼は袖を振って忘機琴《ワンジーきん》を取り出した。

琴はそのまま店の卓の上に落ち、藍忘機《ランワンジー》は避塵《ビチェン》を右手から放《ほう》って左手に持ち替えた。彼の剣の勢いは衰《おとろ》えることもなく薛洋《シュエヤン》と激しい攻防を続け、それと同時に琴の方を振り返ることなく右手を振ると、七本の弦《げん》を一気に鳴らした。

琴から放たれた大きなその響きは長い通りの果てまで届き、彷屍の頭が爆発するあの音が聞こえてきた。藍忘機《ランワンジー》は片手で薛洋《シュエヤン》と剣を交え、もう片方の手で古琴《こきん》を弾き、淡々と辺りを見渡しては、また無造作に指で弦をかき鳴らした。左右同時に攻撃するそのさまには、悠々たる風格が滲《にじ》み出ている。

固唾《かたず》を呑《の》んで見守っていた金凌《ジンリン》が、思わず口走った。

「強い！」

彼は江澄《ジャンチョン》と金光瑶《ジングアンヤオ》が夜狩《よかり》に出て妖獣を斬り殺す

ところを見たことがあり、二人の叔父《おじ》がこの世で一番強い仙門《せんもん》の名士だとばかり思い込んでいた。逆に藍忘機《ランワンジー》に対しては、尊敬よりも畏怖《いふ》の方が強く、彼の使う禁言術《きんげんじゅつ》と纏っている冷たい空気をひたすら恐れていたが、今この瞬間はその見事な戦いぶりに心底敬服させられていた。

「そりゃ、含光君が強いのは当然だろ。ただ非常に謙虚な方だから、その強さをひけらかさないだけなんだ。だよな？」

藍景儀《ランジンイー》は得意げに言い、最後の「だよな？」は魏《ウェイ》無羨《ウーシエン》に向かって聞いた。

「俺に聞いてるのか？　なんで俺？」

魏無羨《ウェイウーシエン》は何がなんだかわからない様子で聞き返した。

「まさか、含光君のことを強いと思わないっていうのか!?」

藍景儀《ランジンイー》はあり得ないというように目を見開き、急《せ》き込んで問い返してくる。

魏無羨《ウェイウーシエン》は指でそっと顎を撫でながら「うんうん、強いな。もちろんすごく強い！　あいつが一番だよ」とおざなりに言い、我慢できずに笑いだした。

この手に汗を握る危険な一夜が過ぎ、そろそろ夜も明けようとしている。しかしそれは朗報というわけでもない。夜が明けるということは、つまり迷霧《めいむ》もまた濃くなっていく。そうなれば、再び一歩進むのすら困難になるはずだ。

もし魏無羨《ウェイウーシエン》と藍忘機《ランワンジー》の二人だけなら、それほど厳しい状況ではないが、今は他に守るべき者が多くいる。大量の彷屍に囲まれたら最後、逃げきるのは難しいだろう。魏無羨《ウェイウーシエン》が頭を急回転させて対策を考えていたその時、例の軽快な「カッカッ」「コッコッ」という竹竿で地面をつつく音が再び響き始めた。

あの舌をなくした目の見えない少女の幽霊がまた現れたのだ！

魏無羨《ウェイウーシエン》はこの機を逸《いっ》せず即座に決断を下した。

「行くぞ！」

「行くって、どこに？」

困惑した顔で藍景儀《ランジンイー》が聞いてくる。

「あの竹竿の音についていくんだ」

「あの幽霊についていけって？　どこに連れていかれるかわからないだろう！」

目を見開いて言う金凌《ジンリン》に、魏無羨《ウェイウーシエン》が説明した。

「だからこそだよ。お前らが町に入ってから、この音はずっとつきまとっていたんだよな？　そして中に進もうとしたら、逆に入り口の方に導かれ、俺たちと出会った。つまり、彼女はお前らを町から追い出そうとしていたのさ。本当はお前らを助けようとしていたんだよ！」

遠くなったり近くなったりする竹竿の不気味な音は、彼女が町に入ってきた人間たちを脅《おど》かすための手段だ。しかしそれは悪意からとは限らない。魏無《ウェイウー》羨《シエン》が町に入ってすぐに蹴ってしまった陰力士の紙人形の頭部も、二人を脅かして、注意を促すために彼女が置いたものだったのかもしれない。

「それに昨夜、彼女は明らかに何か急を要することを伝えようとしていたのに、結局俺たちに伝わらなかっただろ。そのあと、薛洋《シュエヤン》が来た途端に姿を消してしまった。おそらく彼女は薛洋《シュエヤン》から逃げていて、とにかく奴の仲間ではないはずだ」

魏無羨《ウェイウーシエン》の話を聞いて、藍景儀《ランジンイー》は仰天した。

「薛洋《シュエヤン》!?　なんでそこで薛洋《シュエヤン》が出てくるんだ？　ここにいるのは暁星塵《シャオシンチェン》と宋嵐《ソンラン》じゃないのか？」

「えーっと、それはまたあとで説明するから。とにかく、今あそこで含光君と戦ってるのは暁星塵《シャオシンチェン》じゃない。薛洋《シュエヤン》がなりすました偽者だ」

話している間も、あの竹竿の音はまだ「コツコツ」と響いていて、まるで彼らを待っているようでもあり、早くと催促しているようでもあった。彼女についていけば、何か罠に陥《おとしい》れられるかもしれない……だが、ついていかなければ、また屍毒の粉を噴く彷屍たちに囲まれ、どちらを選んでも安全の保障はない。

少年たちは思いきって覚悟を決め、魏無羨《ウェイウーシエン》について地面をつつく音の方へと走った。やはり、彼らが動きだすと音も一緒に動きだし、時折前方の薄い霧の中からおぼろげに小柄な人影が覗くが、またすぐに見えなくなる。

しばらく走ったあとで、藍景儀《ランジンイー》に「俺たち、このまま離れて大丈夫なのか？」と聞かれ、魏無羨《ウェイウーシエン》は振り向いて大声で叫んだ。

「含光君、ここは任せた。俺たち先に行くから！」

すると「ベン！」と琴の音が一つ鳴った。それはまるで「うん」と答えているかのようで、魏無羨《ウェイウーシエン》は「ぷっ」と声に出して笑った。

「それだけ？　他に言うことはないのか？」

「そうだけど？　他に何を言うんだよ？」

「普通は、『心配だから俺も残る！』『行け！』『いやだ、行かない！　行くなら一緒に！』みたいなやり取りをするものじゃないか？」

藍景儀《ランジンイー》に真顔で言われ、魏無羨《ウェイウーシエン》は思わずまた吹き出した。

「それ、いったい誰から聞いたんだ？　普通はそうだって言われたのか？　でもさ、俺はまだしも、お前らんとこの含光君がそういうことを言うところなんて想像できるか？」

問いかけられた藍《ラン》家の少年たちは、困惑顔で口々に答えた。

「できません……」

「そうだろう。そもそも、そんな会話は時間の無駄だ。お前らの含光君はすごく頼もしいから、絶対大丈夫だって信じてる。俺はただ自分にできることをやって、あとはあいつが捜しに来るのを待つか、俺があいつを捜しに行けばいいんだ」

それから、竹竿の音について半炷香《はんちゅうこう》足らず歩き、何度も角を曲がった頃、その音は突然前方でぱたっと止まった。魏無羨《ウェイウーシエン》はさっと手を伸ばして後ろの少年たちを止め、一人で前に数歩進む。すると、次第に濃くなってきた迷霧の中に、一軒の家屋《かおく》がぽつんと佇《たたず》んでいた。

ギィ――。

家の扉がひとりでに開き、見知らぬ一行が入ってくるのを静かに待っている。魏無羨《ウェイウーシエン》は直感した。この中にはきっと何かがある。危険でも人の命を奪うものでもなく、彼に真実を教え、謎を解き明かしてくれる何かが――。

「ここまで来たんだし、入ろうか」

魏無羨《ウェイウーシェン》は皆にそう言ってから、足を上げて家屋の中に踏み込む。室内の暗闇に目を慣らしながら、後ろを振り向かず注意を促した。

「敷居に気をつけろ。躓くなよ」

忠告したにもかかわらず、少年の一人が危うくその高い敷居に足を引っかけそうになったようだ。

「この敷居、高すぎじゃないですか？　寺でもあるまいし」

「寺じゃないけど、同じように高い敷居が必要な場所なんだ」

うっとうしそうに文句を言う彼に、魏無羨《ウェイウーシェン》が答える。

あちこちで明火符《めいかふ》を五、六枚ほど燃やすと、揺れる橙《だいだい》色の光が部屋の中を照らしだす。

むき出しの地面には敷物にする稲わらが散乱していた。一番奥に供物《くもつ》台が一つあって、その下に高さがまちまちの腰掛けがいくつか置いてあり、右側には真っ暗な小部屋がある。それ以外には、漆黒《しっこく》の棺が七、八基置かれていた。

辺りを見回しながら、金凌《ジンリン》が口を開く。

「ここは義荘《ぎそう》か？　あの、死人を置いておくための？」

「そう。引き取り手がいない死体、家に置いておくと不吉な死体、これから埋葬《まいそう》される遺体、そういうのはだいたい義荘に置かれるんだ。死人の宿場みたいなものだな」

魏無羨《ウェイウーシェン》が説明すると、続けて藍思追《ランスージュイ》が聞いた。

「莫《モー》先輩、なぜ義荘の敷居はあんなに高く作られているのですか？」

「屍変者《しへんしゃ》を防ぐためだ」

「敷居を高くするだけで、屍変を防げたりするものなのか？」

今度は藍景儀《ランジンイー》がぼんやりとした様子で口を挟む。

「屍変は防げないけど、低級の屍変者が外に出ようとするのを防げる」

そう言うと、魏無羨《ウェイウーシェン》は振り返って敷居に近づく。

「例えば、俺が死んで、ついさっき屍変したとする」

少年たちはしきりに頷く。

「まだ屍変したばかりだから、俺の四肢《しし》は硬直しているはずだよな？　つまり、あんまり体を動かせない状態だ」

「そんなの当たり前だろう？　歩くことすらできないし、足も上げられないから、奴らは跳ぶしか……」

ここまで言いかけて、金凌《ジンリン》はすぐさま理解した。

「そうだ。跳んで進むことしかできない」

魏無羨《ウェイウーシエン》はそう言うと、両足を揃えて扉の外に跳んで出ようとしたが、敷居が高すぎて、何回跳んでもつま先が敷居に当たって出られなかった。その様子はあまりに滑稽《こっけい》に見えて、世家公子たちは屍変したばかりの死体が彼のように懸命に跳び上がり、ひたすら敷居に阻《はば》まれる姿を思い浮かべて皆で笑いだした。

「わかったか？　おい、笑うなよ。これは庶民の知恵だぞ。屍変者が敷居に躓いて一度地面に倒れたら、四肢が硬直しているからすぐには起き上がれない。やっと起き上がった頃には夜が明けて鶏《にわとり》が鳴きだすか、日が昇って義荘の管理人に見つかるかのどっちかだろう。野暮《やぼ》ったくて子供だましに見えても、低級の屍変者には確かに有効だからな。仙門出身じゃない市井《しせい》の人がこういう方法を考えついただけでもすごいと思うよ」

金凌《ジンリン》も笑っていたが、それを聞いてすぐに笑みを引っ込めて疑問を口にする。

「ところで、さっきの幽霊は俺たちをこの義荘に連れてきてどうするつもりなんだ？　まさか、ここなら彷屍に囲まれないとか？　そもそも、本人はどこに消えたんだ？」

「おそらく、ここは本当に安全な場所なんだと思う。中に入ってしばらく経つけど、お前ら彷屍の気配を感じたか？」

魏無羨《ウェイウーシエン》が少年たちに問いかけたその時だった。

例の少女の幽霊が、突然ある棺の上にふっと姿を現した。

少し前に魏無羨《ウェイウーシエン》の指導のもとで、少年たちは既に彼女の容貌を細かく観察していた。血を流す両目と舌を抜かれた口内もすべて見ていたため、再度目にしても、それほど強い恐怖を感じることはなかった。つまり、まさに魏無羨《ウェイウーシエン》の言った通り、恐怖に慣れれば次第に度胸もついて、落ち着いて対処できるようになると実践で経験したわけだ。

少女には実体がなく、その霊体は淡い光を発している。小柄で顔も小さく、きちんと身だしなみを整えれば近所にいるような可憐《かれん》な娘に違いない。ただ、彼女が足を開いて座るその姿には上品さの欠片《かけら》もなく、盲人杖として使っていたあの竹竿を棺に立てかけ、二本の細い脛を苛立ったように揺らしていた。

彼女は棺の上に座ったまま、手で軽くその棺の蓋《ふた》を叩いていたが、魏無羨《ウェイウーシエン》たちが動かずにいると、しまいには飛び降りて棺の周りをぐるぐると回り、彼らに身振り手振りで何かを伝えようとする。今度の動きはかなりわかりやすく「開けて」という動きだった。

「俺たちにこの棺を開けさせたいのか？」と金凌《ジンリン》が聞く。

「もしかしたら、この中には彼女の遺体が置かれていて、私たちに埋葬してほしいんでしょうか？」

藍思追《ランスージュイ》は状況からそう推測した。これは最も順当と言える考え方で、多くの幽霊は死後に遺体が埋葬されなかったせいで安らぎを得られず、この世に留まっている。魏無羨《ウェイウーシエン》が棺の片側に立つと、少年の数名が反対側に回り、彼と一緒に蓋を開けようとした。

「手伝わなくていいから、お前らは離れてろ。もし中身が遺体じゃなく彷屍だったりしたら、またお前らに屍毒の粉を噴きつけるかもしれないぞ」

彼は一人で棺を開け、蓋を地面にゴトンと落とす。中を覗き込むと、一つの死体が見えた。

しかし、それはこの少女の遺体ではなく、別の人物のものだった。

両手を胸のところで合わせ、安らかに眠っているのは年若い男で、重なった両手の下には払子が一本置かれている。全身を真っ白な道服に包み、あらわになっている顔の下半分を見ただけでも、その輪郭《りんかく》が秀麗で気品のある形をしているとわかる。顔色は蒼白そのもので、唇にも血色がない。

そして顔の上半分は、目元に指四本分ほどの幅の白い包帯が幾重《いくえ》にも巻きつけられていて、包帯の下の両目があるはずの場所には、本来あるべき膨らみが一切なく、逆にくぼんでいる。そこにはもう両の目玉はなく、ただの空洞しかないことが見て取れた。

少女は彼が棺を開けた音を聞いて、手探りで近寄ってくると、手を棺の中に差し入れて慌ててあちこちを触り始める。そうして死体の顔に触れると、地団駄を踏み、失明した両目から血の涙を流した。

これ以上の言葉も、身振り手振りも何一つ必要なく、全員が理解した。

この廃《すた》れた義荘の中で一人孤独に眠る死体こそが、本物の暁星塵《シャオシンチェン》だったのだ。

幽霊の涙は実際に雫となってこぼれ落ちることはない。少女はひとしきり静かに泣いたあと、突然憤《いきどお》りながら立ち上がり、彼らに向かって「ああ」「ああ」と声を上げる。どうやら焦《あせ》りや怒りを込めて、必死に何かを訴えようとしている様子だった。

「また問霊しますか？」

藍思追《ランスージュイ》が申し出たが、魏無羨《ウェイウーシエン》は首を横に振った。

「その必要はない。俺たちに彼女が望んでいる質問ができるかわからないし、それに彼女の答えも、おそらくかなり複雑で理解が難しいものだと思う」

彼は「お前の手には余る」とは言わなかったが、藍思追《ランスージュイ》はそれでも自らの未熟さを申し訳なく思い、心の中で密かに決意した。

（帰ったらもっと「問霊」の修練に励まないと。含光君のように淀《よど》みなく弾けて、手際良く問答し、解読するだけでなく、状況の把握もできるようにならなければ）

「じゃあどうするんだ？」

藍景儀《ランジンイー》の問いかけに、魏無羨《ウェイウーシエン》は言った。

「共情《きょうじょう》しよう」

怨霊《おんりょう》から情報を聞き出し、手がかりを収集することに関して、各世家にはそれぞれ得意とする方法がある。魏無羨《ウェイウーシエン》が最も得意なのが「共情」だ。

この術なら他家のやり方のように複雑ではないため、誰でも使うことができる。怨霊を直接体に招き入れ、術者の体を媒介《ばいかい》にその魂魄と記憶に侵入し、生前聞いたことを聞き、見たことを見て、感じたことを感じる。しかし、怨霊の感情が強すぎると、その深い悲しみや怒り、狂喜などの感情に影響されてしまうため、感情を共有するという意味合いで「共情」と呼ぶようになった。

この術は一番直接的で手っ取り早く、同時に最も有効な手段と言える。そしてもちろん、どんな方法よりも危険だった。怨霊が体に入り込むなんて、誰もが恐ろしくて避けたいことなのに、共情は自ら火の中に飛び込むようなもので、少しの不注意でその身を滅ぼす結果に陥ってしまう。ひとたび怨霊が術者に逆らい、隙を見て反撃されたら、最低でも奪舎《だっしゃ》は免《まぬか》れない。

「危険すぎる！　あんな邪術なんて……」

抗議する金凌《ジンリン》の言葉を、魏無羨《ウェイウーシエン》が遮《さえぎ》った。

「もう時間がないんだ。皆こっちに来い、早く。さっさと終わらせて含光君のところに戻らないとな。金凌《ジンリン》、お前が監督者《かんとくしゃ》になれ」

監督者は共情の儀式には必要不可欠な役割だ。共情者が怨霊の感情に入り込みすぎて自力では抜け出せなくなる状況を防ぐためには、監督者と予《あらかじ》め合図を決めておく必要がある。その合図は短い言葉か、あるいは共情者にとって慣れ親しんだ音が望ましい。監督者は片時も目を離さず見守り、もし異変に気づいたらすぐさま対処して、共情者を共情から引っ張り出す役目を負うのだ。

「俺が？　あんな術をこの俺様……俺に監督しろって？」

「金《ジン》公子がやらないなら、私がやります」

指名された金凌《ジンリン》が不快そうな顔で自分を指さすと、藍思追《ランスージュイ》が進み出る。

魏無羨《ウェイウーシエン》は金凌《ジンリン》に尋ねた。

「金凌《ジンリン》、お前、銀鈴《ぎんりん》を持ってきているか？」

銀鈴は、雲夢江氏《うんぼうジャンし》の象徴的な佩飾《はいしょく》〔腰につける装身具〕の一つだ。金凌《ジンリン》は小さい頃から両親それぞれの家で育てられ、蘭陵金氏《らんりょうジンし》の金鱗台《きんりんだい》に住んだり、また今度は雲夢江《ジャン》氏の蓮花塢《れんかう》に住んだりして成長してきたため、両家の佩飾を持っているはずだ。

するとやはり彼はためらいながらも古風で飾り気のない小さな鈴を取り出した。その銀色の鈴には江《ジャン》氏の家紋である九弁蓮《きゅうべんれん》が彫られている。金凌《ジンリン》はそれをじっと見つめる魏無羨《ウェイウーシエン》の表情が微かに変化したことに気づいた。

「なんだよ?」

魏無羨《ウェイウーシエン》は「なんでもない」と言って、受け取った銀鈴を藍思追《ランスージュイ》に渡す。

「雲夢江《ジャン》氏の銀鈴は心を静める力があるから、これを合図にしよう」

彼がそう続けると、金凌《ジンリン》は手を伸ばしてその鈴を奪い返した。

「やっぱり俺がやる!」

「やるって言ったり、やらないって言ったり、気まぐれなお嬢様かよ」

藍景儀《ランジンイー》がちくりと言って鼻を鳴らす。

魏無羨《ウェイウーシエン》は少女に向かって、「入ってきていいぞ」と声をかけた。

少女が目と顔を擦《こす》ってから彼の体にぶつかってくると、魂魄そのものが丸ごと魏無羨《ウェイウーシエン》の中に入り込む。すると魏無羨《ウェイウーシエン》は棺に沿って滑るように、ゆっくりと地面に崩れ落ちた。彼が楽に座れるように、少年たちは慌ただしく稲わらを大量に拾い集めて敷いてやる。金凌《ジンリン》はというと、銀鈴をきつく握りしめたまま考え込んでいた。

少女がぶつかってきたその時、魏無羨《ウェイウーシエン》は今さらながら一つの問題に気づいてしまった。

(この子は目が見えないから、共情しても何も見えないんじゃないか? こりゃ、効果半減だな……まあいいか。話を聞けるだけでもなんとかなるだろう)

しばらく頭がくらくらして目が回るのを感じていたが、ふわふわとした軽い魂魄がやっと着地したような感覚があった。少女が目を開け、魏無羨《ウェイウーシェン》も同じように目を開ける。なんと目の前は暗闇ではなく、美しく鮮明に広がる緑豊かな山と川だった。

（見えるじゃないか！　つまり、これはまだ目が見えていた頃の記憶なんだな）

共情で魏無羨《ウェイウーシェン》が見ることができるのは、彼女の記憶の中でも最も鮮烈で、誰かに訴えたいと望むいくつかの出来事の断片だ。それをただ静かに見て、彼女が感じたことを感じるだけでいい。この時、二人は五感をすべて共有していて、彼女の目は彼の目であり、彼女の口は彼の口なのである。

少女は小川のほとりに座って、水面を鏡代わりに身じまいをしていた。たとえ服がボロボロだとしても、最低限の身だしなみは必要だ。彼女はつま先で調子を取って、鼻歌を歌いながら髪を結い上げていたが、何度やっても気に入らないようで、魏無羨《ウェイウーシェン》には細い木の簪《かんざし》を頭のあちこちにさしている感覚があった。ふいに彼女は俯《うつむ》くと、水面に映る自分の姿を見た。魏無羨《ウェイウーシェン》の視線も同じように下に移る。水の中には細面《ほそおもて》の少女が映し出されていた。

その両目には瞳がなく、真っ白だ。

（これ、どう見ても盲人なのに、なんで今は普通に目が見えるんだ？）

魏無羨《ウェイウーシェン》が不思議に思っていると、少女は髪を結い終わったようで、尻の埃《ほこり》をはたいてすっくと立ち上がった。足元に置いた竹竿を手に取り、ぴょこぴょこと飛んだり跳ねたりして道に沿って歩いていく。彼女は歩きながら手に持っている竹竿を振り、頭上にある木の枝葉を打ったり、足元の石を蹴って転がしてみたり、草むらにいるバッタを驚かせたりして、一時も大人しくしていることがなかった。

ふと、前方から人が歩いてくるのに気づき、彼女はすぐさまはしゃぐのをやめ、行儀良く竹竿を持って、地面をつつきながら注意深く慎重な様子でゆっくりと歩き始めた。やってきたのは村の農家の女たちで、少女の様子を見て道を空け、そしてひそひそと話し始める。少女は慌ててお辞儀をした。

「ありがとうございます。ありがとうございます」

女たちの一人はおそらく彼女を見て不憫《ふびん》に思ったのだろう、持っていた手提げにかけてある白い布をめくると、まだ温かい饅頭《まんとう》を一つ取り出して彼女に渡した。

「お嬢ちゃん、気をつけてね。お腹空いてないかい？　これを食べな」

少女は「あっ」と声を上げ、驚いた顔を作る。

「そんな、お気持ちだけで……」

女は饅頭《まんとう》を彼女の手のひらに置くと、「遠慮しないで！」と言った。

「ありがとうございます！　阿箐《アージン》、お姉さんに感謝します！」

彼女は礼を言ってそれを受け取る。

（この子の名前は阿箐《アージン》っていうのか）

女たちと別れたあと、阿箐《アージン》は二、三口で饅頭《まんとう》を食べ終わって、また飛んだり跳ねたりし始めた。魏無羨《ウェイウーシェン》は彼女の体の中にいて、一緒に跳ぶ感覚が続くうち、次第に頭がくらくらして眩暈《めまい》を感じた。

（この子、元気すぎるだろう。これでわかったぞ。彼女はただ見えないふりをしていただけだ。両目の白い瞳もおそらく生まれつきで、確かに見た目は盲人のようだけど、実際は普通に見えている。それを利用して人を騙し、同情を買ってきたんだな）

彼女のように一人ぼっちで流浪《るろう》している少女が盲人のふりをすれば、周りは信じ込んで自然と警戒心も弱くなる。だが、実は彼女にはすべてが見えているのだ。臨機応変な芝居は、自分を守るための一種の賢い方法なのだろう。

（でも、阿箐《アージン》の幽霊には確かに何も見えていなかった。つまり彼女は生きてる間に目が見えなくなったってことになるよな。いったいどうして偽の盲人から本物の盲人になったんだろう？　……まさか、見てはいけない何かを見てしまったから？）

阿箐《アージン》は、他に誰もいない所ではずっと跳ね回って、人が現れると再びおどおどと盲人のふりをする。そうして歩いたり立ち止まったりを繰り返しながら、ある市場に辿り着いた。

人が多くなると、彼女はまた竹竿で地面をつつく盲人の真似《まね》を徹底し、その演技は迫真の出来栄えだ。ゆっくりと人の流れの中を進み、唐突に裕福そうな身なりの中年男性に後ろから思いきりぶつかった。

「すみません、すみません！　私目が見えなくて、本当にすみません！」

阿箐《アージン》は驚き怯えた様子で、慌てて謝る。

（何が見えないって？　最初からこの男めがけてわざとぶつかったんだろう！）

突然ぶつかられた男は怒って振り向くと、大声で彼女を罵倒しようとしたが、その前に相手が盲人だということに気づいた。しかも、なかなか可愛らしい女の子だ。もしこのまま公衆の面前で彼女に平手打ちでもしようものなら、周りの人々に非難されることは明白で、仕方なく「気をつけろ！」と怒鳴りつけるだけに留めた。

阿箐《アージン》はしきりに謝ったが、男はまだ気が済まないらしく、立ち去り際に右手でわざと阿箐《アージン》の尻を強くつねった。それは同時に、五感を共有している魏無《ウェイウー》羨《シエン》の尻もつねられたということだ。彼の全身にぞわっと鳥肌が立ち、この男を地面にめり込むまでひたすら殴りつけてやりたいという衝動に駆られた。

阿箐《アージン》は背を丸めたまま身動きせず、ひどく怯えている様子だったが、男が遠くまで離れると、地面をつついて人気《ひとけ》のない路地裏に入った。そこで「チッ」と舌打ちをすると、懐から財嚢《ざいのう》を一つ取り出す。中の金を全部出して数えてから、また舌打ちをした。

「クソ男め、どいつもこいつもクズばっかりだ。立派な服を着ているくせに、全然金を持ってないじゃない。財嚢を振っても音すらしない」

魏無羨《ウェイウーシエン》は内心で引きつった笑みを浮かべた。阿箐《アージン》はまだ十代で、おそらくこの頃は十五歳にもなっていないようなのに、人を罵《ののし》る言葉はすらすらと慣れた口調で飛び出し、もちろん人の財嚢を盗む様も手慣れたものだ。

（もし盗んだのが俺の財嚢だったら、絶対こんなふうには言わせなかったぞ。昔はそれなりに金を持ってたからな）

自分はいつから貧乏人になったのだろうと彼が感

概に耽《ふけ》っている間に、阿箐《アージン》は既に次の標的を見つけていて、また盲人のふりをして路地裏から出た。そして少し歩くと、再び同じ手口で「ああっ」と叫んで全身白い道服を着た道士に後ろから体当たりする。

「すみません、すみません！　私目が見えなくて、本当にすみません！」と先ほどとまったく同じ台詞を繰り返すのを聞き、魏無羨《ウェイウーシエン》は呆れ果てて首を横に振った。

（美人さん、せめて言葉くらい変えてくれよな！）

その道士は彼女にぶつかられてわずかにふらついたものの、すぐに体勢を整え、振り返ると逆に彼女を支えてくれる。

「私なら大丈夫です。お嬢さんは目が見えないのですか？」

彼はまだかなり若い青年で、飾り気のない道服には汚れ一つなく、白い布で覆われた長剣を背負っていた。あらわになっている顔の下半分には若干のやつれが見えるが、その顔立ちは整っていて気品を感じさせる。そして、顔の上半分には、目元に指四本分の幅の包帯が巻きつけられていて、包帯の下からは微かに血が滲み出ていた。

阿箐《アージン》は彼を見て、どうやら少し呆然としていたようだ。やっと我に返ると、「は……はい！」と返事をした。

「でしたらそう急がずに、ゆっくり歩かないと。また人にぶつかったら大変ですよ」

暁星塵《シャオシンチェン》はそう言うと、自分も目が見えないことは一言も伝えないまま、阿箐《アージン》の手を取り、彼女を道の端まで連れていった。

「こっちです。ここなら人が少ないですから」

彼の言葉も動きも、すべてが注意深くて優しいものだ。阿箐《アージン》は手を伸ばしかけて、少しためらい、結局また誰にも気づかれないように、彼の腰の辺りから財嚢を素早くくすねた。

「ありがとうございます！　阿箐《アージン》、お兄さんに感謝します！」

「お兄さんではなくて、道長《どうちょう》です」

暁星塵《シャオシンチェン》が道士の敬称で呼ぶように伝えると、阿箐《アージン》は瞬きをした。

「道長でもお兄さんですよ」

それを聞いて、暁星塵《シャオシンチェン》は笑った。

「では、お兄さんと親し気に呼んでくれるのならば、私の財嚢を返してくれませんか？」

阿箐《アージン》のような流浪の巾着《きんちゃく》切りの手さばきがたとえ今より十倍素早かったとしても、仙術を修練する者の五感は騙せない。彼女はまずいと気づき、竹竿を持ち上げるといきなり走りだした。しかし、数歩しか走らないうちに、暁星塵《シャオシンチェン》に片手で後ろ襟《えり》を掴まれ、また道の端に戻されてしまう。

「そんなに急いではいけないと言いましたよね。また人にぶつかったらどうするんですか？」

阿箐《アージン》は逃げようとしてジタバタと抵抗しながら、唇を動かすと下唇を噛《か》んだ。

（まずい、この子「助平」って叫ぶ気だ！）

気づいた魏無羨《ウェイウーシエン》が焦りを感じたその時、通りの向こうから一人の中年男性がずんずんと歩いてきた。彼は阿箐《アージン》を見つけるなり目を光らせる。

「このクソガキ、やっと見つけたぞ。さっさと金を返せ！」

怒鳴りつけながら近づいてきた男は、罵るだけでは気が済まないのか、阿箐《アージン》の顔をめがけてさっと手を上げる。彼女は慌てて頭を引っ込めて目をつぶったが、男の手は彼女の頬に届く前に誰かに止められた。

「落ち着いてください。女の子に手を上げるのは、あまり感心しませんよ」

暁星塵《シャオシンチェン》の声だ。

こっそりと目を開けた阿箐《アージン》の視界に、思いきり力を込めて自分を叩こうとしていたはずの男の手が、暁星塵《シャオシンチェン》によって掴まれているのが映った。易々《やすやす》と押さえているように見えるが、完全に動きを封じているようだ。男は恐怖を感じながらも、強気な態度で抗議した。

「見えねぇくせに出しゃばってんじゃねぇ。英雄気取りかよ！　このクソガキはお前の女か？　そいつが泥棒だって知ってんのかよ！　俺の金を盗みやがったんだ、庇うってことはお前も仲間だな！」

暁星塵《シャオシンチェン》は片手で男を掴みながら、もう片方の手で捕らえていた阿箐《アージン》の方を振り向くと、「お金を返しなさい」と諭《さと》した。

阿箐《アージン》は、例のしみったれた財嚢を懐から取り出すと、慌てて差し出す。暁星塵《シャオシンチェン》が手を放すと、男は俯いて財嚢を開け、中身が減っていないことを確認した。それから目の前の暁星塵《シャオシンチェン》を見て、自分では勝てそうもないと悟り、仕方なく決まりが悪そうに立ち去った。

「あなたは本当に大胆不敵ですね。目が見えないのに盗みを働くなんて」

暁星塵《シャオシンチェン》の言葉を聞き、阿箐《アージン》はムッとしてぴょんと跳び上がった。

「あたしだってあいつに触られたのに！　お尻をつねられて、すごく痛かったんだから。ちょっとくらいお金をもらったっていいじゃない。大きい財嚢の割に中身はスカスカだったくせに。よくも人を殴ろうとしたな、ケチな男！」

（どう考えても自分がぶつかって盗んだのが悪いのに、よくも向こうが先にひどいことをしたみたいに言うもんだ。どさくさ紛《まぎ》れに事実をすり替えやがって、さすがだな）

魏無羨《ウェイウーシエン》が舌を巻いていると、暁星塵《シャオシンチェン》は首を横に振った。

「そういう人なら、なおさら怒らせるようなことをしてはなりません。もし今日他に誰もいなかったら、平手打ちの一つでは済まなかったでしょう。お嬢さん、真っ当に生きていってください」

彼はそう言い残し、踵《きびす》を返すと別の方向へ歩き始める。

（自分の財嚢は返してもらわないのか。師叔《ししゅく》も俺と同じように、女の子を大事にする人だったんだな）

阿箐《アージン》は盗んだ小さな財嚢を握りしめたまま、しばらくの間呆然と立ち尽くしていたが、唐突に思い立ってそれを懐にしまい込むと、竹竿をつつきながらあとを追いかけ、暁星塵《シャオシンチェン》の背中に思いきりぶつかった。体当たりされた暁星塵《シャオシンチェン》は、また彼女を支えてやる。

「まだ何かありましたか？」

「あんたの財嚢はまだあたしが持ってるよ！」

「それは差し上げます。あまり入っていませんが、せめてそれを使いきるまでは盗みをやめなさい」

「ねぇ、さっきのケチな男が怒鳴ってたけど、あんたも目が見えないの？」

あとの言葉を聞いて、暁星塵《シャオシンチェン》の表情は一瞬で暗くなり、笑顔を失った。

悪気のない無邪気な子供の一言ほど心を抉《えぐ》るものはない。子供は何もわからない。わからないからこそ、人を傷つける時も容赦がなかった。

暁星塵《シャオシンチェン》の目元からごくわずかに滲み出ていた血の跡は、次第にどんどん濃くなってきて、もはや包帯から滴《したた》りそうなほどだ。彼は手を上げ、目には触れないように目元を覆い隠す。その手は微かに震えていた。目をくり抜いた時の痛みとその傷は、そう簡単に癒《い》えるものではないだろう。だが、阿箐《アージン》はただ彼が少し眩暈を起こしただけだと思い、嬉しそうに話した。

「だったらあたし、あんたについていくね！」

暁星塵《シャオシンチェン》は辛《かろ》うじてぎこちない笑みを浮かべた。

「なぜ私に？　女冠《じょかん》〔女性の道士〕にでもなりたいのですか？」

「あんたもあたしも見えない者同士、一緒にいればお互いの面倒も見れるしさ。あたしには父ちゃんも母ちゃんも帰る家もないから、誰についていっても、どこに向かっても同じだから、ね？」

阿箐《アージン》は非常に頭が良かった。ただ頼むだけでは暁《シャオ》星塵《シンチェン》が承知してくれないと理解した上で、彼が善人であることを利用して脅しにかかった。

「あたし、考えなしにお金を使っちゃうから、もらったこのお金もすぐなくなるよ。もしあたしがついていくのを許してくれないんなら、また誰かを騙したり盗んだりして、頭がくらくらするくらい思いきり頬をぶたれることになっちゃうかも。そんなのかわいそうすぎるでしょ？」

暁星塵《シャオシンチェン》は微笑んで答えた。

「あなたのように賢い子なら、逆に相手の頭がくらくらするまで騙すことはあっても、誰もあなたをそんなふうにぶったりなんかできませんよ」

阿箐《アージン》の記憶をここまで覗き見てきて、魏無羨《ウェイウーシエン》はある奇妙なことに気づいた。

本物の暁星塵《シャオシンチェン》と比べてみると、薛洋《シュエヤン》が演じていた偽者は、完璧すぎるほど本物にそっくりなのだ！

容貌以外、仕草や表情に至る細部までもが真に迫っていて、あの時の薛洋《シュエヤン》は、暁星塵《シャオシンチェン》が奪舎して乗り移っていたと言われたら信じてしまうほどだった。

阿箐《アージン》は暁星塵《シャオシンチェン》につきまとい、しがみついたり同情を誘ったりしつつ、もちろん盲人のふりは続けながらずっと彼についていった。暁星塵《シャオシンチェン》は何度も自分についてきては危険だと言い聞かせたが、阿箐《アージン》はまったく聞く耳を持たず、暁星塵《シャオシンチェン》が通りがかりの村で妖獣となった牛を退治した時も、怖がって逃げることはなかった。相変わらず「道長、道長」と言いながら、金魚の糞《ふん》のように彼の半径一丈《じょう》を離れずについていく。

阿箐《アージン》は賢くて愛嬌があり、度胸も持ち合わせているために夜狩の邪魔にもならない。しかも彼女は女の子で、目が見えない上に天涯孤独なのだ。彼はいつしか阿箐《アージン》がついてくることを黙認したようだった。

魏無羨《ウェイウーシエン》は、暁星塵《シャオシンチェン》にはどこかに目的地があるはずだと思っていたが、いくつかの記憶の断片が続けて過ぎていっても旅先の風土と方言にはこれといって関連性がなく、二人の道程は一向に一本の線に繋《つな》がらない。目的地があるというよりは、ただ行く先々で夜狩をしては、どこかで異象《いしょう》や祟《たた》りが起きていると聞きつけると、次はそこへ向かっているだけのように見える。

（もしかして、櫟陽常氏《れきようチャン》の事件が彼にとってあまりにも深手だったから、もう二度と仙門世家とは関わりたくなかったのかな。だけど志《こころざし》は変えられないから、旅しながら夜狩をすることを選んで、できる限りのことをしようとしたのかもしれない）

ある時、暁星塵《シャオシンチェン》と阿箐《アージン》は、両側に腰の高さまで雑草が生《お》い茂った長く平坦な道を歩いていた。

すると突然、阿箐《アージン》が「あ」と声を出した。

「どうしました？」

「ううん、なんでもない。ちょっと足を捻っただけ」

魏無羨《ウェイウーシエン》にははっきりと見えていた。阿箐《アージン》は、暁星塵《シャオシンチェン》に追い出されないよう、彼の前で盲人のふりをする必要がなければ、元気に飛んだり跳ねたりしていただろうが、先ほどはただ普通に歩いていた。声を上げたのは、足を捻ったからではない。阿箐《アージン》が驚いたのは、ふと辺りを見渡した時に、生い茂った雑草に埋もれるように倒れている黒い人影が見えたからだ。

相手が生きているのか、それとも死んでいるのかはわからないが、どちらにしろ厄介事《やっかいごと》だと思ったようで、阿箐《アージン》は明らかに暁星塵《シャオシンチェン》にその人のことを気づかせたくない様子だった。

「早く行こう。この先のなんちゃら城で休もうよ。疲れちゃった！」

先を急ぐ阿箐《アージン》を、暁星塵《シャオシンチェン》が優しく気遣う。

「でも、足を捻ったんでしょう。私が背負ってあげましょうか？」

阿箐《アージン》は思わぬ申し出を喜び、竹竿で「パンパン」と地面を叩いて「してして！」と答えた。暁星塵《シャオシンチェン》は笑いながら彼女に背を向けると、片膝を地面についた。阿箐《アージン》がちょうどその背中に飛び乗ろうとした時、突然、暁星塵《シャオシンチェン》は彼女を押さえて立ち上がる。

彼は集中して辺りの様子を探りながら言った。

「……血の臭いがします」

阿箐《アージン》も微かな血の臭いを嗅《か》いだような気がしたが、夜風に吹かれて時折ごくわずかに臭う程度だ。

「そう？　あたしは何も臭わないけど？　もしかしたら、近くの家で豚とか鶏をさばいてるんじゃないの？」

彼女は素知らぬふりを続ける。

だが次の瞬間、そんな彼女を神様が邪魔するかのように、草むらにいる人物が小さく咳《せ》き込んだ。

それはごく弱々しい声だったが、暁星塵《シャオシンチェン》の耳に届かないはずはない。彼はすぐさま音のした方向に見当をつけ草むらに足を踏み入れると、その人物のそばでしゃがみ込んだ。

阿箬《アージン》は結局彼に気づかれてしまったことに地団駄を踏んだが、もう誤魔化しようもない。仕方なく、手探りするふりをして近寄った。

「どうしたの？」

暁星塵《シャオシンチェン》は倒れている男の脈を測りながら、「誰かが倒れています」と答えた。

「どうりでこんなに血生臭《ちなまぐさ》かったんだね。もう死んでるんじゃないの？　穴を掘って埋めてあげる？」

死人なら生きている人間よりは面倒が少ないと考え、阿箬《アージン》はその人が事切れるのが待ちきれなかった。

「まだ死んでいませんよ。ただ、かなりの重傷を負っています」

暁星塵《シャオシンチェン》はそう言い、少し思案してからその男を軽々と背負い上げた。

本当なら自分がいるはずだった場所が血まみれの男に横取りされ、町まで自分を背負ってくれる話は水の泡となってしまった。阿箬《アージン》は口を尖らせながら思いきり竹竿を地面に突き刺し、いくつも深い穴を作ったが、暁星塵《シャオシンチェン》が怪我《けが》人を見捨てるわけがないこともわかっていたため、文句は言えなかった。二人が元の道に戻って先へ進むと、歩けば歩くほど、魏《ウェイ》無羨《ウーシエン》は辺りの景色に見覚えがあると感じ、急にはっとして思い出した。

（ここって、俺と藍湛《ランジャン》が義城に来る時に通った道じゃないか？）

やはり、道の先には、義城を囲む背の高い城郭《じょうかく》が見えた。

この時は城門もまだそれほど廃れておらず、角《すみ》櫓《やぐら》も壊れていない。壁の落書きも一切なかった。町の中に入ると、霧は外より少し濃いものの、後々のあの一寸先も見えないような迷霧と比べれば、ほとんどないに等しい。通りの両側に軒《のき》を連ねる家には明かりが灯《とも》り、しかも人の話し声も聞こえる。他の町に比べれば辺鄙《へんぴ》でもの寂しい所だが、少なくともこの当時はまだ幾分活気があったようだ。

暁星塵《シャオシンチェン》は重傷を負った血まみれの男を背負ってい

るため、きっとどの店も自分たちを泊めてくれないだろうと宿を探すことはせず、一番初めに向かい側から歩いてきた不寝番《ふしんばん》を掴まえると、この町に使われていない義荘がないかと尋ねた。

「あっちの方に一軒ありますよ。番人のおじいさんが先月亡くなったので、今は誰もいません」

不寝番は彼にそう告げると、目が見えない暁星《シャオシン》塵《チェン》を心配し、進んで義荘まで案内してくれた。

そこは、まさに暁星塵《シャオシンチェン》の死後、彼の遺体が安置されていたあの義荘だ。

不寝番に礼を言って、暁星塵《シャオシンチェン》は怪我人を右側にある番人の寝所《しんじょ》まで運んだ。部屋はほどほどの広さで、壁側には小さな低い寝床があり、炊事道具なども一揃いあった。彼は怪我人を慎重に寝床に横たえると、乾坤袋《けんこんぶくろ》から丹薬を取り出し、きつく歯を食いしばったその男の口の中に押し込んだ。阿箐《アージン》は部屋の中を手探りであちこち触ってから、嬉しそうな声を上げる。

「ここにいろんな物があるよ！　たらいもある！」

「火鉢《ひばち》はありますか？」

「あるよ！」

「阿箐《アージン》、なんとかしてお湯を沸《わ》かしてくれると助かります。火傷《やけど》しないように気をつけてくださいね」

暁星塵《シャオシンチェン》に頼まれて、阿箐《アージン》は口をへの字に曲げつつも手を動かし始めた。暁星塵《シャオシンチェン》は怪我人の額に触ってから、丹薬をもう一粒取り出して彼に飲ませる。魏《ウェイ》無羨《ウーシエン》はその人物の顔をよく見たかったが、阿箐《アージン》は明らかに彼に興味がなく、しかもイライラしていて、彼に一瞥《いちべつ》もくれなかった。湯が沸き、暁星塵《シャオシンチェン》がその湯で湿らせた布で彼の顔についている血の跡をゆっくり拭き取る。阿箐《アージン》も気になってそちらを一目見ると、声を出さずに「え」と言った。

顔を綺麗に拭いたら、意外にも彼の目鼻立ちが整っていたからだ。

だが、その顔を見て、魏無羨《ウェイウーシエン》の心は沈んでいった。

――思った通り、それは薛洋《シュエヤン》だった。

（敵同士《かたき》ほどよく出会うって言うけど、暁星塵《シャオシンチェン》、あんたって本当に……運が悪いにもほどがあるだろ

う）

この時の薛洋《シュエヤン》は完全にただの少年にしか見えず、端正な顔立ちには、まだ幼さが三割ほど残っている。笑う時に八重歯を見せるこの少年が、実は人面獣心の殺人犯だとは誰も思わないだろう。

時系列でいえば、この時はおそらく金光瑶《ジングアンヤオ》が仙《せん》督《とく》の座についたあとのはずだ。薛洋《シュエヤン》が今ここまで追い詰められているのは、きっと金光瑶《ジングアンヤオ》の「始末」から首の皮一枚というところで逃げ出してきたからだろう。薛洋《シュエヤン》を殺し損《そこ》ねた金光瑶《ジングアンヤオ》は、まさか逃げられたなどと言えるわけもなく、あるいは薛洋《シュエヤン》が生き延びられはしないだろうと確信して、既に始末したと公言したに違いない。

しかし、悪人ほど長生きするもので、息も絶え絶えの薛洋《シュエヤン》は、よりによって因縁のある暁星塵《シャオシンチェン》に助けられた。かわいそうな暁星塵《シャオシンチェン》は相手の顔を確認すべく触ろうともせず、運命のいたずらによって自分をここまで追い込んだ敵を助けてしまった。阿箐《アージン》は確かに目が見えているが、彼女は仙門の人間ではなく、薛洋《シュエヤン》のことを知らない。ましてや二人の間にある海のように深い憎しみなど知る由《よし》もないし、そもそも暁星塵《シャオシンチェン》の名前すらも知らなかったのだ……。

魏無羨《ウェイウーシエン》はまた心の中でため息をついた。ここまで運が悪いなんて、まるで世界中の悪運をすべて暁星《シャオシン》塵《チェン》が背負わされたみたいだ。

ふいに薛洋《シュエヤン》が眉根を寄せた。彼の傷口を調べ、ちょうど手当てをしようとしていたところだった暁星《シャオシン》塵《チェン》は、そろそろ意識が戻りそうだと気づき、「動かないでください」と声をかけた。

薛洋《シュエヤン》のような人間は、悪事を重ねすぎたせいで、警戒心も相当に強い。その言葉を聞いてぱっと目を開け、すぐさま体を起こすと、座り込んだまま壁の隅までずりずりと後退し、身構えて暁星塵《シャオシンチェン》を睨《にら》んだ。その凶悪な目つきは殺気に溢《あふ》れ、まるで捕らわれた猛獣のようだ。目の奥に潜む残虐さと悪意を一切隠さずにいる彼の様子を見ているうち、背筋に冷たいものが走り、阿箐《アージン》は頭にぞわっと鳥肌が立つのを感じた。その感覚は魏無羨《ウェイウーシエン》の頭皮にまで伝わってきて、

「話せ！　薛洋《シュエヤン》の声なら、暁星塵《シャオシンチェン》は絶対に覚えているはずだ！」と心の中で必死に叫んだ。

　すると、願いが届いたかのように、薛洋《シュエヤン》が口を開く。

「お前……」

　その声を聞いて、魏無羨《ウェイウーシエン》は悟った。

（おしまいだ……これじゃ、いくら暁星塵《シャオシンチェン》でも気づけない）

　この時の薛洋《シュエヤン》は喉までやられていたらしく、大量に血を吐いたせいで、声が掠れていた。これでは、たとえ彼の声を聞いたことがある者でも、同一人物の声だとはまったくわからない！

「動かないでと言ったのに。傷口が開きますよ」

　暁星塵《シャオシンチェン》は寝床の端に腰かけると、薛洋《シュエヤン》に優しく話しかけた。

「安心してください。助けたからには、あなたに害を加えるつもりなどありません」

　薛洋《シュエヤン》はすぐさま状況を理解し、十中八九、暁星《シャオシン》塵《チェン》は自分の正体に気づいていないようだと察した。

　ぐるりと目玉を回して素早く考えを巡らせ、何度か咳き込んでから、「お前は何者だ？」と探りを入れた。

　暁星塵《シャオシンチェン》が答える前に、脇から阿箐《アージン》が口を挟む。

「あんた、目が見えるならわかるでしょ。旅の道士様だよ。苦労してあんたをここまで背負ってきて、傷口を手当てした上に、すごい丹薬まで飲ませてあげたのに、何よその態度は！」

　薛洋《シュエヤン》は瞬時に視線を彼女に向け、「盲人か？」と冷ややかな口調で言い捨てた。

　まずい、と魏無羨《ウェイウーシエン》は焦りを覚えた。

　目の前にいるごろつきは狡猾《こうかつ》で、しかも警戒心の塊だ。たとえ阿箐《アージン》の瞳の色が白くても、薛洋《シュエヤン》はすんなり盲人だと信じたりはせず、些細《ささい》な違和感も見逃さないだろう。ほんの少しの不注意から、彼には真実を見破られてしまう。

　先ほど阿箐《アージン》は、「何よその態度は！」と言った。

　しかし、薛洋《シュエヤン》は意識を取り戻してからたった二言しか話していない。その掠れた言葉だけで、彼の態度がどんなものであるかを判断するのは難しいはずだ。——阿箐《アージン》がその目で、彼の表情と目つきを見ていない限りは。

幸い、阿箐《アージン》は子供の頃から嘘をつくのに慣れきっていたため、すぐさま言い返した。

「盲人だけど何？　あんたを助けた人だって盲人じゃないの。この人が助けてくれなかったら、あんたなんて道端で腐っちゃってたって誰も気にしなかったのに！　道長にお礼の一つも言わないで、なんて失礼な奴！　しかも、あたしのこと盲人って見下すし、ふん……それがなんだって言うのよ……」

彼女はさりげなく話題を変え、論点をずらした。そのあともまだ不服そうに、悔しげな様子でずっとぶつぶつと文句を言うので、暁星塵《シャオシンチェン》は慌てて彼女を慰めにいく。それから暁星塵《シャオシンチェン》は、壁際からじろりと冷たい目で阿箐《アージン》を見ている薛洋《シュエヤン》の方を振り向いた。

「そんなところに寄りかかっていないで、こっちに来てください。まだ脚の傷口の手当てが終わっていませんよ」

薛洋《シュエヤン》の表情は冷ややかなままで、まだ何か考えているようだ。

「これ以上手当てが遅れると、あなたの脚はもう使えなくなりますよ」

その言葉を聞き、薛洋《シュエヤン》は思いきって決断したようだ。

魏無羨《ウェイウーシエン》には、彼の考えが手に取るようにわかった。重傷を負って思うように動けない今、誰かが手当てをしてくれないとどうしようもない状況だ。暁星《シャオシン》塵《チェン》が自ら愚かにもその役割を買って出たからには、それを拒む理由などない。

「それじゃあ道長、よろしく頼む」

彼はころりと態度を変え、謝意を感じさせる声音で言った。

一瞬で冷酷な顔と屈託《くったく》のない笑顔を切り替える薛《シュエ》洋《ヤン》のやり口を既に経験済みの魏無羨《ウェイウーシエン》は、部屋の中にいる本物と偽物の盲人二人のことが心配で気が気でなかった。特に偽盲人の阿箐《アージン》、彼女は何もかも見えているため、もし薛洋《シュエヤン》にその事実を見破られたら、彼は自分の正体を隠すために必ず彼女を殺すだろう。阿箐《アージン》が最終的に薛洋《シュエヤン》に殺されたのはほぼ間違いないとわかっているが、それでもこれからその過程を辿《たど》るのだと思うと、やはり心中穏やかではいられない。

その時、魏無羨《ウェイウーシエン》は気づいた――薛洋《シュエヤン》は、暁星塵《シャオシンチェン》が自分の左手に触れないように、さりげなく避け続けている。よくよく見てみると、薛洋《シュエヤン》の左手には小指がなかった。小指のつけ根のところにある傷痕《きずあと》はかなり古いものに見えるため、暁星塵《シャオシンチェン》もきっと薛洋《シュエヤン》の手の指が九本であることを知っているはずだ。どうりで薛洋《シュエヤン》が暁星塵《シャオシンチェン》になりすましていた時は、左手に黒い手袋をはめていたわけだ。

暁星塵《シャオシンチェン》は労を惜しまず、心を尽くして治療に当たった。俯いて薛洋《シュエヤン》の傷口に薬を塗ると、とても丁寧に包帯を巻いてやる。

「これでよし。でも、まだ動かない方がいいですよ。そうでないと、また骨がずれてしまいます」

薛洋《シュエヤン》は既に暁星塵《シャオシンチェン》が自分の正体に気づいていないと確信していた。全身血まみれでボロボロではあったが、その気怠そうで得意げな笑みが再び彼の顔に表れる。

「道長は俺が誰か聞かないのか？　なんでこんな大怪我したのかも」

もし彼と同じ状況に置かれたら、普通は正体を隠すために、細心の注意を払ってそのような話題を避けようとするものだが、薛洋《シュエヤン》は敢えて自分からその話題を振った。

暁星塵《シャオシンチェン》は俯いて薬箱と包帯を片づけながら、優しく答えた。

「あなたが言わないなら、私は何も聞きません。縁もゆかりもない者同士が偶然出会って、少し手を貸したまでですし、大したことではありません。それにあなたの傷が癒えれば、お互いまた各々《おのおの》の道に進むのです。もし立場が逆だったら、私もあれこれ詮《せん》索《さく》されたくはありませんから」

（もし暁星塵《シャオシンチェン》が聞いたとしても、このごろつきはきっと完璧な作り話を持ち出して騙しきるだろう。誰にでも、何かしら触れられたくない過去があるものだ。暁星塵《シャオシンチェン》があれこれ聞かなかったのは、ただ相手を尊重して振る舞っただけなのに、その礼儀正しさまで都合良く利用しやがったなんて）

これで魏無羨《ウェイウーシエン》は確証を得た。薛洋《シュエヤン》は暁星塵《シャオシンチェン》を騙して、図々しくも自分の傷を治させるつもりだ。そして傷が治れば、絶対に大人しく「各々の道に進む」はずなどない！

薛洋《シュエヤン》を寝所で休ませ、棺が置かれた部屋に戻った暁星塵《シャオシンチェン》は、空の棺を一つ開けた。それから地面に散乱している稲わらを大量に拾い集め、棺の底に厚く敷く。

「奥の人は怪我をしているから、寝床は彼に譲ってあげてください。君にはここで我慢してもらうことになりますが、中に稲わらを敷きましたから寒くないはずです」

阿箐《アージン》は幼い頃から路頭をさ迷い、あらゆる場所で寝泊まりしてきた。野宿だってとっくに慣れっこだ。

「我慢なんて全然だよ。寝る場所があるだけで十分だし。ちっとも寒くないから、また自分の上着をあたしに被せたりしなくていいからね」

阿箐《アージン》が気にしない様子で答えると、暁星塵《シャオシンチェン》は彼女の頭を撫でてから、払子と剣を背負って外に出た。

安全のため、暁星塵《シャオシンチェン》が夜狩に行く時は、彼女がついていくことは許してもらえない。阿箐《アージン》が棺の中に入って横になると、急に薛洋《シュエヤン》が隣の部屋から彼女を呼んだ。

「ちびの盲人、こっち来い」

「何？」

阿箐《アージン》はひょこっと頭だけを棺から出す。

「飴《あめ》をやるよ」

それを聞くと、阿箐《アージン》の舌の奥がやけに酸《す》っぱく感じられた。どうやら本当はとても飴を舐《な》めたいようだが、彼女は「いらない。行かない！」と拒絶した。

すると、薛洋《シュエヤン》は甘い口調で脅してくる。

「本当にいらない？　それとも怖いから来たくないのか？　でも、お前が来ないからって、俺は動けないからそっちに行けないって本気で思ってるのか？」

阿箐《アージン》はその怪しげな口調を聞いて、ぶるりと身震いした。気は進まなかったが、薛洋《シュエヤン》のあの悪意に満ちた笑顔が突然棺の上から現れるところを想像すると、余計に怖い。少しためらったあと、結局竹竿を手に取って棺から出て、地面をつつきながらのろのろと部屋の入り口まで進む。しかし、彼女が口を開く前に、突然小さな何かが一粒飛んできた。

魏無羨《ウェイウーシエン》はそれが何かの飛び道具だと思って、無意識に避けようとしたが、当然のことながら彼には阿《アー》箐《ジン》の体を制御することはできない。その時、彼ははっとしてあることに気づいた。

（罠だ！）


〈四〉


薛洋《シュエヤン》は阿箐《アージン》を試している。もし本当に目が見えないなら、飛んできたものを避けられないはずだ！

だが、阿箐《アージン》はさすがに長年盲人のふりをしてきただけのことはあった。その上機敏《きびん》で頭も良く、何かが飛んでくるのを見ても、避けるどころか瞬きもしない。まるで本物の盲人のように、それが自分の胸に当たってからやっとびっくりした様子を見せ、後ろに飛びのいてからようやく怒りだした。

「ちょっと！　何を投げたの！」

薛洋《シュエヤン》は効果なしと見るや、しれっとした様子で続けた。

「飴だよ。見えないから受け取れないのを忘れててさ。それやるから。ほら、足元に落ちてるぞ」

阿箐《アージン》は「ふん」と鼻を鳴らしてしゃがむと、迫真の演技で辺りを手探りして、その飴を手に取った。彼女はこれまで飴を舐めたことがなかったので、ごくりと唾《つば》を飲み込んだ。手に取ったそれを適当に擦ってすぐに口の中に入れ、ガリガリと嬉しそうに噛む。寝床で横向きに寝ている薛洋《シュエヤン》は、片手で頬杖をつきながらそれを眺めていた。

「美味《うま》いか？　ちび」

「あたし、ちゃんと名前があるんだから。ちびって呼ばないで」

「教えてくれなきゃそう呼ぶしかないだろう」

阿箐《アージン》は昔から、自分に良くしてくれた人にだけ名前を教えていたが、薛洋《シュエヤン》に「ちび」と呼ばれるのは不愉快なので、仕方なく教えることにした。

「よく聞いて、あたしの名前は阿箐《アージン》。二度とちびって呼ぶな！」

そう言い終わってから、少しばかり強く言いすぎたような気がして、もし彼を怒らせてしまったら大変だと不安になり、慌てて話題を変えた。

「あんたって変な人ね。血まみれで大怪我してるのに、飴を持ってるなんて」

「俺は子供の頃から飴が大好きなんだけどさ、昔は全然手に入らなくて、いつも人が舐めているところを見ながら欲しくて欲しくてたまらなかった。それで思ったんだ。いつか俺が大人になって出世したら、絶対毎日舐めきれないほどの飴を持ち歩くってさ」

薛洋《シュエヤン》はにこにこと笑って言う。

ちょうどその時、阿箐《アージン》は口の中の飴を舐め終わったところだった。もの足りなさそうに唇を舐める彼女は、もっと飴を舐めたいという欲が、相手に対する嫌悪感に勝《まさ》ったらしい。

「じゃあ、まだ持ってるの？」

「もちろん。こっちに来たらくれてやるよ」

阿箐《アージン》は立ち上がると、竹竿で地面をつつきながら彼の方に近づいていった。ところが、途中まで進んだところで、薛洋《シュエヤン》は笑顔のまま異様に目を光らせ、音も立てずに袖の中から不気味な刃を持つ長剣を取り出した。

――降災《ジャンザイ》だ。

彼は剣先を阿箐《アージン》の方に真っすぐ向けている。そのまま彼女があと数歩進めば、降災《ジャンザイ》がその体に突き刺さるだろう。しかし、もし阿箐《アージン》が少しでもためらいを見せれば、彼女が盲人ではないことが暴かれてしまう！

魏無羨《ウェイウーシエン》は阿箐《アージン》と五感を共有しているため、彼女の後頭部が緊張で痺《しび》れる感覚が直接伝わってきた。だが、彼女は非常に肝《きも》が据《す》わっていて、しかも冷静だった。顔色を少しも変えず、そのまま前に進む。すると、剣先が彼女の腹部まであと半寸というところで、薛洋《シュエヤン》は手を引っ込めた。降災《ジャンザイ》を袖の中に戻し、代わりに二粒の飴を取り出すと、阿箐《アージン》に一粒やって、もう一粒は自分の口の中に放り込んだ。

「阿箐《アージン》、さっきの道長はこんな夜中にどこに行ったんだ？」

薛洋《シュエヤン》に聞かれ、阿箐《アージン》はガリガリと飴を噛みながら答えた。

「狩りに行ったみたい」

「狩りじゃなくて、夜狩だろうが」

嘲笑《あざわら》って言う薛洋《シュエヤン》に、阿箐《アージン》は不思議そうに答える。

「そうなの？　でも、夜がつくかどうかだけで、ほとんど同じ言葉じゃない。それってなんか違うの？　どっちも困ってる人のために悪霊や妖怪を退治してあげることでしょ、しかもタダで」

一連の会話を聞いていた魏無羨《ウェイウーシエン》は、この子はなんて賢いんだと感嘆した。

阿箐《アージン》は決してその言葉を覚えていなかったわけではない。暁星塵《シャオシンチェン》が言ったことなら、彼女は誰よりもはっきりと覚えている。つまり、わざと「夜狩」という言葉を言い間違えて、それを薛洋《シュエヤン》に訂正させることで、結果的に彼自身も暁星塵《シャオシンチェン》と同じく仙術を修行している者だと認めさせたも同然だった。薛洋《シュエヤン》の探りは失敗したが、逆に彼女に正体を探られてしまったのだ。彼女はまだ幼いのに、非常に思慮深く慎重だった。

「目が見えないのに、ちゃんと夜狩できるのか？」

薛洋《シュエヤン》の表情には軽蔑の色が表れていたが、その口ぶりは疑っているように聞こえる。

「またそうやって。それがなんだって言うの？　道長は目が見えなくてもすごく強いんだ。剣を『シュシュシュシュッ』って、すごく速いんだから！」

阿箏《アージン》が怒った様子で身振り手振りをしていると、

「お前、見えないのになんで速いってわかるんだ？」とすぐさま薛洋《シュエヤン》が聞き返した。

薛洋《シュエヤン》の指摘も速かったが、阿箏《アージン》の反応はもっと速かった。

「あたしが速いって言ったら速いの！　道長の剣は速いに決まってるでしょ！　見えなくたってちゃんと聞こえるし！　あんたいったいどういうつもりなの？　なんでそんなにあたしたちを馬鹿にするのよ！」

不満げに反論する彼女の言葉は、まるで敬《うやま》い慕う誰かを好き勝手に褒め称《たた》えるあどけない少女のようで、これ以上ないほど自然だった。

これで三回試しても成果がなかったためか、薛洋《シュエヤン》の表情もようやく緩《ゆる》んできた。おそらく、やっと阿《アー》箏《ジン》の目が本当に見えないと信じたのだろう。

しかし、反対に阿箏《アージン》の方は薛洋《シュエヤン》を非常に警戒するようになった。


次の日、暁星塵《シャオシンチェン》が義荘の屋根を補修するために、木材と茅《かや》、瓦《かわら》を持って帰ると、彼が中に入るや否や、阿箏《アージン》はこっそり彼を外に連れ出した。そして、助けた男がいかに怪しいかや、明らかに暁星塵《シャオシンチェン》と同業なのにあれこれ隠していることなどをひそひそと話し、きっとあの男は悪い奴に違いないと訴える。ただ、彼女は男に小指がないことは特に重要ではないと考え、その決定的な特徴を伝えずにいた。

「飴をもらったのだから、もう彼を追い出そうとするのはやめてあげたらどうでしょう。傷さえ癒えれば、彼は自分から出ていくはずです。誰も私たちと一緒にこの義荘に残りたいなんて思いませんよ」

そう言って、暁星塵《シャオシンチェン》は彼女を宥《なだ》めた。

確かにそれももっともだ。この朽廃《きゅうはい》した義荘には寝床は一つきりだし、幸い今は風も穏やかで雨も降っていないからいいものの、そうでなかったら、この壊れた屋根の下には到底人が住めそうにない。誰もこんな所に居座りたくなどないはずだ。それでも気が収まらず、阿箏《アージン》がさらに薛洋《シュエヤン》の悪口を言おうとすると、当の本人の声が突然後ろから響いてきた。

「俺の話をしてるのか？」

なんと薛洋《シュエヤン》が寝床を抜け出して外に出てきたのだ。

「誰があんたの話なんてするもんか。自惚《うぬぼ》れないで！」

そう吐き捨てると、阿箐《アージン》は少しも悪びれることなく竹竿で地面をつつきながら中に戻る。それからこっそりと窓の下に隠れて、盗み聞きを始めた。

義荘の外から暁星塵《シャオシンチェン》の声が聞こえる。

「まだ傷が癒えていないのに、そんなふうに動き回って大丈夫ですか？」

「いっぱい動いた方が治りも早いだろ。それに脚が二本とも折れたわけじゃないし、この程度の怪我くらい慣れてるんだ。子供の頃から殴られて育ってきたからさ」

薛洋《シュエヤン》がさらりと言うので、どうやら暁星塵《シャオシンチェン》は彼を慰めた方がいいか、それとも冗談として受け止めた方がいいものか返事に困ったようだ。少しためらってから「そうですか……」とだけ答えた。

すると、ふいに薛洋《シュエヤン》は話題を変えた。

「道長、なんかいろいろ持って帰ってきたみたいだけど、屋根の修理でもするつもり？」

「そうです。この地にしばらく滞在することになるので、屋根が破損したままだと、阿箐《アージン》にもあなたの療養にも良くありませんから」

暁星塵《シャオシンチェン》の答えを聞くと、ふいに薛洋《シュエヤン》が意外なことを言いだした。

「手伝おうか？」

暁星塵《シャオシンチェン》は礼を言って、「お手を煩《わずら》わせるには及びません」と答えた。

「道長できるの？」

薛洋《シュエヤン》が怪訝《けげん》そうに聞くと、暁星塵《シャオシンチェン》は笑って「恥ずかしい話ですが」と言い、首を横に振った。

「実はやったことがありません」

それから二人は力を合わせて屋根の補修を始めた。一人が手を動かし、もう一人が指示を出す。薛洋《シュエヤン》は口達者で冗談を飛ばすのが上手く、話も面白かったが、どこか勝手気ままな市井《しせい》の雰囲気が滲み出ていた。暁星塵《シャオシンチェン》は今まで彼のような人物とはあまり接したことがないようで、からかわれることに慣れておらず、二言《ふたこと》三言《みこと》ですぐ笑ってしまう。阿箐《アージン》は彼らが楽しそうに談笑しているのを聞いて、声を出さずに唇だけを動かした。どうやら、「あの悪い奴を殺してやる」と憎々しげに言っているようだ。

魏無羨《ウェイウーシエン》も阿箐《アージン》と同じ気持ちだった。

薛洋《シュエヤン》は重傷を負い、ほぼ一度死んだも同然の身だ。それは元を辿れば暁星塵《シャオシンチェン》との因縁のせいでもあるため、本来であればお互い同じ世に生かしておきたくないほどの宿敵同士だろう。薛洋《シュエヤン》は心の中では暁星塵《シャオシンチェン》の体をバラバラにして、顔中の穴という穴から血を流させたくてたまらないはずなのに、表向きはそんな腹の内をわずかも気取《けど》らせずに談笑に興じることができる。

もし今窓の下にいるのが実際の魏無羨《ウェイウーシエン》だったら、彼はきっとあらゆることを顧《かえり》みずに薛洋《シュエヤン》を殺して、のちの災いの種を絶つだろう。ただ今の体は彼のものではなく、阿箐《アージン》にはそうしたくても力がなかった。

それから一か月ほどが経ち、暁星塵《シャオシンチェン》の細やかな手当てのおかげで、薛洋《シュエヤン》の怪我もほぼ治りかけていた。歩く時まだ少し足をひきずるだけでほとんど不自由はないが、彼は二人のもとを離れようとせず、依然三人で一つの義荘での暮らしを続けている。いったい何を企《たくら》んでいるのかはわからなかった。

この日、阿箐《アージン》が眠りにつくのを見守ってから、いつものように暁星塵《シャオシンチェン》が夜狩に出かけようとすると、薛洋《シュエヤン》の声が突然響いてきた。

「道長、今夜は俺を連れていってみない？」

彼の喉はもうとっくに治っているはずなのに、わざと地声を出さず、違う声色を装っている。

「それは駄目です。あなたが何か言うと、私はすぐ笑ってしまいます。笑うと剣が揺らぎますから」

暁星塵《シャオシンチェン》が笑って断ると、薛洋《シュエヤン》はかわいそうなふりをして重ねて頼み込んだ。

「じゃあ黙ってるから。剣も背負ってあげるし、援護もするからさ、嫌がらないで連れてってよ」

彼は人に甘えるのが得意で、年上の人と話す時はまるで弟のように振る舞った。暁星塵《シャオシンチェン》はおそらく抱《ほう》山散人《ざんさんじん》のもとで弟弟子や妹弟子たちを育てたことがあったのだろう。自然と彼を後輩のように思い、しかも彼もまた修士《しゅうし》であることがわかっていたため、快く承知した。

（薛洋《シュエヤン》の奴、親切心から言いだしたとは思えない。ここで阿箐《アージン》がついていかなかったら、きっと大事な場面を見逃してしまう）

魏無羨《ウェイウーシエン》はそう考えていたが、阿箐《アージン》はやはり機転が利いた。魏無羨《ウェイウーシエン》と同じように、薛洋《シュエヤン》が善意でついていくはずがないと考えて、二人が外に出るなり、彼女も棺の中から飛び出してあとを追ったのだ。だが、二人の足は速い上に、気づかれないようにするあまり距離を保ちすぎたせいで、阿箐《アージン》はすぐに彼らを見失ってしまった。

ふとその時、少し前に暁星塵《シャオシンチェン》が野菜を洗いながら、近くの小さな村に彷屍の被害が出ているから、遠出しないようにと二人に言っていたことを思い出す。幸いにも、阿箐《アージン》はその村の場所を覚えていた。真っすぐそこへ向かうと、思いのほか早く目的地に着く。彼女は村の入り口付近の垣根の下にある、犬が通るような隙間をくぐって村の中に入ると、一軒の家屋の陰に隠れ、こっそりと頭だけを出してみた。

その瞬間、阿箐《アージン》が目の前の光景を理解したかどうかはわからないが、魏無羨《ウェイウーシエン》の心は一瞬にして凍りついた。

村の中では、腕を組んだ薛洋《シュエヤン》が道端に立ち、首を傾《かし》げて微笑んでいた。暁星塵《シャオシンチェン》は彼の向かい側で従容《しょうよう》として剣を操っている。霜華《シャンホワ》の銀色の光が一筋横切ると、その刃は一人の村人の心臓を貫いた。

その村人は、生きている人間だった。

もしここにいたのが阿箐《アージン》と同じ年頃の女の子だったら、きっとその場で悲鳴を上げていただろう。しかし阿箐《アージン》は長い間盲人のふりをしてきたため、皆が無防備に彼女の前でいろんなことをしてきた。たくさんの醜態《しゅうたい》を目にしてきたおかげで、鋼《はがね》のように心が鍛えられたのか、一切声を上げなかった。

それでも、魏無羨《ウェイウーシエン》は彼女の足から激しい痺れと強《こわ》張《ば》った感覚が伝わってくるのを感じた。

暁星塵《シャオシンチェン》は一面に横たわっている村人たちの死体の中に立って、剣を鞘《さや》に収めると真剣な顔で聞く。

「まさか、この村には生き残っている人は誰もいないのですか？　すべての人が彷屍になったと？」

薛洋《シュエヤン》はニッと微笑んだが、彼の口から出る声はその表情とは異なり、不思議そうでいて驚きが滲み、しかも少し悲しげに聞こえた。

「その通りだ。もし道長の剣が屍気《しき》を察知して導いてくれなかったら、俺たち二人の力だけじゃ大量の彷屍の包囲網は突破できなかったかもしれない」

「村の中をもう一度よく調べて、もし本当に誰も生き残っていないようなら、速やかにこの彷屍たちを焼き払いましょう」

肩を並べた彼らが遠くまで離れて見えなくなった頃、阿箐《アージン》の足にやっと力が戻ってきた。彼女は身を隠していた家屋の陰から出てくると、一面に折り重なる死体の方へ歩いていき、きょろきょろと辺りを見回す。魏無羨《ウェイウーシエン》の視線も彼女に従ってゆらゆらと定まらなかった。

この村人たちは皆、暁星塵《シャオシンチェン》の剣で綺麗に心臓を一刺しで貫かれている。ふと、魏無羨《ウェイウーシエン》はその中にいくつか見覚えのある顔を見つけて怪訝に思った。

阿箐《アージン》が見せた少し前の記憶の断片の中に、三人で昼間に出かけた時、ここことは別の村で道端に座ってサイコロを振っている遊び人たちを見かけた。彼らがその前を通りかかると、遊び人たちは視線を上げ、大人の盲人にちびの盲人、その上足を引きずって歩く怪我人まで一緒だと気づくと、「ハハハッ」と大きな笑い声を上げて、指さしながら彼らを蔑《さげす》んだ。阿箐《アージン》は頭にきて、彼らに向かって唾を吐き竹竿を振り回したが、暁星塵《シャオシンチェン》はまるで何も聞こえなかったように、ただ穏やかな表情で通り過ぎるだけだった。

一方、薛洋《シュエヤン》はというと、なんと笑っていた。ただ、その目つきにはわずかも笑みが含まれていなかった。

阿箐《アージン》はしゃがみ込んで続けざまにいくつかの死体を調べた。彼らの瞼《まぶた》をめくると、皆白目だけしかなく、そのうちの数人は既に顔中に死斑《しはん》が現れているのを見て、彼女はほっとした。しかし、魏無羨《ウェイウーシエン》の心はますます重くなる一方だった。

確かにこの人たちは一見彷屍のように見える。だが、彼らは皆、彷屍ではなく人間だった。

ただ屍毒にあたっただけの、生きた人間だったのだ。

魏無羨《ウェイウーシエン》は数人の死体の口と鼻の辺りに、まだ微かに残っている赤紫色の粉末の痕跡を見つけた。毒に深く蝕《むしば》まれ、既に生ける屍《しかばね》となった者は助からないが、中にはまだ毒の回りが浅く、助けられる者もいる。以前三人を蔑んだあの遊び人たちはまさにそうで、毒にあたって間もない。彼らの体には屍変者と同じ特徴が現れ、屍気を漂わせているが、思考もできるし言葉も話せる。まだ生きているのだから、適切に処置をすれば、先ほどの藍景儀《ランジンイー》たちと同じように助けられるはずだ。こういった場合は、決してむやみに殺してはならない。それは、生きている人間を無残に殺すも同然のことだ。

彼らは本来なら、声を上げて身元を明かすことも、助けを呼ぶこともできたはずだ。しかし、最悪なことに、全員が何者かの手で舌を切られてしまったようだ。その証拠に、どの死体の口元にもまだ温かい血か、あるいは乾いた血の跡がこびりついている。

たとえ暁星塵《シャオシンチェン》には見えていなくても、霜華《シャンホワ》は彼を屍気の方へと導く。その上、村人たちの舌は切られていて、彷屍と同じおかしな叫び声しか上げることができなかったのだ。彼も自分が斬ったのはただの彷屍だと疑いもしなかっただろう。

——狂気の沙汰《さた》だ。人を利用して殺戮《さつりく》させ、恩を仇で返すなど、なんて陰険で悪辣《あくらつ》なのか。

だが、不幸にも阿箐《アージン》にこのからくりが見抜けるはずもなかった。彼女が彷屍について知っていることなどほんの少しで、それもすべて、暁星塵《シャオシンチェン》がたまに話してくれたことを覚えているだけだった。

「まさかあいつ、本当に道長を手伝っていたの？」

彼女は潜めた声で呟いた。

（薛洋《シュエヤン》の奴を信じてはダメだ！）

魏無羨《ウェイウーシエン》は叫んだが、阿箐《アージン》の直感は非常に鋭かった。

彼女自身の知識だけでは奸計《かんけい》を見抜けずとも、薛洋《シュエヤン》に対する警戒心はとっくに根深く揺るがないものとなっていて、本能的に彼を嫌い、一緒にいると少しも気が休まらなかった。だから、その後も薛洋《シュエヤン》が暁《シャオ》星塵《シンチェン》について夜狩に行く時には、彼女も必ずこっそり二人のあとを追い、たとえ同じ部屋で過ごしていても、どんな時も警戒を緩めずにいた。

ある日の夜、冬の冷たい風が吹きすさび、三人は義荘の寝所にある古びた火鉢の近くで暖《だん》を取っていた。暁星塵《シャオシンチェン》は角が壊れた野菜入れの竹籠《たけかご》を修繕していて、阿箐《アージン》は一枚しかない布団を被り、彼のすぐそばで粽《ちまき》のように身を丸め、薛洋《シュエヤン》はというと片手で頬杖をついて、のんべんだらりとしていた。しかし、阿箐《アージン》が暁星塵《シャオシンチェン》に物語を聞かせてほしいとずっとねだっているのを聞き、薛洋《シュエヤン》がうんざりした声を上げた。

「うるさいな。それ以上騒いだらお前の舌で結び目を作るぞ」

阿箐《アージン》は彼の言うことなどまったく聞かず、「道長、物語が聞きたいの！」とまたねだった。

「そう言われても、小さい頃、誰も私に物語など聞かせてくれなかったので、いったい何を話せばいいでしょう？」

暁星塵《シャオシンチェン》が困った様子で言ったが、阿箐《アージン》はなおも諦《あきら》めなかった。転がってジタバタしようとすると、根負けしたように暁星塵《シャオシンチェン》が話しだす。

「わかりました。それなら、とある山の話をしましょう」

「昔々あるところに山があって、山の上にお寺があって？」

「いいえ。昔々あるところに名前のない山があって、山の上に悟りを開いた仙人が住んでいました。仙人はたくさんの弟子を受け入れましたが、決して弟子たちに山から下りることを許しませんでした」

その導入を聞いただけで、魏無羨《ウェイウーシェン》はすぐさま理解した。

（抱山散人《ほうざんさんじん》のことだ）

「なんで山から下りちゃダメなの？」

「なぜなら、仙人自身が山の下の世を厭《いと》って、山に隠れたからです。彼女は弟子たちに、もしどうしても下山したいのなら、もう二度と戻る必要はないと言い、浮世の波風を山に持ち帰るなと命じました」

「そんなの我慢できるはずないじゃない？　絶対、山から出て遊びたがる弟子がいるはずだよ」

「その通りです。最初に下山したのは非常に優秀な弟子でした。彼が山から下りて間もなく、その優れた能力に誰もが彼を称賛して敬服し、彼はそのまま正道の仙門名士となりました。ですが、そののちに何があったのか、急に気性が変わって別人のようになり、平然と人を殺《あや》めるような悪魔となって、最後は大勢に取り囲まれ、斬り殺されました」

それは、抱山散人《ほうざんさんじん》の「非業の最期を遂げた」弟子のうちの一人目、延霊道人《えんれいどうじん》のことだ。

魏無羨《ウェイウーシエン》のこの師伯《しはく》〔師の兄弟子の敬称〕が山を下りて俗世に入ったのちに、いったい何が原因で気性が急に変わったのかは、未《いま》だに謎とされている。おそらく今後も誰にもわからないままだろう。暁星塵《シャオシンチェン》は竹籠を修繕し終わると、それを触って手に刺さらないことを確認してから、籠を置いて話を続けた。

「二人目に下山した弟子も、非常に優秀な女弟子でした」

その言葉に、魏無羨《ウェイウーシエン》の胸が熱くなった。

──蔵色散人《ぞうしきさんじん》。

「綺麗な人？」

「わかりませんが、聞いた話ではとても綺麗な方だったそうですよ」

「それならもうわかっちゃった！　彼女が下山したら、きっとたくさんの人に好かれて、皆彼女を嫁にしたがって、そして彼女はきっと高官か、大世家の宗主《そうしゅ》に嫁入りしたんでしょ！　へへっ」

阿箐《アージン》は両手で頬を包みながら楽しそうに話す。暁《シャオ》星塵《シンチェン》は笑って訂正した。

「違いますよ。彼女は大世家の家僕《かぼく》に嫁《とつ》いで、二人は一緒に遠くへ旅に出ました」

「ええっ、そんなのつまんない。優秀で綺麗な仙子《せんし》が家僕を好きになるなんて、俗っぽすぎるよ。そういう話は全部貧乏人や暇な書生《しょせい》の妄想でしょう。それで？　二人が旅に出たあとどうなったの？」

「二人とも、夜狩を仕損じて亡くなりました」

阿箐《アージン》はその話を受け入れられず、「ぺっ」と吐き捨てるように言った。

「なんなの、その話！　家僕に嫁いだのは別にいいけど、一緒に死んじゃったなんて！　そんなのもう聞きたくない！」

（暁星塵《シャオシンチェン》がさらに続けて、阿箐《アージン》に「二人の間には、誰もが憎む大悪党が生まれました」なんて話さなくて良かったよ。じゃないと俺まで「ぺっ」って言われるに決まってるもんな……）

魏無羡《ウェイウーシエン》がそう考えていると、「だから、最初に言ったように、私は物語を話すのが苦手なんです」と暁星塵《シャオシンチェン》は困った様子で言った。

「じゃあ道長、今まで夜狩した時の出来事だったら覚えてるよね？　あたしそれが聞きたいな！　教えてよ、いったいどんな妖怪を退治したことがあるの？」

薛洋《シュエヤン》は先ほどからずっと目を細めていて、その様子からは話を聞いているのかどうかわからなかった。

だが、阿箐《アージン》の問いかけを耳にするなり、いきなり視点が定まり瞳孔《どうこう》がすっと収縮して、横目で暁星塵《シャオシンチェン》の反応を窺《うかが》い始めた。

「そういう話は、むしろ多すぎますよ」

暁星塵《シャオシンチェン》がそう言うと、薛洋《シュエヤン》が突然口を挟んだ。

「そう？　じゃあ、道長は昔から一人で夜狩をしていたのか？」

口角を微かに上げた彼のその表情には、あからさまな悪意が表れている。それなのに、声音には単純な好奇心だけが滲み出ていた。

暁星塵《シャオシンチェン》は少しためらってから、「いいえ」と答えて薄く微笑んだ。

薛洋《シュエヤン》の問いかけで、阿箐《アージン》も興味を持ったようだ。

「じゃあ一緒に狩りをする人がいたの？」

今度は、暁星塵《シャオシンチェン》はさらに長い間黙り込んだ。しばらくの沈黙のあとで、やっと口を開く。

「私の最も親しい友です」

薛洋《シュエヤン》の目に怪しい光が煌《きら》めき、口元の笑みもさらに深くなった。どうやら、暁星塵《シャオシンチェン》の心の傷を抉《えぐ》ることで、彼は強い快感を得られるようだ。

「ねぇねぇ、道長の友達ってどんな人なの？」

純粋な好奇心から阿箐《アージン》が聞くと、暁星塵《シャオシンチェン》は穏やかに答えた。

「高潔で誠実な人となりの君子です」

それを聞いて、薛洋《シュエヤン》は軽蔑するように目線を上に向ける。唇を微かに動かし、どうやら声には出さずに罵る言葉を吐いたようだ。

薛洋《シュエヤン》は、その「友」を知っていることなど露《つゆ》ほども表には出さず、さも不思議そうに言った。

「じゃあさ、道長のその友達って今どこにいるんだ？　道長が今こんなことになってるっていうのに、全然捜しにも来ないじゃないか？」

（こいつ、本当に悪辣な刺し方をする奴だな）

魏無羨《ウェイウーシエン》が苦い気持ちでいると、やはり暁星塵《シャオシンチェン》は黙り込んだ。阿箐《アージン》は確かに何も事情を知らないけれど、それでも暁星塵《シャオシンチェン》の変化から何かを感じ取り、こっそりと薛洋《シュエヤン》を睨みつけた。微かに息を詰め、歯を食いしばっている彼女は、どうやら目の前の男にがぶりと噛みついてやりたくてたまらないようだ。

すると、しばらくの間ぼんやりとしていた暁星《シャオシン》塵《チェン》が、ふいに沈黙を破った。

「彼が今どこにいるかは、私にもわかりません。ただ、どうか……」

言いかけたところで、彼はおもむろに阿箐《アージン》の頭を撫でた。

「もう今夜はこの辺りまでにしておきましょう。私は本当に物語を話すのが苦手で、困りものですね」

「うん、わかった！」

阿箐《アージン》が素直に頷くと、突然薛洋《シュエヤン》が口を開いた。

「じゃあ次は俺が聞かせてやるよ。どうだ？」

「うんうん、あんたも話してみてよ」

内心ではがっかりしていた阿箐《アージン》がすぐさま答えると、薛洋《シュエヤン》は「昔々、あるところに一人の子供がいてさ」と、悠々《ゆうゆう》とした口調で話し始めた。

「そいつは甘いものが大好きだったんだけど、親もいなければ金もなくて、菓子なんて全然食べられなかった。ある日、いつものように階段に座ってぼうっとしていたら、向かい側にある飯屋の奥の席に、一人の男が座っているのが見えた。男はそいつに気づくと、自分のところに来るように手招きをした」

この物語の始まりも面白味がないものだったが、暁星塵《シャオシンチェン》の古臭い話に比べればずっとましで、もし阿箐《アージン》にウサギの耳がついていたら、きっとピンと立っていたに違いない。

「やりたいことも見つからず、いつもただぼんやりするだけだったその子供は、誰かが手招きしているのを見てすぐに駆け寄った。そしたら男は、卓に置いてあった菓子の皿を指さして聞いたんだ。『食べたいか?』って。そいつはもちろん食べたくてたまらなかったから、こくこくと頷いた。すると男は一枚の紙を手渡して、こう言った。『食べたければ、これをある場所の、ある家に届けてこい。届けられたらくれてやる』って」

薛洋《シュエヤン》はさらに続ける。

「子供はすごく喜んだ。お使いに行くだけで菓子がもらえて、しかもそれは自分の力で稼いだものなんだからな。だが、不幸にもそいつはまだ字が読めなかった。もらった紙を持って、すぐさま目的地に向かうと、門の中から雲を衝《つ》くような大男が出てきた。紙を受け取って一目見た男は、手のひらで子供を張り飛ばし、顔中鼻血まみれになったそいつの髪を引っ張って『お前にこんなものを届けさせたのは誰だ?』と問い質《ただ》した」

――その子供は、きっと薛洋《シュエヤン》自身だ。

今の薛洋《シュエヤン》はこんなにも頭が切れるというのに、幼い頃は、まさか人の言うことを馬鹿正直なほど信じる素直な子供だったなんて、魏無羨《ウェイウーシエン》は思いもしなかった。

その紙にはきっと、大男を侮蔑するような言葉が書かれていたに違いない。おそらく、飯屋にいた男には大男との間に揉め事があり、自分で直接罵るのは怖いから、道端で見つけた子供を使って手紙を届けさせ侮辱したのだ。そのやり口は、卑怯としか言いようがない。

「子供は恐ろしくなって、頼んできた男の居場所を指さした。大男はその飯屋までそいつの髪を引っ張って行くと、件《くだん》の男はとっくに逃げたあとだった。しかも、卓にあった食べ残しの菓子の皿も既に片づけられていたんだ。大男は怒りのあまり激しく怒鳴り散らして、店の卓をいくつも投げ飛ばしてから、口汚く罵りながら帰っていった。

子供はすごく焦った。頑張って走って頼まれ事をちゃんと果たしたのに、殴られて、しかも店まで髪を引っ張られ続けて、頭皮が剥《は》がれそうなほど痛かったんだ。それなのに、これで肝心の菓子が食べられないなんてあり得ない。そいつは泣きながら店の人に訴えた。『俺の菓子は？　あのおじさんが俺にくれるって約束した菓子は？』ってね」

薛洋《シュエヤン》はへらへらと笑いながら続けた。

「店の人も、店内をめちゃくちゃに壊されたせいで腸《はらわた》が煮えくり返ってたから、子供の頬に何発も平手打ちを食らわせて、店から叩き出した。そいつは殴られすぎて耳鳴りがしていたけど、どうにか起き上がって少しずつ歩きだしたんだ。だけど、そこで何が起きたと思う？　偶然にも、あの手紙を届けさせた男とばったり会ったんだよ」

ここまで話して、彼は言葉を切った。熱心に聞き入っていた阿箐《アージン》は、「それで？　どうなったの？」と続きを催促した。

「どうって？　結局、また平手打ちされたり、蹴られたりしただけさ」

「今の話、あんたのことよね？　甘いものが好きって、絶対あんたでしょ！　子供の頃はそんなだったなんて！　あたしだったら『ぺっぺっぺっ』って、まずその男のご飯とお茶の中に唾を吐いて、それからひたすらぶん殴ってやって……」

身振り手振りつきで訴える阿箐《アージン》は、危うくすぐそばの暁星塵《シャオシンチェン》を殴ってしまいそうな勢いで、慌てた彼に止められた。

「はいはい、では物語も聞いたことですし、もう寝ましょう」

阿箐《アージン》はそう宥められて、彼に抱きかかえられて寝床代わりの棺の中に寝かされても、まだ腹の虫が収まらず、横たわったまま地団駄を踏む仕草をした。

「もう！　どっちの話も本当に腹が立つ！　一つ目は退屈すぎてむかつくし、二つ目は出てくるのが嫌な奴すぎてむかつくし！　本当にもう、あの手紙を届けさせた男、なんて最低な奴なの!?　あー、むしゃくしゃする！」

暁星塵《シャオシンチェン》はきちんと彼女に布団を被せてやってから、薛洋《シュエヤン》の方に少し近づき、そこで足を止めるとふと口を開いた。

「それで、その後はどうなったのですか？」

「どうなったと思う？　続きは言わないよ。だいたい、道長だって最後まで話さなかっただろう？」

「たとえどうなったのだとしても、今のあなたはこうして達者に暮らしているんですから、過去を引きずる必要はないと思います」

「俺は別に過去を引きずったりなんかしてないよ。ただ、あのちびが毎日俺の飴を盗み食いして、最後の一個までなくなっちゃったからさ、ついつい、欲しくても手に入らなかった頃のことを思い出しただけだ」

薛洋《シュエヤン》の言葉に、阿箐《アージン》は思いきり棺を蹴って抗議した。

「道長、そいつの言うことなんて信じないで！　あたし、そんなに食べたりしてないから！」

「もう寝ましょう」

暁星塵《シャオシンチェン》は小さな声で笑いながら言った。

その晩の夜狩に薛洋《シュエヤン》はついていかず、暁星塵《シャオシンチェン》は一人で出かけていった。そのおかげで、阿箐《アージン》も心置きなく棺の中で横になることができたが、ずっと目を開けたままで眠れずにいた。

夜が微かに明けてきた頃、暁星塵《シャオシンチェン》は音を立てずにそっと戻ってきた。

彼は棺に近づくと、その中へと手を伸ばす。阿箐《アージン》は急いで目を閉じ、寝たふりをした。そして暁星《シャオシン》塵《チェン》がまた義荘を出ていってからようやく目を開けると、稲わらの枕のそばに、小さな飴が一粒置いてあった。

彼女は棺から頭を出して、寝所の方を覗いた。薛《シュエ》洋《ヤン》も寝ていなかったらしく、彼は卓のそばに座ったまま何かを考えているようだ。

卓の端には、一粒の飴がひっそりと置かれていた。火鉢を囲んで話をしたあの夜以来、暁星塵《シャオシンチェン》は毎日二人に飴を一粒ずつつくれるようになった。阿箐《アージン》はもちろん嬉しくてたまらなかったが、薛洋《シュエヤン》はというと、それに対して感謝の意を示すこともなければ、逆に拒絶する様子もなかった。彼のその態度に、阿箐《アージン》は何日も不満を募らせていた。

三人の義城での暮らしにおいて、食事と住居のことはすべて暁星塵《シャオシンチェン》が請け負っている。目が見えない彼は、より新鮮な野菜を選ぶこともままならない上、値切るのも苦手だ。一人で出かけた先で、良心的な物売りに出会えばまだいいが、大抵は彼が盲人であることを利用して、わざと量を少なくしたり、傷《いた》みかけの野菜を渡したりと、誠実でない物売りばかりだった。暁星塵《シャオシンチェン》自身はそれを一向に気にしてはおらず、そもそも彼は騙されたことに気づいてすらいないようだったが、阿箐《アージン》には彼が買ってくるものがすべて見えていたため、その度にひどく腹を立てていた。いきり立って暁星塵《シャオシンチェン》の買い出しについていき、悪徳物売りたちとけりをつけてやろうとも思ったが、いかんせん彼女は目が見えることを打ち明けるわけにはいかず、暁星塵《シャオシンチェン》の目の前で暴れ回って露店をひっくり返すこともできない。

そういう時には、薛洋《シュエヤン》の存在が役に立った。彼が買い出しについていくと、何か買おうとする度にさっと前に出て、ごろつきの本領を発揮し、鋭い目つきと容赦のない言葉で厚かましくも元値の半分まで値切り倒すのだ。相手がそれを了承すると、さらに彼は次から次へと要求を浴びせ、もしそれに頷かなければ凶悪な目つきで相手を睨むのだ。それを見た物売りたちは皆、微々たる金額でも金を払ってもらえるのなら、とにかく受け取ってさっさと彼に帰ってもらいたいと願うようだ。

おそらく薛洋《シュエヤン》は、かつて夔州《きしゅう》と蘭陵にいた頃も、欲しいものがあればこうして金など使わずに手に入れてきたのだろう。だが、そのおかげで阿箐《アージン》の鬱憤《うっぷん》も晴れ、機嫌が良くなった彼女は意外にも薛洋《シュエヤン》を時々褒めたりもした。暁星塵《シャオシンチェン》から毎日一粒飴をもらえる喜びもあって、それからしばらくは、阿箐《アージン》と薛《シュエ》洋《ヤン》の間に一種の微妙な平和が訪れた。

それでも彼女は、どうしても薛洋《シュエヤン》に対する警戒心を解くことができず、その束の間の平和も結局また、あっという間に湧いてきたたくさんの疑念と不満によって押し潰された。

ある日、阿箐《アージン》はいつものように、町中で盲人のふりをして遊んでいた。この遊びはいつまで経っても飽きることがないようだ。竹竿で地面をつつきながらぶらぶらしていると、突然、背後から誰かに声をかけられた。

「お嬢さん、目が見えないのなら、そんなに早く歩くと危ない」

少し冷たく聞こえたその声は、若い男のものだった。阿箐《アージン》が振り向くと、彼女の後ろ数丈ほどの所に、背の高い黒ずくめの道士が立っていた。長剣を背負い、手に持った払子の先を腕に乗せた彼の道服の袖が風に靡《なび》いている。すっと背筋の伸びた立ち姿は、どこか人を寄せつけない空気を漂わせていた。

その男は、宋嵐《ソンラン》だった。

阿箐《アージン》が盲人のふりを続けて首を傾げると、近づいてきた宋嵐《ソンラン》は、払子をそっと彼女の肩に乗せて道の端へと導く。

「ここなら誰かにぶつかることもないだろう」

(さすが暁星塵《シャオシンチェン》の親友……親友っていうのは、人柄が似てるもんだな)

魏無羨《ウェイウーシエン》がしみじみと思っていると、阿箐《アージン》が「ぷっ」と吹き出した。

「ありがとうございます！　阿箐《アージン》、道長に感謝します！」

宋嵐《ソンラン》は払子を引くと再び腕に乗せ、彼女にちらりと目を向けて言った。

「遊びすぎないように。この地は陰気が強い。日が暮れたら、絶対に外を出歩いてはいけない」

「はい！」

阿箐《アージン》の答えに頷くと、彼は再び歩き始めた。阿箐《アージン》が何気なく振り向いて目で追っていると、宋嵐《ソンラン》は少し歩いたところで通行人に声をかけている。

「失礼。この近くで、剣を背負った目の見えない道士を見かけませんでしたか？」

阿箐《アージン》はすぐさま耳をそばだてて、彼の言葉を聞こうとした。

「ちょっとわかりませんな。道長、この先まで行って他の人に聞いてみるといい」

「ありがとうございます」

阿箐《アージン》は竹竿をつきながら近づき、宋嵐《ソンラン》に話しかけた。

「――あの、道長は、その目の見えない道長を捜してどうするんですか？」

宋嵐《ソンラン》はぱっと急いで振り返り、「その人を見かけたのか？」と聞き返す。

「えっと、見かけたような、見かけていないような」

「では、どうしたら見かけたと言ってくれる？」

「いくつかあたしの質問に答えてくれたら、見かけたって言うかもしれません。あなたは、その道長の友達なんですか？」

阿箐《アージン》の質問に、宋嵐《ソンラン》はしばしの間黙り込んでから、ようやく「……ああ」と答えた。

（なんでためらった？）

魏無羨《ウェイウーシエン》が怪訝に思っていると、阿箐《アージン》も彼が即答しなかったことを内心で怪しく感じたようだ。

「あなた、本当にその道長のこと知っているんですか？　その道長の身長は？　顔は綺麗なのか、それとも不細工？　あと、剣はどんな形か知っていますか？」

「背丈は私とほぼ同じ、顔立ちは非常に整っていて、剣には霜花《そうか》の模様が透かし彫りされている」

立て続けな阿箐《アージン》の質問に、宋嵐《ソンラン》はすぐさま淀みなく答えた。

彼の答えは完璧な上に、悪人にはとても見えなかったため、阿箐《アージン》は案内を買って出た。

「その人の居場所なら知ってるよ。道長、あたしについてきて！」

　この時、宋嵐《ソンラン》はおそらく既に何年も各地を奔走《ほんそう》して知己《ちき》を捜し続け、数えきれないほどの落胆を繰り返してきた頃だろう。そのせいか、ようやく行方を掴んでもにわかには信じ難《がた》く、懸命に気持ちを落ち着かせながら頷いた。

「……ああ……頼む……」

　そうして阿箐《アージン》が彼を義荘の近くまで案内すると、宋嵐《ソンラン》はなぜか離れたところで足を止めた。

「どうしたの？　なんで来ないの？」

　不思議に思って尋ねた阿箐《アージン》の目に、宋嵐《ソンラン》の顔色はひどく蒼白に映った。義荘の扉を見つめるその表情は、まるで今すぐにでも駆けだし旧友に会いたいのに、どうしてもできないと逡巡《しゅんじゅん》するかのようだった。先ほどまでのあの人を寄せつけない雰囲気はどこかへすっかり消え去ってしまっている。

（まさか、いざ再会するとなって怖気《おじけ》づいてるのか？）

　魏無羨《ウェイウーシエン》がそう考えていると、やっとのことで宋嵐《ソンラン》は足を進めかけた。しかしその時、なんと、悠々と歩く人影が彼よりも先に義荘の扉からひょいと中へ入っていった。

　相手の姿がはっきりと見えたその瞬間、蒼白だった宋嵐《ソンラン》の顔色は一瞬で青黒く染まった！

　義荘の中から笑い声が聞こえてくると、阿箐《アージン》は「ふん」と鼻を鳴らした。

「あーあ、嫌な奴が帰ってきちゃった」

「今の男は誰だ？　なぜここにいる？」

「あいつは悪い奴だよ。名前も教えてくれないから誰なのかは知らないけど、怪我しているところを道長が連れ帰って手当てしてあげたの。もう、毎日道長につきまとってて、本当に大嫌い！」

　阿箐《アージン》は鼻にかかった声で不満げに訴える。

　その話を聞いて、彼は驚きと怒りが入り交じった表情を浮かべた。しばらくしてから、「声を出すな！」と潜めた声で阿箐《アージン》に告げる。

　彼女は彼の剣幕に驚いて、大人しく口を引き結んだ。二人は音を立てずに義荘へと近づくと、一人は窓際に立ち、一人は窓の下にしゃがんだ。

　すると義荘の中から暁星塵《シャオシンチェン》の声が聞こえてきた。

「今日は誰の番ですか？」

　その声を聞いた瞬間、宋嵐《ソンラン》の手ははっきり見て取れるほど震えた。

「これからは交替で行くのはやめようぜ？　毎回どっちが行くか決めるんだ」

　薛洋《シュエヤン》の声に、暁星塵《シャオシンチェン》が答える。

「あなたの番になると、新しい案が出ますね。では、どういう決め方をしましょう？」

「ほら、ここに小枝が二本ある。長い方を引いた奴は休み。短い方を引いた奴が行く。どう？」

　薛洋《シュエヤン》が楽しげに言ったあと、少しの間無言が続いた。

「――あんたの方が短いから、俺の勝ちだな。ほら、いってらっしゃい！」

　そう言って薛洋《シュエヤン》が「ハハッ」と笑うと、暁星塵《シャオシンチェン》の声がやれやれといった様子で答えた。

「わかりました。では今日も私が行ってきましょう」

　どうやら彼は立ち上がって、外に出ようとしているようだ。

（いいぞ、早く出てこい！　そしたらすぐに宋嵐《ソンラン》は彼を引っ張って逃げてくれ！）

　そう祈りながら、魏無羨《ウェイウーシエン》は固唾を呑んで彼らの様子を見守った。

　すると、数歩進んだところで、なぜか薛洋《シュエヤン》が「戻ってこいよ。俺が行く」と言いだして立ち上がった。

「せっかく勝ったのに、行きたくなったのですか？」

「あんたバカか？　今のは俺がいかさましたんだよ。本当は俺が短い方を引いたけど、前もって他にもっと長い枝を隠し持ってたんだ。あんたがどれを引いたところで、それよりも長いやつを出せるってこと。何も見えないあんたをちょっとからかってみただけだよ」

　笑いながら白状してから、彼は竹籠を手に持ってのんびりと外へ歩きだす。視線を上げた阿箐《アージン》は、全身を震わせている宋嵐《ソンラン》の様子を見て怪訝に思った。彼がなぜそんなに怒っているのか、さっぱり理解できなかったからだ。宋嵐《ソンラン》は再び彼女に声を出さないよう指示をし、こっそりと二人は義荘を離れる。ずいぶんと遠くまで行ってから、彼はやっと阿箐《アージン》にあれこれと質問し始めた。

「さっきの人、星《シン》……道長は、あの男をいつ助けた？」

「結構前で、もう数年は経つよ」

彼の口調は真剣そのもので、阿箐《アージン》はとっさにこれはただならぬことだと理解し、同じように真面目な口調で答えた。

「あの道長は、相手が誰なのかをずっと知らないでいるのか？」

「うん、知らない」

「あの男は、道長のそばで、これまでどんなことをしてきた？」

「うーんと、口先で上手いことばかり言って、あたしをいじめたり、脅かしたりとか。あとは……あ、道長と一緒に夜狩に行ったり！」

「夜狩？　夜狩で何を狩った？」

阿箐《アージン》の話を聞いて、宋嵐《ソンラン》の目つきは急に険しくなった。どうやら彼も、薛洋《シュエヤン》が決して善意で夜狩を手伝ったりするはずがないと思っているようだ。

彼の質問にはできるだけ正確に答えるべきだと感じ、よく考えてから阿箐《アージン》は答えた。

「昔はよく彷屍を退治していたけど、今はほとんど幽霊とか、祟りを起こす家畜とかかな」

宋嵐《ソンラン》は夜狩の話を阿箐《アージン》の知っている限り、委細《いさい》漏らさず聞き出した。どう考えても怪しいと感じるものの、これという決め手に欠けている。

「道長は、あの男と仲が良いのか？」

非常に認めたくないことではあったが、それでも阿箐《アージン》は正直に答えた。

「あたしが知っている道長は、一人でいる時はあんまり楽しくなさそうで……やっと同業の人と出会ったから……つまり、なんていうか、あいつの冗談を聞いていると、結構楽しそうっていうか……」

それを聞くと、宋嵐《ソンラン》の顔にさっと暗い陰が差し、その表情は憤りとやるせなさで満ち溢れる。ひどく混乱しながらも、ただ一つだけ、彼にははっきりとわかったことがあった。

――絶対に、暁星塵《シャオシンチェン》にこのことを知らせてはならない！

「道長には、何も言わないでくれ」

宋嵐《ソンラン》はそう言い残し、表情を曇らせたまま、薛洋《シュエヤン》が消えていった道の方へ向かった。

「道長、あの悪い奴をやっつけに行くの？」

阿箐《アージン》が尋ねた時には、宋嵐《ソンラン》は既に声が届かないほど遠くまで離れていた。

（やっつけるどころか、彼は薛洋《シュエヤン》をなぶり殺しにするだろうよ！）

魏無羨《ウェイウーシエン》がそう思ったその時、阿箐《アージン》が走りだした。

彼女は、竹籠を持って出かけた薛洋《シュエヤン》がどの道を通って買い出しに行くかを熟知していて、近道をして林を抜けると、一目散に駆けた。心臓が激しく「ドクン、ドクン」と打つのを感じながら走り続け、ようやく前方に薛洋《シュエヤン》の姿を見つける。彼は片手に持った竹籠の中に、大根などの野菜や饅頭《まんとう》などを山盛りに詰め、気怠そうに歩きながらあくびをしていた。どうやら買い出しを終えて戻る途中のようだ。

阿箐《アージン》は隠れて盗み聞きすることには慣れていて、林のそばにある茂みの中にしゃがんで隠れながら、薛洋《シュエヤン》を密かに追いかけた。すると突然、前方から宋嵐《ソンラン》の冷たい声が聞こえてきた。

「――薛洋《シュエヤン》」

まるで、面と向かって冷水を浴びせられたかのように、あるいは夢の中にいるところを誰かに平手打ちされて跳び起きたかのように、薛洋《シュエヤン》の顔色は一瞬にしてすっと青褪《あおざ》めた。

宋嵐《ソンラン》は、道の脇に立つ一本の木の後ろからゆっくりと姿を見せた。既にその手は抜き身の長剣を握っていて、剣先は斜めに地面を指している。

「へえ、これはこれは、宋《ソン》道長じゃないか？　珍しい客だな。こんな所に飯でも食いに来たのか？」

薛洋《シュエヤン》は驚いた顔を作ったが、宋嵐《ソンラン》が剣を真っすぐに突き出してくると、彼も袖を振って降災《ジャンザイ》を取り出し、その強襲を防いだ。それから後ろに数歩下がると、竹籠を木の根元に置く。

「クソ道士が……せっかく俺様の気が乗って買い出しにきてやったっていうのに、クソったれ、てめぇのせいで興ざめだろうが！」

「貴様こそ、どんな卑劣なことを企んでいる！　暁《シャオ》星塵《シンチェン》を長い間欺《あざむ》いて、のうのうとそばに居続けるなど、いったいどういうつもりだ!?」

宋嵐《ソンラン》は激しい怒りを込めて、一撃ごとに致命傷を狙いながら、迫るように叫んだ。

「宋《ソン》道長、どうも手加減しているなと思ったら、それが聞きたいんだ？」

「答えろ！　貴様のようなクズが、善意で彼の夜狩を手伝うはずがない!!」

宋嵐《ソンラン》が放った剣気が顔面を掠めると、薛洋《シュエヤン》の顔には一筋の傷が走ったが、彼はわずかも怯《ひる》むことはなかった。

「宋《ソン》道長が、まさかそこまで俺のことをわかってくれてるとはね！」

この二人、一人は道門正道の技、もう一人は悪事を働きながら習得した我流《がりゅう》の技だ。宋嵐《ソンラン》の剣の技量は明らかに薛洋《シュエヤン》よりも上で、一刺しで相手の腕を貫いた。

「答えろ！」

今の暁星塵《シャオシンチェン》の状況に不安をかき立てられ、薛洋《シュエヤン》から話を聞き出す必要があるこの状況でさえなければ、おそらく刺したのは腕でなく、首だっただろう。

「本当に聞きたいか？　あんた、正気じゃいられないぜ。世の中にはな、知らない方がいいことだってあるんだよ」

「薛洋《シュエヤン》、私の我慢にも限度がある！」

刺されてもなお顔色一つ変えない薛洋《シュエヤン》に、宋嵐《ソンラン》は冷たく言い放った。

「シャリン」という音とともに、自分の目を狙った一撃を防ぐと、薛洋《シュエヤン》は口を開いた。

「どうしても聞きたいって言うなら、いいだろう。あんたの道友、大切なお友達が、いったい何をやったと思う？　あいつは彷屍をいっぱい殺したんだ。妖魔を退治してやっても、その見返りは求めないなんて、なんて感動的なんだろうな。あいつは両目をくり抜いてあんたにやったせいで盲人になったけど、幸い霜華《シャンホワ》はあいつを屍気へと導いてくれる。それに何が最高かって、屍毒にあたった奴らの舌を切って、喋れなくさせておけば、霜華《シャンホワ》には生きてても死んでても区別がつかないってことだ。そのことに気づいちゃってさ……」

これ以上ないほど明白な説明を聞いて、宋嵐《ソンラン》の剣を握った手から剣先までもがわなわなと震えだした。

「このけだもの……人でなしめ……」

「宋《ソン》道長、俺たまに思うんだけど、あんたたちみたいな教養のある奴らはさ、人を罵る時には損だよね。だって似たような言葉の繰り返しで、斬新さもなければ効果もない。俺なんて、そんなつまらない言葉で人を罵ったのは七歳の時が最後だぜ？」

薛洋《シュエヤン》がからかうように言うと、宋嵐《ソンラン》は怒りを抑えきれず、再び彼の喉元をめがけて剣を突き出した。

「目が見えないのをいいことに、彼を欺き苦しめるとは！」

その容赦ない一撃は素早く、薛洋《シュエヤン》はぎりぎりのところで避けたものの、肩甲骨《けんこうこつ》を貫かれていた。だが、彼はまるで何も感じていないかのように、眉一つ動かさない。

「目が見えないだって？　宋《ソン》道長、忘れるなよ。あいつの目が見えなくなったのは、誰にその目をやったせいだ？」

その言葉に、宋嵐《ソンラン》の表情と動きが一瞬にして凍りつく。薛洋《シュエヤン》はさらに続けた。

「てめぇはなんの資格があって俺を責めてるんだ？　友達？　てめぇに暁星塵《シャオシンチェン》の友達を名乗る資格なんてあるのか？　ハハハハッ、宋《ソン》道長、俺が思い出させてやるよ。俺が白雪観《はくせつかん》の奴らを皆殺しにしたあと、あんたは暁星塵《シャオシンチェン》になんて言った？　心配して助けに来たあいつに向かって、どんな顔をして、なんて言ったんだ？」

「私は！　あの時、私は……」

激しく動揺して言い淀んだ宋嵐《ソンラン》の言葉を、薛洋《シュエヤン》は引き受けて勝手に続けた。

「あの時は、悲しんでいた？　苦しんでいた？　心を痛めていた？　それとも、怒りのはけ口が欲しかった？　だから、あいつに当たり散らしたのか？　はっきり言わせてもらうけどな、俺があんたの大事な白雪観を皆殺しにしたのは、本《もと》はと言えば確かにあいつのせいなんだから、あいつに八つ当たりするのも理解できる。だけどな、それこそがまさに俺の思うつぼってやつだよ」

彼の一言一句すべてが、宋嵐《ソンラン》の急所を突く！

薛洋《シュエヤン》は言葉と剣を同時に操り、どんどん彼を追い詰めていった。剣はますます冴え渡り、ますます陰険な動きで畳みかけ、次第に彼が優勢になり始めたが、宋嵐《ソンラン》にはそれに気づける余裕などまったくない。

「だいたいさ！『もう二度と会うこともない』とか言ったのはいったい誰だよ？　宋《ソン》道長、てめぇだろうが？　あいつはそれを呑んで、自分で目をくり抜いてあんたにやったあと、そのまま姿を消したっていうのに、今さらなんの用があって捜しに来た？　人を困らせるのも大概にしろよ？　なあ、そうだろう――暁星塵《シャオシンチェン》道長？」

薛洋《シュエヤン》が突然口にしたその名に、宋嵐《ソンラン》ははっとして気を取られ、同時に剣の勢いも弱まった！

まさか、こんなわかりやすい嘘に引っかかるなど、もはや今の彼は薛洋《シュエヤン》によって心を完全にかき乱されてしまっていた。薛洋《シュエヤン》がこの絶好の機会を見逃すわけもなく、手を上げて一振りすると、屍毒の粉が一面に舞い散った。

おそらくこれまで、人の手で精製された屍毒の粉を吸った経験のある者はいないだろう。もちろん宋《ソン》嵐《ラン》も同じで、彼はとっさにそれを吸い込んでしまった。すぐさままずいと気づいて慌てて咳き込み、なんとか吐き出そうとしたが、薛洋《シュエヤン》の降災《ジャンザイ》は、まさにその時を待ち構えていたのだ。

冷たく光る剣先が、容赦なく彼の口に突き入れられた！

その刹那《せつな》に、魏無羨《ウェイウーシエン》の目の前は真っ暗になった。

阿箏《アージン》が恐怖に耐えきれず、目を閉じたのだろう。

だが、彼にはわかった——宋嵐《ソンラン》の舌は、この時に降災《ジャンザイ》に切り落とされたのだ。

耳に焼きつくようなその音は、あまりにも恐ろしいものだった。

閉じたままの阿箏《アージン》の目頭がじんと熱くなったが、彼女は必死に歯を食いしばり、少しも声を漏らさず、ぶるぶる震えながらも再び目を開けた。宋嵐《ソンラン》は自らの剣を地面に突き立てて辛うじて体を支えながら、もう一方の手で口を塞《ふさ》いでいて、真っ赤な血がその指の隙間から途切れずに溢れ出てくる。

薛洋《シュエヤン》に陥れられ、突然舌を切られた宋嵐《ソンラン》は、激しい痛みで歩くことすらままならないはずだ。それなのに、彼は剣を地面から引き抜くと、よろめきながらもふらふらと歩を進め、薛洋《シュエヤン》に刃を向けた。薛洋《シュエヤン》は軽々とそれをかわすと、満面に怪しい笑みを浮かべる。

次の瞬間、魏無羨《ウェイウーシエン》はその表情の意味を理解した。

霜華《シャンホワ》の銀色の光が、宋嵐《ソンラン》の胸を突き刺したのだ。

その鋭い剣先は、彼の背中から突き出るほど深くまで差し込まれている。

宋嵐《ソンラン》はぎこちなく俯き、自分の心臓を貫いている霜華《シャンホワ》の刃を見てから、またゆっくりと顔を上げると、長剣を手に穏やかな表情を浮かべた暁星塵《シャオシンチェン》が見えた。

「そこにいるんですか？」

何も気づかずに尋ねる暁星塵《シャオシンチェン》に、宋嵐《ソンラン》は唇を動かしたが、その言葉は声にならない。

「いるよ。なんで来たんだ？」

笑って答えた薛洋《シュエヤン》に、暁星塵《シャオシンチェン》は霜華《シャンホワ》を抜いて鞘に収めながら、不思議そうに言った。

「霜華《シャンホワ》が異変に気づいて、私をここへ導いたのです。しかし、この辺りではもうずいぶん長い間彷屍を見なくなっていたのに……群れではなくたった一体とは珍しい。どこか遠くから迷い込んできたのでしょうか？」

「そうかもね。ひどい叫び声だったよ」

宋嵐《ソンラン》は、ゆっくりと暁星塵《シャオシンチェン》の前に跪《ひざまず》く。

薛洋《シュエヤン》は不遜《ふそん》な表情を浮かべて、宋嵐《ソンラン》を見下ろした。

その時、もし宋嵐《ソンラン》が自分の剣を暁星塵《シャオシンチェン》の手に渡すことができたなら、暁星塵《シャオシンチェン》には彼が誰なのかがすぐにわかったはずだった。知己の剣であれば、ただ触れるだけでもわかる。

だが、宋嵐《ソンラン》にはそんな残酷なことはできなかった。今さら、自らの剣を暁星塵《シャオシンチェン》に渡してどうする？　彼に、その手で殺めたのが誰なのかを教えるというのか？

薛洋《シュエヤン》にとっては、それすらも計算ずくだった。彼は自分の罪が明かされることはないと確信し、何一つ恐れてはいなかった。

「行こう。帰って飯を作ろうよ。腹が減った」

「買い出しは済んだのですか？」

「ああ、ちゃんと買ってきたよ。帰り道にこんなモノに出くわすなんて、ついてないな」

暁星塵《シャオシンチェン》が先に歩きだすと、薛洋《シュエヤン》はパンパンと自分の肩と腕の傷口辺りの埃をはたいてから、再び竹籠を手に取った。そして宋嵐《ソンラン》の目の前を通る時、微かに笑って身を屈め、彼に囁《ささや》いた。

「てめぇの分はねぇからな」

薛洋《シュエヤン》がずっと遠くまで離れ、既に暁星塵《シャオシンチェン》とともに義荘まで戻ったであろう頃、阿箐《アージン》はやっとのことで茂みの陰から立ち上がった。

長い間しゃがんでいたせいで、彼女の足は痺れていた。掴んだ竹竿を杖代わりに、じんじんする足を引きずって、恐る恐る宋嵐《ソンラン》の亡骸《なきがら》に歩み寄る。

跪いた体勢のままで、既に硬直した宋嵐《ソンラン》は、無念さに死してなお瞑することなく、両目を見開いていた。阿箐《アージン》はその死に顔に驚いて跳び上がり、彼の口から溢れ出た真っ赤な血が顎を伝って道服の襟を濡らし、地面に流れ落ちるのを見て、ぼろぼろと大粒の涙をこぼした。

阿箐《アージン》は怯えながらも震える手を伸ばし、宋嵐《ソンラン》の両目を閉じると、彼の前に跪いて手を合わせた。

「道長、どうかどうか、あたしとあの道長を恨まないでください。あたしが出ていってもなんにもできずに殺されちゃうだけだから、隠れているしかなかったの。助けられなくて、本当にごめんなさい。あの道長も悪い奴に騙されているだけで、あんたを刺したかったわけじゃないから……殺した相手がまさか友達だったなんて、ちっとも知らないんだから！」

彼女は泣きじゃくりながら必死に宋嵐《ソンラン》の亡骸に訴えた。

「……あたし、戻ります。どうか、あたしが暁星塵《シャオシンチェン》道長を助け出せるように、天から見守っていてください。どうか、あたしたちがあの悪魔の手から逃れられるように見守ってください。あの化け物が無残に殺されて、死体がバラバラに斬り刻まれて、永遠に成仏できないようにしてください！」

そう言って彼女は数回彼に頭を下げ、さらに音がするほど強く三回叩頭《こうとう》してから、ごしごしと顔を拭く。そして立ち上がって勇気を奮い起こすと、義城の方へと向かった。

彼女が義荘に戻った頃には既に日が暮れ、薛洋《シュエヤン》は卓のそばに座って林檎《りんご》を切っていた。林檎はすべてウサギの形に切られていて、どうやら彼は上機嫌のようだ。その様子は誰の目から見ても、ただのいたずら好きの少年にしか思えず、彼が先ほど何をしたかなど決して想像もつかないだろう。

「阿箐《アージン》、今日はどこへ遊びに行っていたんですか？ずいぶん遅かったですね」

その時、台所から野菜炒めを一皿運んできた暁星《シャオシン》塵《チェン》が、一人分増えた物音に気づいて声をかけてきた。何気なく彼女に目を向けた薛洋《シュエヤン》の目の奥に、突然鋭い光が走った。

「どうした？　こいつ目が腫れてるぞ」

「どうしました？　誰かにいじめられたのですか？」

「こいつをいじめるだって？　そんなことできる奴いるか？」

慌てて阿箐《アージン》に近寄る暁星塵《シャオシンチェン》に、薛洋《シュエヤン》が笑った。

彼は確かに笑ってはいるが、明らかに疑いも抱いていることが伝わってきた。すると、唐突に阿箐《アージン》は竹竿を地面に投げつけ、大声で泣きだした。

彼女は顔をくしゃくしゃにして、息を切らしながらさめざめと泣き、暁星塵《シャオシンチェン》の胸に飛び込む。

「ううぅ、あたしって不細工なの？　ねぇ、不細工なの？　道長教えて、あたし本当に不細工？」

「そんなことはありませんよ。阿箐《アージン》はこんなに綺麗なのに、誰がそんなことを言ったんです？」

暁星塵《シャオシンチェン》は彼女の頭を優しく撫でた。

「ああ、不細工だな。それに、泣いたらもっと不細工だ」

「そんなふうに言うのはやめなさい」

嫌悪した様子で吐き捨てる薛洋《シュエヤン》を、暁星塵《シャオシンチェン》が強く窘《たしな》めた。

阿箐《アージン》はさらに泣きじゃくり、地団駄を踏んだ。

「道長には見えないじゃない！　どうして綺麗だって言えるの？　嘘つかないでよ！　あいつは見えてるんだから、あいつがそう言うなら、きっとあたしは本当に不細工なんだ！　しかも不細工の上に、目まで見えないなんて！」

こうして癇癪《かんしゃく》を起こして見せれば、二人は彼女が昼間、外で知らない子供に「不細工」「白目の盲人」などと悪口を言われ、悔しい思いをしたに違いないと思い込むだろう。

泣いている阿箐《アージン》を見て、薛洋《シュエヤン》が軽蔑するように言った。

「不細工って言われて泣いて帰ってきたのか？　いつもの減らず口はどこに行ったんだよ？」

「あんたの方がよっぽど減らず口じゃない！　ねぇ道長、まだお金ある？」

「ええ……あるかもしれません」

阿箐《アージン》にしがみつかれた暁星塵《シャオシンチェン》は、少し戸惑いながら答えた。

「俺の手持ちを貸してやるよ」

薛洋《シュエヤン》がそう言って口を挟むと、阿箐《アージン》は「ぺっ」と吐き捨てた。

「あんた、長いこと居座っておいて、偉そうに『貸してやる』だなんて！　ケチ！　恥知らず！　ねぇ道長お願い、あたし綺麗な服と飾りを買いたいから、一緒に行ってくれない？」

（なるほど、この子はこう言って暁星塵《シャオシンチェン》を外に連れ出そうとしているんだな。でも、もし薛洋《シュエヤン》もついていきたいって言いだしたら、どうするつもりだ？）

魏無羨《ウェイウーシエン》がそう考えていると、暁星塵《シャオシンチェン》は困ったように言う。

「それは構いませんが、私では君に似合うかどうかを見てあげられませんよ」

「じゃあ俺が見てやるよ」

薛洋《シュエヤン》がまた口を挟んだ。

それを聞いた阿箐《アージン》はぱっと跳び上がり、危うく暁《シャオ》星塵《シンチェン》の顎に頭をぶつけるところだった。

「知らない知らない！　絶対道長がいい。あんな奴いらないもん。一緒に行ったって、どうせあたしのことまた不細工って言って、ちび盲人っていじめるだけだし！」

彼女が訳もなく癇癪を起こすのは初めてのことではなく、二人も慣れている。薛洋《シュエヤン》が彼女を小馬鹿にするような表情をしていると、根負けした暁星塵《シャオシンチェン》が言った。

「わかりました。では明日ではどうですか？」

「今夜がいい！」

「今から出かけたって市場はとっくに閉まってるだろ。いったいどこに買いに行くつもりだ？」

彼女の無茶な希望に、薛洋《シュエヤン》が呆れたように言った。

阿箐《アージン》は「わかったよ！　じゃあ明日！　絶対ね！」としぶしぶ頷いた。

当初の目論《もくろ》みは失敗したものの、これ以上出かけたいと騒いだら、薛洋《シュエヤン》に怪しまれるのは確実だ。阿《アー》箐《ジン》は仕方なく今夜暁星塵《シャオシンチェン》を連れ出すことは諦めて、卓のそばに座って夕餉《ゆうげ》を食べ始めた。

先ほどいじめられて癇癪を起こす演技をしながら、彼女は確かにいつもと変わらずに見えるよう自然に振る舞っていたが、その実、ひどく緊張していて、下腹部は強張ったままだった。今も、茶碗を持つ手は微かに震えている。彼女の左隣に座っている薛洋《シュエヤン》が、横目でちらりと彼女を見ると、阿箐《アージン》のふくらはぎはまた強張った。恐ろしさのあまり食べ物はとても喉を通らなかったけれど、怒りで食欲がないふりをして、一口食べてはそれを吐き出し、箸《はし》で力一杯に茶碗の底をつつきながら、ひたすら呟き続けた。

「あのバカ、ブス、あんただって絶対不細工なくせに。ふん！」

夕餉の最中ずっと、その存在しない「ブス」への罵りを聞かされた薛洋《シュエヤン》は、終始軽蔑交じりの冷ややかな目をしていて、暁星塵《シャオシンチェン》はというと、「食べ物を粗末にしてはいけませんよ」と諭した。

すると、ふと薛洋《シュエヤン》の視線は阿箐《アージン》から離れ、向かい側に座っている暁星塵《シャオシンチェン》の顔に向けられた。

（このごろつき、どうりで暁星塵《シャオシンチェン》の様子をあそこまでそっくり真似できたわけだ……これだけ毎日向かい合っていれば、いくらでも細かく彼を観察できる機会があったんだから）

魏無羨《ウェイウーシエン》はそう考えて両者を眺めたが、暁星塵《シャオシンチェン》は自分の顔に向けられている視線にまったく気づいていない。それもそのはず、結局のところ、この部屋の中で彼一人だけが本当の盲人なのだから。

食べ終わって、暁星塵《シャオシンチェン》が食器を片づけるために台所に消えると、薛洋《シュエヤン》と二人きりになってしまう。居ても立ってもいられなくなり、阿箐《アージン》も台所についていこうとしたが、その時、突然薛洋《シュエヤン》が彼女の名前を呼んだ。

「阿箐《アージン》」

阿箐《アージン》の心臓の鼓動はいきなり激しく打ち始め、魏《ウェイ》無羨《ウーシエン》にも緊張で彼女の頭皮がぞわっと痺れる感覚が伝わった。

「なんで急に名前を呼んだりするのよ？」

「ちび盲人って呼ばれるのが嫌だって言ったのはお前だろう？」

「だからって、訳もなくご機嫌を取る人なんていないでしょ！　何を企んでるの？」

阿箐《アージン》は「ふん」と鼻を鳴らしてあしらう素振りを見せた。

「何もしないよ。ただ教えてやろうと思ってさ、今度また悪口を言われた時にどうすればいいか」

薛洋《シュエヤン》は微笑みを浮かべる。

「へぇ、じゃあ言ってみてよ。いったいどうすればいいの？」

「もし誰かに不細工って言われたら、相手をもっと不細工にしてやればいいんだ。顔を十七、八回切りつけて、相手がもう二度と外を出歩けないようにな……それから、もし誰かに盲人って馬鹿にされたら、お前のその竹竿の先っぽで相手の両目をぶっ刺して盲人にしてやればいい。そうすれば、二度と悪口なんて言えなくなるぞ」

薛洋《シュエヤン》の言葉に、阿箐《アージン》は恐怖のあまり血の気が引いたが、なんとか顔には出さず、いつものように脅しつけられた時の対応で受け流した。

「またそうやってあたしを脅かして！」

「そう思いたけりゃご勝手に」

薛洋《シュエヤン》は鼻で笑うと、林檎のウサギをのせた皿を彼女の前にずいと押し出し、「食えよ」と言った。

赤い皮に金色の果肉をした雪のように汚《けが》れないウサギ林檎たちの可愛らしさを見て、ぞくぞくとした悪寒が阿箐《アージン》と魏無羨《ウェイウーシエン》、二人の心の中に広がった。

次の日、阿箐《アージン》は朝早くから、綺麗な服と紅白粉《べにおしろい》を買いに連れていってくれと暁星塵《シャオシンチェン》にねだって騒ぎだした。

それを見て、薛洋《シュエヤン》は不満顔だ。

「おい、お前らが出かけるってことは、今日の飯の買い出しはまた俺が行くのか？」

「何よ、買い出しくらいしてくれてもいいじゃない？　道長の方がたくさん行ってくれてるし！　それに、あんたこそ小賢《こざか》しい手口で道長を騙して、よく買い出しを押しつけてるくせに！」

「はいはい、今日も俺が行くよ。今すぐ行けばいいんだろう？」

そう言って薛洋《シュエヤン》が出かけると、暁星塵《シャオシンチェン》が声をかけてきた。

「阿箐《アージン》、身支度はできましたか？　そろそろ行きますよ？」

阿箐《アージン》は薛洋《シュエヤン》が遠くまで離れたことをしっかりと確認してから、やっと中に入って扉を閉め、閂《かんぬき》も差す。

それから、震える声で尋ねた。

「道長、薛洋《シュエヤン》っていう名前の人、知ってる？」

ふいに、暁星塵《シャオシンチェン》の笑顔が凍りついた。

「薛洋《シュエヤン》」の二文字は、彼に計り知れない衝撃を与えたようだった。暁星塵《シャオシンチェン》はもともと肌が白く、顔もあまり血色がいい方ではなかったが、その名前を聞いた途端、一瞬で血の気が引いて、唇までほぼ白と言っていいほどの淡紅色《たんこうしょく》になった。

まるではっきりと聞き取れなかったというように、暁星塵《シャオシンチェン》は消え入りそうな声で「……薛洋《シュエヤン》？」と呟く。それから彼は突然はっとして問い質した。

「阿箐《アージン》、なぜ君がその名を知っているのですか？」

「薛洋《シュエヤン》は、あたしたちのそばにいる男なの！　あの悪い奴がそうなんだよ！」

「私たちのそばに？　私たちのそばって……」

阿箐《アージン》の言葉を、暁星塵《シャオシンチェン》は呆然として繰り返す。少し眩暈を覚えたらしく、彼はそれを振り払うように、ゆっくりと首を横に振った。

「なぜわかったんですか？」

「あいつが人を殺しているのを聞いたの！」

「彼が人を殺した？　誰を殺したんですか？」

「女の人！　声は結構若くて、剣を持っていたみたい。それで、薛洋《シュエヤン》も実は剣を隠し持ってたの。だって、二人が戦っていた時、刃がぶつかる音がしたもん。女の人はあいつのことを『薛洋《シュエヤン》』って呼んでて、しかも『道観《どうかん》を皆殺し』、『殺人犯』、『討伐されるべき大悪党』って言ってた。まさか、あいつが殺人鬼だったなんて！　ずっとあたしたちのそばに潜んで、何を企んでるのかわからないよ！」

阿箐《アージン》は切々と訴えた。

彼女は一晩中眠らずに、頭の中でずっとこの作り話を捻《ひね》り出していた。

――道長には、彼が生きている人間を彷屍と誤って殺したこと、そして何より彼自身の手で殺めたのが宋嵐《ソンラン》であることなど、絶対に知られてはいけない。だから、宋《ソン》道長には申し訳なく思ったけれど、決して彼の死を伝えるわけにはいかなかった。

一番理想的なのは、暁星塵《シャオシンチェン》に薛洋《シュエヤン》の正体を明かしてから急いで逃げ出し、奴が追ってこられないほど遠くまで逃げることだ！

「でも、声は別人のものです。それに……」

しかし、暁星塵《シャオシンチェン》にとってこの事実はあまりにも受け入れ難く、しかも彼女の話はどうにも荒唐無稽《こうとうむけい》に聞こえたようで、なかなか信じてはくれなかった。

「声が違うのは、あいつがわざと変えてるからだよ！　道長にバレたくないから！」

阿箐《アージン》は焦ってひたすら竹竿をつつく。その時突然、あることを思い出して彼女は跳び上がった。

「あっそうだ、そうだった！　あいつの手の指は九本しかないの！　道長知ってる？　薛洋《シュエヤン》も指が一本ないんじゃない？　道長なら前に見たことあるでしょう！」

指の話を持ち出すと、唐突に暁星塵《シャオシンチェン》の体がぐらりと揺れて倒れそうになった。

阿箐《アージン》は慌てて彼を支えると、卓のそばまで連れていき、ゆっくりと座らせた。しばらくしてから、暁《シャオ》星塵《シンチェン》はやっとといった様子で口を開く。

「でも阿箐《アージン》、君はなぜ彼の手の指が九本しかないことを知っているんですか？　これまでに、彼の手に触れたことはないのでは？　もし彼が本当に薛洋《シュエヤン》だとしたら、君に左手を触らせて、自分の特徴を気づかせるわけがないでしょう⁉」

鋭い指摘に、阿箐《アージン》は思わず歯を食いしばった。

「……道長、本当のことを言うね！　あたし、盲人じゃない。目が見えるの！　だから、指には触ってないけど、この目ではっきりと見たんだ！」

〈五〉

思いがけない急雷《きゅうらい》は次々に、そしてどんどん大きく響き渡り、暁星塵《シャオシンチェン》を激しく打ち続ける。信じ難い事実を告げられ、彼は呆然とするばかりだった。

「——今、なんと言いました？　目が、見えると？」

阿箐《アージン》は申し訳なさに身を縮めたが、これ以上彼に嘘をつき続けることはできず、必死に暁星塵《シャオシンチェン》に謝った。

「ごめんなさい道長、騙すつもりじゃなかったの！　本当は見えてるってわかったら、道長について来なって言われるのが怖くて、追い払われちゃうんじゃないかって怖くて！　でも、今はあたしを責めるより前に、ともかく一緒に逃げよう。あいつ、もうすぐ買い出しから戻ってくるよ！」

その時、突然彼女は口を噤《つぐ》んだ。

暁星塵《シャオシンチェン》の目に巻かれている包帯は雪のように白かったが、その包帯に今、二つの血の跡がじわじわと滲み始めている。血はどんどん溢れてきて、次第に布から漏れ出し、目のくぼみから白い頬へと流れ落ちた。

「道長、血が出てるよ！」

阿箐《アージン》は驚愕《きょうがく》して思わず声を上げた。

暁星塵《シャオシンチェン》は、彼女に言われるまでそのことに気づいていなかったようで、「あ」と小さく漏らしてそっと顔に触れると、その手は血まみれになった。阿箐《アージン》はぶるぶると手を震わせながらも血を拭いてあげたが、拭いても拭いてもどんどん溢れてくる。

「大丈夫……大丈夫ですから」

そう言いながら、暁星塵《シャオシンチェン》はぎこちなく手を上げた。

阿箐《アージン》と出会った頃は、少しでも考え込みすぎたり感情が昂《たかぶ》ったりすると、傷口から血が滲んでいたが、もうずいぶんと長い間そのようなことはなくなっていたので、魏無羨《ウェイウーシエン》は既に彼の目の傷は治ったものとばかり思っていた。それなのに、今日またその傷が開き、血が流れ出ている。

暁星塵《シャオシンチェン》はぶつぶつと呟いた。

「でも……でも、もし本当に彼が薛洋《シュエヤン》だとしたら、どうしてこんなことを？　なぜ初めから私を殺さず、何年もそばにいたというんですか？　なぜそんな真似を？」

「初めから殺すつもりだったんだよ！　あたし、あいつの目つきを見たんだ。すごく凶悪で恐ろしかった！　でも、大怪我して動けなかったから、看病してくれる人が必要だったんだよ！　もしあいつが殺人鬼だってわかってたら、あの時あいつが草むらに倒れている間に、絶対に竹竿で刺し殺してたのに！　道長、一緒に逃げようよ！　ね？」

魏無羨《ウェイウーシエン》は、心の中で嘆くしかなかった。

（……ダメだ。もしこの子が暁星塵《シャオシンチェン》に事実を伝えなかったら、彼はずっとこのまま薛洋《シュエヤン》と暮らしていくだろう。だけど、こうして伝えたところで、彼は決して逃げずに、きっと正面から薛洋《シュエヤン》に問い質すはずだ。これじゃ袋小路《ふくろこうじ》じゃないか）

すると、やはり暁星塵《シャオシンチェン》は予想通りの行動に出た。

なんとか気持ちを静めると「阿箐《アージン》、逃げなさい」と言ったのだ。

微かに掠れた彼の声を聞き、阿箐《アージン》は言い知れない恐怖を覚えた。

「あたしだけ？　道長、一緒に逃げようよ！」

暁星塵《シャオシンチェン》は首を横に振った。

「私は行けません。はっきりさせなければならないことがあります。彼にはきっと、何か目的があるはずです。そして、おおかたここ数年他人のふりをしてまで私のそばに残ったのも、その目的を達成するためなのでしょう。もし私が逃げて、彼をここに残していけば、おそらくこの義城の人々は皆、彼の手によってひどい目に遭《あ》わされることでしょう。薛洋《シュエヤン》という人は、昔からずっとそうでしたから」

阿箐《アージン》は演技などではなく声を上げてむせび泣き、竹竿を捨てて暁星塵《シャオシンチェン》の太ももにしがみついた。

「どうして？　あたし一人でどうやって逃げるの？　道長と一緒じゃなきゃ嫌だよ。道長が行かないならあたしも行かない。一緒にあいつに殺されたっていいい。どうせあたし一人で逃げたって、一人ぼっちで死ぬだけだもん。あたしにそうなってほしくないなら、一緒に逃げようよ！」

しかし、彼はもう阿箐《アージン》が盲人ではないと知ってしまったため、以前のように同情を引こうとしても効果はなかった。

「阿箐《アージン》、君は目が見えるのでしょう。それに賢いのだから、一人でもちゃんと生きていけると信じています。薛洋《シュエヤン》という人がどれほど恐ろしいか、君はわかっていないのです。ここに残ってはいけません。そして、二度と彼に近づいてはなりませんよ」

それを聞いた阿箐《アージン》の心の叫びは、魏無羨《ウェイウーシエン》にも聞こえた。

『あたし知ってる！　あいつがどれだけ怖い奴か知ってるよ！』

しかし彼女は、すべての真実を告げることができない！

その時、やけに軽快な足音が遠くの方から聞こえてきた。

薛洋《シュエヤン》が戻ってきたのだ！

暁星塵《シャオシンチェン》は瞬時に状況を察知して顔を上げると、夜狩をする時の警戒態勢になる。彼はいきなり阿箐《アージン》を引き寄せ、低めた声で命じた。

「彼が中に入ってきたら、私が相手をします。あなたは隙を見て逃げて。言う通りにしなさい！」

阿箐《アージン》は彼の剣幕に驚き、涙目でこくこくと頷いた。

義荘に帰り着いた薛洋《シュエヤン》は、足で扉を蹴り開けようとして、中から閂がかけられていることに気づいたようだ。

「おい、お前ら何やってんだ。俺はもう戻ったっていうのに、まさかまだ出かけてもいないのか？　中にいるなら閂を抜いて開けてくれ。あぁ疲れた」

その声と口調だけを聞くと、ただの近所の少年か、元気な弟弟子のようにしか思えない。誰も想像などできないだろう。今扉の外に立っているのは、人の心も理性さえも失った一匹の悪鬼《あっき》、顔立ちのいい皮を被り、人間のふりをした悪魔だなどと！

扉には中から閂を差してある。これ以上扉を開けずにいれば、薛洋《シュエヤン》は何か起きたのかと疑いを抱くだろう。そうなってから彼が中に入れば、きっと警戒するはずだ。阿箐《アージン》は急いで泣き顔を拭うと、扉に向かって怒鳴った。

「何が疲れたっていうのよ！　近所に買い出しに行ったくらいで疲れたわけ⁉　女の子が服を選ぶのにちょっとくらい待たせたって、別にいいでしょ⁉」

「お前、選ぶほど服なんて持ってたっけ？　どうせあれこれ着替えたところで大差ないだろう。ほら、さっさと開けろ開けろ」

薛洋《シュエヤン》が馬鹿にしたような口調で言う間も、阿箐《アージン》のふくらはぎはずっと震えたままだったが、彼女は気丈にもはっきりと力強く言い返した。

「ふん！　絶対開けてやらない。やれるもんなら自分で蹴って開けたら！」

薛洋《シュエヤン》は「ハハッ」と笑って、「言ったな。道長、あとで扉を直す羽目になっても、俺のせいじゃないぞ」と言い置いてから、どかっと蹴りつけて木の扉を開け、足を上げて高い敷居を踏み越えると中に入ってきた。

片手に山盛りの食糧が入った竹籠を、もう一方の手には真っ赤に熟《う》れた鮮やかな林檎を掴んでいる。それを無造作にがぶっとかじったその時、俯いた彼の目に、自分の腹部に沈んだ霜華《シャンホワ》の刃の煌めきが見えた。

竹籠がごとりと地面に落ち、中に入っていた青菜、大根、林檎、饅頭《まんとう》が床一面に転がった。

「阿箐《アージン》、逃げなさい！」

暁星塵《シャオシンチェン》が低い声で叫んだのを合図に、阿箐《アージン》はすぐさま走りだし、義荘を飛び出した。彼女はしばらく走り続けたが、それほどもいかないうちに方向を変え、抜き足差し足で気づかれないように義荘に戻った。そして彼女がいつも盗み聞きをするのに使っていた隠れ場所まで這《は》って戻ると、頭の半分をそっと出して中を覗く。

「──楽しいか？」

暁星塵《シャオシンチェン》の冷ややかな問いかけが聞こえた。

薛洋《シュエヤン》は、手に持ったままの林檎をまた一口かじると、ゆっくりと咀嚼《そしゃく》し、ごくりと呑み込んでから答える。

「ああ、楽しいよ。楽しいに決まっててんだろう」

それは、彼の本来の声色だった。

「何年も私のそばにいて、いったい何がしたい？」

「さあな。多分退屈だったからかな」

暁星塵《シャオシンチェン》が霜華《シャンホワ》を抜き、再び彼を刺そうとすると、また薛洋《シュエヤン》が口を開いた。

「暁星塵《シャオシンチェン》道長、俺が最後まで話さなかったあの物語、もう続きは聞きたくないよな？」

「聞きたくない」

口ではきっぱりと拒絶したものの、暁星塵《シャオシンチェン》は微かに首を傾げ、剣撃も止まっている。

「じゃあ勝手に話させてもらうぞ。最後まで話して、それでもまだ俺が悪いと思うなら勝手にしろ」

そう言うと、薛洋《シュエヤン》は無造作に腹部の傷口を拭い、出血を防ぐために自分の手でぐっと押さえつけた。

「その子供は、自分を騙して手紙を届けさせた男にばったり会うと、内心では悲しくて、それと同時にすごく嬉しくて、わあわあ泣きながらその男に抱きついて訴えたんだ。手紙はちゃんと届けたけど、菓子がもうなくなってて、しかも殴られた。だからもう一皿くださいって。

でもその男は、おそらく例の大男に捕まって殴られたばかりだったんだろうな。顔に傷ができていた。その上、汚らしい子供にしがみつかれて、猛烈にイライラしてそいつを一発蹴飛ばしたんだ。

男は牛車に乗って、御者《ぎょしゃ》に早く出せと命令した。子供はなんとか立ち上がると、牛車を追いかけてひたすら走った。そいつは、どうしてもあの甘そうな菓子が食べたかったんだ。それからやっとの思いで追いついて、牛車の前に回り込んで手を振った。ただ止まってほしくてな。だけど、男はそいつの泣き声にひどく苛立って、御者の手から鞭《むち》を奪ってそいつの頭を打ち、地面に叩きつけた」

それから、彼は一言ずつはっきりと話した。

「そして、牛車の車輪は、倒れた子供の手の上を、一本一本と轢《ひ》いていったんだ！」

暁星塵《シャオシンチェン》には見えていないが、構わず薛洋《シュエヤン》は彼に向かって自分の左手をずいと突きつけた。

「たった七歳の子供だ！　左手の骨は全部砕け、一本の指はその場でぐちゃぐちゃの泥のようになるまで轢かれちまった！　その男が、常萍《チャンピン》の父親だ。暁星塵《シャオシンチェン》道長、お前が俺を捕まえて金鱗台に突き出した時は、よくもあんなに責め立ててくれたな！　なんで、俺がわずかな諍《いさか》いのために相手の一族を皆殺しにまでしたのかって非難したよな。俺の指はお前らの体に生えているわけじゃないから、骨まで粉々にされたって痛みなんて感じないだろうさ！　胸が張り裂けそうなほどの悲鳴がどんなふうに口から出たのか、お前らにはわからない！　なんで俺が、奴の一族ごと皆殺しにしたか知りたいんだよな？　だったらなんで、奴が子供だった俺を弄《もてあそ》んで虐《しいた》げた理由は聞かないんだ⁉　今の薛洋《シュエヤン》は、あの日の常慈《チャンツー》安《アン》が生み出したんだ！　櫟陽《れきよう》常《チャン》氏が滅びたのは、何もかも自業自得なんだよ！」

暁星塵《シャオシンチェン》はその言葉を信じられない様子で、薛洋《シュエヤン》に問いかけた。

「常慈安《チャンツーアン》が、かつて貴様の指を奪ったというなら、貴様も彼の指を一本斬り落とせば十分だろう。それでも気が済まなければ、二本でも、十本でも折ればいい！　彼の片腕ごと斬り落としたっていい！　それなのになぜ、一族の者まで皆殺しにした？　まさか貴様の指一本に、七十人あまりの人の命で償わなければならないほどの価値があるとでも？」

問われた薛洋《シュエヤン》は、意外にも真剣に考える様子を見せたが、おかしなことを聞くものだと言いたげに答える。

「当たり前だ。指は自分のもので、命は他人のものなんだから、いくら殺したって償ってもらったことにはならない。たかだか七十数人程度で、俺の指一本に値《あたい》するわけがないだろう？」

暁星塵《シャオシンチェン》は当然のような顔で言う彼の態度に憤りを覚え、顔色がどんどん青褪めていく。

「ならば、無関係な人たちは⁉　なぜ白雪観の人々まで皆殺しに？　なぜ、宋子琛《ソンズーチェン》道長の目を壊した!?」

声を振り立てる暁星塵《シャオシンチェン》に、薛洋《シュエヤン》は問い返した。

「だったらお前は、なんで俺の邪魔をしたんだ？　なんで常《チャン》氏一族のクズどものために出しゃばったりする？　お前は常慈安《チャンツーアン》を助けたかったのか？　それとも常萍《チャンピン》か？　ハハハハッ、常萍《チャンピン》の奴、最初の頃はそれはそれは感激して泣いてやがったよな？　でもあとになって、もうやめてくれってお前の助けを拒んだのはいったい誰だ？　暁星塵《シャオシンチェン》道長、初めから、全部お前が間違っていたんだよ。お前が人様の事情に首を突っ込むのが悪いんだ。誰が正義で誰が悪か、情けと恨みのどちらが大きいかなんて、他人に判断できるわけがないだろう？　そもそも、お前は山から下りるべきじゃなかった。お前の師匠は賢いよ。どうして言う通りにしなかったんだ。山にこもってひたすら仙術を修練して、真理でも悟るのがお前にはお似合いだ。世間ってものが理解できないなら、入ってくるな！」

彼の言い分に、暁星塵《シャオシンチェン》はもう耐えることができなかった。

「……薛洋《シュエヤン》、貴様には本当に……反吐《へど》が出る……」

その言葉を聞いて、薛洋《シュエヤン》の目には長い間現れることのなかった凶悪な光が宿る。

彼は冷ややかにくつくつと笑った。

「暁星塵《シャオシンチェン》、俺はお前のそういうところが嫌いなんだ。俺が何より一番大嫌いなのはな、お前みたいに、自分は高潔な正義の味方だとか自惚れてる奴なんだよ。善行を積めば素晴らしい世の中にできると思い込んでる、大馬鹿、阿呆、まぬけだ！　俺に反吐が出るって？　上等だよ、俺が気にするとでも思うか？　だいたい、お前にそんなことを言う資格があると思ってるのか？」

その言葉を聞いて、暁星塵《シャオシンチェン》は少し呆然とした表情になる。

「……どういう意味だ？」

こっそりと聞き耳を立てていた阿箐《アージン》と魏無羨《ウェイウーシエン》の心臓は、胸から飛び出しそうなほど大きく跳ねた！

「俺たち、このところ夜一緒に出かけて彷屍を殺さなくなったよな？　でも、最初の二年くらいは、二、三日置きに大量に殺してたことを覚えてるか？」

　やけに親しげな様子で話す薛洋《シュエヤン》に、暁星塵《シャオシンチェン》は微かな不安を覚えたように唇を動かした。

「なぜ今そんな話を持ち出す？」

「いいや、別に。ただ、お前の目が見えないことが残念でさ。自分で目玉をくり抜いちゃったから、自分が殺した『彷屍』たちがお前に心臓を貫かれた時、ひどく怯えて苦しんでた顔が見えなかったんだもんな。しかも、お前に跪いて涙を流しながら頭を地べたにくっつけて、老人も子供もいる一族をどうか見逃してくれと命乞いしたのもいたなぁ。もし俺に舌を切られていなかったら、奴ら絶対大声で『道長お許しを―』って泣き叫んだだろうな」

　薛洋《シュエヤン》の言葉に、暁星塵《シャオシンチェン》の全身がわなわなと震え始める。

　しばらくしてから、やっとのことで彼は口を開いた。

「嘘だ。また私を騙そうとしている」

「そうだよ。俺はお前を騙していたんだ。長い間、ずっとな。でも、嘘は全部信じたのに、本当のことはちっとも信じてくれないのか？」

　暁星塵《シャオシンチェン》はよろめきながら、闇雲に剣を振り回して彼に斬りかかり「黙れ！　黙れ！」と叫んだ。

　薛洋《シュエヤン》は腹部の傷口を押さえたまま、左手の指をパチンと鳴らし、落ち着き払ってすっと後ろに下がる。その時の彼の表情は、もはや人間のそれではなかった。両目にはなんと緑色の光がぎらぎらと輝き、口元には笑うと現れるあの一対の小さな八重歯が覗いている。そこにいるのは、どう見ても一匹の悪鬼だった。

「いいよ、黙ってやる！　でも、どうしても俺の言うことを信じないっていうなら、後ろのあれと手合わせしてみればいい。お前に教えてくれるよ、俺が嘘をついているかどうかをな！」

　剣風が襲ってくると、暁星塵《シャオシンチェン》はとっさに霜華《シャンホワ》を背後に回して防ぐ。二つの剣が交わるや否や、彼は呆然として動きを止めた。

呆然というよりも、一瞬で精神と肉体がすべて枯れ果て、石像と化したようだった。

暁星塵《シャオシンチェン》は、これ以上ないほど心細げに問いかけた。

「……子琛《ズーチェン》ですか？」

返事はない。

彼の後ろに立っていたのは、宋嵐《ソンラン》の屍だった。一見、彼は暁星塵《シャオシンチェン》を見ているようではあるが、その両目にはもう瞳がなく、ただ手に持った長剣が霜華《シャンホワ》とぶつかり合っているだけだった。

彼ら二人は、おそらく昔から幾度となくともに剣術を磨いてきたに違いない。ただお互いの剣が交わっただけで、相手の正体がわかるほどに。ただ暁星《シャオシン》塵《チェン》はそれを認めることに怯えるように、ゆっくりと振り返ると震える手を伸ばし、宋嵐《ソンラン》の剣の刃に触れた。

その間も、宋嵐《ソンラン》は微動だにしなかった。暁星塵《シャオシンチェン》は指で刃を伝い、剣の柄をなぞると、指先で少しずつ、そこに彫られている「拂雪《フウシュエ》」の二文字を読み取った。

暁星塵《シャオシンチェン》の顔は見る間に白くなっていった。

気が動転しきっている彼は、刃が手のひらを傷つけるのも構わずに、ただ何度も拂雪《フウシュエ》の刃を触っては絶望を確かめる。全身が震え、漏らした声までもが掠れて、はらはらと散るようだった。

「……子琛《ズーチェン》……宋《ソン》道長……宋《ソン》道長……あなたなのですか……」

宋嵐《ソンラン》はただ静かに彼を見つめるだけで、何も語ることはない。

暁星塵《シャオシンチェン》の目に巻かれた包帯は、絶え間なく滲み出る真っ赤な血で、二つの穴のようにじっとりと染まっている。彼は剣を持っているその人に触れたいと思ったが、怖くてどうしてもそうできず、手を伸ばしてはまた引っ込めることを繰り返した。

その様子を見ている阿箐《アージン》の胸からは、しきりに張り裂けそうな痛みが伝わってきて、彼女も魏無羨《ウェイウーシェン》もその痛みでまともに息ができず、涙が泉のようにぼろぼろと止めどなく溢れ出た。

暁星塵《シャオシンチェン》はうろたえ、どうしていいのかわからずに、ただ立ち尽くしていた。

「……どうしてこんな……教えてくれ……」

「誰か教えてくれ‼」と彼は完全に壊れてしまったかのように叫んだ。

二人を眺めていた薛洋《シュエヤン》は、彼の望みに応えるように話し始めた。

「そんなに知りたいなら教えてやろうか。昨日お前が殺した彷屍、誰だと思う？」

――「ガシャン」と音が鳴った。

それは、霜華《シャンホワ》が地面に落ちた音だった。

それを見て薛洋《シュエヤン》はいきなり大笑いし始めた。

暁星塵《シャオシンチェン》は立ち尽くしている宋嵐《ソンラン》の前に跪き、頭を抱え、身を引き裂かれるような大声を上げて泣き叫んだ。

薛洋《シュエヤン》はげらげらと笑いすぎて目に涙を浮かべ、憎々しげな口調でまた言い放つ。

「どうした？　親友との再会に、感動のあまり泣きだしたか！　せっかくだから抱き合っちゃえよ」

阿箐《アージン》は「うーうー」という嗚咽《おえつ》を漏らさないよう、手できつく口を塞いだ。薛洋《シュエヤン》は義荘の中をうろうろと歩き回りながら、どこか怒りを抑えきれないような、また狂喜を滲ませたような、なんとも恐ろしい口調で怒鳴りながら暁星塵《シャオシンチェン》を激しく罵倒した。

「世の中を救うだって？　笑わせるなよ。お前は自分自身すら救えやしねぇ！」

魏無羨《ウェイウーシエン》の頭の奥から、鋭い痛みが伝わってくる。だがこの痛みは阿箐《アージン》の魂魄が感じているものではない。

暁星塵《シャオシンチェン》はなりふり構わず地面に跪き、宋嵐《ソンラン》の足元に顔を伏せている。ひどく小さく体を縮めた彼は弱りきって、今すぐにでもこの世から消えてしまいたいと願っているように見えた。真っ白で汚れ一つなかった道服は、真っ赤な血と埃にまみれていた。

そんな彼に向かって、薛洋《シュエヤン》は居丈高《いたけだか》に怒鳴る。

「お前は何一つ成し得ず、完全に大負けしたんだ。でもそれは自業自得だよな。全部自分で招いたことなんだから！」

その時、魏無羨《ウェイウーシエン》は暁星塵《シャオシンチェン》の姿に自分自身を重ね合わせていた。

――一敗地《いっぱいち》にまみれ全身血だらけで、何一つ成し得ず、人々に後ろ指をさされ罵倒されてもすべて取り返しがつかず、ただ大声で泣き喚《わめ》くことしかできなかった自分自身を！

真っ白だった包帯は既に完全に赤く染まり、暁星《シャオシン》塵《チェン》は顔中血だらけだ。目玉を失った彼は涙も失い、代わりに血を流し続けた。何年もの間欺かれ、仇《かたき》を友人だと思い、善意を踏みにじられた。しかも、妖魔を退治したと思い込んでいたその両手は、罪のない人々の血で染められ、しまいには、よりによって自らの手で知己を殺めたのだ！

彼はただ苦しみに悶《もだ》えながらむせび泣いた。

「もう、勘弁してくれ」

「へえ、さっきまで俺を刺し殺そうとしてたじゃないか？　それなのに、今度は許しを請《こ》うんだ？」

薛洋《シュエヤン》にははっきりとわかっていた。凶屍となった宋嵐《ソンラン》が自分を護衛している限り、暁星塵《シャオシンチェン》は二度と剣を手にすることはできない。

彼はまた勝った。しかも、今度は完全なる勝利だ。

その時だった。突然、暁星塵《シャオシンチェン》は地面に落とした霜《シャン》華《ホワ》を掴み、剣身の向きを変えると、その刃を首に当てた。一筋の澄みきった銀色の光が、薛洋《シュエヤン》のまるで日の光が差さない暗闇の中にいるような両目をよぎった。暁星塵《シャオシンチェン》が手を放すと、冴え冴えと輝く霜華《シャンホワ》の刃を真っ赤な血が伝って流れていく。

長剣が再び落ちる澄んだ音がすると同時に、薛洋《シュエヤン》の笑い声と動きがはたと止まった。

長い沈黙のあと、彼は微動だにしなくなった暁星《シャオシン》塵《チェン》の亡骸のそばへと近づく。俯いた彼の口角は歪《ゆが》んだまま、その目にはびっしりと血管が浮き出ていた。見間違いかもしれないが、薛洋《シュエヤン》の目の周りは微かに赤くなっているように思える。

だが、次の瞬間、彼はまた憎々しげに歯を食いしばった。

「お前が俺を追い詰めたのが悪いんだ！」

そう吐き捨ててから冷酷な笑みを浮かべ「いっそ死んでよかったよ！　死んでいる方が言うことを聞く」と独り言《ご》つ。

それから薛洋《シュエヤン》は暁星塵《シャオシンチェン》の呼吸を確認し、彼の腕を握ってみたりもした。その様子はまるで、彼はまだ完全に死んでおらず、硬直の具合が足りないとでも考えているかのようだった。ふいに立ち上がると、寝所からたらいに水を入れて持ってきて、清潔な手ぬぐいを使って暁星塵《シャオシンチェン》の顔についた血を綺麗に拭き取ってから、今度は新しい包帯を取り出して、注意深く巻いてやった。

薛洋《シュエヤン》は義荘の地面に陣を描き、必要な材料を用意してから、暁星塵《シャオシンチェン》の死体を抱きかかえてそっと陣の中に置いた。準備をすべて終えたあとで、ようやく彼に刺された自分の腹部の傷のことを思い出したらしく、手当てを始める。

彼は、あと少し経てば暁星塵《シャオシンチェン》と再会できると信じきっているようだった。そのせいか、だんだんと気分も上向いてきて、地面に転がっていた野菜と果物をすべて拾い、もう一度竹籠に綺麗に戻した。さらには丁寧に部屋中を掃除し、阿箐《アージン》の寝床だった棺の中にも新しい稲わらを分厚く敷いてやる。最後に袖の中から、昨日の夜、暁星塵《シャオシンチェン》からもらった飴を取り出した。

だが、口の中に入れようとしたその時、少し悩んで手を止め、我慢してそれを再び袖の中に戻した。それから卓のそばに座って片手で頬杖をつき、ひどく退屈そうに暁星塵《シャオシンチェン》が起き上がるのを待った。

だが、いくら待っても暁星塵《シャオシンチェン》は一向に起き上がることはなかった。

次第に日が暮れて夕闇が迫ると、薛洋《シュエヤン》の表情も暗く沈んでいく。待ちくたびれて、彼は指で卓をとんとんと叩いた。

完全に日が落ちると、彼は卓を蹴って毒づいた。服の裾をめくって立ち上がると、暁星塵《シャオシンチェン》の亡骸のそばで片膝をつき、先ほど自分が描いた陣と呪文をよく調べた。しかし、繰り返し確認しても間違いは見当たらない。彼は眉をひそめて考えた挙句、結局すべて消してからもう一度描き直した。

今度は、薛洋《シュエヤン》は直接地面に座り込んで一心に暁星《シャオシン》塵《チェン》を見つめ、また長い間待ち続けた。阿箐《アージン》の足には既に三度目の痺れがきて、まるで千万匹もの蟻《あり》にびっしりと噛まれているように痛痒《いたがゆ》い。泣き腫らしたせいで、彼女の視界は少しぼやけていた。

さらに一時辰《じしん》ほど待った頃、薛洋《シュエヤン》はようやく事態が既に自分の手には負えない状況であることに気づいた。

彼は暁星塵《シャオシンチェン》の額に手を置き、目を閉じて探ると、しばらくして突然カッと見開く。

魏無羨《ウェイウーシエン》にはその理由がわかっていた。薛洋《シュエヤン》は気づいたのだ、おそらくほんのわずかしか残されていない、微弱な魂の欠片に。

そこまで砕け散った魂魄では、決して凶屍を作り出すことはできない。

想定もしなかった状況に、常に皮肉な笑みが消えることのなかった薛洋《シュエヤン》の顔から、初めて一切の表情が消え失せた。

何も考えられず、彼は今さら暁星塵《シャオシンチェン》の首の傷口を手で塞ごうとした。だが、血は既に流れ尽くし、暁星塵《シャオシンチェン》の顔色はもはや紙のように蒼白で、大量の血はとうに赤黒く乾いていた。今さら傷口を塞ごうとしたところで、なんの意味もない。

暁星塵《シャオシンチェン》は死んだ。彼は完全に死んだのだ。

——その魂魄までもが砕け散って。

薛洋《シュエヤン》が話した物語に出てきた子供は、あの菓子を食べられずに大泣きした子供は、今の彼とはあまりにもかけ離れていて、魏無羨《ウェイウーシエン》はどうしても二人を結びつけることができなかった。しかし今この瞬間、ようやく薛洋《シュエヤン》の顔に、途方に暮れる子供の面影を見たような気がした。

薛洋《シュエヤン》は目を血走らせてぱっと立ち上がると、両手をきつく握りしめたまま義荘の中を闇雲に暴れ回った。物を投げては壊し、大きな物音を立てて、先ほど自ら丁寧に片づけた部屋を滅茶苦茶に壊した。

その形相《ぎょうそう》と叫び声は、今までに彼がさらしたあらゆる醜態を合わせてもまだ足りないほど、狂気的に見えた。

部屋中を壊し尽くすと、彼はやっと少し落ち着きを取り戻した。そして元の場所にしゃがみ込むと、

「暁星塵《シャオシンチェン》」と小さな声で呼んだ。

「まだ起きないつもりなら、お前の親友の宋嵐《ソンラン》に人を殺させるぞ」

「この義城の人間を皆殺しにして、全員活屍《かつし》にしてやるぞ。お前はここで長い間暮らしてきたくせに、町の奴らを見殺しにするつもりか？」

「阿箐《アージン》、あのちびを絞め殺して、その死体を野ざらしにして野良犬に食わせてぐちゃぐちゃにしてやるぞ」

密かに聞いていた阿箐《アージン》は、黙ったまま身震いをした。

しかし、なんと言って脅しても一切返事はなく、薛洋《シュエヤン》は突然激昂《げきこう》して叫んだ。

「暁星塵《シャオシンチェン》！」

彼は暁星塵《シャオシンチェン》の道服の襟を掴むと何度も揺さぶり、目の前にいる死人の顔をひたすらに見つめた。

すると、ふいに彼は暁星塵《シャオシンチェン》の腕を引っ張り起こし、ぐったりとした彼の体を背負い上げた。

薛洋《シュエヤン》は暁星塵《シャオシンチェン》を背負ったまま外に出ると、まるで気がおかしくなったかのように、ぶつぶつと呟き始めた。

「鎖霊嚢、鎖霊嚢。そうだ。鎖霊嚢、鎖霊嚢が必要なんだ。鎖霊嚢、鎖霊嚢、鎖霊嚢……」

彼がずいぶん遠ざかったあと、阿箐《アージン》はようやく少し体を動かした。

だが、彼女は上手く立ち上がれずに地面に倒れ、しばらく身を捩《よじ》らせてからやっとのことで起き上がる。どうにか二歩ほど歩いてみると、骨と筋肉がほぐれて、次第に早く歩けるようになり、しまいには勢いよく走りだした。

夢中で走り続けて義城からかなり遠くまで離れたところで、彼女はやっと胸の中に抑え込んでいた慟哭を解き放った。

「道長！　道長！　うううっ、道長……」

そこで視界が一転し、突然違う場所へと変わった。

この場面の阿箐《アージン》は、義城から逃げ出したあと、相当の日数が経っているように見えた。見知らぬ町の中を歩いている彼女は、竹竿を手に盲人のふりをしながら、人とすれ違う度に声をかけている。

「すみません。この辺りに大きな世家はありませんか？」

「すみません。この辺りにすごく強い人はいませんか？　仙術のできる強い人です」

魏無羨《ウェイウーシエン》はなんとも言えない気持ちでその様子を見つめた。

（この子は暁星塵《シャオシンチェン》の仇を討ってくれる人を探しているんだ）

　しかし、誰も彼女の質問に取り合わず、適当に受け流して立ち去るばかりだ。阿箐《アージン》はそれでも一向にめげることなく、ひたすら聞き続けては何度も手を振られて追い払われている。彼女はこの地では何も得るものはなさそうだと見て、町を離れて小道へと進んだ。

　一日中歩き通しで同じ質問を繰り返し、彼女は疲れきっていた。重い足取りで近くの小川まで歩き、火でも出そうなほどカラカラに渇いた喉を潤そうと、手で水を掬《すく》って何口か飲む。一息ついた時、ふと水面に映る自分の髪にさした木の簪《かんざし》を見ると、手を伸ばして抜き取った。

　もともとそれはひどく雑な造りで、でこぼこした箸のように粗悪なものだったが、暁星塵《シャオシンチェン》が彼女のために滑らかにきめ細かく削り直し、しかも簪の端には小さな狐の顔を彫ってくれた。顎がつんと尖った顔をした狐は目が大きく、にっこりと微笑んでいる。阿箐《アージン》はその簪をもらった時、それを手で撫でて、「あ！　あたしに似てる！」と嬉しくなって大喜びした。

　簪を眺めながら、阿箐《アージン》はぐっと口を引き結び、また泣きそうになるのを堪《こら》える。腹の虫がぐうぐう鳴いて、彼女は懐から小さな白い財嚢を取り出した。出会った時に、彼女が暁星塵《シャオシンチェン》から盗んだものだ。その中から小さな飴を一粒出すと、そっと舐め、舌先が甘みを感じると、またすぐさま大切そうに財嚢の中に戻した。

　それは、暁星塵《シャオシンチェン》が彼女に残した最後の飴だった。

阿箐《アージン》は俯いて財嚢をしまい、何気なく小川に目を向けると、ふいに、水面に映る自分の背後にもう一人、誰かの姿があることに気づいた。

水面に映った薛洋《シュエヤン》が、微笑みを浮かべて彼女をじっと見ている。

阿箐《アージン》は驚愕して叫び声を上げ、転がるように彼と距離を取った。

いつの間に近づいたのか、薛洋《シュエヤン》は彼女のすぐ後ろに立っていた。手には霜華《シャンホワ》を持ったまま、まるで抱《ほう》擁《よう》しようとでもいうかのように両腕を広げて、嬉しそうに口を開いた。

「阿箐《アージン》、なんで逃げるんだよ？　久しぶりじゃないか、俺に会いたくなかった？」

阿箐《アージン》は大声で「助けて！」と叫んだ。

しかしこんな辺鄙な野山の中にある小道では、助けに来る者などいない。

薛洋《シュエヤン》は眉を跳ね上げて言った。

「櫟陽《れきよう》に野暮用があって出かけたら、偶然、お前が町中であれこれ聞き回っているところを見かけてさ。俺たちって本当に縁があるんだな。それにしても、お前は本当に芝居が上手いよ。俺のことまでこんなに長い間騙していたなんてな。あっぱれだ」

阿箐《アージン》は、自分にもはや逃げる道はなく、殺されると確信して激しく動揺した。だが、どの道殺されるのなら、思いきり罵ってから死んでやろうと腹を括《くく》ると、いつもの強気が戻ってきて、跳び上がって彼に向かってぺっと唾を吐いた。

「このけだものめ！　恩知らず！　家畜以下のろくでなし！　あんたの親は豚小屋でやったから、あんたみたいな雑種が生まれたんだ！　クソを食べて育った腐れ外道が！」

昔、巷《ちまた》を放浪していた頃、彼女はたくさんの汚い罵り合いを耳にしていた。そうして覚えた下品で低俗な言葉を面と向かって吐き捨ててやると、薛洋《シュエヤン》はにたにたと笑いながら聞いていた。

「よくもまあ、そんな汚い言葉を知ってるもんだな。暁星塵《シャオシンチェン》の前では猫を被ってたのか？　もっと言ってみろよ」

「くたばれ、この恥知らずが！　よくも道長の話ができたものね。それは道長の剣だ！　あんたが持っていいものじゃない！　汚さないで！」

阿箐《アージン》に罵倒され、薛洋《シュエヤン》は左手で掴んだ霜華《シャンホワ》を無造作に持ち上げた。

「ああ、これのこと？　今は俺のものだよ。それに、お前の道長がそんなにお綺麗なもんだと思ってるのか？　いずれ俺の……」

「バカじゃないの？　勝手に夢でも見てれば？　道長が綺麗かどうかなんて、あんたに語る資格はない！　あんたなんてただの痰《たん》だよ。道長は運悪くあんたみたいな痰を踏んでしまったけど、汚いのはあんただけだ！　この気持ち悪い痰が！」

薛洋《シュエヤン》の表情からようやく笑みが消え、翳《かげ》りが見えた。

それとは反対に、長い間ずっと戦々恐々としながら逃げ回っていた阿箐《アージン》は、ようやく訪れたこの瞬間に、心がふっと軽くなるのを感じた。

「そんなに盲人のふりをするのが好きなら、俺が本物にしてやるよ」

薛洋《シュエヤン》は陰鬱な口調で不気味に言い放った。

彼がさっと手を振ると、何か粉のようなものが阿《アー》箐《ジン》の正面から降り注ぐ。それが目に入ると、彼女の視界は瞬く間に血のように赤く染まり、そしてあっという間に暗黒に変わった。

目玉は火傷をした時のように熱く痛み、阿箐《アージン》は喉が張り裂けんばかりの悲鳴を上げた。

「出しゃばってごちゃごちゃ言いやがって、お喋りな舌もいらないよな」

再び薛洋《シュエヤン》の声が聞こえてきた。

氷のようにひどく冷たく尖ったものが阿箐《アージン》の口の中に侵入してくる。魏無羨《ウェイウーシエン》が舌のつけ根から伝わる激痛を感じた次の瞬間、いきなり誰かに阿箐《アージン》の意識の外へと引きずり出された。

銀鈴の「チリンチリン」「チリンチリン」という澄んだ音が、何度も耳元で鳴っている。魏無羨《ウェイウーシエン》は阿《アー》箐《ジン》の感情の渦に深く浸《ひた》ったまま、なかなか意識を取り戻すことができず、強い眩暈に翻弄《ほんろう》されていた。

藍景儀《ランジンイー》が、彼の顔の前で手を振っている。

「反応がないぞ？　まさか、バカになったんじゃないよな⁉」

「だから言ったじゃないか、共情はすごく危険だって！」

吐き捨てた金凌《ジンリン》に、藍景儀《ランジンイー》が反論する。

「お前がさっきぼんやりしていて、すぐに鈴を鳴らさなかったせいじゃないのか⁉」

「俺は……」

そう言いかけて、金凌《ジンリン》の表情は強張った。

やっと我に返った魏無羨《ウェイウーシエン》が、棺を伝って立ち上がるのが見えたのだ。阿箐《アージン》もまた彼の体から出てきて、同じように棺の反対側の縁にしがみついている。少年たちは仔豚のように一斉に押し寄せてきて彼らを取り囲むと、騒がしく話し始めた。

「起きた起きた！」

「よかった。バカになってはいないみたいだ」

「もともとおかしかったんじゃないのか？」

「でたらめ言うな！」

耳元でごちゃごちゃ言い合う少年たちを、「騒ぐな。頭がくらくらする」と魏無羨《ウェイウーシエン》が窘める。

すると彼らはぴたりと口を閉じた。魏無羨《ウェイウーシエン》は棺の中にそっと手を伸ばし、暁星塵《シャオシンチェン》の綺麗に整えられた道服の襟元を少し開けた。そこには、やはり首の致命的な箇所に、細い傷痕があった。

魏無羨《ウェイウーシエン》は心の中でため息をつき、阿箐《アージン》の方を向いて「お疲れさま」と言った。

幽霊となった阿箐《アージン》は盲人でありながら、その動きが盲人のものとは思えなかったのは、彼女が死ぬ間際に初めて本当に目が見えなくなったからだった。それまで、彼女はずっと機敏ではつらつとして、風のように生き生きとした女の子だったのだ。

この数年の間、たった一人で怪しい霧が立ちこめるこの義城の中を隠れ回り、時折現れて薛洋《シュエヤン》の邪魔をして、町に入ってくる人々を驚かしては町の外まで導いてきた。彼女のその行動には、どれほどの勇気と執念が必要だったろうか。

阿箐《アージン》は棺に寄りかかり、その中に横たわる亡骸に手を合わせ、それからしきりに魏無羨《ウェイウーシエン》に向かって拱《きょう》手《しゅ》した。そして竹竿を剣のように持つと、かつて彼女がふざけて遊ぶ時によくやっていたように「やっつけてやる」という仕草をした。

「安心しろ」

魏無羨《ウェイウーシェン》は彼女に頷いて見せてから、少年たちに向き直った。

「お前らはここに残れ。町の彷屍はこの義荘には入ってこないはずだ。俺はちょっとやることがあるから」

「共情で、いったい何を見たんだ？」

「ちょっと長くなるから、また今度話すよ」

我慢できずに聞いた藍景儀《ランジンイー》に魏無羨《ウェイウーシェン》がそう言うと、金凌《ジンリン》が焦《じ》れたように口を挟んでくる。

「かいつまんで話せないのか？　気になるだろうが！」

「これだけは言える……薛洋《シュエヤン》は、絶対に生かしてはおけない」

視界を遮る濃い霧の中、阿箐《アージン》は竹竿で「コッコツ」と地面をつつき、魏無羨《ウェイウーシェン》を先導する。二人は急いで進み、速やかに元いた店のある通りまで戻った。

藍忘機《ランワンジー》と薛洋《シュエヤン》は外に出て戦っていて、避塵《ビチェン》と降《ジャン》災《ザイ》の剣芒が激突し、今まさに白熱の攻防を繰り広げているところだった。

避塵《ビチェン》は落ち着き払って余裕があり、明らかに優勢を保っている。それに対して降災《ジャンザイ》の方はといえば、まるで狂犬のような暴走状態で、ぎりぎりのところで避塵《ビチェン》の攻撃を防いでいる。ただ辺りを包み込む白い霧は凄まじく、藍忘機《ランワンジー》にははっきりと周囲が見えないのに対して、薛洋《シュエヤン》はこの町で長年暮らしてきた身だ。彼は阿箐《アージン》と同じように、目を閉じても歩けるほど道をよく知り尽くしているため、なかなか勝負がつかない。時に怒涛《どとう》のような琴の音が空の果てまで響き渡り、包囲しようとする彷屍の群れを撃退した。

そして、ちょうど魏無羨《ウェイウーシェン》が笛を取り出した時、黒い人影が二つ、まるで二基の鉄塔のように重々しく彼の目の前に落下した。温寧《ウェンニン》は宋嵐《ソンラン》を掴んで地面に押さえつけ、お互いの首を絞め合う二体の凶屍の骨が音を立てる。

「しっかり押さえつけてろよ！」

温寧《ウェンニン》に命じてから、魏無羨《ウェイウーシエン》は身を屈めた。素早く宋嵐《ソンラン》の髪の中を探り、二本の刺顱釘の頭を見つけると、心の中で安堵《あんど》の息を吐く。

（この釘は温寧《ウェンニン》の頭に打ち込まれていたものよりずいぶんと細いし、材質も違っている。宋嵐《ソンラン》が自我を取り戻すのは、そう難しくないはずだ）

彼はただちに釘の頭を摘まむと、ゆっくりと引き抜き始めた。脳内で異物が動く感覚に、宋嵐《ソンラン》の両目はカッと大きく見開かれ、嗄《か》れた声で低く咆哮《ほうこう》する。温寧《ウェンニン》もさらに手に力を込め、暴れてのたうち回ろうとする彼の動きをやっとのことで抑え込んだ。刺《し》顱釘《ろてい》が完全に引き抜かれると、宋嵐《ソンラン》はその瞬間、糸の切れた操り人形のように、どさりと地面に崩れ落ちたまま動かなくなった。

「返せ！」

その時、どこからか怒り狂ったような怒鳴り声が聞こえてきた。

薛洋《シュエヤン》は藍忘機《ランワンジー》の剣で胸を斬られ、その場に血しぶきが飛び散っている。そして、彼が懐に隠していた鎖霊嚢が避塵《ビチェン》の剣先で弾かれて、藍忘機《ランワンジー》の手に渡ったところだった。

「薛洋《シュエヤン》！　含光君に何を返せって？　霜華《シャンホワ》か？　でもそれはお前の剣じゃないんだから、『返せ』なんて言われる筋合いはないよな？　口を慎《つつし》めよ」

状況がはっきりと見えないまま、魏無羨《ウェイウーシエン》が声を上げると、薛洋《シュエヤン》が「ハハッ」と大笑いするのが聞こえた。

「魏《ウェイ》先輩、本当に手厳しいな」

「笑えよ、好きなだけ笑えばいい。死ぬほど笑ったって、お前には暁星塵《シャオシンチェン》の魂を繋ぎ合わせることなんてできやしない。彼はお前のことを骨の髄《ずい》まで嫌悪しているのに、お前って奴はそれでも無理やり彼を呼び戻して、またくだらない遊びにつき合わせようとしているだなんて」

憤りを込めた言葉に、薛洋《シュエヤン》はまた大笑いしてから、唐突に怒鳴った。

「誰があいつと遊びたいだって!?」

「じゃあわざわざ俺に跪いてまで『彼の魂魄を修復してください』って頼んできたのは、いったいなんのためだ?」

薛洋《シュエヤン》のように頭の切れる者なら、魏無羨《ウェイウーシエン》がわざとでたらめを言って自分を混乱させようとしていることなど、とっくに承知の上だろう。魏無羨《ウェイウーシエン》の目的は、第一に彼を怒らせて気を散らせ、第二に彼に怒鳴らせ声を出させることだ。そうすれば、藍忘機《ランワンジー》は彼の位置を掴み、攻撃することができる。薛洋《シュエヤン》はそこまでわかっていながら、我慢できずについ言い返してしまう。

「なんのためか? ふん! お前にわからないはずがないだろう? 俺はあいつを凶屍にして、こき使ってやるんだよ! あいつは高潔な人格者になりたかったんだよな? だったら俺は、あいつに殺戮を命じ続けて安らぎなど与えない、永遠にな!」

「へぇ? お前、そこまで彼が憎いのか? だったらなんで常萍《チャンピン》を殺した?」

「なぜ常萍《チャンピン》を殺したかって? 当たり前のことを聞くなよ、夷陵老祖! 言っただろう? 俺が皆殺しって言ったら、飼い犬まで一匹残らず殺すって!」

薛洋《シュエヤン》はせせら笑った。

彼が声を出せば、それは自分の位置を教えるも同然だ。剣が肉体を貫く音が絶えず聞こえてくるが、薛洋《シュエヤン》は傷や痛みへの耐性が驚くほど高い。魏無羨《ウェイウーシエン》も共情の中で目の当たりにしたけれど、たとえ腹部を貫かれたとしても、彼は何事もなかったかのように談笑すらできるのだ。

「それで答えになってるつもりみたいだが、残念ながらそれじゃ辻褄《つじつま》が合わないな。お前みたいに、ただ睨まれたくらいで容赦なく千倍返しをするような奴が、皆殺しすると宣言したっていうのに、それを果たすのに何年もかけるなんてあり得ないだろう? お前がなんのために常萍《チャンピン》を殺したのかは、お前自身が一番よくわかっているはずだ」

「だったら言ってみろよ。俺が何をわかっているって? 何が言いたい!?」

薛洋《シュエヤン》は苛立った声を上げ、最後の一言はまるで吠えるように怒鳴った。

「殺すなら普通に殺せばいいのに、なんでよりによって『懲罰《ちょうばつ》』の意味を持つ凌遅《りょうち》の刑を使った？　それにもし自分の復讐のためなら、どうして降災《ジャンザイ》を使わずにわざわざ霜華《シャンホワ》を使った？　なんで常萍《チャンピン》の両目をくり抜いて、暁星塵《シャオシンチェン》と同じようにさせたんだ？」

魏無羨《ウェイウーシエン》が矢継ぎ早に責め立てると、薛洋《シュエヤン》は声を振り絞った。

「くだらない！　何もかもくだらない！　復讐なんだぞ、楽に死なせてやるわけねぇだろうが!?」

「お前は確かに復讐した。でも、いったい誰のためだ？　おかしいよな、もし本当に復讐したいのなら、ずたずたに凌遅されるべきなのはお前自身だ！」

すると、「シュシュッ」と鋭く空気を裂く音が魏無羨《ウェイウーシエン》の正面から襲ってきた。彼は微動だにしなかったが、温寧《ウェンニン》が瞬時に前に出て、陰険に黒く光る刺顱釘を二本叩き落とした。薛洋《シュエヤン》はフクロウの鳴き声のような不気味な笑い声を上げると、気配を消した。

辺りは静まり返り、薛洋《シュエヤン》は魏無羨《ウェイウーシエン》の相手をするのはやめて、迷霧の中で藍忘機《ランワンジー》との戦いに集中し始めたようだ。

（このごろつきめ、しぶとすぎる。どこを怪我しても、ちっとも痛みを感じないみたいだ。もっと喋らせて、藍湛《ランジャン》に手足でも斬り落とされれば、いくらあいつでも動きは鈍るだろうが……もう同じ手は食わないよな！）

魏無羨《ウェイウーシエン》が考えを巡らせていたその時、霧の中から軽快な竹竿の「カッカッ」という音が響いてきた。

頭の中で稲妻のように閃《ひらめ》くものがあり、魏無羨《ウェイウーシエン》は叫んだ。

「藍湛《ランジャン》、竹竿の音がする方を狙え！」

藍忘機《ランワンジー》が反射的に音のする場所へ剣を突き出すと、薛洋《シュエヤン》はくぐもった唸り声を上げる。そしてしばらくすると、竹竿の音はまた数丈先の違う場所で響く！

藍忘機《ランワンジー》はまた、音がした方向を鋭く刺した。

「ちび、お前、人の後ろにひっつきやがって、捻り潰してやろうか？」

薛洋《シュエヤン》のおぞましい声がする。

薛洋《シュエヤン》に殺害されてからというもの、阿箐《アージン》は彼に見つからないようずっとあちこち隠れ回ってきた。なぜか薛洋《シュエヤン》は彼女の彷徨《さまよ》う魂を気にも留めない様子だったが、おそらく脅威にはならないと考えていたのだろう。だが今、阿箐《アージン》は迷霧の中で影のように薛洋《シュエヤン》の背後に張りつき、「カツカツ」と竹竿を打っては彼の居場所をさらし、藍忘機《ランワンジー》を攻撃すべき方向へ導いている！

薛洋《シュエヤン》の立ち回りは非常に俊敏で、消えたかと思うと瞬く間に違う場所に現れる。しかし、阿箐《アージン》も生前は走るのが速くて、幽霊になってからはさらに素早くなり、まるで呪いの如《ごと》く彼の後ろをぴったりと離れず、手に持った竹竿で絶え間なく地面をつつき続けた。その「コツコツ」「カツカツ」という音は、遠くから近くから、または左から右から、さらに前から後ろからと、薛洋《シュエヤン》には振りきることも、撒《ま》くこともできない。そして一度音が鳴れば、次の瞬間、避塵《ビチェン》の刃が迷霧を切り裂いてくる！

彼女が現れるまでの薛洋《シュエヤン》はまるで水を得た魚《うお》のように、隠れたり不意打ちをかけたりと迷霧の中で自在に動き回ることができた。しかし、今は阿箐《アージン》にも注意を払って相手をしなければならない。

彼は一言悪態をつくと、突然手を振って後方に呪符を一枚投げつけた。しかし、まさにこの一瞬彼の注意がそれたことで、阿箐《アージン》の奇妙な叫び声とともに、避塵《ビチェン》が薛洋《シュエヤン》の胸をぐさりと貫いた！

阿箐《アージン》の魂は、薛洋《シュエヤン》が投げた呪符に砕かれてしまった。竹竿の音も途絶えたが、致命傷を受けた薛洋《シュエヤン》は、もう自由自在に隠れることができない！

迷霧の中から、数回血を吐く音が聞こえてくる。

魏無羨《ウェイウーシェン》は空の鎖霊嚢を一つ放り投げ、阿箐《アージン》の魂魄の欠片を急いで集めた。重い体を引きずって歩く薛《シュエ》洋《ヤン》は、突然前に向かって飛びかかり、何かに手を伸ばして吠えるような声を上げた。

「寄越《よこ》せ！」

避塵《ビチェン》の青い光が縦に走り、藍忘機《ランワンジー》は鮮やかに彼の片腕を斬り落とした。

真っ赤な血が激しく噴き出し、魏無羨《ウェイウーシエン》の前方一帯にかかる白い霧までもが真紅に染められた。辺り一面に血の臭いが充満し、呼吸をすると湿った鉄臭さが鼻を刺激する。

魏無羨《ウェイウーシエン》はそちらに構う余裕もなく、一心不乱に阿箐《アージン》の砕かれた魂をかき集めることに集中した。どんな痛みにも呻《うめ》き声すら上げなかった薛洋《シュエヤン》が、重々しく膝を地面につく音が耳に届く。おそらく、出血のあまり動けなくなった彼が、ついに跪いたのだろう。

藍忘機《ランワンジー》が避塵《ビチェン》を呼び戻し、次の一手で薛洋《シュエヤン》の首を斬り落とさんと構えた、まさにその時だった。

白い霧の中に突然青い炎が現れ、火柱が空高くまで昇った。

――伝送符《でんそうふ》の炎だ！

魏無羨《ウェイウーシエン》は内心でしまったと舌打ちをし、霧の中で危険も顧みず走りだしたが、危うく足を滑らせ転びそうになる。足元は一面血溜まりで、むせ返るような血の臭いが鼻をつく。それはすべて、薛洋《シュエヤン》の腕があった場所から噴き出したものだ。

しかし、そこに薛洋《シュエヤン》の姿はなかった。

「例の墓荒らしか？」

近づいてきた藍忘機《ランワンジー》を見て、魏無羨《ウェイウーシエン》は尋ねた。

薛洋《シュエヤン》は避塵《ビチェン》によって致命傷を与えられ、片腕を失っている。この出血量を見る限り彼の死は確実で、伝送符を使えるほどの体力や霊力など残ってはいなかったはずだ。

藍忘機《ランワンジー》は小さく頷いて言った。

「剣は墓荒らしに三度命中させたが、生け捕りにしようとしたところに大量の彷屍が襲ってきて、逃げられた」

魏無羨《ウェイウーシエン》はじっと動きを止めて考える。

「あの墓荒らしは、お前に追われて負傷しているにもかかわらず、大量の霊力を消耗してまで薛洋《シュエヤン》の死体を連れ去ったってことか。おそらく、奴は薛洋《シュエヤン》の素性を熟知しているはずだ。その上で連れ去ったのだとしたら……目的は、薛洋《シュエヤン》が陰虎符を隠し持っているかどうかを調べるためだ」

噂では、薛洋《シュエヤン》が金光瑶《ジングアンヤオ》に「始末」されたあと、陰虎符も消えて行方知れずとなっている。しかし今の状況から考えれば、陰虎符は十中八九彼が持っているだろう。義城に集められた千万もの活屍に彷屍、しかも凶屍まで、どう考えても屍毒の粉や刺顱釘だけで操るには限界がある。陰虎符の存在がなければ、薛洋《シュエヤン》があれらを意のままに服従させ使役《しえき》し、繰り返し攻撃できたことの説明がつかない。

そして彼のように疑い深く狡猾な者が、大切な陰虎符を自分の目の届かない場所に保管するわけがない。きっと肌身離さず持ち歩き、いつでも確認できるようにしなければ安心できなかったはずだ。つまり、墓荒らしが薛洋《シュエヤン》を連れ去ったということは、おそらくは陰虎符を持ち逃げしたと同義だ。

「こうなってくると、もう薛洋《シュエヤン》が復元したその陰虎符の力に限界があることを期待するしかないな」

ただならぬ事態に、魏無羨《ウェイウーシエン》の口調も厳しくなった。

その時、藍忘機《ランワンジー》が彼にひょいと何かを放《ほう》って寄越した。

魏無羨《ウェイウーシエン》はとっさにそれを受け取る。

「なんだよ？」

「右腕だ」

彼が放《ほう》ってきたのは、真新しい封悪《ふうあく》乾坤袋だった。魏無羨《ウェイウーシエン》もこの時、ようやく自分たちが義城にやってきた目的を思い出し、気を取り直した。

「片腕兄さんの右腕？」

「うん」

墓荒らしに彷屍の群れ、しかも朦朧《もうろう》とするほどの濃い霧という、いくつもの障害が立ち塞がる状況下で、藍忘機《ランワンジー》にはなんと右腕を探し出す余裕まであったのか、と魏無羨《ウェイウーシエン》は心から感服し、大いに彼を褒めそやした。

「さっすが含光君！　これで俺たちはまた向こうより一歩先《さき》んじたな。片腕兄さんの顔がどんなものか早く見てみたかったから、首じゃなかったのは残念だけど、それももうじきだ……あれ、宋嵐《ソンラン》は？」

薛洋《シュエヤン》の死体が消えたあと、白い霧の流れはだんだんと速く、次第に薄くなってきた。辺りの様子を確認することができるようになり、魏無羨《ウェイウーシエン》は宋嵐《ソンラン》がいつの間にかいなくなっていることに気づいた。彼が倒れていたはずの場所には、温寧《ウェンニン》だけがしゃがみ込んで、呆然とこちらを見つめている。

藍忘機《ランワンジー》がつい先ほど鞘に収めたばかりの避塵《ビチェン》の柄に手を置くのを見て、魏無羨《ウェイウーシエン》が言い含める。

「大丈夫。警戒しなくてもいい。宋嵐《ソンラン》……つまりさっきの凶屍のことだけど、おそらく彼にはもう敵意はないはずだ。温寧《ウェンニン》が警戒していないからな。多分自我が戻って、彼は自分の意思で立ち去ったんだろう」

魏無羨《ウェイウーシエン》が軽く舌笛を吹くと、温寧《ウェンニン》は俯いたままゆらりと立ち上がる。指示に従って離れていき、やがてその姿は白い霧の中に消えていった。鎖を引きずる音もだんだん遠ざかっていく。藍忘機《ランワンジー》はそれ以上は特に追及することなく、ただ穏やかに「行こう」とだけ言った。

「ちょっと待て」

彼らが歩きだそうとしたその時、突然、魏無羨《ウェイウーシエン》が待ったをかける。

彼は血溜まりの中に、ぽつんとあるものが落ちているのを見つけた。

それは、斬り落とされた左腕だ。左手の四本の指はきつく握りしめられていて、小指が欠けている。

握った拳は非常に硬く、魏無羨《ウェイウーシエン》はしゃがんで思いきり力を込め、どうにか一本一本と指を外していく。

やっと開いた手のひらにあったのは、一粒の小さな飴だった。

その飴は微かに黒ずんで、もう舐めることはできないだろう。

強く握りしめられたせいで、小さな飴は少し砕けていた。

それから、魏無羨《ウェイウーシエン》と藍忘機《ランワンジー》が一緒に義荘へ戻ると、入り口の扉は開けられていて、やはり、そこには宋嵐《ソンラン》がいた。彼は暁星塵《シャオシンチェン》が眠る棺のそばに立ち尽くし、俯いて中をじっと見つめている。

世家公子たちは皆剣を抜いて一か所に固まり、警戒しながら先ほど自分たちを襲った凶屍を睨みつけていた。二人が戻ってきたのを見て、極限まで張りつめていた緊張の糸は解けたものの、それでも大声を出さなかったのは、どうやら宋嵐《ソンラン》を刺激して彼が暴れだすことを恐れているようだ。魏無羨《ウェイウーシエン》は足を上げて義荘の中に入り、藍忘機《ランワンジー》に改めて彼を紹介した。

「こちらは宋嵐《ソンラン》、宋子琛《ソンズーチェン》道長だ」

棺のそばに立っている宋嵐《ソンラン》はゆっくりと顔を上げ、視線を彼らに向けた。藍忘機《ランワンジー》も軽く服の裾を上げ、上品な仕草で高い敷居を跨いでから、微かに彼に会《え》釈《しゃく》する。

宋嵐《ソンラン》は正気に戻り、真っ白だったその両目には、清らかに澄んだ漆黒の瞳があった。

もともとは暁星塵《シャオシンチェン》のものだったその瞳には、言葉では言い表せない悲しみが満ち溢れていた。

問わずとも、魏無羨《ウェイウーシエン》にはわかった。薛洋《シュエヤン》に凶屍にされて操られていた間も、彼には何もかも見えていて、そしてすべてを覚えているのだ、と。

これ以上どんな言葉をかけても、ただやるせない気持ちと痛みが広がるだけだ。

しばらく沈黙したあと、魏無羨《ウェイウーシエン》はどちらもまるで中身が入っていないかのように膨らみのない小さな鎖霊嚢を二つ、懐から取り出して彼に渡した。

「暁星塵《シャオシンチェン》道長と、阿箐《アージン》さん」

阿箐《アージン》は薛洋《シュエヤン》のことをひどく恐れていたのに、先ほどの戦いの間、自分を惨殺した相手にぴたりと張りついて離れなかった。彼が避塵《ビチェン》に胸を貫かれ、すべての報いを受けるまで、決して振りきられず、逃げられないように、ずっとだ。

最後は薛洋《シュエヤン》の陰険な呪符に打たれ、粉々になって消えかけていた彼女の魂魄を魏無羨《ウェイウーシエン》はあらゆる手を尽くして拾い集めた。とはいえ、残されたのはバラバラになったごくわずかな欠片のみで、もはや暁星《シャオシン》塵《チェン》とそう変わらない。

二つの脆い魂魄は、それぞれの鎖霊嚢の中で縮こまっていて、少しでも衝撃を受ければ袋の中でまた粉々に砕けてしまいそうだ。宋嵐《ソンラン》は微かに両手を震わせながらそれを受け取ると、手のひらにのせた。

揺らしたら壊してしまいそうで、袋の紐《ひも》を手に提げることすらできなかった。

「宋《ソン》道長、暁星塵《シャオシンチェン》道長の遺体をどうされるつもりですか？」

魏無羨《ウェイウーシエン》が尋ねると、宋嵐《ソンラン》は片手に二つの鎖霊嚢を大切そうにのせ、もう一方の手で拂雪《フウシュエ》を鞘から抜き、剣先で地面に文字を書いた。

『遺体は荼毘《だび》に付《ふ》す。魂魄は供養《くよう》する』

粉々に砕けてしまった暁星塵《シャオシンチェン》の魂は、元の体に戻ることはないだろう。ならば、遺体は火葬した方がいい。体が消えれば、残るのは純粋な魂魄だけ。穏やかに静養すれば、いつの日にか、またこの世に戻れる日がくるかもしれない。

魏無羨《ウェイウーシエン》は頷き、「あなたはこれからどうするのですか？」とまた問いかけた。

『霜華《シャンホワ》を背負い、世を渡る。星塵《シンチェン》とともに、魔を除き、邪を払う』

そして宋嵐《ソンラン》は、少し手を止めてから書き足す。

『彼が目覚めたら伝える。すまなかった、君に非はないと』

それは彼が生前、暁星塵《シャオシンチェン》に伝えられなかった言葉だった。

義城の不気味な霧もだんだんと薄れていき、おぼろげだが長い通りと横道が見通せるほどになっている。藍忘機《ランワンジー》と魏無羨《ウェイウーシエン》は世家公子たちを連れて、この荒涼《こうりょう》とした魔の町をあとにした。宋嵐《ソンラン》は、城門のところで彼らに別れを告げてきた。

彼はいつもの真っ黒な道服に身を包み、霜華《シャンホワ》と拂《フウ》雪《シュエ》、二本の剣を背負い、暁星塵《シャオシンチェン》と阿箐《アージン》、二人の魂を連れて一人別の道へと進んでいく。

それは、彼らが義城にやってきた時とは違う道だった。

藍思追《ランスージュイ》は遠ざかっていく彼の後ろ姿を眺め、しばらくの間呆然としてから呟いた。

「『明月清風《めいげつせいふう》の暁星塵《シャオシンチェン》、傲雪凌霜《ごうせつりょうそう》の宋子琛《ソンズーチェン》』……お二方がもう一度会える日はくるでしょうか」

雑草が生い茂る道を歩いていくと、魏無羨《ウェイウーシエン》は、ふと見覚えのある草むらの光景に気づいた。

（そうか、始まりは暁星塵《シャオシンチェン》と阿箐《アージン》が、まさにこの場所で薛洋《シュエヤン》を見つけて助けたことだったんだ……）

魏無羨《ウェイウーシエン》が辺りを眺めていると、藍景儀《ランジンイー》が話しかけてきた。

「そろそろ話してくれますよね。共情の時、いったい何を見たんですか？　あの人は本当に薛洋《シュエヤン》だったんですか？　彼はどうして暁星塵《シャオシンチェン》になりすましたんですか？」

彼は続けざまに質問をぶつけてくる。

「それにそれに、さっきのって鬼将軍《おにしょうぐん》ですよね？　今はどこに行ったんですか？　なんで消えたんですか？　まだ義城の中にいるんですか？　なんで急に現れたんですか？」

「それはな、すごく複雑な話なんだ……」

魏無羨《ウェイウーシエン》は、後半の質問を聞かなかったことにして話し始めた。

道中、彼がすべてを話し終えると、皆が重苦しく沈み込んだ雰囲気になっていて、もはや誰一人として鬼将軍のことなど覚えてはいなかった。

公子たちの中で、最初に泣き始めたのは藍景儀《ランジンイー》だった。

「まさかそんなことが起きていたなんて！」

「薛洋《シュエヤン》め、クズ！　カス！　あんなにあっさりと死にやがって！　もし仙子《シエンズー》がここにいたら、噛み殺させてやるのに！」

激怒している金凌《ジンリン》の言葉に、魏無羨《ウェイウーシエン》は背筋がぞっと冷たくなった。もし仙子《シエンズー》がここにいたら、薛洋《シュエヤン》が噛み殺される前に、恐怖のあまり自分が先に死んでしまう。

例の板の隙間から阿箐《アージン》を覗いて彼女を褒めていた少年は、「阿箐《アージン》さん、阿箐《アージン》さん！」と胸を叩いて地団駄を踏んだ。一番大声で見苦しく泣きじゃくっていたのは藍景儀《ランジンイー》だったが、今回ばかりは彼を窘める者はいなかった。なぜなら藍思追《ランスージュイ》の目も赤くなっていて、藍忘機《ランワンジー》も彼に禁言術をかけなかったからだ。

藍景儀《ランジンイー》は鼻水と涙で顔を濡らしながら提案した。

「俺たちで、暁星塵《シャオシンチェン》道長と阿箐《アージン》さんのために紙銭《かみぜに》を燃やしてあげませんか？　ちょうどこの先に村があるし、いろいろ買って、二人を供養しましょう」

「うんうん、そうしよう！」

皆が続々と賛同し、話し合いながら進むうち、一行は道標の石碑の近くの村に辿り着いた。藍景儀《ランジンイー》と藍思追《ランスージュイ》は待ちきれずに走っていって、線香に蝋燭《ろうそく》、赤や黄色の紙銭などをあれこれと買い込んでくる。少し離れた場所で、石と煉瓦《れんが》を使って風除けのかまど状のものを作ると、少年たちは皆でそれを囲んでしゃがみ、紙銭を燃やし始めた。燃やしながら、彼らは何か呟いている。

魏無羨《ウェイウーシエン》も気分が沈んでいたので、道中は口数少なく冗談も言わなかったが、彼らの行動にはどうしても耐えきれなくなって、藍忘機《ランワンジー》に話しかけた。

「含光君、あいつら人ん家の前であんなことやってるけど、止めなくていいのか？」

「君が止めに行けばいい」

「わかった。じゃあ俺が代わりに教育してこよう」

藍忘機《ランワンジー》の淡々とした答えを聞き、魏無羨《ウェイウーシエン》は少年たちのもとに向かうと、彼らを諭し始めた。

「なあ、冗談だろう？　お前ら全員仙門世家の公子だっていうのに、目上の人たちから教わらなかったのか？　死人が紙銭なんて受け取れるわけがない。そもそも、もう死んでるのに金なんているか？　だいたいここは人の家の前だぞ、こんな所で……」

それを聞いて、藍景儀《ランジンイー》が邪魔くさそうに手を振った。

「ちょっと、そこをどけよ。風が通らないじゃないか。火が消えちゃうだろ。それに、死んだこともないのに、どうして死んだ人に紙銭が届かないってわかるんだよ？」

「その通りです。なんでわかるんですか？　もしかしたら届くかもしれませんよ」

顔中を涙で濡らして灰まみれになった別の少年も顔を上げ、藍景儀《ランジンイー》と話を合わせてくる。

魏無羨《ウェイウーシエン》は小さな声で呟いた。

「なんでわかるかって？」

もちろんわかるに決まっている！

なぜなら彼が死んでいた十数年間、紙銭など一枚も届かなかったからだ！

「もしもらえなかったとしたら、それはきっと紙銭を燃やしてくれる人がいなかったってことだろ」

藍景儀《ランジンイー》は、彼の心にぐっさりと鋭い刃を刺した。

魏無羨《ウェイウーシエン》は胸に手を当てて自問する。

（そうなのか？　まさか俺って、本当にそこまでダメな奴だった？　誰一人俺のために紙銭を燃やしてくれなかったってこと？　だから、一度も紙銭をもらえなかったのか？）

彼は考えれば考えるほど信じられなくなり、振り向いて小声でそっと藍忘機《ランワンジー》に尋ねた。

「なあ含光君、お前は俺に紙銭を燃やしてくれたことがあるか？　少なくとも、お前だけはあるよな？」

藍忘機《ランワンジー》は彼を一目見るとふと視線を下げ、袖についた微かな燃えかすを払う。それから静かに遠くを眺め、一言も答えなかった。

魏無羨《ウェイウーシエン》は藍忘機《ランワンジー》の平然とした横顔を見ながら、心の中で叫んだ。

（嘘だろう？　まさか、本当にお前も燃やしてくれなかったのか⁉）

彼が衝撃を受けていたその時、弓を背負った一人の村人が近づいてきて、不満げに口を開いた。

「おいお前ら、なんでここでそんなのを燃やしてんだ？　ここは俺の家だぞ、縁起が悪いだろうが！」

「ほーら、怒られただろう？」

少年たちはこのようなことをするのは初めてで、人の家の前で紙銭を燃やすことが縁起が悪いとは考えもしておらず、しきりに謝った。

藍思追《ランスージュイ》は慌てて顔を拭くと、村人に尋ねた。

「ここは貴宅の玄関ですか？」

「は？　このガキ何言ってんだ？　うちは三代ここに住み続けてるんだ、俺の家じゃなきゃお前の家か？」

金凌《ジンリン》は彼の不愛想な話しぶりに機嫌を損ねたようで「なんだその口の利き方は？」と言って立ち上がろうとした。

魏無羨《ウェイウーシエン》は慌てて彼の頭を押さえ、元通りにしゃがませる。藍思追《ランスージュイ》が、とりなすように言った。

「そうでしたか。失礼いたしました。先ほどの質問に深い意味はないんです。ただ、この前私たちがこの家の前を通った時、ここで会ったのは違う猟師さんだったのでお尋ねしただけで」

「違う猟師？　そりゃいったい誰だ？」

村人はぽかんとした様子で聞いてから、指を三本立てて続けた。

「俺の家系は三代とも一人っ子なんだ！　だから今は俺だけで、兄弟はいない！　おやじはとっくに死んだし、俺には女房もガキもいねぇっていうのに、どこから違う猟師が出てくんだよ？」

「で、でも、本当なんです！」

藍景儀《ランジンイー》も立ち上がって加勢する。

「全身しっかりと着込んで大きな帽子を被って、庭に座って弓を手入れしていて、すぐにでも猟に出るような様子でした。私たちがここを通った時、その人に道を聞いたんです。そしたらちゃんと義城の方向を教えてくれましたよ！」

「でたらめ言うな！　本当にそいつは俺の家の庭に座ってたのか？　うちにはそんな奴いねぇよ！　それに義城なんて、お化けが人を殺すような所への道を教えただと？　そいつは絶対お前らを殺すつもりだったのさ！　もしかして、お前らが見たのってお化けなんじゃねぇのか？」

村人が訝《いぶか》しげに反論する。

彼は厄払いのために何度も唾を吐くと、首を横に振りながら、振り返りつつ立ち去った。取り残された少年たちは互いに顔を見合わせて黙り込む。藍景儀《ランジンイー》だけが、まだ納得がいかないというように小声で弁解していた。

「確かにそこの庭に座っていたんだ、はっきりと覚えてるのに……」

魏無羨《ウェイウーシエン》は藍忘機《ランワンジー》に、公子たちがそれぞれここに辿り着いた経緯を手短かに説明してから、少年たちの方に向き直った。

「これでわかっただろう。お前らは義城に誘《おび》き寄せられたのさ。その猟師はここの村人なんかじゃない。悪意のある何者かが、魂胆を持ってなりすましたんだ」

「まさか、最初に猫を殺して死骸を捨てたところから、俺たちをここへ導くための罠だったっていうのか？　じゃあ、あの偽猟師がもしかしたら黒幕だったとか？」

「当たらずといえども遠からずだ」

金凌《ジンリン》の問いかけに、魏無羨《ウェイウーシエン》が頷く。すると、藍思《ランスー》追《ジュイ》が困惑した顔になる。

「なんでそんな大掛かりなことをしてまで、私たちを義城へ招いたんでしょうか？」

「今はまだわからないが、ともかく今後はくれぐれも気をつけるんだぞ。もしまた似たような怪しい事件に出くわしたら、自分たちで勝手に調べるんじゃなくて、家族に連絡して、もっと人を呼んで一緒に行動するんだ。もし今回、含光君が偶然義城にいなければ、お前ら全員命の保証はなかったぞ」

万が一彼らだけで義城に捕らわれていたとしたら、どんな結果になっていたかを考えると、皆ぞっとして背筋に冷たいものが走った。彷屍の群れに囲まれることも、人の皮を被った悪魔の薛洋《シュエヤン》と戦うことも、何もかもが恐ろしくて身の毛がよだつ。

藍忘機《ランワンジー》と魏無羨《ウェイウーシエン》は世家公子たちを引き連れて進み、日が暮れる間際に、少年たちが犬とロバを預けた町までなんとか辿り着くことができた。

町には明かりが灯され、賑やかな人々の声に「これこそが人の住む町だ」と皆感慨に耽っている。

魏無羨《ウェイウーシエン》はロバに再会すると両腕を広げ、「林檎《りんご》ちゃん！」と叫んだ。

ロバの方は怒り狂ったように彼に向かって大声で鳴いたが、次の瞬間、犬の鳴き声も聞こえてくると、魏無羨《ウェイウーシエン》は慌てて藍忘機《ランワンジー》の後ろに隠れた。仙子《シエンズー》が駆け寄ってきてロバと対峙《たいじ》し、互いに歯をむき出し合っている。

「きちんと繋いでおきなさい。夕餉の時間だ」

藍忘機《ランワンジー》はそう告げると、自分の背中にへばりついている魏無羨《ウェイウーシエン》を引きずったまま、店の雇人の案内で二階へと上がる。続いて金凌《ジンリン》たちも上がろうとすると、藍忘機《ランワンジー》がふと振り向き、含みのある目で彼らをさっと見渡した。藍思追《ランスージュイ》はすぐさま彼の意図を汲《く》み、公子たちに声をかけた。

「上座《かみざ》と下座《しもざ》は分けるべきなので、私たちは一階に残りましょう」

藍忘機《ランワンジー》は微かに頷くと、表情を変えずに二階に進んだ。金凌《ジンリン》は上がることも下りることもせず、ためらいながら階段の途中につっ立ったままだ。魏無《ウェイウー》羨《シエン》は振り向くと、へらへらと笑った。

「大人と子供は分けるんだよ。お前らみたいなお子様には、まだ見せられないものもあるからな」

金凌《ジンリン》は口をへの字に曲げ、「誰が見たいもんか！」と答え、ずかずかと一階に下りていった。

藍忘機《ランワンジー》は店に頼んで、一階に世家公子たちの席を、彼と魏無羨《ウェイウーシエン》は二階に個室を用意させた。

向かい合って座ると、魏無羨《ウェイウーシエン》はふいに真剣な顔になった。

「含光君、一つ助言を聞いてくれ。義城の後始末のことだけど、藍《ラン》家が一手に引き受けるようなことはするなよ。あんなに広い町、もし本当に片づけるとなったら、色んな面で消耗は計り知れないし、相当に厄介だぞ。蜀中《しょくちゅう》はもともと姑蘇藍《こそラン》氏の管轄《かんかつ》じゃないんだし、一階にいる奴らがどこの世家の者かを確認して分担するんだ。やるべき時には、協力してもらわないとな」

「考えておく」

「本当にちゃんと考えるんだぞ。世の中の奴らは、獲物が出れば一番槍《やり》を狙いたがるけど、責任は他人に押しつけたがるもんだ。もし今回、藍《ラン》家が身を切ってすべてを引き受けたところで、連中は好意をありがたく思うどころか、お前らの素晴らしい境地なんて理解すらできないかもしれない。それに、そんなことが続けば、周りは何かある度お前ら藍《ラン》家が片づけてくれるもんだと考えるようになるからな。世の中は所詮そんなもんだ」

魏無羨《ウェイウーシエン》は言葉を切り、少し黙ったあとでさらに続けた。

「それにしても、本当に運が悪かったな。義城はあまりにも辺鄙な場所だし、この辺りには瞭望台《りょうぼうだい》も設置されていなかった。そうじゃなければ、金凌《ジンリン》と思《スー》追《ジュイ》たちが入り込むこともなかったし、阿箐《アージン》さんと暁《シャオ》星塵《シンチェン》道長の魂魄も、もっと早く誰かに見つけてもらえただろうに」

　仙門に存在する大小様々な世家はあらゆる地域に広く分布しているが、その多くは四通八達《しつうはったつ》の繁華な場所か、あるいは清澄で美しい場所に位置している。当然、辺鄙で風水も悪い土地には誰も拠点を置きたがらない上、腕のある旅の修士でも滅多《めった》にそういった場所には足を踏み入れない。そのため、妖魔や邪《じゃ》祟《すい》が現れても住人たちは誰にも助けを求められず、ただ為《な》す術《すべ》もなく耐え忍ぶことしかできなかった。

　蘭陵金《ジン》氏の先代宗主、金光善《ジングアンシャン》がまだ健在だった頃、金光瑶《ジングアンヤオ》はこの問題を解決すべく自ら策を具申《ぐしん》したが、非常に厄介な上に、金光善《ジングアンシャン》もあまり乗り気ではなく、加えて当時の蘭陵金《ジン》氏の発言権と影響力も今ほどは強くなかったため、軽んじられてうやむやになっていた。

　その後、金光瑶《ジングアンヤオ》が正式に宗主の座につき、仙督に登り詰めたのちに、彼は各世家から人員と物資を調達して的確に配置し、かねてからの計画に着手し始めた。最初は反対の声が多く、蘭陵金《ジン》氏がこれを機に利益を得て、私腹を肥やすつもりではないかと疑う者も少なくなかった。しかし金光瑶《ジングアンヤオ》はその人好きのする笑顔を武器に、実に五年もの時間を費やして事を進めた。その間に、彼は数えきれないほどの人々と同盟を結び、また数えきれないほどの人々と仲違《なかたが》いした。飴と鞭両方の策を駆使し、あらゆる手段を講じて、やっとのことで無事、千二百あまりの「瞭望台」の建設に成功したのだ。

　これらは主に貧しい地域に置かれ、どの瞭望台にも、要請を受けて各世家から派遣された門弟が常駐している。もし、どこかで異象が発生すればすぐさま対処に当たり、解決できなかった場合は迅速《じんそく》に応援を要請して、他の世家や近くの修士に助けを求められる。もし駆けつけた修士たちが報酬を望み、住民に支払う財力がなかったとしても、蘭陵金《ジン》氏が毎年各世家から集める金で賄《まかな》われるのだ。

これらはすべて、夷陵老祖が死んだあとのことだ。旅の道中で二人が瞭望台のそばを通った時、魏無《ウェイウー》羨《シエン》は藍忘機《ランワンジー》から初めて事の顛末《てんまつ》を聞かされた。噂によれば、金鱗台では二度目の瞭望台建設の準備を進めていて、その規模をさらに三千まで増やし、より広い範囲にまで目が届くようにする計画らしい。確かに、瞭望台が落成《らくせい》したあとは、その著しい成果が皆から好評を受けたものの、同時に疑問と皮肉の声も根強かったため、次もきっとてんやわんやの大騒ぎになるに違いない。

しばらくすると料理が運ばれてきて、酒も出てきた。魏無羨《ウェイウーシエン》がさり気なく卓に並んだ料理を見渡すと、半分以上の皿が赤い色をした辛そうなものばかりだった。食べながら藍忘機《ランワンジー》の箸の進み具合を密かに観察していると、彼が箸を伸ばすのは、ほとんどがあっさりとした味つけの料理だ。ごくたまに真っ赤な皿にも手をつけるが、口に入れても顔色一つ変えない。それを見て、魏無羨《ウェイウーシエン》の心は微かに揺れた。

藍忘機《ランワンジー》は、じっと自分の方を見ている彼の視線に気づいて「どうした」と尋ねてくる。

魏無羨《ウェイウーシエン》はゆっくりと盃《さかずき》に酒を注いだ。

「誰かが一緒に飲んでくれるといいなって思ってさ」

第九章　佼僚

魏無羨《ウェイウーシェン》は、藍忘機《ランワンジー》が本当に晩酌《ばんしゃく》につき合ってくれると期待してはおらず、盃に注いだ酒を自分で呷《あお》った。藍忘機《ランワンジー》は彼をじっと見つめたまましばし黙り込むと、何を思ったか突然軽く袖をまくり始める。それから卓の上に手を伸ばして自分の盃にも酒を注ぎ、一呼吸置いてからそれを手に取って、ゆっくりと口をつけた。

魏無羨《ウェイウーシェン》はささやかな驚きを感じた。

「含光君、そんなに気を遣うなよ。本当につき合ってくれるのか？」

前回一緒に酒を飲んだ時は、魏無羨《ウェイウーシェン》には彼の表情をじっくりと眺めるだけの余裕がなかったので、今回はその変化を細かく観察した。

藍忘機《ランワンジー》は盃を傾けながら目を閉じて小さく眉をひそめる。一杯を飲み干すと、ほんのわずかに口をすぼめてからやっと瞼を開いた。その目は驚いたことに、微かに潤んでいる。

魏無羨《ウェイウーシェン》は卓に頬杖をつきながら、心の中でそっと数を数え始めた。すると八まで数えたところで、やはり藍忘機《ランワンジー》は盃を卓の上に置き、自らの手で額を支えて目を閉じ——そのまま寝てしまった。

一連の流れを目の当たりにした魏無羨《ウェイウーシェン》は、呆れつつも得心《とくしん》がいった。

（やっぱり、まず寝てから酔うんだ！）

彼の心に、うずうずといたずら心が湧き上がってきて、酒壺を掴むと残りの酒を一口で底まで飲み干し、すっくと立ち上がる。そうして手を後ろに組んで部屋の中を歩き回った。しばらくして藍忘機《ランワンジー》のそばに近づき、俯いて彼の耳元で「藍湛《ランジャン》？」と囁《ささや》いてみる。

返事はない。

「忘機《ワンジー》さーん？」

右手で額を支えている藍忘機《ランワンジー》は、とても穏やかに呼吸している。

その顔も、その手も、どちらも透き通るように白く、まるで美しい玉そのものだ。

彼の体から漂う微かな檀香《だんこう》は、もともと冴え冴えとしてどこか寂しさすら感じさせたけれど、今はそれが酒の香りと絶妙に溶け合い、ひんやりした香りの中にも不思議と暖かさを感じさせる。まるで、檀香の中にほろ酔いの甘い匂いを混ぜたようで、無性に人を酔わせる香りだった。

魏無羨《ウェイウーシエン》がさらに彼のそばに寄ると、その香りはどうやら藍忘機《ランワンジー》の吐息からほのかに匂い立っているようだ。引き寄せられるように身を屈めて、一層顔を近づけた。

(変だな……なんか、ちょっと熱いような?)

ぼんやりとそんなことを考えているせいか、酒の香りと檀香が漂う中、自分ではちっとも気づかないうちに顔と顔の距離が近づいていく。再び口を開くと、次に漏れたのは少し甘えて聞こえるような潜めた声音だった。

「藍《ラン》……兄《にい》……」

するとその時、唐突にどこかから小さな声が聞こえてきた。

「公子……」

魏無羨《ウェイウーシエン》の顔は既に藍忘機《ランワンジー》と鼻同士が触れ合いそうなくらいまで寄せられ、言いかけていた舌の奥の「兄ちゃん」もあと少しで唇から出そうなところだったが、その声を聞いてはっと我に返る。同時に足が滑り、危うくうつ伏せに倒れるところだった。

彼はすぐさま藍忘機《ランワンジー》を後ろに庇うと、くるりと振り返り、声がした木枠の窓の方に目を向けた。

コンとごく小さく一度だけ叩く音がしたあと、再び小さな声が窓の隙間から聞こえてくる。

「公子……」

魏無羨《ウェイウーシエン》は自分の心臓の鼓動が微かに速まっていることに気づき、「変だな」とまた心の中で呟く。彼は気を落ち着かせてから窓辺に近づき、ぱっと窓を上に開けた。すると、そこには屋根に足をかけて、窓の外に逆さまにぶら下がっている黒ずくめの男がいた。もう一度窓を叩こうとしたところだったらしく、魏無羨《ウェイウーシエン》がいきなり開けたせいで、窓枠が彼の頭に当たってゴッンと音を立てる。「あ」と小さく声を上げたその男が、両手で素早く窓枠を掴んで体を支えると、魏無羨《ウェイウーシエン》と視線がぶつかった。

冷たい夜風が窓から入り込む。見つめてくる温寧《ウェンニン》の目は一面の白ではなくなり、そこには静かな黒い双眸《そうぼう》が戻っている。

一人は立ち、一人は逆さまにぶら下がったまま、二人はしばらく目を見合わせていた。

「下りて来な」

ふいに魏無羨《ウェイウーシエン》が沈黙を破ると、屋根にかけていた温寧《ウェンニン》の足が滑り、重い音を立てて地面に落ちてしまった。

魏無羨《ウェイウーシエン》は焦りのあまり、滲んでもいない額の冷や汗を拭《ぬぐ》う仕草をした。

(この部屋を選んで正解だった!)

店選びも正解で、静かな部屋を用意させたため、個室の窓に面しているのは人が行き交う歩道ではなく、小さな林だ。魏無羨《ウェイウーシエン》は窓枠を棒で支えて閉じないようにしてから、窓から上半身をひょいと出して下を覗き込む。叩きつけられた温寧《ウェンニン》の体がかなり重いせいで、地面には人型のくぼみができている。その中に倒れ込んだまま、彼の目はずっとこちらに向けられていた。

魏無羨《ウェイウーシエン》は押し殺した声で彼に叫んだ。

「下りて来いとは言ったけど、落ちろとは言ってないぞ。『来い』だよ、わかるか?」

仰向けでそれを聞いた温寧《ウェンニン》は、のっそりとくぼみから這い上がり、体の泥を落としてから慌てて返事をした。

「『来い』ですね、今行きます」

そして柱に抱きつくと、あろうことか、そこを伝って上までよじ登ろうとする。

「待て待て! お前はそこにいろ。俺がそっちに行くから」

魏無羨《ウェイウーシエン》は藍忘機《ランワンジー》のそばに戻り、彼の耳元に顔を寄せて囁いた。

「なあ藍湛《ランジャン》、もうしばらくの間寝ててくれよな。すぐ戻るから、いい子で待っててろよ？」

　そう言い置くと、彼の手はまた少しうずうずしてきて、思わず指先で藍忘機《ランワンジー》のまつ毛をそっと撫でる。

　彼が触れると、その長いまつ毛は微かに震えた。少し眉をひそめた顔は、違和感があって鬱陶《うっとう》しいとでも言いたげに見える。魏無羨《ウェイウーシエン》はそこまでで手を引っ込めると、窓から飛び出して屋根瓦の上と木々の枝葉を伝って数回跳び、地面に下りた。振り返った彼の目の前で、温寧《ウェンニン》が突然跪く。

「何をしてるんだ？」

　魏無羨《ウェイウーシエン》が聞いても、温寧《ウェンニン》は何も言わず、ただ項垂《うなだ》れるばかりだ。

「本当にそんな格好《かっこう》で俺と話す気か？」

「公子。申し訳ありません」

　温寧《ウェンニン》は小さな声で謝罪の言葉を口にしたが、頭を上げることはしない。

「いいだろう」

　そう言うと、魏無羨《ウェイウーシエン》も温寧《ウェンニン》の目の前で跪く。驚いた温寧《ウェンニン》が、慌てて額を地面に擦りつけて彼に叩頭すると、魏無羨《ウェイウーシエン》もすぐさま同じように叩頭した。温《ウェン》寧《ニン》がさらに驚愕して跳び上がると、魏無羨《ウェイウーシエン》もやっと立ち上がり、ゆっくりと裾の埃をはたいた。

「最初からこうやって背筋を伸ばして話せばいいだろ？」

　温寧《ウェンニン》は俯いたまま答えない。

「いつ意識を取り戻したんだ？」

「ついさっきです」

「刺顱釘が頭に打ち込まれていた時に何があったか、覚えているか？」

「覚えていることもあれば……覚えていないこともあります」

「何を覚えてる？」

「ずっと真っ暗な所に鉄鎖で繋がれていて、確か、たまに誰かが見に来ていました」

「それが誰だったかわかるか？」

「わかりません。あとは、誰かが私の頭に何かを打ち込んだことくらいです」

「おそらく、そいつは薛洋《シュエヤン》だ。宋嵐《ソンラン》を操るのにも刺顱釘を使っていたからな。奴は昔、蘭陵金《ジン》氏の客卿《かっけい》だったけど、お前をそんな目に遭わせたのが本人の意思だったのか、それとも蘭陵金《ジン》氏の指示だったのかはわからない」

そう言ったあとで、少し考えてから魏無羨《ウェイウーシエン》は続けた。

「いや、おそらく蘭陵金《ジン》氏の指示だろうな。あの時、お前は既に灰にされたことになっていたし、蘭陵金《ジン》氏が裏で糸を引いていたに違いない。奴一人の力じゃ、誰にもバレずにこそこそと悪事を働くのは無理だろう」

それから、魏無羨《ウェイウーシエン》はさらに温寧《ウェンニン》を問い質した。

「そのあとは？　どうやって大梵山《だいぼんざん》に現れたんだ？」

「それから、どれくらい経ったかわかりませんが、突然手を叩く音と、公子が『起きろ』と言っている声が聞こえてきて、それで……鉄鎖を断ち切って、外に飛び出しました……」

温寧《ウェンニン》が言っているのは、魏無羨《ウェイウーシエン》が莫家荘《モーけそう》で三体の凶屍に出した指令のことだ。

かつて、夷陵老祖は鬼将軍に数えきれないほどの指令を出してきた。魏無羨《ウェイウーシエン》が現世に戻ってから最初に出した指令も、彼の耳には届いていたのだ。

それから温寧《ウェンニン》は、まだ混濁《こんだく》した意識の中で、同類たちの導きと魏無羨《ウェイウーシエン》の指令を辿って彼を捜し始めた。

しかし、温寧《ウェンニン》に逃げられた蘭陵金《ジン》氏の方は、周囲を欺いて鬼将軍を隠していたことを決して公《おおやけ》にはできない。もし嘘が露見すれば、一族の名誉に傷がつくばかりか、人々を怯えさせて混乱を引き起こしかねないため、表立って大々的に捜索することもできず、身動きが取れなかったのだろう。

かくして自由の身となった温寧《ウェンニン》は、当てもなく彷徨い歩くうち、大梵山で魏無羨《ウェイウーシエン》の笛の音が呼ぶのを聞きつけ、ようやく彼に会うことができたというわけだ。

魏無羨《ウェイウーシエン》はため息をついた。

「お前は『どれくらい経ったかわからない』って言

ったけど、もう十数年も経ってるんだぞ」

　そこで一旦言葉を切ってから「まあ、そういう俺も似たようなもんだ。この十数年間で何が起きたか、少し教えてやろうか？」と続ける。

「私も、少し聞きました」

「少しって、何を聞いたんだ？」

「乱葬崗《らんそうこう》は消し去られたと聞きました。人も……何もかも」

　魏無羨《ウェイウーシエン》が彼に教えてやろうと思っていたのは、例えば藍《ラン》家の家規《かき》が三千条から四千条にまで増えたとか、そういった笑えるような他愛もない話だった。けれど温寧《ウェンニン》が口にしたのはあまりにも重苦しい話で、思わず言葉を失うしかなかった。

　しかし、意外にも温寧《ウェンニン》の口調は深い悲しみに沈み込んでいるというわけではなく、まるで、とっくの昔にその事実を知っていたかのようだ。確かに、彼は先々そうなることを知っていた。十数年も前に、既に最悪の結末は描き尽くしていたからだ。

　しばしの間黙り込んだあと、「それ以外は？」と魏無羨《ウェイウーシエン》が問いかけると、温寧《ウェンニン》は小さな声で答えた。

「江《ジャン》宗主が人を率いて乱葬崗を攻めて、公子を殺したって」

「待て、これだけははっきり言っておくぞ。あいつが俺を殺したんじゃない。俺は、術の反動で死んだんだ」

　魏無羨《ウェイウーシエン》がきっぱりと否定すると、温寧《ウェンニン》はようやく顔を上げて彼と目を合わせる。

「でも、江《ジャン》宗主はあんな……」

「丸木橋みたいな不安定な道を俺が選んだ時点で、平穏で何事もない一生を歩むことなんてできやしない。仕方のないことだ」

　魏無羨《ウェイウーシエン》に言葉を遮られた温寧《ウェンニン》は、ため息をつこうとしたようだった。しかし、呼吸の必要のない彼には、もうつける息もない。

「もうあいつの話はやめよう。他にも何か聞いたことはあるか？」

「あります」と言ってから、温寧《ウェンニン》は彼をじっと見つめた。

「魏《ウェイ》公子、あなたの最期は痛ましいものだったのですね」

「……」

温寧《ウェンニン》のその表情は、痛切なものだった。

「はぁ、お前って奴は、もう少しましな話は聞いてないのか？」

「はい。他には何も」

「……」

憂《うれ》い顔になった温寧《ウェンニン》に、魏無羨《ウェイウーシェン》はかける言葉が見つからなかった。

その時、店の一階から磁器《じき》が割れる大きな音が響いてきた。続けて藍思追《ランスージュイ》の声も聞こえてくる。

「さっきまで薛洋《シュエヤン》のことを話していましたよね？　どうして急にそういう話になるんですか？」

「確かに薛洋《シュエヤン》について話してたけど、俺は何か間違ったことでも言ったか？　薛洋《シュエヤン》が何をしたかって？　確かに奴は家畜以下のクズだが、魏嬰《ウェイイン》は奴よりもっと胸糞悪い！　何が『ひと括りにすることはできない』だ？　あんな邪術を世に残すなんて、ただの災いのもとだ。鬼道を修練する奴らなんか全員殺して、根絶やしにすべきだ！」

金凌《ジンリン》の怒鳴り声を聞いて、温寧《ウェンニン》がとっさに動こうとする。魏無羨《ウェイウーシェン》は手を振って、彼にやめろと合図した。すると店内の言い争いには、さらに藍景儀《ランジンイー》も加わって喚きだした。

「そんなに怒ることか？　思追《スージュイ》は別に、魏無羨《ウェイウーシェン》を殺すべきじゃなかったなんて言ってないだろ。ただ鬼道を修練する人が薛洋《シュエヤン》みたいな奴ばかりとは限らないって言っただけだ。それが、物を投げるほどのことか？　しかもそれ、まだ俺は食べてないのに……」

それを聞いて、金凌《ジンリン》はせせら笑った。

「こいつ、さっき『開祖も悪逆非道なことに使おうとしたとは限らない』とも言ったよな？　『開祖』って誰だ？　言ってみろよ、魏嬰《ウェイイン》以外に誰がいるんだ！　まったく理解に苦しむな。お前ら姑蘇藍《ラン》氏も名門世家で、藍《ラン》家の人間だってかなり魏嬰《ウェイイン》に殺されたよな？　彷屍と奴の手下のクズどもに頭を抱えていただろう？　それなのに藍願《ランユエン》、お前はどういう立場でそんなことを言ってるんだ？　さっきの言葉、まさか魏嬰《ウェイイン》のために弁解でもするつもりかよ！」

「藍願《ランユエン》」は藍思追《ランスージュイ》の名だ。

「私は別に、彼を弁護するつもりはありません。ただ意見を言っただけです。物事の因果関係をはっきりと知る前に、むやみに結論を下さない方がいい。今回義城に来るまでは、櫟陽《れきよう》常《チャン》氏の常萍《チャンピン》は、暁星《シャオシン》塵《チェン》道長が報復のために殺したとほとんどの人が断言していましたよね？　ですが、事実はどうでした？」

「常萍《チャンピン》が暁星塵《シャオシンチェン》道長に殺されたかどうかは、誰も見た者がいなかったじゃないか。皆ただ憶測で話していただけで、そんなのが断言って言えるか？　でも、魏嬰《ウェイイン》が引き起こした窮奇道《きゅうきどう》の奇襲と、血の不夜《ふや》天《てん》の二つの戦いで、どれほど多くの修士が奴と、それから温寧《ウェンニン》と陰虎符によって命を奪われたか知ってるだろう！　数えきれないほどの人が目撃した紛れもない事実だ。言い逃れなんてできやしない！　奴が温寧《ウェンニン》を操って父上を殺し、母上を死に至らしめたことは、何があっても忘れたりしないからな！」

金凌《ジンリン》が憎々しげに吐き捨てる。

もし温寧《ウェンニン》の顔に血色があったなら、この瞬間にすべて消え失せていただろう。

「……江《ジャン》殿の息子さんですか？」

温寧《ウェンニン》から小声で聞かれたが、魏無羨《ウェイウーシェン》は口を噤んだまま身じろぎもしない。

「叔父上は奴と一緒に育った。祖父は奴を実の息子同然に扱い、祖母も良くしてやっていたっていうのに、奴の方は何をした？　奴のせいで、蓮花塢が一度は温《ウェン》氏烏合《うごう》の衆の巣窟《そうくつ》におとしめられ、雲夢江《ジャン》氏は壊滅、俺の祖父母と両親は死んだ。今じゃ俺の身内は叔父上たった一人しか残っていない！　何もかも奴が招いたことじゃないか。周囲を巻き込むだけ巻き込んで、本人は死して屍拾う者なしだ！　これでも因果関係がはっきりしないっていうのか？　どこに弁解の余地があるんだ！」

畳みかける金凌《ジンリン》の勢いは凄まじく、藍思追《ランスージュイ》は一言も答えることができなかった。

　しばらくすると、別の少年が恐る恐る口を挟んだ。

「さっきまで楽しく話してたのに、なんでこんなことで喧嘩《けんか》になるんだ？　もうその話はやめようよ？　まだ食べ終わってないのに、料理が冷めちゃうだろう」

　割って入った声は、魏無羨《ウェイウーシエン》に「恋多き男になる」とからかわれたあの少年のものだ。

「子真《ズージェン》の言う通りだよ。もうやめな。思追《スージュイ》もただ思ったことを言っただけで、深い意図があるわけじゃないだろ。さ、金《ジン》公子も座って座って、一緒にご飯を食べよう」

「そうだよ。こうして皆で義城から出てこられたんだ、俺たちは生死をともにした仲じゃないか……悪気はなかったんだから、何も喧嘩をすることなんかないさ」

　一人また一人と公子たちが調子を合わせ始める。

　金凌《ジンリン》は「ふん」と鼻を鳴らした。

「申し訳ありません。私が至らないせいで失言をしてしまいました。金《ジン》公子、どうぞ座ってください。これ以上言い争いを続けて含光君の耳に入ったら、ここへ下りてこられて大変なことになります」

　やっと口を開いた藍思追《ランスージュイ》が、いつも通り礼儀正しい様子で謝罪して、金凌《ジンリン》を席へと促す。

　やはり含光君の名前にはかなりの効果があり、金《ジン》凌《リン》はその名前を聞いただけで、鼻を鳴らすことさえしなくなった。椅子を動かす物音が聞こえてきて、どうやら皆席に着いたようだ。一階はまた賑やかになり、少年たちの話し声は盃を置く音や料理を取る音、そして箸を動かす音の中に埋もれた。魏無羨《ウェイウーシエン》と温寧《ウェンニン》だけが沈んだ表情のまま、店の外の林の中で静かに立ち尽くしていた。

　言葉もなく魏無羨《ウェイウーシエン》が押し黙っていると、温寧《ウェンニン》はまたそっとその場に跪いた。魏無羨《ウェイウーシエン》は少し経ってからようやく彼がしていることに気づいて、軽く手を振った。

「お前には関係ないことだ」

　何か言おうとした時、温寧《ウェンニン》はふいに魏無羨《ウェイウーシエン》の後ろに目を向けて、なぜか呆然とした表情になった。魏《ウェイ》無羨《ウーシエン》がとっさに振り返ろうとすると、それより前に、真っ白い人影が素早く彼を通り越し、足を上げて温《ウェン》寧《ニン》の肩を強く蹴りつける。

蹴られて倒れた温寧《ウェンニン》によって、地面にもう一つ人型のくぼみが追加された。

魏無羨《ウェイウーシエン》は、もう一度彼を蹴ろうとしている藍忘機《ランワンジー》の腕を慌てて引っ張った。

「含光君、含光君！　落ち着け！」

どうやら「寝る」時間が過ぎ、「酔う」時間がやってきたようで、藍忘機《ランワンジー》は魏無羨《ウェイウーシエン》を捜してここまで下りてきたらしい。

なぜか妙に既視感があるこの状況は、思い返すまでもなく、櫟陽《れきよう》での出来事と驚くほどそっくりだった。ただし、今夜の藍忘機《ランワンジー》は前回よりもさらにいつも通りに見える。靴も左右逆に履いていないし、温《ウェン》寧《ニン》を蹴るような乱暴な振る舞いをする時でさえも、その表情はいつにも増して真面目で凛としていて、彼の姿には間然《かんぜん》するところがない。

魏無羨《ウェイウーシエン》に引っ張られた藍忘機《ランワンジー》は袖を振って頷き、言われた通りに蹴るのをやめると、傲然《ごうぜん》とその場に立った。

魏無羨《ウェイウーシエン》は隙を見て温寧《ウェンニン》にこっそり聞いた。

「お前、大丈夫か？」

「大丈夫です」

「大丈夫なら立て！　なんでまだ跪いてるんだよ？」

温寧《ウェンニン》は立ち上がり、しばしの間ためらってから、「藍《ラン》公子」と声をかけた。

だが、藍忘機《ランワンジー》の方は眉をひそめて耳を塞いだ上に、くるりと振り返って温寧《ウェンニン》に背まで向け、魏無羨《ウェイウーシエン》と向かい合うと、自らの体で彼の視界を遮った。

「……」

「お前はここにいない方がいい。藍湛《ランジャン》は、えっと、ちょっとお前に会いたい気分じゃないみたいだからさ」

目を疑うような行動にぽかんとしている温寧《ウェンニン》に、魏無羨《ウェイウーシエン》はしどろもどろに説明する。

「……藍《ラン》公子はどうかしたんですか？」

「なんでもない。ただ酔っているだけだ」

「はい？」

温寧《ウェンニン》はどうやらその事実を受け入れられなかったらしい。しばらくの間言葉が出なかったが、ようやく「じゃあ……どうするんですか？」と聞いた。

「どうするって、部屋に連れて帰って、寝床に放り込んで寝かせるさ」

魏無羨《ウェイウーシエン》がそう言うと、ふいに藍忘機《ランワンジー》が口を開いた。

「わかった」

「あれ？　お前、耳を塞いでるんだよな？　なんで俺の話は聞こえるんだ？」

魏無羨《ウェイウーシエン》の問いかけに、藍忘機《ランワンジー》は答えなかった。まるで先ほど口を挟んだのは自分ではないとでも言いたげな様子で、相も変わらず耳をきつく塞いでいる。

魏無羨《ウェイウーシエン》はなんとも言えない気持ちで笑い、温寧《ウェンニン》に向かって「気をつけろよ」と声をかけた。

温寧《ウェンニン》は頷き、つい気になって藍忘機《ランワンジー》にちらりと目を向けてから立ち去ろうとすると、ふと魏無羨《ウェイウーシエン》が彼を呼び止めた。

「温寧《ウェンニン》、お前さ……しばらくどこかに身を隠したらどうだ？」

一瞬固まった温寧《ウェンニン》に、「お前は二度死んだようなものだからさ、ゆっくり休め」と魏無羨《ウェイウーシエン》は続けた。

彼が立ち去ると、魏無羨《ウェイウーシエン》は藍忘機《ランワンジー》の両手を耳から離す。

「ほら、もういないよ。声も聞こえないし、姿も見えない」

藍忘機《ランワンジー》はようやく両手を下ろし、薄い色の双眸で真っすぐに彼を見つめた。

透き通るようなその眼差《まなざ》しはあまりにも清らかで、素直な彼の目を見ているうち、またいたずらをしたい欲望が魏無羨《ウェイウーシエン》の心の中に止めようもなくむくむくと湧き上がってくる。彼の中の何かに火がついてしまったようで、魏無羨《ウェイウーシエン》はにやにやと笑いながら口を開いた。

「藍湛《ランジャン》、前みたいに、俺の質問にはなんでも答えてくれて、俺の言うことをなんでも聞いてくれる？」

「うん」

「じゃあ抹額《まっこう》を外して」

藍忘機《ランワンジー》は手を頭の後ろに伸ばしてゆっくりと結び目を解き始め、巻雲紋《けんうんもん》が刺繍《ししゅう》された白い抹額を外した。

魏無羨《ウェイウーシエン》はその抹額を受け取ると、表も裏もじっくりと隅々までよく観察した。

「なんだ、なんてことないただの紐じゃないか。てっきり何か仰天するような秘密でも隠されてるのかと思ったのに。だったらなんで昔俺がこれを外した時、お前はあんなに怒ったんだ？」

――まさか、昔の藍忘機《ランワンジー》は単純に彼が嫌いで、何をしても不愉快だっただけとか？

突然、魏無羨《ウェイウーシエン》の手首に締めつけられるような感覚があった。見れば、なんと藍忘機《ランワンジー》はその抹額を使って彼の両手をまとめて縛り、ゆっくりと結び目を作り始めているではないか。

「おい、何してるんだ？」

魏無羨《ウェイウーシエン》は藍忘機《ランワンジー》がいったいどうするつもりか興味が湧いて、彼の好きなようにさせることにした。藍《ラン》忘機《ワンジー》は彼の両手をきつく縛り、まず片結びを一つ作ったが、少し考えてから、どうやらこれではないと思ったらしい。一旦解いてから今度はこま結びにしたが、また少し考え、やはりこれも違うと考え直し、もう一つこま結びを作った。

姑蘇藍《ラン》氏の抹額は、額に結んだその先を垂らしてはためかせていて、動くと風になびいてひらひらと舞い、非常に美しい。それゆえに、かなりの長さがあるのだ。藍忘機《ランワンジー》は続けざまに七、八個もの連なったこま結びを作り、ひと繋がりの不格好なこぶができたところで、やっと満足したように手を止めた。

「あのさ、お前のこの抹額って、もういらないやつなのか？」

魏無羨《ウェイウーシエン》が尋ねるが、藍忘機《ランワンジー》は眉を開き、抹額の端を引っ張って魏無羨《ウェイウーシエン》の手を目の前まで持ち上げている。まるで、自ら作った偉大な傑作を鑑賞しているかのようだ。

（なんか俺、囚人みたいなんだけど……いやいや、なんで俺はこいつのこんなお遊びにつき合ってるんだ？　俺がこいつで遊ぶはずじゃなかったのか？）

彼に縛られて吊るされている自分の両手を見て、魏無羨《ウェイウーシエン》は唐突に我に返った。

「解いてくれ」

藍忘機《ランワンジー》は素直に手を伸ばしたが、前回と同じように、また彼の服の帯に触ろうとする。

「そっちじゃない！　手首のこれ、お前が俺を縛っているこれだよ、この抹額!!」

藍忘機《ランワンジー》に手首を縛られたまま服を脱がされる光景なんて、想像するだけでも血の気が引く！

藍忘機《ランワンジー》には彼の要求が聞こえたはずだが、再び眉をひそめると、しばらくの間じっと考え込んでいる。

「俺の言うことを聞いてくれるよね？　いい子だから、お兄ちゃんのこれ、解いてくれ」

魏無羨《ウェイウーシエン》は手を上げて彼に見せると、なんとか宥めようとした。

藍忘機《ランワンジー》は彼をちらりと見たかと思うと、静かに視線を逸《そ》らす。まるで、彼の言っていることがちっとも理解できなくて、熟慮の必要でもあるかのように。

「あっ、わかったぞ！　好きにさせておいたら張りきって縛るくせに、解けって言ったら聞こえないふりをするつもりだな？」

藍《ラン》家の抹額は彼らの服と同じ素材から仕立てられていて、軽やかで薄手に見えるけれど、実はかなりしっかりとした作りだ。藍忘機《ランワンジー》はそれで彼の手首をきつく縛った上、こま結びをいくつも作ったせいで、魏無羨《ウェイウーシエン》がいくら右に左にと捻ってみても一向に解けそうもない。

（これはまさしく藪蛇《やぶへび》だったな。捆仙索《こんせんさく》〔霊力のある者や妖魔鬼怪を束縛できる、特殊な素材で作られた縄〕みたいに厄介なものに比べたら、まだ抹額で良かった。じゃなかったら、こいつは俺をがんじがらめに好き放題縛り上げるに違いない）

藍忘機《ランワンジー》は遠くを眺めながら、手で抹額の端を握りしめ、それを引っ張ったり揺らしたりと、楽しく遊んでいるようだ。

「解いてくれよ、な？　含光君、お前みたいな聖人君子がこんなことしちゃダメだろう？　だいたい、俺を縛ってどうするんだ？　いけないよ、もし人に見られたらどうする？　ね？」

魏無羨《ウェイウーシエン》が切実な気持ちで訴えると、最後の一言を聞いて、藍忘機《ランワンジー》は彼を縛った抹額の端を引っ張り、林の外へと歩きだす。

魏無羨《ウェイウーシエン》は彼に引っ張られて、よろめきながらもまた訴えた。

「ちょちょ、お前、ちょっと待てよ。俺が言ったのは、人に見られたらまずいって意味で、人に見せようなんて言ってないぞ。おい！　また聞こえないふりをしてるな？　わざとだろう？　お前の耳は聞きたいことしか聞こえないのかよ？　藍湛《ランジャン》、藍忘機《ランワンジー》！」

そう訴えているうちに、藍忘機《ランワンジー》は彼を引っ張ったまま林を出て通りに戻ると、店の一階にある入り口からその中へと足を踏み入れてしまった。

少年たちはまだ料理と酒を味わいながら、思い思いに楽しんでいた。先ほどは確かに少し不快な思いをしたけれど、若者はそんなことはすぐに忘れてしまう。彼らは今、酒令《しゅれい》〔酒宴で酒を飲む順番を決める遊戯〕に夢中で、藍《ラン》家の少々度胸のある少年たち数人もこっそり飲もうとしていたため、藍忘機《ランワンジー》には見つからないよう二階の階段に見張りを立てて、注意を払っていた。

だがまさか、その藍忘機《ランワンジー》が魏無羨《ウェイウーシエン》を引っ張って、見張りのいない一階入り口から突然入ってくるなど思いもよらず、全員が振り向いたまま呆気《あっけ》に取られて固まった。

藍景儀《ランジンイー》は手を伸ばし、慌てて卓に置いてあった盃を隠そうとしたが、うっかり皿や茶碗をいくつもガチャガチャと音を立ててひっくり返してしまい、隠すどころかさらに目立たせてしまう羽目になる。藍《ラン》思追《スージュイ》がとっさに立ち上がり、その場を取り繕《つくろ》うように口を開いた。

「含、含光君、お二人は、どうしてまた入り口からいらっしゃったんですか……」

「ハハッ、えーと、お前らの含光君が部屋が暑いって言うからさ、ちょっと夜風に当たってきたんだ。ついでにお前らの様子でも見ようと思い立って来てみたら、ほら、やっぱりお前らがこっそり酒を飲むところを捕まえたってわけだ」

魏無羨《ウェイウーシエン》はぎこちなく笑った。

(藍湛《ランジャン》、頼むから、このまま真っすぐに俺を二階まで連れていってくれ。誰とも話すな、余計なことも一切するんじゃないぞ……このまま黙って表向きは冷ややかできりっとしたいつも通りの態度をしててくれれば、誰もお前が変だって気づきやしない)

彼が心の中で祈った次の瞬間、藍忘機《ランワンジー》は彼を引っ張って、少年たちの方へ近づいた。

「含光君、抹額はどうされたん……」

藍思追《ランスージュイ》は彼が抹額を結んでいないことに驚愕し、問いかけながら、ふと魏無羨《ウェイウーシエン》の手元に目をやった。

すると、外された含光君の抹額は、まさに魏無《ウェイウー》羨《シエン》の手首に結ばれていたのだ。

しかも、まるでそれに気づいていない者にも見せつけるかのように、藍忘機《ランワンジー》は抹額の端を引っ張り、自ら縛った魏無羨《ウェイウーシエン》の手を、その場にいる全員に見えるようにぐいと引き上げた。

唖然《あぜん》とした藍景儀《ランジンイー》が、かじりかけていた鶏の手羽《てば》先《さき》をポトリと取り皿に落とし、汁が四方に飛び散って彼の襟を汚した。

魏無羨《ウェイウーシエン》の頭に浮かんだのはただ一つだけだった——藍忘機《ランワンジー》が酔いからさめたら、もう二度と人に合わせる顔がないだろう、と。

金凌《ジンリン》が訝しげな声で聞いた。

「……何してるんだ?」

「お前らに、藍《ラン》家の抹額の特殊な使い方を見せてやってるんだよ」

「特殊な使い方というのは……」

藍思追《ランスージュイ》が動揺を隠せずに尋ねる。

「もし、すごく奇妙な彷屍を見つけたとして、じっくり観察する必要があると考えた時はな、抹額を解いて、こんなふうに縛って連れて帰ればいいんだ」

「そんなことできるはずないじゃないですか! うちの抹額は……んぐっ!?」

魏無羨《ウェイウーシエン》の説明に藍景儀《ランジンイー》が喚きだすと、藍思追《ランスージュイ》は彼の口に先ほど落とした食べかけの手羽先を突っ込む。

「なるほどです。そのような使い方があるとは知りませんでした！」

周りの者たちの奇異の目をよそに、藍忘機《ランワンジー》はぐいぐいと魏無羨《ウェイウーシエン》の手首を戒《いまし》めた抹額を引っ張って、真っすぐに二階へ上がる。

彼は部屋に入るなり振り返って扉をぴっちりと閉め、閂を差した。そして最後に、卓を動かして扉の前に押し当て――まるで敵の侵入を防ごうとでもしているかのようだ。藍忘機《ランワンジー》の忙《せわ》しない様子に、魏無《ウェイウー》羨《シエン》は目を丸くする。

「ここで誰かを殺して、死体でもバラすつもりなのか？」

個室の中には台座が木でできた屏風《びょうぶ》が一帖《ちょう》置かれていて、室内の空間はそれによって二つに仕切られている。片方には飲食や談笑のための卓と椅子が据えられ、もう片方には休息のために簾《すだれ》と寝床の用意がある。藍忘機《ランワンジー》は彼を屏風の後ろまで引っ張っていって、どんと突き飛ばす。魏無羨《ウェイウーシエン》はそのまま寝床に押し倒されてしまった。

「うあっ！」

寝床には透かし彫りが施された木の背もたれがついている。そこに軽くコツンと頭がぶつかり、魏無《ウェイウー》羨《シエン》は反射的に声を上げたが、内心では冷静に考えを巡らせていた。

（これは、また無理やり一緒に寝かせるつもりだな？　だが待てよ、まだ亥《い》の刻になってないいんじゃないか？）

魏無羨《ウェイウーシエン》が大声で叫んだのを聞いて、藍忘機《ランワンジー》は真っ白な衣の裾をさっと払い、ゆったりとした仕草で寝床のふちに座ったかと思うと、手を伸ばして彼の頭をそっと撫でてくれた。無表情でもその動きはとても優しく、まるで「痛いか？」と気遣《きづか》っているようだ。

「痛いよ、すごくすごく痛い」

彼に撫でられて、魏無羨《ウェイウーシエン》は口角をぴくぴくと震わせながら訴えた。

それを聞いて、藍忘機《ランワンジー》の顔はにわかに憂いの表情になり、手の動きは一層優しくなった。その上、宥めるように彼の肩をとんとんと叩いてくれさえする。

「そろそろ解いてくれよ。含光君、こんなにきつく縛られたら、血が出ちゃいそうだよ。本当に痛いんだ、だから抹額を解いて、俺を解放してくれないな、いいだろう？」

魏無羨《ウェイウーシエン》は縛られた両手を持ち上げて彼に見せた。

すると、なんと藍忘機《ランワンジー》はいきなり手を押し当てて彼の口を塞いだ。

「んむっ、んんんんっ、んんんんんんっ⁉」

魏無羨《ウェイウーシエン》はくぐもった声で藍忘機《ランワンジー》の手のひら越しに叫んだ。

（都合の悪いことは聞こえないふりをして、それができなくなったら、実力行使で俺に喋らせないだと⁉　なんて卑怯な奴だ！　そっちがそのつもりなら手加減しないからな、あとで俺を責めるなよ⁉）

魏無羨《ウェイウーシエン》は唇の隙間からそっと舌の先を出すと、自分の口をきつく塞いでいる藍忘機《ランワンジー》の手のひらを一瞬だけ、ちろりと掠めるように舐めた。

トンボが水面を叩いてすぐ離れるように、ほんの少し触れただけなのに、藍忘機《ランワンジー》はまるで手のひらを火で炙《あぶ》られたかのように、ぱっと手を引っ込めると急いで身を翻《ひるがえ》した。

魏無羨《ウェイウーシエン》は、やっと少しばかり鬱憤を晴らすことができて、解放された口で深く息を吸う。なぜか藍忘《ランワン》機《ジー》は彼に背を向けたまま、しゃがみ込んで動かない。彼は二本の腕で両膝を抱える格好で寝床の上にうずくまり、先ほど魏無羨《ウェイウーシエン》に軽く舐められた自分の手を胸の辺りに押しつけながら、身を硬くしている。

「どうした？　いったい何してるんだよ？」

それはまるで好色な男に汚されて、もはや生きる意味を失ったとでも言いたげな悲壮な様子で、もし知らない人が見たら、彼が藍忘機《ランワンジー》に何かをしたと思い込むだろう。

藍忘機《ランワンジー》のその打ちのめされたような様子を見て、魏無羨《ウェイウーシエン》は慰めるように言った。

「そんなに嫌だった？　でも仕方ないだろ、お前が先に強引に俺の口を封じたんだからさ。こっちに来いよ、拭いてやるから」

そう言って、縛られたままの両手を伸ばして彼が藍忘機《ランワンジー》の肩に触ろうとすると、さっと避けられる。膝を抱えて寝床の隅で静かに縮こまる姿に、魏無《ウェイウー》羨《シエン》の胸の奥のいたずら心がまたむくむくと何倍にも膨れ上がり始めた。

彼は寝床に片方の膝をつくと、藍忘機《ランワンジー》の方にそっと身を寄せる。微笑みを浮かべ、彼が出せる限り最も魅惑的な声で囁いた。

「それとも、怖いのか？」

藍忘機《ランワンジー》は跳ぶように寝床から降りると、怯えたみたいに再び背を向けて魏無羨《ウェイウーシエン》との間に距離を保つ。

魏無羨《ウェイウーシエン》は彼の過剰な反応を見ているうちに、だんだん楽しくなってきた。

ゆっくりと寝床から下りて、満面に笑みを浮かべる。

「おーい、なんで避けるんだよ？　逃げるなって。縛られてるのは俺の方なのに、どうしてお前が怖がるんだ？　ほらほら、こっちにおいで」

魏無羨《ウェイウーシエン》は笑いながら、腹の中ではあることを企んで彼にじりじりと迫った。藍忘機《ランワンジー》が屏風の向こうへ突進すると、先ほど自らが入り口に押し当てた卓に阻まれてしまう。魏無羨《ウェイウーシエン》も屏風を通り越して彼に近づくと、藍忘機《ランワンジー》はまた反対側に回って逃げていく。二人はそのまま屏風の周りをぐるぐると行ったり来たりして、七、八周も追いかけっこを続けた。魏無《ウェイウー》羨《シエン》は彼を追うほどに気分が高揚してきたが、はたと我に返る。

（俺は何をしてるんだ。鬼ごっこか？　おいおい、冗談じゃないぞ。頭を扉に挟んで打ったわけでもあるまいし、藍湛《ランジャン》は酔っているからいいとしても、なんで俺までこいつの遊びにつき合ってるんだよ？）

自分を追いかけていた彼が立ち尽くしていることに気づいて、藍忘機《ランワンジー》も逃げる足を止める。

屏風の後ろに隠れた彼は、雪のように白い顔をそっと覗かせ、黙ったままで静かに魏無羨《ウェイウーシエン》の様子を窺っている。

魏無羨《ウェイウーシエン》はそんな藍忘機《ランワンジー》をじっくりと細かく観察した。彼はいつもと変わらない厳粛で真面目な表情のままで、先ほどまで六歳児みたいに屏風の周りを走って魏無羨《ウェイウーシエン》と追いかけっこをしていた人とはまったく別人のようだ。

「まだ続けたいのか？」

　魏無羨《ウェイウーシエン》が尋ねると、藍忘機《ランワンジー》は無表情のままこくりと頷く。

　魏無羨《ウェイウーシエン》は辛うじて笑いを堪えたものの、あまりに我慢しすぎて腹が痛くなりそうだった。

（ハハハハハハハハハハハハッ、嘘だろう⁉　藍湛《ランジャン》が酔っぱらって俺と鬼ごっこがしたいって……ハハハハハハハハハハハハハッ！）

　心の中で笑う声は逆巻《さかま》く波のように天地を覆い尽くさんばかりの勢いで、やっとのことでやり過ごした時には、全身が震えていた。

（姑蘇藍《ラン》氏みたいなところじゃ、騒ぐの禁止、じゃれ合うの禁止、走るのも禁止だからなぁ。藍湛《ランジャン》は子供の頃から、きっと今みたいにはしゃいだことなんて一度もなかったんだろう。はぁ、かわいそうに。どうせこいつは酔いがさめたら何も覚えてないだろうから、お遊びにつき合ってやるか）

　彼はまた藍忘機《ランワンジー》の方にぱっと二歩近づいて、追いかける素振りを見せた。すると、やはり藍忘機《ランワンジー》も逃げ始める。魏無羨《ウェイウーシエン》は小さな子供をあやすみたいに、追いつかないようになんとか彼に合わせ、その背を追いかけて二、三周ほど走ってやった。

「ほら走れ、速く速く。捕まったら大変だぞ。一回捕まえる度に、またお前を舐めるからな。どうだ、怖いだろう！」

　魏無羨《ウェイウーシエン》は、子供心に戻っている彼を軽く脅かしてやろうと考えただけだったが、なぜか藍忘機《ランワンジー》はぴたりと走るのをやめると、屏風の反対側から歩いてきて、彼と正面からぶつかった。

　魏無羨《ウェイウーシエン》の方は、追いかけていた相手が、まさか自ら捕まりに来るとは思いもよらず、驚きのあまり言葉を失って、捕まえるべく手を伸ばすことなどすっかり頭の中から消え去っていた。藍忘機《ランワンジー》は彼が動かないところを見て、縛られているその両手を持ち上げて頭をくぐらせ、彼の両腕を自分の首にかける。その様子はまるで、自ら望んで堅固《けんご》な罠に潜り込んだかのようだ。

「捕まった」

「……ん？　うん、捕まったな」

魏無羨《ウェイウーシエン》が呆気に取られて動かないでいると、まるで何かを期待して待っていたのに、しばらく経っても何も起こらなかった、とでも言いたげに、藍忘機《ランワンジー》はもう一度繰り返す。

「捕まった」

今度は一音一音に力を込めてはっきりと告げてくる。どうやら彼は少し焦れて、魏無羨《ウェイウーシエン》を急《せ》かしているようだ。

「そうだな。捕まった」

魏無羨《ウェイウーシエン》はまた同じように答えた。

(捕まったけど、だからなんだ？)

彼は先ほどなんと言っていたか――一回捕まえたら、何をする？

(……まさか)

「こんなのは、捕まったとは言えないだろう。お前が自分から捕まりに来たんだから……」

魏無羨《ウェイウーシエン》がまだ言い終えないうちに、藍忘機《ランワンジー》の表情はみるみる沈んでいく。満面に霜《しも》が降り、凍りついたような冷え冷えとしたその顔は、どうやらひどく不機嫌な様子だ。

(……嘘だろう。藍湛《ランジャン》は酔っぱらって鬼ごっこをするのが好きなだけじゃなくて、人に舐められるのも好きだってことか……？)

彼は藍忘機《ランワンジー》の首から腕を外そうとしたが、反対に藍忘機《ランワンジー》はその腕を掴んでしっかりと押さえてしまう。魏無羨《ウェイウーシエン》は彼の片手が自分の腕を押さえつけているのを見て、しばし考えを巡らせ、ふいに閃いて顔を傾けると、距離を計りながら顔をさらに彼の手に近づける。そうして今にも触れそうな距離で、魏無《ウェイウー》羨《シエン》の唇が藍忘機《ランワンジー》の手の甲を掠め、伸ばした舌先で彼の玉のようにひんやりとした肌をそっと舐めた。

とても、とてもそっと。

それでも、藍忘機《ランワンジー》は稲妻に打たれたみたいにその手を引っ込め、急いで魏無羨《ウェイウーシエン》の両腕を外すと、再び彼に背を向けて部屋の隅まで飛びのいた。そうして舐められた自分の手を胸元に抱え、また壁に向かって俯いたまま黙り込んでいる。

(怖いのか好きなのか、どっちなんだ？　それとも、怖いけど好きだとか？)

魏無羨《ウェイウーシエン》が困惑していると、藍忘機《ランワンジー》はくるりと振り返り、また平然とした表情で「もう一度」と言った。

「もう一度？　何をだ？」

魏無羨《ウェイウーシエン》が問い返すと、藍忘機《ランワンジー》は再び屏風の後ろに隠れ、顔を半分だけ覗かせてじっと彼を見つめている。

その意味はつまり――もう一度、君が追いかけて、私が逃げる。

しばし言葉を失ってから、魏無羨《ウェイウーシエン》は言われた通り「もう一度」彼を追いかけた。しかし、今度はまだ二歩も追いかけていないうちに、藍忘機《ランワンジー》はまた足を止め、自ら魏無羨《ウェイウーシエン》にぶつかってきた。

「お前、絶対にわざとやってるだろう」

藍忘機《ランワンジー》は先ほどと同じように魏無羨《ウェイウーシエン》の腕を自分の首にかけると、彼の言葉などさっぱり聞き取れなかったふりをして、もう一度約束が果たされるのをじっと待っている。

(俺はこのまま藍湛《ランジャン》にだけ楽しく遊ばせてていいのか？　どうせ今こいつに何をしたって、酔いがさめたら覚えていないんだから、いっそのこと思いきったやり方で遊んでやろうじゃないか)

彼は両腕を藍忘機《ランワンジー》の首に回したまま、一緒に寝床に座った。

「なあ、さっきのあれが好きなのか？　そっぽ向かないで答えろよ、好きなんだろう？　それなら、別に何度もわざわざ追いかけっこしなくてもいいのに。俺が一回で十分なくらい満足させてやるよ」

そう言って彼は藍忘機《ランワンジー》の片手を取ると、その上に顔を伏せ、彼の長くて透き通るように白い指と指の間にそっと口づけた。

藍忘機《ランワンジー》はこれまでと同じように瞬時に手を引っ込

めようとしたが、その前に魏無羨《ウェイウーシェン》にしっかりと掴まれていて、もう逃げられない。

続けて、魏無羨《ウェイウーシェン》の唇は彼のくっきりとした指の関節に触れ、肌にかかる羽毛のように軽やかな吐息はその指を伝って上の方へ移動し、手の甲に辿り着く。そこで、また小さく口づけた。

手を引っ込めることができない藍忘機《ランワンジー》は、どうしようもなくなり、唐突に五本の指を曲げて拳を握りしめた。

魏無羨《ウェイウーシェン》は彼の袖を少したくし上げ、現れた雪のように白い手首にも口づけた。

唇を触れさせたあと、彼は顔を上げずに上目づかいで藍忘機《ランワンジー》を見つめ、「満足した?」と問いかける。

だが、藍忘機《ランワンジー》は口をきつく引き結んで黙り込むばかりだ。魏無羨《ウェイウーシェン》はようやくゆったりとした動きで身を起こした。

「言ってよ、俺のために紙銭を燃やしてくれた?」

彼は答えない。魏無羨《ウェイウーシェン》はくすっと笑って彼に近づくと、衣服越しにその心臓の上に口づけた。

「言わないなら、もうしてやらないぞ。言えよ、なんで俺だとわかったんだ?」

目を閉じた藍忘機《ランワンジー》の唇が微かに震えている。彼は今にもその唇を開いて、すべて白状しそうだ。

それなのに、よりによってまさにその時、魏無《ウェイウー》羨《シエン》は彼の柔らかそうに見える淡い紅色の唇に釘づけになり、魔が差したように口づけていた。

さらに、物足りないというようにそっとそこを舐める。

次の瞬間、二人ともが目をぱっと見開いた。

少しして、藍忘機《ランワンジー》が突然手を上げると、魏無羨《ウェイウーシェン》も同時に我に返り、一瞬でどっと全身から冷や汗が噴き出す。怒った彼が、この場で内臓が飛び出るほどの一撃を自分に叩き込んでくるのではないかと思い、慌てて寝床から転がり落ちた。だが振り向くと、なぜか藍忘機《ランワンジー》は手のひらで魏無羨《ウェイウーシェン》ではなく自らの額を思いきり叩き、そのまま自分で自分を気絶させ、ばたりと寝床に倒れ込んでしまった。

上等な宿屋の一室で、寝床に倒れた藍忘機《ランワンジー》と、床に座った魏無羨《ウェイウーシエン》。開けられた窓から吹き込んできた一陣の冷たい風が魏無羨《ウェイウーシエン》の背中を撫でると、微かにひんやりとして、次第に頭も冷えてきた。

彼は立ち上がると、卓を元の位置まで押し戻して、そのそばに腰を下ろす。

しばらくの間ぼんやりしてから、顔を傾け、手首を縛っている抹額の結び目を懸命にかじると、やっとのことでその七、八個連なったこま結びのこぶが解けた。

ようやく両手が自由になったあと、心を落ち着かせるために、彼は何気なく酒を一杯注いだ。盃を口元に近づけたが、いくら傾けても一滴も飲めず、視線を落としてよく見てみれば、盃の中にはそもそも酒など入っていなかった。酒壺の中の酒はとっくに一口で飲み干してしまっていたのに、先ほど注いだ時、中から何も出てこなかったことにもまったく気づかなかった。

魏無羨《ウェイウーシエン》は空の盃を卓に置いた。

（これ以上飲んでどうする？　今日はもう十分飲みすぎた）

今彼が振り向けば、ちょうど屏風を挟んだ向こう側で、寝床で静かに横たわっている藍忘機《ランワンジー》が見えるだろう。

（……今日は本当に飲みすぎたし、やりすぎた。藍《ラン》湛《ジャン》のような真面目ないい奴を、たとえあいつが酔っていても、酔いがさめたあとは何も覚えていないのだとしても、あんなふうに好き勝手に弄ぶべきじゃない……あまりにもあいつを尊重していない行動だった）

しかし、先ほど彼がいかに「好き勝手」だったかを思い返しながら、魏無羨《ウェイウーシエン》は無意識のうちに手を上げ、そっと自分の唇に触れた。

彼は抹額を手に取ってひとしきり撫でつけてみて、なんとかしわが取れたところで寝床に近づくと、それを枕元に置いた。そして、藍忘機《ランワンジー》の顔をちらりとも見ないように気をつけながら、しゃがんで彼の靴を脱がせ、姿勢も型通りの藍《ラン》氏の寝姿勢に整えてやる。

すべてを終えたあと、魏無羨《ウェイウーシエン》は寝床に寄りかかって床に座り込んだ。あれこれと考えあぐね、心は千々《ちぢ》に乱れていたが、ただ一つだけはっきりしたことがある。

（今後、藍湛《ランジャン》に酒を飲ませるのはやめよう。万が一、あいつが誰に対しても同じ行動をしたら、本当にまずいことになるからな）

なぜかわからないが、今夜はなんとなくそわそわとした気持ちが湧いた。いつものように寝床に上がって藍忘機《ランワンジー》と隣り合わせでは寝ずに、床に転がって適当に一晩やり過ごそうとしたら、いつの間にか頭が傾き、そのまま寝床に寄りかかって眠ってしまった。そうして早朝までうとうとしていると、誰かが彼を優しく抱きかかえて、寝床に寝かせているのに気づく。必死に目を開けた魏無羨《ウェイウーシエン》の視界に、藍忘機《ランワンジー》のいつも通りの冷淡な顔が映った。

彼は一気に半ばまで目が覚め、「藍湛《ランジャン》」と呼んだ。

「うん」

藍忘機《ランワンジー》は彼に答える。

「お前、今は酔いがさめてる？　それともまだ酔ってるか？」

「さめた」

「そうか……もう卯《う》の刻なんだな」

藍忘機《ランワンジー》は毎日この時間ぴったりに起床するため、魏無羨《ウェイウーシエン》は窓の外の様子を確認しなくても、今が何時辰なのかを判断できた。藍忘機《ランワンジー》が魏無羨《ウェイウーシエン》の手を取ると、両方の手首には縛られた痕《あと》が数本、真っ赤に残っていた。藍忘機《ランワンジー》は袖の中から薄い青色の小さな小瓶を取り出すと、俯いて彼に薬を塗ってくれた。滑《なめ》らかな塗り薬を塗られたところは、すぐにひんやりしてくる。

魏無羨《ウェイウーシエン》は目を細めて文句を言った。

「すごく痛いよ……含光君って、酔ったら本当に礼儀知らずだよな」

藍忘機《ランワンジー》は俯いたまま、「自業自得だ」と一言だけ返す。

魏無羨《ウェイウーシエン》の心臓は大きくドクンと脈打った。

「藍湛《ランジャン》、お前酔ったあとに何をしたか、本当に覚えてないのか？」

「覚えていない」

（おそらく本当だろうな。そうでなければ恥ずかしさのあまり怒りだして、俺を八つ裂きにするに違いない）

魏無羨《ウェイウーシエン》は心の中で安堵する反面、藍忘機《ランワンジー》が覚えていないことを少し残念にも思った。まるで、こっそり悪いことをしたり、隠れて美味しいものを食べたりしたあとみたいに、誰にも気づかれていないことを一人密かに喜びつつも、同時に誰ともこの喜びを共有できないことを寂しがるように。

知らず知らずのうちに、彼の目はまた藍忘機《ランワンジー》の唇に吸い寄せられていた。

（いつも無表情で口角を上げたことがなくても、すごく柔らかそうに見えるな。まぁ、確かに柔らかかったし）

魏無羨《ウェイウーシエン》は無意識に自分の唇を噛みながら、またあれこれと考えを巡らせ始めた。

（姑蘇藍《ラン》氏の教えはすごく厳しいし、藍湛《ランジャン》も人情や情緒ってものをさっぱり解さない奴だから、こいつはこれまで絶対女の子に口づけたことなんてなかったはずだ。ああ、どうしたらいいんだ。俺が一番乗りになっちゃったよ。正直に話した方がいいかな？　でももしこいつが知って、怒って泣いたりしたらどうしよう。ああでも、昔のこいつならそうなるかもしれないけど、今のこいつなら多分大丈夫だよな。それに、鈍感なお坊さんみたいなもんだから、今までそういうことに興味を持ったことすらなかったかもしれないし……いや！　前回こいつが酔った時、「人を好きになったことがあるか」って聞いたら、こいつ「ある」って答えたじゃないか。ひょっとすると、とっくに相手に口づけてるかもしれないな？　でも、藍湛《ランジャン》の自制的な性格からして、きっと気持ちはあっても、礼儀道徳を考えて思い留まりそうだから、やっぱり口づけたことなんてないだろうな。絶対、手を繋いだことすらもないはずだ。そうなると、そもそもあの時に俺が聞いた「好き」がどういう「好き」なのかっていうこと自体、まったく理解していなかったのかもしれない……）

藍忘機《ランワンジー》が魏無羨《ウェイウーシェン》に薬を塗り終えた時、誰かが部屋の扉を軽く叩いた。三回叩く音がしたあと、藍思追《ランスージュイ》の声が聞こえてくる。

「含光君、皆起床しました。出発しますか？」

「下で待ちなさい」

それから町を出た一行は、城門のところで別れの挨拶をした。世家公子たちはもともとただの顔見知り程度で、各家で開催される清談会《せいだんかい》の時だけ互いの屋敷を訪れるくらいの仲だったが、この数日でともに猫の屍事件を経験し、また迷霧が立ちこめる亡霊の町で手に汗握る一昼夜を過ごした。さらに一緒に紙銭を燃やし、隠れて酒も飲み、喧嘩もして、誰かを罵りと、いつしかすっかり旧知の友人のように親しくなっていた。

皆名残《なごり》惜しく、城門のところでぐずぐずして別れを惜しみ、何日にうちの清談会に遊びに来いだとか、次はお前の家の管轄地で夜狩をしようなどと約束を交わした。藍忘機《ランワンジー》も急かすことはせず彼らのしたいようにさせて、何も言わずに近くの木の下で静かに立っていた。仙子《シェンズー》は彼に見張られ、勝手に吠えたり走ったりできず、ただ同じ木の下で縮こまって、ひたすら金凌《ジンリン》の方を眺めてしっぽを激しく振った。

藍忘機《ランワンジー》が仙子《シェンズー》を見張ってくれている隙に、魏無《ウェイウー》羨《シェン》は金凌《ジンリン》の肩に手を回し、皆から離れて少し遠くまで歩いた。

莫玄羽《モーシュエンユー》は金光善《ジングアンシャン》の隠し子の一人で、金子軒《ジンズーシュエン》と金光瑶《ジングアンヤオ》の異母弟に当たる。つまり血縁関係上は、彼は金凌《ジンリン》の叔父でもあるため、当然目上の口調で彼に言い聞かせることができる。

「家に戻ったら、お前の叔父貴に口答えしたり、喧嘩したりするな。彼の言うことを聞いて、今後は気をつけて行動するんだぞ。二度と一人であちこち夜狩に出かけたりしてはいけない」

魏無羨《ウェイウーシェン》は歩きながら金凌《ジンリン》を諭した。

金凌《ジンリン》は確かに名門の出身だが、流言飛語《りゅうげんひご》は決して人を選ばない。両親を亡くしたことで噂の的《まと》にされ続けてきた彼は、どうしても早く一人前になりたい、早く自分を証明したいと焦ってしまう。

「お前はまだ十代だぞ？　お前と歳の近い公子たちだって、誰一人まだ大した妖魔鬼怪を斬っていないのに、そんなに焦って一番槍を狙う必要もないだろう？」

「叔父上と瑶《ヤオ》叔父上が名を成した時は、二人とも十代だった」

宥められて、金凌《ジンリン》は不満そうに答えた。

（昔と比べられるわけがないだろう？　あの頃は岐《き》山温氏《ざんウェンし》が上から押さえつけていたから、皆不安に襲われて日々怯え続けて、次に災厄《さいやく》が舞い込むのは自分かもしれないからと、必死に修練して殺し合った。射日《しゃじつ》の征戦《せいせん》の最中なんか、たとえ年が十代でも誰彼構わず戦場に送られていたくらいだ。でも今は情勢も各世家もすっかり安定して、昔みたいに緊迫した雰囲気じゃないから、修練だってそこまで皆ががむしゃらじゃなくなった。その必要もないしな）

魏無羨《ウェイウーシエン》が心の中で考えていると、また金凌《ジンリン》が続けた。

「あの魏嬰《ウェイイン》、魏《ウェイ》の犬野郎でさえ、屠戮玄武《とりくげんぶ》を斬り殺した時は十代だった。奴にできたんだから、俺にできないわけないだろ？」

魏無羨《ウェイウーシエン》は自分の苗字と後ろの一文字が続けて聞こえてくると、背中の産毛《うぶげ》が逆立ち、やっとのことで全身に立った鳥肌を落ち着かせた。

「あれは奴が斬り殺したんだったか？　含光君じゃなくて？」

彼が含光君の名前を出すと、金凌《ジンリン》は意味深長に彼をちらりと見て、何か言いたげな顔をしたが、ぐっと堪えたようだ。

「お前と含光君……まあいい。それはお前ら自身のことだ。とにかく、俺はお前らとはこれっぽっちも関わり合いになりたくないから、断袖《だんしゅう》したいなら好きにすればいい。どうせ不治の病《やまい》だからな」

「こら、病とか言うな」

魏無羨《ウェイウーシエン》はそう言いながらも、心の中では腹を抱えて大笑いした。

（こいつは、俺が恥知らずにも藍湛《ランジャン》につきまとって

ると思ってるのか⁉)

「俺はもう姑蘇藍《ラン》氏の抹額の意味を知ってるからな。そういうことなら、お前は大人しく含光君のそばにいな。断袖はしょうがないけど、相手はちゃんと一人だけにしろよ。二度と他の男に手を出すな。特にうちの者! じゃないと容赦しないからな」

金凌《ジンリン》が言った「うち」には、蘭陵金《ジン》氏だけでなく、雲夢江《ジャン》氏も含まれているが、どうやら彼の断袖に対する許容範囲は少しばかり広がったようだ。彼の「うち」の人々にさえ手を出さなければ、見なかったことにしてくれるというのだから。

「このガキめ! 他の男に手を出すってなんだよ。俺がそんなことするわけないだろう。それに、抹額? 姑蘇藍《ラン》氏の抹額に何か裏の意味があるのか?」

「とぼけるな! それに触らせてもらえるような関係になったくせに知らないふりをするなんて、あんまり調子に乗るなよ。もうこの話はしたくない。それで、お前は魏嬰《ウェイイン》なのか?」

その最後の一言はあまりにも唐突で、単刀直入に問いかけられては防ぎようがなかった。

「そうだと思うか?」

魏無羨《ウェイウーシエン》が従容として答えると、金凌《ジンリン》はしばらく黙り込んでから、いきなり指笛を吹いた。

「仙子《シエンズー》!」

主人に名前を呼ばれ、仙子《シエンズー》は舌を出しながら、四本の脚に力を入れて走ってきた。

「ちゃんと話をしろよ。犬を呼ぶな!」

「ふん! じゃあな!」

恐怖のあまり勢いよく走りだした魏無羨《ウェイウーシエン》の背中にそう告げると、金凌《ジンリン》は雄々《おお》しく意気揚々と蘭陵の方向へ歩きだした。どうやらまだ雲夢の蓮花塢に戻って江澄《ジャンチョン》に会うのは怖いようだ。その他の世家公子たちも三々五々別々の方角に向かって家に帰っていった。最後に残ったのは、魏無羨《ウェイウーシエン》と藍忘機《ランワンジー》、そして藍《ラン》家の数名の少年たちだけだ。

少年たちは歩きながらも堪えきれず、しきりに振り向いていた。藍景儀《ランジンイー》も口には出さないが、顔中に名残惜しいと書いてあるような寂しげな表情をしている。

「これからどこへ向かいますか？」

「沢蕪君《たくぶくん》は今、潭州《たんしゅう》の辺りで夜狩をなさっています。私たちはこのまま雲深不知処《うんしんふちしょ》へ戻りますか？　それとも、そちらに行って沢蕪君《たくぶくん》と合流しますか？」

藍景儀《ランジンイー》が尋ね、藍思追《ランスージュイ》がさらに言い添える。

「潭州に合流する」

「いいんじゃないか。何か手伝えることがあるかもしれないし。どうせ今は、次にどこへ進んで片腕兄さんの首を探せばいいかわからないしな」

藍忘機《ランワンジー》の答えに魏無羨《ウェイウーシエン》が頷いた。

先頭を歩く二人のあとを、少年たちは遠く離れてついてくる。しばらく歩いたところで、藍忘機《ランワンジー》が口を開いた。

「江澄《ジャンチョン》は君が誰なのかを知っている」

「そうだな、知ってる。でも、知っていてもどうにもできないよ。あいつには証拠なんて出せないし」

ロバの林檎ちゃんに跨《またが》り、ゆっくりと歩かせながら魏無羨《ウェイウーシエン》は答えた。

献舎《けんしゃ》は奪舎と違い、痕跡は何一つ残らない。江澄《ジャンチョン》も、魏無羨《ウェイウーシエン》が犬を見た時の表情を見たことで判断できたにすぎない。第一に、魏無羨《ウェイウーシエン》が犬を怖がるという事実を江澄《ジャンチョン》は今まで誰にも話してはいないし、第二に、表情や反応といった曖昧なものは、相当に親しい間柄でもない限りわからないもので、なんの証拠にもならない。たとえ江澄《ジャンチョン》があちこちに布告を貼りだし、世間に夷陵老祖魏無羨《ウェイウーシエン》は犬を怖がると知らせたところで、おそらく世の中の人々は、長年夷陵老祖を追い続けた三毒聖手《さんどくせいしゅ》が、数えきれないほど人違いをした挙句、とうとう乱心したとしか思わないだろう。

「だから俺、本当に不思議なんだよ。お前はいったいどうして俺だとわかったんだ？」

「私も不思議だ。君はなぜそんなに記憶力が悪いのか」

答える藍忘機《ランワンジー》の声は、淡々としたものだった。

◆

幾日も経たないうちに、一行は潭州に到着した。

そして、藍曦臣《ランシーチェン》と合流する前に、ある花園の前を通りかかった。少年たちはその花園が広大で立派なのに、誰も手入れをする者がいないようなのが気になって、中に入って園内を見物して回った。藍《ラン》家の家訓と家規にさえ背かなければ、藍忘機《ランワンジー》は制止することはせず、彼らの好きにさせた。

花園内には花と月を鑑賞するための石でできた東屋《あずまや》があり、石の手すり、石の卓と腰掛けが据えられていたが、長年雨風にさらされたせいで、東屋の一角は欠け、腰掛けも二つ倒れている。そして広い花園には花など咲いておらず、ただ枯れ葉があるのみだった。この花園は、既に何年も前から廃れているようだ。

興味津々に花園を半分ほど回ったところで、藍思追《ランスージュイ》が質問した。

「ここは蒔花女《しかめ》の花園でしょうか？」

「蒔花女？　誰だ？　まさかこの花園に主人がいるのか？　でも、こんなにあちこちボロボロだし、長い間誰も手入れしていないように見えるけど」

呆然と辺りを見回しながら、藍景儀《ランジンイー》は問い返す。

季節に応じて咲く花期の短い花卉《かき》を、蒔花《しか》と呼ぶ。その品種は多種多様、花の色もとりどりで、咲き誇る時期は花園中芳《かぐわ》しい香りに包まれる。

その名前を聞くと、魏無羨《ウェイウーシェン》の心はドクンと震えて、記憶の中から蘇るものがあった。藍思追《ランスージュイ》は東屋の柱を触りながらしばらく考え込むと、また口を開いた。

「私の記憶違いでなければ、おそらくここが蒔花女の花園です。この花園はかつてはかなり有名だったので、本で読んだことがあります。その本の中の『蒔女花魂《しじょかこん》』編には、こう記されています。潭州に花畑あり、花畑に女あり。月光の下で詩を吟《ぎん》じ、佳《か》詩《し》であれば蒔花を一輪贈り、三年枯れずに香り続ける。佳詩でなければ、あるいは間違いがあれば、女は忽如《こつじょ》として現れ、面《つら》に花を投げ、また消える」

「詩を間違えたら、彼女に花で顔を叩かれるのか？

花に棘《とげ》がついていなければいいけど。でないと俺が試したら、絶対に叩かれて顔中血だらけになる。それで、それはどういう妖怪なんだ？」

さらに藍景儀《ランジンイー》に聞かれ、藍思追《ランスージュイ》は答える。

「妖怪の類《たぐい》ではなく、おそらく鳥獣草木が怪になった精怪《せいかい》でしょう。言い伝えによると、花畑の初代主人は詩人で、彼は自分の手で一から花を育てて、花を友だと思い、毎日ここで詩を詠《よ》んでいたため、花卉たちが文人《ぶんじん》の気と詩情に染められて精魂《せいこん》が凝縮され、蒔花女と化したそうです。だから、よそから誰かが訪れて、佳《よ》い詩を詠めば、彼女は自分を育ててくれた人を思い出し、嬉しくなって花を一輪くれるのです……もし詩が気に入らなかったり、間違っていたりすると、彼女は花々の間から現れて、花で相手の頭や顔を叩きます。叩かれた人はそのまま気を失い、目覚めた時には既に花園の外に放り出されているのです。十数年前は、この花園を訪れる人は絶えなかったそうです」

「風雅だな。でも姑蘇藍《ラン》氏の蔵書閣《ぞうしょかく》にはそんな話が記されている本はないと思うがな。思追《スージュイ》、正直に言え、誰の勧めでなんという本を読んだんだ？」

魏無羨《ウェイウーシエン》がそう尋ねると、藍思追《ランスージュイ》は顔を赤く染め、罰を受けるか不安になってこっそりと藍忘機《ランワンジー》の方を窺ったが、彼に責めるつもりはないようだ。

「蒔花女はきっとかなりの美人だろう？　そうじゃなかったら、そんなに多くの人たちが来るわけないよな？」

藍思追《ランスージュイ》は人知れずほっとして、小さく笑ってから藍景儀《ランジンイー》に答えた。

「恐らく綺麗な人なのだと思います。なんといっても、とても美しいものたちが凝縮されて生まれた、こんなにも風雅な精怪ですよ。でも実は、誰一人として蒔花女の顔をはっきりと見たことはないんです。たとえ自分で詩を書けなくても、詩の一つや二つを諳《そら》んじるだけなら難しいことではありませんから、それでほとんどの人々は皆、蒔花女から花を贈ってもらえて、詩を間違えて詠んで叩かれた人々も、そのまま気絶してしまいますから、同じように彼女の顔を見ることは叶いませんでした。ただ……一人を除いて」

「誰だ？」

違う少年が尋ねるのを聞いて、魏無羨《ウェイウーシエン》は軽くコホンと咳払いをした。

「夷陵老祖 魏無羨《ウェイウーシエン》です」

藍思追《ランスージュイ》の答えに、魏無羨《ウェイウーシエン》はもう一度咳払いをしてから口を挟んだ。

「あのさ、なんでまたあいつの話になるんだ？ もっと違うことを話さないか？」

しかし、彼の意見には誰も聞く耳を持たなかった。藍景儀《ランジンイー》などは邪魔くさそうに手を横に振ってから、

「うるさいですよ！ で、魏無羨《ウェイウーシエン》がどうした？ あの大悪党、今度は何をしでかしたんだ？ まさか、顔を見るために蒔花女を強引に捕まえたとか？」と言った。

「さすがにそこまではしなかったみたいです。ただ、彼は蒔花女の顔をはっきりと見るために、わざわざ雲夢から潭州まで来てこの花園を訪れ、わざと何度も詩を間違え、蒔花女を怒らせて花で叩かれ、外に放り出されたんです。そして目覚めると、また花園へ入ってきて、大声で間違った詩を詠む。これを二十数回繰り返して、やっとのことで蒔花女の顔をはっきりと見ることができた彼は、会う人会う人に彼女の美しさを称賛して回りました。蒔花女は彼に激怒するあまり、その後長い間現れませんでしたが、彼が来ると花の暴風雨を降らせ、大量の花で叩きつけるそうで、それはそれは奇妙な光景だったとか……」

それを聞いて、少年たちは一斉に笑いだした。

「魏無羨《ウェイウーシエン》って、本当に嫌な奴だな！」

「なんてくだらないことを！」

魏無羨《ウェイウーシエン》は指で顎を撫でながら反論した。

「それのどこがくだらないんだ！ 誰でも若い頃はそういうことの一つや二つ、やるものだろう？ そもそも、なんでそんなことまで知っている人がいるんだ？ しかもご丁寧に本にまで書くなんて、そっちの方がよっぽどくだらないと思うけど」

すると、藍忘機《ランワンジー》がちらりと彼の方を見た。無表情ながら、その目の中には異様な光が揺れ動き、まるで彼を揶揄《やゆ》しているかのようだ。

（おい、藍湛《ランジャン》、お前よくも俺の過去を笑いやがったな？　俺が知ってる少年時代のお前の失敗談だって、十個はなくても八個はあるんだからな。絶対いつかこいつらに教えて、心の中の清らかで気高くて絶対に冒涜《ぼうとく》できない神聖な含光君像を崩してやるから、待ってろよ）

「お前ら子供たちときたら、落ち着きがなくて雑念だらけだし、きっと修練に専念しないで毎日雑書ばかり読んでいたに違いない。戻ったら、含光君が罰としてお前らに家訓を書き写させるからな、十回だぞ」

少年たちは驚いて真っ青になり、戦々恐々としながら藍忘機《ランワンジー》を見て、「含、含光君、その十回というのは、まさかいつも通り……逆立ちで書き写すんですか!?」と恐る恐る尋ねた。

それを聞いた魏無羨《ウェイウーシエン》もぎょっとして、藍忘機《ランワンジー》の方を見る。

「藍《ラン》家の罰は、今じゃ逆立ちで書き写すことになったのか？　むごすぎるだろう」

「ただ書き写させても、教訓を覚えない者はいる。逆立ちをすれば、よりしっかりと心に刻まれ修練にもなる」

藍忘機《ランワンジー》はさらりと答えた。

その「教訓を覚えない者」とは当然魏無羨《ウェイウーシエン》のことだったが、聞こえなかったふりで、当時の自分が逆立ちで書き写させられなくて良かったと胸を撫で下ろした。

少年たちは蒔花女の話を聞いて興味津々になり、今夜は蒔花園で野宿をしようと決めた。野宿は夜狩中にはよくあることで、一行はあちこちから枯れ葉と木の枝を拾ってきて、火を起こした。

藍忘機《ランワンジー》は安全確保のために近辺を見回り、夜半の襲撃を防ぐための結界を張りに出かけた。足を伸ばして焚き火のそばに座った魏無羨《ウェイウーシエン》は、藍忘機《ランワンジー》が離れたのを見て、ようやく疑問を解消できる機会ができたと切り出した。

「そうだ。聞きたいことがあるんだけど、藍《ラン》家の抹額には、いったいどういう意味があるんだ？」

　その話を持ち出すと、少年たちはいきなり顔色を変え、全員が口ごもった。その様子に魏無羨《ウェイウーシェン》の心臓もどきりとして、たちまち鼓動が速くなる。

　藍思追《ランスージュイ》はためらいながら尋ねた。

「先輩、ご存じなかったんですか？」

「知ってたら聞かないだろう？　俺はそこまでくだらないことをする人間に見えるのか？」

「見えるな……だって俺たちを騙してあんなモノを平気で見せつけたりするし……」

　藍景儀《ランジンイー》がぶつぶつと呟く。

　魏無羨《ウェイウーシェン》が木の枝を使って焚き火をかき混ぜると、火の粉が舞い上がった。

「それはお前らを鍛えるため、お前らに自分の限界を超えさせるためにやったんじゃないか。絶対役に立ったのにな。俺の言ったことをちゃんと覚えていれば、今後きっとためになると思うぞ」

　藍思追《ランスージュイ》はどうやら言葉を選んでいるようで、少しの間考え込んでから、やっと口を開いた。

「ご説明します。姑蘇藍《ラン》氏の抹額は、『自らを律する』という意味を持っていますが、これは先輩もご存じですよね？」

「知ってるよ。それで？」

「姑蘇藍《ラン》氏の開祖である藍安《ランアン》の言葉ですが、天が定めし者、つまり心から愛する人の前でだけは、何も律する必要はありません。それゆえに、その後代々伝わってきた教訓は、その、藍《ラン》家の抹額は、とてもとても私的で、取り扱いに慎重を期すべき大切なもので、自分以外、誰も勝手に触れたり外したりすることはできませんし、誰かの体に縛りつけるなどもってのほか、禁忌《きんき》です。でも、唯一、唯一……」

　藍思追《ランスージュイ》が言葉を濁《にご》す。

　その続きがなんであるかは、言うまでもない。

　焚き火の周りで、若く幼い者たちの顔は皆赤くなり、藍思追《ランスージュイ》もこれ以上は言えずに口ごもった。

　魏無羨《ウェイウーシェン》はといえば、全身の半分以上の血が脳天に噴き上がってくるような感覚に襲われていた。

（この、この抹額、こここっ——この抹額の意味、あまりにも重すぎやしないか⁉）

彼は突然どうしようもなく新鮮な空気が吸いたくなって、ぱっと立ち上がると勢いよく走りだし、一本の枯れ木に手をついて、どうにか体を支えた。

（……嘘だろう！　俺はいったいいなんてことを⁉

あいつはいったいいなんてことを⁉）

——昔、岐山で温氏《ウェン》主催の百家清談会が開かれたことがあった。七日間開催される大会は、日ごとに異なる余興があり、その中の一日が弓比べだった。

大会には、各世家の成人に達しない少年公子だけが入場して獲物を狩ることができる。試合の規則として、千あまりもの素早く逃げ回る等身大の紙人形が獲物として放たれるが、本物の凶霊が封じ込められているのは、そのうちのたった百体のみ。そして、ただの一度でも射誤《いあやま》れば即退場だ。つまり、凶霊が封じ込められた正しい紙人形を射続けない限り、場内に残ることはできない。最後は誰が最も多く、最も正確に射たかを数え上げ、順位が決まるというものだった。

こういった試合の場へは、魏無羨《ウェイウーシエン》は当然の如く雲夢江氏《ジャン》の一員として参加していた。試合の前、彼は朝からずっと百家の討論を聞いていたので、頭がぼうっとして眠くなり始めていたが、弓矢を背負うとさすがに少ししゃっきりしてくる。

あくびをしながら試合場に向かう途中で、辺りを見渡すと、近くにいる眉目秀麗《びもくしゅうれい》だが、ひどく冷ややかな表情をした美しい少年が目に留まった。彼は真っ赤な丸襟の袍《ほう》を身に纏い、腰には九環帯《きゅうかんたい》〔九つの金の環《わ》で装飾された帯〕を締め、袖口もきっちりと締めている。それは、今回の岐山百家清談会で若者たちが着用する揃いの礼服だが、彼が着ると格別に美しく上品で、雅《みやび》が三割、英気が三割、そして残りの四割はただただ格好良く端麗なその姿に、思わず目を瞠《みは》る。

その少年は真っ白な羽根つきの矢を背負い、手元に視線を落として弓の具合を試しているところだった。彼の指は細長く、その指が弓の弦を弾くと、まるで琴の弦を奏でるような音色が響く。それは心地よく、また力強さも感じられる音だった。

魏無羨《ウェイウーシエン》はその少年にどこか見覚えがあり、しばらく考えてから太ももを叩くと、嬉々としてぶんぶんと彼に手を振った。

「あれ！　忘機《ワンジー》殿じゃないか？」

この時、魏無羨《ウェイウーシエン》が雲深不知処での座学を終える前に雲夢へ送り返されてから、既に一年以上が経っていた。当時、彼は雲夢に戻ったあと、周囲の人々に姑蘇での見聞を一通り話し、その中には、例えば藍《ラン》忘機《ワンジー》は顔は綺麗だけどいかに融通が利かず、どれだけ面白みのない奴かなどといったこともあれこれと含まれていたが、少し経つとすぐに姑蘇での日々を忘れ、いつも通りに湖で遊んだり、山を駆け回ったりして過ごしていた。それ以前は、ただ姑蘇藍《ラン》氏の「万年喪服」、つまり飾り気のない校服《こうふく》姿の藍忘機《ランワンジー》しか見たことがなかったため、こんなふうに鮮やかで目を引きつける装束《しょうぞく》を身に纏った彼を見るのは初めてだ。立派な装束に、藍忘機《ランワンジー》の抜きん出て綺麗な顔が加わると、突然の再会もあって、その目が眩《くら》むような姿に、すぐに彼だとは認識できなかったのだ。

だが、藍忘機《ランワンジー》は弓の調整を終えると、身を翻して立ち去ってしまう。魏無羨《ウェイウーシエン》はさっぱり相手にもしてもらえず、ばつの悪さを誤魔化すように「また無視かよ。やれやれ」と江澄《ジャンチョン》に話しかけた。

冷たい表情を浮かべた江澄《ジャンチョン》は、彼を横目で見て、同じように取り合わなかった。試合場には二十あまりの入場口があり、世家ごとに分かれている。藍忘《ランワン》機《ジー》が姑蘇藍《ラン》氏の入場口へ向かうと、魏無羨《ウェイウーシエン》が彼の前に立ちはだかった。藍忘機《ランワンジー》がその横をすり抜けようとすると彼もそこに立ち、藍忘機《ランワンジー》が横に一歩ずれると、彼もその目の前に体をずらした。とにかく彼を行かせないように魏無羨《ウェイウーシエン》は頑《かたく》なに立ち塞がった。

やむなく藍忘機《ランワンジー》はその場で足を止め、少し顔を上げて「通していただきたい」と、鋭く一言だけ告げた。

「やっと相手をしてくれる気になったな？　さっき

は知らないふりをしたのか、それとも聞こえなかったふりか？」

他の世家の少年たちも近くでこちらを見ていて、中には珍しがる者も、笑う者もいた。江澄《ジャンチョン》はうんざりした様子で舌打ちをすると、矢を背負い、一人でさっさと自分の入場口へ向かった。

藍忘機《ランワンジー》は冷ややかな視線を向け、「通していただきたい」と繰り返した。

魏無羨《ウェイウーシエン》は口元に笑みを浮かべ、眉を跳ね上げて脇に避ける。入り口の拱門《きょうもん》は狭く、藍忘機《ランワンジー》は仕方なく彼の体すれすれを通り抜けるしかなかった。彼が入場すると、魏無羨《ウェイウーシエン》はその背中に向かって叫んだ。

「藍湛《ランジャン》、お前の抹額ずれてるぞ！」

世家公子たちは皆、非常に身なりに気を遣うが、中でも姑蘇藍《ラン》氏は筋金入りだ。魏無羨《ウェイウーシエン》の言葉を聞いて、藍忘機《ランワンジー》が即座に手を上げて確認すると、抹額は明らかにきちんと結ばれている。彼が振り向いて切るような鋭い視線を魏無羨《ウェイウーシエン》に向けると、彼はとっくに大笑いしながら雲夢 江《ジャン》氏の入場口に向かったあとだった。

入場して正式に試合が開始されると、続々と公子たちは誤って矢を放ち、ただの紙人形を射たせいでどんどん退場させられていった。魏無羨《ウェイウーシエン》は矢を一本射るごとに一つ獲物を仕留め、射るのには比較的時間をかけるものの、そのすべてを命中させ、矢筒の矢はそう時間が経たないうちに十七、八本も減った。今度は逆手《さかて》で射たらどうなるかを試してみようと思ったその時、突然、何かがひらひらとなびいてきて魏無羨《ウェイウーシエン》の顔をそっと撫でた。

それは軽くて柔らかく、ふわふわと舞うさまは綿毛のようで、頬に触れてくすぐられるとかゆくなってきて、魏無羨《ウェイウーシエン》はぱっと振り向く。すると、いつの間にか藍忘機《ランワンジー》が彼の近くまで来ていて、こちらに背を向けて、ちょうど一体の紙人形に向かって弓を引いたところだった。

魏無羨《ウェイウーシエン》の頬を撫でたのは、風になびく彼の抹額の先だったのだ。

彼は目を細め、「忘機《ワンジー》殿！」と声をかけた。

藍忘機《ランワンジー》は弓を満月のように引き絞ったが、一瞬動きを止めて「なんの用だ」と答えた。

「お前の抹額、ずれてるよ」

二度目ともなれば、もはや藍忘機《ランワンジー》がその言葉を信用するはずもない。そのまま矢を放つと、彼は振り向きもせずに「くだらない」と言い放った。

「今度は本当だって！　本当にずれてるんだよ。信じないなら俺が直してやる」

魏無羨《ウェイウーシエン》はそう言って手を伸ばすと、目の前でひらひらと舞う抹額の端をぱっと掴んだ。ただ最悪なことに、彼という人は手癖が悪く、子供の頃は、雲夢でよく女の子たちのお下げを引っ張っていたこともあって、手で紐状のものを掴むとつい癖で手が動き、今回も無意識のうちにそれを引っ張ってしまった。

しかも、その抹額はもともと本当に少しずれていた上にやや緩んでいたせいで、少し引っ張られると、解けてそのまま藍忘機《ランワンジー》の額からずり落ちてしまった。

次の瞬間、藍忘機《ランワンジー》の弓を握っている手がびくっと震えた。


ややあってから、彼はやっとぎくしゃくとした動きで振り向き、ひどくゆっくりと魏無羨《ウェイウーシエン》に視線を向けた。

魏無羨《ウェイウーシエン》の手には、まだその柔らかい抹額が握られている。

「ごめんな、わざとじゃなかったんだ。返すからさ、もう一度結び直しなよ」

藍忘機《ランワンジー》は顔面蒼白だった。

彼の眉間《みけん》は暗い気に覆われ、弓を握っている手の甲には青筋がはっきりと浮き出ている。まるで、今にも怒りのあまり全身が震えだしそうに見えた。魏《ウェイ》無羨《ウーシエン》は彼の目が血走ってきたことに気づき、思わず手にした抹額を確かめるようにぎゅっと握ってみた。

（俺が引っ張ったこれは、ただの抹額で、あいつの体の一部とかじゃないよな？）

この上彼が抹額を握りしめたりするとは考えもしなかったようで、藍忘機《ランワンジー》は彼の手から急いで抹額を奪い返した。

魏無羨《ウェイウーシエン》も抗《あらが》うことなくそのまま手を放す。藍《ラン》家の他の公子たち数名も射るのをやめ、全員が藍忘機《ランワンジー》のところへ集まってきた。藍曦臣《ランシーチェン》は黙り込む弟の肩に手を回し、小声で何か話している。他の数人も皆厳しい表情をしていて、それはまるで大敵に直面した時のようだ。彼らは話しながら首を横に振り、その意味を図りかねるような奇妙な目つきで魏無羨《ウェイウーシエン》を見ている。

魏無羨《ウェイウーシエン》はただぼんやりとしたまま「事故」「怒る必要はない」「気にしないで」「男」「家規」等の言葉を耳にして、ますます訳がわからなくなった。藍《ラン》忘機《ワンジー》は容赦なく彼をひと睨みすると、袖を振って踵を返し、真っすぐ場外へと歩いていってしまった。

「お前、今度は何をやらかしたんだ？　あいつにちょっかいをかけるなって言ったはずだろう？　毎日墓穴を掘らないと気が済まないのかよ」

近寄ってきた江澄《ジャンチョン》に言われ、魏無羨《ウェイウーシエン》は困惑して両手の手のひらを見せた。

「俺はただ、あいつに抹額がずれてるって言っただけだ。一回目は確かに嘘だったけど、二回目は本当だったのに、あいつ全然信じてくれなくて、怒りだしてさ。俺は別にわざと取ったんじゃないのに、なんであんなに怒るんだ？　しかも、試合まで放棄するなんてさ」

「言うまでもないだろ、あいつはお前のことが特別嫌いだからだ！」

そう言って江澄《ジャンチョン》が嘲笑った。

彼の背中の矢筒にはもうほとんど矢が残っておらず、それを見た魏無羨《ウェイウーシエン》もそれからは真面目に試合に集中した。

――この時の出来事について、魏無羨《ウェイウーシエン》はこれまで一度も深く考えたことがなかった。もしかすると、あの抹額は藍《ラン》家の人間にとっては何か特殊な意味を持っているのかもと疑わなかったわけではないが、試合が終わると、彼はまたすぐそのことを忘れてしまっていた。今になって思い返せば、あの時あの場にいた藍《ラン》家の人々は、皆どんな目で彼を見ていたか……。

（公衆の面前で悪ガキに無理やり抹額を取られても、

相手をその場で射殺《いころ》さなかったなんて――藍湛《ランジャン》はあの頃から、恐ろしいくらい修養を積んでたんだな！

さすが含光君!!）

しかし考えてみると、現世に戻ってきてからも、彼は藍忘機《ランワンジー》の抹額に一度ならず触れている！

「あいつはあそこでぐるぐる歩いて、いったい何をしてるんだ？ 食べすぎて座れないとか？」

藍景儀《ランジンイー》が不思議そうに言うと、別の少年が答える。

「顔も赤くなったり青くなったりで……悪いものでも食べたんじゃないですか……」

「別に変わったものは食べてなかったと思うけど……まさか抹額の意味を知ったからかな？ 感極まりすぎだろう。しかし、あいつは本当に含光君に夢中なんだな。あんなに嬉しそうにして……」

魏無羨《ウェイウーシエン》は枯れた花々の周りを五十周あまりも歩き回っているうちに、なんとか落ち着いてきたが、彼らが話していた最後の一言を聞いて驚き呆れたような表情になる。

ちょうどその時、突然背後から枯れ葉を踏み潰す音が聞こえてきた。

その足音は子供のものではない。どうやら藍忘機《ランワンジー》が戻ってきたようだと思い、急いで表情を整えてから魏無羨《ウェイウーシエン》が振り返ると、彼からそう遠くない枯れ木の陰に、黒い人影が立っていた。

その人影は、背丈は高く体格は逞しくて、威勢を感じさせる。

ただ、首がない。

まるで正面から冷水を浴びせられたかのように、魏無羨《ウェイウーシエン》は口角を上げたまま固まった。

その枯れ木の下に立つ大柄な人影は、こちらに体を向けている。もし彼に首がついていたなら、今この瞬間、おそらく彼の目は静かに魏無羨《ウェイウーシエン》を射貫いていることだろう。

焚き火の方で、藍《ラン》家の少年たちもようやくその人影に気づいた。だが、全員がぞっとして目を見開き、剣を抜こうとしたその時、魏無羨《ウェイウーシエン》は人さし指を唇に当てて、「しーっ」と囁いた。

彼は首を横に振って、目で彼らに「ダメだ」と伝えた。それを理解した藍思追《ランスージュイ》は音を立てないよう、藍景儀《ランジンイー》が鞘から半分抜いた長剣を静かに押し戻した。

その首なし男は、手を伸ばすと木の幹に触れ、木肌を撫でては何やら考えているようで、あるいはそれがなんなのかを確認しているようでもある。

彼が半歩前に足を進めると、魏無羨《ウェイウーシエン》はその姿をおおよそ確認することができた。

首なし男が身につけているのは死装束《しにしょうぞく》で、わずかに破れが見える。それはまさに、魏無羨《ウェイウーシエン》たち二人が常《チャン》氏の墓地で奪い取ったあの胴体が身につけていたのと同じものだった。

そして、首なし男の足元には、何かの欠片が散らばり落ちている。辛うじて、それがバラバラに破られた封悪乾坤袋のようだと判別できた。

（うかつだった。まさか腕兄さんが自分自身で自らの四肢をくっつけてしまうとは！）

思えば、彼と藍忘機《ランワンジー》は義城に入ってからというもの、あまりにも立て続けにいろいろなことが起こりすぎて、二日以上「安息《あんそく》」を合奏していなかった。ゆっくりここに来るまでの数日で、二人は懸命に挽回すべく合奏することで、どうにか荒ぶる腕兄さんを抑え込んでいた。

しかし、死体の四肢は既に集まっていて、引きつけ合う力も大幅に強まっていた。おそらく胴体と四肢は互いの怨念《おんねん》に共鳴して、合体の機会を待っていたのだろう。藍忘機《ランワンジー》が見回りのために離れると、待ちきれずに地面に転がり落ちて、自分たちを束縛する封悪乾坤袋をぶち破って合体し、こうして一つの死体に戻ったのだ。

ただ、残念ながらその死体には依然としてある部位が欠けている。しかも、最も大事な部位が。

首なし男は手を自らの首に伸ばし、綺麗に斬られた猩々緋《しょうじょうひ》色の切断面を辿るようにして触れる。だが、どんなに探っても、そこに本来あるはずのものは一向に見つからない。まるでそのことに気づいて激昂したかのように、彼はいきなり手のひらで近くの枯れ木を強打した！

木の幹は、叩かれた音とともにあっさりと裂けてしまう。

（気性が荒いな）

藍景儀《ランジンイー》は剣を横にして体の前に突き出し、「あ……あれはいったいなんの妖怪だ！」と震える声で言った。

「お前、基礎の勉強がまだ足りないようだな。妖とはなんだ？　怪は？　あれは明らかに死体で、つまり鬼《き》の類なんだから、妖怪のわけがないだろう？」

「先輩、あの……そんなに大声を出したら、気づかれてしまいませんか？」

慌てた藍思追《ランスージュイ》が魏無羨《ウェイウーシエン》に小声で問いかける。

「大丈夫だ。さっき急に気づいたんだけど、俺たちがどれだけ大声で喋っても平気だよ。だってあいつには首がついてないから、目もなければ耳もない。つまり、あいつには何も見えないし、何も聞こえない。嘘だと思うならお前らも叫んでみろ」

「本当か？　じゃあ俺、試してみる」

魏無羨《ウェイウーシエン》の説明に、藍景儀《ランジンイー》が半信半疑で手を上げる。

彼はさっそくその場で二声叫んだ。しかし叫んですぐに、首なし男はぱっと振り返ると歩きだし、あろうことか、藍《ラン》家の少年たちの方に向かってくるではないか！

少年たちは皆魂が口から出そうなほど驚愕し、「大丈夫って言ったじゃないか!?」と藍景儀《ランジンイー》は悲鳴を上げた。

魏無羨《ウェイウーシエン》は両手を口元に当てると、大声で叫んだ。

「本当に大丈夫なんだってば！　ほら、俺がこんなに叫んでも、ちっともこっちには来ないだろう？問題はお前らの声が大きいか小さいかじゃなくて、火の明かりと熱！　それに人間が多い！　しかも全員若い男で陽の気が強いだろ！　あいつには何も見えないし音が聞こえることもないけど、感覚を頼りに賑やかだと感じ取った方に近づいてる。さっさと火を消して、全員散れ、散れ！」

藍思追《ランスージュイ》がさっと手を振ると、一陣の風が焚き火を吹き消す。そして少年たちは荒れ果てた花園の中を走りだし、四方に散らばった。

やはり、焚き火が消えて人が散り散りになると、首なし男は進む方向を見失ったようだ。

その場に立ち尽くす彼の様子に、全員がほっとした次の瞬間、再び首なし男は動きだした。しかも、これ以上なく真っすぐに狙いを定め、一人の少年の方に向かって！

「火を消して、皆散れば大丈夫だって言ったよな!?」

再び藍景儀《ランジンイー》が悲鳴を上げる。

魏無羨《ウェイウーシエン》は彼に構わず、狙いをつけられたその少年に「動くな！」と一言命じた。

そして彼は足元から小石を拾い、手首を返すと、首なし男めがけて投げつけた。小石が背中に命中すると、首なし男はぴたりと歩みを止めて振り返る。両方を比べ、どうやらこちらの方が怪しいと感じたようで、方向を変えて魏無羨《ウェイウーシエン》の方に向かってきた。

魏無羨《ウェイウーシエン》は殊更《ことさら》にゆっくりと足を横に二歩ずらし、一直線に重々しく歩いてくる首なし男とすれ違うようにしてやり過ごす。

「散れとは言ったけど、むやみに走れとは言ってないぞ。そんなに急いで走るな。この首なし鬼の修為はかなり高いようだから、速く動きすぎて、ちょっとでも風を起こせば、またすぐにあいつに気づかれる」

「彼は何か探しているようですね……もしかして……首でしょうか？」

恐る恐る尋ねた藍思追《ランスージュイ》に、魏無羨《ウェイウーシエン》が頷いた。

「そうだ。あいつは自分の首を探してる。しかも、ここにはこんなにたくさんの首があるんだからな。どれが自分のかわからないから、おそらくここにいる全員の首を引きちぎって自分の首に置いてみて、合うかどうかを確かめる気だ。上手く合えばそれをしばらく使うし、合わなければ捨てる。だから、お前らはくれぐれもゆっくり歩いて、ゆっくり避けろ。絶対に捕まるなよ」

自分の頭が目の前の首なし凶屍にちぎられ、血まみれで彼の首に乗せられる絵面《えづら》を想像してみると、少年たちは皆悪寒がして、一斉に手を上げて首と頭を庇いながら、ゆっくりと花園の四方八方をのろのろと「逃げ回り」始めた。その光景は、まるで首なし鬼を相手に非常に危険な鬼ごっこをして遊んでいるようだったが、鬼に捕まった者は、本当に自分の首を差し出さなければならない。首なし男が少年のうちの誰かの気配を捉《とら》える度、魏無羨《ウェイウーシエン》はすぐさま小石を投げつけて彼の注意を逸らし、自分の方へと引きつける。

魏無羨《ウェイウーシエン》は後ろで手を組んだままゆっくりと移動し、歩きながら首なし男の動きをよく観察した。

（この動き、なんか変だな？　ずっと拳を軽く握ったままで、腕を振ってる。この動きは……）

彼が考え込んでいると、我慢できなくなって藍景儀《ランジンイー》が口を開いた。

「俺たち、ずっとこのまま歩いてなきゃいけないのか？　いつまで続ければいいんだよ！」

「もちろんずっとじゃないよ」

魏無羨《ウェイウーシエン》は少し考えてからそう答え、ふいに大声で叫んだ。

「含光君！　含光君ってば！　含光君、早く戻ってこいよ！　助けてくれ！」

その様子を見て、他の少年たちも一緒になって叫びだした。どうせこの凶屍には首がないのだから聞こえることもないと、どんどん大きく高らかに、どんどん悲痛に叫び続けた。しばらくすると、夜の帳《とばり》の中、突然簫《しょう》の幽咽《ゆうえつ》が響き、それに続いて弦の透き通るような音色が重なった。

その簫と琴の音を聞くなり、少年たちは皆歓喜のあまり泣きだしそうになった。

「わああっ、含光君！　沢蕪君《たくぶくん》！」

すらりと背の高い人影が二つ、花園の朽ち果てた門の前に突然現れた。同じように背筋を真っすぐに伸ばし、相似《そうじ》の氷雪のような肌、一人は簫を手に持ち、一人は琴を背負って、肩を並べて歩いてくる。

二人は首なし男の姿を見るや否や、微かに驚いた様子を見せた。

藍曦臣《ランシーチェン》の表情は特にわかりやすく、もはや驚愕と言えるものだ。「裂氷《リエビン》」という名を持つ彼の簫は急に沈黙すると、避塵《ビチェン》が瞬時に鞘から飛び出た。首なし男は、非常に強力で骨身に染《し》みるような冷たい一筋の剣芒が襲ってきたことに感づいたように、腕を上げると、思いきり振り下ろした。

（またこの動きだ！）

首なし男の身のこなしはいやに敏捷《びんしょう》で力強く、素早く跳び上がると、掠めていく避塵《ビチェン》の刃をかわす。そして容易《たやす》くぱっと手で捕らえた避塵《ビチェン》の柄を、なんとそのまま握ってしまった！

彼は避塵《ビチェン》を高く掲げ持ち、どうやらその手に握っているものがなんなのかを確認しようとしているようだが、いかんせん彼には確認するための目がない。首なし男がまさか素手で含光君の避塵《ビチェン》を止めるなんて、と少年たちの顔は一斉に青褪めたが、藍忘機《ランワンジー》本人は顔色一つ変えずに古琴を出し、俯いて一本の弦を指で弾く。

すると、弦の音は形のない鋭利な矢と化し、唸り声を上げて回転しながら向かっていった。首なし男は剣を一振りし、音の矢を打ち砕く。藍忘機《ランワンジー》が再び手を振ると、七本の琴弦《きんげん》が一斉に震えて高らかに音色が響き渡り、同時に竹笛を取り出した魏無羨《ウェイウーシエン》が異常に甲高い笛音でその音に合わせると、空一面から瞬時に刀と剣の雨が降り注ぐかのように襲いかかった！

首なし男はまた避塵《ビチェン》で迎撃したが、その時、我に返った藍曦臣《ランシーチェン》が裂氷《リエビン》を口元まで持っていき、眉をひそめながら吹き奏で始めた。錯覚かもしれないが、幽玄で優雅な簫の音が響くと、首なし凶屍は一瞬動きを止め、ほんの少しの間そのまま立ち尽くす。そして振り返ると、今度は何やらその音を奏でる人物を確認したがっているようだ。ただ彼には首も目もなく、何一つ見えない。加えて琴と笛も気勢鋭く重なって彼に迫り、三つの音が一斉に襲いかかると、彼はついに力を失ったかのように体をふらつかせて倒れた。

正確に言うと、倒れたのではなく、崩れた。手は手、足は足、胴体は胴体に分かれ、バラバラになって枯れ葉が敷き詰められた地面に落ちたのだ。

藍忘機《ランワンジー》は手に持っていた琴を収めると剣を鞘に呼

び戻し、魏無羨《ウェイウーシエン》とともに、分断された胴体と四肢に近づいた。ちらりとそれらを見下ろすと、真新しい封悪乾坤袋を五つ取り出す。まだ混乱の最中にいる少年たちは、それでも皆慌てて駆け寄ってきて、まず沢蕪君《たくぶくん》に一礼をした。だが、彼らががやがやと話しだす前に、藍忘機《ランワンジー》が一言指示をした。

「休みなさい」

「え？　でも含光君、まだ亥の刻になっていませんよ？」

藍景儀《ランジンイー》がぽかんとして聞いたが、藍思追《ランスージュイ》は彼を引っ張ると「はい」と礼儀正しく答えた。そしてそれ以上は何も聞かずに他の少年たちを引率し、花園の中にもう一か所別の場所を見つけ、新しく火を起こしてそこで大人しく休んだ。

積み重なった死体の部位の周りには三人だけが残った。魏無羨《ウェイウーシエン》は藍曦臣《ランシーチェン》に会釈をしてから、しゃがんでそれらをもう一度封悪乾坤袋に入れて封印しようとした。しかし、左腕を半分ほど詰め込んだところで、ふいに藍曦臣《ランシーチェン》が口を開いた。

「待ってくれ」

先ほど魏無羨《ウェイウーシエン》は、彼の表情を見て何か事情を知っているのではと感じた。やはり、藍曦臣《ランシーチェン》の顔はすっかり青褪めている。

「少し……待ってくれ、この遺体をよく見せてほしい」

「沢蕪君《たくぶくん》はこの人のことをご存じなのですか？」

魏無羨《ウェイウーシエン》は手を止めて尋ねた。

藍曦臣《ランシーチェン》は答えない。どうやらまだ彼は確信しきれていないようだったが、藍忘機《ランワンジー》はゆっくりと頷いていた。

「だよな、俺も誰かわかったよ」

魏無羨《ウェイウーシエン》はそう言ってから、声を低めて「赤鋒尊《せきほうそん》、だろう？」と告げた。

先ほど「鬼ごっこ」をしていた時、首なし男はずっと同じ動きを繰り返していた。拳を軽く握ったまま、腕を振りかざし、縦に横にと叩き斬る。その様子は、どう見ても何かの武器を振っているようにしか思えない。

武器というと、魏無羨《ウェイウーシエン》は真っ先に剣を思い浮かべる。彼自身も剣を使い、かつては剣の名手と手合わせをしたこともあったが、あんなふうに剣を振る凄腕の使い手には一度も会ったことがなかった。剣は「武器の君子」であり、剣を扱う者なら誰もが多少は端正さ、あるいはしなやかさを重んじるものだ。たとえ刺客の剣であっても、悪辣さと非情さの中に、機敏さと臨機応変さは必要不可欠だ。剣技を見ても、「刺す」「弾く」などの動きが多く、「叩き斬る」「削る」といった動きは滅多にない。しかし、首なし男が避塵《ビチェン》を振る時の動きはあまりにも重々しく、殺伐《さつばつ》とした凶悪な気に満ち溢れ、しかも縦に横にと叩き斬るさまは優雅さの欠片もなく、気品などわずかも感じられなかった。

しかし、もし彼が握っていたのが剣でなく刀だとしたら、しかもひどく重苦しく、極めて強い殺気を纏わせた刀だとしたら――すべての説明がつく。

刀と剣では、その気質も動きもまったく異なる。首なし男が生前使い慣れていた武器は、おそらく刀だ。彼の技の勢いは迅速で猛烈、端正さや雅やかさなどより、ただただ威力を追求しているように見えた。おそらく、自分の首を探しながら、同時に自分の武器も探していたのだろう。それでずっと刀を振る動きを繰り返し、掴んだ避塵《ビチェン》を自分の刀として扱っていたのだ。

最初の頃、この死体には母斑《ぼはん》などの特殊な目印が見当たらず、その上バラバラに切断されていたため、まったく身元を特定する術《すべ》がなかった。聶懐桑《ニエホワイサン》が、祭刀堂《さいとうどう》で見つかった脚が実の兄のものだと認識できなかったのは無理もないことだ。例えば魏無羨《ウェイウーシエン》が自らの脚を切断して、どこか適当な場所に捨てたとしたら、もう自分自身でもどれが自分の脚なのか特定できる保証などない。けれど、先ほど四肢と胴体が怨念によって一時的に合体し、一つの死体に繋ぎ合わされ動きだしたことで、藍曦臣《ランシーチェン》と藍忘機《ランワンジー》はやっと彼の姿から正体がわかったのだ。

「沢蕪君《たくぶくん》、含光君は俺たちが道中で見聞きした事柄を話しましたか？　莫《モー》家荘、墓荒らし、義城での事を」

魏無羨《ウェイウーシエン》の問いかけに藍曦臣《ランシーチェン》が頷く。

「でしたら、含光君から墓荒らしの詳細もお聞きになったと思いますが、常《チャン》氏の墓地で胴体を掘り起こした男は、姑蘇藍《ラン》氏の剣術に精通していました。つまり考えられる可能性は二つ。一つ、奴は藍《ラン》家の人間で、幼い頃から姑蘇藍《ラン》氏の剣術を学んでいた。二つ、奴は藍《ラン》家の人間ではないが、藍《ラン》家の剣術を熟知している人物。藍《ラン》家の人としばしば手合わせをしているか、あるいは非常に聡明で、たった一度見ただけで、すべての技と動きを記憶できる者です」

魏無羨《ウェイウーシエン》の考えを聞いて、藍曦臣《ランシーチェン》は黙り込んだ。

「奴が死体を奪ったのは、赤鋒尊《せきほうそん》がバラバラに切断されていたことを他人には決して知られたくなかったからでしょう。万が一、赤鋒尊《せきほうそん》の体の部位が揃えられ、寄せ合わせられようものなら、奴にとって非常に不利な状況に陥るからです。つまり奴は清河聶《せいかニエ》氏の祭刀堂の秘密を知っている者で、さらに姑蘇藍《ラン》氏と非常に親しい可能性のある者、しかも赤鋒尊《せきほうそん》と深い……繋がりを持つ者です」

その人物像に合致する可能性が最も高いのは誰か、言葉にするまでもなく、全員がわかっている。

藍曦臣《ランシーチェン》は厳しい表情をしていたが、話を聞き終えるとすぐさま口を開いた。

「彼がそんなことをするはずはない」

「沢蕪君《たくぶくん》？」

「君たちがこの事件を調べ、墓荒らしと遭遇したのは、すべて今月の出来事だろう。だがここ一か月の間、彼はほぼ毎晩のように私と深夜まで談義を重ね、ここ数日は、来月蘭陵金《ジン》氏で行われる百家清談会の準備をともにしていた。分身の術でも使わなければ不可能なことだし、墓荒らしは決して彼ではない」

「では、伝送符を使ったとしたら？」

疑念を投じた魏無羨《ウェイウーシエン》に、藍曦臣《ランシーチェン》は首を横に振った。

「伝送符を使うには、伝送術を修練しなければならないが、習得は極めて難しい。彼がそれを修練した様子はない。しかも、術を使うには大量の霊力を必要とするはずだ。我々はつい先日、二人で夜狩に出かけたばかりだが、彼はその場で非常に良く活躍した。間違いなく、伝送符を使ったりはしていない」

口調は穏やかだが、藍曦臣《ランシーチェン》の言い分はきっぱりとしていて躊躇《ちゅうちょ》など一切なかった。

「本人が行く必要はありません」

藍忘機《ランワンジー》の言葉にも、藍曦臣《ランシーチェン》は依然としてゆっくりと首を横に振るだけだ。

「藍《ラン》宗主、あなたにも本当はわかっているはずです、最も疑わしい人物が誰なのか。ただ認めたくないだけだ」

魏無羨《ウェイウーシエン》はそう言いきった。

焚き火の明かりに照らされた三人の顔は時に明るくなり、時に暗くなって、ゆらゆらと揺れ動いた。

荒れ果てた花園の中、辺り一面は静まり返っている。

しばらく沈黙したあと、藍曦臣《ランシーチェン》は静かに口を開いた。

「確かに、様々な原因によって、世間には相当に彼への誤解がある。それでも……私は長年自分の目で見てきたものだけを信じる。彼はそういう人ではないと信じているのだ」

藍曦臣《ランシーチェン》がその人を弁護する気持ちは理解できなくもない。正直に言うと、魏無羨《ウェイウーシエン》本人でさえ、自分たちが疑っている相手への印象は悪いものではなかったからだ。生まれ育った環境のせいか、彼は人と接する時、非常に謙虚で、常に周囲との協調を重んじて誰の機嫌も損なうことはなく、一緒にいると誰もが心地よいと思うような人なのだ。沢蕪君《たくぶくん》は長年彼と親交を深めてきたのだから尚更だろう。

聶明玦《ニエミンジュエ》が死ぬ直前の時期、それはちょうど清河聶《ニエ》氏が彼の導きにより最盛期を迎え、蘭陵金《ジン》氏をも凌《しの》ぐ勢いだった頃だ。

聶明玦《ニエミンジュエ》の死で、一番得をするのは誰だ？

衆目の中で突然狂乱状態に陥り命を落とした――一見なんの不審もなく、為す術《すべ》もない無念な出来事のように思えるが、事実は本当に見た通り、単純なものだったのだろうか？

第十章　狡童

〈一〉

金鱗台で行われる盛大な百家清談会の日は、あっと言う間にやってきた。

各大世家の仙府《せんふ》は、そのほとんどが山紫水明《さんしすいめい》の地に建てられているが、蘭陵金《ジン》氏の仙府である金鱗台は蘭陵の中でも最も繁華な場所に位置している。金鱗台に上る際、その正面に伸びる馬車が通る道は長さ二里もの広く緩やかな坂道になっていて、宴や清談会などの大々的な催しの時のみ開放され、人々はそこを通ることができる。

蘭陵金《ジン》氏の掟によると、この道は走ることを禁止されており、道の両側には、色鮮やかな壁画や浮き彫りが連なっている。それらはすべて、金《ジン》家の歴代宗主と名士たちの生前の功績を描いたもので、道中、御者を務める蘭陵金《ジン》氏の門弟がその絵画群を一つ二つ解説してくれた。

中でも現宗主である金光瑤《ジングアンヤオ》に関する絵は、最も目立つ場所に四枚も飾られていて、それぞれ「伝密」「伏殺」「結義」「恩威」と題されている。そこに描かれている出来事はもちろん、射日の征戦で金《ジン》光瑤《グアンヤオ》が岐山温《ウェン》氏に間者《かんじゃ》として潜伏し、機密情報を外部に伝達したこと。そして温《ウェン》氏宗主であった温若《ウェンルオ》寒《ハン》を暗殺したこと。三尊《さんそん》が義兄弟の契《ちぎ》りを結んだ美談。さらには金光瑤《ジングアンヤオ》が仙督の座についてから推し進めてきた威令《いれい》の数々、という四景だ。

絵師は人物を非常に写実的に描き出しており、一見、見事ではあるがなんの変哲もない絵に見えるものの、細部までよく見てみるとあることに気づく。どの絵の中の金光瑤《ジングアンヤオ》も、たとえ背後から相手を刺し殺し顔中に血を浴びていたとしても、眉と目は弧を描いたままどこか柔和《にゅうわ》な笑みを浮かべており、そのさまは見る者をぞっとさせる。

金光瑶《ジングアンヤオ》のすぐ隣は金子軒《ジンズーシュエン》の壁画だ。通常、宗主というものは自らの絶対的な権威を誇示するために、意図的に同世代の名士の壁画の数は減らすか、あるいは少しばかり技量の劣る別の絵師に描かせ、自分の功績が見劣りしないようにするもので、それが暗黙の了解となっている。けれど、金子軒《ジンズーシュエン》もまた四枚の絵が描かれ、なんと宗主である金光瑶《ジングアンヤオ》と同等の扱いを受けていた。絵の中の美男子は生き生きと光り輝き、尊大な表情で周囲を見下ろしている。馬車から降りた魏無羨《ウェイウーシエン》が絵の前で足を止め、しばらくそれらを眺めていると、藍忘機《ランワンジー》も立ち止まり静かに彼を待った。

少し離れたところで門弟が案内を始めた。

「姑蘇藍《ラン》氏、こちらよりお入りください」

「行こう」

藍忘機《ランワンジー》に促され、魏無羨《ウェイウーシエン》は黙って彼についていく。

金鱗台を上ってすぐのところには、綺麗に石が敷き詰められた大きな広場があり、多くの人が行き交っている。蘭陵金《ジン》氏は、ここ数年で何回も増築と改築を重ねたようで、前世で魏無羨《ウェイウーシエン》が訪れた時よりも派手やかさが格段に増している。広場の向こうには、如意踏跺《にょいとうだ》〔中国古代建築の石階段。上に行くにつれて、段ごとに均等に横幅が狭くなる〕に支えられた大理石の須弥座《しゅみざ》〔仏像等を安置する場所。ここでは、装飾が施された中国古代建築の基礎を指す〕が輝き、さらにその上には庇《ひさし》が重なった入母屋《いりもや》造りの殿堂が、迫力をたたえて一帯を俯瞰《ふかん》している。そして、辺り一面に咲き誇る金星雪浪《きんせいせつろう》はまるで花の海だ。

金星雪浪とは蘭陵金《ジン》氏の家紋にあしらわれている花で、非常に上品で美しい白牡丹《はくぼたん》の一種だ。花も見事だが、その名も麗しい。花弁は二層になっていて、外側の大きな花弁は幾重にも重なり、まるでうねる雪の浪のようであり、内側の小ぶりな花弁の層は繊細かつ秀麗だ。また、花弁の間には金色の蕊《しべ》がちりばめられ、光り輝く金の星と見紛うばかりだ。一輪だけでも極めて華麗なのに、ここには千万もの花々が一斉に咲き乱れている。あまりにも壮大なこの美しさを褒め称えるには、どんな言葉でも足りないほどだ。

広場へと続く数本の大きな道からは、整然と連なった各世家の人々が絶え間なく入ってくる。

「秣陵《まつりょう》蘇《スー》氏、こちらよりお入りください」

「清河聶《ニエ》氏、こちらよりお入りください」

「雲夢江《ジャン》氏、こちらよりお入りください」

江澄《ジャンチョン》は顔を見せるなり、即座に鋭利な刃のような視線をこちらに向け近づいてくると、淡々と挨拶をした。

「沢蕪君《たくぶくん》、含光君」

「江《ジャン》宗主」

藍曦臣《ランシーチェン》も会釈を返す。

二人とも心ここにあらずといった様子で、二言三言で適当に挨拶を済ませると、江澄《ジャンチョン》はふと藍忘機《ランワンジー》の方に話しかけた。

「今までこの金鱗台で行われた清談会で含光君を見かけたことなどなかったが、今回はいったいどういう風の吹き回しだ?」

藍曦臣《ランシーチェン》も藍忘機《ランワンジー》も黙ったまま答えなかったが、幸い江澄《ジャンチョン》も返事を期待しているわけではないらしい。彼の視線は既に魏無羨《ウェイウーシエン》の方を向いており、口から剣を飛ばし彼を磔《はりつけ》にして殺しそうな勢いで続けた。

「今までお二方が他家を訪問する際、同行者は常に藍《ラン》家の者だったかと思うが、今回はどうされた? 前代未聞だな。その方はいったいどちらの名士だ? 差し支えなければ私にも紹介してもらえないか?」

その時、朗らかに笑う声が聞こえてきた。

「曦臣《シーチェン》兄様、忘機《ワンジー》も来るなら先に言っておいてくださいよ」

金鱗台の主、斂芳尊《れんほうそん》金光瑶《ジングアンヤオ》自ら出迎えに現れたのだ。

藍曦臣《ランシーチェン》は彼に微笑みかけ、藍忘機《ランワンジー》と金光瑶《ジングアンヤオ》は互いに会釈をし合っている。魏無羨《ウェイウーシエン》はというと、この百家を束ねる仙督をじっくりと観察していた。

金光瑶《ジングアンヤオ》は非常に得な顔立ちをしている。肌は白く、眉間には丹砂《たんしゃ》で朱色の点をつけ、白と黒がくっきりと分かれた目は豊かに動くけれど軽薄には見えない。その怜悧《れいり》で清潔な美貌は、七分の美しさの中に三分の機敏さが覗き、口元と眉にはいつも微かな笑みが浮かんでいた。誰もが一目見れば、彼のことを控えめで人当たりのよい好青年だと思うだろう。こんな顔なら、どんな女性にも気に入られることはもちろん、男性にも反感を持たれたり警戒されることはない。年長者は彼のことを可愛がるし、年少者は彼に親しみやすさを感じて懐く——たとえ好意を抱くとまではいかずとも、嫌われることはまずないため、本当に「非常に得」なのだ。

背丈だけは少し低いものの、落ち着いた印象の方が勝る。頭には烏帽《うぼう》を被り、その身には蘭陵金氏《ジン》の礼服を纏っていて、丸襟の袍の胸元には満開になった一輪の金星雪浪の家紋がある。九環帯に六合靴《りくごうぐつ》〔六枚の革で作られた靴〕、そして右手で腰に帯びた剣を泰然と押さえる彼には、冒し難い威厳が漂っている。

金凌《ジンリン》も金光瑤《ジングアンヤオ》の後ろについてきたが、相変わらず一人で江澄《ジャンチョン》に会うのが怖いようで、金光瑤《ジングアンヤオ》の後ろに隠れたまま、「叔父上」と鼻にかかった声でそっと言った。

「どうやら俺がお前の叔父だということは、まだ覚えているようだな！」

江澄《ジャンチョン》が声を荒らげると、金凌《ジンリン》は慌てて金光瑤《ジングアンヤオ》の服を後ろから掴む。

「おやおや。江《ジャン》宗主、阿凌《アーリン》もとっくに反省して、ここ数日はあなたに叱られるのが怖くて食事もろくに喉を通らなかったのです。まだ子供ですから、やんちゃなのは当然のことですし、それに、実際この子を誰よりも可愛がっているのは江《ジャン》宗主じゃありませんか。どうかもう許してやってくれませんか」

金光瑤《ジングアンヤオ》という人は、まるで争い事を仲裁するために生まれてきたかのようだ。

「そうそう、瑤《ヤオ》叔父上が証人だ。ここ何日も、俺は本当にちっとも食欲がなかった！」

金凌《ジンリン》も急いでつけ加える。

「食欲がなかった？　その割に顔色は良さそうじゃないか。どうせそれなりに食べていたんだろうが！」

金凌《ジンリン》はまた何か言おうとしたが、藍忘機《ランワンジー》の後ろに立っている魏無羨《ウェイウーシェン》がちらりと目に映り、驚愕して思わず口走った。

「なんでお前がここにいるんだ!?」

「無銭《ただ》飯を食いに」

「よくもここに来られたもんだな！　俺は警告した……」と金凌《ジンリン》が威嚇するように怒鳴りかけた時、金《ジン》光瑶《グアンヤオ》は金凌《ジンリン》の頭を撫で、撫でた手でそのまま彼を自分の後ろに下がらせて笑顔を向ける。

「もちろん、いらしたからにはお客様です。金鱗台では他のことはともかく、食事だけは十分用意させていますから」

魏無羨《ウェイウーシェン》にそう言ってから、彼はまた藍曦臣《ランシーチェン》に視線を移す。

「兄様、先に掛けていてください。私はちょっとあちらの方を見てきます。ついでに忘機《ワンジー》の席も用意するよう手配してきますから」

「そんなに気を遣わないでくれ」

頷いてから言う藍曦臣《ランシーチェン》に、金光瑶《ジングアンヤオ》が微笑む。

「とんでもない。兄様こそ、うちに来て何を気兼ねすることがあるんですか、まったくもう」

金光瑶《ジングアンヤオ》は一度でも会ったことのある者なら、相手の顔、名前、年齢と称号すべてを記憶してしまう。さらに何年か経って再会したとしても、即座に記憶の中から相手の情報を少しも間違えることなく引き出し、いかにも親しげに会話を弾ませることができた。もし二度以上の面識があれば、彼は相手のあらゆる好みを把握して、事の大小を問わず相手に合わせてもてなそうとする。今回も、前触れなく金鱗台を訪れた藍忘機《ランワンジー》のための来賓《らいひん》席は用意されていなかったが、金光瑶《ジングアンヤオ》はすぐさま手配しに行った。

闘妍庁《とうけんちょう》に入り、真っ赤な絨毯《じゅうたん》に沿ってゆっくり進むと、両側に並べられた檀木《だんぼく》の小さな卓のそばには、綺麗に着飾った美しい侍女が一名ずつ立っている。揃って上品な微笑みを浮かべた彼女たちは、豊満な胸に華奢《きゃしゃ》でしなやかな腰つきの体型までもが似た雰囲気で、見事に調和の取れた美しさだ。魏無羨《ウェイウーシェン》は美女を前にすると、ついつい我慢できずに、もう二目余計に見てしまう。席に着いて、酒を注いでくれる侍女に向かってにこりと口角を上げた。

「ありがとうな」

　しかし、彼を一目盗み見るなり、その侍女は何やらひどく驚いた様子で何度も瞬きをしてから視線が合うのを避けた。初めは魏無羨《ウェイウーシエン》もただ奇妙に思うだけだったが、次の瞬間、すべてを理解した。ざっと周囲を見渡すと、やはりその侍女だけではなく、ほぼ半数以上の蘭陵金《ジン》氏の門弟たちが、皆どこか訝しげな表情で彼を見ている。

　つい失念していたが、ここは金鱗台、つまり莫《モー》玄羽《シュエンユー》はまさにここで同門の弟子につきまとったせいで追い出されたのだ。まさかその彼が、また厚かましくも堂々と戻ってきて、しかも藍《ラン》氏双璧《そうへき》とともに上席に紛れ込んで座しているなんて、誰一人として考えもしなかっただろう……。

　魏無羨《ウェイウーシエン》は隣にいる藍忘機《ランワンジー》の方へ近寄ると「含光君、含光君」と声を潜めて呼んだ。

「どうした」

「お前さ、絶対俺から離れないでくれよ。ここにはおそらく莫玄羽《モーシュエンユー》を知っている人が相当いるはずだ。もしあとで誰かが昔話をしにきても、俺はまたでたらめを言ってバカになったふりをするしかない。それで万が一お前の顔に泥を塗ったとしても、怒るなよな」

　藍忘機《ランワンジー》は彼をちらりと見て、「君が余計なことをしなければいい」と淡々とした様子で答えた。

　その時、煌びやかな服を身に纏った一人の女性とともに、金光瑶《ジングアンヤオ》が闘妍庁の中へゆっくりと入ってきた。その女性の立ち居振る舞いは非常に上品で、表情には微かに天真爛漫《てんしんらんまん》さが見え、美しい容貌の中にもあどけない可愛らしさが滲み出ている——彼女が金光瑶《ジングアンヤオ》の正室で金鱗台の女主《おんなあるじ》、秦愫《チンスー》である。

　長い間、二人は玄門《げんもん》百家の中でも有名なおしどり夫婦で、互いを尊重し愛し合っていた。周知のように、秦愫《チンスー》は蘭陵金《ジン》氏の配下の一族である楽陵秦氏《らくりょうチン》出身で、父親の楽陵秦《チン》氏宗主、秦蒼業《チンツアンイエ》は金光善《ジングアンシャン》に長年仕えてきた部下だ。金光瑶《ジングアンヤオ》は確かに金光善《ジングアンシャン》の息子ではあるものの、彼の母親の生業《なりわい》のせいで蔑みを受けていたため、この二人は当初、少々釣り合いが取れない間柄だった。

しかし昔、射日の征戦において秦愫《チンスー》は金光瑶《ジングアンヤオ》に救われ、彼に惹《ひ》かれるようになった。それからはずっと一途にそばに寄り添い、彼に嫁ぐと心に決め、やっと念願叶い二人が夫婦となった話は美談として語り継がれてきた。

そして金光瑶《ジングアンヤオ》も彼女を決して裏切ることなく、たとえ仙督の座についても驕《おご》らないその風格は、かつての彼の父とは雲泥《うんでい》の差があった。妾《めかけ》は作らず、他の女性と関係を持つことすら一切ない。彼のこの誠実さは、多くの宗主夫人たちからとても羨《うらや》ましがられている。今もずっと夫人の手を携えたままの金《ジン》光瑶《グアンヤオ》は、どうやら彼女がうっかり階段に躓くことを心配しているようだ。彼の表情も仕草も、優しさと思いやりに満ち溢れているところを見て、魏無《ウェイウー》羨《シエン》は二人の仲睦まじさはやはり本物のようだと実感した。

二人が首座に着席したところで、宴は正式に始まった。二人に最も近い下座には金凌《ジンリン》が座っていて、頭を上げて胸を張った姿勢のままきょろきょろと辺りを見回し、魏無羨《ウェイウーシエン》に目を留めると、キッと睨んでくる。魏無羨《ウェイウーシエン》は昔から大勢の好奇の目にさらされることには慣れっこで、周囲が賑やかに酒杯《しゅはい》を交わしている中、何事もなかったかのように一人平然とした態度で食べたり飲んだりした。その間、彼はご機嫌で、闘妍庁のあちこちで人々が現状を賛美し褒めそやすのを聞き流していた。

宴が終わった頃にはすっかり夜も更けていた。清談会が始まるのは明日なので、各世家の宗主や名士たちを金《ジン》氏の門弟が客室まで案内し、三々五々に闘妍庁を出ていく。藍曦臣《ランシーチェン》はあれこれと心配事を抱えている様子だったので、金光瑶《ジングアンヤオ》は何があったのか話を聞こうと彼に近づいた。だが、「曦臣《シーチェン》兄様」と呼びかけた次の瞬間、誰かが横から駆けてきて「瑶《ヤオ》兄様！」と喉が潰れそうなほどの大声で叫んだ。

金光瑶《ジングアンヤオ》は彼に飛びかかられたせいで危うくよろ

けそうになり、慌てて帽子に手を添える。

「懐桑《ホワイサン》、どうした？　ちゃんと聞くから話してごらん」

　こんなにも格好がつかない宗主は、清河聶《ニエ》氏の「一問三不知《いちもんさんふち》」しかいない。しかも、酔っぱらった「一問三不知」はさらに情けないことこの上なかった。真っ赤な顔をした聶懐桑《ニエホワイサン》は、彼に縋《すが》りついたまま悲鳴を上げる。

「瑶《ヤオ》兄様！　私はどうしたらいい？　お願いですからもう一回だけ助けてくれませんか？　約束しますから、今度こそ最後ですから！」

「この前の件なら、既に何人か向かわせて解決したじゃないか？」

「そうなんですけど、今度はまた新しい問題が出てきちゃったんです！　瑶《ヤオ》兄様、私はどうしたらいいんですか！　もう生きていられないよ！」

　聶懐桑《ニエホワイサン》はまた大声を上げて泣き叫ぶ。

　取り乱してすぐには事情をはっきりと説明できない様子の彼を見て、金光瑶《ジングアンヤオ》は仕方なく夫人に声をかけた。

「阿愫《アースー》、先に戻っていてくれるかい？　懐桑《ホワイサン》、さあ場所を変えよう、腰を落ち着けてゆっくり話を聞くから。そう焦らなくていい……」

　聶懐桑《ニエホワイサン》を支えた金光瑶《ジングアンヤオ》が外に出ていくのに気づいた藍曦臣《ランシーチェン》が彼らのあとを追うと、酔っぱらいの聶《ニエ》懐桑《ホワイサン》にぐっと引っ張られ捕まえられてしまった。

　一方、秦愫《チンスー》は藍忘機《ランワンジー》に一礼し微笑みかける。

「含光君、久方振りにこの蘭陵の清談会にご参加くださったようで、何かおもてなしに行き届かないところがございましたら、どうかご容赦ください」

　彼女の声音はしっとりと柔らかくて実に愛らしい。藍忘機《ランワンジー》が会釈の意味で頷き返すと、秦愫《チンスー》はちらりと視線を魏無羨《ウェイウーシエン》の方に向け、少しためらってから小さな声で「では失礼いたします」と言って侍女とともに立ち去っていった。

「金鱗台の人たちは皆、俺のことを変な目で見てくるんだよな。莫玄羽《モーシュエンユー》はいったい何をしでかしたんだろう？　素っ裸になって大勢の前で愛の告白でもしたのか？　それくらいなら別に大したことないのに、蘭陵金氏《ジン》の奴らって本当に頭が固いんだな」

魏無羨《ウェイウーシエン》が首を傾げると、藍忘機《ランワンジー》は彼のいい加減な言い分を聞いて、首を横に振った。

「俺、ちょっとその辺で誰かに話を聞いて探ってくるからさ、含光君は江澄《ジャンチョン》を見張っててくれ。あいつが俺を捜しに来なければ一番ありがたいけど、万が一の時はなんとか阻止してくれよな」

「遠くへは行くな」

「了解。もし遠くまで行っても、夜には部屋で落ち会おう」

彼はその場で闘妍庁の中も外もぐるりと見回したが、目当ての者が見当たらず、おかしいな、と心の中で呟いた。

それから藍忘機《ランワンジー》のそばを離れ、さらにあちこち捜して歩き、ある東屋を通りかかった時、近くの花壇にある盆山《ぼんざん》の陰から「おい！」と突然人影が現れた。

（あ！　見つけたぞ！）

振り返ると、彼を呼んだのはやはり金凌《ジンリン》だった。

「おいってなんだよ、おいって。失礼な。この前別れた時は、あんなに仲良しだったでしょ？　せっかくまた会えたのに、そんなにつれなくするなんて。傷つくじゃない」

しなを作って言う彼に、金凌《ジンリン》はぞっとして全身に鳥肌を立てた。

「黙れ！　誰がお前なんかと仲良くするもんか！　俺はとっくの昔に警告しただろう。二度とうちの者につきまとうなって。なのに、なんでまた戻ってきた!?」

「天地神明《てんちしんめい》に誓って、俺はずっと大人しく含光君にくっついてたぞ。それでも文句を言われるんじゃ、これ以上できることなんて縄で俺をあいつの体に縛りつけてもらうことくらいだな。それに、俺がお前の家の奴につきまとってるのをその目で見たのか？　まさか、お前の叔父貴のことじゃないよな？　あれはどう見たって向こうからつきまとってきたんだろうが？」

「さっさと失せろ！　叔父上はただお前を疑ってる

だけだ、変なふうに言うな！　それに、お前がまだ下心を捨てていないことくらい、ちゃんとわかってるんだぞ。また……」

その時、突然四方から何度かかけ声が聞こえてきた。花壇の周りから七、八人の蘭陵金《ジン》氏の袍を着た少年たちが現れ、金凌《ジンリン》は言いかけた言葉を呑み込む。

少年たちはゆっくりと二人を取り囲んで近づいてきた。先頭の子は金凌《ジンリン》とほぼ同じ年格好のようだが、体格は彼より一回り逞しい。

「俺の見間違いかと思ったけど、本当にお前だったとはな」

「俺？」

「お前以外に誰がいる！　莫玄羽《モーシュエンユー》、どの面《つら》下げて戻ってきた？」

きょとんとして自分を指さした魏無羨《ウェイウーシエン》に、その少年が忌々《いまいま》しげに吐き捨てる。

「金闡《ジンチャン》、何しに来た？　ここはお前の出る幕じゃない」

金凌《ジンリン》は眉をひそめて言い返した。

（ああ、やっぱり金凌《ジンリン》と同世代の子供のうちの誰か）

しかしどうやら、少年たちと金凌《ジンリン》はまったく馬が合わないようだ。

「俺の出る幕じゃないなら、お前の出る幕でもないだろう？　俺が何をしようがお前には関係ない」

金闡《ジンチャン》がそう言うなり、三、四人の少年がさらに魏《ウェイ》無羨《ウーシエン》と距離を詰め押さえつけようとすると、金凌《ジンリン》はぱっと横に一歩ずれ、魏無羨《ウェイウーシエン》の前に立ち塞がった。

「勝手な真似をするな！」

「勝手な真似ってなんだよ。うちのだらしない門弟を説教して何が悪い？」

「寝言は寝て言え！　こいつはとっくに追い出されたんだ！　もううちの門弟でもなんでもない」

金凌《ジンリン》が鼻を鳴らして反論すると、さらに彼は言い放った。

「それがどうした？」

その堂々とした金闡《ジンチャン》の口振りは、まるで筋が通っているかのように横柄で、魏無羨《ウェイウーシエン》は思わず目を丸くして呆気に取られてしまった。

「どうした、だと？　お前、こいつが今日誰と一緒に来たか忘れたのか？　説教したいなら、先に含光君に聞いた方がいいんじゃないか？」

　金凌《ジンリン》の口から「含光君」の名前が出ると、少年たちの表情は一斉に怖気づく。たとえ藍忘機《ランワンジー》がこの場にいなくても、含光君なんて怖くないなどと豪語する者は誰一人としていなかった。

　少しの間黙り込んでから、金闡《ジンチャン》が口を開いた。

「ハッ、金凌《ジンリン》、お前だって昔はそいつのことを誰より嫌ってたじゃないか？　なんで今頃になって急に態度を変えた？」

「お前こそ無駄口が多すぎるんじゃないか？　俺がこいつのことを嫌いかどうかなんて、お前には関係ないだろう？」

「その恥知らずは斂芳尊《れんほうそん》につきまとってたんだぞ！　それなのに、お前はそいつを庇うのか？」

　魏無羨《ウェイウーシェン》は稲妻に体を貫かれたかのような衝撃を受けた。

（誰につきまとったって？　斂芳尊《れんほうそん》？　斂芳尊《れんほうそん》って誰だ？　金光瑶《ジングアンヤオ》？　まったく考えもしなかった。莫玄羽《モーシュエンユー》がつきまとってた相手は――よりによってあの斂芳尊《れんほうそん》、金光瑶《ジングアンヤオ》だったのか!?）

　頭の中が整理できない魏無羨《ウェイウーシェン》をよそに、近くで金闡《ジンチャン》と金凌《ジンリン》はまだ言い争っていて、そろそろ殴り合いに発展しそうだった。双方は元からお互いのことが気に食わなかったらしく、まさに今、一触即発といった状態だ。

「かかってこい、お前らなんか怖がるもんか！」

「そっちこそ来てみろ！　どうせ喧嘩になったところで、こいつは犬を呼んで助けてもらうことしかできないからな！」

　挑発した金凌《ジンリン》を、少年の一人がせせら笑った。

　ちょうど指笛を吹こうとしていた金凌《ジンリン》は、それを聞いて思いきり歯を食いしばる。

「仙子《シェンズー》を呼ばなくても、俺様が素手でお前ら全員を倒してやる！」

　彼は威勢よく叫んだが、実際には拳一つで大勢に敵うわけもない。やり合っているうち、やはり気持ちに力が伴わず、じわじわと劣勢になり、いつしか魏無羨《ウェイウーシエン》のすぐ目の前まで追い込まれてしまった。

金凌《ジンリン》は彼がまだその場に立っているのに気づいて怒鳴りつけた。

「なんでまだそこに突っ立ってるんだよ⁉」

すると、魏無羨《ウェイウーシエン》がいきなりぐいっと金凌《ジンリン》の手を掴む。喚く間もなく、一切の抵抗ができなくなるほどの力が一瞬手首から伝わり、彼は思わずがくりと膝を折って後ろにひっくり返った。

「お前、死にたいのか⁉」

彼は激怒して声を張り上げた。

まさか魏無羨《ウェイウーシエン》が、庇ってくれていた金凌《ジンリン》をいきなり地面に倒すとは思いもよらず、金闡《ジンチャン》たちも呆気に取られている。

「覚えたか？」

「何を？」

魏無羨《ウェイウーシエン》に問いかけられ、訳がわからないまま金凌《ジンリン》が聞き返すと、魏無羨《ウェイウーシエン》はもう一度彼の手首を掴んだ。

「覚えたか？」

再び痛みと痺れが手首から全身に伝わる。金凌《ジンリン》はまた大声で叫んだが、魏無羨《ウェイウーシエン》の非常に素早い、最小限の動きが目に焼きついていた。

「もう一回やるから、ちゃんと見とけよ」

魏無羨《ウェイウーシエン》がそう言った時、ちょうど少年の一人が襲いかかってきた。魏無羨《ウェイウーシエン》は片手の甲を腰の後ろに当て、もう片方の手で抜け目なく彼の手首を掴むと、瞬く間にその少年を地面に放り投げた。金凌《ジンリン》は今度こそその動きをしっかりと観察した。手首の微かに痛む場所は、どの経穴《けいけつ》に霊力を打ち込めばいいかを教えてくれている。彼はぱっと跳び上がり、生き生きとした声で言った。

「覚えた！」

一瞬で形成を逆転され、花壇には少年たちの叫び声と慌てふためく声が飛び交う。

「金凌《ジンリン》、お前覚えておけよ！」

最後には金闡《ジンチャン》が捨て台詞を吐き、七、八人の少年たちは口々に悪態をつきながらしっぽを巻いて逃げていった。金凌《ジンリン》はというと、彼らを眺めながら大笑いしている。金凌《ジンリン》がひとしきり笑うのを待って、魏《ウェイ》無羨《ウーシエン》が聞いた。

「そんなに喜ぶなんて、もしかして勝ったのはこれが初めてなのか？」

「ふん！　一騎討ちなら俺は負け知らずだ。でも金《ジン》闡《チャン》の奴、いつも助っ人を大勢呼びやがって、みっともないったらありゃしない」

それを聞いて、魏無羨《ウェイウーシエン》は、「だったらお前も助っ人を大勢呼べばいい。喧嘩なんて別に一騎討ちじゃなくてもいいんだ。人数が勝敗を決めることだってあるんだから」と言おうとした。だが、外出している時の金凌《ジンリン》はいつも一人で、同世代の門弟を伴っていなかった。もしかすると、彼には助っ人として呼べる相手が一人もいないのかもしれないと考え、口を噤む。

「おい、お前、さっきの技はどこで覚えたんだ？」

「含光君が教えてくれたんだよ」

魏無羨《ウェイウーシエン》は何食わぬ顔で藍忘機《ランワンジー》に責任を転嫁した。

金凌《ジンリン》はそれをあっさりと信じたようだ。何しろ、彼はその目で藍忘機《ランワンジー》の抹額が魏無羨《ウェイウーシエン》の手首に結びつけられていたところを目撃している。金凌《ジンリン》は疑わずにただぶつぶつと呟いた。

「そんなことまで教わったのか？」

「もちろん。でも、こんなのはただの子供騙しだ。あいつらも今まで見たことがなかったから効果があっただけ。何回も使えばきっと見破られるから、次からはそう簡単にいかないだろう。どうだ、もっと俺からいろいろ学びたくなっただろう？」

金凌《ジンリン》は彼をちらりと見て、思わず言った。

「お前って、どうしてこうなんだ。瑶《ヤオ》叔父上はいつも俺を諭すばかりなのに、逆にそそのかすなんて」

「諭す？　何を？　喧嘩するな、皆と仲良くするんだ、みたいな？」

「まあ、そんな感じかな」

「あの人の言うことなんて聞かなくていい。いいか、この先お前が大人になったら、殴りたいと思う奴はもっと増えるけど、それでもなんとかしてそいつらと上手くつき合わなきゃいけなくなる。だから若いうちに、殴りたい奴は思う存分殴った方がいい。その歳で後先考えない大喧嘩の一つや二つでもやっておかなきゃ、お前の人生は不完全になるぞ」

金凌《ジンリン》の表情を見る限り、彼の言葉に魅力を感じてはいるようだが、相変わらずその口は素直ではなかった。

「でたらめ言うな、瑶《ヤオ》叔父上は俺のためを思って言ってくれてるんだから」

そう言ったところで、金凌《ジンリン》は唐突に思い出した。昔の莫玄羽《モーシュエンユー》は金光瑶《ジングアンヤオ》を神のように崇《あが》め、決して悪《あ》しざまになど言わなかったのに、今では「あの人の言うことなんて聞かなくていい」などと言うようになっている。もしかしたら、本当に金光瑶《ジングアンヤオ》のことを諦めたのだろうか？

魏無羨《ウェイウーシエン》は金凌《ジンリン》の目を見て、そこに浮かんでいる考えをおおよそ見抜き、それを潔く認めた。

「どうやら隠し通せないようだな。その通りだ、俺はとっくに心変わりしてるんだ」

「……」

「ここを出てから、俺は長いこと真剣に考えた。そしてやっと、斂芳尊《れんほうそん》は実は俺の好みでもないし、そもそも俺とはあまり合わないんじゃないかってことに気づいたんだよ」

魏無羨《ウェイウーシエン》がわざと情感豊かに切々と話すと、金凌《ジンリン》はぞっとしたみたいに二歩後ずさりした。

「昔の俺はまだ自分の心がよくわかっていなかったけど、含光君に出会って確信した」

魏無羨《ウェイウーシエン》は息を深く吸って続ける。

「俺はもうあいつから離れられないんだ。含光君以外は誰もいらない……待て、なんで逃げるんだよ。まだ話は終わってないぞ！　おーい金凌《ジンリン》、金凌《ジンリン》ー！」

金凌《ジンリン》は身を翻すと勢いよく駆けだした。その背中に何度呼びかけても、振り向きもしない。その様子に魏無羨《ウェイウーシエン》はにんまりと得意げな笑みを浮かべた。

（これで金凌《ジンリン》の奴、もう二度と、俺がまだ金光瑶《ジングアンヤオ》に対して人には言えない気持ちを抱いているなんて

思わないだろう）

しかし、満足して振り向くと、月光の下で霜でも降りたかのような白い袍を纏った雪のように色白な男が、後ろ三丈足らずの場所に立っていた。藍忘機《ランワンジー》は感情の読み取れない表情で彼を見ている。

「……」

魏無羨《ウェイウーシエン》は言葉を失った。

もしこれが現世に戻ってまだ間もない頃の自分ならば、先ほどの言葉より十倍恥ずかしい台詞でも、藍忘機《ランワンジー》に面と向かって平気で言えただろう。しかしなぜか今は彼に見つめられると、信じ難いことに前世でも今生《こんじょう》でもただの一度も感じたことのない微妙な羞恥心が芽生えた。

魏無羨《ウェイウーシエン》はすぐさまその不可思議な羞恥心を抑え込み、彼に近づくといつも通りに話しかける。

「含光君、来てたのか！　なぁ知ってたか？　莫《モー》玄羽《シュエンユー》は、なんと金光瑶《ジングアンヤオ》につきまとったせいで金鱗台から追い出されたんだって。どうりで皆あんな複雑そうな目で俺を見ていたわけだ！」

藍忘機《ランワンジー》は何も答えずに踵を返すと、魏無羨《ウェイウーシエン》と肩を並べて歩き始めた。

「お前も沢蕪君《たくぶくん》もこの件どころか、そもそも莫玄《モーシュエン》羽《ユー》の存在すら知らなかったってことは、蘭陵金《ジン》氏は彼の醜聞《しゅうぶん》を徹頭徹尾《てっとうてつび》隠し通してたわけだ。そこまでしたのも、これで説明がつくな。莫玄羽《モーシュエンユー》はなんと言っても宗主の血筋だ。金光善《ジングアンシャン》だって必要なければわざわざ彼を迎え入れたりしないし、ただ同門の弟子につきまとったくらいなら、せいぜい説教程度で追い出すまでには至らなかっただろう。でも相手が金光瑶《ジングアンヤオ》となると話は別だ。彼は斂芳尊《れんほうそん》で、しかも莫玄羽《モーシュエンユー》の異母兄弟だからな。実に……」

実に、十分すぎるほどの不祥事だ。絶対にもみ消さなければならない醜聞だが、当然のことながら斂《れん》芳尊《ほうそん》を槍玉《やりだま》に挙げるわけにはいかず、莫玄羽《モーシュエンユー》を追い出すしかなかったのだろう。

魏無羨《ウェイウーシエン》は、昼間の広場で金光瑶《ジングアンヤオ》と会った時のことを思い出した。彼はまったく何事もなかったかのように談笑に興じ、まるで最初から莫玄羽《モーシュエンユー》のことなど一切知らないという態度を貫いていた。本当にすごい人だ、と改めて思った。逆に、金凌《ジンリン》の態度はあからさますぎた。彼が莫玄羽《モーシュエンユー》を殊《こと》の外《ほか》嫌っていたのは、ただ断袖が嫌いなだけではなく、莫玄羽《モーシュエンユー》がつきまとっていたのが自分の叔父だったからだろう。

金凌《ジンリン》のことに思い至ると、魏無羨《ウェイウーシエン》は声を出さずにため息をつく。

「どうした」

「含光君、お前も気づいただろう。金凌《ジンリン》の奴、夜狩に出かける時いつも一人ぼっちなんだ。江澄《ジャンチョン》がついているとか言うなよ？　あいつは叔父なんだから、数のうちに入らない。十代なのに、金凌《ジンリン》にはそばに気が合う同世代の子も、肩を組んで一緒に遊ぶ子も、ただの一人もいないなんてさ。昔の俺たちは……」

そう言いかけると、藍忘機《ランワンジー》が微かに眉を跳ね上げる。それを見た魏無羨《ウェイウーシエン》は、潔く言い直した。

「わかったよ。俺たちじゃなくて俺な、昔の俺。昔の俺は、全然そんなんじゃなかった」

「それは、君だからだ。皆が君と同じというわけではない」

藍忘機《ランワンジー》は淡々と言う。

「でも子供ってさ、皆賑やかなのが好きだろう。含光君、あのさ、金凌《ジンリン》ってもしかして周りに馴染むのがすごく苦手で、家の中にも友達は一人もいないのかな？　雲夢江《ジャン》氏はともかく、蘭陵金《ジン》氏の子供たちは、どうも誰一人あいつと気が合う子がいないみたいで、ついさっきも喧嘩してたんだ。金光瑶《ジングアンヤオ》には、あいつと仲のいい同い年くらいの息子とか娘とかいないのか？」

「金光瑶《ジングアンヤオ》には息子が一人いたが、他者の手にかかり夭折《ようせつ》した」

「金鱗台の大事な跡継ぎだっていうのに、どうして殺されたんだ？」

「瞭望台だ」

「どういうことだ？」

当初、金光瑶《ジングアンヤオ》が瞭望台を建設しようとした時には反対する者もかなり多く、その中のいくつかの世家からは恨みを買ってしまった。その宗主のうちの一人が議論に負けた怒りに任せて、なんと金光瑶《ジングアンヤオ》と秦愫《チンスー》の一人息子を殺害したのだ。気立てのいい優しい子で、夫婦はその子をずっと可愛がってきた。金光瑶《ジングアンヤオ》は悲しみと怒りのあまり相手の世家を断絶させ、息子のために復讐を果たした。しかし秦愫《チンスー》はひどく心を痛め、それ以来、二度と子供を授かることはなかった。

しばらく黙り込んだあとで、魏無羨《ウェイウーシェン》が口を開いた。

「金凌《ジンリン》のあの性格じゃ、口を開けば人から恨みを買うし、何かすれば余計な揉め事を引き起こしてしまう。この前だってお前と俺が何度も助けたから、ああやってなんとか無事に生きてられるようなものだろう。江澄《ジャンチョン》はそもそも子供を教育できるような奴じゃないし、金光瑶《ジングアンヤオ》に至っては……」

自分たちが今回なんのために金鱗台に来たかを思い出し、頭が痛くなってきた魏無羨《ウェイウーシェン》は指でこめかみを押さえた。隣にいる藍忘機《ランワンジー》は静かに彼を見つめるだけで慰めの言葉はかけなかったが、ただ彼の話に耳を傾け、質問にはすべて答えてくれた。

「もうやめよう、とりあえず部屋に戻ろうか」

魏無羨《ウェイウーシェン》がそう言いだし、二人は蘭陵金《ジン》氏が彼らのために用意した客室に戻った。部屋は非常に広く豪華で、卓の上には精巧で艶やかな白磁《はくじ》の酒杯が一式置いてある。魏無羨《ウェイウーシェン》はそのそばに座ると、酒杯を手に取って少し鑑賞し、深夜までそうして過ごしてから、ようやく動きだした。

彼は部屋中を探し回って、白い紙を一束と鋏《はさみ》を見つけ出すと、ぱぱっと手早くそれを人間の形に切った。大きさは成人の指ほどしかなく、丸い頭に、袖はやたらと広く切ってあり、まるで蝶の両の羽のようだ。魏無羨《ウェイウーシェン》は卓から筆を取り、そこに何かを描いてから筆をぽいと投げ、今度は酒杯を手に取って一口飲むと、ばったりと寝床に倒れ込む。

すると、形代《かたしろ》が突然ぶるっと一回震え、それから大きな袖を羽のようにぱたぱたと動かして、ふわりと空中に飛び上がった。形代はひらひらしながら藍《ラン》忘機《ワンジー》の肩に落ちる。

藍忘機《ランワンジー》が顔を横に向けて自分の肩の上を見るや否や、形代はいきなり彼の頬に飛びかかった。頬を伝って上へとよじ登り始め、真っすぐ抹額まで辿り着くと、好きすぎて片時も放したくないとでも言いたげに何度も引っ張る。

藍忘機《ランワンジー》はしばらくの間抹額を好きなようにさせてやってから、手を伸ばして形代を取ろうとした。形代はその動きを見て素早くするりと顔を滑り落ち、わざとかそれとも無意識になのか、彼の唇にちょんと頭をぶつけた。

藍忘機《ランワンジー》は一瞬だけ動きを止めて固まったが、気を取り直したように二本の指でその形代を挟んだ。

「はしゃぐな」

窘められた形代は、しなやかな体を丸め、彼の細くて長い指に巻きつく。

「くれぐれも気をつけて」

藍忘機《ランワンジー》の言葉にこくんと頷くと、形代は羽をぱたぱたせて地面に這いつくばい、扉の隙間を通ってこっそりと客室を抜け出した。

金鱗台の警備は非常に厳重で、生身の人間の姿では当然自由に出入りできないが、幸い魏無羨《ウェイウーシエン》は昔ある邪術を研究して習得していた。

——剪紙化身《せんしけしん》。

この術は便利と言えば便利だが、制限も非常に多い。厳格な時間制限はもちろんのこと、形代は必ず無傷で元通りの状態のまま、術者の本体に戻る必要がある。もし途中で誰かに破られたり、あるいはなんらかの形で破損したりすると、中の魂魄も同じだけの損傷を負う。損傷が少ない場合でも、半年から一年の間意識を失い、ひどい場合は一生正気を取り戻せなくなるため、細心の注意を払う必要があるのだ。

魏無羨《ウェイウーシエン》の魂魄は形代の中に入り、歩いている修士の服の裾にくっついたり、体を平べったくして扉の隙間を通ったり、さらには両の袖を広げ紙屑や蝶のふりをして夜空を舞い、下を見渡したりしながら徐々に進んでいく。その時突然、空中にいた彼のもとに微かな泣き声が聞こえてきた。俯いて見ると、そこにあったのは金光瑶《ジングアンヤオ》の別館の一つ、綻園《たんえん》だった。

魏無羨《ウェイウーシエン》がその屋根裏に入り込むと、応接間には三人の人間が座っていた。べろべろに酔っぱらった聶《ニエ》懐桑《ホワイサン》は片手で藍曦臣《ランシーチェン》を掴み、もう一方の手では金《ジン》光瑶《グアンヤオ》を掴んで、泣きながら何かを訴えている。応接間の後ろは書斎で、魏無羨《ウェイウーシエン》はそこに誰もいないと見るや、そっとその中に入って辺りを調べた。卓の上は赤筆で注釈をつけた地図で埋めつくされ、壁には春夏秋冬を描いた四枚の絵が飾られている。時間制限があるためじっくりと眺めるつもりなどなかったが、さっと見渡しただけでも、思わず絵を描いた者の腕前に感嘆の声を上げざるを得なかった。筆遣いも色もすべて温かで柔らかい印象だが、そこに描かれているのは雄大な景色だった。ひとところの風景を描いたものでありながらも、そこにはまるで千《せん》山万水《ざんばんすい》が広がっているように感じられる。

(これほどの腕前なら、藍曦臣《ランシーチェン》に比肩《ひけん》するな)

しかし、もう一度よく見てみると、なんとこの四枚の絵の作者は本当に藍曦臣《ランシーチェン》本人だったことにやっと気づいた。

それから綻園を飛び出した魏無羨《ウェイウーシエン》は、遠くに広々とした寄棟《よせむね》造りの建物を見つけた。屋根には煌びやかな金色の瑠璃瓦《るりがわら》が敷き詰められていて、建物の外には三十二本もの金色の柱が設けられた実に豪奢な建物だ。あそこがおそらく金《ジン》鱗台で最も警備が厳重な場所の一つである、蘭陵金氏歴代宗主の寝殿《しんでん》、芳《ほう》菲殿《ひでん》だ。

金星雪浪の家紋入りの袍を身に纏った警護の修士たちに加え、芳菲殿は地上と上空両方から隙間なく結界が張り巡らされている気配を感じる。魏無羨《ウェイウーシエン》は金星雪浪模様が刻まれた柱の根石《ねいし》まで飛んで、少し休んでから力を振り絞り、やっとのことでよいしょよいしょと扉の隙間から中に潜り込んだ。

綻園と比べると芳菲殿こそが典型的な金鱗台建築であり、棟木《むなぎ》にまで彫刻と華やかな色彩が施されていて、なんとも豪華絢爛《けんらん》な建物だ。寝殿の中は床まで垂れた紗《しゃ》の仕切り幕が間隔を置いて幾重にも重なり、香机《こうづくえ》に置かれた瑞獣《ずいじゅう》〔瑞兆とされる霊獣〕を模《かたど》った香炉《こうろ》からは芳香が立ち込めていて、贅を極めた中にもどこか気怠《けだる》く退廃的な甘さを滲ませている。

金光瑶《ジングアンヤオ》は今、藍曦臣《ランシーチェン》と聶懐桑《ニエホワイサン》の二人とともに綻園にいるため、芳菲殿の中には誰もおらず、魏無羨《ウェイウーシェン》が中を細かく調べるのにうってつけの状況だった。

形代の姿で芳菲殿内を飛び回り、怪しいところを探っていると、ふいに卓の上にある瑪瑙《めのう》の文鎮《ぶんちん》が目に入った。その下には一通の手紙が押さえつけられている。

その手紙は既に開封されていたが、封筒には差出人の名前もどこかの世家の家紋も捺《お》されてはいない。厚みを見る限り、明らかに空の封筒ではなさそうだ。

彼は袖をぱたぱたさせて卓の上に降り、封筒の中にいったい何が入っているかを見ようとしたが、「両手」で封筒の端を掴んで、いくら引っ張ってみてもびくともしなかった。

今の彼の体はただの薄い一枚の紙切れなので、どうやってもそのずっしりと重い瑪瑙の文鎮を動かすことなどできやしない。

紙無羨《かみウーシェン》は文鎮の周りをぐるぐると歩き、押したり蹴ったり、ぴょんと飛んだり跳ねたりしてみたが、厳然とそびえ立つような文鎮はわずかも動かない。

仕方なく、とりあえず諦めて他に怪しいところがないかを調べ始めたその時、寝殿の脇戸が向こう側から誰かに押されて小さく開いた。

魏無羨《ウェイウーシェン》は瞬時に卓から下り、卓の角にぴたりとくっついて動きを止めた。

入ってきたのは秦愫《チンスー》だった。実は芳菲殿の中は無人ではなく、ただ部屋の中にいた彼女が物音を立てずにいただけだったのだ。

金鱗台の女主が芳菲殿の中に現れるのは、至って自然なことだ。しかし、今の秦愫《チンスー》はどう見ても様子がおかしい。血の気が完全に引いた彼女の顔は雪のように真っ白で、体もふらつき今にも倒れてしまいそうだ。まるで、ついさっき何者かに襲われやっと昏睡《こんすい》状態から目覚めたものの、またすぐにでも意識を失いそうだとでもいうかのように。

（どういうことだ？　さっき宴会場で会った時は、顔色も良さそうだったのに）

秦愫《チンスー》は扉に寄りかかったまま、しばらくの間呆然としていたが、ようやく壁を伝ってゆっくりと卓の方まで歩いてくると、瑪瑙の文鎮に押さえつけられたあの手紙を見つめる。手を伸ばしてそれを取ろうとしたようだが、結局その手をまた引っ込めた。灯《ともし》火《び》のもと、彼女の唇がしきりに震えているのがはっきりと見える。その端整で秀麗な容貌は、半ば歪められていた。

突然、彼女は甲高い叫び声を上げ、いきなりその手紙を掴むと床に投げ捨てた。もう片方の手は、震えながら服の胸元をきつく握りしめている。魏無《ウェイウー》羨《シエン》は目をきらりと光らせたが、卓の角から飛び出して手紙を拾いたい衝動をなんとか堪えた。見られるのが秦愫《チンスー》だけならまだ対処することもできるが、万が一秦愫《チンスー》が大声で叫んで他の人を呼び、この紙切れが少しでも傷ついてしまったら、彼の魂魄にも大きな影響を及ぼしてしまう。

ふいに、誰かの声が寝殿の中に響いた。

「阿愫《アースー》、何をしているんだい？」

秦愫《チンスー》がぱっと振り向くと、よく見知った姿が数歩離れた所に立っていた。その顔は、いつもと変わらず彼女に微笑んでいる。

秦愫《チンスー》はすぐさま床に飛びつくようにして、例の手紙を掴み取った。魏無羨《ウェイウーシエン》はただ卓の角にぴったりくっついたまま、その手紙が視界から消えるのを、為《す》術《べ》もなく眺めていることしかできなかった。

金光瑶《ジングアンヤオ》は、どうやら彼女に一歩近づいたようだ。

「手に持っているのは何？」

その口調は穏やかで優しい。まるで本当になんの異変にも気づいてはおらず、秦愫《チンスー》の手に握られた怪しげな手紙の存在も、彼女の歪んだ顔も目に入らないまま、日常の些細な事について尋ねているかのようだ。秦愫《チンスー》は手紙を握りしめたまま黙り込んだ。

「顔色が優れないようだけど、いったいどうした？」

彼の声はこの上なく彼女を気遣っているように聞

こえる。秦愫《チンスー》は手紙を持ち上げ、震えながら口を開いた。

「ある人に……会ってきたのよ」

「ある人とは？」

問いかけた金光瑶《ジングアンヤオ》の声がまったく聞こえなかったかのように、秦愫《チンスー》は続ける。

「その人は私にいくつかのことを教えてくれて、そして私にこの手紙までくれた」

金光瑶《ジングアンヤオ》は思わず吹き出した。

「誰に会ってきたの？　その相手が言ったことを、すべて信じるのかい？」

「あの人は私を騙したりしない。絶対に」

(誰のことだ？)

魏無羨《ウェイウーシエン》には「あの人」という言葉は聞こえたが、その相手が男か女かすらもわからない。

「ここに書いてあることは、本当なの？」

「阿愫《アースー》、手紙を見せてくれないと、何が書いてあるか私にはわからないだろう？」

「いいわ、それなら読んで！」

秦愫《チンスー》は手紙を開いて彼に突きつける。

それを読むため、金光瑶《ジングアンヤオ》はまた前に一歩進み出て、一目で十行読むような速さでざっと一通り読み終えたが、その表情は一切変化せず、微かに曇ることさえもない。

「何か言って……言ってよ！　これは事実じゃないって！　全部、私を騙すための嘘だって！」

彼の様子とは反対に、秦愫《チンスー》はもはや悲鳴のように甲高く叫んだ。

「事実じゃない。全部君を騙すための嘘だ。これは、根も葉もない作り話だ。私を陥れるためのでたらめだよ」

金光瑶《ジングアンヤオ》は落ち着き払った口調で告げた。

だが、秦愫《チンスー》は「ああ」と声を上げて泣きだした。

「そんなの嘘！　まだ私を騙そうとするなんて、もう信じられない！」

金光瑶《ジングアンヤオ》はため息をついた。

「阿愫《アースー》、君が私にそう言わせたんじゃないか。望んだ通りに言ったのに、信じてくれないなんて。困ってしまうよ」

秦愫《チンスー》は手紙を彼に投げつけ、両手で顔を覆った。

「ああ、なんてこと！　なんてこと、なんてことを！　あなたは……あなたという人は、本当に……なんて恐ろしい！　よくもこんなことを……どうして⁉」

彼女はもはやそれ以上何も言えず、顔を覆ったまま後ずさり柱に手をつくと、いきなりその場で嘔吐《おうと》し始めた。

彼女は胸が張り裂けそうなほど激しく吐き、まるで内臓までもすべて吐き出してしまいそうだ。あまりにも強い彼女の反応に、魏無羨《ウェイウーシエン》は目を見開いた。

（おそらく、さっきも彼女は部屋の中で吐いていたんだろう。あの手紙にいったい何が書いてあるんだ？　金光瑶《ジングアンヤオ》が人を殺して死体を解体したとか？　でも金光瑶《ジングアンヤオ》が射日の征戦で数えきれないほどの人を殺したことくらい誰でも知ってるし、そもそも彼女の父親だって相当なものだ。まさか、莫玄羽《モーシュエンユー》のこととか？　いや、金光瑶《ジングアンヤオ》と莫玄羽《モーシュエンユー》との間に本当に何かあったとは考えにくい。もしかしたら庶子である莫玄羽《モーシュエンユー》が金鱗台から追い出されるよう画策したのは彼だったのかもしれないけど、どちらにしてもあんなに激しく吐くほどのことじゃないはずだ）

確かに魏無羨《ウェイウーシエン》は秦愫《チンスー》のことをよく知らないが、同じく世家に属する者として、何度か顔を合わせたことはある。秦蒼業《チンツァンイエ》の掌中《しょうちゅう》の珠《たま》であった秦愫《チンスー》は裕福な家庭で育ち、素直な性格で教養もある。こんなふうに異常なほど半狂乱になるところなど一度も見たことがなかったため、さっぱり状況が呑み込めない。

金光瑶《ジングアンヤオ》は彼女がまた嘔吐する声を聞きながら静かにしゃがみ込み、床に散らばった数枚の手紙を無造作に拾い上げると、そばにある九盞蓮枝灯《きゅうさんれんしとう》〔九つの蓮の花が枝分かれする燭台〕の火に近づけて、ゆっくりと燃やし始めた。

燃えかすが少しずつ床に落ちていくところを眺めながら、彼は少し悲しげな様子で口を開く。

「阿愫《アースー》、私たちが夫婦になってから長い年月が過ぎたが、ずっと仲睦まじくやってきただろう。夫として、私は君に良くしてきたつもりだ。それなのに、そんな態度を取られると本当に傷つくよ」

　すべてを吐き尽くした秦愫《チンスー》は、床にうつ伏せてむせび泣いた。

「あなたは確かに良くしてくれた……本当に良くしてくれたわ……でもこんなことなら……最初からあなたと出会わない方が良かった！　どうりであなたは、あれ……あれから二度と……よくもあんなことを……いっそ、私を殺してくれた方が良かった！」

「阿愫《アースー》、君がこのことを知る前までは、私たちはずっと仲良く過ごしてきたじゃないか？　今日初めて知ったから、そのせいで気分を害して吐いてしまったけれど、ほんの些細なことだ。この事実が君自身に何か影響を与えることもないし、気にしなければいいだけのことだよ」

　秦愫《チンスー》は頑なに首を横に振って拒む。彼女の顔色は真っ青を通り越して、もはや灰色がかっている。

「……正直に答えて。阿松《アーソン》……阿松《アーソン》はなぜ死んだの？」

（阿松《アーソン》って誰だ？）

　魏無羨《ウェイウーシェン》が疑問に思っていると、金光瑤《ジングアンヤオ》は訝しげな表情になる。

「……阿松《アーソン》？　なぜそれを私に聞く？　君ももうずっと以前から知っていることじゃないか？　阿松《アーソン》は殺されたんだ。殺した者も既に私が始末して、仇の一族も討った。どうして急にあの子の話をしたりするんだ？」

「それは知っているわ。でも今思うと、それすら何もかも嘘だったんじゃないかって」

　秦愫《チンスー》の答えを聞いて、金光瑤《ジングアンヤオ》の顔に疲れの色が滲み始めた。

「阿愫《アースー》、いったい何を考えているんだ？　阿松《アーソン》は私の息子だよ。私があの子に何かしたとでも？　君は正体不明の誰かと得体の知れないその手紙を信じて、夫の私を信じてはくれないのか？」

　秦愫《チンスー》は壊れたかのように自分の髪を引っ張って、金切り声で叫んだ。

「あなたの息子だから怖いのよ！　何かしたと思うかって？　あなたはこんな恐ろしいことができる人なのに、できないことなんてある!?　この期《ご》に及んでまだ私に信じろなんて、無茶言わないでちょうだい！」

「根拠のない妄想はやめよう。それより教えてくれ、今日、誰に会ってきた？　誰からその手紙をもらったんだ？」

秦愫《チンスー》は髪を掴んだまま、呆然と尋ねた。

「あなた……何するつもり？」

「その人は君に密告できたなら、他の人にだって告げられる。一通目の手紙を書けたなら、二通目、三通目、もっとたくさんの手紙も書ける。そうなったらどうする？　好き勝手にこのことを暴かれてもいいのか？　阿愫《アースー》、頼むから、夫婦の情でももう一つのよしみでもいい、私たちの間の情に免じて教えてくれ。手紙に書いてあったこの人たちは今どこにいる？　君にこの手紙を届けたのはいったい誰なんだ？」

それが誰なのか、魏無羨《ウェイウーシエン》も秦愫《チンスー》に話してもらいたかった。仙督の夫人に近づくことができた上に、彼女の信頼を得ている者。そして、金光瑶《ジングアンヤオ》の人には言えないなんらかの秘密を暴いた人物。

手紙に書いてあったのは、決して殺人や放火などの単純な悪事ではない。秦愫《チンスー》が読んだあと、強烈な嫌悪感を覚え嘔吐するほど恐怖し、しかもこの場には二人だけしかいないのに言葉にすることさえできず、問いかける言葉も途切れ途切れで、恐ろしくて明言できないくらいの内容が綴《つづ》られていたのだ。しかし、言われるがまま手紙を届けてくれた者を白状するなど、実に愚かなことだ。なぜなら口に出した瞬間、金光瑶《ジングアンヤオ》がその人物を始末するのはもちろんのこと、同時にあらゆる手段を使って秦愫《チンスー》の口を塞ぐことがわかりきっているのだから。

秦愫《チンスー》は幼い頃から天真爛漫で世情に疎《うと》く、少々ぼんやりしたところがあるものの、幸いなことに今はもう金光瑶《ジングアンヤオ》のことをまったく信じるつもりはなかった。彼女は卓のそばに端然と座っている金光瑶《ジングアンヤオ》を空虚な目で見つめる。

仙門の頂《いただき》である仙督、そして、彼女の夫。今この瞬間も灯火のもとで、いつもと変わりなく眉目秀麗な顔を照らし出されたその男は、落ち着き払った表情をしている。ふいに彼が立ち上がり、身を屈めて彼女を支えようとすると、秦愫《チンスー》は思いきり彼の手を払いのけ、またうつ伏せて激しく空嘔《からえずき》した。

金光瑶《ジングアンヤオ》の眉根が少し引きつった。

「私の存在が、そんなに不快なのか？」

「この人でなし……あなた、正気じゃないわ！」

その叫び声を聞いた金光瑶《ジングアンヤオ》が彼女を見つめる目には、悲しさと優しさが滲んでいた。

「阿愫《アースー》、当時の私には、本当にそれ以外の選択肢がなかったんだ。君には一生隠し通すつもりだった。知ってほしくなかったから。でも、君にこのことを告げた誰かにすべてを壊されてしまった。君が私のことをどれだけ嫌悪したとしても構わない。だけど、君は私の妻だ。もしこの事実が外に漏れたら、他の人になんと言われ、どんな目で見られるか……」

やんわりと言われ、秦愫《チンスー》は自らの頭を抱え込んだ。

「それ以上言わないで……もうやめて、思い出させないで！　最初からあなたと出会わず、あなたと一切関わらずに済めばどれほど良かったことか！　どうしてあの時私に近づいたの⁉」

しばし沈黙してから、金光瑶《ジングアンヤオ》が静かに答えた。

「今さら私が何を言っても、君はもう信じてくれないだろうが、初めから、私は真剣だった」

「……まだ、そんな甘言《かんげん》を！」

「本当のことだよ。今でも覚えている。君が私の出自も、母親のことも、何一つ気にせずにいてくれたことを。一生感謝し、そして君を尊敬し、慈しんで愛し続けたいと思っている。でも阿松《アーソン》は、たとえ他人が殺めなくとも死ななければならなかった。君にもわかるだろう。死ぬしかなかったんだ。もしあの子があのまま成長していたら、君も私も……」

息子の話になると秦愫《チンスー》は堪えきれず、手を上げて彼を平手打ちした。

「何もかも、いったい誰のせいだと思っているの⁉

あなたは自分の地位を守るためなら、なんでもするって言うの⁉」

金光瑶《ジングアンヤオ》は避けることなく思いきり打たれ、白い頬にはあっという間に暗い赤色の手形が浮かび上がった。

彼は目を閉じ、少ししてから、「阿愫《アースー》、本当に教えてくれないのか？」と尋ねた。

秦愫《チンスー》は首を横に振る。

「……あなたに教えるなんて、口封じのために殺しに行かせるようなものでしょう？」

「なんてことを言うんだ？　どうやら体調を崩して混乱しているようだね。君の父上は休養のために旅に出ているし、しばらくの間君もそちらに行って一家団欒《だんらん》を楽しむといい。だから、まずはこのことを解決しないと。外にはまだ大勢の客もいるし、明日も清談会があるのだから」

事ここに至っても、彼はまだ客人と明日の清談会の心配をしていられるのか！

彼は口では秦愫《チンスー》を休養に行かせると言いながら、彼女の激しい抵抗をよそに強引に抱き起こす。いったいどんな手を使ったかはわからないが、唐突に秦《チン》愫《スー》の全身からがくりと力が抜けた。彼は悠揚《ゆうよう》とした様子で、抱きかかえた妻の足を引きずりながら仕切り幕の中に入っていく。紙無羨《ウーシエン》も抜き足差し足で卓の下から出てあとを追った。

金光瑶《ジングアンヤオ》が巨大な床置きの銅鏡《どうきょう》の鏡面に手を置くと、次の瞬間、なんとその手の指は水面に突き刺すかのように鏡をすり抜けた。秦愫《チンスー》の両目は大きく見開かれたまま、夫が自分を鏡の中に引きずり込むのをただ呆然と涙を流しながら眺めているだけで、何かを話すことも、声を上げて叫ぶこともできなかった。

魏無羨《ウェイウーシエン》は、その鏡はきっと金光瑶《ジングアンヤオ》本人にしか開けられないものだと悟り、今を逃せばこんな機会は二度と訪れないかもしれないと考えて、この姿でいられる時間の限界を大まかに見積もると、ぱっと中に飛び込んだ。

銅鏡の向こう側は密室になっていた。金光瑶《ジングアンヤオ》が入ったあと、壁の灯盞《とうさん》〔灯油を入れて火を灯す小皿〕にひとりでに火が灯り、ほのかな明かりが四方の壁にある大小不揃いの飾り棚を照らし出す。その格子の中には書物や巻き物、宝石に武器などの他に、拷問具も何種類かあった。真っ黒な鉄枷《てつかせ》に、鋭利な銛《もり》、銀色の鉤《かぎ》は独特の形をしていて、その見た目だけでもかなり不気味に感じる。これらはおおかた金光《ジングアン》瑶《ヤオ》が考案したものなのだろうと魏無羨《ウェイウーシエン》は察した。

岐山温《ウェン》氏宗主、温若寒《ウェンルオハン》は気性が荒く残虐な男で、殊の外血を好み、時折道楽として罪人を拷問していた。かつては金光瑶《ジングアンヤオ》もその好みに迎合《げいごう》し、いつも多種多様な残忍で珍しい拷問具を思いつくことで温《ウェン》若寒《ルオハン》に気に入られ、だんだんと地位を上げて最後には彼の腹心にまでのし上がった。

どの仙門世家にも宝を隠す密室の一つや二つはあるもので、芳菲殿の中にこのような隠し部屋があるのは取り立てて珍しいことではない。

密室の中には一台の文机《ふづくえ》の他に、人を寝かせられるほどの大きさの、真っ黒で冷たそうな長方形の鉄製の卓が一台置いてあり、その上には何やら固まったどす黒い痕跡がある。

(あの鉄の卓は、人を殺してその死体を解体するのにちょうど良さそうだな)

金光瑶《ジングアンヤオ》は腕に抱いていた秦愫《チンスー》を下ろして、その鉄の卓にそっと寝かせた。秦愫《チンスー》の顔はすっかり血の気が引き青褪めていたが、金光瑶《ジングアンヤオ》は彼女の少し乱れた髪の毛を優しく整えてやっている。

「怖がらなくていい。今の君の状態では外を出歩かない方がいいと思ってね。この数日は人も多いから、しばらくここで休んでいるといい。例の人が誰なのかさえ教えてくれれば、すぐ外に出られる。教えてくれるなら頷いて。君の体の経穴をすべて封じたわけじゃないから、頷くことくらいはできるはずだ」

秦愫《チンスー》の目玉は、これまでと変わらない優しく温かな口調で話す夫を見上げている。だが、その眼差しには恐怖と苦痛と絶望がありありと滲んでいた。

その時、魏無羨《ウェイウーシエン》は棚の一画が上部から垂らされた簾で隠されていることに気づいた。その簾の表には真っ赤な色のおぞましい呪文が隙間なく書かれている。それは極めて強力な封印紋の一種だ。

紙無羨《ウーシエン》は近くの壁にくっつくと、慎重に上へ登っていく。半寸ずつ、非常にゆっくりと。まだ優しい声でなんとか秦愫《チンスー》を懐柔《かいじゅう》しようとしていた金光瑶《ジングアンヤオ》は、突然何かに気づき警戒するように、ぱっとこちらを振り向いた。

密室内には彼と秦愫《チンスー》以外は誰もいない。しかし金《ジン》光瑶《グアンヤオ》は立ち上がると、仔細《しさい》に辺りを見て回り、特に異変がないことを確認してから、やっと元の場所に戻った。

彼に気づけるはずはない。先ほど金光瑶《ジングアンヤオ》が振り向いた時には、魏無羨《ウェイウーシエン》は既に書物が置いてある棚まで辿り着いていたのだ。魏無羨《ウェイウーシエン》は金光瑶《ジングアンヤオ》の首が微かにこちらに向けて動きだすのに気づくや否や、すぐさま自分の薄い紙の体を滑り込ませ、栞《しおり》のように平たくなって一冊の書物の間にぴったりと挟まった。金光瑶《ジングアンヤオ》の警戒心は異常に強かったが、本を一冊ずつ手に取ってめくり、中に誰か隠れているかどうかを確認するほどではなかったのが幸いだった。

ふいに、魏無羨《ウェイウーシエン》は目に入ってきたいくつかの文字に見覚えがあることに気づいた。滑り込んだ書物に記されたその文字をじっと見ているうち、心の中で思わず悪態をつく。

（見覚えがあるのも当たり前だ。これは、俺の字じゃないか！）

かつて江楓眠《ジャンフォンミエン》は彼の字を「ぞんざいで軽薄、だが非凡な風格がある」と評価した。これは、間違いなく彼の筆跡だ。魏無羨《ウェイウーシエン》が改めてそれをじっくりと読んでみると、「……奪舎と違い……」「……復讐……」「強制的に契約を……」と断片的にしか読み取れず、それ以外のところはぼやけたり破損したりしている。

しかし、確信を持って言える。魏無羨《ウェイウーシエン》が自ら挟まったこの書物は、彼自身による手稿《しゅこう》だ。そして手稿の内容は、彼が前世であちこちから収集し整理した資料をもとに、自らの推論を加えて書いた禁術——すなわち、献舎に関する文章だ。

当時、魏無羨《ウェイウーシェン》は他にもたくさんの似たような手稿を書いていたが、どれも無造作に扱っており、夷陵乱葬崗で彼が寝る時に使っていた洞窟《どうくつ》に置き散らかしていた。それらは乱葬崗殲滅戦《せんめつせん》の際に戦火に焼かれたものもあれば、彼の剣のように戦利品として誰かに収蔵されているものもあった。

彼は以前から莫玄羽《モーシュエンユー》はいったいどこで禁術を学んだのかと疑問に思っていたが、今、やっとその答えを見つけた。

禁術に関する不完全な手稿である以上、金光瑶《ジングアンヤオ》が気安く他人に見せるなど絶対にあり得ない。金《ジン》光瑶《グアンヤオ》と莫玄羽《モーシュエンユー》は特別な関係ではなかったにしても、その程度には親しかったのだろう。

そんなことを考えているうち、金光瑶《ジングアンヤオ》の声が聞こえてきた。

「阿愫《アースー》、もう時間だ。私は外を取り仕切りに行かなければならないから、またあとで会いに来るよ」

魏無羨《ウェイウーシェン》は少しずつ体を捻って書物の間から脱出しようとしていたが、その声を聞いて、また慌てて別の頁の中に滑り込んだ。すると、今度彼が目にしたのは、先ほどの手稿の続きではなかった。挟まれている前後の二枚の紙は……家屋重書《かおくじゅうしょ》と沽券状《こけんじょう》のようだ。

魏無羨《ウェイウーシェン》はそれを見て、一際大きな疑問を抱いた。財産とはいえただの権利書に、夷陵老祖の手稿と一緒に保管するほどの特別な価値があるのだろうか。これはどう見てもなんの変哲もない、からくりも暗号も見当たらないただの権利書だ。紙は黄ばんで上部には墨《すみ》汚れまである。それでも彼は、あの金光《ジングアン》瑶《ヤオ》が理由なくこの二枚をここに挟んだとは到底思えず、住所を頭の中に焼きつけた。その場所は、雲夢にある雲萍《うんぺい》城だ。

（ここに行ってみたら、なんらかの手がかりが掴めるかもしれない）

しばらくの間、外は静まり返っていたため、魏無《ウェイウー》羨《シェン》はようやく書物から出て壁に沿ってさらに上へと登り、例の封印の施された棚まで辿り着いた。しかし、彼が中を確認する前に、突然目の前がぱっと明るくなった。

出ていったと思っていた金光瑶《ジングアンヤオ》が、いきなり簾をめくったのだ。

一瞬、魏無羨《ウェイウーシエン》は自分が見つかったのかと思った。しかし、微かな火の明かりが簾の外から差し込むと、自分のいる所が何かの陰となっていることに気づく。前方にある丸い形の物が、ちょうど彼を隠してくれているのだ。

金光瑶《ジングアンヤオ》は微動だにせず、棚に置いてある丸い形の物と見つめ合っているようだ。

束の間の沈黙のあと、彼は問いかけた。

「さっき私を見ていたのは、あなたですか？」

当然、返事があるはずもない。再び沈黙が流れ、金光瑶《ジングアンヤオ》は簾を下ろした。

魏無羨《ウェイウーシエン》はそっと音を立てないようにして前方の物にくっついた。それはひんやりと冷たくて非常に硬い。どうやら兜《かぶと》のようだ。反対側に回ってみると、予想通り、青褪めた顔が目に入った。封印を施した者は、この首が何一つ見ることも聞くことも話すこともできないように、青白い皮膚に隙間なくびっしりと呪文を書き、両目と口と耳をすべてしっかりと封じたらしい。

（ご高名はかねがね承《うけたまわ》っております、赤鋒尊《せきほうそん》）

聶明玦《ニエミンジュエ》の死体、その最後の部位——首は、やはり金光瑶《ジングアンヤオ》が持っていたのだ。

かつて、射日の征戦では向かうところ敵なし、怒気を帯びると凄まじい落雷のような威勢であった赤《せき》鋒尊聶明玦《ほうそんニエミンジュエ》は、何重もの封印によって、こんな薄暗い密室の狭苦しい場所に閉じ込められ、誰にも見つけられずにいたのだ。

魏無羨《ウェイウーシエン》が封印を解きさえすれば、赤鋒尊《せきほうそん》の体は自らの首と共鳴して探しに来るはずだ。首の禁制をじっくりと調べ、どうやって取りかかろうかと考えていたその時、突然異常なほど強い引力に襲われて、軽い紙切れの体は前方に力一杯引っ張られ、そのまま聶明玦《ニエミンジュエ》の額に張りついてしまった。


一方、金鱗台の客室にいる藍忘機《ランワンジー》は、魏無羨《ウェイウーシエン》のそばに座ってひたすら彼の顔を見つめていた。しばらくの間そうしたあと、ふと指を動かすと、視線を伏せたまま自分の唇に触れる。

ごく軽く、先ほど形代がそこにぶつかった時のように、そっと。

その時突然、魏無羨《ウェイウーシエン》の両手がぴくりと動いた。ふいに十本の指がしっかりと拳を握る。藍忘機《ランワンジー》が真剣な目つきで彼を抱きかかえてその顔を上げてみると、魏無羨《ウェイウーシエン》の目は閉じたままだが、眉間にきつくしわを寄せている。

密室にいる魏無羨《ウェイウーシエン》は、抵抗の余地など一切ない状態に陥っていた。

あまりにも強烈な死者の怨念は、自らの恨みと憎しみを周りの人々へと無限に放射して影響を及ぼし、怒りを伝染させる。多くの祟りはそうして引き起こされるのだが、実は、共情の原理もこれと同じだ。もし今魏無羨《ウェイウーシエン》が使っているのが生身の肉体だった場合、それ自体が魂魄の防御壁となって、彼自身が同意しない限り、どんな怨念であっても彼に影響を及ぼすことはできない。しかし、現在の彼は薄い一枚の紙切れの中にいるため、防御力が大幅に弱まっている上に、聶明玦《ニエミンジュエ》との距離も非常に近い。さらにはその怨念が極めて強いものだったせいで、少しの気の緩みによって影響を受けてしまった。

心の中で「しまった！」と叫んだ次の瞬間、彼は血の臭いを感じた。

もう何年もの間、彼はここまで濃くて強烈な血生臭い悪臭を嗅いだことはなかった。体の芯にある何かが一瞬で呼び覚まされて騒ぎだし、沸き立つような感覚を覚える。瞼を開けると、刀の刃が光るのが見え、一面の血しぶきと、空高く飛ぶ首、そしてどさりと倒れる体が目に入った。

その首と体を分断された人物が身に纏っていた袍には、炎陽烈焔《えんようれつえん》の模様がある。魏無羨《ウェイウーシエン》が刀を鞘に収める「自分」を眺めていると、口から低く沈んだ声が響いた。

「首をさらして、温狗《ウェンく》どもに見せてやれ」

「はっ！」

背後から誰かが答える。

魏無羨《ウェイウーシエン》には、一刀で首を斬り落とされたその人物が誰なのかがわかった。

岐山温《ウェン》氏宗主、温若寒《ウェンルオハン》の長男である温旭《ウェンシュー》だ。彼は河間《かかん》で聶明玦《ニエミンジュエ》に斬り殺され、一刀で首を落とされた。しかもその首は陣の前に吊るされ、温《ウェン》家の修士たちに聶明玦《ニエミンジュエ》の力をまざまざと見せつけたのだ。残った体も怒りに燃える聶《ニエ》家の修士たちに斬り刻まれ、粉々になるまで潰されて、地面に塗りつけられてしまった。

聶明玦《ニエミンジュエ》は地面に転がる死体をさっと見ると一蹴し、手で刀の柄を押さえながら、ゆっくりと四方を見渡した。

赤鋒尊《せきほうそん》の背丈はかなり高く、前回、阿箐《アージン》と共情した時には魏無羨《ウェイウーシエン》の目線はずいぶんと低かったが、今度は普段の彼の目線よりも大分高く感じた。辺りには数えきれないほどの死傷者がいて、そこには温《ウェン》家の炎陽烈焔袍を身に纏った者もいれば、背中に清河聶《ニエ》氏の家紋である獣頭《じゅうとう》紋の入った者、家紋など何もない者もいた。それぞれの割合はだいたい等分で、非常に凄惨《せいさん》な光景の中、血生臭い悪臭は空にまで届くほどだ。

彼は周囲に目を配りながら歩きだし、どうやら息絶えていない温《ウェン》家修士がまだいるかどうかを確認しようとしているらしい。

その時、近くの瓦葺《かわらぶき》家屋からカタンと音がした。聶明玦《ニエミンジュエ》がそちらへ向かって長刀を振ると、凄まじい勢いの刀風が放たれ、粗末な扉が破壊されて、中で怯えて震えている母と娘の親子が姿を現した。年季の入った瓦葺の家はボロボロで、家の中には物も少ない。彼女たちは他に身を潜める場所もなく、ただ抱き合って卓の下に隠れたまま声も出せずにいた。

まだ若い母親の見開かれた両目には、血まみれで殺気に満ちた聶明玦《ニエミンジュエ》の姿が映し出され、彼女はぼろぼろと涙を流す。その腕に抱きかかえられている娘は、恐ろしさのあまりただ呆然とするばかりで、ぽかんと口を開けていた。

彼女たちがただの一般人の親子であることを確認

すると、聶明玦《ニエミンジュエ》のきつく寄せられた眉間が微かに緩んだ。後ろから追いついてきた部下は、とっさに状況を把握することができず、「宗主?」と困ったように呼びかけた。

おそらく親子二人は、開戦したあと、この土地から逃げ遅れた地元民なのだろう。ただごく普通に暮らしていただけなのに、ある日突然大勢の修士たちがどっと攻め込んできて、太陽も月も輝きを失い、空が真っ暗になるまでの殺し合いが始まったのだ。彼女たちには、どちらが善でどちらが悪なのかなどわかるはずもなく、ただただ刀や剣を持っている者を恐れ、殺されるのだと覚悟して身を硬くしている。

聶明玦《ニエミンジュエ》は彼女たちを一目見て、とっさに殺気を抑え込む。

「なんでもない」

彼は刀を握った手を下ろすと、しっかりした足取りでそこから離れた。次の瞬間、その母親は娘を抱いたままぐったりと床に崩れ、そのうち我慢できずに静かに啜《すす》り泣き始めた。

数歩歩いたところで聶明玦《ニエミンジュエ》は突然足を止め、後ろの部下に聞く。

「前回戦場の後始末をした時、最後まで残った修士は誰だ?」

部下は意外な質問にぽかんとしている。

「最後までですか? それは……はっきりと記憶しておりませんが……」

「思い出したら報告しろ」

聶明玦《ニエミンジュエ》は眉をひそめて命じると、また歩き始めたが、その部下は急いで他の者に確認しに行き、しばらくして追いかけてきた。

「宗主! わかりました。前回最後まで居残った修士は、孟瑶《モンヤオ》と言います」

その名前を聞いて、聶明玦《ニエミンジュエ》は微かに眉を上げる。どうやら少々意外だったようだ。

魏無羨《ウェイウーシエン》はその理由を知っている。金光瑶《ジングアンヤオ》は、父親に正式に一族の一員として認められるより前は、母方の姓を名乗っていた。その名前が孟瑶《モンヤオ》だ。それは別に秘密でもなんでもなく、むしろこの名前は、かつて「非常に有名」だった。

のちに金鱗台の頂に立ち、仙門に君臨することになる斂芳尊金光瑶《れんほうそんジングアンヤオ》が初めて金鱗台に上った時。当時の光景を実際に目の当たりにした者はわずかだったが、噂では詳細に伝えられていた。

金光瑶《ジングアンヤオ》の母親は雲夢にある遊郭《ゆうかく》の有名人で、当時は花柳才女《かりゅうさいじょ》という美名で呼ばれていた。話によると、琴の腕は見事で書く字は美しく、教養もあって礼儀正しい、あらゆる点で名家の娘より優れていたという。とはいえ当然のことながら、いくら彼女に優れた点が多くても、人々の口から出る言葉は「娼妓《しょうぎ》は所詮娼妓」だった。

当時の金光善《ジングアンシャン》は偶然雲夢に立ち寄ったことがあり、当然この人気絶頂の有名娼妓を見逃すわけがなかった。金光善《ジングアンシャン》は彼女にぞっこんで、何日も滞在を続けた上、約束の証《あかし》の品を一つ残し、すっかり満足した頃にふらりと立ち去った。しかしその後、蘭陵に戻ると、これまで数えきれないほどしてきた浮気と同じく、一度は艶事のあったこの女性のことを頭の片隅にも留めていなかった。

こうして比べてみると、莫玄羽《モーシュエンユー》と彼の母親は実はかなり大事にされていた方で、少なくとも金光《ジングアン》善《シャン》は、のちのちまで莫玄羽《モーシュエンユー》という息子がいることを忘れずに、しかも彼を金鱗台にまで迎え入れた。けれど、娼妓の子が良家の子と肩を並べられるわけもなく、孟瑶《モンヤオ》の方はそんな幸運に恵まれることはなかった。

母親はたった一人で金光善《ジングアンシャン》の息子を産むと、精一杯、孟瑶《モンヤオ》に学びを与えて導き、彼が将来仙門に入るための準備をさせながら、莫《モー》家の次女と同じように仙門宗主が自分と息子を迎えに来てくれる日をひたすら待ち続けた。しかし、息子が十歳を過ぎても父親からは一向に音沙汰がなく、そのまま彼女は危篤《きとく》に陥ってしまった。

彼女は息を引き取る前、かつて金光善《ジングアンシャン》が残した品を息子に渡し、進路の口利きを願うため彼を金鱗台へ送り出した。孟瑶《モンヤオ》は荷物をまとめて雲夢を離れ、長旅の末に蘭陵に辿り着いて金鱗台に向かったが、正門の外で止められてしまった。彼はすぐに約束の証の品を取り出し、宗主に取り次いでくれるよう頼んだ。

金光善《ジングアンシャン》が渡した約束の証の品とは、真珠の釦《ぼたん》だ。けれどそれは蘭陵金《ジン》氏では特別珍しいものではなく、むしろ容易く手に入るような代物だった。

金光善《ジングアンシャン》のいつものやり口というのは、外出して女遊びをする際に、その綺麗な小物を大事な宝物だと偽って女性に贈り、不変の愛を誓い、二世の契りをつけ加えるというものだった。気の多い彼は手当たり次第気に入った女性にそれを贈るものの、贈ったあとはあっという間に忘れてしまう。

しかも、孟瑶《モンヤオ》が訪れたその日は、よりによって金《ジン》子軒《ズーシュエン》の誕生日だった。金光善《ジングアンシャン》と金《ジン》夫人は大事な息子の誕生祝いのために盛大な宴を催し、各世家や親族たちも数多く集まってきていた。三時辰後、日も暮れ始め、皆が幸福祈願のための灯籠《とうろう》流しに出かけようと出発の準備をしているところへ、やっと家僕が隙を見て報告にやってきた。だが、その真珠の釦を目にした金《ジン》夫人は、金光善《ジングアンシャン》の過去の様々な悪行が目の前に蘇って怒りで顔色を変えた。それを見た金光善《ジングアンシャン》は慌てて真珠を粉々に踏み潰して家僕を怒鳴りつけると、灯籠流しに出かける時に出会わないよう、外の奴を追い返せと命じた。

かくして孟瑶《モンヤオ》は金鱗台から蹴飛ばされ、その階段の最上段から一番下の段まで転がり落ちたのだ。

話によると、起き上がった彼は何も言わずに額の血を拭いて、服の埃をはたき荷物を背負うと、そのまま立ち去ったという。

そうして、射日の征戦の戦端が開かれたあと、孟《モン》瑶《ヤオ》は清河聶《ニエ》氏の門弟となった。

当時、聶明玦《ニエミンジュエ》率いる清河聶《ニエ》氏本家の修士たちと、招集に応じた無所属の修士たちはいくつかに分かれて駐屯し、そのうちの一か所は河間にある名もない山脈に位置していた。徒歩でその山を登ってきた聶《ニエ》明玦《ミンジュエ》の目に、ずっと遠くの青々とした林の中から、一本の竹筒を手に持ち綿の単衣《ひとえ》を着た少年がふらっと出てくるのが見えた。

少年はどうやら水を汲んできた帰りらしい。少し疲れた足取りで洞窟に入ろうとしたところで、なぜか突然立ち止まる。そして洞窟の外に立ち尽くしたまま中から聞こえる会話にしばし聞き耳を立てて、入るかどうかをためらったあと、結局、黙って違う方向へと歩き始めた。

そうして、少し離れた道端に休める場所を見つけてしゃがみ込むと、懐から白色の乾飯《かれいい》を取り出し、川水を飲みながらそれを食べ始めた。

聶明玦《ニエミンジュエ》は彼のいる方へと足を向けた。俯き夢中で食べていた少年は、ふいに目の前に大きな影が差したことに気づいて顔を上げ、はっとして慌てて食べ物をしまい込んで立ち上がった。

「聶《ニエ》宗主」

背丈の低いその少年は、色白で美しい容貌をしている。まさに金光瑶《ジングアンヤオ》の、あのとても得をする賢い顔立ちだ。この時はまだ金鱗台に迎え入れられていない頃なので、眉間には当然、志を示す丹砂の点もない。聶明玦《ニエミンジュエ》は間違いなく彼の顔に見覚えがあり、

「孟瑶《モンヤオ》か？」と尋ねた。

「はい」

恭《うやうや》しく返事をした孟瑶《モンヤオ》に、聶明玦《ニエミンジュエ》がさらに問いかける。

「なぜ皆とともに洞窟に入って休まない？」

孟瑶《モンヤオ》は小さく口を開けては閉じ、それから少し気まずそうな笑みを浮かべ、なんと答えたらいいかわからないといった様子を見せる。それを見て、聶明《ニエミン》玦《ジュエ》は彼を置いたまますんずんと洞窟の方に向かっていった。孟瑶《モンヤオ》は彼を止めたそうな素振りを見せたが、結局、勇気が出ずに何もできなかったようだ。聶明《ニエミン》玦《ジュエ》は気配を消して真っすぐに洞窟の入り口に近づく。中にいる者は誰一人としてそれに気づかず、まだ長《ちょう》広舌《こうぜつ》を振るっていた。

「……そう、まさにその彼だ」

「嘘だろう！　金光善《ジングアンシャン》の息子だって？　それなのに俺たちと同じざまなのか？　あいつ、なんで親父のところに行かないんだ？　そうすれば一言お願いするだけで、こんな苦労なんてしなくても済むだろ

うに」

「彼が行きたくないとでも思うのか？　雲夢から千里もの距離をはるばる約束の証を持って蘭陵まで会いに行くなんて、どう考えても父親に迎え入れてもらうためだろう？」

「それは考えが甘かったな。金光善《ジングアンシャン》の女房はとんでもなく怖いんだぞ」

「だよな。しかも、金光善《ジングアンシャン》はこれまでに外で隠し子をずいぶんたくさん作って、息子と娘を合わせたら少なくとも十二人はいるって話なのに、一人も迎え入れたことがないだろう？　それなのに、のこのこ金鱗台まで出向くなんて、あんなことになったのも自分で蒔いた種だよ」

「そうだよな、人は身の丈以上に高望みしちゃいけないんだよ。転がり落ちて頭から血を流したって、誰のせいでもない。あれはあいつの自業自得さ」

「本当にバカだよな！　金子軒《ジンズーシュエン》がいる限り金光《ジングアン》善《シャン》が他の息子を欲しがるわけもないだろう？　ましてや誰でも買える娼妓が産んだ子なんて、当の本人でも子供の父親が誰なのかわからないだろうに。俺が思うに、金光善《ジングアンシャン》もきっと自分の子だっていう確信がなかったから認めなかったんだな！　ハハハハッ……」

「違うって！　絶対あの人はそんな女とやったことをすっかり忘れてたんだと思うよ」

「しかし、金光善《ジングアンシャン》の落とし胤《だね》がその運命を受け入れて、今は俺たちのために水を汲んでるかと思うと、なんかちょっといい気分だな、ハハハッ……」

「全然受け入れてねぇよ。自分をよく見せるためにあんなに必死に働いてさ。毎日あちこち走り回ってせっせとご機嫌を取りまくってるのは、少しでも早く成果を上げて、なんとかして親父に認めてもらいたいからに決まってるぜ」

彼らの下劣な噂話に、一瞬にして聶明玦《ニエミンジュエ》の胸に激しい怒りの炎が燃え上がり、それは魏無羨《ウェイウーシエン》の胸にまでも燃え移った。

いきなり刀の柄を掴んだ彼の手を孟瑶《モンヤオ》がとっさに止めようとしたが、もう遅かった。刀は既に鞘から抜かれ、洞窟の入り口にあった大きな岩石が轟音《ごうおん》とともに落下する。洞窟の中で休んでいた十数名の修士たちは、落下してきた岩石に驚き一斉に跳び上がって剣を抜き、手にしていた水飲み用の竹筒がカランコロンと音を立て地面に転がる。即座に洞窟の中に聶明玦《ニエミンジュエ》の怒声が響き渡った。

「人に汲んでもらった水を飲みながら、口では悪《あ》しざまに言いたい放題か！　お前らが俺の傘下に入ったのは温狗《ウェンく》を斬り殺すためじゃなく、減らず口を叩くためだったのか⁉」

洞窟内にはどよめきと混乱の気配が広がったが、皆が赤鋒尊《せきほうそん》の性格をよく知っているため、弁解すればするほど火に油を注ぐだけだとわかっていた。おそらく今日はもう処罰を免れることはないと悟り、全員が事実を大人しく認めて、何か言う勇気がある者はいなかった。聶明玦《ニエミンジュエ》は彼らの反応に冷笑を浮かべると、中には入らずに孟瑶《モンヤオ》に話しかけた。

「お前は俺についてこい」

聶明玦《ニエミンジュエ》は振り返って麓《ふもと》の方へ歩きだし、孟瑶《モンヤオ》はその後ろをついていく。しばらく歩くうちに、孟瑶《モンヤオ》は次第に項垂れ、足取りもだんだんと重くなっていった。

「聶《ニエ》宗主、ありがとうございます」

「心に恥じるところのない一人前の男なら、あんな奴らのあらぬ噂など気にする必要はない」

「はい」

孟瑶《モンヤオ》は素直に頷いたものの、表情はまだ憂いを帯びたままだった。今日は聶明玦《ニエミンジュエ》があんなふうに庇ってくれたが、それは一時の平穏でしかない。あの修士たちはきっと恥をかかされた分、十倍百倍もの復讐をしてくるのはわかりきっている。彼の気が晴れないのも当然だった。

しかし聶明玦《ニエミンジュエ》は逆に、そんな彼を奮い立たせるように言った。

「連中が陰口を叩くなら、お前は奴らが何も言えないような行動をとればいい。俺はお前の戦場での様子を見たことがある。いつも最前線に立ち、しかも毎回最後まで残って後始末をしていただろう。良くやった。引き続き励め」

　それを聞いて、孟瑶《モンヤオ》は微かな驚きを滲ませた顔を少し上げた。

「お前の剣術は非常に軽やかだが、堅実さがない。もっと鍛錬が必要だ」

　その言葉が、彼への励ましであることはもはや明白だった。

「聶《ニエ》宗主、ご教示いただき感謝いたします」

　孟瑶《モンヤオ》は慌てて礼を述べたが、魏無羨《ウェイウーシエン》にはわかっていた。今からどれだけ鍛錬を積んだところで、彼の剣術が確固たるものになることはない。金光瑶《ジングアンヤオ》は世家出身の者と違って基礎に難があるため、永遠に次への階段を上ることはできないのだ。

　そのため修練の道においては、一つの領域だけを深く極めようとしても無駄で、幅広く様々な分野の知識と術を習得する以外に上達の方法は残されていなかった。これが、彼が百家の長所だけを集めて、各家の秘技を研究しようとした根本的な理由であり、また世間から「技泥棒《わざどろぼう》」と非難された原因でもあった。

　河間は射日の征戦において非常に重要な拠点の一つで、聶明玦《ニエミンジュエ》の主戦場でもある。極めて堅固で打ち破ることのできない鉄壁のように、岐山温《ウェン》氏のすぐそばに立ち塞がり、東と南への侵攻を阻んだ。

　清河聶《ニエ》氏と岐山温《ウェン》氏の間には古くから深い遺恨《いこん》があり、これまでは抑え込み堪えてきたそれが、開戦するなり双方ともに爆発した。何度も繰り返される大小様々な衝突は、その度にいくら血を流しても相手が死ぬまで止まらなかった。河間の近隣に住む地元民はそのとばっちりを受けて、ひどく苦しんでいた。岐山温《ウェン》氏はもちろんそんなことを一切気にも留めなかったが、清河聶《ニエ》氏の方は民衆を見捨てるわけにはいかなかった。

　そんな状況下で、一つ戦いが終わる度に手を抜くことなく戦場の後始末をして人々を誘導し、彼らを宥めて回る孟瑶《モンヤオ》を、聶明玦《ニエミンジュエ》はますます気にかけるようになった。そんなことが続き、何度目かの戦いのあと、聶明玦《ニエミンジュエ》は自ら彼を側近に抜擢《ばってき》し、自分の補佐に任命した。そして孟瑤《モンヤオ》も彼の期待に十分すぎるほどよく応え、指示された任務はすべて完璧にこなした。

この頃の金光瑤《ジングアンヤオ》からは、のちのち、会う度に聶《ニエ》明玦《ミンジュエ》に厳しく叱責されるようになる姿は一切想像できず、むしろ高い評価を受けて重用されていた。魏《ウェイ》無羨《ウーシエン》はこれまで、「斂芳尊《れんほうそん》は赤鋒尊《せきほうそん》が来ると聞くと、すぐさま逃げる」などといった二人の笑い話を噂で度々《たびたび》耳にしていたため、常に聶明玦《ニエミンジュエ》と穏やかに接し、まるで水を得た魚のような今のこの孟瑤《モンヤオ》には、どこか現実味を感じられなかった。

この日、河間の戦場に一人の客人が訪れた。

射日の征戦においての三尊については、各々の美名と美談が広く伝えられている。赤鋒尊《せきほうそん》聶明玦《ニエミンジュエ》は向かうところ敵なし、通った場所には温狗《ウェンく》一匹残らないと言われた。沢蕪君《たくぶくん》藍曦臣《ランシーチェン》は彼とはまた異なり、姑蘇一帯の情勢が安定してからは藍啓仁《ランチーレン》が守りを固めていたため、いつも随所を飛び回って劣勢の味方に加勢し、人々を塗炭《とたん》の苦しみから救い出した。

さらに、射日の征戦の中では数えきれないほど失地回復に尽力し人命を助けたため、人々は彼の号や名前を聞くだけで、まるで生きる希望を取り戻し、命を守る切り札でも手に入れたかのように歓喜した。

藍曦臣《ランシーチェン》は他家の修士を護送する際、河間を通る時にはいつも中継地にして、少し休んでからまた出発する。この日もそうで、聶明玦《ニエミンジュエ》自らが彼を広々とした明るい応接間へ案内し、彼に同行してきた何名かの修士も一緒に席についた。

藍曦臣《ランシーチェン》と藍忘機《ランワンジー》の容姿は瓜二つとはいえ、魏無羨《ウェイウーシエン》は一目で二人を見分けることができる。それでも、藍曦臣《ランシーチェン》の顔を見た瞬間、心は微かに揺れた。

（そういえば、俺の体って今どうなってるんだろう。剪紙化身の状態で怨念に侵入された場合、肉体の方にも影響が出るのかな？　藍湛《ランジャン》は異変に気づいてくれてるだろうか）

互いに挨拶を交わしたあと、聶明玦《ニエミンジュエ》の後ろにつき従っていた孟瑤《モンヤオ》が出てきて、全員に茶を用意し始めた。陣地では使用人や侍女を置く余裕などなく、一人何役もこなすのが普通だ。そのため、こういった日常的な雑務までも、補佐の孟瑶《モンヤオ》が進んで引き受けていた。修士たちの何人かは、彼の顔をはっきりと認識すると、少し驚いてからそれぞれが複雑な表情に変わった。

金光善《ジングアンシャン》の「艶聞《えんぶん》」は昔から人々が好む茶飲み種《だね》で、あっという間に広まるのが常だった。孟瑶《モンヤオ》も一時期世間では有名な物笑いの種にされていたため、どうやらここにも彼を知っている者が数人いるようだ。おおかた娼妓の子には、その体に何か汚いものがついているとでも考えているのだろう。その修士たちは彼が恭しく両手で差し出した湯呑《ゆのみ》を受け取ると、口をつけずにそのままそばの卓に置いた。しかも真っ白な手ぬぐいを取り出し、わざとかそれとも無意識になのか顔を顰《しか》めて、先ほど湯呑を受け取った指を繰り返し拭った。

聶明玦《ニエミンジュエ》は細やかな性格ではないため、彼らのささやかな嫌がらせに気づくことはなかったが、魏無《ウェイウー》羨《シエン》は視界の隅に映ったそれらに目ざとく気づいた。

けれど、孟瑶《モンヤオ》の方は見ないふりをして、笑みを浮かべたまま引き続き彼らに茶を手渡していく。藍曦《ランシー》臣《チェン》は湯呑を受け取ると、目を上げて彼を真っすぐに見て「ありがとうございます」と言って微笑んだ。

そしてすぐ俯いて一口飲んでから、再び聶明玦《ニエミンジュエ》と会話を続ける。そばの修士たちは彼の行動を見て、少し決まりが悪そうになった。

聶明玦《ニエミンジュエ》は普段から軽口を叩いたり笑ったりなどまずしない人間だが、藍曦臣《ランシーチェン》の前では意外にも穏やかな表情になる。

「いつまで留まる?」

「明玦《ミンジュエ》殿の陣地を借りて一晩休んだら、明日出発して、忘機《ワンジー》と合流します」

「どこに向かうんだ?」

「江陵《こうりょう》です」

「江陵はまだ温狗《ウェンく》の手中にあるのでは?」

眉をひそめて言った聶明玦《ニエミンジュエ》に、藍曦臣《ランシーチェン》が説明した。

「二日前に取り戻しました。今は、雲夢江《ジャン》氏の手中にあります」

「聶《ニエ》宗主はまだご存じないと思いますが、雲夢の江《ジャン》宗主は今あの辺りで非常に勢いを増しているんです」

一人の宗主が口を挟むと、別の一人が頷く。

「そりゃ勢いも増すだろう。魏無羨《ウェイウーシエン》一人で百万もの大軍に匹敵するんだから、もう怖いものなんてないんじゃないか？　我々のように命からがら逃げ回ることなく座して待つだけなんて、本当に運が……」

ふいに、その発言がやや不適切だと気づいた者が、慌てて割り込んで話題を変えた。

「まあまあ、沢蕪君《たくぶくん》と含光君が労を厭わずあちらこちらへと出向いて加勢してくださったおかげで、本当に助かりました。そうでなければ、どれほど多くの世家と罪のない民が温狗《ウェンく》に迫害されたかわかりません」

「お前の弟は今そちらにいるのか？」

「ええ、今月上旬に人を連れて向かいました」

「彼なら修為が高いから一人でも十分だろうに、お前まで行く必要はあるのか？」

聶明玦《ニエミンジュエ》が藍忘機《ランワンジー》の実力を褒めると、なぜか魏無《ウェイウー》羨《シエン》の胸にも嬉しい気持ちが湧いた。

（赤鋒尊《せきほうそん》、見る目あるじゃないか）

だが、藍曦臣《ランシーチェン》はため息をついた。

「お恥ずかしい話ですが、忘機《ワンジー》と雲夢江《ジャン》氏のあの魏《ウェイ》公子との間でどうも揉め事があったようで、やはり私も様子を見に行った方がいいだろうと思いまして」

「何があった？」

聶明玦《ニエミンジュエ》の問いかけに、別の一人が説明し始めた。

「含光君は、どうやらあの魏無羨《ウェイウーシエン》のやり方があまりにも邪に満ちていると感じ、そのことで彼と言い争いになったようです。聞くところによると、含光君は面と向かって『遺体を侮辱している』とか、『残忍だ』『自分を見失いかねない』等々、魏無羨《ウェイウーシエン》を厳しく非難したらしく……でも、今あちらは江陵の一戦の話でもちきりで、魏無羨《ウェイウーシエン》の噂はかなり謎めいたものなので、機会があれば私もこの目で見てみたいと思っているのです」

彼の語った話はまだましな方で、魏無羨《ウェイウーシエン》と藍忘機《ランワンジー》が戦場で温狗《ウェンく》を殺しながら喧嘩しているなどと、さらに大げさにありもしないことを誇張して話す者もいた。実際の二人の関係は他人が噂するような水と油ほど相容れない間柄ではなかったものの、その時、少しばかり言い争いをしたことは事実だった。

あの頃の魏無羨《ウェイウーシエン》は毎日あちこちで墓を掘り返していたため、藍忘機《ランワンジー》もいつも厳しい言葉ばかり選び、そんな正道を外れたやり方では身も心も傷つけるなどと忠言するだけでなく、直接手を出して止めることさえもあった。その上、ほぼ数日ごとに温狗《ウェンく》と正面から殺し合いをするか、こちらから奇襲を仕掛けるかで二人とも気が立っていたせいで、いつも喧嘩別れしてばかりだったのだ。

魏無羨《ウェイウーシエン》は今になって人の口から当時の話を聞かされると、隔世《かくせい》の感を禁じ得なかった――いや、「時代」ではなく、本当に「前世と今世」を隔てたのだと、彼は急に我に返った。

また宗主の一人が口を開く。

「しかし、含光君も何もそこまでしなくていいんじゃないか。そもそも、生きている人間が危険な時なのだから、死んだ者の屍なんて気にしてどうなる？」

「そうですよ。なにせ、今は非常事態ですからね。江《ジャン》宗主がおっしゃったように、邪と言っても、温《ウェン》狗《く》より邪悪な奴らなんていませんでしょう？　いずれにせよ、彼は私たち側の人間なわけですし、殺す相手も温狗《ウェンく》なんですから、別にいいじゃないですかねぇ」

もう一人が調子を合わせて話した。

（だけどお前ら、そのあとに俺を討伐《とうばつ》しに来た時はそんなふうには言わなかったよな）

少し話したあとで、藍曦臣《ランシーチェン》と修士たちは立ち上がり、孟瑶《モンヤオ》が彼らを休息所へと案内する。聶明玦《ニエミンジュエ》は一度自室に戻り、長刀を取り出すと、それを持ってまた藍曦臣《ランシーチェン》のもとに向かった。

するると、休息所の近くまで来たところで、中から二人が話している声が聞こえてきた。

「奇遇だな。まさか君が明玦《ミンジュエ》殿の傘下に入り、彼の補佐を務めているとは知らなかった」

「赤鋒尊《せきほうそん》が私を認めて、引き上げてくださったおかげです」

「明玦《ミンジュエ》殿は炎のように気性が激しいから、彼に抜擢されるのは簡単なことではないはずだ」

藍曦臣《ランシーチェン》は笑い、少し間を置いてから続けた。

「近頃、蘭陵金《ジン》氏の金《ジン》宗主は琅邪《ろうや》一帯でかなり手こずっているようで、今は広く人材を募っている」

孟瑶《モンヤオ》は少し驚いた顔になる。

「沢蕪君《たくぶくん》、おっしゃる意味が……」

「そうかしこまらなくていい。私は以前、君が言っていたことを覚えている。できることなら蘭陵金《ジン》氏に自分の居場所を得て、父親に認めてほしいと。今、君は既に明玦《ミンジュエ》殿の傘下に身を置ける場も、腕前を発揮できる場も見つけているようだが、その願いに変わりはないか?」

藍曦臣《ランシーチェン》に問いかけられ、孟瑶《モンヤオ》は何やら息を凝らして考え込んでいるようだ。

そして沈黙のあとで、「……変わりません」と答えた。

「そうだろうと思った」

「ですが、私は今、既に聶《ニエ》宗主の補佐をしている身です。私には聶《ニエ》宗主に引き立てていただいた恩義があります。自分の気持ちに変わりがなかったとしても、自ら河間を離れるなどということはできません」

孟瑶《モンヤオ》の答えに、藍曦臣《ランシーチェン》は少しの間思案する。

「確かにそうだな。たとえ君が行きたいと思っても、そう簡単には切り出せないだろう。でも私は信じている。もし君が正直に言葉にして尋ねれば、明玦《ミンジュエ》殿はきっと君の選択を尊重するはずだ。万が一彼が君を手放さない時には、私も少しばかりの力添えをしよう」

「なぜ、俺が反対するんだ?」

その時、聶明玦《ニエミンジュエ》は突然口を開いた。

彼が扉を押して中に入ると、真剣な表情で向かい合って座っていた藍曦臣《ランシーチェン》と孟瑶《モンヤオ》は目を瞠り、孟瑶《モンヤオ》はすぐさま立ち上がった。彼が何か言う前に、「座れ」と聶明玦《ニエミンジュエ》が命じる。

孟瑶《モンヤオ》は動かず、立ったまま身を硬くしている。

「明日、お前に推薦状を書いてやろう」

「聶《ニエ》宗主？」

「それを持って琅邪に向かい、父親を訪ねればいい」

「聶《ニエ》宗主、もし先ほどの会話をすべてお聞きになったのなら、私の気持ちもおわかりいただけたかと……」

慌てて言いかけた孟瑶《モンヤオ》の言葉を、聶明玦《ニエミンジュエ》が遮った。

「俺がお前を抜擢したのは、知遇の恩とやらに報いてほしかったからではない。ただ、お前にその能力があり、お前の人柄を気に入って、補佐に相応しいと思ったからだ。もし本当に俺に報いたいならば、温狗《ウェンく》を一匹でも多く殺してくれればいい！」

それを聞いて、いつも能弁な孟瑶《モンヤオ》は珍しく言葉に詰まった。


「ほら、言ったでしょう。明玦《ミンジュエ》殿は君の選択を尊重すると」

藍曦臣《ランシーチェン》が笑って言うと、孟瑶《モンヤオ》の目がじわりと赤くなった。

「聶《ニエ》宗主、沢蕪君《たくぶくん》……私は……」

彼は俯いて、「……本当に、なんと申し上げれば良いのかわかりません」と続けた。

「わからないなら、もう何も言うな」

聶明玦《ニエミンジュエ》は腰を下ろすと、手に持っていた一本の刀を卓の上に置く。それを見た藍曦臣《ランシーチェン》が笑みを浮かべた。

「懐桑《ホワイサン》の刀ですか？」

「ああ。あいつがお前のところにいるなら安全ではあるが、修練を怠ってはならない。時間のある時で構わないから、誰か、あいつの尻を叩いてくれる者をつけてやってくれ。次に会う時には、あいつの刀術と修練の進みを見せてもらう」

聶明玦《ニエミンジュエ》の言葉を了承すると、藍曦臣《ランシーチェン》は刀を乾坤袖《けんこんそで》の中に入れてから言った。

「以前、懐桑《ホワイサン》は刀を家に忘れてきたと言い訳していましたが、これでもう怠ける理由がなくなりましたね」

「そういえば、なんだ、お前たち二人は面識があったのか？」

「はい、お会いしたことがあります」

「どこで会った？　それはいつのことだ？」

孟瑶《モンヤオ》の答えに、聶明玦《ニエミンジュエ》が怪訝な顔で問い質す。それを見て、藍曦臣《ランシーチェン》は笑いながら首を横に振った。

「この話はやめましょう。生涯の恥ですから、明《ミン》玦《ジュエ》殿ももう聞かないでください」

「俺の前で何を今さら恥ずかしがることがあるんだ。孟瑶《モンヤオ》、白状しろ」

「沢蕪君《たくぶくん》が言いたくないとおっしゃるなら、私もただ秘密を守るのみです」

三人は話に花を咲かせ、真面目な話題になることもあれば他愛もない雑談をしてみたりと、先ほどの応接間での会話よりずいぶんと気楽で親しげな雰囲気だ。彼らの話を聞いていると、魏無羨《ウェイウーシェン》は我慢できずつい自分まで口を挟みたくなったが、考えるまでもなく、そんなことができるはずもなかった。

（この時の三人は、本当に仲が良かったんだな。沢《たく》蕪君《ぶくん》は意外と雑談好きみたいなのに、なんで藍湛《ランジャン》はあんなに口下手なんだろう？　でも、口下手だから黙っていても気にならないのかもな。いつも俺が話してばかりだけど、あいつはただそれを聞いてくれて、「うん」って答えてくれるだけで十分だ。ええと、こういうの、なんて言うんだっけ……）

幾日も経たないうちに、孟瑶《モンヤオ》は聶明玦《ニエミンジュエ》の推薦状を携え、河間を離れ琅邪に向かって出発した。

彼が出ていったあと、聶明玦《ニエミンジュエ》は別の者を補佐にしたが、新しい補佐はどこか仕事が遅かった。孟瑶《モンヤオ》は滅多にいないほど機敏で怜悧な人材で、言葉にしなくとも意図を察し、三割話せばすべてを理解する。常にてきぱきとしていて、効率の悪いことは一切しなかった。そんな彼に慣れ、いざ他の者に代わってみれば、どうしても比べてしまう。

それからしばらく経った頃のことだ。琅邪で懸命に持ち堪えていた蘭陵金氏《ジン》は敗色が濃くなり始めた。その時、あいにく藍曦臣《ランシーチェン》は別の戦地へ加勢に出向いていたため、金光善《ジングアンシャン》は河間に救援を求め、聶明玦《ニエミンジュエ》がそれに応じた。

戦いが終わると、疲弊しきった様子の金光善《ジングアンシャン》が感謝を伝えに彼のもとを訪れた。聶明玦《ニエミンジュエ》は手短に意を尽くし、彼と少しだけ話をした。

「ところで金宗主《ジン》、孟瑶《モンヤオ》は今何を任されている？」

金光善《ジングアンシャン》は話の途中、彼の口から出たその名前に首を傾げた。

「孟瑶《モンヤオ》？　ええと……聶宗主《ニエ》、すみませんが、それは誰でしょう？」

聶明玦《ニエミンジュエ》は即座に眉をひそめた。当時、孟瑶《モンヤオ》が金鱗台から蹴られて転がり落ちた話は、かなりの噂になっていた。他世家の者ですら知っている茶番劇を、当事者が、その相手の名前すら覚えていないなどあり得ない。面《つら》の皮が少しでも薄い者なら、とぼけることすら恥ずかしくてできないだろうに、金光善《ジングアンシャン》の面《つら》の皮はよりによって極厚だった。

聶明玦《ニエミンジュエ》は冷ややかな口調で続けた。

「孟瑶《モンヤオ》は俺の補佐だった者だ。書状を書いて、あいつに届けさせたが」

「そうなのですか？　ですが私はそのような書状を見たことも、そのような者に会ったこともありません。まったく、もし聶宗主《ニエ》が遣《よこ》した補佐だと知っていたら、間違いなく丁重にもてなしたのに。もしかしたら、途中で何か手違いでもあったのではないでしょうか？」

金光善《ジングアンシャン》はそう言ってとぼけ続ける。

その後も彼は、ひたすら覚えていない、そのような名は聞いたことがないと最後まで言い張った。聶《ニエ》明玦《ミンジュエ》の表情はどんどん冷たいものになり、こうまで頑なにしらを切るのにはきっと何か裏があると感づいて、にべもなく別れを告げた。他の修士たちにも聞いて回ったが収穫はなく、聶明玦《ニエミンジュエ》は心当たりをいくつか捜しているうちに、ある小さな森の中に入った。

非常に辺鄙な場所にあるその森は、静寂に包まれている。つい先ほど奇襲による殺し合いがあったようで、まだ戦いが終わった直後の状態だった。聶明《ニエミン》玦《ジュエ》が道に沿って進んでいくと、道の脇は温氏《ウェン》、金氏《ジン》とその他の世家の校服を身に纏った修士たちの死体で埋め尽くされていた。

その時突然、前方から剣で人間を刺し貫く音が響いてきた。

聶明玦《ニエミンジュエ》は手を刀の柄に置いたまま、息を潜めて音の方に近づいていく。木々を分け枝葉の向こうを覗くと、そこにいたのは孟瑶《モンヤオ》だった。彼は一面の屍の上に立ち、腕をくるりと返すと、長剣の刃を目の前の修士の胸から引き抜いた。

彼の表情は極めて淡々としていて、動きも落ち着いている。素早く慎重に行動する彼の体には、返り血の一滴すらもついていなかった。

彼が手にしているのは、彼自身の剣ではない。柄に炎の形の鉄飾りがついた、温《ウェン》家修士の剣だ。

さらにその剣術までもが、温《ウェン》氏のものだった。

そして、彼に殺された者は、金星雪浪の袍を身に纏っている――つまり、蘭陵金《ジン》氏の修士だ。

聶明玦《ニエミンジュエ》は一言も発さず、目の前で起きた一幕を静かに視界に焼きつけていたが、彼の刀が鞘から一寸ほど飛び出ると、鋭利な音が静寂を切り裂くように響き渡った。

よく聞き覚えのある音に気づき、孟瑶《モンヤオ》はびくっと体を震わせ勢いよく振り向く。その瞬間、彼は驚きのあまり魂魄が体から飛び出そうになった。

「……聶《ニエ》宗主？」

聶明玦《ニエミンジュエ》は鞘から長刀をすべて抜き出した。刀身の白く煌く刃には、なぜか血の赤い色が微かに浮かび上がっている。魏無羨《ウェイウーシエン》は彼から伝わってくる天を衝かんばかりの怒りの炎と、失望が滲んだ激しい憤慨《ふんがい》を感じた。

孟瑶《モンヤオ》は聶明玦《ニエミンジュエ》の性格を誰より知っているため、ガチャンと音を立ててその場で潔く剣を捨てた。

「聶《ニエ》宗主、聶《ニエ》宗主！　どうかお待ちください！　お願いです、私に説明させてください！」

「いったい何を説明する!?」

声を荒らげる聶明玦《ニエミンジュエ》に、孟瑶《モンヤオ》は倒《こ》けつ転《まろ》びつしながらも急いで近寄った。

「仕方がなかったんです。他に道はなかったんです！」

「何が仕方なかったんだ⁉　お前をここに送り出す時、俺はなんと言った⁉」

怒りをあらわにして怒鳴る彼の足元に平伏すると、孟瑶《モンヤオ》は話し始めた。

「聶《ニエ》宗主、聶《ニエ》宗主、どうか私の話を聞いてください！　私が蘭陵金《ジン》氏の傘下に入ってからというもの、私の上役である先ほどの男は、日頃から私を蔑み、些細なことでも常に侮辱しては殴ったり罵ったりして……」

「だから、殺したというのか？」

「違います！　それが理由ではないんです！　私はどんな侮辱であっても耐えられます。ただ殴ったり罵ったりされることくらい、我慢できないわけがありません！　ですが、毎回私たちが温《ウェン》氏の拠点を攻め落とせたのは、私があらゆる苦労を重ね必死で策を練り、そして戦場では先陣を切って戦ったからだというのに、彼はただ簡単に二言三言話し、筆を二、三回動かすだけでその手柄をすべて自分のものにして、私は一切何もしていないと言うんです。しかも、こういったことは初めてではありません、毎回、毎回です！　彼に進言しても、歯牙《しが》にもかけてもらえず、誰か他の人に訴えようにも、誰一人として私の話など聞いてはくれません。そして先ほども彼は、よりによって、私の母親を……もう耐えるに耐えられず、頭に血が上って、そのせいで、失態を演じてしまったんです！」

ひどくおののいた様子で、彼はこれまでのことをまくしたてる。聶明玦《ニエミンジュエ》が話の途中で刀を振り下ろすのではないかと怯えながらも、説明はいつも通り簡潔明瞭で、しかもどの言葉も周囲がどれほど憎く、逆に自分にどれほど罪がないかを強調していた。

聶明玦《ニエミンジュエ》はぐっと彼の襟元を掴んで持ち上げた。

「嘘をつくな！」

孟瑶《モンヤオ》はぶるっと身震いした。聶明玦《ニエミンジュエ》は彼の目を睨みつけ、一音一音叩きつけるように言う。

「耐えるに耐えられずに、失態を演じただと？　頭に血が上った奴が人を殺す時に、さっきのお前のような、あんな表情をするか？　ついさっきまで殺し合いが行われていた森を選ぶか？　温《ウェン》氏の剣と温《ウェン》氏の剣術を使って温狗《ウェンく》の奇襲に見せかけ、自分の罪を他に転嫁しようと考えていたのではないか？　お前は明らかに時間をかけて策を練り、長い間今日のこの企みを計画していたとしか思えない！」

「違います！　申し上げたことは何もかも事実なんです！」

手を上げて誓いを立てる孟瑶《モンヤオ》に、聶明玦《ニエミンジュエ》はさらに声を荒らげた。

「事実だとしても、相手を殺していいものか！　少しの手柄くらいで！　些細な虚栄がそれほど欲しいのか!?」

「……少しの手柄くらいで？」

ふいに、孟瑶《モンヤオ》は小さな声で呟いた。

「……少しの手柄とはどういうことですか？　赤鋒《せきほう》尊《そん》、その手柄のために、私がどれほど心血を注いだと思いますか？　どれほど辛酸《しんさん》をなめたと思いますか？　虚栄？　その虚栄がなければ、私にはもう何もないんです！」

声を震わせ、目には熱い涙を溢れさせた孟瑶《モンヤオ》は、先ほど淡々と人を殺していた場面の姿とはあまりにもかけ離れている。聶明玦《ニエミンジュエ》はひどく衝撃を受け、その光景がまだ脳裏に焼きついていた。

「孟瑶《モンヤオ》、答えろ。お前と初めて会った時、お前のあの虐げられたいかにも弱々しい姿は、助けてほしくて、わざと俺の前でそう演じたのか？　もし俺が助けなかったら、お前は今日そうしたように、あいつらも全員殺していたのか？」

孟瑶《モンヤオ》の喉ぼとけが動き、冷や汗がこめかみを一滴流れ落ちる。何か言おうと口を開いた彼を遮り、聶《ニエ》明玦《ミンジュエ》が一喝する。

「俺の前で嘘をつくな！」

孟瑶《モンヤオ》はぶるりと震え、今にも口から出そうだった言葉をぐっと呑み込んだ。地面に跪き、全身を打ち震わせながら、右手の五本の指はきつく土を握りしめている。

少しして、聶明玦《ニエミンジュエ》はゆっくりと刀を鞘に収めた。

「お前に手を下しはしない」

意外な言葉に、孟瑶《モンヤオ》はぱっと顔を上げた。

「お前は蘭陵金《ジン》氏に自訴《じそ》しろ。然《しか》るべき処罰を受けるんだ」

孟瑶《モンヤオ》はしばし呆然としていた。

「……赤鋒尊《せきほうそん》、私はここで歩みを止めるわけにはいきません」

「お前は、歩むべき道を間違えた」

「私に死ねとおっしゃるんですか」

「お前の話が事実だと言うならば、殺されはしないだろう。行って、きちんと罪を悔い、心を入れ替えろ」

「……父は、まだ私を見てはくれません」

金光善《ジングアンシャン》は、彼を見ていなかったわけではない。

ただ、彼の存在自体に知らないふりをしているのだ。

結局、聶明玦《ニエミンジュエ》に気圧《けお》され、孟瑶《モンヤオ》は苦しそうに「はい」と答えた。

しばし沈黙したあとで、「立て」と聶明玦《ニエミンジュエ》が命じた。

全身から力が抜けたように、孟瑶《モンヤオ》はぼんやりとした表情のままふらりと立ち上がる。よろよろと数歩歩いたが、今にも倒れそうな様子を見るに見かねて、手を伸ばした聶明玦《ニエミンジュエ》が彼を支えてやった。

「……聶《ニエ》宗主、ありがとうございます」

ぼそぼそとした声で礼を言う孟瑶《モンヤオ》の憔悴しきった姿に、聶明玦《ニエミンジュエ》は背を向ける。

すると突然、孟瑶《モンヤオ》がぽつりと言った。

「……やっぱり、できません」

聶明玦《ニエミンジュエ》が瞬時に振り向くと、いつの間にか孟瑶《モンヤオ》の手には長剣が握られていた。

彼はその剣先を自分の腹部に向け、絶望した表情を浮かべている。

「聶《ニエ》宗主、恩義に背き申し訳ございません」

そう言うと、孟瑶《モンヤオ》は思いきり剣先を刺し込んだ。

聶明玦《ニエミンジュエ》の瞳孔は一瞬にして収縮し、素早く彼の手から剣を奪おうとしたが、間に合わなかった。孟瑶《モンヤオ》が握った剣はあっという間に彼の腹部を貫いて、背中から剣先が突き出る。彼はそのまま他人の血でできた血溜まりの中に倒れ込んだ。

聶明玦《ニエミンジュエ》は一瞬愕然《がくぜん》としたが、すぐに駆け寄って片膝をつくと、彼の体を抱きかかえる。

「お前という奴は……!」

孟瑶《モンヤオ》は顔面蒼白で、力なく彼を見上げると苦笑いを浮かべた。

「聶宗主《ニエ》、私は……」

すべてを言い終える前に、孟瑶《モンヤオ》はゆっくりと項垂れた。彼の体を支えた聶明玦《ニエミンジュエ》は、剣の刃が刺さった場所を避け、手のひらをその胸に当てると、自らの霊力を送り込む。しかし、なぜか自分自身の体がぶるぶると震えだし、同時に冷たい霊力が絶え間なく腹部から流れ込んでくるのを感じた。

魏無羨《ウェイウーシエン》はとっくにそれが罠だと気づいていて、特に驚きはしなかった。だが聶明玦《ニエミンジュエ》の方は、孟瑶《モンヤオ》がまさか本当に自分を害するとは考えてもいなかったのだろう。動けなくなった彼は、目の前で孟瑶《モンヤオ》が冷静に地面から身を起こすところを見ても、憤怒《ふんぬ》よりも驚愕の方が大きかった。

孟瑶《モンヤオ》はおそらく、どうすれば急所を避けられるかを入念に計算していたはずだ。慎重に自分の腹部から長剣を引き抜くと、真っ赤に染まった剣身とともに小さな血しぶきが噴き出したが、軽く傷口を押さえつけるだけで応急処置も終わったようだ。それとは逆に、聶明玦《ニエミンジュエ》は彼を助けた時の姿勢のままで片膝をつき、少し顔を上げて彼と目を見合わせた。

聶明玦《ニエミンジュエ》は黙ったまま何も言わない。そして、孟瑶《モンヤオ》もまた言葉を発することはなかった。

孟瑶《モンヤオ》は剣を鞘に収めて聶明玦《ニエミンジュエ》に一礼すると、振り向きもせずにそのまま走り去った。

つい先ほど、大人しく罪を認め自訴すると言った舌の根も乾かぬうちに、次の瞬間には恩人を罠にかけ、自害を装ってまで不意打ちを狙い姿をくらました。聶明玦《ニエミンジュエ》は、こんなにも厚顔無恥《こうがんむち》な者を見たのは初めてだったのだろう。しかも、その相手は彼自らが目をかけてきた側近だったため、その憤りは激しく、その後、温《ウェン》家修士と戦う姿は殊更凶暴さが際立っていた。

数日後、藍曦臣《ランシーチェン》が時間を作って琅邪まで加勢にやってきた時も、彼の怒りはまだ少しも収まる様子を見せていなかった。

事情を知らない藍曦臣《ランシーチェン》は、到着してすぐ、笑いながら彼に話しかけてくる。

「明玦《ミンジュエ》殿、どうしてそんなにご立腹なんです？　孟瑶《モンヤオ》はどこですか？　彼が火を鎮めに飛んでこないなんて珍しいですね」

「そいつの話をするな！」

聶明玦《ニエミンジュエ》は声を荒らげ、孟瑶《モンヤオ》が殺人の罪を他人に転嫁し、自害を装って逃げたという事実を、すべて藍《ラン》曦臣《シーチェン》に話した。それを聞いて、藍曦臣《ランシーチェン》は驚きのあまり呆然とした顔になる。

「なぜ、そんなことを？　何か誤解があるのでは？」

「俺がその場で捕らえたんだ。誤解などあるわけないだろう？」

忌々しげな聶明玦《ニエミンジュエ》の言葉を聞いて、藍曦臣《ランシーチェン》はしばらくの間考え込んだ。

「彼の言い分を聞く限り、彼が殺めた者は確かに間違いを犯したかもしれないですが、それでも許されることではありません。今は非常時ゆえ、断定するのは難しいことですが……孟瑶《モンヤオ》は、今どこにいるのでしょうか？」

「知るか。せいぜい俺に捕まらないよう逃げるがいいさ。次に会ったら、今度こそ俺の刀の錆《さび》にしてやる！」

聶明玦《ニエミンジュエ》は厳しい声で咆哮した。

〈二〉

その聶明玦《ニエミンジュエ》の言葉が聞こえたかのように、それから数年間、孟瑶《モンヤオ》という人間の消息は忽然《こつぜん》と途絶え、なんの音沙汰もなく、足取りは杳《よう》として掴めなかった。

もともと、孟瑶《モンヤオ》をいたく気に入って引き立てた聶《ニエ》明玦《ミンジュエ》だったが、今ではそれを上回る激しさで彼を憎悪している。その名を口にする度に、怒りに満ちた、一言では言い表せない複雑な表情を浮かべ、姿をくらましたと確信したあとは、彼の話が出ることを頑なに拒絶した。

聶明玦《ニエミンジュエ》は普段から誰かと親しく接することはなく、胸の内を打ち明けることも滅多になかった。そんな彼に、ようやく有能な上に穏当《おんとう》で、非常に信頼できる腹心の部下ができて、その能力と人柄までも認めたというのに、よもや相手の本性が自分が思っていたものとは正反対だったとは。彼の心の反動がここまで強烈になるのも頷ける。

魏無羨《ウェイウーシエン》がそう考えていると、突然頭が割れるように痛み始めた。さらに全身の骨はまるで戦車に轢かれたように軋《きし》み、身じろぐだけでもポキポキと音が響いて一切動けない。目を開けると、黒玉石《くろたまいし》が敷き詰められた正殿の冷たい床に、傾いたり倒れかかったりして座っている多くの人影がぼんやりと目に映った。聶明玦《ニエミンジュエ》はどうやら頭部に傷を負っているようで、その傷口は既に麻痺している。さらに、両目と顔には乾いた血がこびりついており、少し動くだけで、また生温かい血が額から滴り落ちてきた。

魏無羨《ウェイウーシエン》は驚きつつも疑問を覚える。

聶明玦《ニエミンジュエ》は、射日の征戦ではほぼ無敵で、敵は彼に近づくことすらできなかったはずだ。そんな彼が、ここまでの重傷を負うなどあり得ない。

（いったいどういうことだ!?）

近くで微かな物音が聞こえ、魏無羨《ウェイウーシエン》の視界の端にうっすらと人影の集団が見えた。さらに目を凝らすと、それが温《ウェン》氏の炎陽烈焔袍を身に纏った修士たちだということがわかる。彼らは跪いた姿勢のまま慣れた様子で膝行《しっこう》し、前へと進んでいた。

(……)

その異様な光景に、魏無羨《ウェイウーシエン》は息を呑む。

ふいに、聶明玦《ニエミンジュエ》の四肢と骨を通じて、ぞっと身の毛がよだつような威圧感を覚えた。聶明玦《ニエミンジュエ》が少し顔を上げると、黒玉石を敷いた床の前方、その一番奥に、巨大な玉座が一つあるのが見える。そこに誰かが座っているようだ。

距離が遠く、しかも聶明玦《ニエミンジュエ》は今、流れ落ちる血のせいで視界がはっきりしないため、その人物の顔を確認することはできなかった。しかし、はっきりとは見えなくても、それが誰なのかは予想がつく。

その時、正殿の扉が開いて誰かが入ってきた。

正殿の中にいた門弟たちは、皆床に跪いて膝行しているというのに、その人物は、入ってきた時に少々頭を下げて一礼しただけで、何食わぬ顔で真っすぐ進んでいく。黒玉石が敷かれた長い通路を歩いて一番奥まで進むと、その場で身を屈め、玉座に座る人影が一言二言話すのを聞いている。それからやっと振り返って、こちらに目を向けた。

ゆっくりと近づいてきた彼は、血まみれの体で倒れないよう必死に耐えている聶明玦《ニエミンジュエ》をしげしげと眺め、何やら小さく笑ったようだ。

「聶《ニエ》宗主、お久しぶりです」

その声は、孟瑶《モンヤオ》のものだった。

魏無羨《ウェイウーシエン》はこの時、ようやく理解した。目の前に広がる光景が、いつの、どの場面なのかを。

当時、聶明玦《ニエミンジュエ》はある情報を得て、陽泉《ようせん》にて温《ウェン》氏に奇襲をかけた。

赤鋒尊《せきほうそん》が自ら打って出れば、これまではすべてが上手くいっていた。しかし、情報に不備があったのか、それとも人事を尽くしても天命には勝てないということか、今回の奇襲ではまったく想定外の事態が起きた。よりにもよって岐山温《ウェン》氏宗主、温若寒《ウェンルオハン》と正面からぶつかることとなったのだ。

聶明玦《ニエミンジュエ》は戦力を見誤り、そのおかげで岐山温《ウェン》氏は攻められる側から攻める側へと転じた。彼らは奇襲に来た修士たちを一網打尽にして、捕虜として聶《ニエ》明玦《ミンジュエ》を不夜天城に連れ帰った。

　孟瑶《モンヤオ》は聶明玦《ニエミンジュエ》のそばに片膝をつく。

「まさかあなたが、こんなふうに落ちぶれる日が来るとは、夢にも思いませんでした」

「失せろ」

　それだけ言った聶明玦《ニエミンジュエ》を見て、孟瑶《モンヤオ》は楽しげな笑い声を上げる。その中には、わずかな憐れみの感情が含まれていた。

「まさか、まだご自分が河間の王だとでも思っているんですか？　よく見てくださいよ。ここは炎陽殿《えんようでん》です」

　それを聞いて、近くにいた修士の一人が彼に向けて唾を吐く。

「何が炎陽殿だ。ただの温狗《ウェンく》どもの巣窟だろうが！」

　孟瑶《モンヤオ》の表情は一変し、彼は手に持っていた長剣を鞘から抜いた。

　すると、その修士の首に一瞬で血の線が現れ、血しぶきが辺りに飛び散る。彼は一声すらも上げられないままその場に倒れ込んだ。同門の者は胸が潰れそうなほどの悲鳴を上げ、死体に飛びついて名前を呼ぶ。聶明玦《ニエミンジュエ》も激怒して声を上げた。

「貴様！」

「温狗《ウェンく》！　できるもんなら俺も殺してみ……」

　さらにまた別の修士が怒鳴ると、孟瑶《モンヤオ》は眉一つ動かさず、手首を返して剣を一振りし、相手の喉を切り裂いて盛大な血しぶきを上げさせる。

「いいでしょう」

　そう言って微笑み、長剣を握って血溜まりの前に立った孟瑶《モンヤオ》の足元には、白い服を纏った二人の修士の死体が倒れている。

「まだ誰か、同じ言葉を言いたい人はいますか？」

　にこりと笑って言った孟瑶《モンヤオ》に、聶明玦《ニエミンジュエ》は冷ややかな声で吐き捨てた。

「温狗《ウェンく》め」

　彼は温若寒《ウェンルオハン》の手に落ちた時点で、もう死んだも同然だと覚悟を決めていて、怖いものなど何一つなかった。もし魏無羨《ウェイウーシェン》も同じ状況下に陥ったとしたら、どうせ死ぬのなら、とりあえず他のことはさておき、まず好き放題彼を罵るだろう。だが、温狗《ウェンく》と呼ばれた孟瑶《モンヤオ》は、その悪罵《あくば》に腹を立てた様子もなく微笑みを浮かべ、指をパチンと鳴らす。すると、近くにいた温《ウェン》家修士が一人、膝行しながら彼に近づき、両手を頭上より高く上げて、横長の箱を彼の手元に掲げた。孟瑶《モンヤオ》はその箱を開け、中からあるものを取り出す。

「聶《ニエ》宗主、これがなんなのかご覧になりますか？」

それは聶明玦《ニエミンジュエ》の刀、覇下《バーシア》だった！

「消え失せろ！」

聶明玦《ニエミンジュエ》に怒号を浴びせられても構わずに、孟瑶《モンヤオ》は取り出した覇下《バーシア》を握る。

「聶《ニエ》宗主、私はこれまで何度も覇下《バーシア》に触れたことがあるではないですか。今さらお怒りになるなんて、遅すぎるのでは？」

「その手を離せ！」

聶明玦《ニエミンジュエ》は憤りを込めて一音一音はっきりと発した。

ところが孟瑶《モンヤオ》は、敢えて彼を挑発して怒らせようとしているらしく、刀の重さを手で量る仕草をしてから、あろうことかケチをつけ始めた。

「聶《ニエ》宗主のこの刀ですが、辛うじて一級品の霊器《れいき》と言えましょう。ただ、あなたの父君である先代聶《ニエ》宗主の刀よりは、やはり少しばかり劣りますね。温《ウェン》宗主に何回叩かれたらこの刀が折れるか、当ててみてはいかがですか？」

一瞬のうちに、聶明玦《ニエミンジュエ》の全身の血液が脳天に上る。魏無羨《ウェイウーシェン》も、彼のこの予期せぬ怒りに共鳴し、頭皮がビリビリと痺れるのを感じた。

(なんて悪辣な)

聶明玦《ニエミンジュエ》の生涯で最も恨めしく、最も心の澱《おり》となっていること——それは、父親の死だ。

聶明玦《ニエミンジュエ》がまだ十代で、彼の父親が清河聶《ニエ》氏の宗主だった頃、誰かが温若寒《ウェンルオハン》に一本の宝刀を献上したことがあった。温若寒《ウェンルオハン》は何日も上機嫌で、周りの客卿たちにも、「私のこの刀はどうだ？」と聞いて回っていた。

彼は普段から感情の起伏が激しく、次の瞬間にはいきなり怒りだすことも多かったので、周囲の者も自然と彼の意に沿って媚《こ》びへつらい、世に二つとない絶世の刀だと褒め称えた。しかし、よりによって客卿の中の一人が、先代聶《ニエ》宗主に恨みでもあったのか、あるいはただ皆と違うことを言って注目を集めたかっただけなのか、「宗主のその刀は、もちろん比類なく素晴らしいものです。ですが、おそらく誰かさんはそう思わないでしょうね」と意味深長に答えたのだ。

当然のように温若寒《ウェンルオハン》は気分を害し、それは誰かと尋ねた。

「もちろん、あの清河聶《ニエ》氏の宗主ですよ。聶《ニエ》家は代々刀を使うことで有名ですから、彼もよく自分の宝刀は天下無敵で世に二つとなく、比肩する刀は数百年は現れないだろうと豪語して、ひどく思い上がっていました。宗主のその刀がどれほど素晴らしくても、彼は絶対に認めないでしょう。口先ではどう言おうと、心の中では決して認めないはずです」

それを聞いて、温若寒《ウェンルオハン》は大笑いした。

「それはいい、ならば奴の刀を見てみようじゃないか」と言って、すぐさま先代聶《ニエ》宗主を清河から呼び出して、彼の刀を手に取り、玉座に座ったままじっくりと鑑賞した。そして最後に「ふむ、いい刀だな」と言ってその刀を数回叩き、そのまま彼を帰した。

その時は特に変わったところもなく、先代聶《ニエ》宗主も取り立てて気がかりはなかったが、ただ身勝手に人を呼びつけてはもう帰れ、という傲岸《ごうがん》不遜《ふそん》な温若《ウェンルオ》寒《ハン》の態度は気に食わなかった。しかし、清河に戻って数日が経った頃、夜狩の最中に妖獣に斬りかかった瞬間、彼の刀は突然数か所から折れた。そして、彼は飛びかかってきたその妖獣に角を打ち当てられて、重傷を負ってしまったのだ。

父親と一緒に夜狩に出ていた聶明玦《ニエミンジュエ》は、その場面を目の当たりにした。

先代聶《ニエ》宗主は救助されて屋敷に戻ったあとも腹に据えかね、悔しさに満ちていた。その上、傷もまったく治る気配がなく、半年もの間体調を崩し、そのままこの世を去った。彼の死が怒りのためか、それとも重傷を負ったせいなのかは定かではないが、聶《ニエ》明玦《ミンジュエ》を始め、清河聶《ニエ》氏の一門全員が岐山温《ウェン》氏を激しく憎むようになった原因は、まさにそこにある。

そして今、孟瑶《モンヤオ》は彼の刀を持ったまま、よりによって父の仇である温若寒《ウェンルオハン》の前で、彼の父が刀を折られたことで命を落とした痛恨事《つうこんじ》を持ち出したのだ。

あまりにも無情で下劣極まりない！

聶明玦《ニエミンジュエ》は瞬く間に手のひらで一撃を打った。打たれた孟瑶《モンヤオ》は後ずさりながらよろめき、その場に膝をつくと、口からわずかに血を吐いた。それを見ていた玉座の人物が、微かに前に身を乗り出して何やら手を出そうとしたが、孟瑶《モンヤオ》は瞬時に立ち上がって駆け寄り、聶明玦《ニエミンジュエ》の胸に蹴りを入れた。聶明玦《ニエミンジュエ》は先ほど打った一撃でずいぶんと消耗していて、彼に蹴られるなりそのままどさりと床に倒れた。これまでずっと胸の奥に堪えていた熱い血も、これ以上は堪えきれなかった。


一連の出来事を目撃した魏無羨《ウェイウーシエン》は目を瞠り、言葉に詰まる。

噂では様々な憶測が伝わっていたが、まさか現実では、斂芳尊《れんほうそん》が赤鋒尊《せきほうそん》を蹴るなどという見どころがあったとは！

孟瑶《モンヤオ》は聶明玦《ニエミンジュエ》の胸を足でしっかりと踏みつけた。

「温《ウェン》宗主の御前で、よくもこのような粗暴な振る舞いを！」

そのまま剣で刺そうとした時、聶明玦《ニエミンジュエ》が再び手のひらで一撃すると、孟瑶《モンヤオ》の長剣は折れてバラバラの欠片となってしまった。孟瑶《モンヤオ》自身もこの衝撃を受けて倒れ、聶明玦《ニエミンジュエ》が彼の脳天めがけて二撃目を打とうとした、その時。聶明玦《ニエミンジュエ》の体が何か異常なほどの引力によって、いきなり別の方向へと引きずられ始めた。

その先にあるのは、まさに温若寒《ウェンルオハン》のいる玉座だ。聶明玦《ニエミンジュエ》の体は勢いよく引きずられ、黒玉石の床に三丈ほどもの長い血の跡を残していく。

聶明玦《ニエミンジュエ》は手を伸ばし、床に跪いている温《ウェン》家門弟をとっさに掴むと、玉座の方に放り投げる。すると、「パン」と音を立てて空中で赤い色の爆発が起き、まるで西瓜《すいか》が弾けて中身が飛び散ったかのように見えた。温若寒《ウェンルオハン》がこともあろうに手のひらで空中に一撃を放ち、その門弟の頭を粉々に砕いたのだ。

しかし、そのおかげで聶明玦《ニエミンジュエ》は時間を稼ぐことができた。湧き上がる憤怒が一瞬にして彼に限りない力を与える。聶明玦《ニエミンジュエ》は一躍し、片手で剣訣《けんけつ》すると、覇下《バーシア》が彼のもとに飛んできた。

「宗主、お気をつけて！」

すぐさま孟瑶《モンヤオ》が声をかける。

「構わん！」

その声の主は高笑いして返した。

それは青年のような若い声だったが、魏無羨《ウェイウーシエン》は驚きはしなかった。温若寒《ウェンルオハン》の修為は非常に高いため、肉体を最も若々しく強靭《きょうじん》な状態のまま完璧に維持することも容易いはずだ。

覇下《バーシア》を握った瞬間、聶明玦《ニエミンジュエ》がそれを一振りすると、彼を取り囲んだ数十名の温《ウェン》家修士たちは全員、一撃で腰から真っ二つに斬られた！

漆黒の玉石の床一面に、半分になった死体が乱雑に転がる。それと同時に、魏無羨《ウェイウーシエン》の背筋に寒気が走った。

背後に突然人の気配を感じ、聶明玦《ニエミンジュエ》は即座に横へと刀を振る。しかし、霊力で床に直線状の亀裂が入っただけで、刀に手応えは感じなかっただけでなく、なぜか彼の方が胸を強打されたような衝撃を受けて正殿の金色の柱に激突した。口から血を吐き出し、額からはさらに血が流れ、視界もどんどんぼやけていく。再び誰かが近づいた気配があり、とっさにまた刀を振ったが、今度は拳でみぞおちを殴られ、黒玉石の床が陥没するほどの勢いで激しく打ちつけられた！

聶明玦《ニエミンジュエ》と五感を共有している魏無羨《ウェイウーシエン》は、散々に殴られながらも、密かに驚いていた。

(温若寒《ウェンルオハン》の実力は、こんなに圧倒的で恐ろしいものだったのか！)

魏無羨《ウェイウーシエン》は聶明玦《ニエミンジュエ》と一対一で手合わせしたことはな

く、もし彼と戦ったらどちらが勝つかはわからないが、それでも見た限り、彼の修為は魏無羨《ウェイウーシエン》が知っている者の中でも三本の指に入る。しかし、それでも温若寒《ウェンルオハン》の前では一切反撃することができずにいるのだ！　しかも、もし今、魏無羨《ウェイウーシエン》が聶明玦《ニエミンジュエ》に代われたところで、温若寒《ウェンルオハン》の攻撃を自分ならばもっと上手くかわせる……とも言いきれない。

温若寒《ウェンルオハン》が聶明玦《ニエミンジュエ》の胸を足で踏みつけると、魏無《ウェイウー》羨《シエン》の視界はどんどん暗くなり、次第に血生臭い味が喉に迫り上がってきた。

「宗主の手を煩わせてしまい、無能な部下で申し訳ありません」

孟瑶《モンヤオ》の声がだんだん近づいてくる。

「役立たずめ」

そう言って温若寒《ウェンルオハン》が笑うと、孟瑶《モンヤオ》の笑い声も聞こえた。

「温旭《ウェンシュー》を殺したのはこいつか？」

「間違いありません。宗主、今すぐご自分の手で仇を討たれますか？　それとも地火殿《ちかでん》に引きずり込みますか？　私としては、地火殿がよろしいかと思うのですが」

「地火殿」とは、すなわち温若寒《ウェンルオハン》の遊戯場のことで、彼が収集した何千もの拷問具で人を痛めつけるための専用の場所だ。つまり孟瑶《モンヤオ》は、聶明玦《ニエミンジュエ》をやすやすとは殺さずに温若寒《ウェンルオハン》の刑場に連れ込み、自ら作った拷問具を使って、ゆっくりとなぶり殺したいと言っているのだ。聶明玦《ニエミンジュエ》は二人が談笑に興じ、自分をどう処分するか話し合っているのを聞いて、内心では怒りの炎が天を衝かんばかりに燃え、腸《はらわた》が煮えくり返っていた。

「半分死んでいるような奴を引きずり込んでどうする？」

「そうおっしゃらずに。聶《ニエ》宗主のその強健な体をもってすれば、二、三日も休養したらまたぴんぴんしているかもしれませんよ？」

「おぬしに任せる」

「はい」

しかし、孟瑶《モンヤオ》が「はい」と口に出すのと同時に、非常に細く冷たい光が一筋、素早く横へと掠めていった。

温若寒《ウェンルオハン》の気配が、突然ふっと消えた。

誰かの生温かい血が聶明玦《ニエミンジュエ》の顔に勢いよく飛び散り、何かを察知した彼は必死に顔を上げて状況を確認しようとする。しかし、負った傷が深すぎて限界を迎え、頭をずっしりと床に預けると意識を失った。

どれくらい経った頃だろう、ようやく魏無羨《ウェイウーシエン》は目の前に微かな光を感じた。どうやら、聶明玦《ニエミンジュエ》が少しずつ目を開けているようだ。

目覚めると、孟瑶《モンヤオ》が聶明玦《ニエミンジュエ》の腕を肩に乗せて背負い、半ば引きずりながら必死に進んでいることに気づく。

「聶《ニエ》宗主？」

「温若寒《ウェンルオハン》は死んだか？」

孟瑶《モンヤオ》は少し足を滑らせてよろけながら、声を震わせて答えた。

「おそらく……死んだと思います」

孟瑶《モンヤオ》の手にあるものが目に入ると、聶明玦《ニエミンジュエ》は低く沈んだ声で命じた。

「その刀を渡せ」

「聶《ニエ》宗主、せめてこんな状況の時くらいは、私を斬ろうとするのはやめてください……」

魏無羨《ウェイウーシエン》には孟瑶《モンヤオ》の表情が見えないが、彼の声に苦笑いが滲むのがわかった。

聶明玦《ニエミンジュエ》はしばし黙り込むと、その間に力を十分に溜め込み、素早く刀を奪いにかかる。孟瑶《モンヤオ》は確かに非常に機敏だが、いくら技に長けているとはいえ、力比べでは聶明玦《ニエミンジュエ》に勝てるわけもない。刀を奪われ、慌てて彼と距離を取った。

「聶《ニエ》宗主、傷に障《さわ》ります」

長刀を取り戻した聶明玦《ニエミンジュエ》は、冷たい声で言った。

「お前はあの者たちを殺した」

それは、聶明玦《ニエミンジュエ》と一緒に捕まったあの数名の修士たちのことだ。

「聶《ニエ》宗主もおわかりのはずです。先ほどのあの状況では……他に術《すべ》はありませんでした」

孟瑶《モンヤオ》は言い訳をしたが、聶明玦《ニエミンジュエ》はそういった無責任な言葉を何よりも嫌っていた。怒りに燃え、即座に声を荒らげながら斬りかかる。

「術《すべ》はなかっただと？　どう行動するかはお前次第で、殺すも殺さないもお前が決めたことだろう！」

「本当に私次第だとおっしゃるのですか？　聶《ニエ》宗主、もしあなたが私の立場だったら……」

孟瑶《モンヤオ》は身をかわしつつ弁解した。

聶明玦《ニエミンジュエ》は彼がそう言うとわかりきっていたかのように、「俺はそんな真似などしない！」と鋭く遮った。

孟瑶《モンヤオ》はもはや気力体力ともに尽きかけ、ただ避けるばかりで、反撃をする余裕などないらしい。危うく足を滑らせかけ追い詰められた表情になった彼は、数回息を吸うと、突然何かが爆発したかのように大声で叫んだ。

「赤鋒尊《せきほうそん》！　わかっているんですか！　もし私が彼らを殺さなかったら、あの場で死んでいたのは、あなたなんだぞ！」

その言葉はつまり、「私はあなたの命の恩人なのだから、私を殺してはならない。さもなければ、あなたは道義に反することになる」と言うも同然だった。しかし、さすがは金光瑶《ジングアンヤオ》、たとえ同じ意味であっても、控えめな悔しさと礼儀を逸しない悲哀が含まれた言葉を選んだ。

案の定、聶明玦《ニエミンジュエ》の動きはぴたりと止まり、その額にはぐっと青筋が浮き出た。少しの間、身を強張らせて立ち尽くした彼は、刀の柄をきつく握りしめたまま怒鳴る。

「いいだろう！　ならば、お前を殺してから俺も自決する！」

孟瑶《モンヤオ》の方は、先ほどの言葉を叫び終えるなり畏《い》縮《しゅく》して固まっていたが、覇下《バーシア》が真っすぐ自分に襲いかかってくるのに戦慄《せんりつ》し、脱兎《だっと》の如く逃げだした。

二人はそうやって、一人が斬りかかり、一人が逃げ、どちらも血まみれで、よろよろとしながら追うと追われるを繰り返す。魏無羨《ウェイウーシエン》はこのあまりにも滑稽な状況下に置かれ、未来の仙督に刀で斬りかかりながら、心の中では可笑《おか》しすぎて死にそうなほど笑った。

もし今、相手に重傷を負わせるだけの霊力が聶明《ニエミン》玦《ジュエ》にあったら、孟瑶《モンヤオ》はとっくに斬り殺されていただろう。そんな滅茶苦茶なやり合いの最中、唐突に愕然としたような声が響いてきた。

「明玦《ミンジュエ》殿！」

林の中から、気品のある白い衣を身に纏った人影が現れる。

彼の姿を目にした瞬間、孟瑶《モンヤオ》はまるで天上から救いの神が舞い降りたかのように感じ、転がるように必死に彼の後ろへと逃げ込んだ。

「沢蕪君《たくぶくん》！　沢蕪君《たくぶくん》！」

「曦臣《シーチェン》、どけ！」

聶明玦《ニエミンジュエ》はまさに怒り心頭に発し、なぜ藍曦臣《ランシーチェン》がここに現れたかを聞く余裕もなく怒鳴った。

覇下《バーシア》の凄まじい勢いに、藍曦臣《ランシーチェン》は朔月《シュオユエ》をやむなく鞘から抜き、攻撃を防ぎながら孟瑶《モンヤオ》を支えて彼の前に立ち塞がった。

「明玦《ミンジュエ》殿、落ち着いてください！　何があったのです？」

「それはそいつに聞いたらどうだ!?」

藍曦臣《ランシーチェン》が孟瑶《モンヤオ》の方を振り向くと、彼は怯えきった表情のまま口ごもっている。どうやら話すのが怖いようだ。

「あの時、琅邪から逃げたあと、どこをどう捜してもまったく見つからないと思ったら、まさか温狗《ウェンく》の手先になって、不夜天城で悪事に加担していたとはな！」

「明玦《ミンジュエ》殿」と藍曦臣《ランシーチェン》が言葉の先を折る。

穏やかな彼は人の話を遮ることなど滅多にないため、聶明玦《ニエミンジュエ》は少々驚く。

「これまで何度も、明玦《ミンジュエ》殿に岐山温《ウェン》氏の布陣図を渡した者が誰なのか、ご存じですか？」

「お前だろう」

「いいえ。私はただ、その者の代わりに届けただけです。すべての情報源が誰だったのかわかりますか？」

この状況下で、彼が含ませた言外の意味はあまりにも明白だった。聶明玦《ニエミンジュエ》は藍曦臣《ランシーチェン》の後ろで俯いている孟瑶《モンヤオ》に目を向けたが、眉間のしわは小刻みに震え、どうしても信じられない様子だ。

「疑うまでもありません。今日も、私は彼から知らせを受けてこうして迎えに来たんです。そうでなければ、なぜ今、折よく私がここに現れることができたと思うのですか？」

聶明玦《ニエミンジュエ》は言葉に詰まった。

「琅邪での事件のあと、阿瑶《アーヤオ》はひどく後悔していましたが、それと同時に明玦《ミンジュエ》殿に見つかることを恐れていて、行き場を失い、仕方なく手段を講じて岐山温《ウェン》氏に潜り込みました。そこで温若寒《ウェンルオハン》に近づき、密かに私に文《ふみ》を送ってくれたのです。最初は私も送り主の正体がわからなかったのですが、偶然手がかりを見つけたことで、それが彼だと気づきました」

そう言ってから、藍曦臣《ランシーチェン》はまた孟瑶《モンヤオ》の方を振り向き、小さな声で尋ねた。

「明玦《ミンジュエ》殿にはまだ話していなかったのか？」

「……」

孟瑶《モンヤオ》は腕の傷口を押さえながら、苦笑いを浮かべた。

「沢蕪君《たくぶくん》、ご覧になったでしょう？　たとえ私が何もかも正直に話したとしても、聶《ニエ》宗主はきっと信じてはくれません」

聶明玦《ニエミンジュエ》は口を噤んだまま、何も言わなかった。覇下《バーシア》と朔月《シュオユエ》は対峙したまま互いに引かず、二人の刀と剣が交わるさまを見た孟瑶《モンヤオ》の目は恐怖に満ち溢れていたが、結局はしばらくして藍曦臣《ランシーチェン》の陰から出ると、聶明玦《ニエミンジュエ》に向かって跪いた。

「孟瑶《モンヤオ》？」

藍曦臣《ランシーチェン》が驚いた様子で呼ぶ。

「聶《ニエ》宗主、私は先ほど炎陽殿で、たとえ温若寒《ウェンルオハン》を騙して取り入るためとはいえ、あなたに傷を負わせました。その上、無礼なことを言って、先代聶《ニエ》宗主のことがあなたの心の傷だとわかっていながら、敢えてその傷口を抉るようなことを……やむを得ない状況だったとはいえ、本当に申し訳ありませんでした」

「お前が跪くべき相手は俺ではなく、お前のその手で殺されたあの修士たちだ」

「温若寒《ウェンルオハン》の気性は凶暴で残虐です。普段から少しでも逆らえば、すぐ激情に駆られて我を忘れるのです。奴の側近を装うからには、誰かが奴を侮辱した時、私がそれを見て見ぬふりなんてできるでしょうか？　だから……」

「よくわかった。つまり、今までも同じようなことを少なからずやってきたというわけだな」

冷え冷えとした聶明玦《ニエミンジュエ》の反応に、孟瑶《モンヤオ》はため息をついて「この身だけは岐山に置くためです」と答えた。

藍曦臣《ランシーチェン》は剣に力を込めたまま、そっと口を挟む。

「明玦《ミンジュエ》殿、岐山に潜伏するためには、時にそういうことも……やむを得ないと思います。彼もそんな時、きっと心の中では……」

嘆くように言う藍曦臣《ランシーチェン》を見て、魏無羨《ウェイウーシエン》は内心で首を横に振った。

（沢蕪君《たくぶくん》という人は、あまりにも……純真すぎるな）


しかし考えてみれば、聶明玦《ニエミンジュエ》は既に金光瑶《ジングアンヤオ》にかかる数々の嫌疑を知っているために、これほど彼を警戒しているが、藍曦臣《ランシーチェン》はそれとは逆だ。藍曦臣《ランシーチェン》にとっての孟瑶《モンヤオ》は、屈辱に耐えて重責を負い、たった一人で危険を顧みずに敵地に潜伏し続けてきた人物なのだ。そもそも、視点も立場もまったく異なる二人が、孟瑶《モンヤオ》という人間を同じように論じることなどできようもない。

しばらくして、聶明玦《ニエミンジュエ》はいきなり刀を大きく振りかぶった。

「明玦《ミンジュエ》殿！」

藍曦臣《ランシーチェン》は声を上げ、孟瑶《モンヤオ》が覚悟を決めたように目を閉じる。藍曦臣《ランシーチェン》はしっかりと朔月《シュオユエ》を握りしめ、「失礼を……」と言いかけた。

だが、彼がすべてを言い終わる前に、刀の刃は銀色の光を放ちながら無造作に振り下ろされ、近くの大きな岩に叩きつけられた。

孟瑶《モンヤオ》は巨岩が割れる音にびくっとして小さく肩をすぼめる。恐る恐るそちらに目を向けると、その巨岩は真っ二つに割られていた。

この一振りは、結局のところ彼には当たらず、覇《バー》下《シア》を鞘に戻した聶明玦《ニエミンジュエ》は身を翻し、振り向きもせずにその場から立ち去った。

温若寒《ウェンルオハン》亡き今、たとえ岐山温《ウェン》氏に残党がいても、もはや何もできはしない。

これによって、温《ウェン》氏の敗北は確定した。

そして、不夜天城で何年もの間潜伏し続けてきた死をも恐れない勇士として、孟瑶《モンヤオ》は一躍世間に名を馳せたのだ。

魏無羨《ウェイウーシエン》もかつて不思議に思っていた。孟瑶《モンヤオ》が清河聶《ニエ》氏に背いてから、聶明玦《ニエミンジュエ》と彼の関係は冷え込んでいたというのに、その後、なぜ彼らは兄弟の契りを結ぶことになったのか？

推測だが、おそらく藍曦臣《ランシーチェン》が二人の関係を修復しようと提案し、命を救われたことと、情報を流してくれたことへの恩義に免じて、聶明玦《ニエミンジュエ》がそれを受け入れたということなのだろう。

確かに、これまでの聶明玦《ニエミンジュエ》の戦いを思い返してみれば、孟瑶《モンヤオ》が藍曦臣《ランシーチェン》を通じて流してくれた情報に助けられたことは少なくない。それに、彼は未だに心の中では金光瑶《ジングアンヤオ》のことを滅多にない逸材だと思っていて、できることなら彼を正しい道に引き戻したいとも考えていた。金光瑶《ジングアンヤオ》はもう彼の部下ではないが、兄弟の契りを結べば、再び監督できる立場を得られる。弟の聶懐桑《ニエホワイサン》を教育するのと同じように、兄の立場から監督できるようになるのだ。

射日の征戦が幕を下ろしたあと、蘭陵金《ジン》氏では数日間に渡る宴が催された。各世家から数えきれないほどの修士たちを招き、世の中の人々もともに勝利を喜んだ。

金鱗台を往来する人々の中を、聶明玦《ニエミンジュエ》が進んでいく。その高く広い視野からは、人々がどんどん左右に分かれて彼に道を空ける様子が見えた。誰もが「赤鋒尊《せきほうそん》」と声をかけ、両側から彼に頭を下げて挨拶をするのだ。

（これはすごいな。こいつらは聶明玦《ニエミンジュエ》を恐れつつ、尊敬もしてる。そういや俺のことを怖がる人は多かったけど、尊敬してくれる人は少なかったな……）

魏無羨《ウェイウーシエン》が物思いに耽っていると、聶明玦《ニエミンジュエ》の進んだ先で、金光瑶《ジングアンヤオ》が須弥座のそばに立って待っていた。彼は聶明玦《ニエミンジュエ》、藍曦臣《ランシーチェン》と三人で契りを結び、父親に迎え入れられるという悲願を果たした。今の金光瑶《ジングアンヤオ》は、眉間に志を示す丹砂の朱色の点をつけて、白地に金色の笹縁《ささべり》が施された金星雪浪袍を身に纏い、烏帽を被っている。全体的な印象ががらりと変わり、非常に明るくて秀麗な雰囲気を醸し出していた。怜悧さはこれまでと同じだが、その人柄は落ち着きが増し、もう昔の彼とは別人のようだ。

魏無羨《ウェイウーシエン》は、ふと彼のそばに見覚えのある姿を見つけた。

――薛洋《シュエヤン》。

この時の薛洋《シュエヤン》はまだかなり若く、背丈は既にそれなりの高さだが、その顔には幼さが残っている。揃いの金星雪浪袍を身に纏った彼が金光瑶《ジングアンヤオ》とともに並ぶと、なんとも若々しくて爽やかな、風雅な少年たちに見える。二人は面白い話でもしているようで、金光瑶《ジングアンヤオ》はにこっと笑って何やら手振りをして見せ、互いに目配せすると、薛洋《シュエヤン》は「ハハハッ」と大笑いした。漫然と辺りを歩いている修士たちを見渡し、まるで目の前にいるのは無価値なごみだとでも言いたげな、なんとも軽蔑に満ちた目つきをしている。薛洋《シュエヤン》は聶明玦《ニエミンジュエ》に気づくと、周りの人々のように恐れることはなく、逆にこちらに向かってニッと笑って八重歯を見せた。

金光瑶《ジングアンヤオ》は、聶明玦《ニエミンジュエ》の表情が険しいものになったのを見てすぐさま笑顔を消し、潜めた声で薛洋《シュエヤン》に何か言うと、薛洋《シュエヤン》は手を振ってふらふらとどこかへ姿を消した。

金光瑶《ジングアンヤオ》は聶明玦《ニエミンジュエ》に近づき、「兄上」と恭しい声で呼びかける。

「さっきの奴は誰だ？」

少しためらってから、金光瑶《ジングアンヤオ》は辺りに注意を払いつつ小声で答えた。

「薛洋《シュエヤン》です」

「夔州《きしゅう》の薛洋《シュエヤン》か？」

聶明玦《ニエミンジュエ》が眉をひそめると、金光瑶《ジングアンヤオ》は頷いた。薛《シュエ》洋《ヤン》は少年時代から既に悪名高く、その名を聞いて聶《ニエ》明玦《ミンジュエ》が眉間のしわを深くしたのを魏無羨《ウェイウーシエン》ははっきりと感じた。

「あんな奴とつるんでどういうつもりだ?」

「蘭陵金《ジン》氏が彼を招き入れたのです」

彼はあれこれと弁解することを避けるためか、来客の接待があるからと言い置いて、足早にその場をあとにした。聶明玦《ニエミンジュエ》が首を横に振って背後を向くと、一瞬で魏無羨《ウェイウーシエン》の目の前が明るくなる。まるで雪か霜でも舞い落ちたか、あるいは満月の光に照らされているかのようだ。

藍曦臣《ランシーチェン》と藍忘機《ランワンジー》が、肩を並べてこちらへ歩いてくる。

藍《ラン》氏双璧は、一人は簫《しょう》を持ち、一人は琴を背負い……一人は穏やかで優美、もう一人は冴え冴えとした物静かな雰囲気を漂わせ、瓜二つの美しい容貌に軽やかな風采《ふうさい》だ。やはり似た容姿でも、彼らはまったく異なる秀麗さを醸し出している。どうりで周りの人々が思わず二人に目を引かれ、誰もが感嘆するわけだと魏無羨《ウェイウーシエン》はしみじみと納得した。

この時の藍忘機《ランワンジー》は、輪郭はまだ微かに少年らしさを残しているものの、既にあの他人を一切寄せつけない冷たい表情を浮かべている。魏無羨《ウェイウーシエン》の視線は一気にその顔に引き寄せられ、どうしても彼から目が離せなくなった。彼に聞こえるかどうかなど関係なく、嬉しくなって思いきり叫ぶ。

(藍湛《ランジャン》! 会いたかったよ! ハハハハハハハッ!)

そこへ突然、誰かの声が聞こえてきた。

「聶《ニエ》宗主、藍《ラン》宗主」

そのあまりにも耳馴染みのある声を聞いて、魏無《ウェイウー》羨《シエン》の心臓は大きく跳ねた。聶明玦《ニエミンジュエ》がまた振り返って見ると、全身に紫色を纏った江澄《ジャンチョン》が、剣の柄に手を添えながら近づいてきた。

そして江澄《ジャンチョン》の隣にいるのは――まさに魏無羨《ウェイウーシエン》自身だった。

過去の自分は、黒ずくめで手を後ろに組んで立っていた。剣を持たず、腰には漆黒の笛を一本差し、その笛からは真っ赤な房《ふさ》が垂れ下がっている。江澄《ジャンチョン》と肩を並べて、こちらに向かって会釈をする。やや傲慢に見えるその青年は、いかにも造詣《ぞうけい》の深さは計り知れずといった風情で、どこか世の中を見下している様子だった。魏無羨《ウェイウーシエン》は若き日の自分の生意気な態度を見てにわかに歯がゆさを感じ、気取った態度のそいつに飛びかかって、思いきりぶちのめしてやりたい衝動に駆られた。

藍忘機《ランワンジー》の方も薄い色の瞳で魏無羨《ウェイウーシエン》を見たが、眉根をぴくりと動かしただけですぐに視線を戻す。それからはただ真っすぐに前方を見て、端然として厳しい表情を崩さなかった。

江澄《ジャンチョン》と聶明玦《ニエミンジュエ》は仏頂面《ぶっちょうづら》のまま互いに会釈したが、それ以上他に話すこともなく、挨拶を済ませると早々に辞した。

魏無羨《ウェイウーシエン》は、その黒ずくめの若い自分が、江澄《ジャンチョン》の少し後ろでなぜかきょろきょろと左右に視線を泳がせているのに気づく。彼がこちらにいる藍忘機《ランワンジー》を見つけて声をかけようとしたところへ、江澄《ジャンチョン》が近づいてそばに立ったのが見えた。二人は俯き、厳しい顔で一言ずつ何か言い合うと、魏無羨《ウェイウーシエン》は「ハハハッ」と声を出して笑い、江澄《ジャンチョン》と連れ立って歩いていった。周囲の人々は自然と彼らに道を空けている。

魏無羨《ウェイウーシエン》は、あの時いったい何を話したのか改めて考えてみたものの、何一つ思い出せなかった。ただ、聶明玦《ニエミンジュエ》の視界から二人の口元の形が見えたため、それでようやく記憶が蘇る。あの時、魏無羨《ウェイウーシエン》は「江澄《ジャンチョン》、赤鋒尊《せきほうそん》はお前よりずっと背が高いな、ハハッ」と言い、江澄《ジャンチョン》は「失せろ、死にたいのか」と答えたのだ。

聶明玦《ニエミンジュエ》の視線がそばに立つ藍《ラン》氏双璧に戻る。

「魏嬰《ウェイイン》はなぜ剣を佩《は》いていない？」

剣は言わば礼服と同じで、重要な集まりの場では必要不可欠な礼儀の象徴でもある。そのため、世家出身の者であればなおさら重視する。

藍忘機《ランワンジー》が淡々と答えた。

「おそらく忘れたのでしょう」

「忘れられるものか？」

「珍しいことではありません」

聶明玦《ニエミンジュエ》は眉を跳ね上げたが、藍忘機《ランワンジー》は平然と返す。

(上等だな、俺のいないところで悪口を言うなんてさ……本人が聞いてるぞ)

魏無羨《ウェイウーシエン》がそう考えていると、藍曦臣《ランシーチェン》が笑った。

「魏《ウェイ》公子は以前、規則や礼儀礼節など細々《こまごま》と煩わしいことは一切気にしたくないし、剣を持たないくらいでなんだ、たとえ服を着ていなくたって、誰も自分に無理強《じ》いすることはできない、と言っていましたよ。若さゆえですね」

当時の自分の思い上がった妄言《もうげん》を他人の口から聞かされると、なんとも言い難い気分になった。魏無《ウェイウー》羨《シエン》は面目《めんぼく》なさを覚えたが、今さらどうすることもできない。するとその時、「軽薄だ」と藍忘機《ランワンジー》が一言呟いた。

まるで独り言のような小さな声だったが、その「軽薄」の二文字は魏無羨《ウェイウーシエン》の耳の中でコツコツと何かを打つように響いた。その音に合わせるように、なぜか彼の心臓は二度大きく高鳴る。


藍曦臣《ランシーチェン》はふと弟に目を向けて尋ねた。

「おや、忘機《ワンジー》、なぜまだここにいるんだ?」

「兄上がここにいるからですが」

藍忘機《ランワンジー》は微かに怪訝そうではあったが、表情を変えずに答える。

「でも、彼のところに話しに行った方がいいのでは? 向こうへ行ってしまうぞ」

魏無羨《ウェイウーシエン》も藍忘機《ランワンジー》と同じように、不思議に思った。

(沢蕪君《たくぶくん》はなんでそんなことを言うんだ? まさか、この時の藍湛《ランジャン》は俺に何か言いたいことでもあったのか?)

しかし、肝心の藍忘機《ランワンジー》がどう反応したかを確認できないうちに、突然、須弥座の向こう側が騒がしくなってきた。魏無羨《ウェイウーシエン》はそこから自分の怒鳴り声が聞こえてくるのに気づく。

「金子軒《ジンズーシュエン》! お前、自分がこれまで何を言って、何をしてきたか忘れたとは言わせないぞ。いったいどういうつもりだ!?」

魏無羨《ウェイウーシエン》は唐突に思い出した。

（あの時か！）

　金子軒《ジンズーシュエン》も、怒りを滲ませた声を出す。

「俺は江《ジャン》宗主に聞いているんだ。お前に用はない！　それに、聞いたのは江厭離《ジャンイエンリー》殿のことで、お前とはなんの関係もないだろう！」

「言ったな！　俺の師姉《しし》だってお前とは関係ないよな？　あの時、目が節穴だったのはどこのどいつだ？」

「江《ジャン》宗主――ここは俺の家の宴で、そいつはあなたの家の者だろう！　このまま放っておくつもりか⁉」

「今度は何を揉めているんだ？」

　怒鳴り合う声を聞いて、藍曦臣《ランシーチェン》が言った。

　藍忘機《ランワンジー》の視線もそちらに向けられているが、足の裏は地面に張りついたままだ。だが、少しして何かを決心したようにその足を踏み出したところで、江《ジャン》澄《チョン》の声が聞こえてきた。

「魏無羨《ウェイウーシエン》、お前は黙ってろ。金《ジン》公子、失礼した。姉は息災《そくさい》だ、お心遣い感謝する。先ほどの話は、また次の機会に」

「次？　次なんてあるもんか！　息災かどうかもこいつに心配される筋合いはない！　何様のつもりだ？」

　魏無羨《ウェイウーシエン》は冷ややかに笑うと、さっと振り返って立ち去ろうとする。

「おい、戻れ！　どこに行くつもりだ？」

「どこだっていい！　そいつの顔さえ視界に入らなければ、どこでも。もともと俺はこんな所来たくなかったんだ、ここはお前一人でなんとかしろ」

　魏無羨《ウェイウーシエン》はひらひらと手を振った。

　彼に置き去りにされ、江澄《ジャンチョン》の顔はどんどん曇っていく。金光瑤《ジングアンヤオ》はそれまで会場のあちこちで忙しく動き回っていて、会う人皆に笑顔を向け、手が足りなければ手伝っていたが、騒ぎに気づいて飛んできた。

「魏《ウェイ》公子、お待ちください！」

　止める声も聞かず、魏無羨《ウェイウーシエン》は手を後ろで組んだまま素早く立ち去る。その表情が沈んでいることに気づく者は誰もいなかった。藍忘機《ランワンジー》は彼に向かって一歩近づいたものの、話しかける間もなく魏無羨《ウェイウーシエン》は通り過ぎ、二人は無言のまますれ違うだけだった。

金光瑶《ジングアンヤオ》は魏無羨《ウェイウーシエン》に撒かれてしまい、小さく地団駄を踏んだ。

「ああ、行ってしまいました。江《ジャン》宗主、こ……これは、どうしたらいいでしょうか？」

「構うことはありません。家で好き放題しすぎたせいで、勝手気ままが染みついたんでしょう」

江澄《ジャンチョン》は顔の曇りを消すと、そこで金子軒《ジンズーシュエン》と何やら話し始めた。

二人の様子を眺め、魏無羨《ウェイウーシエン》は心の中で大きなため息をつく。幸い聶明玦《ニエミンジュエ》はそちらの状況には興味がないようで、すぐに視線を別の所へ移し、二人の姿も見えなくなった。

◆

清河聶《ニエ》氏の仙府、不浄世《ふじょうせい》。

聶明玦《ニエミンジュエ》は今、ござの上に座っている。藍曦臣《ランシーチェン》の前には玉で装飾された琴があり、ちょうど弾いていた弦を押さえて一曲終えたところだ。

「よし、曦臣《シーチェン》兄様の琴を聴いたことですし、屋敷に帰ったら自分の琴を叩き壊さないと」

笑って言った金光瑶《ジングアンヤオ》に、藍曦臣《ランシーチェン》が尋ねる。

「阿瑶《アーヤオ》の琴は、姑蘇の者を除けばかなり達者な方だ。母君から教わったのか？」

「いいえ、見様見真似《みようみまね》です。母はそういうことをまったく教えてくれず、いつも読み書きばかりでしたから。あとは剣術と修練の方法に関する高価な秘伝書を買ってきて、私に練習させたりしましたよ」

「剣術と修練の方法の秘伝書？」

驚いた顔をした藍曦臣《ランシーチェン》に、金光瑶《ジングアンヤオ》が説明した。

「兄様は見たことがないでしょう？　世間ではそういうものも売っているんです。適当に人間の絵なんかが描いてあって、そこに胡散臭い文字がいっぱい書いてある小冊子ですよ」

藍曦臣《ランシーチェン》が笑いながら首を横に振ると、金光瑶《ジングアンヤオ》もつられて首を横に振った。

「もちろん、全部でたらめです。もっぱら私の母のような婦人や無知な子供を騙すためのものでしょう。練習したからといって害はないですが、寸分の利もありません」

彼はどこか感慨深げに話す。

「でも母にはそんなことわかるはずもなく、見かけたらどんなに高くても買ってくれました。将来父のところに行く時、他人に遅れを取ってはいけないと、腕前を鍛えて必ず一人前になって会いに行きなさいと言って。そのために、お金は全部そこにつぎ込んでいましたね」

藍曦臣《ランシーチェン》は琴の弦を二回弾き、「見様見真似でそこまで弾けるなら、大層資質に恵まれているな。もし良い師につけば、きっとあっという間に上達するだろう」と言って頷く。

「良い師なら目の前にいますが、お手を煩わせるなど恐れ多いです」

「何を遠慮することがある？　公子、こちらへどうぞ」

笑って言った金光瑶《ジングアンヤオ》を藍曦臣《ランシーチェン》が促す。

すると、金光瑶《ジングアンヤオ》は彼と向かい合って恭しい素振りで腰を下ろし、謙虚に聞く姿勢を取った。

「藍《ラン》先生、何を教えてくださるのですか？」

「清心音《せいしんおん》はどうかな？」

藍曦臣《ランシーチェン》が申し出ると、金光瑶《ジングアンヤオ》が目を輝かせる。

しかし、彼が返事をする前に、聶明玦《ニエミンジュエ》が顔を上げて口を開いた。

「曦臣《シーチェン》、清心音は姑蘇藍《ラン》氏の秘技の一つだろう。安易に外部には漏らすな」

「清心音は破障音《はしょうおん》と違って、その効能は心を清め、気を鎮めることです。このような癒やしの技を物惜しみして、藍《ラン》氏で独り占めするのはもったいないではありませんか？　それに、阿瑶《アーヤオ》に教えるのなら外部に漏らすことにはなりませんよ」

藍曦臣《ランシーチェン》は何も構わないといった様子で笑う。

彼に考えがあってのことならと、聶明玦《ニエミンジュエ》もそれ以上口を挟むことはしなかった。

不浄世に戻ってすぐのある日、聶明玦《ニエミンジュエ》は大広間に入った。すると、そこでは弟の聶懐桑《ニエホワイサン》がちょうど横一列に十数枚の蒔絵扇子《まきえせんす》を広げていた。彼は並べたそれらを一枚一枚愛しげに撫でては、ぶつぶつと独り言を言い、すべての扇子に書かれた文をまじまじと見比べている。それが目に入るなり、聶明玦《ニエミンジュエ》は額に青筋を立てた。

「聶懐桑《ニエホワイサン》！」

荒々しく名前を呼ばれた聶懐桑《ニエホワイサン》は、すぐさまがばりと跪いた。

どうやら驚きのあまり反射的に跪いたようで、彼は震えながら起き上がり、「あああ、兄上」とどもりながら答えた。

「お前の刀は？」

「あっ……部屋に。いや、修練場かな。いや、えっと……多分……」

聶懐桑《ニエホワイサン》は口ごもった。

魏無羨《ウェイウーシエン》は、聶明玦《ニエミンジュエ》の中に刀で弟をぶった斬りたい衝動が湧くのを感じ取った。

「十数本も扇子を身につけておいて、肌身離さず持つべき刀がどこにあるかわからないだと!?」

「今すぐ捜しに行ってきます！」

慌てて立ち上がろうとする聶懐桑《ニエホワイサン》を、聶明玦《ニエミンジュエ》が制する。

「もういい！　刀を見つけたところで、どうせ何一つ上達していないんだろう。こんなものは全部燃やせ！」

聶懐桑《ニエホワイサン》はその命令に驚き、真っ青な顔色で慌てて扇子を懐にかき寄せながら訴えた。

「やめてください兄上！　ここにあるのは全部、人からの贈り物です！」

聶明玦《ニエミンジュエ》は怒りのあまり手のひらで卓を叩き割った。

「それなら、贈った奴を今すぐここに呼んでこい！」

「私が贈りました」

ふいに誰かの声がして、二人はそちらに目を向ける。

すると、金光瑶《ジングアンヤオ》が大広間の外から足を踏み入れるところで、聶懐桑《ニエホワイサン》はまるで救いの神が現れたとでも言うかのように大喜びした。

「瑶《ヤオ》兄様、来てくれたんですね！」

実際のところ、金光瑶《ジングアンヤオ》ならば聶明玦《ニエミンジュエ》の怒りを鎮められるというわけでもない。ただ、金光瑶《ジングアンヤオ》が来れば、聶明玦《ニエミンジュエ》はいつも彼だけに怒りをぶつけて他の者を叱る暇などなくなるので、確かに彼は聶懐桑《ニエホワイサン》の救いの神と言っても過言ではなかった。

聶懐桑《ニエホワイサン》は喜びをあらわにして、「兄様いらっしゃい」と何度も繰り返しながら、慌てて卓から扇子をかき集めた。弟のその姿を見て、聶明玦《ニエミンジュエ》の怒りは頂点に達したが、もはや怒りを通り越して呆れかえり、金光瑶《ジングアンヤオ》に吐き捨てた。

「お前ももう、あいつに悪い影響を与えるようなものを贈るな！」

聶懐桑《ニエホワイサン》は慌てふためき、扇子を二本床に落としてしまう。金光瑶《ジングアンヤオ》は代わりにそれを拾い上げ、彼の懐に入れてやった。

「懐桑《ホワイサン》は雅やかなことが好きで、ただ書と絵画に心酔しているだけです。他に品のない悪習もないし、悪い影響があるとは言いきれませんよ？」

「そうですよ。瑶《ヤオ》兄様の言う通りです！」

金光瑶《ジングアンヤオ》の言葉に、聶懐桑《ニエホワイサン》はこくこくと何度も頷いた。

「宗主になるのにそんなものは不要だ」

「宗主は兄上がやっていればいいじゃないですか。僕は絶対なりません！」

兄にぎろりと睨みつけられ、彼は即座に口を閉じる。

ふと、聶明玦《ニエミンジュエ》は金光瑶《ジングアンヤオ》の方を振り向いた。

「お前はなぜここに来たんだ？」

「曦臣《シーチェン》兄様から、兄上に琴を一張贈ったと伺いまして」

その琴は以前、藍曦臣《ランシーチェン》が聶明玦《ニエミンジュエ》のために清心音を弾いて、彼の心を静める手助けをした時に贈ったものだ。

「今、姑蘇藍《ラン》氏は雲深不知処の再建という重要な時期ですし、兄上が曦臣《シーチェン》兄様に来ないようにと言ったので、その代わりに、曦臣《シーチェン》兄様は私に清心音を教えてくれたんです。琴の腕前は比べものにならないとしても、少しでも兄上の気持ちを宥め、なんとかお力になりたくて」

「お前は自分のことだけしっかりやればいい」

金光瑤《ジングアンヤオ》の申し出を聶明玦《ニエミンジュエ》は一蹴した。だが、雅なものを好む聶懐桑《ニエホワイサン》は、逆にその曲に強い興味を持ったようだ。

「瑤《ヤオ》兄様、それはどういう曲ですか？　僕も聴いてもいいでしょうか？　それとこの前、兄様がくれたあの絶版の……」

「お前はさっさと自分の部屋に戻れ！」

聶明玦《ニエミンジュエ》に一喝されて、聶懐桑《ニエホワイサン》はしっぽを巻いて慌てて逃げていく。しかし、おそらく自室ではなく、金光瑤《ジングアンヤオ》が持参した手土産を取りに客間に向かったに違いない。

何度か金光瑤《ジングアンヤオ》に口を挟まれているうち、聶明玦《ニエミンジュエ》の怒りもほとんど消えていた。振り向いて彼を見ると、少し疲れた面持ちで、身に纏った金星雪浪袍には旅の埃がついている。おそらく金鱗台から駆けつけてきたのだろう。聶明玦《ニエミンジュエ》は少し動きを止めたあと、「座れ」と促した。

金光瑤《ジングアンヤオ》は微かに頷き、言われた通りに腰を下ろす。

「兄上は懐桑《ホワイサン》のことが心配なら、もう少し穏やかに諭してもいいのに、どうしてそこまで怒るのですか？」

「刀を首に突きつけて脅しても、あのざまだからな。もはや殴り殺したところで物にはならないようだ」

「懐桑《ホワイサン》は別に物にならないわけではなく、そういったことに興味がないだけですよ」

「逆にお前の方は、あいつが興味を持つ類のことをよく把握しているようだな」

「もちろんです。だって、それが私の一番得意なことではないですか？　さっぱりわからないのは兄上のことだけですよ」

金光瑤《ジングアンヤオ》は笑った。他人の好みを把握し、臨機応変に対応すれば物事は上手く運び、少ない労力で大きな成果を得られる。金光瑤《ジングアンヤオ》は他人の嗜好《しこう》を推し測ることに長けていた。そんな中で聶明玦《ニエミンジュエ》だけが唯一、金光瑶《ジングアンヤオ》をもってしても何一つ有用な情報を探り出せない相手だった。

昔、孟瑶《モンヤオ》が聶明玦《ニエミンジュエ》の下で働いていた時分に、魏無《ウェイウー》羨《シエン》も十分すぎるほど思い知った。彼は女色《じょしょく》、酒、金銭には一切興味がなく、書と絵画、骨董品《こっとうひん》なども彼の目にはただの墨と泥にしか映らない。絶品の酒や茶も、彼には道端で飲む出涸《でが》らしの安い茶となんら差はなく、孟瑶《モンヤオ》は彼が毎日刀の修練と温狗《ウェンく》を殺すという目的以外に、何か特別な好みがあるかどうか、どんなに知恵を絞ったところで探り出せなかった。まるで堅固な鉄壁の如く、彼にはつけ入る隙がないのだ。

金光瑶《ジングアンヤオ》のその自嘲を帯びた口ぶりを聞いても、聶明玦《ニエミンジュエ》は意外にも反感を抱くことはなかった。

「あいつのあのざまを助長してくれるな」

そう釘を刺された金光瑶《ジングアンヤオ》は小さく微笑み、「兄上、曦臣《シーチェン》兄様の琴は?」と聞く。

聶明玦《ニエミンジュエ》は彼に琴のある場所を指さしてやった。


それからというもの、金光瑶《ジングアンヤオ》は数日置きに蘭陵から清河に駆けつけ、聶明玦《ニエミンジュエ》の余念を払い、心を清める手助けをすべく清心音を弾いた。彼は力を尽くし、恨み言の一つすら口に出すことはなかった。清心音は確かに奥深く不思議なほどに効果があって、それを聞いているうちに明らかに聶明玦《ニエミンジュエ》の心の中の凶暴な怒気が抑え込まれていくのを魏無羨《ウェイウーシエン》は感じた。そして琴を弾いている時だけは、二人のやり取りにも平和が戻り、それはまるで、かつて仲違いしていなかった頃のようだった。

魏無羨《ウェイウーシエン》はふと、雲深不知処の再建で藍曦臣《ランシーチェン》が忙しいという話は、ただの口実ではないかと思い始めた。藍曦臣《ランシーチェン》が、ただ聶明玦《ニエミンジュエ》と金光瑶《ジングアンヤオ》になんとかして関係を修復する機会を持ってもらいたかっただけなのかもしれない。

しかし、彼がそう考えていた次の瞬間、唐突に暴れ狂うような怒りが身の内から沸き上がってきた。

聶明玦《ニエミンジュエ》は、自分を止めようと恐る恐る前に出た二人の門弟を振りきり、断りもなしにずかずかと金鱗台の綻園《たんえん》に押し入った。

その時、藍曦臣《ランシーチェン》と金光瑶《ジングアンヤオ》は書斎にいて、粛然とした様子で何かを討議しているところだった。二人の前にある文机の上には見取り図が数枚広げられていて、そこには様々な記号が描かれている。押し入ってきた聶明玦《ニエミンジュエ》を見ると、藍曦臣《ランシーチェン》は微かに目を丸くして、「兄上?」と怪訝そうに呼びかけた。

「お前は動くな」

聶明玦《ニエミンジュエ》は彼を制し、険しい声で金光瑶《ジングアンヤオ》に「表へ出ろ」と命じる。

金光瑶《ジングアンヤオ》は聶明玦《ニエミンジュエ》をちらりと見て、それから藍曦《ランシー》臣《チェン》に目を向けると、笑みを作った。

「兄様、すみませんがここのところをもう一度整理しておいていただけますか? 私はちょっと兄上と個人的な話をしてきますので、またあとで見解を聞かせてください」

藍曦臣《ランシーチェン》の顔に気遣わしげな表情が浮かんだが、金《ジン》光瑶《グアンヤオ》は彼を制止し、聶明玦《ニエミンジュエ》について綻園《たんえん》を出る。

二人が金鱗台の端に着いたところで、聶明玦《ニエミンジュエ》は振り返ると同時に、真正面にいる金光瑶《ジングアンヤオ》にいきなり手のひらで一撃を打った。

近くにいた数人の門弟たちは驚愕したが、金光《ジングアン》瑶《ヤオ》は機敏な動きで軽々とそれをかわし、むやみに動くなと彼らに合図した。

「兄上、何もこんなことをしなくても。話し合いましょう」

「薛洋《シュエヤン》はどうした?」

「薛洋《シュエヤン》ですか? 彼は地下牢に閉じ込められていて、一生出ては……」

「あの時お前は、俺の前でなんと言った?」

重ねて問い質され、金光瑶《ジングアンヤオ》は黙り込んだ。

「俺は、人を殺した罪は命をもって償えと言ったはずだが、お前は奴を終身刑で裁いただと?」

「ですが、彼はきちんと罰を受け、二度と罪を重ねることはないのですから、終身刑も死刑も変わりは……」

金光瑶《ジングアンヤオ》はためらいがちに答える。

「お前が推薦した客卿がやったことだ! この期に

及んでまだ奴を庇い立てするつもりか！」

「庇ってなどいません。櫟陽常《れきようチャン》氏の事件には私も驚愕しました。まさか薛洋《シュエヤン》が一門七十人あまりの人々を殺すだなんて。ですが、父が必ず彼を手元に留め置けと……」

激昂する聶明玦《ニエミンジュエ》に、金光瑶《ジングアンヤオ》は弁解した。

「驚愕？　そもそも、奴を連れてきたのは誰だ？　父親に推薦したのは誰だ？　重用したのは誰だ？　父親を盾にするな。薛洋《シュエヤン》が何をしていたか、お前が知らないはずがないだろう!?」

聶明玦《ニエミンジュエ》に問い詰められ、金光瑶《ジングアンヤオ》はため息をついた。

「兄上、本当にこれは父の命令なんです。私には拒むことなどできません。今すぐ薛洋《シュエヤン》を処分しろと言われても、それを父になんと説明すればいいんですか？」

「御託《ごたく》はいい。薛洋《シュエヤン》の首を持ってこい」

金光瑶《ジングアンヤオ》が続けようとすると、もはや堪忍袋の緒が切れた聶明玦《ニエミンジュエ》が怒号を上げた。

「孟瑶《モンヤオ》、俺の前で調子のいいことを言っても無駄だ。お前のそのやり口はもはや俺には通用しない！」

その瞬間、金光瑶《ジングアンヤオ》はやや居たたまれない表情を浮かべた。それはまるで、人には言えない病を抱えた者が、衆目の中で隠れる場所もなくそれをさらされたような、恥じ入る表情だった。

「……私のやり口？　それは、どんなやり口ですか？　兄上、あなたはいつも私のことを謀《はかりごと》ばかりの三流だと叱ってきました。正しい行いをして、天をも地をも恐れず、一人前の男ならば裏でも表でも謀を弄《ろう》する必要などないと。あなたはそれでいいでしょう。高貴な生まれで、修為も極めて高いですから。それに比べて、私は？　この私が、あなたと同じであるはずがないじゃないですか？　第一に、私はあなたの修為には到底及びませんし、基礎すら曖昧です。だって、今まで誰も私に教えてくれる人はいませんでしたから。第二に、世家の後ろ盾もありません。まさか本当に、蘭陵金《ジン》氏には私の居場所があるとでもお思いですか？　金子軒《ジンズーシュエン》が死んだら私がとんとん拍子で跡取りになれるとでも？　金光《ジングアン》善《シャン》はたとえ庶子をもう一人迎え入れてでも、私に跡を継がせるつもりなどないんです！　こんな私に、天をも地をも恐れるなと？　私には天も地もどうしようもなく怖いし、人だって怖くてたまりません！　景気のいい話ばかりする恵まれた人には、何も持たない者の気持ちなどわかるわけがないでしょう」

「つまり、結局のところお前が言いたいのは、ただ薛洋《シュエヤン》を殺したくない、蘭陵金《ジン》氏でのお前の地位をぐらつかせたくないというだけか」

「もちろん、そうしたくはありません！」

冷ややかに断じる聶明玦《ニエミンジュエ》に、金光瑶《ジングアンヤオ》は切実な声で訴えた。顔を上げた彼の目の中には、得体の知れない炎が揺らめいている。

「ですが兄上、私も今までずっとあなたに聞きたかったことがあります……あなたが手にかけた者の数は、決して私より少なくはないはずです。それなのになぜ私は、あの時やむを得ず殺めた数人の修士たちのことを、ここまで執拗《しつよう》に責められ続けなければならないのですか？」

聶明玦《ニエミンジュエ》は怒りのあまり笑いだした。

「いいだろう！　答えてやる。俺は刀で数えきれないほどの者を斬り殺してきたが、これまで自分の私利私欲のために殺したことは一度もない。何より、決してのし上がるために誰かを殺したりなどしない！」

「兄上、あなたのおっしゃりたいことはわかりました。要するに、あなたが殺した者たちは皆当然の報いだと言うのですね？」

そう言うと、どこからか勇気が湧いてきたのか、金光瑶《ジングアンヤオ》は笑いながら聶明玦《ニエミンジュエ》に向かって数歩近づいた。

「ならば、敢えてお尋ねします。どうして彼らが当然の報いだったと判断できるのですか？　あなたの基準が常に絶対に正しいと決まっているのですか？　例えば私が一人を殺し、同時に百人を助けたとしたなら、罪よりも功績が大きいと思いますか、それとも罰を受けて当然ですか？　大事を成すには、少なからず犠牲を伴うのです」

金光瑶《ジングアンヤオ》はわずかに声を荒らげ、やや気勢鋭く彼に迫った。

「では、なぜお前は自分を犠牲にしない？　お前の命はあの者たちより尊いのか？　お前はあの者たちと違うとでも言うのか？」

聶明玦《ニエミンジュエ》に問い質され、金光瑶《ジングアンヤオ》は真っすぐに彼を見つめた。

そして、しばし黙ったあと、何かを決心したかのように、また何かを諦めたかのように、「はい」と冷静に答えた。

顔を上げた彼の表情には、傲慢さと落ち着き、そして微かな狂気がそれぞれ同じほどに表れている。

「私と彼らは、当然違います！」

彼のその表情と言葉に、聶明玦《ニエミンジュエ》は激怒した。

そして金光瑶《ジングアンヤオ》に向かって足を上げたが、彼は少しも防御の体勢をとらなかった。一切避けることなく聶明玦《ニエミンジュエ》の蹴りを正面から受け、過去のあの日と同じように、再び金鱗台から転がり落ちていく。

聶明玦《ニエミンジュエ》はそのさまを見下ろしながら怒鳴った。

「娼妓の子らしい考え方だな！」

金光瑶《ジングアンヤオ》は一気に五十あまりの階段を転がり、やっと地面まで落ちたが、地に這いつくばる間もなく、すぐに起き上がった。彼は駆け寄ってきた家僕と門弟たちに手を上げて下がらせると、金星雪浪袍についた埃をはたいてから、ゆっくりと顔を上げて聶明《ニエミン》玦《ジュエ》と対峙した。彼の視線は落ち着き払い、どこか冷淡さすら滲んでいる。

聶明玦《ニエミンジュエ》が刀を鞘から抜いた時、いくら待っても二人が戻らないことを心配した藍曦臣《ランシーチェン》が内殿《ないでん》からちょうどこちらへやって来るところだった。様子を見に来た彼は、その衝撃的な場面を目の当たりにし、即座に朔月《シュオユエ》を抜いた。

「二人とも、どうしたというんですか？」

「なんでもありません。兄上、ご指導のほど、ありがとうございました」

金光瑶《ジングアンヤオ》は冷静に礼を告げる。逆に聶明玦《ニエミンジュエ》は声を荒らげて藍曦臣《ランシーチェン》に命じた。

「お前は手を出すな！」

「兄上、まずは刀を収めてください。心が乱れています！」

「乱れてなどいない。俺は自分が何をしているかよくわかっている。奴はもう救いようがない。このままでは確実に世の中に災いをもたらす。こんな奴は早く殺しておいた方がいい！」

　聶明玦《ニエミンジュエ》の言い分に、藍曦臣《ランシーチェン》は愕然とした。

「兄上。なんてことをおっしゃるのですか？　彼は近頃ずっと清河と蘭陵とを往復して、あなたのために奔走していたというのに。その見返りにあなたは、救いようがないなんて言葉を与えるというのですか？」

　聶明玦《ニエミンジュエ》のような人間に対処する時は、恩義か恨みのどちらかに言及するのが良策だ。藍曦臣《ランシーチェン》の言葉で、やはり彼はしばし動きを止め、その背後にいる金《ジン》光瑶《グアンヤオ》にちらりと目を向けた。

　彼の額からは絶え間なく血が流れていたが、それは先ほど転げ落ちてできた傷だけでなく、元から包帯に包まれていた傷口から滲んだものもあった。彼はいつも柔らかい紗で作られた烏帽を被っているため、それで隠れていたのだろう。新しい傷に加えて、既にあった傷口が開いてしまったことに気づき、彼は包帯を外してそれで傷口を拭った。服が汚れないように血を拭き取ると、そのまま地面に投げ捨て、無言で立ち尽くして何かを考え込んでいる。

「阿瑶《アーヤオ》、先に戻りなさい。私が兄上と話すから」

藍曦臣《ランシーチェン》が振り向いて金光瑶《ジングアンヤオ》を促す。彼はこちらに身を屈めて一礼すると、背を向けてその場をあとにした。聶明玦《ニエミンジュエ》の刀に込められた力がふっと弱まったことに気づき、藍曦臣《ランシーチェン》は剣を収める。そして彼の肩をそっと叩くと、脇の方へと促し、歩きながら話し始めた。

「兄上、ご存じないと思いますが、阿瑶《アーヤオ》は今本当に、かなり不利な状況に陥っています」

「奴の口振りでは、自分はいつも窮地に陥っていると思っているらしいな」

　口調は冷ややかだが、既に聶明玦《ニエミンジュエ》の刀はゆっくりと鞘に収められていた。

「本当にその通りですよ。彼は先ほど兄上に反抗したのですよね？　今まで彼がそんな行動をとったことがありましたか？」

そう言われてみれば確かに妙だった。金光瑶《ジングアンヤオ》は決して怒りを抑えられない人間ではないし、聶明《ニエミン》玦《ジュエ》に対処する際には譲歩が肝要だと心得ている。それなのに、鬱憤を晴らすかのように楯突《たてつ》いた先ほどのあの爆発は彼らしくない。

「金《ジン》宗主の奥方は以前から彼を嫌っていて、子軒《ズーシュエン》殿がこの世を去ってからというもの、さらに状況はひどくなり、時には彼に手を上げたり罵ったりもするようです。金《ジン》宗主も、最近では彼の話にあまり耳を傾けなくなって、先頃など彼の提案をすべて却下しました」

魏無羨《ウェイウーシエン》は先ほど文机にあった数枚の見取り図を思い出し確信を持った。

（——瞭望台か）

「しばらくは彼をあまり追い詰めないようにしましょう。私は、彼が自分の為すべきことをきちんとわかっていると信じています。きっと、彼にはもう少し時間が必要なのです」

「そうだといいが」

魏無羨《ウェイウーシエン》は、聶明玦《ニエミンジュエ》から蹴りを食らったことで、金《ジン》光瑶《グアンヤオ》も当面は大人しくしているだろうと思っていたが、その数日後、驚いたことに彼はいつも通り不浄世にやってきた。

その時、修練場で自ら聶懐桑《ニエホワイサン》の刀の修練を指導していた聶明玦《ニエミンジュエ》は、訪れた彼を無視したが、金光《ジングアン》瑶《ヤオ》は構わずに恭しく修練場の隅に立ち、終わるのを待った。

聶懐桑《ニエホワイサン》は修練にはまったく身が入らず、日差しの強さにやられて上の空で、二回もやらぬうちに疲れたと喚いていた。そこへ金光瑶《ジングアンヤオ》が現れると、今回はどんな手土産を持ってきてくれたのかと気になり、嬉々として彼のところに行こうとする。今までは、それに対してせいぜい眉をひそめるくらいのものだった聶明玦《ニエミンジュエ》だが、今日は我慢ならずにカッとなって怒りだした。

「聶懐桑《ニエホワイサン》、お前は俺のこの刀に頭をかち割られたいのか！　さっさと戻ってこい！」

「兄上、もう時間ですよ。休憩にしましょう！」

もし聶懐桑《ニエホワイサン》が今の魏無羨《ウェイウーシエン》のように、聶明玦《ニエミンジュエ》の中の怒りの炎がどれほど高く燃え上がったかを知っていたら、決してそんなふうにふざけてにやにやしてなどいられなかっただろう。

「お前、つい一炷香前に休んだばかりだろう。続けろ。できるまでずっとだ」

「どうせ習っても僕にはできないし、今日はやめましょう！」

聶懐桑《ニエホワイサン》はまだ浮ついたままで、あっけらかんと答える。

それは彼が昔からよく言っていた台詞だったが、思いがけず今日の聶明玦《ニエミンジュエ》の反応はいつもとはまったく違うものだった。

「豚でも教えればできるというのに、なぜお前にはできないんだ⁉」

聶明玦《ニエミンジュエ》は激怒して怒鳴り声を上げた。

まさか彼が突然逆上するとは思わず、怒鳴られた聶懐桑《ニエホワイサン》は怯えて呆気に取られたあと、慌てて後ずさって金光瑶《ジングアンヤオ》の方に逃げる。二人が並んでいるところを見ると、聶明玦《ニエミンジュエ》の怒りはさらに爆発した。

「一冊の刀術を一年間かけても覚えられず、修練場で一炷香立っていたくらいで、すぐつらい、疲れただのと喚く。お前に立身出世などもう望まないが、これでは自衛すらままならない！　清河聶《ニエ》氏になぜお前みたいな役立たずがいるんだ！　毎日縛って殴りつければ少しはましになるだろう。おい、こいつの部屋にあるガラクタどもを全部運び出せ！」

最後の一言は、修練場の端に立っている門弟たちに向かって命じた言葉だ。彼らが命令通りに動き始めるところを見て、聶懐桑《ニエホワイサン》は恐ろしさで身を震わせた。

ほどなくして、門弟たちは本当に彼の部屋にあった書と絵画、磁器、扇子などをすべて修練場へと運んできた。聶明玦《ニエミンジュエ》はこれまでも度々彼のものを燃やすと脅してきたが、実行したことは一度もなかった。しかし、今回は本気らしい。そう気づくと、うろたえながら聶懐桑《ニエホワイサン》は兄に駆け寄り、必死に訴えた。

「兄上！　燃やしてはなりません！」

金光瑶《ジングアンヤオ》もこれはまずいと思い、「兄上、落ち着いてください」と声をかけたが、その時には既に遅く、聶明玦《ニエミンジュエ》は刀を振り下ろしていた。修練場の真ん中に積み上げられた精巧で美しい聶懐桑《ニエホワイサン》の宝物は、空高くまで燃え上がった激しい炎に包まれる。悲鳴を上げ、火の中に飛び込んでそれらを救い出そうとする聶懐桑《ニエホワイサン》に、金光瑶《ジングアンヤオ》は叫びながら慌ててその体を引っ張った。

「懐桑《ホワイサン》、危ない！」

聶明玦《ニエミンジュエ》が左手で素早く一撃を飛ばすと、聶懐桑《ニエホワイサン》がなんとか救い出した二つの白磁までもが、たちまち彼の手の中で粉々に割れる。巻き物や書、絵画は、一瞬のうちに灰と化していた。聶懐桑《ニエホワイサン》は為す術《すべ》もなく、ただ彼が長年あちこちから集めてきた心から愛する宝物がすべて灰になっていくのを眺め、呆然としていた。

「火傷していない？」

金光瑶《ジングアンヤオ》は彼の手のひらを掴んで確認し、門弟たちの方を振り向くと、「すみませんが、薬を用意してください」と頼んだ。

数名の門弟が「はい」と答えて下がっていく。聶《ニエ》懐桑《ホワイサン》はその場に立ち尽くし、全身をぶるぶると震わせながら、血走った目で聶明玦《ニエミンジュエ》をじっと睨みつけていた。金光瑶《ジングアンヤオ》はふと彼の表情に異変を感じ、聶《ニエ》懐桑《ホワイサン》の肩をしっかりと抱き寄せると囁いた。

「懐桑《ホワイサン》、どうした？　ほら、とりあえず部屋に戻って休もうか」

目を真っ赤にした聶懐桑《ニエホワイサン》は、一言も答えない。

「物がなくなるくらい大したことじゃない、また兄さんが見つけてきてあげるから……」

「家にまた運び入れてみろ、もう一度全部燃やしてやる」

金光瑶《ジングアンヤオ》が慰めるように言うのを遮り、聶明玦《ニエミンジュエ》は冷淡に吐き捨てた。

すると、聶懐桑《ニエホワイサン》の表情に憤怒と嫌悪が一瞬よぎった。彼は自分の刀を地面に叩きつけ、「好きに燃やせばいい！」と大声を上げた。

「懐桑《ホワイサン》！ 兄上は今頭に血が上っているから、やめ……」

「刀、刀、刀って！ クソったれ、誰がそんなつまんない修練するかよ!? 望んで役立たずになって何が悪い!? 宗主にはなりたい人がなればいいだろう！ できないって、嫌いだって言ってるじゃないか！ 僕に無理強いをしてなんになる!?」

慌てて金光瑶《ジングアンヤオ》が落ち着かせようとするのを振りきり、聶懐桑《ニエホワイサン》は聶明玦《ニエミンジュエ》に向かって吠えるように叫ぶ。

彼は自分の刀を思いきり蹴飛ばすと、修練場から飛び出していった。

「懐桑《ホワイサン》！ 懐桑《ホワイサン》！」と金光瑶《ジングアンヤオ》が後ろから呼び、追いかけようとすると、「待て！」と聶明玦《ニエミンジュエ》に厳しい声で呼び止められた。

振り返る金光瑶《ジングアンヤオ》を真っすぐに見て、聶明玦《ニエミンジュエ》は怒りを抑えながら言う。

「よくもここに来られたな？」

「……過ちを謝罪に参りました」

金光瑶《ジングアンヤオ》は声を潜めて言った。

(その面《つら》の皮、本当に俺よりも厚いわ)

魏無羨《ウェイウーシエン》はしみじみと思った。

「お前が過ちを認めるだと？」

金光瑶《ジングアンヤオ》が続きを話そうとしたその時、先ほど薬を取りに行った門弟たちが戻ってきた。

「宗主、斂芳尊《れんほうそん》、懐桑《ホワイサン》殿が扉に鍵をかけてしまい、誰も中に入れてくれません」

「いつまでそうしていられるか見ものだ。一人前に反抗しやがって！」

「ご苦労様。ではその薬は私にください。あとで届けに行きますから」

悪態をつく聶明玦《ニエミンジュエ》をよそに、金光瑶《ジングアンヤオ》はにこやかな表情を向ける。

彼が薬の瓶を受け取り、門弟たちが下がるのを待ってから、聶明玦《ニエミンジュエ》は改めて問い質した。

「お前はいったい何をしに来た？」

「兄上、お忘れですか？　今日は琴を弾く日です」

「薛洋《シュエヤン》の件はこれ以上話す余地もない。それに、もう俺の機嫌を取る必要はない。わざわざ来ても無駄だ」

これまで通りの行動をしようとする金光瑶《ジングアンヤオ》を、聶明玦《ニエミンジュエ》は単刀直入に拒絶した。

「まず、私は決して兄上の機嫌を取ろうなどと思ってはいません。次に、無駄だというなら、兄上も別に、私の機嫌取りを気にする必要もないのでは？」

聶明玦《ニエミンジュエ》は何も答えない。

「兄上が、近頃ますますきつく懐桑《ホワイサン》を追い詰めているのは、もしかして刀霊《とうれい》が……？」

そう言いかけて一旦言葉を切り、金光瑶《ジングアンヤオ》はさらに尋ねた。

「懐桑《ホワイサン》は、未だに刀霊のことを知らないのですか？」

「なぜ、そんなに早くあいつに話す必要がある？」

金光瑶《ジングアンヤオ》はため息をついてから口を開く。

「懐桑《ホワイサン》はずっと甘やかされてきたようですが、彼も一生自由気ままな清河の第二公子のままではいられません。いつかは兄上が自分のためを思ってくれていたんだとわかりますよ。私がそうだったように」

それを聞いて、魏無羨《ウェイウーシエン》は思った。

（さっすが。そんな台詞、人生二回目の俺ですら言えないっていうのに、金光瑶《ジングアンヤオ》ときたら、こんなに違和感なくすらすらと言葉が出るなんて。もはや感動すら覚えるな）

「本当にそれがわかったのなら、薛洋《シュエヤン》の首を持ってこい」

意外にも金光瑶《ジングアンヤオ》は、「わかりました」と即答した。

とっさに聶明玦《ニエミンジュエ》が彼を見ると、金光瑶《ジングアンヤオ》も真っすぐにその目を見つめ返してから、もう一度繰り返す。

「わかりました。兄上が最後にもう一度機会をくださるのなら、二か月以内に、私が直接薛洋《シュエヤン》の首を持って参ります」

「もしできなかった場合は？」

「その時は、私の処遇を兄上にお任せいたします！」

金光瑶《ジングアンヤオ》は揺るぎない口ぶりではっきりと答える。

魏無羨《ウェイウーシエン》は、やや感服しながら金光瑶《ジングアンヤオ》を眺めた。

聶明玦《ニエミンジュエ》に脅される度に戦々恐々としてきた彼だが、結局最後は、何度も繰り返し使ってきた手段と言葉で、聶明玦《ニエミンジュエ》がもう一度機会を与えてくれるように上手く仕向けることに成功したのだ。そうしてその日の夜、金光瑶《ジングアンヤオ》はまた何事もなかったかのように、不浄世内で清心音を奏でた。

彼は明確に誓いを立てたが、聶明玦《ニエミンジュエ》は到底二か月後まで待てるわけもなかった。

ある日、清河聶《ニエ》氏で演武会が催され、聶明玦《ニエミンジュエ》が屋敷の別棟を通りかかった時、ふいにその室内で誰かが声を潜めて話しているのが耳に入った。声の主は、どうやら金光瑶《ジングアンヤオ》のようだ。ところが、しばらくすると、もう一つよく知っている声が聞こえてきた。

「兄上はあの時、君と兄弟の契りを結んだのだから、君を認めているということだ」

それは藍曦臣《ランシーチェン》の声だった。

「でも兄様、契りを結ぶ時、兄上がなんと言ったか聞いていましたよね？　含みのある言い方で、『万人に後ろ指を指され、八つ裂きの刑に処す』なんて……どう考えても、あれは私に対する警告ですよ。私は……兄弟の契りで、そのような誓いの言葉は今まで一度も聞いたことがありません……」

「兄上が言ったのは『もし二心《にしん》あれば』だ。君にそれがあるのか？　ないのなら、何もそれを今まで気にすることもないだろう」

思い悩んでいる声音《こわね》で漏らす金光瑶《ジングアンヤオ》に、藍曦臣《ランシーチェン》は温かい言葉をかける。

「ありません。ですが、兄上は私に二心があると決めつけているのです。私はどうすればいいのでしょう？」

「兄上はずっと君の才能を惜しみ、君に正しい道を進んでほしいと思っているんだ」

「私は決して是非の分別《ふんべつ》がないわけではありません。ただ、時としてどうしても、自分では決断を許されないこともあります。私は今ではどこに行ってもあまりいい顔をされないし、そうなると全員の顔色を窺わなければなりません。他の人ならまだしも、私は兄上に何か悪いことをしたのでしょうか？　兄様も聞いたでしょう、兄上があの時、私のことをなんと罵ったか」

　金光瑶《ジングアンヤオ》の訴えに、藍曦臣《ランシーチェン》はため息をついた。

「あれはただとっさに憤慨したせいで、衝動的に口をついてしまっただけだ。兄上の性格は昔とはずいぶん変わってしまったようだから、くれぐれも怒らせないように。兄上は最近、刀霊が暴れて苦しんでいる。懐桑《ホワイサン》もまた兄上と言い争ったことで苛立っていて、未だに仲直りできていない」

「でも、もし一時の憤慨であのような言葉が出るほどなら、兄上は普段からいったいどんなふうに私のことを捉えているのですか？　まさか、私が自分の出自を選べず、私の母親もまた自分の運命を選べなかったからといって、一生あんなふうに侮辱され続けなければならないのですか？　だとしたら、兄上と私を見下す連中とはいったい何が違うのでしょう？　私が何をしようと、結局のところ彼らはたった一言『娼妓の子』と罵るだけで、私を打ちのめしてしまう……」

　そこまで言うと、金光瑶《ジングアンヤオ》はむせび泣いた。

　金光瑶《ジングアンヤオ》は今ここで藍曦臣《ランシーチェン》に切々と苦しみを訴えているが、昨晩はなんとも穏やかな様子で聶明玦《ニエミンジュエ》に琴を弾き、素直に心を開いて話していた。

　聶明玦《ニエミンジュエ》は、実は彼が陰でこんなふうに、敢えて揉め事を引き起こそうとしているのを知り、瞬時に怒りが頂点に達して扉を蹴破って中に入る。脳内で怒り狂う炎は、彼の五臓六腑《ごぞうろっぷ》まで燃やし、凄まじい雷鳴のような咆哮が魏無羨《ウェイウーシエン》の耳元でも炸裂した。

「小僧、よくも！」

　彼が入ってくるのを見て、金光瑶《ジングアンヤオ》は魂魄が飛び出そうなほど仰天し、急いで藍曦臣《ランシーチェン》の後ろに隠れた。二人の間に挟まれた藍曦臣《ランシーチェン》が口を開く暇すら与えず、聶明玦《ニエミンジュエ》は即刻、問答無用で刀を抜いて斬りかかる。自らも剣を抜いた藍曦臣《ランシーチェン》がそれを防ぎながら「走りなさい！」と声を上げると、金光瑶《ジングアンヤオ》は慌てて扉から飛び出した。聶明玦《ニエミンジュエ》は打ち合っていた藍曦臣《ランシーチェン》を振り離すと、「止めるな!」と言い捨て、金光瑶《ジングアンヤオ》のあとを追った。

長い廊下を曲がると、突然なぜか金光瑶《ジングアンヤオ》が悠々と歩いてくるのが見えて、彼はためらわずにまた刀を振り下ろす。瞬く間に辺りに血しぶきがほとばしった。しかし、金光瑶《ジングアンヤオ》は明らかに泡を食って逃げ出していったというのに、こんなふうにのんびりと歩きながら戻ってくるはずがない!

聶明玦《ニエミンジュエ》は彼を斬ったあと、よろめきながらも前に進み広場まで走り出て、荒い息をしながら顔を上げ周囲を見渡す。魏無羨《ウェイウーシエン》の耳には、彼の心臓の激しい鼓動が聞こえていた。

――金光瑶《ジングアンヤオ》!

広場にいる者、それどころか、あちらこちらを往来する者、そのすべてが金光瑶《ジングアンヤオ》の姿をしている!

聶明玦《ニエミンジュエ》は、もはや乱心し自我を失っているのだ!

彼は前後不覚に陥り、ただ殺したい、殺したい、殺す殺す殺す、と金光瑶《ジングアンヤオ》を殺すことしか頭にはなく、人を見る度に斬りかかり、甲高い悲鳴があちこちから上がる。その最中、誰かの悲痛な叫び声が魏無羨《ウェイウーシエン》の耳に届いた。

「兄上!」

聶明玦《ニエミンジュエ》はその声にはっとして、微かに理性を取り戻す。振り向いて見ると、一面を埋め尽くす金光瑶《ジングアンヤオ》の中から、ぼんやりとだが違う顔を、たった一つだけ見分けることができた。

聶懐桑《ニエホワイサン》は彼に斬られた腕を押さえ、足を引きずりながら懸命にふらふらと近づいてくる。聶明玦《ニエミンジュエ》が急に動きを止めたのを見て、涙ながらに喜んで呼びかけた。

「兄上! 兄上! 僕です。刀を下ろして、僕ですよ!」

しかし、聶懐桑《ニエホワイサン》がすぐそばまで近づくより前に、聶明玦《ニエミンジュエ》はそのまま倒れ込んだ。

地面に倒れる直前、聶明玦《ニエミンジュエ》の目はようやく正常に戻り始め、本物の金光瑶《ジングアンヤオ》が視界に入る。

長い廊下の突き当たりに立っている金光瑶《ジングアンヤオ》は、

一滴の血にも染まらず、二筋の涙をこぼしながらこちらを見つめている。

ただ、その胸元で満開になっている金星雪浪が、まるで彼の代わりに微笑んでいるかのようだった。

ふいに、魏無羨《ウェイウーシエン》は遠くから自分を呼ぶ声を聞いた。その声は寂しげで、沈痛な響きだ。一回目はひどくぼんやりと、遥か遠くから幻のように曖昧に聞こえた。二回目はそれよりも明瞭になり、しかもその抑《よく》揚《よう》からは、わずかな苛立ちも感じ取れる。

三回目、よりはっきりとその声が魏無羨《ウェイウーシエン》の耳に響いた。

「――魏嬰《ウェイイン》！」

その声を聞いて、魏無羨《ウェイウーシエン》は思いきり聶明玦《ニエミンジュエ》の追憶《ついおく》の中から自分を引き戻した！

魏無羨《ウェイウーシエン》はまだ一枚の薄い形代の身で、聶明玦《ニエミンジュエ》の首を封じた鉄の兜にぺたりと張りついたままだ。聶明《ニエミン》玦《ジュエ》の両目を塞いでいた鉄甲は、彼に紐を引っ張られたせいで緩み、そこから怒りに見開かれ血走った目が片方現れている。

（もう時間がない。今すぐ本体に戻らないと！）

紙無羨《ウーシエン》は袖をぱたぱたさせて、蝶が羽ばたくように飾り棚を飛び出る。ところが、彼が簾から出た瞬間、密室の暗い隅に誰かが立っているのが目に入った。いつの間にかそこにいた金光瑶《ジングアンヤオ》は、わずかに微笑み、一言も話さないまま腰の辺りから軟剣《なんけん》を抜き出した。

それはまさに、彼のあの名声轟《とどろ》く剣「恨生《ヘンシァン》」だ。金光瑶《ジングアンヤオ》が温若寒《ウェンルオハン》の側近として潜り込んでいた頃は、常にこの軟剣を腰や腕に隠し持っていて、度々重要な局面で使ってきた。恨生《ヘンシァン》の剣身は極めて柔らかく見え、実際の斬撃も美しく絡みつくようだが、その実ひどく悪辣で鋭い刃は、どこまでもまとわりついてくる。ひとたびその剣身に絡みつかれ、金《ジン》光瑶《グアンヤオ》が怪しい霊力を注ぎ込むと、春の雪どけ水のように柔らかな剣は豹変し、あっという間に締めつけられ、バラバラに斬られてしまう。どれだけ多くの名剣がこの恨生《ヘンシァン》によって、鉄くず同然に壊されてきただろう。しかも、今この瞬間も銀色に輝く鱗《うろこ》を持つ毒蛇の如く剣身を光らせながら、ぴったりと紙無羨《ウーシエン》の後ろについて、どこまでも追いかけて咬《か》みつこうとしている。少しでも気を抜けば、あっという間にその毒牙の餌食《えじき》にされてしまうに違いない！

紙無羨《ウーシエン》は袖を必死に動かして右に左にと避け、機敏に攻撃をかわすが、結局のところこれは自分の生身の体ではない。どうにか数回避けたものの、危うく恨生《ヘンシァン》の剣先に咬まれそうになる。このままでは、遠からず刺し貫かれてしまう！

その時ふいに、近くの壁に設えられた木の飾り棚の中に、一本の長剣が静かに横たわっているのが目に入った。その剣は長年の間、誰にも触れられることも、手入れされることもなかったのか、剣身とその周囲は埃にまみれている。

それはまさしく前世で彼のものだった剣――随《スイ》便《ビェン》ではないか！

紙無羨《ウーシエン》はそれを見るなり棚の中に飛び込み、随《スイ》便《ビェン》の柄を上から思いきり踏みつける。すると、「チャン」という音とともに剣は主人の召喚に応じ、鞘から剣身が弾き出された！

随便《スイビェン》は鞘から飛び出ると、恨生《ヘンシァン》の不気味で目まぐるしく変化する剣芒と絡み合う。その様子に、金《ジン》光瑶《グアンヤオ》の顔からは笑みが消え驚愕の表情に変わったが、それもまた瞬時に消える。彼が右手の手首を素早く何度か回すと、恨生《ヘンシァン》はまるで蔓《つる》のように、随《スイ》便《ビェン》の雪の如く白く真っすぐな剣身を締め上げた。

ぱっと恨生《ヘンシァン》から手を放し、金光瑶《ジングアンヤオ》は二本の剣同士を戦わせながら、左手で一枚の呪符を魏無羨《ウェイウーシエン》に向かって投げつけた。呪符は空中でぼうぼうと燃え始め、正面から叩きつけるような強い熱風を感じる。剣と剣が空中で打ち合って、眩しいほどの剣芒で視界が遮られた隙を突き、魏無羨《ウェイウーシエン》は素早く紙の袖を羽ばたかせて密室を飛び出した！

残された時間はあとわずかしかない。魏無羨《ウェイウーシエン》は人目を忍ぶ余裕もなく、ひたすら真っすぐに客室を目指して飛んでいく。その時、ちょうど藍忘機《ランワンジー》が扉を開けてくれたおかげで、そのまま思いきり中へ飛び込むと、真正面から藍忘機《ランワンジー》の顔にぴたっと飛びつく形になった。

紙無羨《ウーシエン》は藍忘機《ランワンジー》の顔半分に張りついたまま、ぷるぷると身を震わせている。その大きな二つの袖に両目を遮られた藍忘機《ランワンジー》は、しばらく顔の上で好きなようにさせてから、そっと彼を摘まんで引き離した。

ややあって、無事に自分の体に戻ることができた魏無羨《ウェイウーシエン》は、すぐに大きく一回深呼吸すると顔を上げて目を見開き、いきなり立ち上がった。しかし、魂魄がまだ体に適応していないせいで眩暈を覚え、ふらりと前に倒れそうになる。

それに気づいた藍忘機《ランワンジー》は瞬時に受け止め支えてくれたが、魏無羨《ウェイウーシエン》が急に顔を上げたせいで彼の頭が藍《ラン》忘機《ワンジー》の顎にぶつかり、ゴンという鈍い音が響いた。二人は痛みのあまり同時に唸り声を上げる。魏無《ウェイウー》羨《シエン》は片手で自分の頭をさすりながら、もう一方の手を伸ばして藍忘機《ランワンジー》の顎もさする。

「ああっ！　ごめん。藍湛《ランジャン》、大丈夫か？」

魏無羨《ウェイウーシエン》に二回さすられた藍忘機《ランワンジー》はそっと彼の手を払いのけると、なんでもないというように首を横に振る。

すると、魏無羨《ウェイウーシエン》ははっとしたように彼の手を唐突に引っ張った。

「行くぞ！」

藍忘機《ランワンジー》は何も聞かずに大人しく彼についていき、それから「どこへ？」と聞く。

「芳菲殿だ！　あそこにある銅鏡は密室への入り口で、金光瑶《ジングアンヤオ》の夫人はあいつの秘密を知ってしまったせいで中に引きずり込まれた。おそらく、今もまだ閉じ込められているはずだ！　赤鋒尊《せきほうそん》の首もそこにある！」

金光瑶《ジングアンヤオ》はきっと、ただちに聶明玦《ニエミンジュエ》の首の封印を補強し直してから、他の場所に移すだろう。しかし首一つなら移せても、彼の夫人である秦愫《チンスー》はそう簡単にどこかにやることはできないはずだ！

彼女は金鱗台の女主で、つい先ほどまで宴にも出席していたし、そんな高貴な身分を持つ生身の人間が突然消えたら、誰もが疑いを持つ。この機に乗じて中に入り、快刀乱麻《かいとうらんま》を断つように、金光瑶《ジングアンヤオ》に嘘を紡ぐ時間も、口封じのための時間も一切与えるものか！

二人は山をも押しのける勢いで、阻む者がいれば全員蹴散らして先を急いだ。金光瑤《ジングアンヤオ》は芳菲殿の周りに配置した門弟たちを皆、非常に抜け目なく訓練し、ひとたび誰かが侵入すれば、たとえ見つけた者に阻む力がなくても、大声を上げて警告することで芳菲殿内にいる主人の耳にも入るようにしていた。

しかし、策士策に溺れるとはこのことで、今はそれが仇となった。彼らの警告の声が大きければ大きいほど、状況は金光瑤《ジングアンヤオ》にとって不利になる。なぜなら、今日は数えきれないほどの仙門世家がここに集まってきているため、その警告は金光瑤《ジングアンヤオ》に注意を促すだけでなく、彼らをも芳菲殿へと引き寄せてしまうからだ！

真っ先に駆けつけてきたのは金凌《ジンリン》で、既に鞘から抜いた剣を手に握り、二人に問い質した。

「あんたたち、ここに何しに来た？」

話している間にも、藍忘機《ランワンジー》は如意踏跺《にょいとうた》を三段上り避塵《ビチェン》を抜き出す。

「ここは瑤《ヤオ》叔父上の寝殿だぞ。行く場所を間違えてないか？　……いや、違う。あんたら押し入ってきたんだな。いったい何が目的だ？」

同時に今宵、金鱗台に集まっていた他世家の宗主や修士たちも続々と駆けつけてきて、皆訝しげな顔で口々に囁き合っている。

「どういうことだ？」

「いったいなんの騒ぎだ？」

「ここは芳菲殿だぞ、入り込むのはまずいんじゃないかな……」

「ですが、先ほど警告の声がしきりに聞こえてきまして……」

おどおどする者もいれば、眉をひそめたまま無言の者もいる。

寝殿の中はしんと静まり返っていた。魏無羨《ウェイウーシエン》は構わず無造作にドンドンと扉を叩いて、「金《ジン》宗主？　金《ジン》仙督？」と呼びかける。

その行動に、金凌《ジンリン》はカッとなって怒鳴った。

「お前はいったい何がしたいんだ？　ほら、皆集まってきてしまったじゃないか！　ここは瑤《ヤオ》叔父上の寝殿だ、寝殿が何かくらいわかるだろう！　俺はお前に言ったはずだぞ。二度と……」

そのうち、藍曦臣《ランシーチェン》までもがやって来た。

藍忘機《ランワンジー》が彼に目を向け、二人の目が合った時、藍《ラン》曦臣《シーチェン》の表情にはまず驚きが滲み、次の瞬間には複雑な感情が浮かんだ。まだ到底信じられないようだが、彼は弟がここにいる理由を悟ったのだろう。

――聶明玦《ニエミンジュエ》の首は、この芳菲殿にある。

その時、笑みを含んだ声が背後から響いてきた。

「どうされました？　もしや、昼間おもてなしが足りなかったせいで、皆さん私のところでこれから夜《や》宴《えん》でも開くつもりですか？」

金光瑤《ジングアンヤオ》は悠々とした様子で人だかりの後ろから歩いてくる。

「斂芳尊《れんほうそん》、ちょうどいいところに来た。もう少し遅かったら、この芳菲殿の密室の中にあるものが見られなくなるところだった」

「密室？」

魏無羨《ウェイウーシエン》の言葉に、金光瑤《ジングアンヤオ》はやや面食らったような顔を見せる。

集まってきた人々も、彼の発言を皆訝しく思い、いったいどういうことか見当がつかない様子だ。

金光瑤《ジングアンヤオ》は少し呆然としてから、気を取り直したように言った。

「それがどうしたんですか？　密室なんて別に珍しくもないでしょう？　とっておきの法器が少しでもあれば、宝物庫の一つや二つくらい、どの家にもあるものですよね？」

藍忘機《ランワンジー》が何か言おうとすると、藍曦臣《ランシーチェン》が口を開く。

「阿瑤《アーヤオ》、扉を開けて、密室を見せてくれるか？」

金光瑤《ジングアンヤオ》はひどく不思議そうに、少し困った様子で答えた。

「曦臣《シーチェン》兄様、宝物庫と呼ぶからには、その中に置いてあるものは、当然のことながら人目からは隠しておきたいような大切な宝物なんです。いきなり開けてと言われても、それは……」

この短時間では、金光瑶《ジングアンヤオ》は誰にも気づかれずに秦愫《チンスー》を他の場所に移したりはできなかったはずだ。伝送符を使えば、術者のみを移動させることはできるが、目下《もっか》の秦愫《チンスー》の状況を考えると、彼女には十分な霊力もない上、自ら伝送符を使おうとする意思もないだろう。つまり、秦愫《チンスー》は確実にまだこの中にいる。

生死は不明だが、いずれにしても金光瑶《ジングアンヤオ》にとっては致命的だ。

金光瑶《ジングアンヤオ》は土壇場のあがきをしているはずなのに、相も変わらずに落ち着き払い、あれこれと理由をつけては藍曦臣《ランシーチェン》の頼みを断ろうとした。しかし、残念なことに断れば断るほど、藍曦臣《ランシーチェン》の口調もどんどん揺るぎなく険しさを増していく。

最終的に藍曦臣《ランシーチェン》は、「開けなさい」と一言厳しく命じた。

すると、金光瑶《ジングアンヤオ》は真っすぐ彼を見つめ、なぜかにっこりと笑った。

「兄様がそう言うなら、仕方がないですね。皆さんにお見せしましょう」

彼が扉の前に立って手を振ると、寝殿の扉が大きく開いた。人々の中から、急に誰かが冷ややかな口調で言い放つ。

「噂では、姑蘇藍《ラン》氏は最も礼儀礼節を重んじる家柄だと聞くが、どうやら噂はあくまでも噂にすぎなかったようですね。一門の宗主の寝殿に押し入るなど、実に礼儀正しい」

魏無羨《ウェイウーシエン》は、先ほど広場で金《ジン》家の門弟が恭しくその声の主に挨拶をし、彼を「蘇《スー》宗主」と呼んでいるところを目にした。まさしく彼は、ここ数年勢いを増している秣陵蘇《スー》氏の宗主、蘇渉《スーショー》だった。

蘇渉《スーショー》は全身真っ白の服を纏い、両目は切れ長で、眉は細く唇は薄く、意外に端整な顔立ちをしているが、高慢そうに見える。容姿風格ともに良い方ではあるが、抜きん出て秀でているというわけではない。

「まあまあ、人に見られて困るようなものもありませんし」

金光瑶《ジングアンヤオ》が蘇渉《スーショー》を宥めるように言った。

彼の口ぶりは実に適切なものだった。聞いた者皆に、彼のことを気立てのいい人だと感じさせ、しかも、ほど良い気まずさまで滲ませている。魏無羨《ウェイウーシエン》の後ろから目を光らせている金凌《ジンリン》は、訳もなくぞろぞろと寝殿に押し入られる叔父を思ってか、ずっと不満顔で何度も憎々しげに彼を睨みつけてきた。

「ご覧になりたいのは宝物庫でしたよね」

そう言ったあと、金光瑶《ジングアンヤオ》は手を銅鏡に置き、その鏡面に目には見えない呪文を描くと、率先して鏡の中に入っていく。そのすぐあとに続いて、魏無《ウェイウー》羨《シエン》も再びこの密室の中に足を踏み入れた。飾り棚にある、あの隙間なく呪文が描かれた簾も、死体を解体する鉄の卓もそのままだ。

――そして、秦愫《チンスー》も。

秦愫《チンスー》は彼らに背を向け、鉄の卓のそばに立っている。

「金《ジン》夫人はなぜここに？」

藍曦臣《ランシーチェン》が微かに動揺した様子で尋ねると、金光《ジングアン》瑶《ヤオ》が説明した。

「私たちはすべてを共有していますので、阿愫《アースー》もよくここで宝を眺めたりしているんですよ」

魏無羨《ウェイウーシエン》もまた、彼女を見てやや面食らった。

（金光瑶《ジングアンヤオ》は、彼女を移動させも殺しもしなかったのか？　秦愫《チンスー》が何か暴露するかもしれないという恐れはないのか？）

彼は気がかりを覚えて秦愫《チンスー》のそばにそっと近づくと、密かにその横顔を観察した。秦愫《チンスー》はまだ生きている。しかも取り立てて大きな変化はなく、どこにも異常はないようだ。表情はぼんやりしているものの、何かの邪術をかけられているわけでもなく、珍しい毒に侵されてもおらず、意識ははっきりしていると魏無羨《ウェイウーシエン》には断言できた。

しかし、彼女の意識がはっきりしているとなると、状況は一層怪しさを増す。なぜなら、先ほど秦愫《チンスー》がどれほど激しく動揺して泣き喚き、金光瑶《ジングアンヤオ》をいかに厳しく拒絶したかを、彼は自分自身の目で見たからだ。それなのに、金光瑶《ジングアンヤオ》はどうやってこのわずかな時間で彼女の気持ちに折り合いをつけさせ、口止めをすることができたのだろう？

魏無羨《ウェイウーシエン》は内心に嫌な予感が膨らんでくるのを感じた。どうやら思ったより事は順調ではないと悟り、彼は飾り棚の前まで急いで近づくと、ぱっと簾をめくる。

簾の向こう側には、兜もなければ首もなく、一本の匕首《あいくち》がぽつんと置いてあるだけだった。

その匕首《あいくち》は不気味に冷たく光り、殺気が漲《みなぎ》っている。藍曦臣《ランシーチェン》も先ほどからその簾をじっと見つめていたが、中を覗く決意を固められずにいたらしい。その中身が想像していたものとは異なっていたために、小さく安堵の息を吐き、「あれはどういうものなんだい？」と金光瑶《ジングアンヤオ》に問いかけた。

「これですか」

金光瑶《ジングアンヤオ》は飾り棚の近くまで行くと、匕首《あいくち》を手に取って鑑賞しながら説明した。

「これはなかなか珍しいものですよ。とある刺客の武器で、数えきれないほど多くの人々を殺めてきました。この上なく鋭利な刃をよく見てみると、そこに映る人影が自分ではないことに気づきます。時には男、時には女、時には老人。どの人影も、すべてが刺客に殺された亡霊たちです。非常に陰気が強いため、簾を追加して封印しています」

「それはもしかして……」

眉間にしわを寄せて言いかけた藍曦臣《ランシーチェン》に、金光《ジングアン》瑶《ヤオ》が頷く。

「その通り、温若寒《ウェンルオハン》のものです」

金光瑶《ジングアンヤオ》は実に賢い。いずれ誰かがこの密室の存在に気づくかもしれないととっくに予想していて、ここに聶明玦《ニエミンジュエ》の首の他にも、多くの法器などを一緒に保管したのだ。例えば仙剣、呪符、古い石碑の欠片、霊器など、珍しくて貴重な物がかなりの数置いてある。そうすれば、この密室は一見至って普通の宝物庫にしか見えない。

金光瑶《ジングアンヤオ》が手にしている匕首《あいくち》も、彼の言う通り陰気が強く滅多にない代物だ。多くの仙門世家は、皆そのような武器を集める嗜好があるし、ましてやそれは彼が岐山温《ウェン》氏宗主を殺した時に得た戦利品だ。

すべてがこれ以上ないほど普通に見える。

その時、静かに金光瑶《ジングアンヤオ》のそばに佇んでいた秦愫《チンスー》が突然動きだし、彼がその匕首《あいくち》を手にして眺めている横からぱっと手を伸ばすと、それを奪い取った！

彼女の顔はわずかに歪んで震えている。他の者が見たところでその表情の意味はわからないだろう。だが、先ほど彼女と金光瑶《ジングアンヤオ》のあの激しい言い争いを覗いていた魏無羨《ウェイウーシエン》にはわかった。

——苦痛、憤怒、恥辱！

匕首《あいくち》を奪われて、金光瑶《ジングアンヤオ》の笑顔が凍りつく。

「阿愫《アースー》？」

藍忘機《ランワンジー》と魏無羨《ウェイウーシエン》は同時に彼女の手から匕首《あいくち》を奪おうと動いたが、とっさに秦愫《チンスー》は身をかわし、止める間もなく、鋭いその刃を根元まで彼女の腹部に刺し込んだ。

金光瑶《ジングアンヤオ》は愕然として悲痛な叫び声を上げた。

「阿愫《アースー》！」

彼は飛びかかって、ぐったりした秦愫《チンスー》の体を抱きかかえる。藍曦臣《ランシーチェン》もすぐさま懐から薬を取り出して手当てしようとした。しかし、匕首《あいくち》の刃は極めて鋭利な上に怨念も陰気も強く、どの手立ても間に合わずに、秦愫《チンスー》は瞬く間に息絶えてしまった！

その場にいる全員が、まさかこんな事態が起こるとは思いもよらず、皆衝撃のあまり呆然とする。金《ジン》光瑶《グアンヤオ》はもの悲しい声で妻の名前を何度も呼び、片手で彼女の顔を抱く。大きく目を見開いたままの彼の涙は、止めどなく溢れて彼女の頬に落ちた。

「阿瑶《アーヤオ》、金《ジン》夫人……残念だ」

藍曦臣《ランシーチェン》がそっと声をかけると、金光瑶《ジングアンヤオ》は涙に濡れた顔を上げた。

「兄様、これはいったいどういうことですか？　阿《アー》愫《スー》はなぜ突然命を絶ってしまったのです？　それに……兄様たちは、どうして急に芳菲殿の前に集まって、私に宝物庫を開けろなどと言ったのですか？　兄様、何か私に隠していることがありますよね？」

「沢蕪君《たくぶくん》、はっきりご説明いただきたい。我々は皆、何がなんだか皆目《かいもく》わかりません」

遅れて駆けつけてきた江澄《ジャンチョン》も、険しい口調で彼に詰め寄る。

周りの者たちも続々と調子を合わせ始め、やむなく藍曦臣《ランシーチェン》は口を開いた。

「少し前に、姑蘇藍《ラン》氏の門弟数名が夜狩の際、偶然莫《モー》家荘の近くを通りかかって、左腕のみの死体に襲われました。その左腕の怨念と殺気は極めて強く、忘機《ワンジー》はそれに導かれて、ずっと左腕以外の部位を探し集めていたのです。しかし、八つ裂きにされた死体の四肢と胴体を回収し終えた時、我々は、その凶屍が実は……明玦《ミンジュエ》兄上だったことに気づきました」

藍曦臣《ランシーチェン》の衝撃的な話に、宝物庫の内も外も、辺り一帯が騒然となった！

金光瑶《ジングアンヤオ》も驚愕しきった様子で問い質す。

「兄上ですって？　兄上は埋葬されたではないですか？　兄様も私もこの目で見たはずです！」

聶懐桑《ニエホワイサン》は自分の聞き間違いではないかと疑って、

「兄上？　曦臣《シーチェン》兄様、今言ったのは僕の兄上のことですか？　つまり、曦臣《シーチェン》兄様の兄上？」と支離滅《しりめつ》裂《れつ》になりながら聞いた。

藍曦臣《ランシーチェン》が重苦しい表情で頷くと、聶懐桑《ニエホワイサン》は唐突に白目をむき、大きな音とともに仰向けに倒れ込んだ。

「聶《ニエ》宗主！　聶《ニエ》宗主！」

「早く医師を呼んでくれ！」

周りの人々が慌てて叫ぶ中、金光瑶《ジングアンヤオ》はまだ涙を浮かべていたが、その赤い目には涙よりもむしろ怒りが滲み、五本の指を曲げて拳を強く握った。

「八つ裂き……八つ裂きなんて！　いったい誰がそんな残虐非道なことを!?」

悲しみに憤りの声を上げる彼に、藍曦臣《ランシーチェン》は首を横に振る。

「わからない。首を探す段階で、手がかりが消えてしまったんだ」

金光瑶《ジングアンヤオ》は一瞬驚いた顔をしたが、ふいにあることに気がついた。

「手がかりが消えた……それで、私のところに探しに来たのですか？」

問い質され、藍曦臣《ランシーチェン》は押し黙った。金光瑶《ジングアンヤオ》は信じられない様子でさらに追及する。

「先ほど私に宝物庫を開けてほしいと言ったのは、つまり、兄上の首が私のところにあると……疑っていたというわけですか？」

藍曦臣《ランシーチェン》は一層申し訳なさそうな表情を浮かべた。

金光瑶《ジングアンヤオ》は俯くと、腕の中の秦愫《チンスー》の遺体を大切そうに抱え直す。

「……まあいいでしょう。それは不問にします。ですが曦臣《シーチェン》兄様、含光君はどうやって私の寝殿にこの密室があることを知ったのですか？　しかも、なぜ兄上の首がこの密室の中にあると判断できたのでしょう？　金鱗台の守りは厳重です。もし本当に私がやったのだとしたら、そんなに容易く人に見つかるような場所に兄上の首を保管すると思いますか？」

そう問われ、藍曦臣《ランシーチェン》は答えに詰まる。彼だけでなく、魏無羨《ウェイウーシエン》もその答えを見つけられずにいた。

この短時間に、金光瑶《ジングアンヤオ》は聶明玦《ニエミンジュエ》の首をどこかへ移しただけでなく、なんらかの方法で、あるいはなんらかの言葉をかけて、秦愫《チンスー》が衆目の前で自害するように仕向け口封じまでしたのだ。そんなことを誰も予想などできるわけがない！

魏無羨《ウェイウーシエン》が猛烈な勢いで頭を働かせていると、金《ジン》光瑶《グアンヤオ》がふいにため息をついた。

「玄羽《シュエンユー》、君が兄様たちにそう言ったのか？　こんなすぐバレるような嘘をついて、いったいなんになる？」

「斂芳尊《れんほうそん》、誰に言っているんですか？」

不思議そうに聞いた宗主の一人に、誰かが冷ややかに答えた。

「誰か？　今、含光君の隣に立っている方です」

皆の視線が一斉に魏無羨《ウェイウーシエン》に集まった。今口を開いたのは、あの蘇渉《スーショー》だ。

「その方が誰か、蘭陵金《ジン》氏以外の皆さんはおそらくご存じないでしょう。彼の名は莫玄羽《モーシュエンユー》、実は蘭陵金《ジン》氏から追放された門弟です。当時は品行も悪く、しかも斂芳尊《れんほうそん》につきまとっていたために追い出されたのです。ですが噂によると、最近はなぜか含光君に気に入られて、こともあろうに彼のそばにつき添ってともに行動していると聞きます。これまで周囲の模範として名高かった含光君が、なぜ彼のような人をそばに置いておくのかは、まったくもって理解し難いことですが」

その話を聞いて、金凌《ジンリン》の顔から血の気が引いた。周りの人々がひそひそと話す中、金光瑶《ジングアンヤオ》は秦愫《チンスー》の遺体を膝から下ろすと、ゆっくりと立ち上がる。恨生《ヘンシャン》の柄に手を置いたまま、魏無羨《ウェイウーシエン》に一歩近づいた。

「過去のことはもう構わない。だが、今起きたことについては正直に話してくれ。阿愫《アースー》が突然自害した。この出来事に、君は何か関与しているのか？」

金光瑶《ジングアンヤオ》が嘘をつく時の様子は、一切心に恥じるところがないと言いたげな気迫に溢れている。彼のこの言葉を周りの人々が聞けば、莫玄羽《モーシュエンユー》は斂芳尊《れんほうそん》に対する恨みで彼を中傷し、それと同時にあろうことか金《ジン》夫人が自害するように、なんらかの手を加えたのだと思い込んでしまう。

予想外の問いかけに、魏無羨《ウェイウーシエン》もすぐに反論の言葉が出てこなかった。

（何を言えばいい？　さっきここで聶明玦《ニエミンジュエ》の首を見つけたこと？　それとも俺がどうやって密室に入り込んだか？　死人に口なしだけど、秦愫《チンスー》が会ったと言っていた誰かのことを話すか？　それとも、でっち上げだと反駁《はんばく》されるだろうが、例の怪しい手紙のことを――ダメだダメだ！　どんな弁明も、細かく説明すればするほど、さらに俺が黒だと思われてしまう！）

彼が性急に対応策を考えている間に、金光瑶《ジングアンヤオ》は素早く恨生《ヘンシャン》を鞘から抜き出す。

すると、藍忘機《ランワンジー》が庇うように魏無羨《ウェイウーシエン》の前に立ち塞がり、避塵《ビチェン》でその一撃を防いだ。

集まった修士たちも彼らの様子を見て続々と剣を抜き、二本の剣が横から突きつけられた。武器を手にしていない魏無羨《ウェイウーシエン》には防ぎようがない。とっさに視線を巡らせて振り向くと、ちょうど随便《スイビエン》がすぐ近くの飾り棚の中に横たわっているのに気づく。彼はすぐさまそれを手に取り、鞘から剣を抜き出した！

「――夷陵老祖！」

金光瑤《ジングアンヤオ》は一瞬瞳を凍りつかせ、声を張り上げる。

その瞬間、蘭陵金《ジン》氏全員の剣先が方向を変え、魏《ウェイ》無羨《ウーシエン》に向けられた。金凌《ジンリン》の剣先までもが！

突然正体を暴かれた魏無羨《ウェイウーシエン》は、金凌《ジンリン》の混乱しきった表情を見つめ、彼の持つ歳華《スイホワ》の剣先を前に半ば呆然としている。すると、金光瑤《ジングアンヤオ》がまた口を開いた。

「夷陵老祖が再び現世にお戻りとも知らず、お出迎えできずに失礼いたしました」

魏無羨《ウェイウーシエン》は状況が呑み込めず、いったいどこで正体が露見したのかもさっぱり見当がつかなかった。

「瑤《ヤオ》兄様？　今、なんて呼びました？　その人は莫《モー》玄羽《シュエンユー》じゃないんですか？」

目を覚ましたらしい聶懐桑《ニエホワイサン》が、まだ朦朧としながら尋ねる。金光瑤《ジングアンヤオ》は恨生《ヘンシャン》を真っすぐに魏無羨《ウェイウーシエン》へと向けたまま答えた。

「懐桑《ホワイサン》、阿凌《アーリン》、二人ともこっちに来なさい。皆さんくれぐれも気をつけてください。この者は、彼の剣を抜き出すことができたのです。彼こそが夷陵老祖魏無羨《ウェイウーシエン》に違いありません！」

魏無羨《ウェイウーシエン》の剣は、その名前が持つ意味のせいで口に出しては言いにくいため、言及せざるを得ない時は、皆「その剣」「あの剣」「彼の剣」と呼ぶ。そこへもってきて「夷陵老祖」の四文字が出てきた途端、赤《せき》鋒尊《ほうそん》が八つ裂きにされたことを聞かされた時よりも、人々を身の毛がよだつほどぞっとさせた。それまでは武器を使うつもりがなかった者たちも、思わず自らの刀剣を抜き、密室の一角を取り囲む。

魏無羨《ウェイウーシエン》は四方八方からぐるりと突きつけられた剣芒をざっと見渡しても、顔色一つ変えなかった。

「まさか、その剣を抜いただけで、すなわち夷陵老祖だなんて言うんですか？　僕が思うに、曦臣《シーチェン》兄様と瑤《ヤオ》兄様と含光君は、お互いに何か誤解があるんじゃないでしょうか？」

「誤解なんてあり得ない。彼は絶対に魏無羨《ウェイウーシエン》だ」

「待って！　瑤《ヤオ》叔父上、待ってください！」

突然、金凌《ジンリン》が声を上げた。そして江澄《ジャンチョン》に向かって問い詰めるように叫ぶ。

「叔父上、叔父上は大梵山に行った時、紫電《ズデン》であいつを打ったよね？　でもあの時、あいつの魂魄は打ち出されなかった。つまり、奪舎されてないってことだろう？　だったら、こいつが魏無羨《ウェイウーシエン》とは限らないよね!?」

顔色の悪い江澄《ジャンチョン》は何も答えない。剣の柄を手で押さえたまま、どうすればいいかを考えているようだ。

「大梵山？　そうだ、阿凌《アーリン》のおかげで、私も大梵山に何が現れたかを思い出しました。あの時温寧《ウェンニン》を召喚したのも、考えてみれば彼だったじゃないですか」

はっと気づいたかのように金光瑶《ジングアンヤオ》が言いだした。

金凌《ジンリン》は必死の問いかけを無視された上、逆に反論されて、苦い表情を浮かべる。

「皆さんはご存じないと思いますが、以前、玄羽《シュエンユー》がまだ金鱗台にいた頃、ここで夷陵老祖の手稿を読んだことがあるのです。そこに記されていたのは『献舎』という邪術で、魂魄と肉体を代価に悪鬼邪《あっきじゃ》霊《れい》を召喚し、自分のために復讐をさせる術です。江《ジャン》宗主がたとえ紫電《ズデン》で彼を百回打ったところで、立証できるはずがありません。なぜならその術を使った場合、術者は自ら望んで肉体を捧げていて、奪舎とは根本から違うのですから！」

この言い分は辻褄が合っている。莫玄羽《モーシュエンユー》は金鱗台から追い出されたあと恨みを募らせ、以前読んだ邪術に関する手稿を思い出して復讐を考え、悪鬼を降臨させるべく夷陵老祖を召喚した。だから魏無《ウェイウー》羨《シエン》がやったことはすべて莫玄羽《モーシュエンユー》の復讐のためで、つまり聶明玦《ニエミンジュエ》を八つ裂きにしたのもきっと魏無羨《ウェイウーシエン》に違いない。とにかくすべての真相が明らかになっていない今、最もあり得るのは、何もかもが夷陵老祖の陰謀だという可能性だ！

「献舎の術では調査しても証明できない以上、斂芳《れんほう》尊《そん》お一人のご判断だけでは、正しいとは言いきれませんよ」

まだ、金光瑶《ジングアンヤオ》の言うことに半信半疑の者もいるらしい。

「献舎は確かに証明はできませんが、彼が夷陵老祖かどうかを証明することはできます。夷陵老祖が乱葬崗の山頂で手下の悪鬼どもに粉々にされたあと、彼の剣は私たち蘭陵金氏《ジン》が収蔵していました。しかし、その後間もなく彼の剣は自らを封剣《ふうけん》したんです」

「封剣？」

金光瑶《ジングアンヤオ》の言葉に、魏無羨《ウェイウーシエン》は驚いて思わず問い返す。主である彼でさえ知らない事実だった。

彼の心の中に、だんだんとまた嫌な予感が湧き上がってくる。

「封剣がどういうことかは、私が説明するまでもないでしょう。この剣には霊が生まれています。その霊が、魏無羨《ウェイウーシエン》以外のいかなる人間にも使われることを拒み、自らを封印したということです。つまりあの剣は、夷陵老祖本人以外には誰一人抜くことはできません。それなのに、つい先ほどこの『莫玄《モーシュエン》羽《ユー》』は皆さんの目の前で、十三年間も封印を続けてきたその剣を抜いたのです！」

滔々《とうとう》と話す金光瑶《ジングアンヤオ》が口を閉じるが早いか、数十本もの剣芒が一斉に魏無羨《ウェイウーシエン》に向かって突き出された。

藍忘機《ランワンジー》が瞬時にそのすべてを防ぎ、避塵《ビチェン》の衝撃波で数人を吹き飛ばすと、真っすぐに扉への道が開かれた。

「忘機《ワンジー》！」

藍曦臣《ランシーチェン》が声を上げる。

冷えきった避塵《ビチェン》の衝撃波を受けて倒れたりよろめいたりしながら、何人かの宗主たちが憤慨した。

「含光君！　あなたは……」

魏無羨《ウェイウーシエン》は一切余計なことは言わず密室を飛び出した。手近にあった窓枠に右手をつくと、軽々とそこを乗り越え、両足が地に着くや否や走りだす。走りながら、頭の中を稲妻のように回転させた。

（金光瑶《ジングアンヤオ》は怪しい形代を目撃した上に、随便《スイビエン》が鞘から抜け出たのも見た。きっとあの時から、もう俺の正体に気づいていたんだろう。そして、すぐさま完璧な嘘を練り上げ、秦愫《チンスー》が自害するように誘導したんだ。しかも、わざと俺を随便《スイビエン》の近くまで追い詰めて剣を抜くように仕向け、都合良く集まっていた皆の前で正体を暴いたってわけだ。あああ、怖い怖い怖い、まさかこんなにも奴の動きが早くて、これほどもっともらしく皆を欺けるだなんて……考えが甘かった！）

　その時、誰かがすぐそばまで追いついてくる気配がして目をやると、藍忘機《ランワンジー》が無言で追いかけてきていた。

　魏無羨《ウェイウーシエン》の評判はこれまでもずっと地の底を這っていたので、こういった状況に直面するのも初めてのことではない。ただ、今生は前世とは違った心境で、ずいぶんと落ち着いて対処できるようになっていた。あとのことは、まず逃げてから考える。いつか機会があれば反撃するが、機会がないなら無理はしない。どうせ馬鹿正直にあの場に残っていても、数えきれないほどの剣に襲われるだけで、なんの意味もない。無実を訴えたところでただ嘲笑われるだけだ。誰もが彼は必ずいつの日か現世に戻って見境いなく百家を皆殺しにし、血で血を洗う復讐を遂げると固く信じていて、彼自身の弁明に耳を貸す者などいはしない。何より、相手側には金光瑶《ジングアンヤオ》がいて、人々を扇動しているのだから。

　しかし、藍忘機《ランワンジー》は魏無羨《ウェイウーシエン》とは真逆で、彼自身が何一つ説明しなくとも、自然と誰かが彼の代わりに「含光君は夷陵老祖に騙されたのだ」と言ってくれる。

「含光君、お前はついてくるな！」

　藍忘機《ランワンジー》は、前方を真っすぐに見据えたまま何も答えない。

　二人はそのまま走り続け、「殺せ！」などと叫びながら追いかけてくる連中を引き離した。慌ただしく逃走しながら、魏無羨《ウェイウーシエン》はまた言い放つ。

「お前、本当に俺と一緒に来るつもりか？　だったらちゃんと考えておけ、正門を出たら、お前の名声は地に落ちるぞ！」

　二人が金鱗台を駆け下りたところで、藍忘機《ランワンジー》がいきなり魏無羨《ウェイウーシエン》の腕をぐっと掴んだ。しかし、彼が何か話そうとしたその時、突然目の前に白い影がさっと現れる。二人の前に立ち塞がったのは、金凌《ジンリン》だった。

魏無羨《ウェイウーシェン》は追ってきたのが金凌《ジンリン》だとわかって、ほっと息をついた。だが、二人が彼の横をすり抜けようとすると、なぜか金凌《ジンリン》も方向を変え回り込み、再び彼らの行く手を阻もうとする。

「お前は魏嬰《ウェイイン》か!?」

赤い目をした彼の表情はひどく混乱していて、そこには憤怒も、恨みも、ためらいも、驚きも、そして不安も覗いている。金凌《ジンリン》はもう一度怒鳴るようにして問い質した。

「お前は本当に魏嬰《ウェイイン》——魏無羨《ウェイウーシェン》なのか!?」

彼の口調は、恨みよりも苦しみの方が遥かに大きく、その様子を目にして魏無羨《ウェイウーシェン》の心臓は大きく一回鼓動した。しかし、ここでためらっていては追手が来るのも時間の問題だ。これ以上彼に構っている余裕はなく、仕方なく歯を食いしばって、三度《みたび》彼の横を通ろうとした。

その瞬間、思いがけず腹の中にひんやりとした冷たい感覚があった。俯いて見ると、金凌《ジンリン》がそこから血に染まった真っ白な剣先を引き抜くところが目に映る。

まさか金凌《ジンリン》に刺されるなんて、考えてもいなかった。

(他の誰に似てくれてもいいのに、よりによって、なんでこいつはこんなに江澄《ジャンチョン》に似てるんだろう。まさか、刺してくる場所まで同じだなんて……)

心の中でそんなことを思っていたが、そのあとの記憶はおぼろげだった。ただ覚えているのは、自分が何かと戦っていて周りはわあわあと騒がしく、上下に激しく揺れて、武器と武器がぶつかり合う音と霊力が爆発する音が絶え間なく鳴り響いていたことだけだ。

それからどれくらい経っただろうか、意識が朦朧とした状態でふっと目を開けた魏無羨《ウェイウーシェン》は、いつの間にか藍忘機《ランワンジー》に背負われていた。避塵《ビチェン》に立って飛んでいる彼の雪のように白い頬の片側には、血が飛び散っている。

実は腹部の傷にそれほどの痛みは感じなかったの

だが、それでも体に開いた穴だ。最初は何事もなかったかのように耐えていたものの、今の体はどうやらあまり急所を怪我した経験はなかったらしい。傷口から血が流れ続けるうち、すぐに眩暈がしてきて、もはや彼自身にどうこうできる問題ではなくなった。

「……藍湛《ランジャン》」

藍忘機《ランワンジー》の息遣いは普段のように緩やかではなく、少し荒かった。おそらく、魏無羨《ウェイウーシエン》を背負いながら繰り返し戦った上に、長時間移動し続けているせいだろう。それでも彼の口調は変わらずに安定していて、そしていつもと同じく、返事は「うん」の一言だった。

それから、彼は続けて「ここにいる」と言った。

その言葉を耳にすると、魏無羨《ウェイウーシエン》の胸の中に未だかつて感じたことのない気持ちが込み上げてきた。どこか悲しみにも似たその感情のせいで、心臓の辺りが微かに痛み、それと同時にじわりと少し温かくなる。

前世で江陵にいた時、藍忘機《ランワンジー》が千里をはるばる加勢に駆けつけてくれたというのに、彼はありがたく思うことすらなかった。それどころか、あれこれと言い争いをした挙句、お互いにかなり不愉快な気持ちになったことを今でも覚えている。

誰もが魏無羨《ウェイウーシエン》を恐れ機嫌を取るようになった時、藍忘機《ランワンジー》は面と向かって彼を痛烈に非難した……逆に今、誰もが彼を忌み嫌い激しく憎むようになった時、味方になってくれるなんて思いもしなかった。

ふいに、魏無羨《ウェイウーシエン》が「あ」と呟く。

「思い出した」

「何を?」

「思い出したよ、藍湛《ランジャン》。ちょうどこんなふうに、俺……確かに、お前を背負ったことがあったって」

第十一章　絶勇

〈一〉

雲夢には多くの湖がある。この地域を管轄するのは辺り一帯で最も大きな仙門世家の雲夢江《ジャン》氏で、その仙府である「蓮花塢」もまた、湖に隣接して建てられている。

蓮花塢の波止場《はとば》から出発して水の流れに沿って少しだけ舟を漕ぐと、数百里はある巨大な蓮池《はすいけ》があり、その名を蓮花湖《れんかこ》といった。濃緑の葉は大きく、薄桃色の花は真っすぐに伸び、葉と葉、花と花が触れ合うほどに咲き乱れている。湖を風が通り抜ける度、花が揺れ葉が震えるその様子は、まるでしきりに頷き合っているようだ。瑞々《みずみず》しさの中に天真爛漫さが見え隠れし、それは美しい光景だった。

蓮花塢は他家の仙府とは異なり、一般の人々が住む町と距離を置いたり、門を固く閉ざしたりせず、数里以内に住む周辺の人々の立ち入りを禁止していない。正門の前にある広々とした波止場には、蓮の実や菱《ひし》の実、様々な点心《てんしん》を売る行商人たちがよく訪れて、非常に賑やかだ。

近隣に住む子供たちが鼻水を啜りながらこっそり蓮花塢の修練場に忍び込み、剣の修練を覗くこともあった。たとえ見つかったとしても怒られることはなく、時には江《ジャン》家の若い弟子たちと一緒に遊んだりしている。

魏無羨《ウェイウーシエン》は少年の頃、よく蓮花湖のほとりで凧《たこ》を射る遊びをした。

江澄《ジャンチョン》はしっかりと自分の凧を目で追いながらも、時折、魏無羨《ウェイウーシエン》の凧にちらっと目を向ける。魏無羨《ウェイウーシエン》の凧は既にかなり高く揚がっているが、彼はまだ弓を引くつもりがないらしく、右手を眉間に当てて影を作りながら顔を上げて笑っている。どうやらもっと遠くまで飛ばすつもりでいるようだ。

爪が確実に命中できる距離から遠ざかろうとしているのを見て、江澄《ジャンチョン》は歯を食いしばると弓に矢をつがえて引き、白羽の矢をシュッと放つ。すると、一つ目妖怪の姿が描かれた爪はその矢に目を射貫かれ、地面に落ちてきた。

「命中だ！」

表情を緩めた江澄《ジャンチョン》は、そう言ってすぐさま魏無《ウェイウー》羨《シエン》の方に目を向けた。

「あんなに遠くまで飛ばして、射貫けるのか？」

「どう思う？」

そう言うと、彼はようやく矢を一本取り出す。それから集中して狙いを定め、弓を目一杯引き絞ると、ぱっと手を放した。

命中！

江澄《ジャンチョン》はまた眉間にしわを寄せ、「ふん」と鼻を鳴らした。

一緒に爪を飛ばしていた数人の少年たちは、順位をつけるために弓を収めて爪を拾いに行く。一番近くに落ちた者が最下位となるのだが、それは毎回江《ジャン》家の上から六番目の弟弟子で、いつも皆に「へへッ」「ハハッ」と笑われるのがお決まりだ。それでも面《つら》の皮が大層ぶ厚い彼は、ちっとも気にしない。

魏無羨《ウェイウーシエン》の爪は一番遠くに落ちていて、そのすぐ近くに落ちているのが二位の江澄《ジャンチョン》の爪だったが、正直二人とも拾いに行くのが億劫《おっくう》になった。少年たちが水面に建てられた九曲蓮花廊《きゅうきょくれんかろう》〔九回曲がる廊〕に駆け込み、軒《のき》を跳び越えたり壁を伝って走ったりして遊んでいると、そこへ突然、容姿端麗な若い女性二人がさっと現れた。

武装した侍女二人は、同じように短剣を身につけている。そのうち背の高い方の侍女が、爪を一つと矢を一本持って彼らの前に立ち塞がり、「これは誰の？」と冷ややかに尋ねた。

その二人の侍女を見た途端、少年たちは全員、心の中で「まずい！」と叫んだ。

魏無羨《ウェイウーシエン》は指で顎を少し撫でると、一歩前に出る。

「俺のです」

「今日はずいぶん大人しいじゃない」

もう一人の侍女がそう言って鼻を鳴らす。

彼女たちがそれぞれ両側に避けて道を空けると、後ろから紫色の服を纏い剣を身につけた女性が歩いてきた。

彼女の肌は白くきめ細やかで、眉と目も麗しい非常に美しい顔立ちだが、その中にどこか厳しい鋭さを漂わせている。口角が上がっているような、そうでもないような、生まれつきの嫌味っぽい顔つきは江澄《ジャンチョン》とそっくりだ。腰回りは華奢で、その身を包む紫の衣を優美にひらひらとなびかせ、右手の人さし指に紫水晶がついた指輪をはめている。顔も剣の柄に添えた右手も、どちらもひんやりとした冷たい玉のようだ。

江澄《ジャンチョン》は彼女を見ると笑みを浮かべ、「母さん」と呼んだ。

その他の少年たちは皆恭しく「虞夫人《ユーふじん》」と挨拶をする。

虞《ユー》夫人とはまさに江澄《ジャンチョン》の母親、虞紫鳶《ユーズーユエン》である。当然、彼女は江楓眠《ジャンフォンミエン》の夫人であり、昔は彼とともに修練した仲だった。本来ならば、彼女のことは江《ジャン》夫人と呼ぶべきだが、なぜかすべての人間が昔から彼女を虞《ユー》夫人と呼ぶ。もしかしたら彼女はあまりに強気な性格ゆえに、夫の姓に従いたくないのかもしれないと憶測が飛び交うほどだ。だが、その呼び名に関しては、夫婦二人とも特に異存はないようだった。

虞《ユー》夫人は名望のある一族、眉山《びざん》虞《ユー》氏の出身で、家では上から三番目の子のため、虞三娘子《ユーサンニャンズー》とも呼ばれている。さらに玄門の中では「紫蜘蛛《むらさきぐも》」という号があり、名乗るだけで大勢の人々を恐怖させた。

その上、若い頃から性格がきつく冷ややかで、人と接するのを嫌い、接したとしても好感を持たれることはなかった。江楓眠《ジャンフォンミエン》に嫁いだあとも、年から年中夜狩に出かけていて、江《ジャン》家の蓮花塢に留まることをあまり好まないようだった。しかも、蓮花塢にある彼女の住居は江楓眠《ジャンフォンミエン》とは別々になっており、屋敷の一部を独占し、彼女が虞《ユー》家から連れてきた家僕たちとそこに住んでいる。この若い女性二人、金《ジン》珠《ジュー》と銀珠《インジュー》は彼女の腹心の侍女で、いつもそばにつき従っていた。

「また遊び惚《ほう》けているの？　こっちに来て見せてみなさい」

虞《ユー》夫人は江澄《ジャンチョン》をさっと見るとそう命じた。

江澄《ジャンチョン》が彼女のそばに近づくと、虞《ユー》夫人は華奢な五本の指で彼の腕を軽く握り、「パン！」と音を立てて肩先を叩き説教をする。

「修練がまったく足りない。少しも進歩していないじゃないの。そろそろ十七にもなるというのに、まだ無知な幼子《おさなご》同然で、毎日他の子と一緒にはしゃぎ回るばかり。江澄《ジャンチョン》、あなたはそいつらと同じなの？将来、そいつらはどこかしらの溝《どぶ》の中でもがいているかもしれないけど、あなたはいずれ江《ジャン》家の宗主になる身なのよ！」

江澄《ジャンチョン》は彼女に叩かれて体をよろめかせたが、俯いたまま怖くて弁明すらできずにいる。

魏無羨《ウェイウーシエン》にはよくわかっていた。言うまでもなく、これは遠回しに自分を罵っているのだと。横にいる弟弟子の一人がこっそり彼に舌を出すと、魏無羨《ウェイウーシエン》は弟弟子に向かって眉を少し跳ね上げて見せる。

「魏嬰《ウェイイン》、こそこそ何やってるの？」

問われた魏無羨《ウェイウーシエン》はいつものように平然として前に出たが、虞《ユー》夫人は余計苛立ったように彼を罵った。

「なんなのその態度は！　自分に向上心がないからって、江澄《ジャンチョン》まで連れ出して一緒に放蕩《ほうとう》しないで。この子を悪い道に誘うのはやめなさい」

「俺には向上心がないって言うんですか？　お言葉ですが、蓮花塢で一番成長してるのは俺だと思いますけど？」

魏無羨《ウェイウーシエン》はさも驚いたかのような表情で反論した。若者は堪《こら》え性《しょう》がなく、なんにでも盾突きたがるものだ。だが、それを聞くや否や、虞《ユー》夫人の眉間に怒りが表れた。

「魏無羨《ウェイウーシエン》、お前は黙ってろ！」

江澄《ジャンチョン》が慌てて口を挟み、それから虞《ユー》夫人を振り返って続けた。

「俺たちだって、蓮花塢にこもって凧を射って遊んでいたくなんてないけど、今は誰も外に出られないじゃないか。温家《ウェン》が、夜狩できる区域は全部彼らの管轄だと勝手に定めてしまったせいで、夜狩に出かけたくても、どこにも行ける所なんてない。そもそも、外で問題を起こすな、温家《ウェン》の人と獲物を奪い合うな、ともかく家にいろと言ったのは母さんと父上じゃないか」

「今回はあなたが行きたくなくても、行かざるを得ないでしょうね」

そう言って虞《ユー》夫人は冷ややかに笑った。

江澄《ジャンチョン》はどういう意味か理解できなかったが、虞《ユー》夫人はもう彼らに構わず、頭を上げ胸を張って長い廊下を渡っていった。彼女の後ろにいた侍女二人は、憎々しげに魏無羨《ウェイウーシエン》を睨みつけてから主人のあとを追う。

夜になってから、彼らはようやく「行きたくなくても、行かざるを得ない」という言葉の意味を知った。

実は、岐山温《ウェン》氏の特使から通達があったのだ。

温家《ウェン》は他の世家が人材を放置し、教育方針が定まっていないという理由で、三日以内に各家から少なくとも二十名以上の若い弟子を岐山に送るように要求してきたのだ。彼らが専任の指導者をつけて弟子たちを教化するという。

それを聞いて、江澄《ジャンチョン》は愕然として言った。

「温家《ウェン》の奴ら、よくもそんなことが言えるな？　なんて厚かましい！」

「自分は百家の長《ちょう》、天上の太陽だとでも思い込んでいるんだろう。温家《ウェン》が厚かましいのは今に始まったことじゃないし、家も勢力も大きいのをいいことに、去年から他家に夜狩を禁じて獲物を独り占めして、管轄地だって占領し尽くしてるじゃないか」

魏無羨《ウェイウーシエン》もそう同意すると、上席に座っていた江《ジャン》楓眠《フォンミエン》は彼らを窘めた。

「口を慎みなさい。さあ、食べよう」

広々とした大広間の中にいるのは五人だけだ。それぞれの前に小さな四角い卓が据えられ、その上に白飯と数皿のおかずが置いてある。魏無羨《ウェイウーシエン》が箸を持って食べようとした時、ふと誰かに袖をそっと引っ張られた。そちらを振り向くと、江厭離《ジャンイエンリー》が蓮の実が数粒のった小皿を差し出してきた。綺麗にむかれたその実は白くて丸く、新鮮でふっくらしている。

「師姉、ありがとう」

魏無羨《ウェイウーシエン》が小声で礼を言うと、江厭離《ジャンイエンリー》はにっこりと微笑む。彼女のとても淡泊な顔は、笑うとぱっと鮮やかになったように見える。それを見ながら、虞《ユー》紫鳶《ズーユエン》は冷ややかに口を開く。

「のんきに食事なんて。あと数日で岐山へ行くのに、向こうでは食事が出てくるかどうかもわからないのよ。だったら今のうちに空腹に耐える練習でもして、体を慣らした方がいいわ！」

岐山温《ウェン》氏が出したこの要求を彼らは拒むことができなかった。なぜなら、これまでに数えきれないほどの不幸な前例を目の当たりにしてきたからだ。もし、どこかの世家が大胆にも彼らの命令に逆らった場合、温《ウェン》氏は「仙門への反乱」「百家の害」等々、謎の罪名を勝手に挙げ連ね、それを大義名分に堂々と容赦なく相手を滅ぼしにかかるだろう。


「そこまで気を揉まなくてもいいじゃないか。これからどうなろうと、ともかく今日の食事はちゃんと食べるべきだ」

淡々と話す江楓眠《ジャンフォンミエン》に、虞《ユー》夫人は我慢の限界を感じて卓を叩いた。

「私が気を揉んでいるですって？　当然でしょう！　あなたこそなんなの、その何事もなかったかのような態度は？　温《ウェン》家からの使いがなんと言ったか聞いていなかったのかしら？　召使いの卑しい女の分際で、よくも私の前で偉そうに！　岐山に送る二十名の弟子の中には必ず本家直系の者も含まなければならないって、どういうことかわかっているわね？　阿澄《アーチョン》と阿離《アーリー》、少なくともどちらかが行かなければならないのよ！　いったい何をする気なの？　教化？　他家が自分たちの弟子をどう教育しようが、温《ウェン》家にとやかく口出しされる筋合いなんてないでしょう!?　弟子を送るなんて奴らにつけ入る隙を与えて、人質になりに行くようなものよ！」

「母さん、怒らないで、俺が行くから」

江澄《ジャンチョン》が慌てて言うが、虞《ユー》夫人の怒りは収まらない。

「もちろんあなたが行くのよ！　まさかあなた、姉に行かせるつもりだったの？　この子を見てみなさい、今この状況でもまだにこにこして蓮の実をむいているわ。阿離《アーリー》、もうやめなさい。いったい誰に食べさせるつもりなの？　あなたは主人なのに、まるであなたの方が家僕みたいじゃないの！」

　自分に向けられたであろう「家僕」という言葉を聞いても、魏無羨《ウェイウーシエン》は別になんとも思わず、皿の中の蓮の実を一気にすべて頬張った。噛めば噛むほどほんのりと爽やかな甘みが口いっぱいに広がる。

　彼とは逆に、江楓眠《ジャンフォンミエン》は微かに顔を上げて「三《サン》娘《ニャン》」と窘めるように夫人を呼んだ。

「あら、何か間違ったことでも言った？　家僕？　そんなにその言葉が気に食わない？　江楓眠《ジャンフォンミエン》、答えて。今回、あなたはそいつに行かせる気はあるの？」

「本人次第だ、行きたければ行けばいい」

「俺、行きたいです」

江楓眠《ジャンフォンミエン》の言葉に、ぱっと魏無羨《ウェイウーシエン》は手を挙げた。

「ああ、なんていいご身分なのかしら。行きたければ行って、行きたくなければ別に行かなくても済む。それなのに、なぜ阿澄《アーチョン》は必ず行かなければいけないの？　他人の息子をここまで育て上げて、江《ジャン》宗主、あなたはなんて素晴らしい人なのかしら！」

　虞《ユー》夫人は冷ややかに笑った。

　彼女の心の中には根深い恨みがあり、ただその憤《ふん》懣《まん》をぶつけたいだけで、今の言い分は一切理屈が通っていない。他の者たちは皆静かに彼女に八つ当たりさせていた。

「三娘子《サンニャンズー》、君は疲れているようだな。戻って休んだ方がいい」

　江楓眠《ジャンフォンミエン》がやんわり促すと、江澄《ジャンチョン》も座ったまま「母さん」と彼女を見上げて呼びかける。

　虞《ユー》夫人はさっと立ち上がり、当てこするように言った。

「今、なぜ私を呼んだの？　あなたの父親と同じように、これ以上何も言わないでほしいってことかしら？　このバカ息子。ずっと前に言ったでしょう。あなたは一生、隣に座っている誰かには勝てないって。修為も勝てない、夜狩も勝てない、凧を射ることでさえも勝てないのよ！　しょうがないわ、あなたの母親が誰かの母親に劣っているのが悪いんだもの ね？　勝てないものは勝てないわよね。でも母さんはあなたのために憤慨しているの。一緒になって遊び惚けるのはやめなさいと何度も言ったでしょう。それなのにそいつの肩を持つなんて、私はなんであなたみたいな息子を産んだのかしら！」

そう言うなり彼女は立ち去り、その場に取り残された江澄《ジャンチョン》は、青褪めたり白くなったりと交互に顔色を変えた。江厭離《ジャンイエンリー》は綺麗にむいた蓮の実を一皿、そっと彼の卓の端に置く。

「今夜のうちに私が残りの十八人も選ぶから、明日、彼らと一緒に出発しなさい」

しばらくの間、黙って座っていた江楓眠《ジャンフォンミエン》がそう声をかける。

江澄《ジャンチョン》は微かに頷いてから、それ以上何を言うべきかとためらった。彼は昔から父親とどう接していいかわからないのだ。逆に、魏無羨《ウェイウーシエン》の方は事もなくすらすらと対応するので、汁物を飲み干して何気ない口調で尋ねる。

「江《ジャン》おじさん、行くに当たって何か俺たちにくれるものとかない？」

江楓眠《ジャンフォンミエン》は小さく笑って、「あげたいものはとっくに与えた。剣は肌身離さず、訓《くん》は心に銘《めい》じよ」と答えた。

「あ！　『成せぬと知りても、為さねば成らぬ』、だよね？」

「それは、問題になるとわかっていながら、やりたいようにやってもいいっていう意味じゃないからな！」

すぐさま江澄《ジャンチョン》が魏無羨《ウェイウーシエン》に忠告する。

ようやく夕餉の場が賑やかな雰囲気になった。

次の日、出発する前に江楓眠《ジャンフォンミエン》が必要事項を言い渡したあと、一言だけつけ加えた。

「雲夢江《ジャン》氏の門弟なら、少々の世の荒波に耐えられないほど、軟弱ではないはずだ」

江厭離《ジャンイエンリー》は、彼らを途中まで送ると言っては、結局もう少し先までついていき、さらに一人一人の懐に様々な食料を満杯まで詰め込んでいる。どうやら彼らが岐山で腹いっぱい食べられないのではないかとひどく心配しているらしい。

二十名の少年たちはずっしりと重い食料を引きずって蓮花塢を出発し、温《ウェン》氏が決めた期日より前に、岐山にある指定された教化機関の場所に辿り着いた。

そこには、大小様々な世家からかなり多くの弟子たちが集まってきていた。皆年少者で、その数百人の中には顔見知りや見覚えのある者が大勢いた。彼らは三々五々固まったり、七、八人で群れを成したりして、声を潜めて話し合っている。一様にあまり顔色が優れないのは、おそらく丁重とは言えないやり方で招集されたせいだろう。魏無羨《ウェイウーシエン》は辺りをぐるりと見回す。

「やっぱり姑蘇からも人が来てるな」

姑蘇藍《ラン》氏から送られてきた少年たちは、なぜか皆ひどく憔悴している様子だった。藍忘機《ランワンジー》の顔は特に青褪めているが、それでもあの極めて冷淡で他人を一切寄せつけない表情のまま、背中に避塵《ビチェン》を背負って一人で立っており、辺り一面にもの寂しい空気が漂っていた。魏無羨《ウェイウーシエン》は彼のところに行って挨拶しようかと思ったが、「問題を起こすな！」と江澄《ジャンチョン》に釘を刺されたため、仕方なく諦める。

突如、前方から誰かが大声で指図をするのが聞こえた。各世家の弟子たちに、ある高台の前に集合して整列するように命令している。さらに「静かにしろ！　無駄口を叩くな！」と温《ウェン》家の門弟数人が近づきながら怒鳴った。

高台の上に立っている人物は、彼らよりそれほど年上ではなく、見た目は十八、九歳くらいだった。傲慢そうで意気揚々としているが、容姿は辛うじて「綺麗」と言えなくもない程度だ。ただ、彼の髪と同じように、なぜか見た目も脂《あぶら》っこく感じてしまう。彼こそが岐山温《ウェン》氏宗主の末息子、温晁《ウェンチャオ》だった。

温晁《ウェンチャオ》は人前に立つことが大好きで、様々な場面で大勢の世家の前に出ては、あれこれと見せびらかしてきたため、彼の顔を知らない者はいなかった。

　そして彼の後ろには、左右に一人ずつつき従って立つ者がいた。左は柔らかくしなやかな体つきの美しい娘で、柳のような細い眉に丸くて大きな目、烈火のように真っ赤な唇をしている。ただ、唇の上辺りにある小さなほくろが玉《たま》に瑕《きず》で、あまりにも目立つ位置にあるため、それを爪で落としたいという衝動になぜか駆られてしまう。右は二十代くらいに見える男性で、背丈が高く肩幅は広い。表情は淡々として、冷たく重い雰囲気を漂わせている。

　温晁《ウェンチャオ》は坂の上の高い位置から全員を見下ろし、相当有頂天な様子で手を振った。

「今から、一人ずつ剣を引き渡してもらう！」

　その言葉に、集められた人々がざわめき始めた。その中から誰かが抗議の声を上げる。

「修士たる者、剣は肌身離さず持つべきだ。なぜ我々に仙剣を引き渡せと？」

「今喋ったのは誰だ？　どこの家の者だ？　ここへ出てこい！」

　温晁《ウェンチャオ》が焚きつけると、先ほど声を上げた者はたちまち怖くなって口を閉じた。高台の下は再び静まり返り、温晁《ウェンチャオ》もやっと満足したように話しだす。

「未だにお前らのような礼儀も、服従も、尊卑《そんぴ》も知らない、性根が腐った世家弟子がいるから、俺はお前らを教化しなければと決心したんだ。そんなふうに無知で恐れを知らないようなら、早いうちにお前らの風紀を正さなければならない。将来きっと権威に挑み、温《ウェン》家の頭上までのし上がろうと企む者が出てくるだろうからな！」

　彼が剣を奪おうとする裏には、確実に悪意があるとわかっている。だが、今はまさに岐山温《ウェン》氏が隆盛を極めており、他家の者は皆まるで薄氷《はくひょう》を履《ふ》むが如く、少しも反抗することができなかった。彼の機嫌を損ねたせいでなんらかの罪名をつけられ、一族まで巻き添えにされるのが怖くて、仕方なく怒りを堪えて我慢するしかない。

　江澄《ジャンチョン》の手でしっかりと掴まれた魏無羨《ウェイウーシエン》は、「なんで俺を押さえるんだ？」と小声で尋ねる。

「お前が勝手なことをしないようにな」

江澄《ジャンチョン》が鼻を鳴らして言った。

「考えすぎだよ。確かにあいつは脂っこくて気持ち悪いけど、たとえあいつを殴るにしても、わざわざ今を選んでうちに面倒事を増やしたりしないから、安心しな」

「そう言っておいてお前、また袋を被せて殴るつもりだな？　多分無理だぞ。温晁《ウェンチャオ》の隣に立ってる男を見たか？」

江澄《ジャンチョン》の言葉に魏無羨《ウェイウーシエン》が頷く。

「見たよ。確かに修為は高そうだけど、見た目がそんなに若くないってことは、容貌を保てるほどの力をつけるのには時間がかかったってことだろう。大器晩成《たいきばんせい》ってやつかな」

「あの人の名は温逐流《ウェンジューリウ》。『化丹手《かたんしゅ》』っていうあだ名があって、温晁《ウェンチャオ》の近侍《きんじ》だ。あいつの護衛が仕事だから、手を出すなよ」

「化丹手？」

「そうだ。あいつの両の手のひらは実に恐ろしい力を持ってる。それに、悪事にも加担するような奴だぞ。以前、温《ウェン》家のために……」

二人は視線を真っすぐ前に向けたまま、声を潜めて話していたが、剣を回収するために温《ウェン》氏の家僕が近づいてきたのを見て、すぐに口を噤む。魏無羨《ウェイウーシエン》は手任せに剣を解いて差し出しつつ、無意識に姑蘇藍《ラン》氏の方に目を向けた。藍忘機《ランワンジー》ならきっと引き渡すことを拒むだろうと思ったのだが、彼は怖いくらいに冷ややかな表情を浮かべてはいたものの、意外にも抵抗せずに剣を解いた。

出発前に虞《ユー》夫人が言った不吉な言葉は事実となり、岐山で「教化」される間、毎日あっさりとして味気ない食事ばかりが出された。江厭離《ジャンイエンリー》が渡してくれたずっしり重い食料もすべて没収されてしまい、送られてきた若い弟子の中には、誰一人として辟穀《へきこく》している者はいなかったため、そんな食事では辛抱できるわけもなかった。

岐山温《ウェン》氏の言うところの「教化」とは、「温門菁《ウェンもんせい》華録《かろく》」を一冊支給され、温《ウェン》氏歴代宗主と名士の輝かしい事績《じせき》や名言がびっしりと記されたその本を、温晁《ウェンチャオ》が丸々熟読して暗唱し、心に刻み込むこと――温晁《ウェンチャオ》が毎日高台に立って全員の前で長々と演説し、それが終わったら全員に彼を褒め称えさせ、その一言一行を模範とすること――夜狩の際、温晁《ウェンチャオ》は集めた世家門弟たちも連れていき、彼らを先に行かせて道を探らせた上に、妖魔鬼怪の注意を引かせ全力で戦わせてから、自分は最後の瞬間にやって来て、半ば瀕死《ひんし》の妖獣を軽々と斬り殺して首をはねるのだが、公にはすべて温晁《ウェンチャオ》一人の戦果だと吹聴《ふいちょう》すること――もし温晁《ウェンチャオ》の気に食わない者がいれば、その相手を呼び出して全員の前で怒鳴りつけ、相手を犬畜生以下ほどにまで罵ること、ただそれだけだった。

一昨年、岐山温《ウェン》氏で行われた百家清談会の弓比べの日には、この温晁《ウェンチャオ》も魏無羨《ウェイウーシエン》らと一緒に参加していた。彼は自分が一位になれると勝手な期待を膨らませていて、他の者たちは必ず勝利を自分に譲るはずだと当たり前のように考えていたのだ。だが結局、試合が始まって彼が最初に射た三本の矢は、一本は命中したが一本は外し、さらに一本は間違ってはずれの紙人形を射る始末。本来ならば即退場すべきだったが、彼にはそんな気などさらさらなく、周りも彼には何も言えずにいた。最後に結果が集計され、戦果が最も良かった四人は上から順に魏無羨《ウェイウーシエン》、藍曦臣《ランシーチェン》、金子軒《ジンズーシュエン》、藍忘機《ランワンジー》だった。藍忘機《ランワンジー》がもし早々に試合場をあとにしていなければ、彼の成績はもっと良かったに違いない。

温晁《ウェンチャオ》は、その弓比べでひどく恥をかかされたと思い込み、四人を特に激しく憎んでいるのだ。今回の教化に藍曦臣《ランシーチェン》は不参加だったため、彼はその他の三人を目の敵《かたき》にしてひどく威張り、毎日全員の前で彼らを怒鳴りつけていた。

中でも、その処遇に一番悔しさを感じていたのは金子軒《ジンズーシュエン》だ。彼は子供の頃から両親に大切に育てられ、こんな屈辱的な仕打ちを受けたことは一度もなかった。もし蘭陵金《ジン》氏の他の門弟たちが彼を止めず、さらに極めて腕の立つ温逐流《ウェンジューリウ》がいなければ、彼はきっと初日のうちに温晁《ウエンチャオ》に飛びかかって一緒に死んでいただろう。

藍忘機《ランワンジー》はといえば、むしろ心を静めていて一切の雑念がなく、万物を無視しているような状態で、まるで魂魄が体から分離してしまったのかと思うほどだ。

一方の魏無羨《ウェイウーシエン》は、これまで何年も蓮花塢で虞《ユー》夫人から様々な激しい罵りを受けていたので、高台から下りるなりけろっとして笑い、温晁《ウエンチャオ》の程度の低い行動などまるで意に介さずにいた。

この日、集められた全員はまた朝早くから温《ウエン》氏の家僕に叩き起こされ、家畜の群れのようにして、新たな夜狩の地点へと追い立てられた。

今回の夜狩の地、その名も暮渓山《ぼけいざん》だ。

山林深くまで入れば入るほど、頭上の枝葉は一層深く生い茂り、足元に落ちる木陰も次第に大きくなっていく。樹海のザーザーという葉擦《はず》れの音と彼らの足音以外は一切何も聞こえないが、時折鳥、獣、虫などの生き物たちの鳴き声が、辺り一面の茂みの中から唐突に聞こえてくる。

しばらく進んだところで、一行は真正面を流れる小川に行き当たった。川の水はさらさらと流れ、たまにどこかから舞い落ちた楓《かえで》の葉が、せせらぎとともに流れてくる。川の音と楓の色は、知らないうちに陰鬱な雰囲気になっていた彼らの心をわずかながらも和らげ、前方からはなんと「くすくす」と軽い笑い声までもが聞こえてきた。

魏無羨《ウェイウーシエン》は江澄《ジャンチョン》と並んで歩き、ありとあらゆる罵《ば》詈雑言《りぞうごん》で温狗《ウエンく》を悪しざまに罵りながら何気なく振り向くと、全身白い服を纏った人影が目に入った。藍《ラン》忘機《ワンジー》が彼のすぐ後ろ、そう遠くない所にいる。

彼はゆっくりと歩いているせいで、少し遅れて列の後方にいた。魏無羨《ウェイウーシエン》はここ数日、何度も彼に近づいて昔話でもしようとしたが、いかんせん毎回藍忘《ランワン》機《ジー》は彼を見るなりすぐ顔を背けてしまうし、江澄《ジャンチョン》もむやみにちょっかいを出すなと口うるさいため、まだ話す機会がなかった。

近くにいると思うと、つい気になって何度も彼の方をちらちらと見てしまう。

だが、魏無羨《ウェイウーシエン》はふいに何か違和感を覚えた。藍忘《ランワン》機《ジー》は懸命に何事もなく歩いているように見えるが、右足を地面につける時、わずかに左足より軽くついている。どうやらそちらの足に力を入れられないようだ。

それを見て、魏無羨《ウェイウーシエン》は歩く速度を緩めて藍忘機《ランワンジー》のそばに近寄ると、彼と肩を並べて歩きながら尋ねた。

「お前、その脚どうしたんだ？」

「なんでもない」

藍忘機《ランワンジー》は真っすぐ前に視線を向けたまま答える。

「俺たち仲良しだろう？　冷たいんじゃないか。俺を見てもくれないなんて。なあ、お前の脚、本当に大丈夫か？」

「仲良くなどない」

魏無羨《ウェイウーシエン》は振り返って後ろ向きに歩き、なんとかして彼に自分の顔を見てもらおうとした。

「なんかあるならやせ我慢するな。脚は怪我したのか、それとも折れたのか？　いつのことだ？」

無言の藍忘機《ランワンジー》に「俺が背負ってやろうか？」と彼が言おうとした時、突然ふわりといい香りのする風が鼻孔をくすぐった。振り向いた魏無羨《ウェイウーシエン》は斜め前方の辺りを見て、ぱっと目を輝かせた。

彼が急に黙ったので、藍忘機《ランワンジー》も彼の視線の先に目をやると、四、五人の少女たちが一緒に歩いているのが見える。中でも真ん中を歩いている少女は、薄い緋色の服の上に、紗の夏羽織《なつばおり》を着ていて、そよ風に吹かれて夏羽織がなびくと、その後ろ姿は殊の外美しく映えた。

魏無羨《ウェイウーシエン》が見ているのは、まさにその後ろ姿だった。

一人の少女が笑いながら言う。

「綿綿《ミエンミエン》、あなたにもらったこの香り袋、本当にいいわ。身につけたら蚊も他の虫も全然寄らなくなったし、いい匂いだし、嗅いだらなんだか頭もすごくはっきりしてくるのよ」

「香り袋の中は全部細かく刻んだ生薬《しょうやく》で、いろんな用途に使えるのよ。私まだ何個か持っているけど、欲しい人はいる？」

綿綿《ミエンミエン》と呼ばれたその少女は、話し声まで綿のように柔らかく甘い。

「綿綿《ミエンミエン》、俺にも一個ちょうだい」

魏無羨《ウェイウーシエン》は一陣の怪しい風のように、唐突にふらっと彼女たちに近づいた。

綿綿《ミエンミエン》と呼ばれたその少女は、まさかいきなり知らない少年から声をかけられるとは思わなかったらしく、驚いて振り向いた。やや眉をひそめているが秀麗な顔立ちだ。

「あなた誰？　なぜ私のことを綿綿《ミエンミエン》と呼ぶの？」

「彼女たちが君のことを綿綿《ミエンミエン》と呼んでるのが聞こえたから、てっきりそれが君の名前だと思ったんだけど、あれ、違った？」

魏無羨《ウェイウーシエン》は笑って答えた。

藍忘機《ランワンジー》はその様子を冷然と傍観《ぼうかん》し、江澄《ジャンチョン》は彼がまた悪い発作を起こしているのを目にして、うんざりしたように目線を上にやる。

「勝手にその名前で呼ばないで！」

綿綿《ミエンミエン》は顔を真っ赤にして拒む。

「なんでダメなんだ？　だったらこうしよう。君の名前を俺に教えてくれたら、綿綿《ミエンミエン》って呼ぶのをやめるよ。どう？」

魏無羨《ウェイウーシエン》の申し出にも、綿綿《ミエンミエン》は頷かなかった。

「なんであなたに名前を教えなきゃいけないの？　それに人の名前を聞く前に、まず自分から名乗るべきでしょ」

「俺？　いいけど。よく聞けよ、俺の名前は『遠《えん》道《どう》』だ」

魏無羨《ウェイウーシエン》がにやりと笑って言った。

綿綿《ミエンミエン》は「遠道」という名前を二回ほどこっそりと口に出してみたが、どこの世家の公子の名前なのか思い出せなかった。しかし、彼の優れた容姿や堂々とした風格を見る限り、一介の無名の修士とは思えない。それに、彼がなぜ口元にやけにふざけた笑みを浮かべているのか、その意味がちっとも理解できずにいた。

「言葉を弄《もてあそ》ぶな」

突然、その隣から藍忘機《ランワンジー》のひどく冷たく低い声が聞こえてきて、彼女ははたと気づく。声をかけてきた彼は、とある恋の詩の「綿綿《めんめん》と続く遠道の先の人を思う」という一節から取って、自分をからかったのだと。やっと理解して彼女は恨めしげに地団駄を踏む。

「誰があなたを思ってるっていうのよ？　図々しい！」

少女たちは皆笑いだし、続々と口を開いた。

「魏無羨《ウェイウーシエン》、あなたって本当に図々しい人ね！」

「あなたみたいな嫌な人初めて見たわ！」

「教えてあげるわ、彼女の名前は……」

綿綿《ミエンミエン》はまだ話したそうな彼女たちを引っ張ると、すぐさま歩きだした。

「さっさと行くわよ！　彼に教えたら許さないからね」

「行ってもいいけど、俺にその香り袋一つくれよ！　無視するの？　くれないの？　くれないなら他の人に君の名前を聞いちゃうぞ。どうせ誰かが教えてくれる……」

魏無羨《ウェイウーシエン》が後ろから彼女たちの背中に向かって叫んだ。すると、叫んでいる途中で前方から香り袋が一つ放り投げられ、上手い具合に彼の胸のど真ん中にぽんと当たる。

魏無羨《ウェイウーシエン》は「ああ」と痛がるふりをしてから、もらった香り袋の紐を指にかけてぶんぶん振り回す。藍《ラン》忘機《ワンジー》のそばまで戻ってきても、まだそれを回して弄びながら笑っている。

そのうち、藍忘機《ランワンジー》の表情がどんどん冷たく沈んでいくのに気づいた。

「なんだよ、どうしてまたそんな目で俺を見るんだ？　そうだ、さっきどこまで話したっけ？　続きを話そうぜ。脚が痛むなら、俺が背負ってやろうか？」

藍忘機《ランワンジー》はじっと彼を見て静かに尋ねる。

「君は誰に対しても同じように、ああして軽はずみな遊び人のような行動をとるのか」

魏無羨《ウェイウーシエン》は少し考えてから、「そうかもしれないな？」と答えた。

藍忘機《ランワンジー》はふいに視線を落とし、しばらくしてから、ようやく口を開いた。

「軽薄《けいはく》な！」

まるで歯を食いしばりながら吐き捨てたようなその言葉には、何に対するものなのかさっぱり理解できない憤怒までもが滲んでいるようだった。彼はもはや魏無羨《ウェイウーシエン》を睨むことさえもしなくなり、無理に足を動かして歩く速度を上げ、魏無羨《ウェイウーシエン》より前に進もうとする。

「わかったから、そんなに早く歩くなって！　ほら、俺がどっか行けばいいんだろう？」

藍忘機《ランワンジー》が強がる様子を見て慌ててそう言うと、魏《ウェイ》無羨《ウーシエン》は大股で歩き、前の方を歩いていた江澄《ジャンチョン》に追いついた。

しかし、江澄《ジャンチョン》もまた彼にいい顔をするはずもなく、

「お前は本当にくだらないことばかりしやがって！」と憎々しげに言い放った。

「藍湛《ランジャン》じゃあるまいし、なんでくだらないとか言うんだよ。今日のあいつ、見たことないくらいひどい顔色なんだ。なあ、あの脚はどういうことだ？」

「あいつに構ってる余裕があるなら、自分の心配でもしてろ！　温晁《ウェンチャオ》のたわけは俺たちをこの暮渓山に連れてきて、なぜ洞窟の入り口なんて探させるんだ。今度は何を企んでる？　まさかまた、前回の妖樹を殺した時みたいに、俺たちに取り囲ませて肉の盾にでも使う気じゃないだろうな」

江澄《ジャンチョン》は悪い予感しかしないという顔で言う。

すると、近くにいた門弟の一人が小声で話しかけてきた。

「彼の顔色が悪いのも仕方のないことだよ。先月、雲深不知処が焼かれたこと、君たちはまだ知らないみたいだな」

「焼かれた!?」

「温《ウェン》家の奴らが焼いたのか？」

魏無羨《ウェイウーシエン》は愕然としたが、江澄《ジャンチョン》の方は、ここ数日の間にこういった話をよく聞いていたため、彼ほど驚くことはなかった。

「そうとも言えるけど、やむなく藍《ラン》家が自ら焼いた

……とも言える。温《ウェン》家の長男の温旭《ウェンシュー》が姑蘇に乗り込んで、何かはわからないが藍《ラン》氏宗主の罪をでっち上げたらしい。それで姑蘇藍《ラン》氏の人たちに、自らの手で自分たちの仙府を燃やせと脅したんだ！　家の悪や不浄を払って生まれ変わる、とかもっともらしいことを言いやがって。結局、雲深不知処の半分以上と山林が焼かれ、百年の仙境はあっという間に壊されてしまった。藍《ラン》家の宗主は重傷を負って、生死は不明だそうだ。本当に……」

「藍湛《ランジャン》の脚はそれと関係あるのか？」

魏無羨《ウェイウーシエン》が尋ねると、その門弟は神妙に頷いた。

「もちろんあるさ。温旭《ウェンシュー》が一番初めに燃やせと命令したのが蔵書閣で、燃やさなければひどい目に遭わせると言い放ったんだ。でも藍忘機《ランワンジー》はそれを拒んで、そのまま温旭《ウェンシュー》の手下に取り囲まれて脚を折られたんだよ。しかも、まだ怪我が治っていないのに今日もまた引っ張り出されて……あいつらこんなふうに人を振り回して苦しめて、いったい何がしたいいんだ！」

話を聞いて、魏無羨《ウェイウーシエン》は改めて思い返す。ここ数日、温晁《ウェンチャオ》に呼ばれて怒鳴られる時以外、確かに藍忘機《ランワンジー》はあまり体を動かしていなかった。いつもただ静かに立っているか、そうでなければ座っているかで、一言も言葉を発していない。彼は端正な所作にこだわりを持っているから、怪我をしていても他人には気づかれまいとするに決まっている。

江澄《ジャンチョン》は、魏無羨《ウェイウーシエン》が再び藍忘機《ランワンジー》の方に行こうとしているのに気づき、彼を引っ張った。

「お前、今度は何するつもりだ！　まだあいつにちょっかいを出そうなんて、身のほどを知れ！」

「ちょっかいを出しに行くわけじゃない。お前、あいつの脚を見てみろよ。ここ数日ずっと歩き回らされて、傷もきっと悪化してるはずだ。他人が気づくのは、あいつでももう隠しきれないほどになってるからだ。あのまま歩き続けたら、脚がダメになる。だから、俺があいつを背負ってやるんだ」

魏無羨《ウェイウーシエン》が言いきると、江澄《ジャンチョン》は彼をさらに強く引っ張った。

「お前はあいつと馴染みでもないだろう！　自分がどれだけ嫌われているかわからないのか？　お前があいつを背負うだと？　向こうはお前に半歩すらも近寄らないでほしいはずだぞ」

「嫌われてたって別にいいよ。俺はあいつが嫌いじゃないから。あいつを捕まえてすぐ背負ってやるさ。さすがに背中から俺を絞め殺したりはしないだろう？」

「自分たちのことすら満足に構ってられないっていうのに、他人のことに余計な首を突っ込む余裕なんてあるのか？」

江澄《ジャンチョン》に警告され、魏無羨《ウェイウーシエン》は反論した。

「第一に、これは余計なことじゃない。第二に、こういうことは必ず誰かが首を突っ込まなきゃならないんだ！」

「こそこそ話すな、気をつけろ！」

声を低めて言い争っている二人に、温《ウェン》氏の家僕が近づいて怒鳴った。

ふいに、その後ろからあでやかな雰囲気の美しい娘が歩いてきた。この女の名は王霊嬌《ワンリンジャオ》といって、温《ウェン》晁《チャオ》の近侍の一人だ。具体的にどう侍《はべ》っているかは言うまでもなく皆知っていた。彼女はもともと温晁《ウェンチャオ》の正室の召使いだったのだが、かなり綺麗な顔立ちをしていたため、主人の夫に色目を使ってすぐに寝所まで入り込んだのだ。彼女が勢力を得たことで、それにつられて一族までも勢いづき、今では仙門世家の中に、そこそこの規模の「潁川《えいせん》王《ワン》氏」が現れてきた。

彼女は霊力が低すぎて高級仙剣を使うことはできないが、その代わり、手には細長い鉄の焼印《やきいん》を持っている。それは、温《ウェン》氏の家僕たちが皆一本ずつ与えられるものだった。しかも、火の中に入れて熱さなくても、人の体に押すとたちまち烙印《らくいん》が現れ、激しい痛みで死ぬほどの苦しみを与えることができるという品だ。

王霊嬌《ワンリンジャオ》はそれを手に持ったまま、偉ぶって彼らを責め立て始めた。

「温《ウェン》公子があんたたちに洞窟の入り口を探せと命じ

たのよ。それなのに、さぼって何をひそひそ話してるの？」

今のこのご時世、まさか寝床で主人に取り入った召使いにまでこんな尊大な態度を取られるなんて、と二人は心の中で泣くに泣けず、かといって笑うこともできなかった。

ちょうどその時、「見つけました！」と誰かが近くで声を上げた。

王霊嬌《ワンリンジャオ》は彼らの相手をしている暇がなくなり、小走りに駆けつけると、声を弾ませて叫んだ。

「温《ウェン》公子！　見つけましたよ！　入り口がありました！」

それは、三人がかりでようやく抱きかかえられるほど立派な榕樹《ようじゅ》〔ガジュマル〕の古木の根元に隠れた、非常に人目につきにくい所にある洞窟だった。彼らがずっと見つけられずにいたのは、一つには、この洞窟の入り口は一辺が約半丈足らずの正方形で、かなり狭いせいだ。二つには、絡み合った太い木の根と蔓が頑丈な網となって洞窟の入り口を塞ぎ、さらにその上から枯れ枝と落ち葉、土砂と石で覆われていたからだった。

腐敗した枝葉と土をかき分け、木の根を切り落とすと、陰気に満ちた真っ暗で不気味な洞窟の入り口がぽっかりと現れた。

洞窟は地下深くまで続いているようで、身震いするほどの冷たい空気が中から吹き上がってくる。小石を投げ入れると、どれだけ底が深いのか、まるで石が海に沈んだように音が響かなかった。

だが、温晁《ウェンチャオ》は大喜びで命じた。

「絶対ここに違いない！　さっさと全員下りろ！」

金子軒《ジンズーシュエン》はもはや我慢の限界らしく、冷ややかに問い質す。

「俺たちをこんな所まで連れてきて、妖獣を狩るなどと言っているが、だったらいったいそれがどういう妖獣かを教えていただきたい。早めに教えてくれれば、俺たちも協力して対応できるし、前回みたいに慌てる必要もないだろう」

「お前らに教える？」

温晁《ウェンチャオ》は背筋を伸ばし、先に金子軒《ジンズーシュエン》を指さしたあと、今度はその指を自分に向けた。

「いったい何回言えば覚えられるんだ？　勘違いするな。お前らは俺の手下の修士にすぎない。命令を下すのは俺だ。俺には他人の意見など必要ない。作戦の指揮と人員の配置ができるのは俺だけだ。そして妖獣を屈服させられるのも、俺だけだ！」

彼は「俺だけ」という言葉を殊更はっきりと発音した。その声高で強い口調は、傲慢で身のほどを知らず、聞く者に嫌悪感を抱かせ、さらには滑稽さをも感じさせた。

「温《ウェン》公子のお言葉が聞こえなかったの？　さっさと下りなさい！」

王霊嬌《ワンリンジャオ》が追従する。

一番前に立っていた金子軒《ジンズーシュエン》は、怒りを懸命に抑えて服の裾をめくった。それから比較的太くて丈夫そうな蔓を掴むと、一切ためらうことなく底なしの洞窟の中へと飛び込んだ。

今回に限っては、魏無羨《ウェイウーシエン》にも彼の気持ちが身に染みてよく理解できた。たとえ洞窟の中でどんな妖魔鬼怪が彼らを待ち構えていたとしても、温晁《ウェンチャオ》たちの相手をするよりは絶対にましだ。これ以上、この恥知らずな男女を映し続けて自分の目を汚されたら、いい加減耐えきれなくなって、彼らを殺して自分もいっそ死を選ぶに違いない！

その他の者たちも金子軒《ジンズーシュエン》のあとに続いて、順次洞窟に入った。

強引に招集された弟子たちは、皆剣を没収されているため剣は使えず、ゆっくりと蔓を伝って下りるしかない。土の壁を這うように伸びているその蔓は、太さが幼子の手首ほどあって非常に頑丈だ。魏無《ウェイウー》羨《シエン》はそれを伝ってゆっくりと下降しながら、密かに地下までの深さを計算した。

およそ三十丈あまり滑り下り、ようやく足が地面に着く。

温晁《ウェンチャオ》は上から何度か声をかけてきて、地下の安全確認が取れてからやっと剣を踏み、王霊嬌《ワンリンジャオ》の腰に手を回して悠々と御剣して下りてきた。続いて、彼の手下の温氏《ウェン》門弟と家僕たちも続々と着地する。

江澄《ジャンチョン》が低い声で言った。

「今回、奴が狩ろうと目論んでいるのがあまり手強くないモノであることを願うよ。他にも出口があればいいが、万が一妖獣か凶悪な怪が洞窟の中で暴れでもしたら、蔓もこんなに長いし、もしかしたら途中で切れるかもしれない。そうなったら、おそらく逃げることすら難しいだろうな」

どうやら他の皆も同じ考えを抱いていたらしい。思わず顔を上げて、頭上にあるかなり小さくなった洞窟の入り口を眺め、内心不安になりながらも警戒を強めた。

遅れて下りてきた温晁《ウェンチャオ》は、剣から飛び降りるなり口を開く。

「なんで全員ここで突っ立ってるんだ？　何をすべきか、まだ俺に言われないとわからないのか？　とっとと歩け！」

少年たちの群れは追い立てられ、洞窟の奥深くに向かって進んでいく。

前方で道を探らせるため、温晁《ウェンチャオ》は家僕に命じて、彼らにたいまつを数本だけ渡した。洞窟の丸い天井はかなり高い上に辺りは広く、火の明かりでは到底天井まで照らすことなどできない。魏無羨《ウェイウーシエン》は反響を気にかけながら進んでいたが、奥深く進めば進むほど、反響もだんだんと広がっていく。この辺りは、地上から既に百丈ほどは離れているはずだ。

たいまつを掲げて先導する一行は、警戒を緩めずに進む。どれくらい歩いたかわからなくなった頃、ようやく辺り一面に広がる深淵《しんえん》の前に辿り着いた。もし、この淵《ふち》が地上にあったなら、ずいぶんと大きな湖になるだろう。だが、その淵の水は真っ黒で、水の中からは大小様々な岩の小島があちこちから突き出ている。

この先にはもう進める道がない。

道の果てまで歩いてきたが、夜狩の対象は一向に姿を現さなかった。誰もそれがどういうモノかも知らないので、全員が疑念を抱きながらも、戦々恐々として気を張り詰めたままでいるしかない。

予期していた妖獣が見当たらず、温晁《ウェンチャオ》も次第に苛立ち始めた。だが、彼は二言罵ったあと、急に「閃いた」ように言った。

「おい、誰かを吊るして少し血を流させろ。あれをおびき出すんだ」

妖獣の大半は異常に血を好むため、きっと血の臭いと、宙に吊るされて身動きができない生身の人間におびき寄せられるはずだ！

王霊嬌《ワンリンジャオ》は「はい」と答えると、即座に一人の少女を選んで指さした。

「彼女にしましょう！」

その少女は先ほどの道中で皆に香り袋を渡していた「綿綿《ミエンミエン》」だった。突然指名されて、彼女は反応できず呆然としている。王霊嬌《ワンリンジャオ》はさも適当に指名したかのように見せているが、実はずっと前から彼女を懲らしめてやろうと狙っていたのだ。

世家から送られてきた者たちはほとんどが少年だ。そのため、温晁《ウェンチャオ》は数少ない少女たちの存在がどうしても気になり、辛抱できずにちらちらと眺めていた。中でもこの綿綿《ミエンミエン》は可愛らしい顔立ちをしていたので、温晁《ウェンチャオ》は脂っこい手で何度も触れており、綿綿《ミエンミエン》はただ怒りを堪えて我慢するしかなかった。しかし、王《ワン》霊嬌《リンジャオ》の方はそれらすべてを目の当たりにして、勝手な恨みを抱いていたのだ。

我に返った綿綿《ミエンミエン》は驚愕して怯えた表情を浮かべ、逃げるようにじりじりと後ずさった。温晁《ウェンチャオ》は王霊《ワンリン》嬌《ジャオ》が指さしたのがその少女だと気づき、まだ自分のものにしていないのに、妖獣の餌にするのは少々もったいないと考えた。

「その子か？　別の奴にしよう」

「なぜです？　せっかく私が指名したのに、惜しいんですか？」

温晁《ウェンチャオ》の提案に、王霊嬌《ワンリンジャオ》は悔しそうに媚《こび》を売ってみせた。

甘える彼女に、温晁《ウェンチャオ》はすぐに有頂天になって骨抜きにされ、改めてもう一度綿綿《ミエンミエン》の身なりを確認した。きっと彼女は本家の血筋の者ではなく、せいぜい一般の門弟程度の少女だろう。だったら餌にするのにはぴったりだし、たとえここで消えてもとやかく言ってくる世家もいないはずだ。そこまで考えてから、温晁《ウェンチャオ》は急いで答えた。

「バカ言うな、俺があんな娘惜しいはずがないだろう？　嬌嬌《ジャオジャオ》の言う通りにするから、好きにすればいい！」

綿綿《ミエンミエン》は、吊るされればほぼ命はないものとわかって、慌てて逃げ回った。しかし、彼女がどこに隠れても、周りの者もまた動いて辺りに散っていく。

それを見て魏無羡《ウェイウーシエン》が動きかけると、すぐさま江《ジャン》澄《チョン》に強く引っ張られて止められた。

そんな中、綿綿《ミエンミエン》は微動だにしない二人の人間を見つけ、慌てて彼らの後ろに隠れるとぶるぶると震えながら身を縮める。

その二人は、金子軒《ジンズーシュエン》と藍忘機《ランワンジー》だった。

彼女を束縛しようと近づく温《ウェン》氏の家僕の目には、彼らに動く意思がまったくないように映った。

「そこをどけ！」

怒鳴られても、冷然としたまま藍忘機《ランワンジー》は一切反応しない。

その様子を不愉快に思った温晁《ウェンチャオ》は、二人に向かって警告した。

「お前らは何を突っ立ってるんだ？　人の話が理解できないのか？　それとも英雄ぶって美人でも救うつもりか？」

その言い草に、金子軒《ジンズーシュエン》が眉を吊り上げて怒鳴る。

「いい加減にしろ！　他人を肉の盾として使うだけでは飽き足らず、今度は人間の生き血を流して餌にするだと!?」

それを見て、魏無羡《ウェイウーシエン》はやや意外に思った。

（金子軒《ジンズーシュエン》の奴、ちょっとくらいは度胸があるんだな）

温晁《ウェンチャオ》は彼らを指さした。

「お前ら、まさか反乱を起こすつもりか？　これは警告だぞ。ずいぶんとお前らの態度を我慢してきてやったんだ。今すぐ自分たちの手でその小娘を縛って吊るせ！　さもなければ、お前らの家から来た者ども全員、ここから帰れなくなると思え！」

金子軒《ジンズーシュエン》はその脅しを聞いても「ふん」とせせら笑うだけでまったく動こうとはしなかった。藍忘機《ランワンジー》の方も、まるで何も聞こえておらず、瞑想《めいそう》に入ったかのようにじっとして動かない。

しかし、彼らの近くにいた姑蘇藍《ラン》氏の門弟の一人は、温晁《ウェンチャオ》の脅迫の言葉を聞いてずっとがたがたと身を震わせていた。もはや耐えることができなくなったのか、唐突に綿綿《ミエンミエン》のそばに駆け寄ると、彼女を掴んで縛ろうとする。

それを見た藍忘機《ランワンジー》は眉をきつくひそめて、即座に手のひらで一撃し、その門弟を弾き飛ばした。

彼は一言も発しなかったが、その門弟を見下ろす表情は怒りよりも威厳を滲ませていて、その目が何を言いたいかは明らかだ——姑蘇藍《ラン》氏に君のような門弟がいるとは、恥を知れ！

門弟は周りの人々の目を直視することができず、肩先を震わせながらそろそろと後ずさった。

「はぁ、藍湛《ランジャン》のあの性格じゃ、やばいことになるぞ」

魏無羨《ウェイウーシエン》は江澄《ジャンチョン》に潜めた声で話しかける。江澄《ジャンチョン》も我慢の限界で、拳をきつく握った。

この場でこれ以上自分の保身だけを考え、血を流さず穏便に事を収めようなど、もはやただの妄想だ！

温晁《ウェンチャオ》は逆上し、「逆らいやがって！　殺せ！」と怒号を発した。

数名の温《ウェン》氏門弟たちは輝く長剣を抜き、藍忘機《ランワンジー》と金子軒《ジンズーシュエン》に斬りかかった。例の「化丹手」温逐流《ウェンジューリウ》は、手を後ろで組んで温晁《ウェンチャオ》の後ろに立ったまま、どうやら自分が手を出す必要などまったくないと考えているようで、ぴくりとも動かない。それもそのはず、二人の少年は多勢に無勢の上、武器一つ持つことを許されておらず、明らかに不利な状況だった。しかも、ここ数日の間ずっと走り回らされていて疲労が溜まり、体調も最悪だ。加えて藍忘機《ランワンジー》は既に負傷しているため、絶対に長く持ち堪えられるはずがない。

温晁《ウェンチャオ》は部下たちが二人と戦っている様子を眺めているうち、大分気分が良くなってきたらしい。

「俺に盾突くなんて、何様のつもりだ。こういう連中はさっさと殺すべきだ」

そう言い捨てると、ふいに脇の方からにこにこと笑ってでもいるかのような声が響いてきた。

「もちろんだ。家名を笠に着て人を虐げるは、非道の輩《やから》である。悉《ことごと》く殺すべし。ただ殺すだけでなく、その首を刎《は》ね、万人に唾棄《だき》させ、後世に警醒《けいせい》せよ」

それを聞いて、温晁《ウェンチャオ》はすぐさま振り向いた。

「今、なんと言った？」

魏無羨《ウェイウーシエン》は目を瞠って不思議そうにする。

「なんだ、もう一度繰り返してほしいのか？　いいだろう。家名を笠に着て人を虐げるは、非道の輩である。悉く殺すべし。ただ殺すだけでなく、その首を刎ね、万人に唾棄させ、後世に警醒せよ——ちゃんと聞き取れたか？」

温逐流《ウェンジューリウ》はそれを聞いて何か思うことがあったらしく、魏無羨《ウェイウーシエン》をじっと見た。

「お前、よくもそんなでたらめで悪逆無道な、とんでもない妄言を吐いたな！」

激怒した温晁《ウェンチャオ》を見て、魏無羨《ウェイウーシエン》はたまらず「ぷっ」と口角を上げて吹き出しながら、さらに遠慮の欠片もない傍若無人な大笑いを洞窟の中に炸裂させる。

周りの人々の驚愕した視線の中、彼は江澄《ジャンチョン》の肩に手をつくと、笑いすぎて息苦しそうにしながら続けた。

「でたらめ？　悪逆無道？　それはお前の方だろう！　温晁《ウェンチャオ》、さっき俺が言った言葉が、誰の言葉かわかるか？　絶対にわからないだろうな。教えてやるよ。これはな、まさにお前の本家の開祖で、あの大大大名士、温卯《ウェンマオ》の言葉だ。それなのに、お前はよくもご先祖の名言をでたらめだ、悪逆無道だなんて罵れたな？　ああ、よくぞ罵った。素晴らしい！　ハハハハハハッ……」

例の先日支給された「温《ウェン》門菁華録」には、温《ウェン》家の者が言ったことならば取るに足らない言葉であっても、ありもしない深い意味を繰り返し考察し、言葉巧みに延々と綴られていた。そのせいで熟読暗唱はおろか、魏無羨《ウェイウーシエン》は少しめくっただけでも吐き気がする始末だった。しかし、温卯《ウェンマオ》のこの言葉はあまりにも皮肉に思えて、それだけはやたらとはっきり記憶に残っていたのだ。

温晁《ウェンチャオ》の顔は赤くなったり白くなったりしている。

「そうだ、温《ウェン》門名士を辱め罵った場合、なんて罪名になるんだっけ？　どう懲罰するんだったかな？　確か俺の記憶では、その場で斬り殺すってことになってたと思うんだけど、そうだよな？　うん、大変よろしい。じゃあお前、もう死んでいいぞ」

そこまで魏無羡《ウェイウーシエン》が言ったところで、怒髪《どはつ》天を衝いた温晁《ウェンチャオ》は、剣を抜いて彼に刺しかかった。突進し、そのまま温逐流《ウェンジューリウ》の守備範囲から出てしまう。

温逐流《ウェンジューリウ》は他人からの攻撃だけを警戒していて、温晁《ウェンチャオ》が勝手に離れることなど考えてもおらず、彼がいきなり予想外の行動をとったせいで対応が後手に回った。

そして、わざと温晁《ウェンチャオ》を挑発した魏無羡《ウェイウーシエン》は、まさに温晁《ウェンチャオ》が怒りのあまり我を忘れて暴走するこの時を待っていたのだ。彼は口元に笑みを浮かべながら、稲妻のように素早く動き、瞬く間に剣を奪い取ると温晁《ウェンチャオ》を押さえ込んだ！

彼は片手で温晁《ウェンチャオ》を捕らえたまま数回跳ぶと、深淵から突き出た岩の小島に下り、温逐流《ウェンジューリウ》と距離を取った。そしてもう片方の手で温晁《ウェンチャオ》の剣を彼の首元に当て、「全員動くな。それ以上動いたら、お前らの温《ウェン》公子の血が流れるぞ！」と脅しをかける。

「動くな！　動くんじゃない！」

温晁《ウェンチャオ》が声を張り上げて叫ぶ。

すると、藍忘機《ランワンジー》と金子軒《ジンズーシュエン》を取り囲んで襲いかかっていた門弟たちが、ようやく攻撃の手を止めた。

「化丹手、お前も動くな！　お前らは温《ウェン》家宗主の性格をよく知っているはずだ。そしてお前の主は俺の手の中にいる。こいつが一滴でも血を流せば、お前を含むここにいる全員、誰一人として命はないぞ！」

魏無羡《ウェイウーシエン》が怒鳴ると、温逐流《ウェンジューリウ》も手を引いた。この場の制圧に成功した魏無羡《ウェイウーシエン》がさらに続けて口を開こうとした時、突如、辺り一面が揺れているような感覚がした。

「江澄《ジャンチョン》！　なんか地面が揺れてないか？」

魏無羨《ウェイウーシエン》は警戒しながら尋ねる。

彼らは今、洞窟の中にいる。その状態で、もし大地が揺れ動き山が崩れでもしたら、洞窟の入り口が塞がれるか、全員が生き埋めになるかもしれない。どちらにしても、考えたくもないほど恐ろしい事態だ。

「いいや！」

江澄《ジャンチョン》の答えとは逆に、魏無羨《ウェイウーシエン》はむしろ地面の揺れがさらにひどくなったように感じた。剣の刃までもが震え、何度も温晁《ウェンチャオ》の喉に触れたせいで、彼は情けない悲鳴を上げる。

その時、江澄《ジャンチョン》が大声で叫んだ。

「地面が揺れているんじゃなくて、お前の乗ってるものが動いてるんだ！」

言われると同時に魏無羨《ウェイウーシエン》も気づいた。地面全体の揺れではなく、彼が今立っている小島が振動しているのだと。しかも、振動しているだけではなく、ぐんぐん上昇し続け、水面から次第にその全容を現し始めた。

彼はようやく理解した。これは岩などではなく、深淵に沈み込み、身を隠していたとてつもなく大きな何か——彼は今、まさにその妖獣の甲羅の上に立っているのだ！

その「岩の小島」は、あっという間に他の門弟たちがいる岸辺の方へと近づいていく。

未知の妖獣が迫りつつある岸辺には、形容し難い強烈な威圧感が漂い、藍忘機《ランワンジー》、金子軒《ジンズーシュエン》、江澄《ジャンチョン》、温逐流《ウェンジューリウ》などの限られた者以外、多くの者はどんどん後ずさっていく。誰もが水の中にいるモノが暴れだすのを予期したその時、なぜかそれはぴたりと動きを止めた。

背中に跳び乗ったせいで熟睡していたこの妖獣を目覚めさせてしまった魏無羨《ウェイウーシエン》は、それ以上軽はずみな行動はとれず、ただ静かに妖獣の動きを静観した。

「岩の小島」が浸かっている真っ黒な水面には、何枚かの鮮やかな赤い楓の葉が浮かんでいて、水流に悠々とたゆたっている。

そしてその数枚の楓の下、黒い淵の深部から、光を発している一対の黄色い銅鏡のようなものが見えた。

その銅鏡は次第に大きくなり、こちらに近づいてきているのがわかる。魏無羨《ウェイウーシエン》はまずいと悟り、温晁《ウェンチャオ》を引きずって後ろに二歩下がった。しかし、それと同時に足元の甲羅が急に振動して、彼らの目の前にある「岩の小島」は一気に上昇すると、宙に高く浮いた。それは、驚いたことに黒光りする巨大な妖獣の頭で、あの数枚の楓を巻き込みながら、水面を突き破って顔を現した！

洞窟中に阿鼻叫喚《あびきょうかん》が響き渡る中、妖獣はゆっくりと首を後ろに捻り、ぎょろりとした大きな二つの目玉で自分の背中に立っている二人を凝視した。

その丸い形の妖獣の頭は非常に奇妙で、亀にも蛇にも似ている。頭だけを見れば一匹の巨大な蛇だが、既に半分ほど水面から出ている体を見たら、やはり……。

「……なんてでっかい……亀……」

魏無羨《ウェイウーシエン》は呆然とそれを見ながら呟いた。

しかも、これはただの亀ではない。

もしこの亀が蓮花塢の修練場に落ちたとしたら、おそらく甲羅だけでも演武場をいっぱいに埋め尽くすだろう。黒光りする頭は、がたいのいい成人男性が三人がかりでも抱きかかえきれないほどの大きさだ。それに普通の亀であれば、こんなに長くて蛇のようにくねる頭など甲羅から伸ばさないし、鋭く交錯し、隙間なく並んだ黄色い牙などむき出さない。さらに、やたらと機敏に動けそうな、鋭い爪を生やした四本の足だって持ってはいまい。

魏無羨《ウェイウーシエン》は、その妖獣の黄金色の大きな両目と、じっと目を見交わした。妖獣の縦長の瞳孔は、太くなったり細くなったりと微細に変化している。自分の背中にある二つのものがなんなのか、はっきりと見えていないようで、目を凝らしてみたり、視線が散漫になったりしている。

どうやらこの妖獣、蛇と同様に視力があまり良くないようだ。このまま動かなければ、もしかしたら気づかれずに済むかもしれない。

　そう思いかけた時、いきなり妖獣の二つの真っ暗な鼻の穴から、水蒸気がプシュッと二筋噴き出された。

　先ほど水面に浮いていた楓がちょうど鼻の辺りに張りついていたせいで、くすぐったさを感じて軽く鼻息を吹いたらしい。

　魏無羨《ウェイウーシエン》は動かずそのまま様子を窺い、石像のようにじっと立っていたが、その妖獣の些細な動作は温《ウェン》晁《チャオ》を震え上がらせた。

　温晁《ウェンチャオ》はこの妖獣が殺戮を好む習性を持っていることを知っていたので、妖獣が突如鼻息を噴いたのを見て、すぐにでも暴れだすと思い込んで血の気が引いていた。もはや首に剣が当てられていることなど構う余裕もなく、血迷ったようにあがき、岸辺にいる温逐流《ウェンジューリウ》に向かって甲高く叫び声を上げる。

「さっさと助けないか!? 早くしろ！　なにぼけっとしてるんだ!?」

「バカ野郎！」

　江澄《ジャンチョン》は歯を食いしばりながら罵った。

　目と鼻の先にいる不可思議な二匹の生き物のうち、片方が急に虫のようにくねくね動き始め、同時に耳障りな音を発したことで、瞬時にこの妖獣を刺激してしまった。蛇によく似た頭をぐっと後ろに引っ込めると、妖獣は次の瞬間勢いよく跳ね上がり、黄色と黒が交錯する鋭い牙を大きく開いたまま、自分の背中めがけて噛みついた！

　魏無羨《ウェイウーシエン》が温晁《ウェンチャオ》の剣を投げると、その剣は弓から放たれた矢の如く、妖獣の頭部の急所めがけて飛んでいった。

　しかし、妖獣の頭を覆う黒い鱗は鉄の鎧《よろい》のように固く、命中した剣先はガチャンという音とともに火花を飛び散らせ、水の中へ落ちてしまう。妖獣は少し驚いたようで、とんでもなく大きな目玉をぎょろっと下に向け、先ほどの細長い形の物が、水の中に沈んでもまだ微かな輝きを放っている様子をじっと目で追った。

その隙を見て、魏無羨《ウェイウーシエン》は温晁《ウェンチャオ》を捕まえたまま足元を軽く蹴り、高く跳び上がって別の小島に移った。

(まさか、これもでっかい亀とかじゃないだろうな!)

彼がそう考えた時、江澄《ジャンチョン》が大きな声で叫んだ。

「後ろに気をつけろ! 化丹手が来るぞ!」

魏無羨《ウェイウーシエン》がぱっと振り向くと、大きな両手が音も気配もなく襲いかかってきた。彼は反射的に手を掲げ一撃を放ち、温逐流《ウェンジューリウ》の手のひらと瞬間的に打ち合う。すると、尋常ではないほど猛々《たけだけ》しく、同時に暗く重苦しい力が伝わってきて、何かが腕から抜き取られるような感覚がした。魏無羨《ウェイウーシエン》が本能的に手を引っ込めると、温逐流《ウェンジューリウ》はその隙に温晁《ウェンチャオ》を取り戻して岸辺に戻った。低い声で一言吐き捨ててから、魏無《ウェイウー》羨《シエン》もすぐさま岸辺に跳ぶ。

温《ウェン》氏門弟たちは全員が背負っていた弓矢を取り、後ずさりながらも妖獣に狙いを定め、雨のように矢を放つ。矢は音を立てて次々に妖獣の黒い鱗と甲羅に当たり、火花が辺りに飛び散った。

一見、非常に激しく攻撃を繰り広げているように見えるものの、その実一切効果はない。急所に命中した矢は一本もなく、完全にこの妖獣のかゆいところをかいてやっているようなものだ。妖獣は巨大な頭をゆらゆらと左右に揺らしていて、鱗以外の皮膚はまるで黒い岩石のようにでこぼこしている。たとえ矢尻が命中しても、肉にまで深く食い込ませることはできないだろう。

魏無羨《ウェイウーシエン》は近くの温《ウェン》氏門弟がはあはあと荒い息を吐きながら、次の矢をつがえるところを目に留めた。懸命に弦を引いた彼が、半分ほどしか弓を引き絞れずに力尽きるところを見て、我慢できずにぱっと弓を奪うと、その門弟を蹴飛ばしてどかせる。矢筒の中にはまだ矢が三本残っていて、彼は一気にすべてつがえ、弓を限界まで引き絞ると、集中して狙いを定めた。弓の弦が耳元できりきりと音を響かせる。だが、ちょうど手を放そうとした時、急に後方から悲鳴が聞こえてきた。

魏無羨《ウェイウーシエン》がとっさに振り返り、ひどく驚きおののくその声の主に視線を向けると、王霊嬌《ワンリンジャオ》が三人の家僕を使って綿綿《ミエンミエン》を捕らえているところが目に入った。しかも、そのうち二人が乱暴に綿綿《ミエンミエン》を押さえつけて彼女の顔を上げさせ、残りの一人が手にしている鉄の焼印を彼女の顔めがけて真っすぐ下ろそうとしている！

焼印の先端は既に赤い光を放つほど熱されて、ジュウジュウと耳障りな音を立てている。魏無羨《ウェイウーシエン》のいる場所からでは止めに行ったところで間に合わない。状況を見て彼はすぐさま狙いを変更し、家僕たちに向けてつがえた矢を放つ。

三本の矢は一気に放たれ、三人すべてに命中した。彼らは唸り声一つ上げず、そのまま仰向けになって地面に倒れる。

しかし、矢を放った弓の弦もまだ震えているというのに、王霊嬌《ワンリンジャオ》はすぐさま地面に落ちた鉄の焼印を拾うと、ぐっと綿綿《ミエンミエン》の髪を掴んで引っ張り、再び彼女の顔に焼印を押しつけようとした！

王霊嬌《ワンリンジャオ》の修為は極めて低いはずなのに、なぜか今は凶悪なほどに素早い動きを見せた。もし焼印を押されてしまったら、たとえ片目を失明しなかったとしても、綿綿《ミエンミエン》の顔には一生の傷痕が残るに違いない。この女は、こんなにも危険が迫り、いつでも逃げられるように構えなければならない一刻を争う状況で、未だに人を害することを諦めずにいたのだ！

他の世家の弟子たちは皆、矢を拾っては弓につがえ、一心不乱に妖獣の相手をしている。そのせいで彼女たち二人のそばには誰もおらず、その上、魏無《ウェイウー》羨《シエン》の手にはもう放てる矢がない。切羽詰まった状況で、誰かの矢を奪ってももはや間に合わないと判断し、彼は駆け寄って王霊嬌《ワンリンジャオ》が綿綿《ミエンミエン》の髪を掴んでいる腕に手をかざして一撃し、さらに彼女の胸元にも重い一撃を放った。

正面からそれを受けた王霊嬌《ワンリンジャオ》は、血を噴き出しながら後ろに弾き飛ばされる。

しかし、鉄の焼印の先端は、既に魏無羨《ウェイウーシエン》の胸に押されていた。

魏無羨《ウェイウーシエン》は、服と皮膚が焼ける焦げ臭さと、自分の肉が確実に焼かれている恐ろしい臭いを鼻孔に感じた。そしてすぐさま、鎖骨の下にある心臓の辺りから、身を滅ぼしそうなほどの痛みが伝わってくる。

彼は必死に歯を食いしばったが、それでもあまりの痛みに堪えることができず、喉の奥から咆哮が漏れる。


先ほどの魏無羨《ウェイウーシエン》の一撃はかなり強烈なもので、叩き飛ばされた王霊嬌《ワンリンジャオ》は激しく血を吐き、地面に落ちるなり大声で泣いている。江澄《ジャンチョン》が手をかざし、王霊《ワンリン》嬌《ジャオ》の頭をめがけて一撃を打とうとするのに気づき、温晁《ウェンチャオ》は激しく叫んだ。

「嬌嬌《ジャオジャオ》！　嬌嬌《ジャオジャオ》！　おい、早く嬌嬌《ジャオジャオ》を助けろ！」

温逐流《ウェンジューリウ》は微かに眉をひそめたが、無言のまま命令通りに飛んでいき、江澄《ジャンチョン》を退けつつ王霊嬌《ワンリンジャオ》を掴むと、温晁《ウェンチャオ》の足元に放り投げた。彼の胸に飛び込んだ王霊嬌《ワンリンジャオ》は、血を吐きながら大声で泣き叫ぶ。

温晁《ウェンチャオ》は、温逐流《ウェンジューリウ》と追いかけてきた江澄《ジャンチョン》が戦っているのを見て、江澄《ジャンチョン》の両目を血走らせた鬼気迫る形相にぞっとする。当然、他の世家の弟子たちも皆憤《ふん》激《げき》していた。しかも淵の中にいた巨大な妖獣が、その左前足を岸辺にかけ、彼らのいる岸に上りかけているところを見て、にわかに強い恐怖を感じ叫ぶ。

「撤退だ、今すぐ引き揚げるぞ！」

彼の手下たちは辛抱強く持ち堪えていたが、ずっとご主人様からの撤退命令を今か今かと待っていた。彼らはその言葉を聞くなり即座に御剣して、洞窟の入り口へと飛んでいく。温晁《ウェンチャオ》の剣は魏無羨《ウェイウーシエン》が淵の中に投げ落としたため、彼は近くにいた門弟の剣をさっと奪い、王霊嬌《ワンリンジャオ》を抱きかかえて剣に跳び乗ると、瞬く間に跡形もなく逃げ去った。温《ウェン》氏の家僕や門弟たちも続々と彼のあとを追う。

「もう戦うな！　行くぞ！」

金子軒《ジンズーシュエン》が叫んだ。

もちろん各世家の弟子たちも、最後までこの石山のような妖獣の相手をするつもりなどさらさらなかった。けれど、来た道を駆け戻って洞窟の入り口付近まで辿り着いてみると、彼らが下りる時に使った長い蔓が、まるで死んだ蛇のように地面に丸まっているのが見えた。

「卑劣なクズめ！　あり得ない、奴ら蔓を切り落としやがった！」

金子軒《ジンズーシュエン》は激しく憤った。

蔓がなければ、この切り立った険しい土の壁を登ることなど不可能だ。入り口は頭上三十丈あまりの高さにあり、そこから白く眩しい光が覗いている。だが、見上げているうち、その白い光はまるで月食のように半分ほどに欠けていくではないか。

「あいつら、洞窟の入り口を塞いでいるぞ！」

また誰かが驚きの声を上げる。

そして、その言葉を言い終わるや否や、残り半分の白い光までもが塞がれて消えてしまった。

暗闇に包まれた地下深く、ただ燃える数本のたいまつだけが彼らの手元に残された。その光に照らし出された若者たちは皆、呆然として為す術《すべ》もなく言葉を失っている。

しばらくして、金子軒《ジンズーシュエン》の罵声が静寂を打ち破った。

「あの恥知らずどもめ、よくもやってくれたな！」

「上に登れなくても平気ですよ……父と母は僕を捜すはずです。両親がこのことを知ったら、きっとここまで来てくれる」

一人の少年がぼそぼそとした口調で言う。何人かがそれに同意したが、すぐにまた別の誰かが震える声で口を開いた。

「親たちは、私たちがまだ岐山で教化中だと思っているはずなのに、どうやって私たちを助けられるんですか……それに温《ウェン》家の人たちは、自分たちが逃げきれたとしても、絶対に本当のことなんて言うはずがない……どうせ、私たちがいなくなった理由を適当にでっち上げるに違いありません……もう、諦めてここにいるしか……」

「私たちはこの洞窟の中に……食べ物もないまま……あの妖獣と一緒にいるしかないっていうのか……」

その時、江澄《ジャンチョン》が魏無羨《ウェイウーシエン》を担ぎながらゆっくりと皆のいる所へ歩いてきた。ちょうど「食べ物もない」という言葉が聞こえたので、「江澄《ジャンチョン》、ここに焼いた肉があるぞ、食うか？」と魏無羨《ウェイウーシェン》がからかうように言った。

「お前な！　焼印で焼かれたくらいじゃ死にやしない。状況を考えろよな。本当にお前の減らず口を縫いつけてやりたいよ」

江澄《ジャンチョン》は呆れかえったようにため息をつく。

藍忘機《ランワンジー》は薄い色の瞳を彼らの方に向け、そして今度は、狼狽《ろうばい》してどうしたらいいのかわからないまま彼らの後ろをついてきている綿綿《ミエンミエン》に向けた。彼女の顔は泣きすぎてボロボロだった。嗚咽してむせかえり、両手で自分の服をきつく掴みながら、「ごめんなさい、ごめんなさい、ごめんなさい」とひたすら言い続けている。

魏無羨《ウェイウーシェン》は耳を塞いだ。

「あのさ、もう泣かないでくれよ。焼かれたのは君じゃなくて俺なんだぞ？　まさかそのかわいそうな俺が君を慰める役目なのか？　ちょっとでいいから俺を慰めてくれない？　江澄《ジャンチョン》は支えてくれなくて大丈夫だから。別に脚が折れたわけじゃないし」

他の少女たちも皆、綿綿《ミエンミエン》のそばへ来て彼女を囲み、一緒にむせび泣き始めた。

藍忘機《ランワンジー》は視線を戻すと、一人で洞窟の奥へと引き返していく。

江澄《ジャンチョン》がとっさに彼に声をかけた。

「藍《ラン》公子、どこへ行く？　あの妖獣はまだ淵の中で警戒しているはずだぞ」

「淵に戻る。出られる方法がある」

それを聞いて、泣き声までもがぱたりとやんだ。

「どんな方法だ？」

魏無羨《ウェイウーシェン》の問いかけに藍忘機《ランワンジー》が答えた。

「淵に、楓があった」

〈二〉

藍忘機《ランワンジー》の言葉をぱっと聞いただけでは、さっぱり訳がわからないが、魏無羨《ウェイウーシエン》はすぐさまその言葉の意味を理解して状況を悟った。

あの妖獣が根城《ねじろ》にしている黒い淵には、数枚の楓の葉が浮いていた。しかし洞窟の中に楓の木はなく、これまでに人が立ち入った形跡もない。洞窟の入り口の辺りにも、榕樹以外の樹木はなかった。しかし、その楓は火のように鮮やかな色をしていて、枝を離れてからそう長くは経っていないだろう。彼らが山に登っている途中、通り過ぎた小川でも楓が水面を流れる光景を見かけた。

江澄《ジャンチョン》もだんだんと彼の言葉が腑に落ちたらしい。

「おそらく、あの淵の底には水源に繋がる穴がある可能性が高い。そこを通って、山林の小川を流れていた楓がここに運び込まれたんだろう」

江澄《ジャンチョン》の言葉に、別の一人が恐る恐る尋ねた。

「でも……その水源の穴が人が通れる大きさかどうかわからないじゃないですか？　万が一すごく狭かったり、わずかな隙間だったとしたら？」

「それに、あの妖獣もまだ淵の中に潜ったまま出てこないしな」

金子軒《ジンズーシュエン》が苦々しく続けて眉をひそめた。

魏無羨《ウェイウーシエン》は襟を片手で引っ張り、もう一方の手で服の下にある傷口を扇ぎ続けながら言った。

「少しでも希望があるなら行動しなきゃな。何もせず、こうしてただじっと両親の助けを待つよりはましだろう？　あれが淵を守っているとしても、それがなんだって言うんだ？　そこからおびき出せばいいだけの話じゃないか」

しばらく話し合い、半時辰あまり経った頃、世家門弟の一行は再び洞窟の最奥《さいおう》へと引き返した。

彼らは岩陰に隠れ、息を潜めてあの妖獣の様子を窺った。

妖獣の体の大半は、今は黒い淵の中に沈んでいる。亀の甲羅の中から長い蛇のような首を伸ばして岸辺に近づき、鋭い牙を開け閉めすると、死体を口に咥《くわ》えて再び首を引っ込める。要塞のように真っ暗な甲羅の中に引き込み、ゆっくりと味わうつもりのようだ。

魏無羨《ウェイウーシエン》はたいまつを一本放り投げて、洞窟の一角に落とした。

その物音は、静まり返った地下では殊の外大げさに響き渡り、それを聞きつけた妖獣の頭が、またすぐに甲羅の中からにゅっと出てきた。細くなった瞳孔が揺れながら燃えるたいまつを映し、発光する熱を持ったものに本能的に引き寄せられて、ゆっくりとその首を伸ばす。

妖獣の後ろで、江澄《ジャンチョン》は一切音を立てず滑るように速やかに水の中に潜り込んだ。

水とともに暮らす雲夢江《ジャン》氏の弟子たちは皆、水泳は得意中の得意だ。江澄《ジャンチョン》が水の中に入った時は波紋すらほとんど立たず、わずかなそれもたちまち消えた。

皆の目は水面に釘づけになり、時折妖獣にちらっと目を向ける。真っ黒で巨大な蛇頭《じゃとう》は、ずっとためらうようにたいまつの周囲をぐるぐる回り、少し近づいたらまた少し離れるという具合で、そんな様子にますます皆の緊張感が高まった。

どうやら妖獣は突然、それがなんなのか確かめようと決心したらしく、大胆にもずいと鼻を近づけた。しかし、そのせいで焼けるほど熱い炎にあぶられてしまう。

すぐさま首を後ろに引くと、妖獣は鼻の穴から怒りの水蒸気を二筋噴き出し、たいまつの火を吹き消した。

しかも、ちょうどその時、江澄《ジャンチョン》が水面に浮上してきて深く息を吸ったところだった。

妖獣は自分の縄張りが侵されたことに気づき、力いっぱい頭を横に振ると、江澄《ジャンチョン》に向かって首をくねらせ伸ばし始めた。

魏無羨《ウェイウーシエン》はまずいと気づき、指先を噛み切ると、素早く手のひらに乱雑な数本の線を描く。同時に岩陰から飛び出て、手のひらを地面に叩きつけた。彼の手のひらが土から離れると、たちまち炎が塊になって人の背を超えるほど一気に燃え上がった！

妖獣は炎に驚き、振り向いてこちらをじっと見つめる。

江澄《ジャンチョン》はその隙に岸へ上がり、声を張り上げた。

「淵の底に穴がある。狭くはない！」

「狭くないってどれくらいだよ？」

魏無羨《ウェイウーシエン》の問いかけに、江澄《ジャンチョン》が興奮した様子で答える。

「一度に五、六人は通れる！」

それを聞いて、魏無羨《ウェイウーシエン》は瞬時に皆に向かって叫んだ。

「全員よく聞け！　江澄《ジャンチョン》のあとについて、水に潜ってその穴から外に出るんだ。怪我のない奴は怪我人の面倒を、泳げる奴は泳げない奴の面倒を見てやってくれ。一度に五、六人は通れるんだから、先を争ったりするなよ！　今だ、潜れ！」

そう言い終わる頃には、あの天井高く燃え上がっていた炎がだんだんと小さくなっていた。魏無羨《ウェイウーシエン》は皆とは反対方向に十歩後ずさり、また手のひらで地面を一撃して、もう一つ炎を炸裂させた。妖獣の黄金色をした大きな目はその炎に赤く照らされ、熱に焼かれて前後不覚に陥ったように四肢を動かす。そして、山のように重い体を引きずりながら、のっそりと魏無羨《ウェイウーシエン》に向かって這い始めた。

その様子を見た江澄《ジャンチョン》が、彼に向けて怒鳴る。

「お前、何やってるんだ!?」

「お前こそ何やってるんだよ!?　さっさと皆を連れて潜れ！」

魏無羨《ウェイウーシエン》は既に妖獣を水の中から連れ出し、岸までおびき出している。

行くなら今しかない！

江澄《ジャンチョン》は歯を食いしばり、皆に指示を出した。

「全員こっちに来い。一人で泳げる者は左に、泳げない者は右に立て！」

魏無羨《ウェイウーシエン》が周りの地形を観察しながら、火を叩き出して後ずさっていた時、突然、腕に痺れるような痛みを感じた。俯いて見ると、驚いたことに腕に矢が刺さっている。

　どうやら射たのは、先ほど藍忘機《ランワンジー》に怒りの目で睨まれた藍《ラン》家の門弟で、彼は温《ウェン》家の者が捨てた弓矢を拾い、妖獣に向けて矢を放ったようだ。しかし、ひどく凶悪なこの妖獣が恐ろしくてたまらず、機敏な動きに慌てて手元が不安定になったせいか、狙いを定められずに魏無羨《ウェイウーシエン》の体に当たってしまった。

　魏無羨《ウェイウーシエン》はその矢を抜く暇もなく、また手のひらで地面を叩いて炎を起こしてから、「下がれ！　手間をかけさせるな！」と一喝した。

　その門弟は、一矢で妖獣の急所に見事命中させ、先ほど失った面目を少しでも取り戻すつもりだったのだろう。それが予想外のことになって、ますます顔色を真っ青にし、水の中に飛び込んで慌てて逃げだした。

　江澄《ジャンチョン》に「お前も早くこっちに来い！」と急かされ、魏無羨《ウェイウーシエン》は「すぐ行く！」と応じた。

　江澄《ジャンチョン》は近くにまだ泳げない世家門弟を三人連れている。既にほぼ全員が脱出した状況で、これ以上彼らを待たせておくわけにはいかず、江澄《ジャンチョン》は仕方なく先に水に潜った。

　魏無羨《ウェイウーシエン》は勢い良く腕の矢を抜いて、そのあとではたと気がついた。

（しまった！）

　血の臭いで強烈に刺激された妖獣は、その首をぬうっと一気に伸ばし、鋭い牙の並んだ口を大きく開いて襲ってきた！

　魏無羨《ウェイウーシエン》がとっさの判断ができないでいると、唐突に体が傾く。誰かに手のひらで強く押されたのだ。

　彼を突き飛ばしたのは、藍忘機《ランワンジー》だった。

　妖獣の上下の顎は、その勢いのまま閉じられる。

　その歯は、あろうことか藍忘機《ランワンジー》の右脚に食らいついていた。

　見ているだけの魏無羨《ウェイウーシエン》でも右脚が痛くなるほどなのに、噛まれた藍忘機《ランワンジー》本人は、なんといつもの無表情のままで、微かに眉間にしわを寄せただけだった。

　そして彼は、今にも亀の甲羅の中へと引き込まれようとしている！

この妖獣の大きさと鋭い牙の咬合力《こうごう》をもってすれば、人を腰から真っ二つに嚙み切ることも容易いはずだ。だが、幸いにも妖獣はバラバラになったものを食べるのが嫌いなようで、人に嚙みついたら生死にかかわらず、まずは甲羅の中に引きずり込んでからゆっくり味わうのがお好みらしい。もしそうでなければ、こいつがわずかに歯に力を込めただけで、藍忘機《ランワンジー》のその脚はすぐ嚙みちぎられていただろう。しかし、妖獣の甲羅は刃物も通らないほどの堅さだ。ひとたび藍忘機《ランワンジー》を咥えてその中に引っ込んだら最後、おそらく彼はもう二度と出てはこられない！

魏無羨《ウェイウーシエン》は全速力で走り、妖獣の頭が引っ込む前に思いきり飛びかかると、上顎《うわあご》に生えている鋭い牙を一本ぐっと掴んだ。

本来、彼の力でこの怪物に対抗するなどまったくもってあり得ないことだが、生きるか死ぬかの瀬戸際に、魏無羨《ウェイウーシエン》は人のものとは思えないほどの恐ろしい力を爆発させた。彼は両足で妖獣の甲羅を踏みつけ、両手でその牙をしっかりと掴むと、まるで喉に刺さった魚の骨のようにそこにつっかえて、なんとしても妖獣を甲羅の中へ引っ込ませないよう阻み、その贅沢な食事にありつける機会を決して与えなかった。

この状況下で彼が自分を追いかけてくるとは思わず、藍忘機《ランワンジー》はひどく驚愕した。

魏無羨《ウェイウーシエン》は、妖獣が暴れて彼らをその場で食べるか、あるいは藍忘機《ランワンジー》の脚を一本嚙みちぎって首を引っ込めるか、そのどちらかになることを危惧《きぐ》していた。彼は右手で上顎の鋭い牙をきつく握りしめたまま、左手で下顎の牙を掴み、同時に両手で反対方向に力を加える。必死で力を込めると、額の青筋の一本一本が破裂しそうなほど浮き出て、顔色は真っ赤になった。

妖獣の上下二列の鋭い牙は、藍忘機《ランワンジー》の骨と肉に深く食い込んでいたが、なんと、魏無羨《ウェイウーシエン》の渾身《こんしん》の力で、少しずつその顎が開き始めているではないか！

妖獣はもう獲物を咥えていることができなくなり、牙から解放された藍忘機《ランワンジー》は、淵の中にドボンと落ちた。彼がようやく危機を脱したところを見届けた瞬間、魏無羨《ウェイウーシェン》のこの神がかったかのような怪力も同時に消え失せる。それ以上妖獣の顎を支えられずに彼がぱっと手を離すと、突き出た鋭い牙は勢いよく噛み合い、岩が砕けるようなけたたましい音が洞窟に響いた！

魏無羨《ウェイウーシェン》も藍忘機《ランワンジー》のあとを追うようにして水の中に落ちた。運良く近くに落ちたため、彼は体を捻って俊敏に姿勢を整えると、ぐっと藍忘機《ランワンジー》を腕に抱える。片手で水をかきながら、瞬く間に数丈先まで泳ぎ、淵に美しく大きな波を描きだした。岸に上がると、今度は藍忘機《ランワンジー》を背中に担ぎ上げ、一刻も早く淵から離れるべく素早く走りだす。

「……君か？」

「そう、俺だよ！　驚いた？　嬉しいだろ？」

「嬉しいだと!?　下ろせ！」

彼の背中に身を伏せた藍忘機《ランワンジー》のその口調は、珍しく感情の起伏が滲んでいた。

命からがら逃げているというのに、魏無羨《ウェイウーシェン》の口数はまったく減らない。

「下ろせと言われたからってすんなり下ろしたら、俺の面目は丸潰れじゃないか？」

その時、背後から妖獣の咆哮が聞こえてきて、その轟音は鼓膜と胸腔《きょうくう》に響いた。二人はその振動で痛みと、血が喉と鼻腔の辺りにまで上ってくる感覚を覚え、魏無羨《ウェイウーシェン》は慌てて口を噤み、今は逃げることだけに集中しようと決めた。あの妖獣が激しい怒りに興奮しても追ってはこられないように、彼は巨大な甲羅が入り込めないような狭い道を選んで進んでいく。一度も休まずに走り続け、どのくらい離れたかはわからないが、何も聞こえなくなっているのに気づいてやっとゆっくりと歩き始める。

緊張が解けて歩調も緩めたことで、魏無羨《ウェイウーシェン》は血生臭い悪臭に気づいた。手を伸ばして背負っている藍《ラン》忘機《ワンジー》の脚を触ってみると、右手がびっしょりと滴るほどに赤く染まる。

（まずいな。藍湛《ランジャン》の傷がまたずいぶん悪化してしまった）

十分離れた場所まで走ったし、ここならもう安全だろうと考え、彼は急いで藍忘機《ランワンジー》をそっと地面に下ろす。

最初から脚を怪我していたというのに、さらに妖獣の鋭い牙に噛まれた上、水の中にまで落ちたのだ。そのせいで、藍忘機《ランワンジー》の真っ白い服の下半分は、ほとんどが真っ赤な血で染まり、痛々しい右脚には鋭い牙が刺し込まれたいくつもの黒い穴が肉眼でも確認できる。彼はもはや自力で立っていることすらできず、支えた手を離すなり、そのまま座り込んでしまった。

魏無羨《ウェイウーシエン》は体を屈めてしばらく彼の傷を確認すると、すっくと立ち上がり、今いる所の周辺を見て回った。洞窟にはほんのわずかな低木しか生えておらず、彼はやっとのことで比較的太くて真っすぐな木の枝を数本見つけ出す。服の裾でその枝の埃や土をせっせと拭き取ってから、藍忘機《ランワンジー》の前に戻ってきてしゃがみ込んだ。

「なあ、紐とか持ってる？　あっ、お前の抹額がちょうどいいじゃないか。ほらほら、早く外して」

藍忘機《ランワンジー》の返事を待たずに、彼はさっと手を伸ばすと素早くその抹額を外した。そしてそれを一度振ってから、藍忘機《ランワンジー》の災難続きの脚を真っすぐに伸ばさせ、抹額を包帯代わりにして木の枝をしっかりと固定し始める。

いきなり彼に抹額を奪われた藍忘機《ランワンジー》は、両目を大きく見開いた。

「君……！」

「うん、俺がどうした？　こういう時くらい細かいことは気にするなよ。だいたい、いくらこの抹額がお気に入りだとしても、お前の脚ほど大事じゃないだろう？」

魏無羨《ウェイウーシエン》の手さばきは非常に素早く、あっという間に彼の脚の添え木に結び目を作ってから、その肩をとんとんと叩いて慰めた。

すると、藍忘機《ランワンジー》はぐったりと後ろに倒れ込んでしまった。座っている気力がなくなったのか、それとも彼に腹を立てて、もう何も言いたくないだけなのかはわからない。

ふいに魏無羨《ウェイウーシエン》は微かな薬草の香りを嗅ぎつけ、何気なく懐に手を入れて探ると、そこから小さな香り袋を一つ取り出した。

細かい作りの香り袋は、房がびっしょりと濡れて哀れな状態になっている。ふいに彼は、この中に入っているのはすべて生薬、という綿綿《ミエンミエン》の言葉を思い出した。急いで開けてみると、やはり中身は生乾きだったが、形がわかる程度に刻んだ薬草と、小さな花が数輪入っている。魏無羨《ウェイウーシエン》は慌てて口を開いた。

「藍湛《ランジャン》藍湛《ランジャン》、寝るな。ちょっとだけでいいから起きてくれよ。ここに香り袋があるんだけど、この中に使えそうな薬草があるかどうか見てほしいんだ」

図々しく引っ張ったり引きずってみたりと、彼があまりにもしつこかったため、藍忘機《ランワンジー》は仕方なく力なげにむくりと起き上がった。一目見ただけで、彼はなんと本当にその中から、止血と解毒の効能がある薬草を数種類見分けてしまった。

「まさかあの子の香り袋にこんな大した使い道があったなんて、戻ったらちゃんとお礼しないとな」

魏無羨《ウェイウーシエン》は嬉々としてそれらを取り分ける。

「また嫌がらせをするつもりか？」

藍忘機《ランワンジー》が冷然と聞いた。

「何言ってるんだ？　そういうのは、俺がやれば嫌がらせとは言わないんだよ。温晁《ウェンチャオ》みたいに脂っこい見た目の奴がやる時に嫌がらせって言うんだ……さ、脱げ」

「何？」

突然言われて、藍忘機《ランワンジー》は微かに眉間にしわを寄せた。

「何って？　服を脱ぐんだよ！」

彼はそう言うなり、少しのためらいもなくすぐに藍忘機《ランワンジー》の服を脱がせ始めた。そして、両手で左右の襟を掴んで両側にぐっと引っ張り、藍忘機《ランワンジー》の雪のように白い胸と肩をさっさとむき出しにしてしまう。

藍忘機《ランワンジー》はいきなり地面に押し倒され、強引に服を脱がされて顔面蒼白になった。

「魏嬰《ウェイイン》！　何をするつもりだ！」

魏無羨《ウェイウーシエン》は彼の上衣《じょうい》をすべて脱がすと、びりびりと数本に引き裂いていく。

「何をするって？　今は二人きりなんだ。俺がこうしたってことは、何がしたいんだと思う？」

彼は立ち上がると、自ら服の帯を解き、律儀に自分の胸もあらわにする。

鎖骨がくっきりと浮き出たその体の輪郭は滑らかだ。まだ成長途中の体ではあるが、若者の活力と力強さに満ち溢れている。

藍忘機《ランワンジー》は驚愕してその動きを見ながら、青、白、紫、黒、赤と顔色を次々に変化させ、今にも血でも吐きそうなほど狼狽している。

魏無羨《ウェイウーシエン》は小さく微笑みながら彼に一歩迫り、目の前で濡れそぼった外衣《がいい》を脱いだ。片手でそれを持ち上げゆっくりと手を離すと、服はそのまま地面に落ちる。

魏無羨《ウェイウーシエン》は手のひらを見せ、「上はもう脱いだからな、次は下だ」と続けた。

藍忘機《ランワンジー》はとっさに立ち上がろうとしたが、脚には怪我をしていて、また先ほどの激しい戦いに加え珍しくカッとなったせいで心も乱れており、慌てれば慌てるほど全身に力が入らなくなった。動揺のあまり心は激しく波打ち始め、なんと、本当に血を吐き出した。

それを見て、魏無羨《ウェイウーシエン》はすぐさましゃがみ込むと、彼の胸にある数か所の経穴を指先で突く。

「よし、瘀血《おけつ》を吐き出したな。あっ、俺への感謝は不要だから！」

そのどす黒い血を吐き出したあと、藍忘機《ランワンジー》はずっと感じていた吐き気と、胸を締めつけられるような不快感が格段とましになるのを感じた。そして、魏《ウェイ》無羨《ウーシエン》の不可解な行動の理由がようやく腑に落ちる。

今日、暮渓山に登ってから、魏無羨《ウェイウーシエン》はすぐに藍忘《ランワン》機《ジー》の顔色が相当悪いことに気づいていた。きっと憂鬱な気が胸をふさいでいるのだろうと考え、わざと脅かし、思いきり刺激して、彼にそのつかえた血を吐き出させてやろうとしたのだ。

魏無羨《ウェイウーシエン》が善意でやったことだとはわかったものの、

それでも藍忘機《ランワンジー》は不快さを隠しきれず、小さく顔を顰めた。

「……二度とこういう冗談はやめろ！」

「胸につかえた血を我慢すると、すごく体に悪いんだぞ。驚かせばすぐ出るだろう？　安心しな、俺は男に興味ないし、隙を見てお前をどうこうしたりとかしないからさ」

魏無羨《ウェイウーシエン》が肩をすくめて弁明すると、藍忘機《ランワンジー》はきっぱりと言った。

「くだらない！」

今日の藍忘機《ランワンジー》はやけに怒りっぽい。何かあったようだと魏無羨《ウェイウーシエン》はとっくに気づいていたが、それ以上は弁明することをやめ、手をぶんぶんと横に振った。

「はいはい、そうだな。俺はくだらないよ、俺が一番くだらない」

そうこう話しているうち、地底の湿った冷たい空気が背中を這い上がってきて、魏無羨《ウェイウーシエン》は思わずぶるっと体を震わせると、慌てて立ち上がった。辺りから枯れ枝と落ち葉を腕いっぱいに拾ってきて、もう一度手のひらに火起こしの呪文を描く。

枯れ枝が燃え始めると、ぱちぱちと火が爆《は》ぜる小さな音が響き、時折ふわりといくつかの火の粉が飛ぶ。魏無羨《ウェイウーシエン》は先ほど取り分けた薬草を指先で捻って潰し、藍忘機《ランワンジー》の下衣《かい》の裾を引き裂いて、その辛うじて止血できた状態の恐ろしい黒い穴に均等にかけた。

すると突然、藍忘機《ランワンジー》はさっと手を上げて、彼の動きを止めた。

「どうした？」

魏無羨《ウェイウーシエン》が不思議に思って尋ねると、一言も答えないまま、藍忘機《ランワンジー》は彼の手のひらから少しばかり薬草の粉を手に取る。それを、唐突にぐっと彼の胸元に押し当てた。

魏無羨《ウェイウーシエン》は彼に押されて全身を一回震わせ、「あああ！」と大声で叫んだ。

彼はすっかり忘れていた。自分の体にも鉄の焼印に焼かれた真新しい傷があり、そこは藍忘機《ランワンジー》と同じように血を流し、同じように水に浸かっていたことを。

藍忘機《ランワンジー》が手を引くと、魏無羨《ウェイウーシエン》は「はあはあ」と必死で息を二度吐く。それから、自分の胸元に押し当てられた生薬を、丁寧に少しずつ手で落とし、再び彼の脚の傷口にかけた。

「遠慮するなよ。俺はよく怪我するからさ。怪我したあとだって、いつも通り水に潜って蓮花湖で遊んでたから、とっくに慣れてるんだ。この小さな香り袋に入ってる生薬の量は限られてるし、明らかに二人分には足りないだろう。どう見てもお前の穴の方が重傷……ああ！」

魏無羨《ウェイウーシエン》がふいに襲った痛みに思わず声を上げると、藍忘機《ランワンジー》はひどく沈んだ表情をして、しばらくしてから、ぼそりと口を開いた。

「痛いと思うのなら、次からはもう無謀なことはするな」

「だってあの場合、仕方ないじゃないか。お前は俺が焼かれたがってたとでも思ってるのか？　まさかあの王霊嬌《ワンリンジャオ》があんなに陰険で悪辣だとは思わなかったよ。あと少しで彼女の目の中まで焼きそうなほどだったんだ。あの綿綿《ミエンミエン》は女の子で、しかもなかなか綺麗な子だから、もし片目を潰されたり、顔にこんな一生消せないものを押されたりしたら大変だろう？」

「君の体にあるそれも、一生消えない」

魏無羨《ウェイウーシエン》の言い分に、藍忘機《ランワンジー》が淡々と反論する。

「それは違うよ。顔に押されたわけじゃないんだし。しかも俺は男だから、何も心配ないよ。男なら誰だって一生のうち何度か怪我して、傷痕を作るものだろう？」

魏無羨《ウェイウーシエン》は上半身裸のまま地面にしゃがみ込むと、そばに落ちていた木の枝を一本拾い、もっと勢いよく燃えるように焚き火をつついた。

「それに、ちょっと違う考え方をしてみればさ、こうして確かに消えない傷は残ったけど、その代わり、俺が一人の女の子を守った証ができたってわけだ。それに、守られた女の子の方もきっと一生俺のことを忘れられなくなる。そう考えてみれば、実は結構……」

突然、藍忘機《ランワンジー》が彼の体を強く押した。

「彼女が一生君のことを忘れられなくなるとわかっていながら、君は！」

そう言って怒った彼の手は、不幸にも魏無羨《ウェイウーシエン》の胸にある傷に押し当てられていた。魏無羨《ウェイウーシエン》は胸を手で覆い、地面にうずくまって「……藍湛《ランジャン》！」と大声で叫んだ。

そのまま地面に横たわり、痛みで全身に冷や汗をかきながら顔を上げ、呻き声を漏らす。

「……藍湛《ランジャン》、お前……俺に恨みでもあるのか！……父親の仇だってここまでしないぞ！」

その言葉を聞いて、藍忘機《ランワンジー》は拳をきつく握りしめる。

少しすると、彼はどうやら魏無羨《ウェイウーシエン》に手を貸そうと思ったらしく、手の力を抜いて立ち上がろうとしたが、魏無羨《ウェイウーシエン》は自力で起き上がると急いで後ずさった。

「わかった、わかった！　お前が俺のことを嫌いだってよくわかったし、離れて座るから。こっちに来るなよ！　二度と俺を押すな。死ぬほど痛かったんだからな」

傷口は左側にあるため、左腕を上げると引き攣《つ》れて痛みがある。魏無羨《ウェイウーシエン》は彼から逃げて距離を取り、先ほど一本ずつ引き裂いた白い服を右手で拾うと、遠くにいる藍忘機《ランワンジー》の方へ放り投げた。

「お前、あとは自分で手当てしろよ。俺はそっちに行かないからな」

そう言うと、魏無羨《ウェイウーシエン》は自分が脱いだ外衣を焚き火の近くに干して、乾くのを待った。

しばらくそうして火で乾かしている間、二人とも口を開かなかったが、ふいに魏無羨《ウェイウーシエン》が話しだす。

「藍湛《ランジャン》、お前今日は本当に変だぞ。あんな乱暴して、話す言葉もお前らしくないし」

「君にそのつもりがないのなら、相手をかき乱すような真似はするな。やりたい放題にやって、それが相手の心を乱すとも知らずに！」

どこか苛立ったように返す藍忘機《ランワンジー》に、魏無羨《ウェイウーシエン》は首を傾げた。

「お前にちょっかいを出したわけでも、お前の心を乱したわけでもないだろう。まさか……」

「まさか、なんだ?」

藍忘機《ランワンジー》は厳しい声で聞いた。

「まさか、藍湛《ランジャン》お前、綿綿《ミエンミエン》のことが好きなのか!」

少し固まったあと、藍忘機《ランワンジー》は冷ややかな表情で口を開く。

「戯言《たわごと》を言わないでもらえるか」

「いや、俺が言ったのは戯言《ざれごと》だよ」

「口先の言葉遊びで人を言い負かして楽しいか?」

「楽しいよ。それに俺は舌が回るのも速いけど、動きも結構素早いんだ」

「……」

一瞬黙った藍忘機《ランワンジー》は、またぶつぶつと独り言を漏らす。

「私はなぜここで君とこんな無駄話をしているんだ」

いつの間にか魏無羨《ウェイウーシエン》はまた彼に近づくと、その場に腰を下ろして向こう見ずな様子でのんきに話しかけた。

「しょうがないだろう。ここにはもう不運な俺たち二人しか残ってないんだから。俺と無駄話する以外、誰と話すっていうんだ?」

藍忘機《ランワンジー》はこの目の前にいる、喉元過ぎれば熱さを忘れる少年を一瞥する。その視線に気づき、魏無《ウェイウー》羨《シエン》はにっこりと笑いかけようとしたが、唐突にすっと顔を伏せた。

「ああああああああああああああああああああっ、やめろ! やめろおおっ!」

魏無羨《ウェイウーシエン》は思わず悲鳴を上げた。藍忘機《ランワンジー》が彼の肘の内側に深く顔を埋《うず》めて、あろうことか、そこに思いきりがぶりと噛みついてきたのだ。しかも、悲鳴を聞いてもやめるどころか、さらに力を入れて噛んでくる。

「お前、さっさと口を離せよ!? 離さないと蹴るぞ! お前が怪我しているからって俺が蹴らないと思うなよ!」

「もうやめろ! 噛むなって!! 俺消えるから!! あっちに消えるから!! 今すぐ消える、離してくれたらすぐ!!」

「藍湛《ランジャン》、お前今日は正気じゃない!! お前は犬か!! 犬なのか!! ああもう、噛むんじゃねぇ!!」

それからようやく藍忘機《ランワンジー》の気が晴れ、噛んでいた口が離れると、魏無羨《ウェイウーシェン》はくるりと跳び上がって這《ほ》う這《ほ》うの体《てい》で必死に今いる空間の反対側まで逃げる。

「こっちに来るなよ!」

そう言われた藍忘機《ランワンジー》の方はといえば、ゆったりと上半身を起こしてから、乱れた服と髪をそっと整えている。目は伏せ気味のままで一言も話さない。やけに落ち着いたその様子は、先ほど人を罵り、突き飛ばし、噛みついてきた誰かとは別人のようだ。魏《ウェイ》無羨《ウーシェン》は腕にあるくっきりとした歯型を信じ難い気持ちでまじまじと見つめ、まだ到底平静を取り戻せないいましゃがみ込む。壁際に縮こまって焚き火をつつきながら何度も考えたが、どうしても答えは見つからなかった。

(藍湛《ランジャン》の奴、いったいどうしたんだ? 確かにあいつは俺を助けてくれたけど、でも俺だってあいつを助けたことになるよな? 別に感謝してほしいなんて思ってないけど、ここまで苦難を一緒に乗り越えてきたっていうのに、なんで俺たちはまだ友達にすらなれないんだ? まさか……江澄《ジャンチョン》が言った通り、俺って本当に、ここまで人に嫌われるような奴なのか!?)

ぐるぐると考え込んでいると、突然、藍忘機《ランワンジー》が口を開いた。

「ありがとう」

魏無羨《ウェイウーシェン》は自分の聞き違いかと思い、とっさに藍忘《ランワン》機《ジー》の方に目を向けた。すると、彼もちょうどこちらを見ていて、そしてもう一度、丁寧に繰り返した。

「ありがとう」

彼が微かに俯くところを見て、魏無羨《ウェイウーシェン》は彼がまさか自分に跪き、頭を下げようとしているのではないかとにわかに動揺し、慌てて体を背けてそれを避けた。

「よせよせ。俺は人から礼を言われるのが何よりも苦手なんだ。特にお前みたいに大真面目な奴に礼を言われるなんて、もっと無理だ。ぞわぞわして鳥肌が立っちゃうよ。跪くとか、絶対やめてくれよな？」

「思い過ごしだ。たとえそうしたくても、私は動けない」

藍忘機《ランワンジー》は淡々と答えた。

どうやら彼はようやく平静を取り戻してくれたようだ。しかも二回もありがとうと言われて、魏無《ウェイウー》羨《シエン》は嬉しくなってしまい、またつい彼の方に近寄ろうとする。魏無羨《ウェイウーシエン》は、ただ人とくっついたり触れ合ったりすることが好きなのだ。しかし、ふいに腕の噛み痕に微かな痛みが走り、藍忘機《ランワンジー》が先ほどのように再び暴れだし、また噛まれるかもしれないということを思い出させてくれた。魏無羨《ウェイウーシエン》はとっさに近づくのを我慢すると、その場に腰を据えて、真っ暗な洞窟の天井を眺めつつ、真面目に考えながら口を開いた。

「江澄《ジャンチョン》たちは外に逃げたあと、下山に一日二日はかかるとして、下山したら絶対に皆自分の家に帰るだろうな。温《ウェン》家に戻って報告したりはしないはずだ。でも、剣は没収されてるから、どれくらいで応援を呼べるかもわからないし、俺たちはまだしばらくの間、この地底にいることになりそうだな。そうなると、いろいろと解決しなきゃならない問題がある」

少し言葉を切ってから、彼は続けた。

「幸い、あの怪物はずっと黒い淵に居座ったまま追いかけてはこないけど、厄介なのは、あれが出てこずに淵の底の穴を占拠してるから、俺たちもそこから出られないってことだ」

魏無羨《ウェイウーシエン》が続けた言葉に、藍忘機《ランワンジー》が頷く。

「もしかしたら怪物ではないかもしれない。あれを見て、何かに似ていると思わなかったか」

「亀！」

「ある神獣《しんじゅう》が、まさにあのような姿をしている」

「玄武《げんぶ》神獣のことか？」

その神獣は、玄武、または玄冥《げんめい》とも呼ばれる亀と蛇が合体した水を司る神で、北の海に生息しているという。冥土《めいど》も北の方角にある故に、北の神とされているのだ。

小さく頷いた藍忘機《ランワンジー》に、魏無羨《ウェイウーシエン》は自分の歯をイーッとむき出しにした。

「神獣って、こーんな見た目なのか？　口いっぱいの鋭い牙で、しかも人間を食べるなんて、伝説とはかけ離れてないか」

「もちろん、まともな玄武神獣ではない。神になりそびれ、妖と化した不完全なものだ。あるいは、異形《いぎょう》の玄武神獣とも言える」

「異形？」

「昔、関連する古書を読んだことがある。四百年前、岐山に『偽《にせ》玄武』が出現し、暴れ回った。その体はとてつもなく大きく、生身の人間を特に好んで食べるため、一人の修士が『屠戮玄武《とりくげんぶ》』と命名した」

「温晁《ウェンチャオ》が俺たちを連れて狩りに来た目当ては、まさかその、四百歳以上の屠戮玄武獣だったってことか？」

「あの体は、古書に記されているよりも遥かに大きかったが、おそらく間違いない」

「四百年も経てば、確かに大きく成長もするな。その屠戮玄武はなんで当時殺されなかったんだろう？」

「昔、修士たちが同盟を組み、奴を斬り殺すつもりで準備をしていたらしい。だが、その年の冬は、あいにくの大雪で異常なほどに寒さが厳しかった。屠戮玄武はそのまま姿を消し、それ以降二度と現れなかったそうだ」

「つまり、冬眠したのか」

魏無羨《ウェイウーシエン》は、少し考えてから再び続けた。

「でもさ、たとえ冬眠したとしても、四百年もの長い間眠る必要なんてないだろう？　さっき、屠戮玄武は生身の人間を特に好んで食べるって言ってたけど、いったいどれくらい食べたんだ？」

「書によると、当時屠戮玄武が出現する度に食べた数は、少ない時は二、三百人、多い時は一つの村か町すべて。数回暴れ回り、食べられた人間は少なくとも、五千あまりはいるはずだ」

「ああ、腹いっぱい食べすぎたってわけか」

この妖獣はどうやら、人を丸ごと咥えて甲羅の中に引き込むのを好むようなので、蓄《たくわ》えてゆっくり食べるのも好きなのかもしれない。もしかしたら四百年前、一気に大量の食料を甲羅に溜め込んだため、未だにそれを消化できていない可能性もある。

「食べすぎ」と言ったせいか、藍忘機《ランワンジー》は取り合わなかったが、魏無羨《ウェイウーシエン》は構わずに話し続けた。

「食べると言えば、お前、辟穀したことはあるか？　俺たちなら飲まず食わずでも三、四日は耐えられるだろうけど、それ以上経っても誰も助けに来なかったら、体力気力霊力ともに衰弱し始めるだろうな」

慌てて逃げ去った温晁《ウェンチャオ》たちが、ただ手をこまねいて傍観するだけでこの状況を放置していたなら、むしろ好都合だ。三、四日も待てば、もしかすると他の世家の人間が救助に来てくれるかもしれない。一番怖いのは、温《ウェン》家の者たちが取り残された彼らを救おうとしないどころか、その窮状につけ込んでさらに痛めつけようとすることだ。そして「他の世家」とは言っても、姑蘇藍《ラン》氏と雲夢江《ジャン》氏の二つしか可能性はなく、もし温《ウェン》家が間に入って妨害でもすれば、「三、四日」という予測もおそらく倍に延びるだろう。

魏無羨《ウェイウーシエン》は木の枝で地面に大雑把な地図を描き、そこへ数本の線を引いた。

「暮渓山から姑蘇までは、雲夢までより少し近いから、おそらくお前の家の人が先に来るだろうな。気長に待とう。たとえそっちが来られなくても、もう一日二日待てば、江澄《ジャンチョン》も蓮花塢に戻れる。江澄《ジャンチョン》は機転が利くし、温《ウェン》家の奴らはあいつを阻むことなんてできないから、きっと心配ないよ」

しかし、視線を落とした藍忘機《ランワンジー》は、悄然《しょうぜん》とした様子でぽつりと言った。

「待っても来ない」

「え？」

「雲深不知処は、既に焼かれた」

「……でも、人は無事だよな？　お前の叔父貴とか、兄貴は？」

驚きを必死で抑え、魏無羨《ウェイウーシエン》は探りを入れるように聞いた。

たとえ藍《ラン》家宗主――藍忘機《ランワンジー》の父親、青蘅君《せいこうくん》が重傷を負ったとしても、まだ藍啓仁《ランチーレン》と藍曦臣《ランシーチェン》が藍《ラン》家を取り仕切れるはずだ。

「父上はもうじきいなくなる。兄上は失踪《しっそう》した」

藍忘機《ランワンジー》は呆然とした様子で答えた。

魏無羨《ウェイウーシエン》が地面に手遊びで描いていた木の枝が、ぴたりと動きを止める。

暮渓山に登る時、世家門弟の一人から、藍《ラン》家宗主が重傷を負ったとは聞いていたが、それがまさか「もうじきいなくなる」ほどの重傷だとは思いもしなかった。もしかしたら、藍忘機《ランワンジー》もつい最近、父親が危篤だと知らせを受けたばかりなのかもしれない。

たとえ藍《ラン》家宗主が年から年中閉関《へいかん》し、外の出来事への関心が薄かったとしても、それでも父親は父親だ。その上、藍曦臣《ランシーチェン》までもが失踪したとなると、今日の藍忘機《ランワンジー》がずっと暗く沈んだ顔をして、ひどく怒りやすかった訳がやっと腑に落ちた。魏無羨《ウェイウーシエン》は気まずさを感じ、彼に何を言えばいいかわからなくなった。

そして何気なく振り向いた時、魏無羨《ウェイウーシエン》は金縛りに遭ったかのように全身が固まってしまった。

火の明かりが藍忘機《ランワンジー》の顔を温かく眩《まばゆ》い玉のように照らし、さらに、彼の頬に残る一筋の涙の跡までをもはっきりと映し出していたのだ。

魏無羨《ウェイウーシエン》は呆然として途方に暮れた。

(困った！)

藍忘機《ランワンジー》のような人間は、おそらく一生のうちにほんの数回しか涙を流すことはないだろうに、よりによってその一回を今、彼は見てしまった。何よりも、魏無羨《ウェイウーシエン》は誰かが涙を流すところを見ていられない質《たち》だった。女の涙はもちろん、見れば思わず近づいて宥めたり笑わせたりして、相手が泣きやんで本当に笑いだすまでやり続けてしまう。男の涙は、一層目も当てられない。彼は昔から、普段強気な男の涙に遭遇するのは、純潔を守り続けてきた女の入浴場面に遭遇するよりも恐ろしいと思っていた。ましてや、近づいてそばで慰めてやることなどできようもない。

仙府が焼き払われ、一門の全員が虐げられ、父は危篤、兄は失踪、自らは負傷してその痛みに耐えるという幾重にも重なる打撃の前では、どんな慰めの言葉も無力だ。

魏無羨《ウェイウーシエン》は身の置きどころがなく彼から顔を背けていたが、少ししたあと、意を決してようやく声をかける。

「あのさ、藍湛《ランジャン》……」

「黙れ」

藍忘機《ランワンジー》に冷たく言い放たれ、魏無羨《ウェイウーシエン》はすぐに口を噤む。

沈黙が落ちる中、燃え続ける焚き火がパチッと小さく爆ぜる音を立てた。

「魏嬰《ウェイイン》、君は、本当に嫌な人だ」

「お……」

魏無羨《ウェイウーシエン》は反論しかけたが、結局何も言えず、また黙り込むしかなかった。

(こんなにたくさんのことが起こって、藍湛《ランジャン》はきっとどうしようもなく苛立ってるんだ。そんなところに、俺みたいなのが目の前でふらふらしてたら、怒るのも無理ないよな。さっきも、脚の怪我で力が出ないから俺を殴ることができなくて、やむなく噛みついてきたんだ……だったら、心を静められる場所をあいつに譲ってやった方がいいよな)

そう考えてしばらく黙っていたものの、結局彼は迷いながら口を開いた。

「別に、俺はお前を煩わせたいわけじゃなくてさ……俺がさっき言いたかったのは、お前が寒くないかなって。服も乾いたし、俺は外衣を着るから、中《ちゅう》衣《い》はお前にやるよ」

中衣は肌に直《じか》に着る服だ。本来であれば、それを藍忘機《ランワンジー》に着せるなんて失礼なことだが、彼の外衣はもはや見るに堪えないほどに汚れてしまっている。姑蘇藍《ラン》氏の人間は皆生まれつき綺麗好きなので、そんな服を藍忘機《ランワンジー》に渡すのも失礼に当たるかもしれない。藍忘機《ランワンジー》は答えず、彼に目を向けることすらしなかった。

魏無羨《ウェイウーシエン》は乾かした白い中衣を彼のそばにそっと投げ、自分は外衣を羽織ると、何も言わずに彼から離れた。

そのまま助けを待ち続け、三日が経った。

洞窟の中からは太陽も月も見えないけれど、三日だとわかったのは、すべて藍《ラン》家の人間のあの恐ろしく規則正しい寝起きによるものだ。藍忘機《ランワンジー》は、決まった時刻がくれば自動的に寝て、また決まった時刻になれば自動的に起きる。つまり、彼が何回寝たかを見れば経った時間を計算することができるのだ。

この三日間で英気を養い、気力を蓄えることができたおかげで、藍忘機《ランワンジー》の脚の傷は悪化せずにゆっくりと回復していった。そして彼は治るとすぐに座禅《ざぜん》を組み、静かに瞑想を始めた。

ここ数日の魏無羨《ウェイウーシエン》は、一度も彼の目の前をうろつくことはなかった。藍忘機《ランワンジー》が平静を取り戻して気持ちを整え、またあの感情の起伏も表情の変化もない、いつもの藍湛《ランジャン》に戻るまで待ってから、ようやく何事もなかったかのように元の場所へ戻った。あの夜は何も見ず、何も聞こえなかったというようにあっけらかんとした顔で、もう彼をからかうこともない。二人が一緒にいる時は、淡々とした穏やかな時間が流れた。

その間、二人は淵の近くに行って何度も様子を窺った。屠戮玄武は、既にすべての死体を咥えて甲羅の中に引き込んでしまったらしい。水面に浮かんでいる漆黒の巨大な甲羅は、まるでいかなるものでも破壊できない大きな戦船《いくさぶね》のようだった。最初の数回は、その中から重々しい咀嚼音しか聞こえてこず、あとの数回は、眠っている最中のいびきに似た音が聞こえてきた。それは例えるなら、繰り返し鳴り響く、くぐもった雷鳴のようだった。

もともと二人は、この妖獣が眠っている間に隙を見てこっそりと水に潜り、外へ続く穴を見つけようと画策していた。しかし穴は水の底にあるため、せいぜい一炷香しか泳げず、すぐ妖獣に動きを感づかれてしまう。しかも、何度探しても江澄《ジャンチョン》が言ったあの穴を見つけることができない。妖獣の体によって塞がれているのではないかと疑い、もう一度妖獣を水面からおびき出そうとしたが、どうやら盛大に暴れ回ったせいで疲れたらしく、あまり動こうとはしなかった。

彼らは岸に散乱している矢、長弓《ちょうきゅう》、鉄の焼印をすべて拾い集めると、根城にしている場所まで抱えて持ち帰り、それらを数えてみた。矢は百本を超え、長弓は三十張あまり、鉄の焼印は十数本ある。

この時、既に閉じ込められてから四日目。

藍忘機《ランワンジー》は左手で長弓を持ち上げ、じっくりとその材質を調べてから右手で弓の弦を弾く。すると、なんとも大きくはっきりとした力強い金属音が響いた。

それは、仙門世家が夜狩の際に使う弓矢で、弓と矢を仕立てるために用いられるのはどれも普通の材料ではない。藍忘機《ランワンジー》はすべての弓から弦を取り外すと、端と端を一本ずつ結びつけ、一本の長い弦を作る。両手でその弦をぴんと引っ張るや否や、彼が鞭のように振ると、しなった弓の弦が稲妻のように走った。そして、一筋の白く眩しい光とともに、前方三丈先にある一枚の岩石を粉々に打ち砕く。

藍忘機《ランワンジー》が手首を返して弓の弦を回収する時には、空気をつんざくように鋭く嘶《いなな》いた。

「弦殺術《げんさつじゅつ》か？」

その様子を眺めていた魏無羨《ウェイウーシエン》が尋ねた。

弦殺術は姑蘇藍《ラン》氏の秘技の一つで、藍《ラン》氏の開祖である藍安《ランアン》の孫娘——三代目宗主藍翼《ランイー》が考案し、伝授した術だ。藍翼《ランイー》は姑蘇藍《ラン》氏唯一の女宗主で、彼女は琴を極めていた。使うのは七弦の琴で、その弦は瞬時に琴から外して一本の長い弦にすることができた。七本の弦は端から順に太い弦から細い弦になるように張られており、演奏の際には、彼女の雪のように白く柔らかい指の腹によって気高い曲を奏で、次の瞬間、まるで泥を切るように容易く骨を断ち、肉を削り、命を奪う凶器となった。

藍翼《ランイー》は異分子を暗殺するために弦殺術を考案したが、そのことでひどく非難され、姑蘇藍《ラン》氏自身もこの宗主に対する評価は微妙なものだった。しかしこの弦殺術が、姑蘇藍《ラン》氏の秘技の中で最も殺傷力が高く、遠距離にも近距離にも適した卓越した格闘術の一種であることは否《いな》めない。

ふいに藍忘機《ランワンジー》が口を開いた。

「内側から攻め落とす」

妖獣の甲羅は要塞のように頑丈で、表面はこの上なく硬く、どう見ても外から打ち破ることは不可能だ。しかし、そうであればあるほど、甲羅の中に隠れている肉体部分は、より脆《もろ》い可能性がある。この点については、魏無羨《ウェイウーシエン》もここ数日あれこれと考えていたため、よくわかっていた。

そして、もっとはっきりとわかっているのは、目下の状況だ。三日間の静養を経て、彼らの状態は今が峠だ。これ以上ぐずぐずして待ち続けていれば、だんだんと消耗していくばかりだろう。しかも四日が過ぎた今も、救助が来る様子はない。

座して死を待つより、いっそのこと命がけで戦った方がいい。もし、二人が力を合わせてこの屠戮玄武を仕留めることができれば、淵の底にある水の穴から外に逃げられる。

「俺も賛成だ。でも、藍《ラン》家の弦殺術なら俺も少しは聞いたことがあるけど、あの甲羅の中じゃ自由に身動きできなくて不利だろう。お前の脚の怪我もまだ治りきってないし、威力は何割減にもなるんじゃないか？」

魏無羨《ウェイウーシエン》の懸念はその通りで、藍忘機《ランワンジー》自身もよくわかっていた。二人とも自覚しているのだ。がむしゃらに勝機もなく戦い、できないことを無理にやろうとするなど、足手まとい以外の何物でもない。

「俺に考えがある」

屠戮玄武の背中にある甲羅は、半ばまで黒い淵の水面から出ている。

今はその四本の脚と頭と尻尾がすべて中に引っ込められ、甲羅の前方に大きな穴が一つ、左右と後ろには小さな穴が五つ並んでいて、その姿はぽっかりと浮いた孤島のようでも、またはそびえ立つ小山のようでもあった。漆黒の山はでこぼこしていて、至る所に苔が生え、しかもその上からつやつやとした暗い深緑色の水藻《すいそう》がだらりと長く垂れている。

魏無羡《ウェイウーシエン》は矢と鉄の焼印の束を背負い、そっと音を立てず、一匹の細い白魚《しらうお》のように屠戮玄武の頭の穴の前方まで潜った。

水の中に浸っているのは、巨大なその穴の半分足らずだったが、魏無羡《ウェイウーシエン》はそのまま泳いですんなりと中に入ることができた。頭の穴を通り、甲羅の内部まで潜る。魏無羡《ウェイウーシエン》の両足がようやく「地面」に着くと、まるで深い泥濘《ぬかるみ》に踏み入ったかのような感触だった。しかもその「泥濘」は水に浸っていて、天地を覆い尽くさんばかりの悪臭に、悪態が口をついて出そうになった。

腐敗臭のような甘く生臭い悪臭は、昔、雲夢の湖のほとりで見つけた、大きくてよく肥えたネズミの死骸を思い起こさせ、魏無羡《ウェイウーシエン》は慌てて鼻をぐっと摘まむ。

(こんなひどい場所……藍湛《ランジャン》に来させなくて正解だったな。あいつはあんな高貴な家で育って、家事なんて一切やらなそうだし、こんなの嗅いだらすぐ吐いちゃいそうだ。吐くまではいかなくても、絶対に気絶するぞ)

屠戮玄武は緩やかないびきをかいて眠っていた。

魏無羡《ウェイウーシエン》は息を殺して静かに歩くが、その足はますます深く沈んでいき、三歩歩いただけで、あっという間に膝までその泥濘のようなものに浸かってしまった。しかも、泥濘と淵の水の中に、何やら硬いものが沈んでいる。魏無羡《ウェイウーシエン》は少し身を屈め、何回か手探りしてみると、突然もじゃもじゃとした手触りの何かを見つけた。

どうやら、人の髪の毛のようだ。

魏無羡《ウェイウーシエン》はとっさに手を引っ込めた。それはおそらく、以前屠戮玄武に引き込まれた人間だろう。もう一度探ってみると、今度は靴を片方だけ見つけたが、靴の中にはふくらはぎが残っており、肉も骨も半分ほど腐り落ちていた。

この妖獣はかなりずぼらで、綺麗好きではないらしい。食べきれなかった獲物や、あるいは食べ損ねた部分などが歯と歯の隙間からこぼれ出し、それを甲羅の中に無造作に吐き捨てているようだ。吐けば吐くほどそれらは溜まり、数百年間分が分厚く堆積《たいせき》している。そして今、魏無羨《ウェイウーシエン》はまさに、そのバラバラになった人間の四肢と胴体によって積み上げられた屍の泥濘の中に立っているのだ。

ここ数日の間、戦ったり転がったりで、体は既に見るに堪えないほど汚れている。魏無羨《ウェイウーシエン》はこれ以上汚れることなど一切気にせず、手を服で無造作に拭うと、そのまま前に進んだ。

足を進めるにつれ、妖獣のいびきの音はますます大きくなっていく。加えて、鼻息の暴風も強くなり、足元の屍の泥濘も深さを増した。すると、ようやく彼の手が妖獣のでこぼこした皮膚に軽く触れる。彼がゆっくりと皮膚に沿って奥まで探ると、やはり外に出る頭と首の部分は、鉄甲のように頑丈な鱗で覆われていた。硬い表皮はそのまま続いたが、さらに奥に行くにつれて皮膚は薄く、脆くなっていくのがわかる。

いつしか屍の泥濘は、魏無羨《ウェイウーシエン》の腰辺りまで届くほどになっていた。ここにある死体の大部分が食べ残しで、残されているのはほとんどが大きな部位のため、もはや屍の泥濘と言うより、屍の山と言った方が正しい。

魏無羨《ウェイウーシエン》は手を背中に伸ばし、矢と鉄の焼印を下ろそうとした。しかし、焼印が何かに引っかかって下ろせない。

魏無羨《ウェイウーシエン》は焼印の柄を握って、力一杯外側に向かって引っ張って、やっとのことで抜き出した。だが、それと同時に、焼印の先端に引っかかっていた何かが屍の山から出てきて、「チャン」と小さな音が甲羅の中に響いてしまう。

魏無羨《ウェイウーシエン》は身を強張らせた。

だが、少し待ってみても辺りからは特に物音もせず、妖獣が暴れる気配もなかったため、声を出さずにほっと息をつく。

（さっき焼印に引っかかってたのって、音を聞く限りだと、同じ鉄の武器かな？　かなり長さがありそうだったし、使えるかどうか見てみよう。手元に武器がないから、もし高級仙剣だったら最高なんだけどな！）

彼は泥濘の中に手を突っ込むと、その何かを探り当てた。触れたものは細長い形状をしていて、刃はひどく鈍《なま》り、表面は鉄錆に覆い尽くされている。

まさに彼がそれを握った瞬間、どういう訳か、魏《ウェイ》無羨《ウーシエン》の鼓膜を甲高い叫び声がつんざいた。

その叫び声は、まるでおびただしい数の人々が、胸が張り裂けそうなほど絶望的に耳元で泣き叫んでいるかのようで、ぞっとするほどの冷気が一瞬にして腕を伝って全身を巡る。魏無羨《ウェイウーシエン》はハッとして、急いで手を引っ込めた。

（なんだこれ、怨念が強すぎる！）

その時、辺りが急に明るくなって、赤黄色い微かな光が射して魏無羨《ウェイウーシエン》の影を作り、前方にある漆黒の鉄の剣をも照らし出した。その剣は、ちょうど彼の影の心臓がある場所に、斜めに突き刺さっている。

（ここは屠戮玄武の甲羅の中なのに、なんで明かりがあるんだ？）

魏無羨《ウェイウーシエン》がぱっと振り向くと、案の定、黄金色の大きな両目が目と鼻の先にあった。

彼はようやく気づいた。あのくぐもった雷鳴のようないびきの音は既に消えている。つまり、この赤黄色い微かな明かりは、まさに屠戮玄武の両目が発しているのだ！

屠戮玄武は黒と黄色が交錯する鋭い牙をむき出し、口を開けて咆哮した。

魏無羨《ウェイウーシエン》はその鋭い牙の真ん前に立っていたせいで、今の咆哮の衝撃波を正面から受けてしまう。両耳はまるで爆発したかのように痺れ、全身がビリビリとした痛みに襲われる。今にも噛みついてきそうなその様子に、慌てて一つに束ねた鉄の焼印を妖獣の口に思いきり押し込んだ。それは時機も位置もあまりにも絶妙で、一寸のずれもなく、ちょうど妖獣の上顎と下顎の間に、縦にぴったりとはまった！

妖獣が口を閉じられないでいる隙に、魏無羨《ウェイウーシエン》は一束の矢を掴み、妖獣の最も薄く弱い皮膚のところに力一杯刺し込んだ。矢は確かに細いが、魏無羨《ウェイウーシエン》は五本を一つに束ねたそれを、矢羽根が妖獣の皮膚の中に埋もれるくらいまで垂直に押し込む。すると、毒針でも刺し込まれたような突然の痛みに、屠戮玄武は顎の間につかえている鉄の焼印すらも力任せに曲げ、七、八本もの真っすぐだった焼印は、妖獣の強大な咬合力によって無残にも湾曲《わんきょく》してしまった。

魏無羨《ウェイウーシエン》は、再び妖獣の柔らかい皮膚に数束の矢を刺し込む。この妖獣は、世に出てきてからこんな目に遭ったことがないのだろう。激痛のあまり我を忘れ、甲羅の中で蛇の体が激しくのたうち回り始めた。荒れ狂う蛇頭は中であちこちにぶつかり、屍の山も一緒に怒涛の如く猛烈にかき乱され、山が傾いて崩れ落ちたみたいに、魏無羨《ウェイウーシエン》もその腐敗臭まみれの死体の中に埋もれそうになった。

　屠戮玄武は目を大きく見開き、黄色い瞳をひどく凶悪に光らせ、あんぐりと口を大きく開けたまま一口ですべてを呑み込もうとしていて、屍の山は急流のように妖獣の口の中に流し込まれていく。魏無《ウェイウー》羨《シエン》は懸命にあがき、必死で流れに逆らううち、ふいに手に触れた一本の鉄の剣を掴んだ。胸がどきりと音を立て、耳元でまた例の甲高い泣き叫ぶ声が鳴り響く。

魏無羨《ウェイウーシエン》の体は、既に屠戮玄武の口の中に吸い込まれていた。だが、妖獣が今にも口を閉じようとしているのを見て、彼は剣を掴んだまま、先ほどのようにもう一度それを妖獣の顎の間にぐっと立てた。

　こんなふうに百年を超えて生きている妖獣の五臓六腑は、十中八九、腐食性がある。ひとたび呑み込まれれば、人間すらも一瞬で溶かされて、一筋の煙になってしまうだろう！

魏無羨《ウェイウーシエン》はしっかりと鉄の剣を掴み、まるで喉に刺さった魚の骨のように妖獣の口につかえさせて、必死で踏ん張っていた。屠戮玄武はあちこちに頭をぶつけているが、どうやっても口を閉ざすことを阻む骨を呑み込めず、かといって口を開くことも嫌なようで、ついに頭を甲羅の外へと押し出した！

　妖獣は、甲羅の中をさんざん魏無羨《ウェイウーシエン》に刺されたことで恐ろしくなったらしい。背負っている甲羅から抜け出したいとでもいうかのように、懸命に体を外に出し、今までずっとこの鎧の中に隠されてきた柔らかい皮膚の部分までもがあらわになった。

そして藍忘機《ランワンジー》は、既に甲羅の頭の穴のところに弦を仕掛け、ずっとその時を待っていた。屠戮玄武が飛び出した瞬間に、彼はただちに弦を引いて一回弾く。弾かれた弦は鋭く震えて、妖獣の肉に食い込み切り裂いた。

妖獣は連携した彼らに追い込まれ、出ることも引っ込むこともできず、苦しげにもがいている。本物の神獣ではなく、異形なだけの妖獣であるため、元から大した知恵もないようだ。痛みと刺激によって完全に錯乱した妖獣は、頭と尻尾を激しく振りながら暴れ回り、黒い淵に巨大な渦を巻き起こして天を衝かんばかりの大波を呼んだ。

しかし、いくら暴れたところで、彼らのうち一人はしっかりと口の動きを抑え、噛むことも食べることもさせず、もう一人は弦で皮膚の薄い急所をきつく締めつけ、一寸一寸と切り込んでいく。その度に、傷はどんどん深くなり、溢れる血も次第に大量になっていく！

藍忘機《ランワンジー》は懸命に弓の弦を引いて、一瞬たりとも緩めることなく、そのまま踏ん張り続けた。

そして三時辰が過ぎた頃、屠戮玄武はついに動かなくなった。

妖獣の急所は藍忘機《ランワンジー》に弓の弦で切られ、ほとんど二つに切断されている。力を入れすぎたせいで彼の手のひらも傷だらけになり、血まみれだ。巨大な甲羅は水面に浮かび、黒い淵の水は肉眼でもわかるほどの赤紫色に染められている。濃く血生臭い悪臭が充満し、まるで煉獄《れんごく》の修羅池のようだ。

「ドボン」と音を立てて藍忘機《ランワンジー》は水の中に飛び込み、蛇頭の近くまで泳いだ。屠戮玄武の瞳孔は既に開いているが、両目は依然として大きく見開かれたままで、鋭い牙もまだきつく噛み合っている。

「魏嬰《ウェイイン》！」

叫んでも、妖獣の口の中から返事はない。

藍忘機《ランワンジー》は急いで手を伸ばし、妖獣の上下の牙を掴むと、力一杯両側に開け始める。水の中で泳ぎながらでは上手く力を込められず、かなり長いこと奮闘してようやく開けることができた。すると、漆黒の鉄の剣が一本、屠戮玄武の口の中につかえているのが見えた。剣の柄と剣先は深くその口内に刺し込まれ、剣身は弓形《ゆみなり》に曲がってしまっている。

その中で、魏無羨《ウェイウーシエン》は体を海老《えび》のように丸めて俯き、両手はまだしっかり鉄の剣の錆びついた剣身を掴んだまま、あわや屠戮玄武の喉まで滑り込みかけていた。藍忘機《ランワンジー》はすぐさまその後ろ襟を掴み、彼を外へと引っ張り出す。屠戮玄武の口が開くと、そこから外れた鉄の剣は水の中に滑り落ち、そのまま淵の底に沈んでいった。

魏無羨《ウェイウーシエン》は両目をきつく閉じ、片腕を藍忘機《ランワンジー》の肩に乗せられた状態で、ぐったりと彼の体に寄りかかっている。藍忘機《ランワンジー》は腰に手を回して支え、血の水の中で浮きながら「魏嬰《ウェイイン》！」と呼んだ。

藍忘機《ランワンジー》の手は微かに震えていた。けれど、震えの収まらないまま、彼がそっと魏無羨《ウェイウーシエン》の顔に触れようと手を伸ばしたその時だった。魏無羨《ウェイウーシエン》がはっとして、突然目を覚ました。

「どうした？　どうなった？　死んだか？　死んだのか⁉」

彼がジタバタしたせいで、つられて二人の体は一緒に水の中に沈みかけた。藍忘機《ランワンジー》は彼の腰をしっかりと抱き寄せてから「死んだ！」と答えた。

魏無羨《ウェイウーシエン》の目はひとしきり呆然として、どうやらあの妖獣を倒したという事実がまだしっかりと呑み込めずにいるようだ。しばしの間考え込んでから、彼はやっと口を開いた。

「死んだのか！　死んだ……やったんだな！　奴は死んだんだ。あいつ、さっきずっと吠えてただろ。しかも吠えながらのた打ち回ってたから、その振動で俺、気絶しちゃったみたいで。ああ、そうだ、穴！　水の底にある穴に早く行かなくちゃ。さっさとそこから出よう」

藍忘機《ランワンジー》は、彼の反応にどこか異変を感じて尋ねた。

「どうかしたのか？」

「どうもしないよ！　ぐずぐずしていられない、とっとと出よう」

魏無羨《ウェイウーシエン》はどうにか元気を振り絞って答える。

確かに猶予《ゆうよ》している場合ではないと考え、藍忘機《ランワンジー》は頷いた。

「私が君を連れていく」

「いいって……」

魏無羨《ウェイウーシエン》は拒んだものの、藍忘機《ランワンジー》の右手はまるで鉄の箍《たが》のように彼の腰をしっかりと抱き寄せていて、一切の異論を認めない。

「息を吸って」

意識がぼんやりしている今のこの状態で一人で潜れば、不測の事態もあり得る。魏無羨《ウェイウーシエン》もそれ以上強がりはせずにこくりと頷いた。淵の水が血で汚れていることなど構う余裕もなく、二人は深く息を吸って水の中に潜る。

しばらくすると、赤紫色の水面を突き破り二筋の水しぶきを飛ばして、二人は再び水の中から顔を出した。

魏無羨《ウェイウーシエン》は「ぺっ」と血の味のする水を吐き出し、顔をごしごしと拭ったが、赤紫色まみれになるばかりで、ますます散々な体《てい》たらくだ。

「どういうことだ!?　なんで穴がないんだ!?」

江澄《ジャンチョン》はあの時確かに、黒い淵の底に五、六人は同時に通れるくらいの水源に繋がる穴が一つあると言った。それに、他の世家門弟たちも確かにその穴から外に逃げたはずだ。魏無羨《ウェイウーシエン》はずっと、それが見つからないのは屠戮玄武の体に塞がれているからだと思い込んでいた。

しかし今、その死体は穴があるはずの場所からは既にずれている。それなのに、妖獣が占拠していた場所には、水源に繋がる穴などどこにも見当たらなかった。

藍忘機《ランワンジー》の濡れそぼった髪から水が滴り落ちる。彼は無言だった。二人は互いに目を見合わせ、恐ろしい可能性が一つ、同時にそれぞれの頭をよぎった。

おそらく……屠戮玄武が激痛に襲われて足を激しく蠢《うごめ》かしてのた打ち回っていた時、その振動で水の中の岩石を崩したか、あるいは何かを蹴って、ちょうどその唯一外へ通じる穴を……塞いでしまったのではないか。

魏無羨《ウェイウーシエン》はとっさに藍忘機《ランワンジー》の腕を振りきって、勢いよく頭から水の中に飛び込む。藍忘機《ランワンジー》もすぐにそのあとについて飛び込んだ。二人がかりでくまなく捜したが、やはり穴らしきものなど何一つ見つからない。人一人が通れるような小さな穴すらも、ここにはなかった。

再び水面に顔を上げ、魏無羨《ウェイウーシエン》がぽつりと尋ねる。

「どうしようか？」

少しの間沈黙したあと、藍忘機《ランワンジー》は「とりあえず、上がった方がいい」と言った。

「……そうだな」

魏無羨《ウェイウーシエン》は力なく手を振った。

二人は既に気力体力ともに尽き果てていて、のろのろと岸まで泳いだ。しかも、水から出れば服も肌も全身血まみれの赤紫色に染まっている。魏無羨《ウェイウーシエン》は服を脱ぐと、絞ってから力一杯に振り、我慢できずに罵り始めた。

「ふざけんな！　これ以上助けが来なかったら、いずれ戦う気力もなくなると思って、仕方なく戦いに来たっていうのに。やっとのことで殺せたと思ったら、この亀野郎が穴を踏み潰しやがって。クソったれ！」

最後の言葉を聞いて、藍忘機《ランワンジー》の眉根が少し引きつり、彼は何か言いたげな顔を見せたが、ぐっと堪えた。

力一杯服を振り回しながら罵っているうち、突然、魏無羨《ウェイウーシエン》が脚からがくんと崩れ落ちた。藍忘機《ランワンジー》が素早く近寄って彼を支えると、魏無羨《ウェイウーシエン》は彼の手に掴まってもたれかかる。

「大丈夫、大丈夫。力が抜けただけだよ。そうだ、藍湛《ランジャン》、さっき俺が奴の口の中にいた時、掴んでいた剣を見なかったか？　どこにいった？」

「水の底に沈んだ。それがどうした？」

「沈んだ？　そうか、ならいいや」

彼が先ほどしっかりとその剣を掴んだ時、耳元で激しく甲高い叫び声が聞こえてきて、全身は冷え、眩暈に襲われた。あの鉄の剣はきっと並の物ではない。

この屠戮玄武という妖獣は、少なくともこれまでの間、五千人あまりの人間を食べてきている。きっと、妖獣に丸ごと甲羅の中まで引き込まれた時には、まだ生きていた者も多かったはずだ。あのやたらと重い剣は、そうして呑み込まれた見知らぬ修士たちの遺物の一つかもしれない。甲羅の中にある屍の山に、少なくとも四百年は埋もれたまま、無数の生きている人間と死んだ人間のひどく重い怨念と苦痛に染まり、彼らの悲痛な叫び声を聞き続けてきたのだろう。

魏無羨《ウェイウーシエン》はあの剣を持ち帰って細かく調べたいと思っていたが、既に水底に沈んでしまい、しかも目下ここに閉じ込められて出られない今の状況では、当分このことは口にしない方がいいと考えた。もしあれこれと話したせいで、藍忘機《ランワンジー》に余計なことを気づかれたら、また訳もなく言い争いになってしまう。

魏無羨《ウェイウーシエン》は手をひらひらと横に振った。

（本当に何一つついてないな！）

彼は重い足取りで歩き始め、藍忘機《ランワンジー》は静かに彼の後ろをついてくる。しかし、数歩しか進まないうちに、魏無羨《ウェイウーシエン》はまたふらりとよろけてしまった。

藍忘機《ランワンジー》は再び彼を支え、今度は片方の手のひらを魏無羨《ウェイウーシエン》の額に押し当て、低い声でうなる。

「魏嬰《ウェイイン》、君……熱い」

魏無羨《ウェイウーシエン》も手を伸ばして彼の額に触れた。

「お前だってかなり熱いよ」

藍忘機《ランワンジー》はやんわりと彼の手をどかし、「それは君の手が冷たいからだ」と淡々と答えた。

「確かに、ちょっとくらくらするかも」

四、五日前、彼は香り袋の中に入っていた細かい薬草をすべて藍忘機《ランワンジー》の脚の怪我に使い、自分の胸の烙印は、少し拭いただけで済ませていた。しかも、ここ数日はろくに休めず、先ほどまで屍の山と淵の水の中で動き回っていたせいで、とうとう悪化したのだ。

魏無羨《ウェイウーシェン》は高熱を出していた。

どうにか持ち堪えようと、もう少し自力で歩いてみたものの、どんどん眩暈がひどくなってきて、次第に立っていることすらままならなくなる。彼はその場にへなへなと座り込み、困惑した心情を吐露《とろ》した。

「なんでこんな簡単に熱が出たんだろう？　もう何年もこんなことなかったのに」

藍忘機《ランワンジー》は彼が言った「こんな簡単に」については、反論する気も何も起きなかった。

「横になりなさい」

魏無羨《ウェイウーシェン》が言われた通りに横になると、藍忘機《ランワンジー》はその手を握り、彼に霊力を送った。

少しの間そうしていたが、魏無羨《ウェイウーシェン》は再び起き上がってしまう。

「きちんと横になりなさい」

窘められ、魏無羨《ウェイウーシェン》は彼に握られていた手を引っ込める。

「俺に送らなくてもいいって。お前の霊力だってあまり残ってないのに」

藍忘機《ランワンジー》はもう一度彼の手を掴み、「きちんと横になりなさい」と繰り返した。

数日前は藍忘機《ランワンジー》が弱り、彼に脅されて振り回されたが、今日は魏無羨《ウェイウーシェン》の方が弱る番で、もう彼の言う通りにするしかない。

しかし、魏無羨《ウェイウーシェン》はたとえ熱を出して横になっている時でも、寂しさに耐えられず、またすぐに喚き始めた。

「ここ硬いよ、ごつごつしてる」

「どうしたいんだ」

「違う所で寝たい」

「この状況下で、どこで寝たいんだ」

「お前の膝を枕にして寝ようかな」

藍忘機《ランワンジー》は無表情で返した。

「冗談はやめろ」

「真面目に言ってるのに。本当に頭がくらくらしてるんだ。お前は女の子じゃないんだし、膝くらい貸してくれたって別にいいだろう？」

「女性ではなくても、気安く人を枕にして寝るな」

彼が眉をひそめているのを見て、魏無羨《ウェイウーシェン》は言い募る。

「別に冗談なんか言ってないし、お前こそふざけてるだろう。納得がいかない。藍湛《ランジャン》、言ってみろ、なんでなんだ？」

「なぜとは？」

怪訝そうな藍忘機《ランワンジー》に問い返され、魏無羨《ウェイウーシェン》はなんとかごろりと寝返りを打つと、拗《す》ねたみたいに地面にうつ伏せになってぶつぶつ言いだした。

「だいたいさ、皆、口先では嫌いだって言いながら、心の中では俺のことが好きなもんなのに、なんでお前だけはいつもいい顔をしてくれないんだ？　俺たち、今回のことで生死をともにした仲になっただろう。それなのに、ちょっと膝を貸してくれるのすら嫌だなんてさ。おまけに説教までしてくるし、お前は年寄りなのか？」

「君は熱のせいで混乱している」

藍忘機《ランワンジー》はそっけなく答えた。


確かに熱で頭がぼんやりしているのかもしれない。ほどなくして、魏無羨《ウェイウーシェン》は眠ってしまった。

眠っている間、なぜか彼は気分が良かった。まるで本当に誰かの膝を枕にして寝ているみたいだ。額に乗せられたひんやりする手も非常に心地良く、嬉しくなって右に左にと寝返りを打ってみても、誰にも叱られない。地面に転がり落ちれば、そっと頭を撫でられ、また膝の上に乗せてくれる。

しかし目が覚めてみると、彼は相変わらず地面に一人で寝ていた。変わったことといえば、頭の下に枕代わりか山積みの落ち葉が敷かれていて、少しばかり楽になっているだけだった。藍忘機《ランワンジー》は彼から遠く離れて座り、焚き火を起こしている。火の明かりに照らされた彼の顔は美しく、温かな色の玉のようで、穏やかで雅やかだ。

（やっぱり、さっきのは夢だったか）

自力で脱出する道が閉ざされ、この洞窟に閉じ込められてただひたすら雲夢江《ジャン》氏からの応援を待つことしかできないまま、さらに二日が過ぎた。この二日間、魏無羨《ウェイウーシェン》はずっと微熱が続いていて、起きては寝て、寝ては起きての繰り返しだった。けれど、藍忘機《ランワンジー》が断続的に彼に霊力を送り続けてくれたおかげで、どうにか悪化せず、その程度で持ち堪えられている。

だが、魏無羨《ウェイウーシェン》は退屈のあまりひたすらぼやいていた。

「ああ、つまんない」

「本当につまんない」

「静かすぎるよ」

「ああ——」

「お腹空いた。藍湛《ランジャン》、食べ物とか探してきてよ。あの亀の肉でもいいからさ」

「いや、やっぱりあれを食べるのはやめよう。あんな人喰い妖獣の肉なんて絶対腐ってる。行かなくていいよ」

「藍湛《ランジャン》、お前って本当に退屈な奴だな。口も目も閉じたまま、話してくれないし、こっちを見もしないなんて。そんなに座禅ばっかりして、坊主かよ？あ、そうか。お前のご先祖様って坊主だったな。忘れてたよ」

「静かに。君はまだ熱がある。話さずに体力を温存しなさい」

べらべらと喋り続ける魏無羨《ウェイウーシェン》を、藍忘機《ランワンジー》が穏やかに窘める。

「やっと返事してくれたな。なあ、俺たちもう何日待った？　なんでまだ誰も助けに来ないんだ？」

「まだ一日も経っていない」

藍忘機《ランワンジー》の答えに、魏無羨《ウェイウーシェン》は絶望して顔を覆った。

「なんでこんなに退屈なんだ。絶対お前と一緒にいるせいだろう。残ったのが江澄《ジャンチョン》だったら良かったのに。あいつなら罵り合いにはなるけど、少なくともこんなふうにお前と一緒にいるよりは面白い。江《ジャン》澄《チョン》！　どこでくたばってるんだ!?　もうそろそろ七日経つぞ！」

藍忘機《ランワンジー》は手にした木の枝でぐっと強く焚き火を突いた。その一突きは剣のような勢いを帯び、ふわっと火の粉が舞い上がって宙を乱舞し、あちこちに飛び散る。

「休みなさい」

藍忘機《ランワンジー》の冷ややかな言葉に、魏無羨《ウェイウーシェン》は顔を彼の方に向けたまま、また海老のように身を丸めた。

「本気で言ってるのか。ついさっき目が覚めたばかりなのに、また俺に寝ろって？　お前ってそんなに起きてる俺が邪魔なのか？」

木の枝を引っ込め、「考えすぎだ」と藍忘機《ランワンジー》は端然とした様子で答えた。

（なんて頑固で融通が利かないんだ。だったら数日前の、鍋底の煤《すす》よりも暗い顔で、言葉に抑揚もあって、焦ったら人に噛みつく藍湛《ランジャン》の方が面白かったな。でもあんな藍湛《ランジャン》は、無理に会おうとして会えるものじゃないから、もう二度と見られないかもしれない）

「俺本当に退屈なんだ。藍湛《ランジャン》、世間話でもしよう。お前が先に話を振ってよ」

「君はいつも何時に就寝している」

「その話題、つまらなすぎだろう。本当に干からびてる……あり得ない。でも、お前の顔を立てて続けてやるよ。いいか、俺は蓮花塢にいる時、いつも丑《うし》の刻を過ぎてから寝るんだ。しかも夜通し寝ない時もよくある」

「だらしない。悪習だ」

「皆が皆、お前の家の人間みたいだと思うなよ？」

「改めるべきだ」

信じ難い藍忘機《ランワンジー》の言葉に、魏無羨《ウェイウーシェン》は慌てて耳を塞いだ。

「俺は病人だぞ。まだ熱があるんだからな。藍《ラン》兄ちゃん、もうちょっと面白い話をしてくれない？　こんなにかわいそうな俺の機嫌を取って宥めてくれてもいいだろう？」

藍忘機《ランワンジー》は口を閉ざしたまま答えなかった。

「何もないの？　わかったよ。そんなこととっくに知ってたし。じゃあ、歌は歌えるか？　歌ってくれない？」

彼は初めから、ただ口任せに言ってみただけだった。藍忘機《ランワンジー》と無駄口でも叩いて時間を潰すつもりで、彼の返事にはまったく期待していなかったのだ。けれど、長い沈黙のあと、軽やかで柔らかい歌声が広々とした洞窟の中にこだまし始めた。

藍忘機《ランワンジー》が、本当に歌ってくれたのだ。

魏無羨《ウェイウーシエン》は目を閉じ、仰向けになって四肢を伸ばすと、その歌に聴き入った。

「いい曲だな」

そう褒めてから、彼はさらに尋ねた。

「この曲、なんて名前だ？」

藍忘機《ランワンジー》は小さな声でそっと何か言ったようだった。

「なんて曲名？」

聞き返しながら、魏無羨《ウェイウーシエン》は目を開けた。

第十二章　三毒

〈一〉

魏無羨《ウェイウーシエン》は結局、その曲の名前をはっきりと聞き取ることができなかった。次第に熱い血が顔まで上ってきて、頭と四肢の関節は熱のせいでずきずきと痛み、「ブンブン」という耳鳴りの音が離れない。

再び意識の戻った魏無羨《ウェイウーシエン》は瞼を開けた。しかし、視界に映ったのは漆黒の洞窟の天井でも、藍忘機《ランワンジー》のあの蒼白く美しい顔でもなく、一面の木の板だった。

しかも、その木の板には口づけをしている人間の顔を描いた、小さく滑稽な絵がずらりと並んでいる。

これは、蓮花塢で彼が自分の寝床に描いた落書きだ。

魏無羨《ウェイウーシエン》は今、自分の部屋の木の寝台に寝ているのだ。そのすぐそばで俯いて本を読んでいた江厭離《ジャンイエンリー》は、彼が目覚めたことに気づくなり薄い眉を跳ね上げ、本を置いて「阿羨《アーシエン》！」と叫んだ。

「師姉！」

魏無羨《ウェイウーシエン》はどうにか寝台から身を起こす。四肢にこもっていた熱は下がったようだが、まだ体には力が入らず、喉も少し渇いている。

「俺、帰ってきたのか？　いつ洞窟から出た？　江《ジャン》おじさんが人を連れて助けに来てくれたの？　藍《ラン》湛《ジャン》は？　江澄《ジャンチョン》は？」

すると木の扉が開き、片手に白磁の壺を持った江《ジャン》澄《チョン》が入ってきて、「喚くな！」と怒鳴った。

それから、彼は江厭離《ジャンイエンリー》の方を向いて穏やかな口調で言った。

「姉さんが作った汁物、持ってきたよ」

江厭離《ジャンイエンリー》は壺を受け取り、その中身を掬って碗《わん》によそう。

「江澄《ジャンチョン》、この野郎、こっち来い！」

「そっちに行ってどうする？　俺に跪いて感謝でも

するつもりか？」

「七日も経ってやっと助けに来るなんて、わざと俺を殺すつもりだっただろう!?」

「お前死んだのか？　だったら今喋っているのは誰だ？」

「暮渓山から雲夢に戻るのなんて、せいぜい五日もあれば十分だろうが！」

「お前、バカなのか？　戻る時間だけ計算して、またそっちに向かう時間は計算しなかったか？　それに、暮渓山に着いてからも手分けしてあの榕樹の古木を山中くまなく捜し回る必要があったし、見つけたあとだって、温晁《ウェンチャオ》たちに塞がれた洞窟の入り口を掘らなきゃならなかったんだぞ。それを七日でお前を助け出したんだから、恩に着ろよ！」

　思えば、確かに往復の時間を計算することをすっかり忘れていたため、魏無羨《ウェイウーシエン》はとっさに何も言葉が出なかった。

「そういえばそうか。でも、藍湛《ランジャン》はきっと長くかかるってわかってただろうに、なんで俺にそう指摘してくれなかったんだろう？」

「あいつはお前が視界に入るだけでもうんざりだろうに、その上お前の話をまともに聞けって？」

「ああ、確かに！」

　江厭離《ジャンイエンリー》は汁物をよそい終え、魏無羨《ウェイウーシエン》にそっと碗を渡した。中身は乱切りにした蓮根《れんこん》と骨つき肉で、薄い桃色をした肉はよく煮込まれ外側がほろほろと煮崩れし、熱々の濃厚ないい香りを漂わせている。魏無羨《ウェイウーシエン》は洞窟に閉じ込められていた数日間何も食べられず、消化に悪いものは口にできなかったが、これならちょうどいい。

「師姉ありがとう」と礼を言うと、すぐに碗を持ったまま汁を啜り、具を食べながら、再び江澄《ジャンチョン》に尋ねた。

「藍湛《ランジャン》は？　あいつも一緒に助けたんだよな？　ここにいる？　それとも姑蘇の自分の家に帰ったのか？」

「当たり前だろう。うちの人間でもないのに、ここに来てどうする。当然姑蘇に帰ったよ」

「あいつ、一人で帰ったのか？　でも、姑蘇のあいつの家は……」

　そこまで言いかけたところで、江楓眠《ジャンフォンミエン》が部屋に入ってきた。

「江《ジャン》おじさん！」

「座っていなさい」

　魏無羨《ウェイウーシエン》が碗を置くと、江楓眠《ジャンフォンミエン》が鷹揚《おうよう》に言う。江《ジャン》厭離《イエンリー》は口を拭うための手ぬぐいを渡してきた。

「美味しい？」

　魏無羨《ウェイウーシエン》は手ぬぐいを受け取らず、大げさに口を突き出して見せる。

「うん、美味いよ！」

「お前な、自分の手があるだろう！」

　江澄《ジャンチョン》は腹立たし気に言ったが、江厭離《ジャンイエンリー》の方は、笑いながら魏無羨《ウェイウーシエン》の口と顎を拭いてくれる。拭き終わると、彼女はとても嬉しそうに微笑み、碗を持って部屋を出ていった。江楓眠《ジャンフォンミエン》は先ほど彼女がいた場所に座ると、白磁の壺をちらっと見る。どうやら彼も汁物が食べたかったようだが、いかんせん碗は既に江厭離《ジャンイエンリー》に片づけられてしまった。

「父上、温《ウェン》家の奴ら、まだ剣を返してこないのですか？」

　江澄《ジャンチョン》が尋ねると、江楓眠《ジャンフォンミエン》は視線を壺から逸らして答えた。

「ここのところ、温《ウェン》家では祝い事をしているからな」

「祝い事って？」

「温晁《ウェンチャオ》が自分一人の力で、屠戮玄武を仕留めたことを祝っているそうだ」

　それを聞いて、魏無羨《ウェイウーシエン》は危うく寝床から転がり落ちそうになった。

「温《ウェン》家が殺した!?」

「そりゃそうだろう？　まさかお前、『殺したのは魏無羨《ウェイウーシエン》だ』とあいつらが褒め称えてくれるとでも思ったのか？」

　江澄《ジャンチョン》が嘲笑うように言った。

「温狗《ウェンく》の奴ら、図々しくでたらめ言いやがって。あれを殺したのは藍湛《ランジャン》なのに」

魏無羨《ウェイウーシエン》の言葉を聞き、江楓眠《ジャンフォンミエン》は微笑む。

「そうなのか？　それは不思議だな、藍《ラン》公子は君が殺したと言っていたが、本当はいったい誰が殺したんだ？」

「俺たち二人ともだけど、とどめを刺したのはあいつだよ。俺はただ妖獣の甲羅の中に潜って奴を外に追い出しただけ。藍湛《ランジャン》はそれを待ち構えていて、三時辰も格闘してようやく殺せたんだ」

それから彼は、ここ数日に起きた出来事を父子に話した。江澄《ジャンチョン》は次第に複雑な表情になっていき、しばらくしてからやっと口を開いた。

「藍忘機《ランワンジー》の話とほぼ同じだ。ということは、やはりお前らが協力して奴を殺したんだな。なんだよ、お前も十分に戦ったっていうのに、なんで手柄を全部あいつ一人に譲るんだ？」

「譲ってなんかいないさ。ただあいつに比べたら、俺は本当にあまり力になれなかったんだって」

「良くやった」

江楓眠《ジャンフォンミエン》が頷きながら、穏やかに彼を褒めた。

十七歳にして、四百年あまりもの間生き続けてきた大型妖獣を仕留めたことは、「良くやった」程度の褒め言葉ではまったく足りないほどだ。

「おめでとう」

江澄《ジャンチョン》も祝福の言葉を贈ったが、その口ぶりはかなり怪しいものだった。両腕を組み、眉を跳ね上げたその様子を見た魏無羨《ウェイウーシエン》は、彼の中に燃え上がっている嫉妬心の存在にすぐ気づいた。江澄《ジャンチョン》は今、内心ではきっと、なぜ洞窟に残って妖獣を殺したのが自分ではなかったのか、もし自分が残っていれば、ああしたりこうしたりして必ず同じように成し遂げられたはずだ、と悔しい思いでいっぱいに違いない。魏《ウェイ》無羨《ウーシエン》はハハハッと笑った。

「お前がいなかったのは残念だったよ。そしたら妖獣の首にお前の取り分もあっただろうな。それに、お前なら気晴らしに俺と話してくれるしさ。本当に大変だったんだぞ。ここ数日ずっと藍湛《ランジャン》と向かい合って座って、もう退屈すぎて死んじゃうところだったよ」

「そうなったとしても自業自得だ。そもそも、人助けだか知らないが、勝手に出しゃばってつまらないことに首を突っ込んだせいだろ。お前が最初にあんなことをしなかったら……」

「江澄《ジャンチョン》」

突然、江楓眠《ジャンフォンミエン》が息子の言葉を遮った。

江澄《ジャンチョン》はぎょっとして、自分が言いすぎたことに気づき、すぐさま口を噤んだ。

江楓眠《ジャンフォンミエン》は別段責めている様子ではなかったが、しかしその表情は、先ほどの穏やかさから厳《おごそ》かさへと変わっていた。

「お前は今、自分の言葉のどこが不適切だったかわかるか？」

「わかります」

悄然と項垂れる江澄《ジャンチョン》を、魏無羨《ウェイウーシエン》が擁護した。

「こいつはただカッとなって勢いでああ言っただけだ」

言葉とは裏腹に不服そうな様子を見て、江楓眠《ジャンフォンミエン》は首を横に振った。

「阿澄《アーチョン》、たとえ腹が立っても安易に口に出してはならないことがある。言えば、それはお前がまだ雲夢江《ジャン》氏の家訓を理解していないということに他ならない。まだ……」

「そうね、理解していないわ。でも、それがどうしたっていうの。魏嬰《ウェイイン》は理解しているようだし、それで十分でしょう！」

唐突に、冷ややかで厳しい女性の声が扉の外から響いてきた。

まるで紫の稲妻が走ったかのように、虞《ユー》夫人は一陣の冷たい風とともに部屋の中に入ってきた。彼女は魏無羨《ウェイウーシエン》の寝床から五歩離れた場所に立って、両の眉を跳ね上げる。

「『成せぬと知りても、為さねば成らぬ』、まさにそいつみたいに、明らかに家に多大な迷惑がかかると知っていながらも、それを一切顧みず、好き放題に暴れ回る者にぴったりの言葉ね！」

「三娘子《サンニャンズー》、なぜここに？」

「私がなぜここにいるかですって？　おかしなこと

を言わないで！　この私がそんなことを聞かれるなんて。江《ジャン》宗主、私もこの蓮花塢の主であるということはまだ覚えているわよね？　お忘れかしら？　このすべての土地が私のものであることも、今横たわっているのと立っているの、どちらがあなたの息子なのかも」

　虞《ユー》夫人はこれまでの長い年月の中で、既に数えきれないほど似たような質問を夫に叩きつけてきた。

「もちろん、覚えているとも」

　江楓眠《ジャンフォンミエン》が静かに答えると、虞《ユー》夫人は皮肉そうに笑った。

「覚えているのね。でも、ただ覚えているだけでは意味もないわ。この魏嬰《ウェイイン》は、本当に毎日問題を起こさないと気が済まないのかしら！　こんなことだとわかっていたら、いっそのこと大人しく蓮花塢に残らせて、外出を禁じていた方が良かったわ。まさか本当に、姑蘇藍《ラン》氏と蘭陵金《ジン》氏の若公子二人に手を出せる度胸が温晁《ウェンチャオ》にあるとでも？　仮にそんな度胸があったのだとしても、それはあの子たちの運が悪かっただけのことで、わざわざあなたが英雄ぶってしゃしゃり出る筋合いなんてなかったでしょう？」

　江楓眠《ジャンフォンミエン》の前なので、魏無羨《ウェイウーシエン》は夫人の顔を少しばかり立てておく必要があった。そのため、口では一言も言い返さず、心の中で反論する。

（手を出せる度胸がない？　それはどうかな）

「ここではっきり言っておくわよ。今に見ていなさい、その子はいずれ必ずうちに厄介事を持ち込むに決まっている！」

　虞《ユー》夫人が言い放つと、江楓眠《ジャンフォンミエン》が立ち上がった。

「戻って話そう」

「何を話すの？　どこに戻るっていうのよ。今ここで話すわ。間違ったことなんて何一つ言っていないんだから！　江澄《ジャンチョン》、あなたはこっちに来なさい」

　江澄《ジャンチョン》は両親の間で板挟みになり、少しためらってから母親のそばに立った。虞《ユー》夫人は彼の両肩を掴み、江楓眠《ジャンフォンミエン》の前にぐいっと押し出して見せた。

「江《ジャン》宗主、この際だから言わせてもらうわ。しっかり見なさい。この子があなたの実の息子で、蓮花塢の未来の主よ。たとえ、産んだのが私だからこの子まで気に食わないとしても、それでもこの子の姓は江《ジャン》なのよ！　外の人たちがなんて噂しているか知らないなんて言わないわよね。江《ジャン》宗主は何年経ってもずっと誰々散人のことを想い続け、故人の子を我が子のように思っているって噂されているのよ。皆、勘ぐっているわ。魏嬰《ウェイイン》が本当は、あなたの実の……」

「虞紫鳶《ユーズーユエン》！」

　ずっと黙って聞いていた江楓眠《ジャンフォンミエン》が、ふいに怒鳴る。すると、虞《ユー》夫人もすぐさま怒鳴り返した。

「江楓眠《ジャンフォンミエン》！　大きな声を出せば済むと思っているの!?　あなたの考えは誰よりもお見通しよ！」

　二人は外に出て言い合いを続けたが、歩きながらも虞《ユー》夫人の怒りの声はますます大きくなるばかりで、江楓眠《ジャンフォンミエン》はなんとか怒りを抑え込み言葉を返しているようだった。江澄《ジャンチョン》は呆然とその場に立ち尽くしていたが、しばらくして魏無羨《ウェイウーシエン》をちらりと見ると、さっと振り返って部屋を出ていく。

「江澄《ジャンチョン》！」

　魏無羨《ウェイウーシエン》の呼びかけに江澄《ジャンチョン》は返事をせず、数歩で廊下へ出て姿が見えなくなる。魏無羨《ウェイウーシエン》はやむなく寝床から転がり落ちると、だるくて軋む体を無理に引きずって江澄《ジャンチョン》を追いかけた。

「江澄《ジャンチョン》！　江澄《ジャンチョン》！」

　江澄《ジャンチョン》は彼を完全に無視したままどんどん離れていく。魏無羨《ウェイウーシエン》はさすがに頭にきて、背後から飛びかかるとぐっと彼の首を絞めた。

「聞こえてるくせに、返事もしないなんて！　殴られたいのか！」

「とっとと寝床に戻って寝てろ！」

　江澄《ジャンチョン》が吐き捨てるように言った。

「いやだ。俺たちにはちゃんと話さなきゃならないことがあるだろう！　あんなでたらめな作り話、絶対に信じるなよ」

「どんな作り話だ？」

　魏無羨《ウェイウーシエン》が真剣に言うと、江澄《ジャンチョン》は冷ややかに聞き返した。

「あんなの口に出して言ったら口が曲がるだろう。俺の両親はちゃんと姓も名前もある人たちなんだ。他人に勝手に俺の出自を決められてたまるもんか！」

魏無羨《ウェイウーシエン》はきっぱりと言って江澄《ジャンチョン》の肩に手を回し、強引に彼を廊下の木の手すりのところまで引っ張っていって一緒に座った。

「思ってることは包み隠さず話し合おう。むしゃくしゃを溜め込んだりするな。お前は江《ジャン》おじさんの実の息子で、未来の江《ジャン》家宗主なんだから、江《ジャン》おじさんがお前にだけ厳しくするのも当然のことだろう？」

魏無羨《ウェイウーシエン》がそう言うと、江澄《ジャンチョン》は横目で彼を見た。

「でも、俺は違う。俺は他人の家の息子だし、両親ともに江《ジャン》おじさんの親友だから、俺に対してはもちろん少し遠慮があるはずだ。そのくらいお前だってわかってるよな？」

彼の言葉に、江澄《ジャンチョン》は鼻を鳴らした。

「父上は俺に対して厳しいわけじゃない。ただ、好きじゃないだけだ」

「自分の実の息子を好きじゃない親なんているか？　余計なことを考えるな！　口さがない奴を見かけたら、片っ端から俺が殴ってやる。そいつらの母親でも誰だか見分けられなくなるくらいまでぶん殴ってやるから」

「そういう親だっているさ。父上は母さんのことが好きじゃないから、俺のことも一緒くたに気に入らないんだ」

その言葉に反論するのは、なかなか難しいものがあった。

虞三娘子《ユーサンニャンズー》と江楓眠《ジャンフォンミエン》が、同世代の修士として十代の頃からの知り合いであることは、仙門世家周知の事実だ。江楓眠《ジャンフォンミエン》の気立ては穏やかで雅やか、虞紫《ユーズー》鳶《ユエン》は逆に強気で冷たく厳しい。当初の二人のつき合いは特別深いものではなかったため、家柄が良く釣り合っているとはいえ、それまで誰も二人を一組の男女として考えることはなかった。のちに蔵色散人《ぞうしきさんじん》が俗世に下り、旅の道中で雲夢を通った時、偶然江楓眠《ジャンフォンミエン》と知り合って友人となった。さらに夜狩を数回ともにし、二人はお互いのことを非常に高く評価し合っていたため、人々は、蔵色散人《ぞうしきさんじん》が蓮花塢の次期女主になる可能性が極めて高いだろうと予想していた。

しかし、その少しあとに、眉山虞《ユー》氏が突然雲夢江《ジャン》氏に縁談を持ちかけてきた。

当時の江《ジャン》家宗主はその縁談に大変乗り気だったが、江楓眠《ジャンフォンミエン》本人にはまったくそのつもりがなかった。彼は虞紫鳶《ユーズーユエン》の性格と人柄を好ましくは思っておらず、これは決して良縁ではないと、婉曲《えんきょく》に何度も断った。しかし眉山虞《ユー》氏は多方面から手を打って外堀を埋め、当時まだ若く、立つ瀬の定まっていなかった江楓《ジャンフォン》眠《ミエン》に強い圧力をかけた。それに加えて、その後間もなく、蔵色散人《ぞうしきさんじん》は江楓眠《ジャンフォンミエン》の最も忠実な側仕えの家僕であった魏長沢《ウェイチャンゾー》と結ばれ道侶《どうりょ》となったのだ。その後二人が遠くへとあてもない旅に出たこともあり、江楓眠《ジャンフォンミエン》は結局折れて、縁談を受け入れた。

江虞《ジャンユー》両家の二人の結婚は確かに成立したが、常に関係は悪く話もまったく合わず、年がら年中別居状態であった。この結婚によって、一族の勢力が強固になったこと以外、得られたものがあるのかは甚《はなは》だ疑問でしかない。

雲夢江《ジャン》氏一族の開祖である江遅《ジャンチー》は遊侠《ゆうきょう》出身で、江《ジャン》家の家風は明朗で度量が広く、正直で屈託がないものだが、虞《ユー》夫人の人柄と性格、そして表情までもがそれとは完全に正反対の方向を向いている。そして、その息子の江澄《ジャンチョン》は、容姿性格ともに母親似だったために、生まれながらにして江楓眠《ジャンフォンミエン》には好まれず、幼い頃からいくら教え導いても、結局彼の気質が変わることはなかった。そのせいか、江楓眠《ジャンフォンミエン》は、確かに息子のことをあまり快く思ってはいない様子なのだった。

江澄《ジャンチョン》は魏無羨《ウェイウーシエン》の手を払いのけて、並んで座っていた木の手すりから立ち上がると、鬱憤を晴らすように口を開いた。

「わかってる！　俺は父上が好むような性格じゃないし、望むような跡継ぎでもない。父上は俺のことを、宗主として相応しくない、江《ジャン》家の家訓も信念も理解していない人間だと思ってる。その通りだよ！」

そこまで言うと、彼は取り乱したように声を荒らげた。

「お前は藍忘機《ランワンジー》と協力して血みどろになって奮戦し、屠戮玄武を倒した！　素晴らしいよ！　でも、俺は!?」

彼は廊下の柱に拳を打ちつけ、歯を食いしばった。

「……俺だって数日間奔走したし、気力体力ともに尽きるまで、一刻も休めなかった！」

「なあ、家訓がなんだって言うんだ！　家規家訓は必ず守らなきゃいけないものなのか？　お前、姑蘇藍《ラン》氏の家規を見ただろう。三千条以上もあるのに、それを全部守るとなったら、どうやって生きていけばいいんだ？」

そう言うと、魏無羨《ウェイウーシエン》は木の手すりから飛び降りる。

「宗主になったって同じだよ、絶対家風を受け継いで、家訓を遵守《じゅんしゅ》しなきゃいけないって？　雲夢江《ジャン》氏には今までにあんなに多くの歴代宗主がいたっていうのに、皆それを守ってきたなんて、俺は絶対信じないからな。姑蘇藍《ラン》氏ですら藍翼《ランイー》みたいな異端が現れたけど、彼女の実力と地位を否定できる奴なんていたか？　藍《ラン》家の名士を語る時、彼女をすっ飛ばしたり、彼女の弦殺術を軽んじる奴なんていたか？」

押し黙る江澄《ジャンチョン》は、どうやら少し冷静になったようだ。魏無羨《ウェイウーシエン》は再び彼の肩に腕を回した。

「将来お前が宗主になったら、俺はお前の部下になる。お前の父親と俺の父親みたいにな。姑蘇藍《ラン》氏に双璧がいるからってなんだよ。雲夢には俺たち双傑《そうけつ》がいる！　だから、もう黙れ。誰がお前のことを宗主として相応しくないなんて言った？　誰一人そんなことは言わせない。たとえお前自身であってもだ。言うなら俺に殴られる覚悟をしておけよ」

江澄《ジャンチョン》はようやくいつもの調子を取り戻すと、鼻を鳴らした。

「今のお前のそのざまで？　誰も殴れないだろう？」と言いながら、魏無羨《ウェイウーシエン》の心臓辺りを軽く叩く。

あの鉄の焼印を押された傷口は既に薬を塗り、包帯も巻かれていたが、それでもふいに叩かれて痛くないわけがない。

「江澄《ジャンチョン》！　死ね！」

魏無羨《ウェイウーシェン》は吠えるように声を上げた。

江澄《ジャンチョン》はさっと身をかわし、彼の手のひらから打ち出された一撃を避けて怒鳴った。

「今さらそんなに痛がるなら、なんであの時英雄を気取った!?　ざまあ見ろ！　今度こそ学習しろよな！」

「俺のどこが英雄気取りなんだよ！　俺だって切羽詰まってて、考えるより先に体が動いちゃったんだ！　おい待て、逃げるな。そのちっぽけな命は取らないでおいてやるから、ちょっと聞きたいことがある！　俺の帯の内側に香り袋を一つ入れてあったんだ、中身は空のやつ。お前見なかったか？」

「あの綿綿《ミエンミエン》がくれたやつか？　見てないな」

江澄《ジャンチョン》が答えると、魏無羨《ウェイウーシェン》は残念と叫んで、「今度またもらおう」と呟く。

それを聞いて、江澄《ジャンチョン》は眉をひそめた。

「お前はまたそんなことを。まさか本当に彼女が好きなのか？　あの子は確かに顔はまあまあだけど、身なりを見る限り出身はあまりいい所じゃないだろう。おそらく門弟ですらないし、多分召使いの娘なんじゃないか」

「召使いだったらなんだよ。俺だって家僕の息子だけど？」

「お前を彼女と比べるのか？　どこの家の家僕がお前みたいに、主人に蓮の実をむいてもらうわ、汁物を作ってもらうわするんだ。俺だって、帰ってからまだ姉さんの汁物は飲めてないんだからな！」

「お前も飲みたかったなら、また作ってもらえばいいだろう。そうだ。さっき藍湛《ランジャン》の話になったけど、あいつ、俺に伝言とか残さなかった？　あいつの兄貴は見つかった？　家は今どういう状況なんだ？」

「あいつがお前に伝言を残すだなんて、よくそんな期待ができたものだな？　剣で刺されなかっただけでも幸運だと思え。あいつはすぐ帰ったよ。藍曦《ランシー》臣《チェン》はまだ見つかっていないから、藍啓仁《ランチーレン》は忙殺《ぼうさつ》されているらしい」

「藍《ラン》家宗主は？　どうなった？」

「他界した」

魏無羨《ウェイウーシエン》は呆気に取られ、思わず「他界した？」と聞き返す。

突然、藍忘機《ランワンジー》のあの火の明かりに照らされ、涙の跡が残る顔が脳裏をよぎる。

「藍湛《ランジャン》はどうだった？」

とっさに尋ねると、江澄《ジャンチョン》が当惑したように答えた。

「どうもこうもない。帰ったって言ってるだろう。父上は誰かつき添わせて姑蘇まで送り届けると言ったが、あいつに断られた。あの様子は、おそらくその日が来ることをとっくに覚悟していたんだろうな。今のこの状況じゃ、安心していられる家なんてどこにもない」

二人はもう一度、木の手すりに腰を下ろした。

「藍曦臣《ランシーチェン》はいったいどこへ行ったんだ？」

「温《ウェン》家が藍《ラン》家の蔵書閣を燃やそうとしただろう？推測だが、何万冊もあった古書と楽譜の一部を藍《ラン》家の人々がどうにか持ち出して、それを藍曦臣《ランシーチェン》に渡して逃がしたんじゃないのか。たとえわずかであってもそうして守らないと、全部消えてしまうからな。多分、皆そう考えてる」

天を仰ぎ見て、魏無羨《ウェイウーシエン》が腹立ちまぎれに言った。

「胸くそ悪いな」

「ああ。温《ウェン》家の奴ら、本当に胸くそ悪すぎる」

「いつまであんなふうにのさばらせておくつもりだ？　こっちはこんなに多くの世家がいるんだから、手を組んで……」

魏無羨《ウェイウーシエン》が言いかけたその時、バタバタと大勢の足音が響いてきた。目を向けると、丈が短い質素な服を身に纏った少年たちの群れが、猿のように跳んだり走ったりしながらこちらへ近づいてくる。彼らは木の手すりを跳び越えて長い廊下まで来ると、「無《ウー》羨師兄《シエンしけい》！」と口々に呼びかけた。

「無羨《ウーシエン》師兄！　生き返ったんですね！」

六師弟《ろくしてい》——江《ジャン》家の六番目の弟弟子が喜びに溢れ

た声を上げる。

「おい！　誰が生き返ったって？　俺はそもそも死んでないぞ！」

「無羨《ウーシエン》師兄が四百歳以上の妖獣を倒したって聞きましたよ!?　本当ですか!?　本当に無羨《ウーシエン》師兄がやっつけたんですか!?」

「それより、無羨《ウーシエン》師兄は本当に七日間、何も食べなかったの？」

「本当は僕たちに隠れて、こっそり辟穀してたんですか!?」

「屠戮玄武っていったいどれくらいの大きさなんだ？　蓮花湖に入りきるくらい!?」

「屠戮玄武って、要するにただの亀ってことですよね!?」

「無羨《ウーシエン》師兄はこの七日間ずっと、姑蘇のあの藍忘《ランワン》機《ジー》と一緒に過ごしたんですか？　よく殴り殺されずに済みましたね!?」

　先ほどまでの厳かで静寂に満ちていた雰囲気が、一瞬で雑然とした空気に塗り替えられた。

魏無羨《ウェイウーシエン》の傷はもともとそれほどひどいものではなく、すぐに薬を塗れず、過度な疲労を重ねた上に食事も取れなかったせいで体調を崩しただけだ。とはいえ、彼は非常に体が丈夫なので、胸のところの烙印の痕に薬を塗ると熱も下がり、数日寝ただけでまた元気を取り戻した。

　暮渓山屠戮玄武の乱が終わると、温《ウェン》家が岐山に設置した「教化機関」は跡形もなく解散したので、各世家の弟子たちは各自の家に戻り、温晁《ウェンチャオ》の方からもしばらくの間、さらなる追及はなかった。虞《ユー》夫人はこれをいいことに、魏無羨《ウェイウーシエン》を痛烈に叱りつけ、彼に蓮花塢の正門から半歩すら出てはならない、舟を漕いで湖で遊ぶことさえも禁止だときつく命じた。そのため、彼は他にすることもなく、毎日大勢の江《ジャン》家の弟子たちと一緒に凧を射て遊んでいた。

　いくら楽しい遊びでも、毎日繰り返せば面白味もなくなる。半月も経つ頃には、少年たちは完全に退屈しきって凧遊びにも興味がなくなっていた。魏無《ウェイウー》羨《シエン》もやる気が出ず、手任せで適当に射ていたら、滅多にないことに江澄《ジャンチョン》に何度も一位を取られてしまった。

この日、全員が射終わると、魏無羨《ウェイウーシエン》は眉間に右手をかざし、夕日を眺めながら口を開いた。

「撤収だ。もう終わりにしよう。家に帰って夕餉にするぞ」

「今日はやけに早くないか？」

江澄《ジャンチョン》が怪訝そうに尋ねる。魏無羨《ウェイウーシエン》はぽいとその辺に弓を放ると、肩を落として地面に座り込んだ。

「面白くないから、やめだ。今日最下位になった奴らは？　お前ら、六師弟と一緒に凧を拾ってきな」

「無羨《ウーシエン》師兄、ずるいです。毎回他の人に拾わせるなんて、勝手すぎます」

一人の少年が拗ねたように文句を言うと、魏無羨《ウェイウーシエン》はひらひらと手を振った。

「だってしょうがないだろう、虞《ユー》夫人が外に出してくれないんだから。その虞《ユー》夫人が家にいる上に、あの金珠《ジンジュー》と銀珠《インジュー》もどこかの物陰から俺を監視してて、いつでも告げ口できるように構えてるかもしれないんだぞ。そんな中で、俺がもし外にのこのこと拾いに出たりしたら、虞《ユー》夫人は絶対鞭で俺の皮を剥ごうとするに決まってる」

戦績が低かった何人かの弟弟子たちは、口々に彼をからかい、ハハハッと笑いながら正門から出て凧を拾いに行った。立ってその様子を眺めていた江澄《ジャンチョン》の隣で、魏無羨《ウェイウーシエン》は地面に座ったまま、二人はぽつぽつと取り留めのない話をした。

「江《ジャン》おじさん、今朝早く出かけていったのにずいぶんと帰りが遅いな。夕餉に間に合うかな？」

今朝、江楓眠《ジャンフォンミエン》と虞《ユー》夫人はまた喧嘩をしていた。いや、喧嘩とは少し違うかもしれない。ただ単に虞《ユー》夫人が一方的に当たり散らし、江楓眠《ジャンフォンミエン》はいつも通りの態度を保っていた。

「きっとまた、俺たちの剣のことで温《ウェン》家に行ったんだろう。俺の三毒《サンドゥ》が今温狗《ウェンく》の誰かの手に握られているんじゃないかと考えると、まったく……」

そう言ってぼやく江澄《ジャンチョン》の顔に嫌悪の表情が覗き、魏無羨《ウェイウーシエン》が言った。

「残念ながら俺たちの剣はまだ霊が生まれてないからな。もし自動的に封剣できたら、もう誰も使えなくなるのに」

「お前がもう八十年くらい修練したら、できるかもな」

すると突然、数人の少年たちが蓮花塢の修練場に駆け込んできて、怯えながら声を張り上げた。

「大変です！　お二人とも、大変なんです！」

その数人は、まさに先ほど凧を拾いに出かけた弟子たちで、魏無羨《ウェイウーシエン》はぱっと立ち上がった。

「どうした？」

「六師弟は？　なんで一人足りないんだ？」

江澄《ジャンチョン》も眉をひそめて尋ねる。

先ほど、六師弟は一番先に走って出ていったはずだが、その姿は見当たらない。

一人の少年が息せき切って答える。

「六師弟は捕らえられてしまいました！」

「捕らえられた!?」

魏無羨《ウェイウーシエン》はとっさに弓を拾い上げて、武器を手に持ってから問い質す。

「誰の仕業だ？　なんであいつを!?」

「わかりません！　理由がちっともわからないんです！」

「わからないってどういうことだ？」

その少年の混乱した様子に江澄《ジャンチョン》も焦り始め、魏無《ウェイウー》羨《シエン》が彼らを宥める。

「皆焦るな。落ち着いて話してくれ」

「さっき……さっき、俺たちが凧を拾いに行ったら、凧が落ちた所はすごく遠くて、そこには温《ウェン》家の人たちが何十人もいたんです。皆、温《ウェン》家の服を着ていて、門弟も家僕もいる中で、先頭に立っていたのは若い女でした。彼女は矢が刺さった凧を手に持っていて、俺たちを見るなり、その凧は誰の凧かって聞いてきました」

その少年が言うと、もう一人の少年が続ける。

「その凧は六師弟のもので、彼が自分のだと言ったら、あの女は急に顔色を変えて『大した度胸ね！』と言って、すぐ手下たちに六師弟を捕らえさせたんです！」

「それだけか？」

魏無羨《ウェイウーシエン》が唖然とすると、少年たちは皆こくこくと頷いた。

「俺たちも、なぜ六師弟を捕らえるのか聞いたんですが、あの女はずっと彼のことを、悪逆無道、悪巧《わるだく》みを腹に隠しているとか言い張って、手下たちに大声で命令して六師弟を連行してしまったんです。俺たちもどうすることもできなくて、走ってここへ戻ってきました」

江澄《ジャンチョン》は忌々しげに罵った。

「人を捕らえるのに理由すらないなんて！　温家《ウェン》は自分たちを仙門の王だとでも思っているのか⁉」

「そうなんです！　ちっとも訳がわかりません！」

「皆、少し黙ってろ。温家《ウェン》の奴ら、おそらくもうすぐこっちに来る頃だろうから、聞かれて因縁をつけられたらまずい。おい、その女っていうのは、剣は持ってなかったよな？　しかも、割と綺麗で、唇の上にほくろが一つあったか？」

「はい！　その人です！」

魏無羨《ウェイウーシエン》の質問に、弟弟子たちが答えた。

「王霊嬌《ワンリンジャオ》か！　あの女……」

江澄《ジャンチョン》が恨めしい声を上げたちょうどその時、冷ややかな女の声が響いてきた。

「いったい何を騒いでいるの。まったく、たった一日も静かにしていられないの？」

そこへ、ひらひらとした紫色の服を身に纏った虞《ユー》夫人が歩いてきた。全身武装した金珠《ジンジュー》と銀珠《インジュー》も、彼女の右後ろと左後ろに控えてついてくる。

「母さん、温家《ウェン》の奴らが来て、六師弟が捕らわれた！」

「あなたたちが大声で騒ぐから、中まで全部聞こえたわよ。そもそも、それがどうしたっていうの。捕らわれただけで、別に殺されたわけではないのでしょう。こんなことで取り乱して地団駄を踏んだり、歯を食いしばったりするなんて、あなたに未来の宗主としての自覚はあるの？　落ち着きなさい！」

彼女はそう言うと振り返り、修練場の前方にある正門に目を向ける。すると、今まさにその正門から、十数名の炎陽烈焔袍を身に纏った温《ウェン》家修士たちが次から次へと入ってきた。さらにその修士たちの後ろから、煌びやかな服を着た女が一人、ゆったりとした足取りで軽く体を揺らしながら門をくぐって中へと足を踏み入れた。

その女の体つきは柔らかくしなやかで、なまめかしい容姿をしている。媚を含んだ目つきをしていて、烈火のように真っ赤に塗られた唇の上に、小さな黒いほくろが一つ。かなりの美女だ。ただ、着けられるだけ身に着けた眩い輝きを放つ装飾品は、まるで宝飾店を一軒丸ごと持ち歩いているかのようだ。それは、お偉いさんの誰かからの贈り物をすべて身に着け、その寵愛《ちょうあい》ぶりをひけらかさんとしているようで非常に品がない。まさに彼女は、先日の岐山で魏《ウェイ》無羨《ウーシェン》に手のひらで一撃を打たれ、血を吐き叩き飛ばされた、あの王霊嬌《ワンリンジャオ》だ。

「虞《ユー》夫人、また来ちゃったわ」

微笑みながら言う王霊嬌《ワンリンジャオ》に、虞《ユー》夫人は無言のまま顔色一つ変えない。まるで、彼女と一言でも話せば自分の口が汚れるとでも思い込んでいるかのようだ。王霊嬌《ワンリンジャオ》が正門にある階段を下りてくると、虞《ユー》夫人はやっと口を開いた。

「あなた、我が雲夢江《ジャン》氏の弟子を捕らえてどういうつもり？」

「捕らえる？　ああ、さっき外で捕まえたあれのこと？　それについては話せば長くなるから、中で座ってゆっくり話しましょうよ」

王霊嬌《ワンリンジャオ》は、そもそも召使いの分際でありながら、事前の取り次ぎも許可もなく、他世家に正門からずかずかと押し入ってきた。その上、さも当然のような顔で遠慮もなく堂々と家の中にまで上がる気で、「座ってゆっくり話そう」などと言いだしたのだ。あまりの面《つら》の皮の厚さに、虞《ユー》夫人の表情は次第に凍りついたように厳しいものになり、紫電《ズデン》の銀の指輪をはめた右手の指が軽く二回動き、透き通るように白い手の甲には微かに青筋が立った。

「中で座って話す？」

「もちろんよ。前回命令を下しに来た時は、座る暇もなかったものね」

「命令を下す」という王霊嬌《ワンリンジャオ》の言葉を聞いて、江澄《ジャンチョン》は冷ややかに鼻を鳴らし、金珠《ジンジュー》と銀珠《インジュー》の顔にも微かな怒りの色が滲んだ。しかし、王霊嬌《ワンリンジャオ》は温晁《ウェンチャオ》の側近で、彼の一番のお気に入りだということもあり、今は彼女の機嫌を損ねるのは避けたかった。やむなく虞《ユー》夫人は、満面に皮肉を込めた嘲笑を浮かべ、明らかに歓迎していない口振りで、「いいでしょう。入るといいわ」と促した。

王霊嬌《ワンリンジャオ》はあでやかに笑い、本当に中に入ってくる。

しかし、彼女はすぐに座ることはせず、蓮花塢の内部をじろじろと不躾《ぶしつけ》に見回して、あちこちで言いたい放題し始めた。

「蓮花塢は悪くない所だわ、広いし。ただ建物がちょっと古いわね」

「木材も全部真っ黒で、全然綺麗じゃないし、明るくない」

「虞《ユー》夫人、あなたったら女主として全然なってないのね。手入れとかしないの？　次は赤い仕切り幕をいっぱいかけておいてね。そっちの方がずっと綺麗だわ」

歩きながら、彼女は目についた気に食わないところを次々とあげつらっていく。まるでここは彼女の裏庭であるかのようだ。その間、虞《ユー》夫人の眉頭《まゆがしら》は絶え間なく小刻みに震えていて、それを見た魏無羨《ウェイウーシエン》と江澄《ジャンチョン》は、彼女が耐えきれなくなり、今にも王霊嬌《ワンリンジャオ》を殺してしまうのではないかと不安になった。

指摘と観光が終わると、王霊嬌《ワンリンジャオ》はようやく大広間の椅子に腰を下ろした。誰一人案内することも譲ることもなかったが、彼女は自ら勝手に上座に着く。しばらくしても家僕が誰も来ないため、眉をひそめて卓を叩いた。

「お茶は？」

彼女は宝石で全身をきらきらと輝かせているが、言葉遣いも身のこなしも何一つ礼儀礼節と言うに足るものがなく、様々な醜態をさらしている。しかし、彼女が蓮花塢に来てからずっとそれを目の当たりにしてきたおかげで、周りで見ている者たちもだんだんと慣れてきていた。

それに対し、虞《ユー》夫人は下座に腰を下ろしているが、大きく広がった紫の服の裾と袖に包まれた彼女の腰はますます華奢に見え、姿勢も美しくて映える。彼女の後ろにつき従って立っている金珠《ジンジュー》と銀珠《インジュー》は、王《ワン》霊嬌《リンジャオ》の要求を聞いて口元に小さくせせら笑いを浮かべた。

「お茶はない。飲みたければ自分で入れればいい」

銀珠《インジュー》がそう言い放つと、王霊嬌《ワンリンジャオ》は驚いた顔で美しい目を見開いた。

「江《ジャン》家の家僕は仕事をしないのかしら？」

「江《ジャン》家の家僕にはね、もっと重要で大切な仕事があるの。お茶を入れるくらいのことなど、人の手を煩わす必要はないでしょう。どこか不自由なわけでもあるまいし」

今度は金珠《ジンジュー》が刺々しい口調で言うと、王霊嬌《ワンリンジャオ》は彼女たちをしげしげと見た。

「あんたたちは誰？」

「私の側仕えの侍女よ」

虞《ユー》夫人が答えると、王霊嬌《ワンリンジャオ》は軽蔑したようにため息をついた。

「虞《ユー》夫人、あなたたち江《ジャン》家ってまったくお話にならないわね。このままじゃダメ。侍女のくせに大広間でご主人様の会話に勝手に口を挟むなんて、そんな召使いは温《ウェン》家では平手打ちよ」

（今そう言ってるお前自身もただの召使いだろうが）

魏無羨《ウェイウーシエン》は内心で呆れたが、虞《ユー》夫人は堂々と構えている。

「金珠《ジンジュー》と銀珠《インジュー》はただの家僕ではないの。彼女たちは子供の頃から私のそばにいて、私以外の人に仕えたことなど今まで一度もないし、もちろん、誰一人として彼女たちに平手打ちなんてできないわ。不可能だし、する度胸もないでしょう」

「虞《ユー》夫人、なんてことを言うの。世家では、尊卑というものは当然はっきりと分けなければならないのよ。それでこそ秩序が保てるというものだわ。家僕には、家僕としての分をわきまえさせるべきよ」

王霊嬌《ワンリンジャオ》のことは気に食わないものの、「家僕には、家僕としての分をわきまえさせるべき」という言葉には強く同意し、虞《ユー》夫人は魏無羨《ウェイウーシエン》をちらりと見ると、「その通りだわ」と傲然と言い放った。

だが、賛同はそこまでで、すぐさま話を戻し、虞《ユー》夫人は今最もすべき質問を切り出した。

「それで、我が雲夢江《ジャン》氏の門弟を捕らえて、いったいどういうつもり？」

「虞《ユー》夫人、あの小僧とは縁を切った方がいいと思うわ。奴は悪巧みを隠していたから、私がその場で取り押さえて、罰を受けさせるために連行することにしたのよ」

「悪巧みを隠す？」

虞《ユー》夫人が眉を跳ね上げ、江澄《ジャンチョン》は耐えきれなくなって尋ねた。

「六師弟は、いったいどんな悪巧みを隠しているっていうんだ？」

「証拠ならあるわ。持ってきなさい！」

王霊嬌《ワンリンジャオ》の命令で、温《ウェン》家門弟の一人が一枚の凧を彼女に差し出す。王霊嬌《ワンリンジャオ》はその凧を受け取ると、ひらひらと振った。

「これが証拠よ」

それを見て、魏無羨《ウェイウーシエン》は嘲笑いながら言う。

「ただのありふれた一つ目妖怪の凧だろう。いったい、それのどこが証拠なんだ？」

「私の目が節穴だとでも思っているの？　よく見なさい」

王霊嬌《ワンリンジャオ》も冷笑する。

「この凧は何色？　金色よね。一つ目妖怪はどういう形？　丸い形でしょう」

彼女は真っ赤な爪紅《つまべに》で染めた人さし指で、凧を指さしたり絵をなぞったりして、そこに十分な理由があると言わんばかりに勝手な分析を披露してまくし立てた。

「だから？」

「だからですって？　虞《ユー》夫人、まだ気づいていないの？　金色で、丸い形、何に似ている？　――太陽よ！」

王霊嬌《ワンリンジャオ》が苛立ったように声を上げる。

周りの人々が呆気に取られている中、彼女は得意げに続けた。

「爪にはあれほどたくさんの種類があるというのに、なんで奴はよりによって一つ目妖怪の形に作ったの？　なんでまた、よりによって金色に塗ったわけ？　違う形のものを作ることだってできたわけでしょう？　それに、なんで他の色じゃダメなの？　まさかあなたたち、これでも偶然だなんて言わないわよね？　そんなわけない、絶対わざとよ。そしてこの爪を射るということは、『射日』を暗喩《あんゆ》しているに違いない！　そう、奴は太陽を射落とすつもりなのよ！　これは岐山温《ウェン》氏に対する不敬だわ。これでも企みがないって言える？」

自分は頭がいいと勝手に思い込んで自惚れ、無理にこじつけた彼女の下手くそな演説を聞かされているうち、江澄《ジャンチョン》はもうこれ以上我慢ができなくなった。

「その爪は確かに金色で丸い形だが、太陽には似ても似つかない。いったいどこが似ているんだ？　これっぽっちも似ていないぞ！」

「お前のその理屈だと、蜜柑《みかん》もおちおち食べられないじゃないか。だって蜜柑も金色で、丸い形だろう？　でも俺はお前が食べているところを何回も見かけたような気がするけど？」

魏無羨《ウェイウーシエン》も同調して言うと、王霊嬌《ワンリンジャオ》は憎々しげに彼をじろりと睨みつける。

虞《ユー》夫人は、ただ冷ややかに尋ねた。

「つまりあなたが今回来たのは、その爪のためだけなのかしら？」

「もちろん違うわ。今回私は、温《ウェン》家と温《ウェン》公子の代わりに、ある者を処罰しに来たの」

王霊嬌《ワンリンジャオ》が言い放った言葉に、魏無羨《ウェイウーシエン》の心臓はどきんと大きく鼓動した。

やはり次の瞬間、王霊嬌《ワンリンジャオ》は彼を指さした。

「暮渓山で温《ウェン》公子が屠戮玄武と勇敢に戦っている時に、この小僧が傲慢な口を利いたり何度も邪魔をしたりしたせいで、温《ウェン》公子は心身ともにひどく疲労して、危うく失敗しそうになったわ。しかもご自分の剣まで失う羽目になったのよ！」

彼女が白黒を入れ替え、出まかせを言っているのを聞いて、江澄《ジャンチョン》はもはや怒りを通り越して可笑しくなり、声に出して笑った。魏無羨《ウェイウーシエン》は、今朝出かけた江楓眠《ジャンフォンミエン》のことを思い出していた。

（こいつら、わざとこの時間を狙って来やがったな。もしくは、最初から意図的に江《ジャン》おじさんをおびき出しておいて、乗り込んできたのかもしれない！）

「幸い、温《ウェン》公子には神様のご加護があって、ご自分の剣をなくしながらも、見事に屠戮玄武を仕留められたわ。ただその小僧だけは、絶対に大目に見ることなどできない！　今日私が来たのは、まさに温《ウェン》公子の命を受け、虞《ユー》夫人に厳しくそいつを処罰してもらって、雲夢江《ジャン》氏の他の者たちへの見せしめにするためよ！」

江澄《ジャンチョン》が思わず口を開く。

「母さん……」

「黙りなさい！」

虞《ユー》夫人のその反応を見て、王霊嬌《ワンリンジャオ》はひどく満足した様子で言った。

「この魏嬰《ウェイイン》は、私の記憶に間違いがなければ、確か雲夢江《ジャン》氏の家僕よね？　今は江《ジャン》宗主がいないみたいだけど、虞《ユー》夫人ならきっと、事の重大さをちゃんとわかってくれると信じているわ。もし雲夢江《ジャン》氏が奴を庇うとなれば、それはかなり疑わしい……いろんな噂は……本当に事実かもしれないわね……ふふふ」

彼女は江楓眠《ジャンフォンミエン》が普段座る上座で、口を隠して笑った。虞《ユー》夫人は暗い表情で彼女に目を向ける。江《ジャン》澄《チョン》は彼女の意味深長な言葉を聞いてカッとなった。

「いったいどんな噂だ!?」

「どんな噂って？　江《ジャン》宗主に関する大昔の艶聞に決まっているじゃない……」

そう言って、王霊嬌《ワンリンジャオ》はけらけらと笑った。

彼女が面と向かって堂々と嘘をでっち上げ、江《ジャン》楓眠《フォンミエン》を嘲笑っているところを見て、魏無羨《ウェイウーシエン》は怒り心頭に発した。だが、「お前この……」と怒鳴ろうとした時、唐突に背中に痛みが走り、両膝からがくんと崩れる。驚いたことに虞《ユー》夫人が突然手を上げ、彼を鞭で打ったのだ。

「母さん！」

江澄《ジャンチョン》は思わず叫んだ。だが、虞《ユー》夫人は既に立ち上がり、鞭の形に変化した紫電《ズデン》は彼女の冷えた玉のような両手の中でビリビリと電流を纏っている。

「江澄《ジャンチョン》、そこをどいて。どかないならあなたも一緒に跪きなさい！」

虞《ユー》夫人が怒鳴った。魏無羨《ウェイウーシエン》はなんとか床に手をついて身を起こし、「江澄《ジャンチョン》そこをどけ！　構うな！」と彼女と同じように言った。

虞《ユー》夫人はさらに一鞭《ひとむち》入れると、魏無羨《ウェイウーシエン》をもう一度床に叩きつけ、歯ぎしりして憤慨をあらわにした。

「……私は前々から言っていたはずよ。この……この決まりに従わない不届きものが！　いずれ必ず江《ジャン》家に厄介事を持ち込むに決まっていると！」

魏無羨《ウェイウーシエン》は思いきり江澄《ジャンチョン》を押しのけると、繰り返し打たれるその鞭を歯を食いしばって受け止め、声も漏らさず、一切動かなかった。

今まで虞《ユー》夫人は、確かにいつも彼に辛辣なことばかり言ってきたが、それでも本気でむごい仕打ちをしたことは一度もなく、せいぜい二、三回だけ鞭で打って、彼に罰として外出を禁止し祠堂《しどう》で跪いて反省するように命じるくらいだった。それも、少し経てば江楓眠《ジャンフォンミエン》に出してもらえる。しかし、今回は続けざまに激しく数十回も打たれ、彼の背中は焼けつくように痛んだ。全身が痺れていて、あまりにも耐え難い苦痛だったが、耐えなければならない。王霊《ワンリン》嬌《ジャオ》と岐山温《ウェン》氏の者たちを満足させるまで罰さなければ、今回の出来事はきっと終わりにはならない！

王霊嬌《ワンリンジャオ》は満面に笑みを浮かべながらその様子を眺めていた。虞《ユー》夫人が打ち終えると、紫電《ズデン》の鞭はシュッと彼女の指輪の中へと引っ込んだ。床に跪いている魏無羨《ウェイウーシエン》の上半身は前屈みになってふらつき、そのまま倒れてしまいそうだ。江澄《ジャンチョン》が近づいて支えようとしたが、「どきなさい。彼を支えてはなりません！」と虞《ユー》夫人に厳しい声で止められた。

江澄《ジャンチョン》は金珠《ジンジュー》と銀珠《インジュー》にしっかり腕を掴まれている。

魏無羨《ウェイウーシエン》はしばらくの間なんとか持ち堪えていたが、耐えきれずにどさりと床に倒れ込み、うつ伏せのまま動かなくなった。

「……これでおしまい？」

王霊嬌《ワンリンジャオ》は驚いた顔で不思議そうに尋ねた。

「そうだけど？」

虞《ユー》夫人が鼻を鳴らす。

「この程度で？」

挑発するような言葉に、虞《ユー》夫人の両の眉が跳ね上がった。

「『この程度』って？　あなたは紫電《ズデン》をどのくらいの霊器だと思っているの？　ここまで打たれたら優にひと月は治らないのよ。甘く見ないで！」

「それでも、いずれ治るじゃないの！」

「お前、これ以上何がしたい!?」

不満げな王霊嬌《ワンリンジャオ》に、江澄《ジャンチョン》が怒鳴った。

「虞《ユー》夫人、罰を与えて懲《こ》らしめるからには当然、一生その戒めを忘れず、後悔し続けて二度と同じ過ちを犯さないようにするべきよ。ただ鞭で打たれただけで終わったのでは、ちょっと静養すればまた元気に動き回れるんだから、懲罰とは言えないじゃない？　その年頃の小僧は、喉元過ぎればすぐ熱さを忘れてしまうんだから、全然効き目なんてないわ」

王霊嬌《ワンリンジャオ》の執拗な非難を聞き、虞《ユー》夫人が問い質した。

「では、あなたはどうしたいの？　こいつの両脚を斬り落として、二度と動き回れないようにしろとでもいうわけ？」

「温《ウェン》公子は寛大で思いやりのある方なのよ。そんな残虐なことなどできないわ。温《ウェン》公子はね、そいつの右手だけ斬り落とせば、このことは二度と追及しないわ」

王霊嬌《ワンリンジャオ》はにっこりと笑って言った。

この女は他人の威光を笠に着て、温晁《ウェンチャオ》の後押しがあるのをいいことに、ただあの日魏無羨《ウェイウーシエン》が暮渓山の洞窟で、彼女を手のひらで一撃を打ったことの恨みを晴らしたいだけだ！

虞《ユー》夫人は横目でちらりと魏無羨《ウェイウーシエン》を見た。

「こいつの右手を斬り落とせと?」

「その通りよ」

虞紫鳶《ユーズーユエン》は立ち上がると、魏無羨《ウェイウーシエン》の周りをゆっくり歩きながら、どうやらその提案について考えているようだ。江澄《ジャンチョン》は金珠《ジンジュー》と銀珠《インジュー》を振りきって、ドンと勢いよく床に跪き、痛みで頭すら上げられずにいる魏《ウェイ》無羨《ウーシエン》を自らの体で庇った。

「母さん、母さん、やめて……事実はそいつが言っていることとまったく違うんだ……」

「江《ジャン》公子、私が異告《いこく》しているとでも言うの?」

王霊嬌《ワンリンジャオ》は声高に言い放った。

魏無羨《ウェイウーシエン》は床にうつ伏せたまま、体の向きを変えることすらできずに会話の行く末を聞いていた。

(異告? 異告ってなんだ?)

ぐるぐると頭の中で考えていると、急に思いついた。

(誣告《ぶこく》か! この女、もともとは温晁《ウェンチャオ》の嫁の召使いだから、読み書きを習ったこともなくて、字も大して読めないくせに、文才があるふりで知らない単語を使って、間違えやがったんだ!)

明らかに緊迫した状況だというのに、いや、むしろこういう時だからこそ、考えるべきことに集中できず、人間はあれこれとくだらないことばかり考えてしまうものだ。魏無羨《ウェイウーシエン》は彼女の間違いに気づくと、なんと滑稽なのかと思った。しかも王霊嬌《ワンリンジャオ》本人は自分の失態に気づいてすらいない。

「虞《ユー》夫人、よく考えてね。我々岐山温《ウェン》氏はこのことを忘れずに必ず追及するわよ。そいつの手を一本斬って、私が持ち帰って報告すれば、雲夢江《ジャン》氏はこれからも平穏に過ごせる。さもなければ、次は温《ウェン》公子もこんな簡単には済まさないわよ!」

虞《ユー》夫人の目の奥に冷たく峻烈《しゅんれつ》な光がよぎった。

「金珠《ジンジュー》、銀珠《インジュー》、扉を閉めなさい。他の者には血を見せないように」

彼女は低い声で二人に命じた。

虞《ユー》夫人が下した命令であれば、彼女たちは必ず従う。「はい!」と澄んだ張りのある声で揃って返事をした金珠《ジンジュー》と銀珠《インジュー》の二人は、すぐさま大広間の扉をしっかりと閉じた。

扉が閉まる音とともに、床に差し込んでいた光も消える。魏無羨《ウェイウーシエン》の心にわずかな恐怖が湧き上がってきた。

（まさか、本当に俺の手を斬り落とすのか？）

江澄《ジャンチョン》は激しく動揺して、縋るように母親の脚に抱きついた。

「母さん？　母さん！　いったい何をするつもり？　こいつの手を斬るなんてやめて！」

恐怖を通り越し、魏無羨《ウェイウーシエン》は歯を食いしばって腹を括った。

（……いいだろう！　うちが無事でいられるなら……手の一本くらいどうってこともねぇ。今後、俺様は左手で剣を修練すればいいだけのことだ……！）

王霊嬌《ワンリンジャオ》は嬉しそうに手を叩く。

「虞《ユー》夫人、私は最初からあなたのこと、きっと岐山温《ウェン》氏の忠臣だろうと思ってたのよ！　さあ誰か、その小僧を押さえつけなさい！」

「その必要はないわ」

虞《ユー》夫人が言うなり、金珠《ジンジュー》と銀珠《インジュー》がすっと近づいてきて、王霊嬌《ワンリンジャオ》が頷いた。

「あら、その婢女《はしため》二人にそいつを押さえつけさせるのね。いいでしょう」

「母さん！　母さん、俺の話を聞いて！　お願いだから！　こいつの手を斬らないで！　もしこのことを父上が知ったら……」

その名前を出さなければ良かったものを、江澄《ジャンチョン》が彼女の夫のことを口にした瞬間、虞《ユー》夫人はいきなり顔色を変え、怒号を発して息子を振り払った。

「父上の話はやめなさい！　彼が知ったところで何よ？　私を殺すとでも!?」

「虞《ユー》夫人、私はあなたのことがとっても気に入ったわ！　どうやら今後、私たちは監察寮《かんさつりょう》でもきっと仲良くやっていけるわね！」

王霊嬌《ワンリンジャオ》はしきりに喜びながら言った。

虞《ユー》夫人は江澄《ジャンチョン》に抱きつかれて乱れた紫絹の服の裾を引っ張って戻すと、くるりと振り返って眉を跳ね上げた。

「監察寮?」

「そうよ、監察寮。これこそが私が雲夢まで来たもう一つの大事なお役目なの。我々岐山温《ウェン》氏は新しく監察寮令を出して、すべての地域にそれぞれ一か所の監察寮を設置することにしたのよ。今から宣言するわ。今後、蓮花塢を雲夢における温《ウェン》家の監察寮とします」

王霊嬌《ワンリンジャオ》はにっこりと笑って言った。

どうりで彼女は先ほど蓮花塢の中を見て回りながら、まるでここを彼女自身の御殿《ごてん》のように振る舞っていたはずだ。蓮花塢を雲夢の拠点にしようと思っていたのだから!

「何が監察寮だ!? ここは俺の家だぞ!」

江澄《ジャンチョン》が目を赤くして激昂すると、王霊嬌《ワンリンジャオ》は眉をひそめた。

「虞《ユー》夫人、本当に自分の息子をちゃんとしつけた方がいいわよ。数百年もの間、百家は皆温《ウェン》家の臣下として服従してきたっていうのに、その温《ウェン》家の使者の面前で、よくも俺の家だなんて言えたものね? 蓮花塢は古い上に、反逆者だって何人か出ているから、私はもともと監察寮としての重責を担えるかどうか不安だったのよ。でもあなたは忠実に私の命令に従うし、性格も好みだし、やっぱり私はこの特別な名誉を……」

言葉の途中で、虞《ユー》夫人は手を振り上げて、高らかな音とともに彼女の頬に平手打ちを食らわせた。

それは力加減も音も、すべてが天地を揺るがすほどの勢いだった。叩かれた王霊嬌《ワンリンジャオ》は転がるように床に倒れ込み、鼻血を横向きに流しながら、美しい目をカッと見開く。

大広間の中にいる温《ウェン》家門弟たちが一斉に顔色を変え、剣を抜こうとする。だが、それよりも前に素早く虞《ユー》夫人が手を振ると、紫電《ズデン》から眩しい紫の光の輪が飛び、彼らは辺り一面に崩れるように倒れ込んだ。

虞《ユー》夫人は優雅な身のこなしで、倒れている王霊《ワンリン》嬌《ジャオ》のそばまで歩み寄る。足を止めてじっと彼女を見下ろすと、突然腰を屈めてぐっと王霊嬌《ワンリンジャオ》の髪を掴んで持ち上げ、再び激怒の平手打ちを食らわせた。

「婢女の分際で、よくも！」

彼女はずっと耐え続けていたために、もはやひどく凶悪な表情をして王霊嬌《ワンリンジャオ》の目と鼻の先まで顔を近づける。片方の頬を腫らした王霊嬌《ワンリンジャオ》は怯えて悲鳴を上げたが、虞《ユー》夫人が一切容赦することなくまた頬を打つと、その耳障りな悲鳴も一瞬でやんだ。

「飼い犬をしつけたいなら、まず飼い主をよく見ることね！　人の家に上がり込んで、あまつさえこの私の目の前で、家の者を処罰しろですって？　ここまで粗野な振る舞いをするなど、何様のつもりよ！」

虞《ユー》夫人は荒々しく言い放つと、すぐに重々しい様子で王霊嬌《ワンリンジャオ》の頭をその場に捨て置き、まるで汚いものを触ったみたいに手ぬぐいを取り出して手を拭いた。金珠《ジンジュー》と銀珠《インジュー》は彼女の後ろに立ち、顔には彼女と同じように軽蔑交じりの笑みを浮かべている。王霊嬌《ワンリンジャオ》は両手を震わせて自分の顔を覆い、号泣しながら訴えた。

「あんた……あんたよくもこんなことをしてくれたわね……岐山温《ウェン》氏と潁川王《ワン》氏が絶対許さないんだから！」

虞《ユー》夫人は手ぬぐいを床に捨てると、一蹴で彼女をひっくり返し、激しく罵った。

「黙りなさい！　この下賤な婢女が。我が眉山虞《ユー》氏は百年続く世家だけど、潁川王《ワン》氏など聞いたこともない！　それはいったいどこの溝《どぶ》から這い出てきた下劣な一族かしら？　一家全員があなたのような無礼者なの？　私の前で尊卑を語るですって？　だったら私があなたにしっかりと尊卑というものを教えてあげるわ！　私が尊で、あなたが卑よ！」

そのそばでは、江澄《ジャンチョン》が床にうつ伏せていた魏無羨《ウェイウーシエン》をなんとか抱え起こそうとしていたのだが、一連の出来事を目の当たりにし、二人とも驚き呆然とするばかりだった。

虞《ユー》夫人が後ろに目配せをすると、金珠《ジンジュー》と銀珠《インジュー》は心得て、それぞれが長剣を抜き出し、大広間をぐるりと一周歩く間に、素早く、そして容赦のない手さばきであっという間に数十名もの温《ウェン》家門弟たちを全員始末した。王霊嬌《ワンリンジャオ》は次は自分の番だと気づき、土壇場のあがきで彼女を脅しにかかる。

「あんた……殺せば口封じできるとでも思っているの？　私が今日どこに来てるか、温《ウェン》公子が知らないとでも？　あの人が知ったら、あんたらを見逃すわけがないんだからね!?」

それを聞いて、銀珠《インジュー》が冷ややかに笑った。

「さも今は見逃しているように言うわね！」

「私は温《ウェン》公子の側近であり、誰よりも寵愛を受けているのよ！　これ以上私に指一本でも触れたら、あの人はあんたたちを……」

王霊嬌《ワンリンジャオ》が必死でまくし立てる最中《さなか》、虞《ユー》夫人は手を上げるとまた彼女の頬を打ち、嘲笑った。

「私たちをどうするの？　手か足を斬り落とす？　蓮花塢を燃やす？　それとも万もの軍勢を寄越して、ここを更地《さらち》にするのかしら？　そして、監察寮を設置するの？」

金珠《ジンジュー》が長剣を持って近づくと、王霊嬌《ワンリンジャオ》の目は恐怖でいっぱいになり、足をジタバタさせながら無様に後ずさりを続け、甲高い声を上げて叫んだ。

「誰か！　助けて！　温逐流《ウェンジューリウ》！　私を助けなさい！」

虞《ユー》夫人の表情は一際険しいものになり、ぐっと彼女の手首を足で踏みつけると、自らの手で剣を抜き出す。そして、剣を振り下ろそうとしたその時、突然「チャン」という音とともに刃が何者かによって弾かれてしまった。

魏無羨《ウェイウーシエン》と江澄《ジャンチョン》が振り向くと、大広間の扉は大きな音とともに弾かれるように両側に開き、大柄な男が一人、破った扉から入ってきた。全身黒ずくめの服を纏い、暗く沈んだ表情をしている。彼はまさしく、あの修為が非常に高い、温晁《ウェンチャオ》の身辺警護のための近侍、温逐流《ウェンジューリウ》だ。

剣を取り落とした虞《ユー》夫人は、紫電《ズデン》を胸の前で構えてから、はっとした様子で呟く。

「化丹手？」

「紫蜘蛛？」

虞《ユー》夫人の問いかけに、温逐流《ウェンジューリウ》も冷然と答えた。

王霊嬌《ワンリンジャオ》の片手はまだ彼女にしっかりと踏みつけられたままで、痛みのあまり顔を歪め涙をぼろぼろと流しながら叫んだ。

「温逐流《ウェンジューリウ》！　温逐流《ウェンジューリウ》！　さっさと私を助けなさいよ。早く助けてってば！」

虞《ユー》夫人は王霊嬌《ワンリンジャオ》の叫びを無視して鼻を鳴らした。

「温逐流《ウェンジューリウ》ですって？　化丹手、あなたの名前は趙《ジャオ》逐流《ジューリウ》で、温《ウェン》姓ではないはずよね？　手段を選ばず自分の姓まで変えるなんて。雁首《がんくび》を揃えてぞろぞろ温《ウェン》氏に媚びを売って、温狗《ウェンく》の姓がそんなに貴重なの？　一族に背き先祖を忘れるなど、笑止だわ！」

温逐流《ウェンジューリウ》は一切の感情の起伏を見せず、「各々の主のために力を尽くすまでだ」とだけ言う。

言葉を交わしていたのはほんのわずかな時間だけなのに、王霊嬌《ワンリンジャオ》は我慢できずに再び叫んだ。

「温逐流《ウェンジューリウ》！　私が今どういう状況なのか見てわからないの？　さっさとそいつを殺しなさい、なにぐずぐず無駄口を叩いてんのよ！　温《ウェン》公子はあんたに私を守れと言ったのに、あんたの守り方はこれなの？　戻ったら何もかも告げ口して、あんたのことを罰してもらうんだから！」

虞《ユー》夫人は足で容赦なく彼女の腕を潰すようにぎりぎりと踏みつけると、王霊嬌《ワンリンジャオ》は「ああっ」と声を上げて泣きだした。その様子を見て、温逐流《ウェンジューリウ》はわずかに眉をひそめる。彼は温若寒《ウェンルオハン》の命に従って温晁《ウェンチャオ》を守っているものの、最初から温晁《ウェンチャオ》の人柄をひどく嫌っていた。しかし、それ以上に最悪だったのは、温《ウェン》晁《チャオ》が彼に王霊嬌《ワンリンジャオ》を守るようにと指示してきたことだった。

この女は、言動は芝居がかって大げさだし、愚かな上に心根も悪どく、彼を非常に不快にさせた。しかし、いくら不快だったとしても、温若寒《ウェンルオハン》と温晁《ウェンチャオ》の命令に逆らって、彼女を捻り殺すことなどできない。幸い王霊嬌《ワンリンジャオ》の方も彼のことが大嫌いで、彼には遠くからついてくるように、呼ばない限り彼女の目の前をうろつかないようにと命令したため、かえって好都合だった。しかし今、この女は始末されかけていて、もしそれを手をこまねいて傍観しようものなら、温晁《ウェンチャオ》はきっと怒り狂って執拗に温逐流《ウェンジューリウ》を責め立ててくるだろう。そうなれば、温若寒《ウェンルオハン》もただでは済まさないはずだ。

「失礼」

温逐流《ウェンジューリウ》の一言に、「心にもないことを！」と虞《ユー》夫人が怒鳴り、紫電《ズデン》が彼の方へと泳ぎ出る。

しかし、温逐流《ウェンジューリウ》は大きな手を上げ、なんと無造作に紫電《ズデン》の先を掴んだ！

紫電《ズデン》は鞭の形に変わると、そこに主の霊力が流れ込む。その威力は大きくも小さくも、致命的なほどにもお遊び程度にでも調整でき、主の制御一つですべてが決まる。虞《ユー》夫人は既に殺気を漂わせ、ここにいる温狗《ウェンく》どもを一匹残らず殺すつもりの上、温逐流《ウェンジューリウ》のことを非常に警戒していたため、霊力の流れも最初から十二分に凄まじかった。それなのに、いとも簡単に掴まれてしまったのだ！

虞《ユー》夫人は長年紫電《ズデン》を使ってきたが、未だかつてこのような相手には出会ったことがなく、掴まれたあと一瞬だけ動きを止めた。王霊嬌《ワンリンジャオ》はその隙に這《ほ》う這《ほ》うの体《てい》で逃げだし、懐の中から花火の筒を探り出すと手の中で二回振った。すると一筋の火花が筒から飛び出し、鋭く甲高い音を立てて木の窓を突き破り、空中で爆発した。さらに、彼女は慌てふためきながらも、続けて二本目、三本目の筒を取り出して、髪を振り乱して口の中で何やらぶつぶつと呟いた。

「来て……来て……ここへ……皆ここへ来て！」

魏無羨《ウェイウーシエン》は痛みに耐えながらぐっと江澄《ジャンチョン》を押した。

「これ以上信号弾を打たせるな！」

江澄《ジャンチョン》は魏無羨《ウェイウーシエン》を放し、素早く王霊嬌《ワンリンジャオ》に撃ちかかった。ところがまさにその時、温逐流《ウェンジューリウ》の手が虞《ユー》夫人に迫っているのに気づき、慌てて「母さん！」と叫んだ。

そしてすぐさま王霊嬌《ワンリンジャオ》を放って温逐流《ウェンジューリウ》に飛びかかったが、彼は振り向くことすらせず、手のひらで江澄《ジャンチョン》に向けて一撃を打って言った。

「まだまだだな！」

江澄《ジャンチョン》は肩先を打たれ、たちまち真っ赤な血を吐き出した。同時に王霊嬌《ワンリンジャオ》もすべての信号弾を打ち上げてしまい、青灰色《せいかいしょく》の夜空一面が眩い光に包まれ、耳をつんざくような音が響く。

　傷を負った江澄《ジャンチョン》を見た虞《ユー》夫人が、怒りで吠えるような大声を上げると、紫電《ズデン》の霊力は瞬時に膨らみ眩しいほど白く輝いた！

　突然霊力が爆発した紫電《ズデン》に温逐流《ウェンジューリウ》は吹き飛ばされ、壁に打ちつけられた。金珠《ジンジュー》と銀珠《インジュー》もそれぞれの腰から電流がビリビリと流れる長い鞭を抜くと、温《ウェン》逐流《ジューリウ》を追い詰め接近戦に持ち込む。この二人の侍女は子供の頃から虞《ユー》夫人と非常に親しく、同じ師のもとで修練を重ねてきたため、連携して戦えば軽視できないほど強い。虞《ユー》夫人はその隙に、しばし動けなくなっていた江澄《ジャンチョン》と魏無羨《ウェイウーシエン》の二人を両手にそれぞれ掴み上げ、大広間から飛び出した。そして、修練場にいる多くの門弟たちに、「直ちに武装し、戦列を整えよ！」と号令をかける。

　彼女は二人を掴み上げたまま、波止場まで急いだ。蓮花塢の波止場にはいつも七、八艘《そう》の小舟が泊めてある。それは、江《ジャン》家の門弟の少年たちが湖で遊んだり蓮を摘み取ったりする時に使うものだ。虞《ユー》夫人は彼らを舟の中に放り、続いて自分も飛び乗ると、江《ジャン》澄《チョン》の手を握って霊力を送り、彼の体の状態を整えた。江澄《ジャンチョン》は一度しか血を吐いておらず、それほど重傷ではなさそうだ。

「母さん、いったいどうすれば？」

「どうもこうもないわ！　まだわからないの？　奴らは最初からそのつもりで来たのよ。今日の戦いはどうあっても避けられないでしょう。しばらくしたら、また温狗《ウェンく》どもの大群がやってくる。先に行きなさい！」

「師姉は？　師姉は一昨日眉山へ行ったから、もし師姉が戻ってきたら……」

　魏無羨《ウェイウーシエン》が慌てて言いかけると、虞《ユー》夫人は憎々しげにそれを遮った。

「黙りなさい！　すべてはあなたみたいな……者のせいよ！」

　魏無羨《ウェイウーシエン》は仕方なく口を閉じる。虞《ユー》夫人は右手の指から紫電《ズデン》の銀の指輪を外すと、江澄《ジャンチョン》の右手の人さし指になぜかそれをはめた。

「……母さん、なぜ紫電《ズデン》を俺に？」

「これで、今後はあなたのものよ！　既に紫電《ズデン》には、あなたを主として認めさせてあるから」

「母さん、俺たちと一緒に行かないのか？」

江澄《ジャンチョン》は呆然として聞いた。

　すると、虞《ユー》夫人は彼の顔をじっと見つめると、突然ぐっと抱き寄せた。息子の頭に二回口づけしてから、彼を胸に抱きしめてそっと囁く。

「いい子ね」

　彼女はまるで、江澄《ジャンチョン》を赤子にまで戻し、もう一度自分の腹に包み込みたいとでも言うかのように、これ以上ないほど力一杯息子を抱きしめた。誰も彼を傷つけないように、誰も二人を引き裂かないように。

江澄《ジャンチョン》は今まで、こんなふうに母親に抱きしめられたことも、ましてや今みたいに口づけされたことなど一度もなかった。両目を大きく見開いたまま、どうしたらいいかわからないという顔で、彼女の胸に抱きかかえられている。

　虞《ユー》夫人は片手で彼を抱きしめながら、もう片方の手でいきなり魏無羨《ウェイウーシエン》の襟を掴み上げ、まるでそのまま絞め殺しそうな勢いで、歯噛みしながら言った。

「……このろくでなしが！　忌々しい！　なんて忌々しい奴なの！　見てみなさい。あなたのせいで、うちにどんな災いが起きているかを！」

　魏無羨《ウェイウーシエン》は胸を激しく起伏させ、言葉を詰まらせる。決して無理に我慢したのでもなく、心の中で愚痴《ぐち》を言っているわけでもなく、正真正銘、言葉を詰まらせたのだ。

「母さん、一緒には行かないのか？」

　江澄《ジャンチョン》が再度慌てて問うと、虞《ユー》夫人は唐突に手を離し、彼を魏無羨《ウェイウーシエン》の方へ押しやった。

　そして彼女がぱっと跳んで波止場に戻ると、小舟は湖の上でゆらゆらと左右に揺れた。この時、江《ジャン》澄《チョン》はようやく理解した。金珠《ジンジュー》と銀珠《インジュー》に門弟たち、そして、雲夢江《ジャン》氏が代々受け継いできた法器を始めとするあらゆる物はすべて蓮花塢の中にあり、今すぐ避難させることは不可能だ。それに、これから大きな戦いが待ち構えていることは確実で、女主として、虞《ユー》夫人が一人で逃げることなどできるはずもなく、それでも実の息子だけは守ろうと、私情で彼らを先に逃がそうとしているのだ。

このまま別れれば、きっと母に危険が及ぶに違いないとわかり、江澄《ジャンチョン》は激しくうろたえた。彼が立ち上がって舟から降りようとすると、紫電《ズデン》はいきなり電流を帯び、鎖のように彼ら二人を舟にしっかり縛りつけて動きを封じた。

「母さん、これはいったいなんだ!?」

「騒がないで。安全な場所に着いたら自然と放してくれるわ。道中でもし誰かが襲ってきたとしても、紫電《ズデン》が勝手にあなたを守るから。戻ってきては駄目よ。そのまま眉山に行って、姉を捜しなさい！」

そう言ってから、彼女は体を魏無羨《ウェイウーシエン》に向けて彼を指さし、厳しい声で言う。

「魏嬰《ウェイイン》！　よく聞きなさい！　しっかり江澄《ジャンチョン》を守るのよ。命を懸けてでも守りなさい。わかったわね!?」

「虞《ユー》夫人！」

「ちゃんと聞こえたの!?　無駄口を叩かないで。私が聞きたいのは、あなたがちゃんと聞こえたかどうかだけよ！」

魏無羨《ウェイウーシエン》は紫電《ズデン》から抜け出せないまま、ただぎこちなく頷くことしかできなかった。

「母さん、父上が不在の今、困難は俺たち皆で背負えばいいじゃないか!?」

江澄《ジャンチョン》が声を張り上げる。江楓眠《ジャンフォンミエン》の話を出されると、虞《ユー》夫人の目は一瞬だけ、微かに赤くなったように見えた。

しかし、彼女はまたすぐさま厳しい声で吐き捨てた。

「戻ってこないなら、それでいいわ。彼がいなければ私には何もできないとでも言うの!?」

そう言いきると、虞《ユー》夫人は剣を振って小舟を繋ぎ止めていた縄を切り、舟端《ふなばた》をどんと足で蹴って押し出した。川の流れは速く、吹く風も強い上、さらに今の蹴りを受けて小舟は瞬く間に数丈先まで流れだした。数回回転したあと、穏やかに、そして急速に流れに沿って川の真ん中へと進んでいく。

「母さん！」

江澄《ジャンチョン》は悲痛な声で叫んだ。

彼は続けざまに何度も何度も叫んだが、虞《ユー》夫人と蓮花塢はどんどん遠く、どんどん小さくなっていく。小舟が遠くまで流れていくと、長剣を持った虞《ユー》夫人は、紫の服をひらりと一回翻し蓮花塢の正門の中へと戻っていった。

二人は力の限り激しくもがいたが、紫電《ズデン》は骨と肉の中まで食い込んだように、一向にびくともしない。

江澄《ジャンチョン》は喉から尋常ではない怒号を発し、あがきながら叫び続けた。

「まだか！　まだ切れないのか！　切れろ！　切れてくれ！」

魏無羨《ウェイウーシエン》は先ほど紫電《ズデン》に何回かわからないほど鞭で打たれたせいで、今でもまだ全身が痛む。このままでは決して断ち切ることはできず、暴れても無駄骨だろうことはわかっていた。江澄《ジャンチョン》も怪我を負っていることを考え、痛みを堪えながら口を開く。

「江澄《ジャンチョン》、まずは冷静になれ。あの化丹手が相手だろうと虞《ユー》夫人が負けるとは限らない。さっきも奴を牽制できていたじゃないか……」

「どうやって冷静になれって言うんだ⁉　どうしたら冷静になれるんだよ⁉　たとえ温逐流《ウェンジューリウ》を殺せたとしても、あの卑しい女は既に信号弾を打ったんだぞ。万が一温狗《ウェンく》どもがそれを見て、大挙してうちを取り囲んだらどうする⁉」

江澄《ジャンチョン》はカッとなって声を荒らげた。

魏無羨《ウェイウーシエン》にもわかっている。今の状況で、冷静になれるはずなどない。しかし、二人のうちせめてどちらかがしっかりしなければならない。また何か言おうとした時、魏無羨《ウェイウーシエン》はぱっと目を輝かせて声を上げた。

「江《ジャン》おじさんだ！　江《ジャン》おじさんが帰ってきた！」

一隻の大きな船が、川の向こう側から進んできていた。

江楓眠《ジャンフォンミエン》は船首に立ち、船には十数名の門弟がつき従って立っている。蓮花塢の方向に目を向けた彼の袍は、川風に吹かれてなびいていていた。

「父上！　父上！」

江澄《ジャンチョン》もまた必死に叫んだ。

江楓眠《ジャンフォンミエン》の目にも彼らが見えたようで、彼は驚き交じりの不思議そうな表情を浮かべた。門弟の一人が櫂《かい》を少し動かすと、船はすぐに二人が乗っている舟に寄せられる。二人の舟に移ってきた江楓眠《ジャンフォンミエン》は、何が起きたのかまだわからずに、「阿澄《アーチョン》？　阿嬰《アーイン》？二人ともどうしたんだ？」と怪訝そうな顔で尋ねた。

二人の少年は、蓮花塢でこれまでにあれこれと風変わりな遊びをしてきた。血まみれの顔で水面に浮かんで死体のふりをする程度のことは日常茶飯事だったため、江楓眠《ジャンフォンミエン》も彼らがまた何か新しい遊びでもしているのではないかと思い込み、まだ事態の深刻さに気づいていない。江澄《ジャンチョン》は歓喜のあまり涙まで流しながら、慌てふためいて激しく訴えた。

「父上、父上、早く俺たちを放してください！」

「それは母さんの紫電《ズデン》だろう。紫電《ズデン》は主に従うから、おそらく私には……」

江楓眠《ジャンフォンミエン》は困惑した様子で言いながら、手でわずかに紫電《ズデン》に触れてみた。すると思いがけないことに、触った瞬間、紫電《ズデン》は従順に引っ込んで瞬く間に一つの指輪となり、彼の指にはまった。

江楓眠《ジャンフォンミエン》はそれを見て、唖然として固まった。

紫電《ズデン》は虞紫鳶《ユーズーユエン》の最高級霊器で、虞紫鳶《ユーズーユエン》の意思を最優先する。複数の主を認めさせることはできるが、それには序列があった。虞《ユー》夫人は紛れもなく最高位の主人で、彼女が出した指令は「安全になるまで、ずっと江澄《ジャンチョン》を縛る」ことだったため、たとえ主人と認められているとはいえ、江澄《ジャンチョン》にも紫電《ズデン》の束縛から抜け出すことはできなかった。

しかし、紫電《ズデン》は江楓眠《ジャンフォンミエン》がいる場を安全だと判断し、江澄《ジャンチョン》の束縛を解いた。つまり、江楓眠《ジャンフォンミエン》は本人も知らない間に序列二番目の主人として認められていたということだ。

虞《ユー》夫人は今まで、紫電《ズデン》に江楓眠《ジャンフォンミエン》を主として認めさせていたことを一度も口にしなかった。

まとめて縛られていた江澄《ジャンチョン》と魏無羨《ウェイウーシエン》は、ようやく紫電《ズデン》から解き放たれ、両側に勢いよく倒れた。

「いったいどういうことだ？　お前たちはなぜ紫電《ズデン》に縛られたまま舟に乗っているんだ？」

藁《わら》にもすがる思いで江澄《ジャンチョン》は父親に飛びついた。

「今日、いきなり温《ウェン》家の奴らがうちに乗り込んできて、母さんが奴らと言い争いになり、あの化丹手と戦いになってしまったんです！　信号弾を打った奴がいたから、これからもっとたくさんの敵が押し寄せてくるかもしれません。無勢な母さんが心配です。父上、一刻も早く母さんを助けに戻りましょう！　早く！」

その話に、すべての門弟たちが顔色を変え、江《ジャン》楓眠《フォンミエン》が聞き返す。

「化丹手が!?」

「そうです父上！　俺たち……」

しかし、まだ江澄《ジャンチョン》が話している途中で紫の光が一回走ると、江澄《ジャンチョン》と魏無羨《ウェイウーシエン》はなぜか紫電《ズデン》によって再び縛られてしまった。二人はまた先ほどと同じ姿勢のまま、舟の床に揃って尻もちをつく。

「……父上!?」

「私が戻る。お前たちはこのまま離れろ。方向を変えずに進むんだ、蓮花塢には戻るんじゃないぞ。岸に着いたら、すぐになんとかして姉さんとお祖母《ばあ》さんを捜しに行きなさい」

「江《ジャン》おじさん！」

「父上、放してください！　お願いです！」

驚愕した江澄《ジャンチョン》が我を忘れたように舟端を蹴りつけ、舟は絶え間なく揺れ続けた。

「大丈夫だ、私が三娘子《サンニャンズー》を捜しに戻るから」

「俺たちも一緒に戻っては駄目なのですか!?」

江楓眠《ジャンフォンミエン》はじっと江澄《ジャンチョン》を見つめ、ふいに手を伸ばす。なぜかその手を宙で一度止めてから、ゆっくりと彼の頭を撫でた。

「阿澄《アーチョン》、元気でな」

「江《ジャン》おじさん、もしあなたたちに何かあったら、こいつは元気になんてなれない」

魏無羨《ウェイウーシエン》が言うと、江楓眠《ジャンフォンミエン》は視線を彼に移した。

「阿嬰《アーイン》、阿澄《アーチョン》のことを……くれぐれも頼んだぞ」

彼は背を向けると、また先ほどの大きな船に戻った。二つの船はすれ違い、進むほどにどんどん遠くへと離れていく。江澄《ジャンチョン》は絶望して悲痛な叫び声を上げた。

「父さん！」

――続く――

Daria Series uni

魔道祖師 2

2021年 5月30日 第一刷発行
2024年 5月20日 第六刷発行

著 者 —— 墨香銅臭

翻 訳 —— 鄭穎馨（デジタル職人株式会社）

制作協力 —— 動物
釘宮つかさ

発行者 —— 辻 政英

発行所 —— 株式会社フロンティアワークス
〒170-0013 東京都豊島区東池袋3-22-17
東池袋セントラルプレイス5F
［営業］TEL 03-5957-1030
https://www.fwinc.jp/daria/

印刷所 —— 図書印刷株式会社

装 丁 —— nob